Anmerkungen

Sämtliche Handlungen, Personen, Namen, Gebäude und Ereignisse sind frei erfunden und eventuelle Ähnlichkeiten daher rein zufällig und von mir nicht beabsichtigt.

Die historischen Figuren Elizabeth von Thüringen und der päpstliche Inquisitor Konrad von Marburg haben tatsächlich existiert, wobei beide Biografien in völliger Freiheit schriftstellerischer Phantasie abgewandelt und von mir gänzlich verfremdet wurden.

Zitate, welche in den mittelalterlichen Textpassagen zu finden sind, entstammen durchgängig der Bibel und sind daher wie auch die Dialoge als wörtliche Rede gekennzeichnet.

Folgende Bücher der Autorin sind bereits erschienen:

Die Bände der Anderlech Krimireihe:
1. Band: **Wenn der Sommer Schatten wirft**
2. Band: **Wenn der Tod in Dur erklingt**
3. Band: **Wenn kleine Engel schlafen**
4. Band: **Wenn der Tod dein Leben ist**
5. Band: **Wenn die Spinne ihr Netz verlässt**
6. Band: **Wenn der Puppenspieler dir begegnet**

Literarische Geschichtensammlung:
Flash Mystery: Eine Sammlung von Kurzgeschichten, Gedichten und literarischen Ausflügen.
Flash Mystery 2: Bruchstücke: Eine Sammlung von Gedichten und Flash Fictions.

Über die Autorin:
Unter ihrem Pseudonym Christina Schwarz schreibt die Autorin ihre Kriminalromane, zurzeit vor allem die Paul-Anderlech-Reihe über einen liebenswerten Kommissar aus dem kleinen, niederbayerischen Zwiesel.
Daneben veröffentlicht sie Lyrik und Kürzestgeschichten.

Christina Schwarz wurde 1959 im bayerischen Wald geboren, ist dort aufgewachsen und kennt daher diese Region aus Kindertagen. Bevor sie sich ganz ihrer Leidenschaft der Schriftstellerei gewidmet hat, hat sie lange Jahre in ihrer psychotherapeutischen Praxis gearbeitet.

Ihr großes Interesse an der Psychologie der menschlichen Natur und ihre Praxis-Erfahrungen machen aus ihren Romanen hochspannende Psychothriller und aus ihren Geschichten teils skurrile, teils ironische, immer aber hoch vergnügliche Seitenhiebe auf Mensch, Gesellschaft und Politik.

Was ich getan habe, hab' ich aus Fürsorge für dich getan,

Für dich, meine Teure, meine Tochter,

Die du nicht weißt, wer du bist...

von William Shakespeare

In Gedenken an die Opfer kirchlicher Scheiterhaufen

Millionen von Menschen wurden einst Opfer der katholischen Inquisition. Wer einmal in ihre schrecklichen Fänge geriet, hatte keine Chance mehr.

Einer dieser päpstlichen Sonderbeauftragten aus dem dreizehnten Jahrhundert war der als ganz besonders grausam bekanntgewordene Konrad von Marburg.

Solchen Verfolgungen ausgesetzt waren alle als ketzerisch eingestuften christlichen Glaubensgemeinschaften, Menschen mit abweichenden Ansichten, Personen mit Straftatbeständen wie Wucher, Magie, Hexerei, Gotteslästerung sowie Sittlichkeits- und Sexualverstößen.

Das Feuer diente dabei als Weg zur Reinigung von Unzucht, Sünde und Schamlosigkeit.

Folter war Mittel der Wahrheitsfindung.

Diese Geschichte geht zurück auf die historischen Figuren Elizabeth von Thüringen und jenen päpstlichen Inquisitor Konrad von Marburg, wobei beide Biografien in völliger Freiheit schriftstellerischer Phantasie abgewandelt und von mir gänzlich verfremdet wurden.

Dennoch soll mit diesem Roman dem Leben und Leiden von Elizabeth von Thüringen als der Stellvertreterin all jener Menschen gedacht werden, deren Seelen und Körper auch heute noch durch diejenigen gemordet werden, deren finsteres Erbe sie zu schrecklichen Tätern macht.

✝

DONNERSTAG, 14. 7. 2011

Der selige Schmerz durchdrang ihn wie ein glühendes Schwert. Gleich einem feurigen Kamm glitt er über seinen Körper und der Geruch verbrannter Haut streichelte seine ganzen Sinne.
Pures Glücksgefühl überwältigte ihn und sein aufgestauter Druck löste sich mit einem einzigen Schrei, so gewaltig und entmenschlicht, dass es jeden Zeugen, hätte es denn einen gegeben, bestimmt voller Grauen hätte erstarren lassen.

Aber seine Stimme verhallte in der finsteren Einsamkeit und nicht einmal ein Echo hatte diesen einen Moment festhalten können.
Es gab nichts um ihn herum außer dunklen Wäldern und einen See, in dem sich der allmählich verblassende Feuerschein spiegelte.

Er war wieder allein.
Ein entrücktes Lächeln huschte über sein hübsches Gesicht. Noch war er allein …

✞

FREITAG, 15. 7. 2011

Liza blickte auf den Zettel, den sie eben in die Hand genommen hatte und auf welchem in krakeliger Schrift ein Name und darunter eine Adresse geschrieben stand.
Ihre Kollegin Anita hatte ihn ihr noch am Donnerstag kurz vor Feierabend auf ihren Schreibtisch gelegt und mit dürren Worten gemeint, sie solle doch morgen mal eben dort nach dem Rechten schauen. Sie hätte vorhin einen anonymen Anruf bekommen, dass da etwas nicht in Ordnung sei. Ein Kind scheine körperlicher Gewalt ausgesetzt zu sein.

„Wenn wir uns nicht gleich drum kümmern, dann ist bloß wieder der Teufel los. Herrgott, wie mir dieser verdammte Job zum Hals heraushängt. Was soll's, ich mache jetzt jedenfalls für heute Schluss, weil ich nämlich endlich meine Überstunden abbauen will. Ich werde deshalb auch morgen nicht hier sein, Liza. Sei doch bitte so nett und schau dort mal nach dem Rechten, okay? Ist bestimmt sowieso wieder gar nichts dran, aber tja, falls doch …?"
Sie war verschwunden, ehe Liza auch nur irgendwie darauf hätte reagieren können. Nicht einmal gefragt hatte sie, ob es denn in Ordnung wäre, dass sie Liza am Freitag einfach allein im Büro hocken ließ. Außerdem, von welchen Überstunden, bitte schön, hatte Anita da eigentlich überhaupt gesprochen? Liza wusste nichts von irgendwelchen Überstunden, die diese jemals gemacht hätte. Zuverlässig war die Gute nämlich immer nur dann, wenn sie spätnachmittags das Büro pünktlich wieder verließ.
Seufzend hatte sie den Zettel also erst einmal über Nacht auf

ihrem Schreibtisch liegenlassen, um dieser Sache dann heute Nachmittag noch auf den Grund zu gehen, bevor sie sich selbst danach auch ins Wochenende verabschieden würde.

Anita und sie teilten sich gemeinsam ein Büro im Zwieseler Jugendamt und waren für alle Fälle von gefährdetem Kindes- und Jugendwohl mit den Anfangsbuchstaben A bis M zuständig. N bis Z verteilten sich dann auf zwei weitere Mitarbeiter des Jugendamtes. Das heißt, genaugenommen nur noch auf einen, nämlich Fritz Brenner, der seit Monaten darauf wartete, endlich einmal durch einen neuen Kollegen entlastet zu werden, ohne dass allerdings Aussicht auf Erfolg bestanden hätte. Der Behördenhaushalt gäbe es nicht her.
Deshalb lief er schon seit Wochen nur noch übelgelaunt herum und sowohl Anita als auch Liza vermieden es tunlichst, ihm allzu oft zu begegnen. Selbst seine früheren Flirtversuche gegenüber seinen Kolleginnen waren mittlerweile gänzlich eingeschlafen. Nicht dass Liza dies nun bedauert hätte, war er ihr doch mit seinen flapsigen Sprüchen zunehmend mehr auf die Nerven gegangen. Aber seine jetzige, mürrische Stimmung war nun deutlich schlimmer und kaum mehr zu ertragen. Kein Wunder also, dass Anita es daher vorgezogen hatte, ihr diesen Zettel unterzuschieben, um eine Begegnung mit ihm tunlichst zu vermeiden. Der Name, der darauf stand, lautete nämlich Seidl Josef und fiel daher eigentlich in die Zuständigkeit von Fritz.
Liza hatte noch kurz überlegt, ob sich eine Konfrontation mit Fritz nicht vielleicht doch lohnen würde, hatte dann jedoch beschlossen, es lieber sein zu lassen. Ein kurzer Ausflug nach draußen in einen derart warmen und blauen Sommertag hatte durchaus auch etwas Verlockendes.
Hmm, und ein kleiner Eiskaffee vor dem Nachhausegehen sollte dann eigentlich schon auch noch drin sein, ging es ihr durch den Kopf.
Dem muffigen Büro endlich zu entfliehen, gewann mehr und mehr an Anziehungskraft. Die Fenster durften nämlich nicht geöffnet werden, weil Anita immer Angst hatte, sich durch die

Zugluft zu erkälten. Und so stand die Hitze des Tages wie eine Wand im Raum, weil Liza inzwischen an das Öffnen der Fenster überhaupt nicht mehr dachte, selbst wenn Anita gar nicht da war, so sehr war ihr deren striktes Verbot in Fleisch und Blut übergegangen.
Achselzuckend schnappte sich Liza noch ihre Handtasche und machte sich dann verdrossen auf den Weg zu dieser Adresse. Sehr wahrscheinlich handelte es sich ja doch nur wieder um irgendwelche dummen Streitigkeiten unter den Nachbarn und irgendwer wollte irgendwem einfach einmal so richtig schön eins auswischen. Und was könnte es da denn Besseres geben, als diesem Jemand das Amt auf den Hals zu hetzen? Solche Geschichten passierten immer wieder.
Liza konnte es manchmal einfach nicht fassen, zu welch gehässigem Verhalten Menschen in der Lage waren. Aber sei es drum, nachgehen musste man diesen Anzeigen trotzdem, auch wenn es dabei nur um anonyme Anrufer ging.
Die breite Öffentlichkeit, angestachelt durch vorwurfsvolle Medienberichte, welche dann schnell und gerne dabei waren, im Jugendamt die allein Schuldigen zu finden und sie als nachlässig und desinteressiert zu geißeln, wenn es wieder einmal einen Fall von Kindstötung gegeben hatte, forderte immer gerne und schnell personelle Konsequenzen. Es tat so gut, wenn man sich selbst so herrlich schuldlos fühlen durfte und man durch löblichen Einsatz die Verantwortlichen auch der Gerechtigkeit hatte überantworten können.
Ist nur erst der Schuldige gefunden und abgestraft, dann ist auch alles wieder gut. Dieses Gefühl eigenen, moralischen Freispruchs gibt einem das schöne Bewusstsein persönlicher Exklusivität und besonderer, moralischer Wertigkeit, war ein stets beliebter Ausspruch von Fritz. Und so ganz unrecht hatte er damit wohl nicht. Wenn du schuld bist, dann kann ich es ja nicht sein, schien das tiefere Geheimnis dahinter zu lauten.
„Der moderne Sündenablass …“, murmelte Liza, ganz in diese Gedanken versunken.
Hysterisches Gezeter, welches selbst durch die geschlossene Haustür hindurch aus dem Treppenhaus noch gedämpft bis

zur Straße hinausdrang, ließ Liza aufschrecken.

„Dein Tom hat mir schon wieder mit seinen schmutzigen Stiefeln die ganzen Treppen verschmiert. Das hat er absichtlich gemacht, dieser Drecksbengel. Der kriegt bald noch richtig heiße Ohren, das sag ich dir. Mir reicht's jetzt nämlich."

„Fass ihn mir bloß nicht an! Sonst zeige ich dich an, du blöde Kuh, das schwöre ich dir. Wahrscheinlich hast du nur wieder nicht richtig geputzt und jetzt schiebst du es auf meinen Jungen. Wäre nicht das erste Mal. Mit dir gibt's andauernd irgendeinen Zoff."

In die schrillen Stimmen der beiden Weiber mischte sich nun auch noch das nörgelnde Greinen eines Kindes.

Noch einmal vergewisserte sich Liza, dass sie auch wirklich an der genannten Adresse angelangt war: Seidl Josef, Steinweg 7. Ein Wohnblock reihte sich hier nämlich an den nächsten, alle sahen sie absolut gleich und schmucklos aus.

Liza blickte auf die Namensschilder, zehn an der Zahl, und suchte mit dem Finger den Namen Seidl. Ah, hier war er ja, dritter Stock. Sie betätigte den Klingelknopf und wartete.

Schlagartig wurde es drinnen mucksmäuschenstill, das schrille Geschimpfe im Treppenflur verstummte abrupt. Selbst das enervierende Quengeln, scheinbar handelte es sich dabei um einen kleinen Jungen, hörte augenblicklich auf, als wäre ihm ein Stecker herausgezogen worden. Zwei Wohnungstüren fielen krachend und fast gleichzeitig ins Schloss.

Kurz darauf vernahm Liza den leisen Türsummer und drückte sich mit ihrem bescheidenen Gewicht von gerade einmal fünfundfünfzig Kilo gegen die Haustüre. Diese gab jedoch ganz unerwartet leicht nach und sie fiel daher beinahe ins Treppenhaus hinein.

Drinnen umfing sie ein leicht muffiger Geruch, durchzogen mit dem frischen Zitronenduft eines Reinigungsmittels, mit dem ganz offensichtlich eben erst die Stiegen geputzt worden waren.

Ihr stach sofort ein großes Anschlagsbrett, welches neben den Briefkästen angebracht war, ins Auge.

Wöchentlicher Putzdienst für das Treppenhaus stand darauf zu lesen. Daneben waren noch diverse andere Hausordnungspunkte aufgelistet.

Unvermittelt überfiel Liza ein seltsam beklemmendes Gefühl, das sie sich überhaupt nicht erklären konnte. Im Gegensatz zu vielen anderen Hausbesuchen machte dieses Gebäude hier einen durchaus sauberen und ordentlichen Eindruck. Und auch das Gezänk von eben war etwas sehr Normales, was ihr in ihrem Arbeitsalltag schon kaum mehr auffiel.
Sie reckte sich noch kurz, um dieses doch recht unangenehme Gefühl abzuschütteln, und begann, die Stufen zum dritten Stock hinaufzusteigen. Oben suchte sie das Türschild mit dem Namen Seidl und horchte gespannt. Aus der Wohnung drang keinerlei Geräusch, es herrschte Totenstille.
„Wahrscheinlich ist sowieso kein Mensch da und ich hab den ganzen Weg hierher gerade umsonst gemacht", flüsterte sie missgelaunt vor sich hin.
Sie klingelte noch einmal und konnte hören, wie sich schwere Schritte langsam näherten und innehielten. Dann schwang die Tür auf.
Liza erblickte vor sich einen Mann und erneut verspürte sie dieses alarmierende Gefühl von vorhin. Der Mensch war von kleiner und untersetzter Gestalt, die Augen schienen durch seine feisten Bäckchen noch tiefer zu liegen und sein Gesicht nahm bei ihrem Anblick augenblicklich einen misstrauischen Ausdruck an.
Überrascht sah er Liza an und stieß dann nur ein einziges, unhöfliches Wort hervor.

„Ja?"

„Grüß Sie Gott, Herr Seidl. Mein Name ist Liza Ricker. Ich bin vom städtischen Jugendamt. Tut mir leid, wenn ich Sie unangemeldet überfalle, aber … Uns wurde gestern angezeigt, dass bei Ihnen, also angeblich", schob sie hastig ein, „ein Kind auffällig oft und laut weinen soll. Wir müssen solch einer Meldung immer sofort nachgehen, wissen Sie? Ich hoffe, Sie verstehen das. Tut mir leid. Haben Sie denn überhaupt Kinder,

Herr Seidl?"
Liza kramte hektisch nach ihrem Dienstausweis und hielt ihn Herrn Seidl dann unter die Nase.
Dieser warf einen langen Blick darauf. Sein Gesicht war bei Lizas Worten dunkelrot angelaufen. Ganz offensichtlich litt er unter Bluthochdruck und bereits geringster Zorn schien diesen doch bedenklich in die Höhe schnellen zu lassen, wie es den Anschein hatte.

„Ja, ich und meine Frau haben Kinder, vier an der Zahl, um ganz genau zu sein. Und wer, bitte schön, hat Ihnen so einen Mist erzählt? Ich werde mich bei Ihrem Vorgesetzten beschweren, damit Sie es nur wissen. Aber bitte, wenn Sie meinen, kommen Sie nur herein und überzeugen Sie sich doch selbst, dass es meinen Kindern gutgeht. Allerdings ist bloß mein Jüngstes zu Hause. Nicht dass es dann heißt, ich hätte irgendetwas verheimlicht. Ich kenne euch doch, euch Brüder. Behörden drehen einem immer das Wort im Mund herum."
Er trat zurück, um Liza Platz zu machen, die ihn größenmäßig um mehr als eine ganze Kopflänge überragte, was ihm extrem unangenehm zu sein schien.
Sie schob sich hastig an ihm vorbei und wieder überfiel sie ein eigenartiges Gefühl der Angst, ohne dass sie sich dies auch nur im Entferntesten erklären konnte.
Sie riss sich energisch zusammen und drehte sich sehr schnell wieder zu Herrn Seidl um, der hinter ihr stehengeblieben war.

„Wie alt sind denn Ihre Kinder, Herr Seidl?"
Sie bemühte sich, ihr Gegenüber bei dieser Frage anzulächeln, um ihr einen unverbindlichen, plaudernden Anstrich zu geben. Der Ausdruck in seinen leicht zusammengekniffenen Augen jedoch blieb eisig und Liza konnte es körperlich spüren, wie er versuchte, seine Wut ihr gegenüber zu beherrschen.

„Drei, acht, neun und zehn Jahre. Zwei Mädchen und zwei Jungs", antwortete er nur knapp und unfreundlich, bevor er dann laut nach seiner Tochter rief. „Katharina! Komm her!"
Liza drehte sich um, als sie hörte, wie sich hinter ihr leise eine Türe öffnete. Im Türrahmen stand mit gesenktem Kopf ein blondes, zartes Mädchen.

„Hallo, Katharina."
Liza ging vor der Kleinen in die Knie, um ihr in die Augen sehen zu können. Aber das Kind blickte sie nicht an und blieb stumm. Der Vater schien sich dadurch in Erklärungsnot zu wähnen.

„Sie spricht leider immer noch nicht. Scheint ein bisschen arg bequem und verzogen zu sein. Kein Wunder! Rennt ja jeder sofort, wenn sie nur auf etwas hinzeigt. Los, schau mich an, Katharina, und sag der Dame hier, ob dir etwas fehlt oder dir irgendjemand hier wehtut."
Das Kind blickte daraufhin seinen Vater nur unverwandt an und schüttelte dann bloß den Kopf.
Liza versuchte erneut, dem Mädchen in die Augen zu schauen, aber das Kind wich ihrem Blick weiterhin konsequent aus und ignorierte ganz einfach ihre Anwesenheit.
Offensichtliche Anzeichen körperlicher Gewalt konnte Liza weder im Gesicht noch an den nackten Oberarmen oder Beinchen, die in bunten Shorts steckten, erkennen. Aber unausgesprochene, große Furcht füllte den Raum, seit die Kleine eingetreten war. Oder war es doch nur ihre eigene? Irgendwie hatte Liza das unbezwingbare Gefühl, sofort wieder gehen zu müssen, nur um endlich wieder frei durchatmen zu können. Was war das denn bloß, verdammt nochmal?
Sie musste sich richtiggehend zwingen, weiter nachzuhaken.

„Gut, ich würde trotzdem gerne noch Ihre ganze Familie kennenlernen. Wo ist eigentlich Ihre Frau?"

„Nicht da, wie Sie sehen", brummte er mürrisch. „Sagen Sie mal, ist das bei euch eigentlich üblich, dass unbescholtene Leute dermaßen unverschämt belästigt werden? Wer hat denn überhaupt diese infame Anschuldigung in die Welt gesetzt? Ich habe schließlich ein Recht darauf, das zu erfahren!"

„Ich kann es Ihnen nur leider nicht sagen, Herr Seidl, selbst wenn ich es wüsste, was nicht der Fall ist. Tut mir leid. Und selbstverständlich beschuldige ich Sie keineswegs. Aber es ist meine Pflicht, eine solche Anzeige auch sorgfältig zu prüfen. Morgen ist Samstag. Wann könnte ich denn da Ihre gesamte Familie antreffen, um mir ein abschließendes Bild machen zu können? Wissen Sie, dann könnte ich halt diese ganze, lästige Angelegenheit ad acta legen“, beschwichtigte Liza vorsorglich den gedrungenen Mann, der ihr aber nach wie vor mit fest zusammengepressten Lippen gegenüberstand und seinen Ärger postwendend durch ein höchst unwilliges Schnauben kundtat.

„Wenn es denn unbedingt sein muss, dann kommen Sie halt in Gottesnamen morgen Vormittag her, so gegen zehn Uhr. Da sind alle da. Ich habe schließlich nichts zu verbergen. Wir sind nämlich eine anständige Familie. Dürfte ich Sie dann jetzt vielleicht auch bitten, endlich zu gehen? Ich habe heute auch noch etwas Wichtigeres zu tun, als hier mit Ihnen in der Gegend herumzustehen. Oder gibt es sonst noch was?“
Auffordernd starrte er in Lizas Gesicht.

„Nein, nein. Dann verabschiede ich mich jetzt. Also bis morgen um zehn Uhr“, beeilte sie sich zu antworten und wandte sich zur Haustür.
Noch bevor sie die Hand auf die Türklinke legen konnte, wurde sie ihr von Herrn Seidl bereits geöffnet. Ein leicht säuerlicher Geruch von Schweiß, in den sich der Duft seines Rasierwassers mischte, stieg Liza unangenehm in die Nase und sie beeilte sich, die Wohnung zu verlassen.
Das Treppenhaus lag wieder genauso leer vor ihr, wie sie es vorhin angetroffen hatte. Schnell stieg sie die Treppen hinab und atmete ganz tief durch, als sie hinaus ins Sonnenlicht trat. Ihr war zumute, als hätte ihr ein Schraubstock den Brustkorb zusammengepresst, der erst jetzt von ihr abfiel.
„Seltsam“, murmelte sie vor sich hin.

Dann wurden ihre Schritte energischer und sie schlug den Weg Richtung Stadtpark ein.

✞

Fritz Brenner streckte missmutig seine langen Beine unter dem Schreibtisch seines Büros aus und zuckte heftig zusammen, als ihn unvermutet ein Muskelkrampf in der rechten Wade überfiel.

„Scheiße", stöhnte er laut auf, rieb und kniff sich in seinen verhärteten Muskel. Er stand auf und hüpfte auf einem Bein durch das Büro, während er gleichzeitig die Zehenspitzen seines rechten Fußes zu dehnen versuchte. Allmählich ebbte der Schmerz ab. Vorsichtig stellte er seinen Fuß wieder auf den Boden und versuchte behutsam, sein ganzes Gewicht darauf zu verlagern. Dann marschierte er im ganzen Zimmer auf und ab, bis die Verkrampfung irgendwann vollends verschwunden war. Nach einem flüchtigen Blick auf seine Armbanduhr kehrte er zum Schreibtisch zurück.

Gerade wollte er sein Handy in die Tasche stopfen, um in den Feierabend zu gehen, als dieses brummend den Eingang einer Textnachricht anzeigte:

Hi Fritz, bräuchte dich morgen Vormittag ganz dringend bei einem kurzen Hausbesuch. Würde dich echt nicht darum bitten, wenn es nicht so wichtig wäre. Du, ich brauch wirklich deine Hilfe! Bitte sei doch um zehn Uhr im Steinweg 7 bei Familie Seidl, ja? Vielen, vielen Dank schon mal, Liza.

Verdutzt starrte er auf das Display vor sich.

Solche Worte war er von seiner Kollegin überhaupt nicht gewohnt. Im Gegenteil, sie vermied es in der Regel völlig, ihm gegenüber Gefühle oder gar Schwächen zu zeigen.

Durch seine große Verblüffung vergaß er ganz, sich über den Extra-Einsatz an einem Wochenende zu ärgern. Amüsiert registrierte er, dass er es noch nicht mal in Erwägung gezogen hatte, ihre Bitte abzulehnen.

Im Gegenteil, eigentlich freute es ihn sogar, dass sie gerade ihn zu Rate zog und seine Unterstützung suchte. Und deshalb stellte er sich auch gar nicht die Frage, was sie dazu veranlasst haben könnte.

Er drückte die Antwortfunktion und schrieb ihr zurück, ohne noch lange zu überlegen: *Okay! Bin um zehn Uhr dort, Fritz!* Dann verließ er pfeifend das Büro des städtischen Jugendamts.

✝

Er folgte ihr mit verlangenden Blicken. So lange war er nun schon auf der rastlosen Suche, bis er sie jetzt endlich, endlich wiedergefunden hatte, gerade noch rechtzeitig. Manchmal hatte er sogar schon befürchtet, nie mehr ans Ziel zu gelangen.
Ihre blonden Haare, diese Augen, welche ihm den Weg zu ihrer Seele wiesen. Und ihre Furcht, die sie selbst jedoch nicht begriff.
Aber er, er wusste, woraus sie geboren war. Und heute war ihr nun mit ihm die Angst am helllichten Tag begegnet.

Im Schatten der Menschen, die zielstrebig noch die letzten Besorgungen des Tages verrichteten, passte er seine Schritte den ihrigen an, bis sie in einem Zweifamilienhaus am Ende einer Seitenstraße verschwand.
Gebannt beobachtete er, wie die junge Frau in ihrer Wohnung im obersten Stockwerk ein Fenster nahe einer geschwungenen Feuertreppe weit öffnete, sich dann mit geschlossenen Augen hinauslehnte und sich genüsslich von der tiefstehenden Abendsonne ihr schönes Gesicht wärmen ließ.
Aufgeregt wartete er, ob sie es dieses Mal wieder schließen würde, aber zu seiner großen Freude ließ sie es geöffnet wie an jedem der vorangegangenen, lauen Nächte auch.

Irgendwann verschmolz die hereinbrechende Dunkelheit eines warmen Sommerabends mit ihm und ihrem gemeinsamen Geheimnis.

✝

Kommissar Anderlech starrte blicklos auf die verbrannte Karikatur eines Menschen vor sich. Er vermochte nicht einmal zu sagen, ob es sich dabei um einen Erwachsenen oder ein Kind handelte, weil die Gestalt durch das Feuer derart verkrümmt und zusammengezogen worden war, dass man den Menschen dahinter nur noch dunkel erahnen konnte.

Eine kleine Wandergruppe hatte die grausig verbrannte Leiche heute früh gefunden und die Polizei gerufen.
Das blanke Entsetzen stand ihnen immer noch ins Gesicht geschrieben und Anderlech konnte es ihnen, weiß Gott, nicht verdenken. Was ihn so schockierte, war der Umstand, dass es sich hier um eine inszenierte Verbrennung zu handeln schien. Zumindest sah alles ganz danach aus.
Die Spurensicherung war in ihren weißen Schutzgewändern emsig dabei, alles in einem weiten Umkreis des Tatortes penibel zu sammeln und in kleinen Tütchen zu sichern. Bevor ihm nicht diesbezüglich und über die gerichtsmedizinischen Untersuchungen erste Ergebnisse auf den Schreibtisch kamen, war er letztlich doch bloß zur Untätigkeit verdammt.
Nur dem Zufall war es zu verdanken, dass hier beinahe am Ende der Welt Wanderer unterwegs gewesen waren und die Leiche überhaupt gefunden hatten.
Der Tatort war nämlich ein relativ unzugängliches Gelände in den Schachten inmitten einer schier unendlichen Seen-und Moorlandschaft und dichter Wälder, wohin sich Touristen und Spaziergänger eigentlich nicht leicht verirrten, weil es ziemlich weit abseits aller Wanderwege gelegen war.
Diese Wandergruppe jedoch hatte ein Überlebenstrainings-Seminar gebucht, weswegen sie auch in aller Herrgottsfrühe

aus Zwiesel aufgebrochen war und sich dafür absichtlich den Weg in diese einsame Wildnis gesucht hatte. Und nun das!
Anderlech ließ seine Augen über den heruntergebrannten Holzhaufen wandern, als er plötzlich stutzte. Zwischen dunkler Asche und angeschwärzten Holzscheiten schimmerte etwas hell Glänzendes hindurch.
Er bückte sich und schob mit Hilfe eines Astknüppels ganz vorsichtig alles beiseite, bis ein kleines, goldenes Kreuz sichtbar wurde. Schnell zog er sich Handschuhe über, hob es hoch und ließ es in einen kleinen, durchsichtigen Beutel fallen. Dann betrachtete er das Kreuz genauer. Offensichtlich schien es von einer Kette abgerissen worden zu sein oder sie war verbrannt. Als feine Gravur waren die Initialen E•T• darauf zu erkennen.

„He, Richard! Komm doch mal bitte her. Schau, was ich gefunden habe."
Richard Mitsch, der Chef der KTU, drehte sich zu Anderlech um und grinste leicht verlegen, als er beim Näherkommen den Beutel in Pauls Hand erblickte.

„Äh … Ich glaub es ja nicht. Vielleicht solltest du doch zu uns überwechseln? Irgendwas findest du scheinbar immer, was wir übersehen. Zeig doch mal. Was hast du denn da?"
Anderlech reichte ihm den Beutel und fuhr sich müde übers Gesicht.

„Ja, vielleicht sollte ich das wirklich. Irgendwie ist mein Teil des Jobs nämlich entsetzlich deprimierend. Wer macht denn bloß so etwas, sag mal? Das sind doch echt kranke Hirne, Menschenskinder!"
Richard klopfte ihm verständnisvoll auf die Schulter, während er das Kreuz nach wie vor sehr aufmerksam betrachtete.

„Du wirst ihn schon finden. Ich kenne dich schließlich. Sag mal, habe ich jetzt gerade IHN gesagt? Komisch, dass man bei so was immer gleich an einen Mann denkt. Aber im Ernst, könnte so etwas denn wirklich eine Frau bewerkstelligen, ich meine rein kräftemäßig? Das Opfer wird sich doch sicher höllisch gewehrt haben. Selbst wenn die Person betäubt oder tot gewesen sein sollte, dann musst du sie doch erst auf einen solchen Scheiterhaufen hinaufbringen. Ganz zu schweigen von diesem großen, schweren Holzpfahl, an den sie festgebunden war. Ist es da denkbar, dass eine Frau so einen Holzpfosten überhaupt schleppen und allein aufstellen kann und dann einen betäubten Menschen hochhievt? Hmm, ein goldenes Kreuz … Wo, sagst du, hast du es genau gefunden, Paul?“

„Da, ziemlich am Rand des Holzhaufens zwischen den angekokelten Holzscheiten.“

„Ich muss es mir erst noch genauer anschauen, aber auf den ersten Blick sieht es völlig unversehrt aus. Vielleicht hat es das Opfer ja verloren, als der Mörder die Person hinaufgezerrt hat.“

Anderlech nickte nur und zog es zunächst vor, zu Richards Überlegungen zu schweigen. Dann zog er die Schultern hoch, drehte sich um und ging auf den kleinen Allrad-Geländewagen zu, den ihm der Führer der Wandergruppe vorsichtshalber beim zuständigen Förster organisiert hatte, damit er nicht noch womöglich mit seinem eigenen, kleinen Auto im morastigen Boden steckenblieb.

Er stieg in das Fahrzeug ein, machte sich vorsichtig über einen mehr als holprigen und sperrigen Forstweg auf die Rückfahrt zum Forstamt und tauschte den Wagen wieder gegen sein eigenes Vehikel, das er dort zuvor abgestellt hatte.

Dann fuhr er langsam und bedrückt zurück ins Kommissariat nach Zwiesel.

✞

SAMSTAG, 16. 7. 2011

Der Wecker schrillte ohrenbetäubend und Liza fuhr schlaftrunken in die Höhe. Nach einem Blick auf die Uhrzeit ließ sie sich mürrisch in die Kissen zurücksinken. Herrschaftszeiten! Sieben Uhr früh und das an einem Samstag. Aber es war schließlich ihr eigener Vorschlag gewesen und immerhin hatte Fritz ihr versprochen, dabei zu sein.

Zunächst hatte sie versucht, Anita telefonisch zu erreichen. Als ihr das auch nach mehreren Versuchen nicht gelungen war, hatte sie sich wohl oder übel doch noch an Fritz gewandt. Ihre Erleichterung, als sie dann seine Antwort gelesen hatte, war grenzenlos gewesen.

Komisch, ich bin doch sonst kein solcher Hasenfuß, hatte sie noch gedacht, aber dieses befreiende Gefühl, welches sie überkommen hatte, war so beglückend, dass sie jeden anderen Gedanken einfach hatte beiseiteschieben können.

So hatte sie diese Nacht auch wunderbar durchgeschlafen und nicht einmal die Träume, die ihr sonst schreckliche Nächte bereiteten, waren aufgetaucht. Überhaupt, diese fürchterlichen Albträume, so irreal und deutlich gleichermaßen. Dennoch konnte sie sie nicht in Worte fassen. Es waren stets sehr diffuse Träume, die nur aus Gefühlen und brennender Hitze zu bestehen schienen, selbst aber irgendwie keine Bilder hatten. Zumindest konnte sie sich morgens nie an konkrete Bilder erinnern, aber eine lähmende Angst bestimmte nach solchen Nächten ihr Erwachen. Erst die kalte Dusche spülte ihr dann das innere Panikgefühl von der Seele.

Gestern war es ihr nun zum ersten Mal passiert, dass dieses beklemmende Angstgefühl mitten am helllichten Tag in ihr aufgestiegen war. Und das hatte sie zusätzlich tief verstört. Erst nachdem sie Fritz um seine Unterstützung gebeten und er sie ihr auch prompt zugesagt hatte, war dieses Gefühl gewichen.

Liza kroch aus ihrem durchschwitzten Bett.
Am offenen Fenster atmete sie tief durch und spürte bereits das erste, warme Vorgefühl eines bevorstehenden, sehr heißen Sommertages. Wie sehr sie diese morgendliche Erwartung von Sommerhitze liebte, diese beglückende Ahnung strahlenden Lichtes und die zu erwartende, luftige Leichtigkeit, diese Unbeschwertheit der Natur, die ihren frohen Widerhall in ihrem Innersten fand. Die Sonne vertrieb auch die düstere Erinnerung an den gestrigen Tag.
Nachdem sie sich kalt geduscht hatte, zog sie ein buntes Sommerkleid an, welches sie ganz besonders mochte und das ihre äußerst aparte Erscheinung vorteilhaft unterstrich.
Sie setzte sich mit einer Tasse Kaffee ans Fenster, griff nach dem Telefon und versuchte erneut, ihre Kollegin Anita anzurufen. Wieder und wieder läutete es langgezogen im Hörer, aber niemand hob an.
„Seltsam. Sie müsste doch um diese Uhrzeit endlich einmal daheim sein“, murmelte sie halblaut vor sich hin.
Irgendwann sprang der Anrufbeantworter an und die Stimme ihrer Kollegin drang an ihr Ohr.

„Wer auch immer ihr seid, ihr müsst warten, bis ich wieder zu Hause bin. Wenn es wichtig sein sollte, dann sprecht jetzt. Ihr könnt es aber auch einfach lassen. Anita.“

„Hallo, Anita, ich bin's, Liza. Mensch, sag mal, wo treibst du dich denn die ganze Zeit herum? Na ja, es ist jetzt nicht so wichtig. Ich erzähl es dir dann am Montag in der Arbeit. Bis dann. Servus.“
Sie stellte ihre Kaffeetasse in die Spüle ihrer kleinen Küche und betrachtete sich prüfend im Garderobenspiegel. Dann schlüpfte sie in ihre flachen Ballerina-Schuhe, nahm eilig ihre Handtasche und den Türschlüssel an sich und verließ ihre

Wohnung.
Nichtsahnend, dass schon seit ihrem Aufwachen unablässig wieder ein Augenpaar auf sie gerichtet war, lief sie die Treppen hinab und trat hinaus auf die Straße.

✟

Anderlech saß an diesem Samstag bereits seit sechs Uhr früh in seinem Büro, wie das bei einem neuen Fall bei ihm immer zu sein pflegte.
Die Gerichtsmedizin hatte den ganzen Freitag und auch die darauffolgende Nacht fast pausenlos durchgearbeitet, wohl wissend, wie sehr der Kommissar auf erste Ergebnisse brannte, um überhaupt irgendeinen vernünftigen Handlungsansatz zu bekommen. Bisher konnte er noch nicht einmal sagen, ob es sich bei der Leiche um eine Frau oder einen Mann handelte und auch nicht, zu welchem Zeitpunkt das Feuer ungefähr gebrannt hatte.

In düstere Gedanken versunken, nippte er an seinem kalt gewordenen Kaffee und verzog dabei angewidert das Gesicht. Da klopfte es und beinahe im selben Augenblick öffnete sich seine Bürotür.
Im Türrahmen stand mit einem müden, aber zufriedenen Gesicht die zuständige Gerichtsmedizinerin.

„Guten Morgen, mein lieber Paul. Ich habe jetzt endlich erste Ergebnisse für dich!“

„Halleluja! Na Gott sei Dank, Sonja. Ich sitze hier die ganze Zeit schon wie auf Kohlen. Mann oder Frau?“

„Es handelt sich um eine jüngere Frau, ich schätze mal so zwischen zwanzig und fünfunddreißig Jahren. Ihre Knochen lassen das mit hoher Wahrscheinlichkeit vermuten. Erst eine DNA-Analyse wird uns darüber letzte, hundertprozentige Gewissheit geben, wird aber halt leider noch etwas dauern. Und gestorben ist sie so zwischen elf und ein Uhr in der Nacht von Donnerstag auf Freitag. Die Asche und Holzrückstände, aber auch die toten Käfer und andere Insekten, die selbst zwar nicht mehr verbrannt, aber durch die extreme Hitze des Feuers gestorben sind, grenzen den Tatzeitpunkt dementsprechend ein. Und Paul? Wir müssen wohl auch davon ausgehen, dass die Frau offensichtlich bei lebendigem Leibe verbrannt ist. Ihre Knochen weisen keine Spuren äußerer Gewalteinwirkung auf. Natürlich kann ich Gift oder andere Betäubungssubstanzen nicht ausschließen, da es leider nicht mehr zu rekapitulieren ist. Der Zustand der Leiche lässt dahingehende Untersuchungen leider nicht mehr zu. Deshalb kann ich dir eben auch nicht mit letzter Gewissheit sagen, ob sie noch bei vollem Bewusstsein war oder nicht, als man sie verbrannte."

Abwartend schaute Sonja den Kommissar an, als sie mit ihrem Bericht fertig war.

Anderlech blickte sie nur zutiefst erschüttert an. Die ganze Zeit hatte er Sonja mit keinem Wort zu unterbrechen versucht, so sprachlos hatte ihn die Vorstellung gemacht, die Frau könnte lebendig verbrannt worden sein.

„Du liebe Güte! Hasst du deinen Beruf nicht auch in solchen Momenten? Ich kann nur hoffen, dass es sozusagen nur eine reine Beziehungstat war und es sich nicht noch um einen beginnenden Serienmörder handelt, denn die inszenierte Verbrennung gefällt mir nicht, gefällt mir ganz und gar nicht. Okay. Danke dir, Sonja."

Die Gerichtsmedizinerin nickte nur schweigend.

„Sobald ich etwas Neues weiß, melde ich mich bei dir. Aber jetzt muss ich endlich erst einmal ins Bett. Ich kann kaum mehr die Augen offenhalten. Du siehst übrigens auch nicht mehr ganz taufrisch aus, wenn ich das mal so sagen darf."

Milde lächelnd verschwand sie aus Anderlechs Blickfeld und ließ einen müde und ratlos wirkenden Kommissar zurück. Nach ein paar Minuten griff er jedoch entschlossen nach dem Telefonhörer und ließ sich mit der Vermisstenstelle verbinden.

„Hallo, Herr Schüßler. Anderlech hier. Sagen Sie, haben Sie vielleicht gestern oder die letzten Tage eine Vermissten-Meldung über eine Frau zwischen zwanzig und fünfunddreißig Jahren hereinbekommen? ... Ja? ... Moment mal, ich schreib es mir nur eben schnell auf … Anita Bauer, Feldstraße 9 … Gerade eben erst gemeldet von ihrem Freund, aha. Wie war noch sein Name? … Alex Schwarz, wohnhaft Morrgasse 1 … Ja, habe ich mir notiert. Und seit wann genau? … Seit Donnerstagabend schon abgängig? … Alles klar. Sonst haben Sie keine Meldungen? … Okay. Vielen Dank, Herr Schüßler. Auf Wiederhören."

Der Kommissar rieb sich nachdenklich den Nacken. Ein erster Ansatz, vielleicht. Aber zumindest etwas, was er endlich jetzt gleich unternehmen konnte. Den Freund befragen und sich aus der Wohnung der vermissten Frau mittels ihrer Haar- oder Zahnbürste eine DNA-Probe beschaffen. Man würde sehen, was ein DNA-Abgleich bringen würde. Vielleicht hatte er auch einmal ein bisschen Glück. Welch zynisches Wort in diesem Zusammenhang. Aber er hatte sich schon lange an diese Art des Zynismus gewöhnt, gewöhnen müssen. Er machte so vieles in seinem Leben erst erträglich.

Anderlech stand auf, um sich auf den Weg zur Wohnung der Vermissten zu machen, als Richard Mitsch atemlos zu ihm hereingestürzt kam.

„Mensch, Paul! Stell dir vor. Ich habe gerade erfahren, dass überall in den Schachten fast flächendeckend Videofallen installiert worden sind. Man hat sie dort zur Beobachtung von Luchsen aufgebaut. Wenn wir also Glück haben …?"

Anderlech hob elektrisiert den Kopf. Großer Gott, vielleicht war … Vielleicht war ja dann der Mörder darauf zu sehen. Sofort griff er zum Telefon und ließ sich mit der zuständigen Stelle verbinden. Doch je länger das Gespräch andauerte, desto enttäuschter blickte er drein. Schließlich beendete er frustriert das Telefonat.

„Tja, da kann man halt nichts machen. Ich hätte gehofft, na ja, egal. Auf jeden Fall nochmal Danke. Auf Wiederhören."

Richard, der Paul die ganze Zeit nicht aus den Augen gelassen hatte, sah ihn gespannt an, obwohl ihm die letzten Worte doch bereits angedeutet hatten, dass ihn eine herbe Enttäuschung

erwartete.
Und Paul bestätigte ihm seine Vermutung sofort.

„Alle Kameras, die sich dort im Umkreis des Tatortes befinden, sind wegen eines technischen Defekts, auch Sabotage schließen sie nicht aus, schon seit zwei Wochen ausgefallen. Und es ist ihnen nicht möglich, diesen Schaden in den nächsten Wochen zu beheben. Gottverdammter Mist! Aber es wäre auch zu schön gewesen, um wahr zu sein. Also, alles wieder auf Anfang. Tut mir leid, Richard!"

„Mir auch, Paul. Verflucht schade. Aber du kriegst ihn auch so. Ganz bestimmt!"
Damit ging er und ließ Anderlech alleine zurück.

✝

Als Liza auf die Straße hinaustrat, stolperte sie beinahe über mehrere Umzugskartons, die sich bereits auf dem Gehsteig türmten. Mehrere Männer waren schwitzend dabei, die Ladefläche eines Möbelwagens zu entleeren.
Ihre Vermieterin unterhielt sich angeregt und gestikulierend mit einem unglaublich gutaussehenden Mann, dem auch diese Kisten ganz offenbar zu gehören schienen.
Als die Frau Liza erblickte, winkte sie ihr aufgekratzt zu.

„Guten Morgen, Frau Ricker. Kommen Sie her. Darf ich Ihnen gleich meinen neuen Mieter, Ihren künftigen Nachbarn vorstellen? Das ist Herr Cornelius Brühl. Er bezieht heute die Wohnung unter Ihnen."
Liza stutzte zunächst überrascht, dann reichte sie ihm jedoch freundlich lächelnd die Hand.

„Guten Tag, Herr Brühl. Dann wünsche ich Ihnen einen guten Start und hoffe vor allem auf eine nette Nachbarschaft."
Der Mann lächelte sie charmant an.

„Ich muss sagen, ich hätte es mit der Nachbarschaft wohl gar nicht besser treffen können. Vielleicht hätten die beiden Damen Lust zu einem kleinen Willkommenstrunk, vielleicht sogar schon morgen Abend? Dann wäre ich zumindest so weit eingerichtet, dass ich mit Gläsern und auch ein paar Stühlen aufwarten kann."
Über das Gesicht von Lizas Vermieterin huschte prompt ein erwartungsfrohes Leuchten und auch Liza selbst ertappte sich dabei, wie sie sich spontan über die Einladung freute.

„Aber gerne doch. Wenn es Ihnen auch wirklich nicht zu stressig ist, dann komme ich morgen Abend auch sehr gern auf einen Sprung bei Ihnen vorbei."

„Sehr schön. Ich freue mich auf die Damen. Bis morgen

dann, sagen wir so gegen zwanzig Uhr? Ja? … Wunderbar. Dann noch einen schönen Tag allerseits."
Mit diesen Worten stieg er wieder auf die Laderampe und wuchtete die nächsten Kartons aus dem Fahrzeug.
Die beiden Frauen nickten sich höflich zu und Liza begab sich nun notgedrungen weiter auf den Weg zur Familie Seidl, um endlich diesen unangenehmen Besuch, der ihr wie ein Stein im Magen lag, hinter sich zu bringen.

Als sie in besagten Steinweg einbog, konnte sie Fritz vor dem Hauseingang Nr. 7 bereits ungeduldig auf sie warten sehen.

„Na endlich! Wo bleibst du denn? Ich bin so gespannt, was da jetzt auf mich wartet. Wohnt da etwa ein zweiköpfiges Ungeheuer oder was ist los?"
Bei dem doch leicht spöttischen Tonfall verspannte sich Liza unversehens und bereute es augenblicklich, Fritz um Hilfe gebeten zu haben. Im hellen Tageslicht konnte sie ihre gestrige Gefühlslage jetzt sowieso nicht mehr nachvollziehen.
Du bist doch völlig hysterisch, warf sie sich insgeheim selbst vor.

„Schon gut. Tut mir leid, dass du meinetwegen Umstände hattest. Wenn du keine Lust oder Besseres zu tun hast, dann ist das auch okay! Ich war gestern wohl einfach nur ein bisschen abgespannt und habe mich da in etwas hineingesteigert."

„Hallo, so war es nicht gemeint. Ehrlich! Ich habe mich doch sogar gefreut, dass du dich an mich gewandt hast, Liza. Okay, ich weiß schon, dass ich in letzter Zeit etwas, na sagen wir mal, unleidlich bin und dafür möchte ich mich auch echt entschuldigen. Und du und Anita, ihr könnt wirklich nichts für die momentane Situation im Amt. Wir sind Kollegen und Kollegen arbeiten zusammen. Richtig? Also, sag schon, was steht an? Wobei kann ich dir denn helfen?"
Liza blickte Fritz leicht überrascht an. So ein nettes Auftreten kannte sie an ihm gar nicht. Aber besaß nicht eigentlich jeder Mensch immer irgendwie auch eine äußere Fassade, die ihm Sicherheit und Schutz bot? Versteckte Fritz womöglich sein wahres Wesen nur hinter demonstrativ zur Schau gestellter

Oberflächlichkeit und dummen Sprüchen? Sie selbst zeigte doch auch immer ein bemüht selbstbewusstes Auftreten, um so ihre eigenen Unsicherheiten und Ängste zu kaschieren. Und wie sollten da andere Menschen ihre Verletzlichkeit überhaupt erkennen können? Möglicherweise hatte ihre jetzige Bitte nach Unterstützung es Fritz sogar erst möglich gemacht, sich ihr gegenüber netter als bisher zu zeigen.

Mochten sie sich auch öfter darüber ärgern oder auch lustig machen, wenn andere Menschen immer Schuldige suchten, waren sie selbst denn eigentlich wirklich so viel anders? Hatte nicht auch sie selbst Fritz bisher in eine Schublade gesteckt, in die er vielleicht gar nicht hineingehörte, nur weil es für sie so einfacher war, mit ihm umzugehen?

Es blieb wohl abzuwarten, wie sich die Zusammenarbeit mit ihm weiterentwickeln würde, aber ein neuer Anfang könnte mit dem heutigen Tag vielleicht doch gemacht worden sein.

„Ich weiß nicht. Dieser Vater da droben …, der ist irgendwie furchteinflößend. Und ich kann dir nicht einmal sagen, warum das so ist. Ich meine, er war nicht wirklich aggressiv, na ja, vielleicht latent schon, aber nicht wirklich konkret fassbar. Ich hatte einfach nur ein unglaublich ungutes Gefühl, da noch einmal ganz alleine hinzugehen. Und ich bin wirklich froh, dass du mich heute begleitest. Wir haben am Donnerstagnachmittag eine leider anonyme Anzeige wegen Kindesmisshandlung hereinbekommen und ich habe gestern die ganze Familie für heute zusammengerufen, damit ich mir ein genaueres Bild machen kann. Ich würde deshalb auch vorschlagen, dass ich mit einem der Kinder ungestört rede und dabei unauffällig in körperlichen Augenschein nehme und du die anderen in ihrem Umgang miteinander beobachtest. Was meinst du dazu?“

„Hört sich ganz vernünftig an. Und ehrlich, ich halte dich echt nicht für hysterisch oder sonst was. Ich kenne dich als kompetente und selbstbewusste Frau und wenn du dort solche Gefühle hast, dann will ich da schon auch genauer hinschauen. Das Reden mit den Kindern könnte allerdings schwierig werden. Du weißt ja, ohne das Einverständnis der Eltern ist

das nicht durchzusetzen und ohne formellen Amtsweg auch nicht zu erzwingen. Lass uns einfach erst mal schauen, okay? Wie heißen die Leute denn? … Seidl? Gut."
Mit diesen Worten drückte Fritz den Klingelknopf und fast sofort ertönte der Türsummer, als hätte jemand ausschließlich darauf gewartet, dass geläutet würde. Aber im Gegensatz zu ihrem gestrigen Besuch wartete diesmal bereits die offene Tür auf sie, als sie im dritten Stock angelangt waren.

Wieder stand der untersetzte Familienvater mit gerötetem Gesicht vor ihnen und herrschte sie sofort unwirsch an, ohne sie zuvor auch nur zu begrüßen.

„Und wieso kommen Sie heute gleich zu zweit? Das muss ich mir wirklich nicht gefallen lassen. Das war so überhaupt nicht abgesprochen!"
Noch bevor er jedoch erbost die Haustüre vor ihnen zuwerfen konnte, gelang es Fritz mit freundlicher und überaus harmlos klingender Stimme, den Mann augenblicklich zu besänftigen.

„Entschuldigen Sie bitte, Herr Seidl, das hat sich wirklich ganz unvorbereitet ergeben. Meine Kollegin traf mich nämlich zufällig auf dem Weg zu Ihnen und hatte die spontane Idee, dass ich sie doch begleiten könnte. Sie meinte, dass es für Sie vielleicht angenehmer sein könnte, sich mit einem Mann zu unterhalten, als von einer Frau mit noch dazu offensichtlich haltlosen Anschuldigungen belästigt zu werden. Aber leider …, Sie wissen, dass wir das überprüfen müssen. Wenn nicht heute, dann halt morgen, dann aber auf dem offiziellen, amtlichen Weg. Es wäre also wirklich nett von Ihnen, wenn wir das heute endlich hinter uns bringen könnten. Wäre auch für Sie und Ihre Familie wesentlich angenehmer, glauben Sie mir. Aber wenn es Ihnen bei uns im Jugendamt lieber ist, dann können wir auch sofort wieder gehen und wir sehen uns dann eben am Montag dort."
Herr Seidl wirkte in diesem Moment extrem überrascht und überrumpelt. Damit hatte er offensichtlich überhaupt nicht gerechnet. Die sehr versteckte Drohung war durchaus bei ihm angekommen. Widerwillig rang er sich also notgedrungen ein

mürrisches Einverständnis ab.

„Nein, nein, dann kommen Sie halt in Gottesnamen herein, wenn Sie jetzt schon mal da sind. Wenn das so ist, na dann … Dann wollen wir den Quatsch lieber ein für allemal hinter uns bringen."

Liza atmete erleichtert auf und Fritz blinzelte ihr verstohlen zu, als sie gemeinsam eintraten.

Im winzigen Wohnzimmer wartete die komplette Familie auf sie. Die Kinder standen wie die Orgelpfeifen nebeneinander und nur das jüngste Kind, welches Liza bereits kennengelernt hatte, fiel in seiner Körpergröße erkennbar von den anderen dreien ab.

Auch die Mutter richtete sich kerzengerade auf, als die beiden Jugendamt-Mitarbeiter hereinkamen, und Liza fiel sofort ihr verhuschter Seitenblick in Richtung ihres Mannes auf. War das Angst oder einfach nur Unsicherheit angesichts der Situation, was Liza in Gesicht und Körperhaltung der Frau zu erkennen glaubte?

Nun hör aber endlich mal auf, in allem und jedem ständig Gespenster zu sehen, sprach sie sich innerlich eine dringend gebotene Sachlichkeit zu.

Sie drehte sich Fritz zu und dieser ergriff auch unmittelbar das Wort.

„Guten Tag, Frau Seidl. Mein Name ist Fritz Brenner. Meine Kollegin Frau Ricker und ich kommen vom städtischen Jugendamt, wie Ihnen Ihr Mann bestimmt schon gesagt hat. Wir erhielten gestern eine anonyme Anzeige gegen Sie, der wir heute nachgehen müssen. Es handelt sich dabei nur um reine Routine und ich möchte Sie daher bitten, das Ganze nicht allzu ernst zu nehmen. Es wäre sehr nett, wenn Sie bereit wären, sich nur kurz mit Frau Ricker und mir zu unterhalten und ein paar Fragen zu beantworten. Dann sind wir auch schon wieder weg. Ich bin sicher, dass das Ganze gewiss nur üble Nachrede ist. Wäre es vielleicht möglich, dass meine Kollegin mit einem Ihrer Kinder alleine spricht?"

Fritz blickte den Hausherrn bei diesen Worten auffordernd fragend, jedoch freundlich und verbindlich lächelnd an. Dieser zuckte nur grimmig mit den Schultern und deutete Richtung Wohnküche.

„Von mir aus. Wie schon gesagt, wir haben schließlich nichts zu verbergen.“ An seine Kinder gerichtet, ergänzte er in einem Tonfall, der auf Liza irgendwie drohend wirkte. „Führt euch bloß anständig auf und zeigt den Leuten, dass ihr eine gute Erziehung bekommt. Mit wem von uns wollen Sie denn sprechen?“, bellte er Liza dann entgegen.

Liza deutete auf das ältere Mädchen.

„Wie heißt du denn?“

„Lena“, kam es leise zurück.

„Okay, Lena. Dann gehen wir beide kurz in die Küche. Willst du mir zeigen, wo sie ist?“

Lena bewegte sich schweigend zur Tür und ging dann Liza durch einen langen Flur voraus. Am Ende des Ganges befand sich eine geräumige, helle Wohnküche, die offensichtlich auch der Lebensmittelpunkt der Familie zu sein schien. Neben einem großen Esstisch, einer gut ausgestatteten Küchenzeile und mehreren Vitrinen nahm eine ausziehbare Schlafcouch den deutlich größten Raum ein. Überall sah es sehr sauber und aufgeräumt aus. Lena, die Lizas interessierten Blick wahrnahm, erklärte, dass dort ihre Brüder schlafen würden. Liza nickte nur. „Wollen wir uns an den Tisch setzen oder lieber auf die Couch?“

Während sie sprach, ließ sie ihren forschenden Blick wie auch schon gestern bei der kleinen Schwester über Gesicht, Arme und Beine von Lena wandern. Aber auch da gab es nichts zu bemerken, was ihr hätte auffallen können.

Sie spürte den intensiven Blick Lenas auf sich und noch bevor sie ihr irgendeine Frage stellen konnte, brach es aus dem Kind heraus.

„Wer hat uns denn nun eigentlich angezeigt? Immer gibt es Leute, die meinen Geschwistern und meiner Mutter Ärger machen möchten. Weil sie genau wissen, wie schnell sich mein Vater aufregen muss. Können Sie uns denn nicht einfach nur in Ruhe lassen? Es ist nichts. Bei uns ist alles in Ordnung. Wirklich. Bitte gehen Sie einfach.“

Liza registrierte erstaunt, wie unglaublich erwachsen sich das Kind ausdrückte, obwohl sie doch erst zehn Jahre alt war.
Ihr Tonfall wurde sanft, als sie das Kind zu beschwichtigen versuchte.

„Beruhige dich bitte, Lena. Ich glaub dir das ja. Eigentlich wollte ich mich nur kurz ein bisschen bei euch umschauen. Wir haben euch das vorhin doch erklärt. Und dann sind wir auch schon wieder fort. Sag mal, was ist das denn dort oben auf dem Schrank? Ist das ein Vogelkäfig? Warum hängt denn da ein Tuch drüber? Das ist ja lustig."

„Ach, das sind nur meine zwei Wellensittiche. Papa hat das Tuch darübergelegt, damit sie schlafen und Ruhe geben. Sie wirbeln sonst immer Dreck auf und das mag er nicht."
Liza lachte.

„In der Küche ist das ja auch nicht so angenehm. Wo schlafen du und deine Schwester denn eigentlich?"

„Das Zimmer, wo wir vorhin alle drin waren, das ist unser Schlafzimmer."

„Na, da wird's wohl ein bisschen eng, wenn euch Freunde besuchen kommen, nicht wahr?"
Misstrauisch antwortete Lena, wobei sie Lizas Gesicht ganz genau musterte.

„Ach was, das geht schon. Ich treffe mich mit meiner Freundin sowieso meistens nur draußen. Da stört mich meine Schwester dann wenigstens nicht."

„Na gut. Eigentlich sind wir dann fertig. Oder …, gibt es vielleicht doch noch irgendwas, was du mir sagen möchtest, Lena? Wirst du oder werden deine Geschwister geschlagen?"
Liza schaute das Mädchen fest an. Lena gab den Blick zurück und schüttelte nur entschieden den Kopf. Liza erhob sich daraufhin seufzend. „Na gut, dann lass uns mal zu den anderen zurückgehen."
Als die beiden ins kleine Mädchenzimmer zurückkamen, wirkte das Zusammensitzen der anderen beinahe gelöst und wieder registrierte Liza das deeskalierende Talent von Fritz, das sie bisher so noch nie zur Kenntnis genommen hatte.
Schuldbewusst leistete sie ihm deshalb insgeheim Abbitte. „Ich

glaube, dass wir das Ganze abkürzen können. Entschuldigen Sie bitte, dass wir Sie heute noch mal belästigen mussten. Meinem Empfinden nach gibt es nichts, was uns jetzt aktiv werden lassen müsste. Oder was meinen Sie, Herr Brenner?"
Fritz hob den Kopf von einem Handyspiel, das offensichtlich einem der beiden Jungen gehörte, schaute sie forschend an und antwortete dann langsam.

„Ich schließe mich dem gerne an. Ich bitte Sie nochmals, die Störung zu entschuldigen, und wünsche Ihnen und Ihrer Familie ein schönes Wochenende."
Alle standen auf und Herr Seidl begleitete die beiden beinahe versöhnt zur Türe. Entspannt lächelnd verabschiedete er sich und dieses Lächeln drehte Liza schier den Magen um.

„Da bin ich aber froh, dass Sie das endlich mal einsehen. Mich würde trotzdem interessieren, wer uns da angeschwärzt hat. War bestimmt unser Nachbar von nebenan. Na, der kann aber was erleben."
Mit diesen Worten schloss er hinter den beiden jungen Leuten die Tür. Stumm stiegen die zwei die Treppen hinab. Unten begannen beide, fast gleichzeitig zu sprechen.

„Was meinst du, Fritz?"

„Ehrlich gesagt, es gibt eigentlich nichts, was da konkret zu beanstanden wäre. Ich meine, wir haben keinerlei Hinweise oder auch nur geringste Anzeichen für irgendeine Gefährdung. Die Wohnung selbst ist picobello und ich konnte vorhin auf den ersten Blick auch keinerlei blaue Flecken an den Kindern feststellen. Allerdings wirkten die Kids auf mich irgendwie eingeschüchtert. Ich verstehe also, was du mit Beklemmung gemeint hast. Ich kann es zwar genau wie du nicht wirklich an irgendetwas festmachen, aber das Gefühl ist auf jeden Fall da. Wir sollten weiter ein Auge darauf haben, heimlich natürlich und ganz unauffällig. Am besten wäre es, wenn immer mal wieder einer von uns sich nach Feierabend in der Nähe der Wohnung aufhalten könnte. Der Vater kommt immer um halb fünf heim. Wenn er seine Kinder schlägt, dann doch bestimmt in dieser Zeit, oder? Wir wechseln uns einfach damit ab. Kindergeschrei ist weit zu hören. Und sollte uns dann etwas auffallen, dann sprechen wir mit den Nachbarn, ob und wer von ihnen die Meldung gemacht hat oder vielleicht irgendetwas weiß. Nur momentan, da wir rein gar nichts in Händen haben, wäre das keine so gute Idee, hier die Pferde scheu zu machen. Rufschädigung ist schließlich keine kleine Sache, wenn nichts an den Vorwürfen dran sein sollte. Ich sehe sonst keine andere Möglichkeit. Was denkst du?"

Liza stieß einen tiefen Seufzer aus.

„Bin ich froh, dass du das genauso siehst, Fritz. Ich hatte wirklich schon das Gefühl zu spinnen. Aber ich hätte es dort keine Minute länger mehr ausgehalten. Danke, Fritz, für deinen Beistand eben. Und deine Idee finde ich gut, dann müssen wir uns wenigstens keine Vorwürfe machen. Übrigens tut es mir echt leid, dass ich deine Gesprächstalente bisher nicht erkannt habe. Ich meine, na ja, man hat so seine Scheuklappen, weißt du?"

Fritz lachte laut und zog sie leicht in seine Arme.

„Schon gut. Ich habe es euch bisher auch nicht immer ganz leichtgemacht. Aber, wie heißt es so schön? Ein neuer Tag ist auch immer ein neuer Anfang. Was hältst du von einem richtig großen Eisbecher? Heiß genug ist es inzwischen, puh! Ich schwitz wie blöd und will sofort Schatten. Wir könnten doch auch Anita anrufen und sie mit einladen, oder?" Von sich selbst begeistert, stupste er Liza übermütig an. „Wäre doch eine tolle Idee. Gib's zu."

Liza musste lachen.

„Ich bin mir nur gar nicht so sicher, ob wir sie auch erreichen. Seit gestern versuch ich das nämlich schon und sie geht nie ans Telefon. Vielleicht ist sie übers Wochenende weggefahren. Aber ich probiere es einfach noch mal." Liza holte aus ihrer Handtasche ihr Handy heraus und drückte auf Wahlwiederholung. Schon nach kurzer Zeit wurde dieses Mal abgehoben. „Anita? Endlich erwische ich … Was? Wer ist bitte dran? … Polizei? Aber wie, warum denn …?", stammelte Liza nur konsterniert und blickte Fritz entsetzt an.

Der nahm Liza wie selbstverständlich das Telefon ab, nannte seinen Namen und hörte eine Zeitlang schweigend zu. Dann

beendete er mit wenig aufschlussreichen Worten das Telefonat und wandte sich Liza wieder zu, die noch immer kein Wort verstanden hatte, um was es bei dem Gespräch nun eigentlich gegangen war.
Wortlos und mit ernster Miene ergriff Fritz ihren Arm und führte sie in ein nahegelegenes Café, wo er sich mit ihr an einen der Gartentische setzte.

„Hör zu, Liza. Ich weiß nicht, wie ich es dir am besten sagen soll, aber …: Es sieht alles danach aus, als wäre Anita verschwunden. Ein Kommissar, ein gewisser Paul Anderlech, war am Telefon und hat uns zu sich aufs Revier bestellt. Wir sollen gleich kommen, hat er gesagt."

Nach ein paar vergeblichen Versuchen, etwas zu sagen, brachte Liza schließlich nur ein heiseres Krächzen heraus.

„Verschwunden, aber … Wie und warum? Wieso denn?"
Fritz zuckte die Achseln.

„Keine Ahnung, ich versteh es auch nicht. Komm, lass uns besser mal gehen. Bei der Polizei warten sie auf uns. Da werden wir dann hoffentlich mehr erfahren."

✝

Jetzt ahnt sie es. Nein, jetzt weiß sie es. Wie sie schaut … Wie es in ihr arbeitet … Aber sie findet es nicht. Was macht dieser Kerl da eigentlich neben ihr? Was hat er an ihrer Seite verloren?

Mir gehörst du, Liza, mir ganz allein!
Schick ihn auf der Stelle weg, hörst du? Sonst muss ich dich bestrafen und ihn auch. Du weißt doch, was du zu tun hast, Liza.

Erinnere dich! Du musst dich endlich erinnern, sonst …
Du musst, du musst …!

✝

Liza saß in ihrem kleinen, dafür aber sehr behaglichen Wohnzimmer. Noch immer zitterte sie am ganzen Leib wie Espenlaub und ihr ausdrucksstarkes Gesicht war leichenblass, wirkte beinahe schon maskenhaft starr.
Die zarten, sonst unsichtbaren Linien auf ihrer Stirn hatten sich tief in die Haut eingegraben, so sehr tobte das Entsetzen in ihrem Innersten.

Kommissar Anderlech hatte ihnen, Fritz und ihr, so behutsam wie nur möglich geschildert, was sich dort in den Schachten zugetragen hatte und dass es sich dabei um ihre Kollegin Anita handeln würde, die leider einem grausamen Mörder zum Opfer gefallen war. Kurz vor ihrem Eintreffen auf dem Polizeirevier war nämlich ein DNA-Schnelltest durchgeführt worden und hatte bereits vorläufige Gewissheit gebracht.
Seine Fragen hatte sie nur sehr einsilbig beantwortet und viel wusste sie auch tatsächlich nicht zu sagen. Sie hatte Anita nicht wirklich gut gekannt, wusste nur, dass sie einen Freund hatte und ihre Arbeit nicht besonders geliebt hatte. Und dass sie eine sehr lebenslustige, eher oberflächliche, junge Dame gewesen war.
Das alles war für Anderlech jedoch nichts wirklich Neues mehr und so hatte er die zwei auch alsbald nach draußen begleitet, wobei er Liza mehr als nur einmal besorgt gemustert hatte.
Auch Fritz schaute sie auf ihrem Nachhauseweg immer wieder forschend und beunruhigt an. Nachdem sie seine weitere Anwesenheit aber entschieden abgelehnt hatte, hatte er sich zwangsläufig und gegen seinen Willen vor ihrer Wohnungstüre verabschiedet und war gegangen, nicht ohne ihr noch einmal einen letzten, tröstenden Blick zuzuwerfen und aufmunternd

ihre Hände zu drücken.
Und nun saß sie in ihren Lieblingssessel gekuschelt, hatte ihre Beine angezogen und die Arme darum geschlungen.
In dieser Embryo-Haltung schaukelte sie sachte hin und her, als wolle sie sich selbst in den Schlaf wiegen. Einen Schlaf, von dem sie wusste, dass er ihr nur weiteres Grauen brachte, dem sie einfach nicht entrinnen konnte.
Sie hätte niemandem erklären können, was diese unfassbare Nachricht für sie bedeutete. Und doch überkam sie immer mehr das drängende Gefühl, sich unter allen Umständen endlich einmal irgendjemandem anzuvertrauen, nur um danach wieder frei atmen zu können.

Und so sehr sie sich auch innerlich gegen das Einschlafen wehrte, so fielen ihr doch vor lauter Erschöpfung langsam die Lider zu.

✠

Fritz schlenderte indes sehr nachdenklich die Straßen entlang. Lizas völlig verstörte Reaktion auf die wirklich furchtbaren Todesumstände ihrer gemeinsamen Kollegin hatte ihn betroffen gemacht und, gelinde gesagt, auch ziemlich irritiert. Gewiss, auch er war angesichts der Tragödie entsetzt und voll Mitgefühl. Selbst dieser Kommissar hatte angegriffen gewirkt.

Aber bei Liza hatte er außerdem noch etwas anderes, viel Tieferes gespürt. Schrecken, Panik, aber auch Schuldgefühle waren ihr ins Gesicht geschrieben. Es war nicht zu übersehen gewesen, in welchem Schockzustand sich seine Kollegin befunden hatte. Auch dem Kommissar war es aufgefallen, wie Fritz an dessen prüfendem Blick bemerkt hatte. Nur, weshalb sollte sie überhaupt irgendeine Art von Schuld verspüren?

Irgendetwas in ihm drängte ihn plötzlich, sie zu beschützen, ihr zur Seite zu stehen, sie ganz und gar verstehen zu wollen. Und was noch viel schlimmer war, er konnte dieses Gefühl, dass sie Hilfe und seinen Schutz auch tatsächlich brauchen würde, nicht abschütteln. Und genau dieses sichere Empfinden war es, welches ihn vorhin mit bisher unbekannter Vehemenz gepackt hatte und das ihn nun derart aufwühlte.

Es war ihm wirklich nicht leichtgefallen, ihrem Wunsch nach dem Alleinsein zu entsprechen, aber er hatte sofort gespürt, dass jedes weitere Insistieren seinerseits die angelehnte Türe zu ihr, welche sich ihm heute zum ersten Mal vorsichtig geöffnet hatte, sofort wieder zugeschlagen hätte.

Er musste nun wohl einfach nur Geduld haben und vielleicht würde sie ihn schon bald wieder um Unterstützung bitten, wie sie es gestern schon einmal getan hatte. Und dann würde er für sie da sein!

Seine Telefonnummer hatte sie ja und irgendwie war er sich seltsam sicher, dass Liza bestimmt schon sehr bald seine Hilfe suchen würde.

Tief in diese Gedanken versunken, bemerkte er nicht, dass sich ein anderer Schatten an seine Fersen geheftet hatte, der erst verschwand, nachdem Fritz seine Wohnung erreicht hatte und die Wohnungstür hinter ihm längst ins Schloss gefallen war.

✝

Kommissar Anderlech kehrte sinnend in sein Büro zurück, nachdem er die beiden jungen Leute noch nach draußen begleitet hatte.
Die junge Frau, die die Kollegin des Mordopfers war, ging ihm nicht mehr recht aus dem Kopf. Besser gesagt, ihre seltsame Reaktion, ihr ganzes Verhalten, diese unglaubliche Panik, die er bei ihr deutlich gespürt hatte, das alles ging entschieden weit über das normale Maß hinaus, welches man üblicherweise bei solch einer Nachricht an den Tag legte.
Was sie ausgestrahlt hatte, erinnerte ihn an etwas, das er häufig bei Verdächtigen, denen er während der Ermittlungsarbeit zu nahekam, zu spüren pflegte. Es war eine typische Mischung aus merkwürdig schlechtem Gewissen und Furcht. Und genau dieser Umstand bereitete ihm ganz gewaltiges Kopfzerbrechen.

Er begann, unruhig in seinem Büro auf und ab zu wandern, bis sein nachdenklicher Blick an dem goldenen Kreuz, welches die Spurensicherung freigegeben hatte, hängenblieb. Es lag halb verdeckt unter den Akten der KTU.
In dem Augenblick, als seine Aufmerksamkeit darauf gerichtet war, durchzuckte ihn auch schlagartig die Erinnerung daran, dass Liza Ricker erst in dem Moment, als sie vorhin auf dieses Kreuz geblickt hatte, so dermaßen totenblass geworden und einem Zusammenbruch nahe gewesen war. Richtig, erst ab diesem Zeitpunkt schien sie sich so unglaublich erschrocken zu haben und drohte, fast ohnmächtig zu werden.
Er ließ sich langsam auf seinen Schreibtischstuhl sinken, griff zum Telefonhörer und wählte die Nummer der Meldestelle, welche, Gott sei Dank, am Samstagvormittag noch besetzt war, um etwas über die junge Frau in Erfahrung zu bringen,

woher sie kam und wo sie früher gewohnt hatte. Sie hatte vorhin nebenbei erwähnt, dass sie noch nicht lange in Zwiesel lebte und Anita deshalb noch gar nicht so gut kannte.
Nähere Informationen über sie, woher sie ursprünglich kam, konnten gewiss nicht schaden.

Nachdem er sein Gespräch beendet hatte, überflog er noch einmal die wenigen Notizen: Seit einem Jahr war Liza Ricker in Zwiesel gemeldet, nachdem sie zuvor in Linz in Österreich gelebt hatte.
Einem spontanen, sehr plötzlichen Einfall folgend, vor allem, da er momentan sowieso nichts anderes tun konnte, wählte er die Handynummer von Christoph Frenzmann, einem jungen, österreichischen Kriminalkommissar, den er erst vor wenigen Wochen während des alljährlich stattfindenden, österreichisch-bayrischen Polizeitreffens ganz zufällig kennengelernt und der erst vor einem halben Jahr in Linz seinen Dienst angetreten hatte.
Gott sei Dank ist mir der jetzt noch eingefallen. Vielleicht kann der mir zufällig etwas zu dieser Liza Ricker sagen, wer weiß? Möglicherweise hatte sie dort auch schon mal mit der Polizei zu tun. Ihr schlechtes Gewissen muss doch schließlich Gründe haben, dachte er, während es im Hörer bereits anklingelte.
Im Laufe des sich anschließenden, leider sehr unergiebigen und auch kurzen Telefonats, was zumindest die Person Liza Ricker anbetraf, erwähnte er irgendwann gegen Ende eher beiläufig und völlig absichtslos seinen aktuellen Fall. Plötzlich schien sein Mienenspiel mehr und mehr zu erstarren.

„Was? … Nein. Das glaube ich jetzt nicht. Sie hatten vor dreizehn Jahren auch zwei unbekannte Tote, eine Frau und einen Mann, die verbrannt worden sind? … Wie? … War es denn damals Mord oder ein Unfall? … Lebendig verbrannt auf einem Scheiterhaufen, sagen Sie? Ich glaub, ich spinne. Hören Sie, ich weiß zwar, dass Sie noch nicht lange in Linz sind, aber könnten Sie mir nicht vielleicht trotzdem irgendetwas zu den genaueren Umständen sagen? … Ja, das habe ich mir schon

gedacht … Was? … Wann könnte ich denn dann mit ih…? … Ah, Ihr zuständiger Hauptkommissar ist nicht da? … Ach so, Urlaub! Schade. Was anderes …! Wissen Sie denn vielleicht zufällig, ob damals die Leichen identifiziert werden konnten? … Ja, ich warte … Nur die Frau? Moment, ich schreib mir nur schnell … Franziska Merle! … Ja, ja, unsere Tote hier wurde definitiv auch ermordet. Verbrannt, um genau zu sein und wie es aussieht auch bei lebendigem Leib. Es ist daher meiner Meinung nach doch nicht völlig auszuschließen, dass es sich hier möglicherweise sogar um denselben Täter handelt, oder was denken Sie? … Ja, das würde ich sehr begrüßen, wenn das ginge. Geben Sie mir doch bitte Bescheid, wenn Sie Näheres wissen, okay? … Ach, er ist zurzeit irgendwo hier? Ja klar, ich würde mich sehr freuen, wenn Ihr Kommissar dafür Zeit hätte. Wir könnten absolut jede Unterstützung gebrauchen, die wir nur bekommen können. Ich kläre das nachher mit meinem Vorgesetzten ab … Ja gut, dann telefonieren wir morgen noch einmal … Ja, genau! Also dann, auf Wiederhören und ganz herzlichen Dank, Herr Frenzmann. Sie haben mir jetzt echt weitergeholfen. Und bitte entschuldigen Sie nochmals, dass ich Sie am Wochenende privat belästigt habe."
Anderlech legte langsam und bedächtig den Hörer zurück und stand geraume Zeit wie angewurzelt da.
Dann bewegte er sich plötzlich mit für ihn ungewohnter Schnelligkeit in Richtung seines Chefs, der es sich nicht hatte nehmen lassen, heute ebenfalls ins Büro zu kommen, obwohl Samstag war.

Noch konnte er diesen winzigen Zipfel intuitiven Begreifens nicht wirklich in Worte fassen, aber fühlen konnte er es dafür mit jeder Faser seines Körpers. Wie ein Spürhund die Fährte fand, so hatte er jetzt erste Witterung aufgenommen.
Nun war Beharrlichkeit gefragt und die konnte er im Gespräch mit seinem Chef gleich einmal unter Beweis stellen, wenn er ihm die spontane Idee bezüglich einer Zusammenarbeit mit seinen österreichischen Kollegen unterbreiten würde.
Mit ein bisschen Glück, schon wieder dieses unsägliche Wort,

wäre er schon sehr bald nicht mehr nur auf sich alleine gestellt. Er klopfte an und nach einem kurzen „Ja?“ trat er ein.
Viktor Prahl, ein eher gemütlich aussehender Vertreter der Polizeizunft, dessen Klarheit und Kompromisslosigkeit in der Führungsarbeit jedoch jedem nur allzu bekannt war, hob seine Hand und nickte ihm zu, während er sein Telefonat mit den Worten: „Soll mir sehr recht sein. Gut, dann verbleiben wir so. Wir bleiben in regelmäßigem Informationsaustausch … Gerne. Auf Wiederhören“, beendete.
Anderlech öffnete gerade den Mund, als ihm sein Vorgesetzter zuvorkam. „Ich habe eben mit den österreichischen Kollegen, besser gesagt, mit dem Linzer Polizeipräsidenten gesprochen, weil der zurzeit stellvertretende Ermittler …“

„Frenzmann?“

„Genau, weil er und du um Amtshilfe gebeten habt bzw. bitten wollt. Ich bin also über den neuesten Stand der Dinge bereits unterrichtet. Gibt es außerdem noch etwas, was ich wissen sollte, Paul?“
Anderlech, tief beeindruckt von der Geschwindigkeit, mit der der österreichische Beamte zu Werke gegangen war, schüttelte den Kopf.

„Ich wollte dir gerade von meinem Gespräch mit Herrn Frenzmann berichten und dich darum bitten, dass mir sein zuständiger Hauptkommissar, Lingen heißt der, glaube ich, hier zur Seite gestellt oder zumindest für ein Gespräch hergeschickt wird. Er hält sich nämlich, wie mir sein Stellvertreter vorhin sagte, zurzeit sowieso gerade irgendwo hier in Niederbayern auf, macht anscheinend Urlaub in seiner alten Heimat. Falls er einverstanden wäre, uns hier zu unterstützen … Ich könnte ihn wirklich verdammt gut brauchen, Viktor. Sie hatten vor Jahren in Linz zwei möglicherweise analoge Fälle und ihre bisher gesammelten Erkenntnisse könnten für uns von allergrößtem Nutzen sein. Dieser Herr Lingen war mit diesen Fällen von Anfang an betraut und weiß daher am allerbesten Bescheid darüber. Es könnte sich dabei doch eventuell um denselben Täter handeln und wenn das wirklich so ist, dann haben wir ein gewaltiges

Problem an der Backe. Denn dann sind in nächster Zeit weitere Morde bei uns zu befürchten. In diesem Fall hätten wir es sogar mit einem üblen Serienmörder zu tun. Da kommen wir über eine reine Beziehungstat-Recherche nicht wirklich weiter. Was meinst du, Viktor? Völlig auszuschließen ist das doch nicht."

Erwartungsvoll sah er seinen Chef an.

„Hmm. Nun, ich sehe das eigentlich genauso wie du, Paul. Und deshalb haben wir schon alles in die Wege geleitet. Das zuständige Kommissariat in Linz versucht, diesen Herrn Lingen zu erreichen und ihn hierher zu uns zu schicken. Dann sehen wir weiter. Gratuliere übrigens zu deinem Riecher. Dass du auf Linz gekommen bist, Respekt! Ich möchte bis Montag einen schriftlichen Bericht von dir dazu."

Anderlech nickte, verzog insgeheim das Gesicht und ging in sein Büro zurück. Sein Schritt war ein klein bisschen federnder geworden, den Kopf trug er wieder gerader und erstmals seit dem Leichenfund gestern fühlte er sich etwas zuversichtlicher. Die ganze, erdrückende Last einer langen Zeit, in der er nun schon ohne einen Kollegen an seiner Seite den Dienst hatte allein verrichten müssen, schien ihm nun allmählich von den Schultern zu fallen.

Seit sein langjähriger Kollege Fred seiner langen Krankheit, die ihn monatelang nurmehr sehr eingeschränkt die Arbeit hatte verrichten lassen, vor einem halben Jahr erlegen war, hatte Paul sich endgültig von allen und jedem zurückgezogen. Der Verlust seines einzigen Freundes, der ihm sein verstorbener Kollege all die Jahre gewesen war, hatte ihn noch schrulliger und auch schweigsamer werden lassen, als er es vorher ohnehin schon war.

Donnerwetter, da freute er sich doch tatsächlich auf einmal auf diesen Lingen, den er noch nicht einmal kannte. Erstaunt über sich selbst bemerkte er nicht einmal, dass er in ein halblautes Selbstgespräch verfallen war.

„Bin gespannt, was der Kollege zu erzählen haben wird. Wo soll er denn eigentlich schlafen? Hab ich ganz vergessen zu fragen, wie das geregelt wird. Ich kann mir nicht vorstellen, dass das ohne Probleme über Spesen zu finanzieren ist. Könnte ihm vielleicht anbieten, dass er die zwei Wochen bei mir wohnt. Platz genug hätte ich."

Ein leises Lachen ließ ihn hochschrecken. Im Türrahmen stand Sonja und betrachtete ihn leicht amüsiert.

„Musst du jetzt echt schon mit dir alleine sprechen? So weit ist es mit dir? Immerhin kannst du es überhaupt noch. Das Sprechen, meine ich. Ich hatte schon echt Angst, dass es dir inzwischen ganz abhandengekommen ist. Ha ha! Probier's doch auch mal mit mir."

Verlegen fuhr sich Anderlech durch seine dichten, dunklen Haare, die sonst immer ganz akkurat frisiert waren, mittlerweile aber eher zerzaust von seinem Kopf abstanden. Auf Sonja wirkte er dadurch plötzlich sehr jungenhaft und verletzlich, ein Gefühl, das sie bisher nicht unbedingt mit Paul Anderlech in Verbindung gebracht hätte. „Weißt du, ich wäre wirklich froh, wenn du jetzt endlich mal Unterstützung bekommst. Ich wurde eben vom Chef höchstpersönlich darüber informiert, als ich ihm draußen über den Weg gelaufen bin. Dieser Fall bereitet jedem von uns irgendwie ziemliche Bauchschmerzen und ich kann dir nicht einmal sagen, warum das so ist. Ich weiß nur, dass wir ihn oder sie kriegen müssen und das hoffentlich möglichst bald. Ich habe da nämlich ein ganz komisches Gefühl und du weißt, eigentlich bin ich nicht so zart besaitet."

Paul nickte zustimmend.

„Mir geht's da ganz genauso wie dir, Sonja. Und ja, ich wusste bis eben tatsächlich nicht, wie sehr mir ein Partner fehlt. Irgendwie konnte ich es bisher einfach nicht zulassen, dass ein anderer Freds Platz hier einnimmt. Es wäre mir wie … wie Verrat an ihm vorgekommen. Ich meine, ich war es doch so lange gewohnt, seinen Teil der Arbeit mit zu übernehmen, um ihn zu entlasten, dass mir das irgendwann gar nicht mehr aufgefallen ist. Es hat sich dadurch immer so angefühlt, als würde er schon morgen oder übermorgen einfach wieder hier durch die Tür hereinspaziert kommen, wenn es ihm nur wieder besserginge, so wie es vorher auch immer war. Aber dieser

Gedanke, dass morgen vielleicht schon unser österreichischer Kollege kommt und mir hilft, hat sich plötzlich verdammt gut angefühlt. Und dieser Mord macht mich wahnsinnig unruhig, innerlich meine ich."

Anderlech atmete tief durch.

Er konnte sich nicht erinnern, wann er das letzte Mal so viel von sich und seinen Gefühlen jemand anderem gegenüber gesprochen hatte, richtig redselig war er jetzt sogar auf einmal geworden.

Genaugenommen hatte er nichts mehr von sich erzählt, seit seine kleine Tochter zusammen mit seiner geschiedenen Frau vor zwölf Jahren von einem Tag auf den anderen aus seinem Leben verschwunden war.

Sie hatte sich ihr gemeinsames Kind geschnappt und war einfach gegangen. Kommentarlos! Jeden seiner verzweifelten Kontaktversuche zu seiner kleinen Tochter hatte sie rigoros unterbunden und konsequent torpediert, bis er irgendwann alle weiteren Versuche resigniert aufgegeben hatte.

Außer Fred hatte hier niemand je Genaueres darüber erfahren und so sollte es auch bleiben, wenn es nach ihm ging. Wenn er etwas nämlich auf den Tod nicht ausstehen konnte, dann war es Mitleid. Auf die Idee, dass andere vielleicht nur ehrliches Mitgefühl mit ihm haben könnten, kam er selbst nie. Er kannte ja nicht einmal den Unterschied zwischen beidem.

Sonja kam auf ihn zu, legte ihm freundschaftlich die Hand auf seine Schulter und drückte sie leicht.

„Ich freue mich für dich, Paul, wirklich. Und Fred wäre sicher auch sehr erleichtert und froh, dass du es jetzt endlich anders sehen kannst. Ich weiß, dass es ihn immer sehr belastet hat, dass du seine Arbeit auch noch immer zusätzlich gemacht hast und partout keinen Ersatz für ihn wolltest. Er hat es mir selbst gesagt."

Überrascht starrte Paul in Sonjas Gesicht, das er vielleicht zum ersten Mal überhaupt bewusst zur Kenntnis nahm. Sie war hübsch, nein, sie war sogar ..., ja ... sie war tatsächlich schön. Warm, herzlich und humorvoll leuchteten ihre braunen Augen aus einem herzförmigen, feingeschnittenen Gesicht.

Sein Blick wanderte langsam weiter über ihre schlanke Gestalt und blieb zuletzt wieder an ihrem spitzbübischen Mund und ihrer wohlgeformten, kleinen Nase hängen.

„Wirklich? Ich wusste gar nicht, dass ihr beide mehr miteinander zu tun hattet."

Sonja lachte ihn nur nachsichtig an.

„Ach Paul, du siehst nicht so wirklich viel, oder? Fred und ich waren gewissermaßen, nun, man könnte sagen, irgendwie Schicksalsgefährten. Mein Mann ist wie Fred vor einigen Jahren ebenfalls an Nierenkrebs gestorben. Meine Erfahrungen mit dieser Krankheit und dem Wissen um den nahenden Tod haben es Fred möglich gemacht, mit mir darüber zu sprechen. Es hat ihn immer erleichtert und ich habe für mich auch viel von unseren Gesprächen profitiert. Aber, was anderes, Paul. Die österreichischen Kollegen haben schon ihre Befunde von damals gefaxt. Ihr toter Mann war zwischen vierzig bis sechzig Jahre alt, genauer konnte es leider nicht eingegrenzt werden. Die Frau war vierundzwanzig, bei dem Mann weiß man es, wie gesagt, nicht genau. Bis heute konnte er noch nicht identifiziert werden. Der Mann wurde zuvor erstochen und erst danach ins Feuer geworfen. Die Frau dagegen wurde offenbar ebenfalls bei lebendigem Leib verbrannt und starb durch die Flammen. Das Feuer selbst hat in beiden Fällen alle weiteren Tatspuren vernichtet. Aber jetzt halt dich fest, Paul, auch bei der toten Frau in Linz wurde ein kleines, goldenes Kreuz mit genau denselben Initialen E·T· am Tatort gefunden. Wie bei unserer Leiche auch."

Pauls Hände zuckten jäh nach oben, sodass Sonja erschrocken abbrach.

„Ha. Also doch! Ich wusste es doch, dass es derselbe Täter ist. Dasselbe goldene Kreuz, das kann nun wirklich kein Zufall mehr sein. Was hat dir Viktor noch gesagt, Sonja?"

„Beide Personen wurden in einer abgelegenen Seen-und Moorlandschaft im Umland von Linz aufgefunden, wie es auch hier bei unserem Mordopfer der Fall ist. Zuerst wurde die Frau verbrannt, einige Wochen später der Mann erstochen und, wie gesagt, erst nachträglich ins Feuer geworfen. Was meinst du, soll ich bei den Kollegen mal nachfragen, ob sie Interesse an einer plastischen Gesichtsrekonstruktion haben, um den Toten dadurch noch identifizieren zu können? Anhand vorliegender Skelettaufnahmen und der dokumentierten Schädelknochen wäre das nämlich durchaus möglich. Wie es aussieht, waren sie damals wohl so umsichtig und haben alles, was für solch eine Rekonstruktion notwendig wäre, archiviert. Wenn sie mir ihre Unterlagen und Materialien zur Verfügung stellen, könnte ich schauen, was zu machen ist. Und? Soll ich beim Chef mal ganz vorsichtig anklopfen, bevor ich dann endlich heimgehe?“

Anderlech zog seine Stirn in Falten und überlegte angestrengt. Die Frage war nicht, ob er das wollte, sondern nur, wie er das bei seinem Chef durchboxen konnte. Immerhin war das Ganze ein extrem kostspieliges Unterfangen. Aber in diesem Falle wäre eine Identifizierung von höchster Ermittlungsrelevanz.

Sonja schien seine Gedanken zu erraten, denn sie reagierte sofort. „Lass mich das mal besser machen, Paul. Ich glaub, ich hab da Möglichkeiten und Argumente, die Prahl überzeugen könnten. Und irgendwie scheint dieser Fall allen sehr unter die Haut zu gehen, auch dem Chef.“

Mit diesen Worten drehte sie sich um und war auch schon weg, bevor Anderlech nur ein Wort sagen konnte.

Erleichtert stützte er seinen Kopf mit den Händen auf dem Schreibtisch ab und schloss die Augen. Dann stand er wie ferngesteuert auf, nahm Freds Fotos von seinem Schreibtisch, schloss sie in seinem Aktenschrank ein und verließ das Büro, um sich doch noch ein paar freie Stunden zu gönnen. Die Eltern der Toten konnte er ohnehin erst morgen befragen, da sie wegen des erlittenen Schocks noch nicht vernehmungsfähig waren.

Vielleicht konnte er heute Nacht endlich auch wieder einmal durchschlafen. Und hoffentlich lag morgen dann auch schon ein ausführlicher Bericht der KTU auf seinem Schreibtisch.

Pfeifend verließ er das Kommissariat.

Selbst die deprimierende Einsamkeit seiner Wohnung, die auf ihn wartete, konnte ihn momentan nicht mehr schrecken.

✝

Gleißendes Licht, das ihr in die Augen stach, furchtbare Schreie und infernalische Hitze, die sie schier zu verbrennen schien. Sie wollte schreien, ihre grauenhafte Angst und ihr ganzes Entsetzen laut herausbrüllen, aber irgendetwas, irgendwer verschloss ihr brutal den Mund.
Sie fühlte den Schmerz und roch nur Schweiß und entsetzliche Grausamkeit.

Liza fuhr panisch hoch und stürzte beinahe aus ihrem Sessel, in dem sie gerade eben noch gelegen hatte. Sie war klatschnass geschwitzt, ihr Herz raste und klopfte schmerzhaft gegen die Rippen.
Zum ersten Mal konnte sie ein verschwommenes Bild dieses immer wiederkehrenden Albtraumes festhalten. Ein winziges Bruchstück war es nur, eine schemenhafte Erinnerung. Dieser harte Druck auf ihren Mund, den sie immer noch zu verspüren glaubte, entsetzliche Schreie, der furchtbare Schmerz in ihrem Schoß und dieses unsagbar grelle Licht, so wahnsinnig hell und glühend heiß, dass ihr jetzt noch die Augen davon brannten.
Völlig verstört und in tiefstem Entsetzen sprang sie auf die Füße und rannte in die Küche. Sie füllte ein Glas mit kaltem Leitungswasser und trank gierig mit großen Schlucken. Ihre Zunge schien in ihrem trockenen Mund förmlich festzukleben und selbst das kühle Wasser vermochte es nicht, diese vom Gaumen zu lösen. Erst nach und nach entspannten sich ihre verkrampften Gesichtsmuskeln wieder und auch ihr rasender Herzschlag normalisierte sich ganz langsam.
Sie verstand einfach nicht, warum dieser Traum sie schon seit vielen Jahren verfolgte und ihr jeden Schlaf raubte. Und die Geschichte mit Anita hatte ihr heute nun endgültig den Rest

gegeben.

Am schlimmsten aber war, dass ihr dieses Kreuz, das ihr bei dem Kommissar ins Auge gestochen war, durch Mark und Bein gefahren war. Genau so ein Kreuz besaß sie selbst auch. Es war eine letzte Erinnerung an ihre früh verstorbene Mutter. Diese hatte es ihr zum Abschied in die Hand gedrückt mit den Worten:

„Trage es immer bei dir. Es wird dich vor dem Bösen beschützen, mein Kind, wenn ich nicht mehr hier sein kann. Mit diesem Kreuz werde ich trotzdem immer bei dir bleiben.“

Wahrscheinlich war es doch nur ein grotesker Zufall gewesen. Kreuze sahen sich immer irgendwie ähnlich, oder? Natürlich, was sollte an ihnen denn schon auch groß anders sein? Zwei, sich immer auf die gleiche Weise kreuzende Metallstäbe mit goldenem Überzug sahen eben immer irgendwie sehr ähnlich aus.

Aber nur das ihrige trug die eingravierten Anfangsbuchstaben E·T· Ihre Mutter hatte ihr nie verraten, für welchen Namen diese Initialen eigentlich standen.

Ganz sicher waren es nur ihre gereizten Nerven gewesen, die ihr einen Streich gespielt hatten. Und sie hatte es auch nur aus ziemlicher Entfernung gesehen. Trotzdem! Irgendwie musste sie versuchen, dieses Kreuz noch einmal genauer anschauen zu können. Nur um absolute Gewissheit zu erhalten, dass alles reine Einbildung und pure Hysterie gewesen war.

Vielleicht sollte sie Fritz fragen, ob er noch einmal mit ihr zu diesem Paul Anderlech gehen wollte? Aber zuvor musste sie sich einen überzeugenden Grund für diesen Besuch einfallen lassen. Ganz bestimmt wäre ein gemeinsames Auftauchen bei der Polizei viel unauffälliger.

Seltsamerweise kam ihr nicht einen Moment lang in den Sinn, dass genau das sie verdächtig erscheinen lassen könnte, wenn sie nach dem Kreuz fragte. Liza war so fixiert auf dieses Kreuz, dass ihr jedes vernünftige Nachdenken unmöglich wurde. In ihrem Kopf herrschte desaströses Durcheinander.

Seit dem gestrigen Tag überstürzten sich in ihr die Dinge. Angefangen hatte alles mit diesem Hausbesuch und dem damit einhergegangenen Gefühl drohenden Unheils.
Genauso wie mit einem veränderten Fritz, dessen unerwartete Wandlung seltsam sehnsüchtige Gefühle in ihr auslösten, die sie sich überhaupt nicht erklären konnte und die sie komplett überforderten.
Irgendwie hatte ihr die bisherige Einschätzung eines nicht ganz ernstzunehmenden und eher oberflächlichen jungen Mannes Klarheit und damit auch Sicherheit im Lebensalltag gegeben, wie ihr auch ein stets nachsichtig gelassener Umgang mit Anita das gute Gefühl eigener Souveränität und Stärke geschenkt hatte.
Schemata gaben ihr Strukturiertheit, etwas, was in ihrem Leben absolute Priorität besaß. Und sie brauchte nichts so sehr wie eben diese Ordnung, die ihr das unverzichtbare Gefühl gab, Kontrolle über ihr Leben zu besitzen. Eine Kontrolle, die ihr als Kind mit dem frühen Tod der Mutter und dem stummen Verschwinden ihres Vaters schlagartig abhandengekommen war.
Verzweifelt hatte sie seither versucht, eine eigene und stabile Lebensordnung zu finden, Regeln, die, wenn sie nur immer eingehalten wurden, sie mit einem Gefühl von Stärke und Sicherheit belohnten.

Anitas Tod und die unbegreifliche Tatsache, dass ausgerechnet sie ermordet worden war, hatten ihre mühsam aufgebaute Illusion von Sicherheit platzen lassen wie eine Seifenblase. Sie versuchte krampfhaft, endlich zu begreifen, was sie dabei nur derart erschüttert hatte. Aber ganz egal, wie sehr sie sich auch anstrengte, sie bekam dieses Entsetzen, das bei dem Gedanken an Anita sofort in ihr aufstieg, nicht unter Kontrolle.
Auch die Albträume wurden von Mal zu Mal bedrohlicher und kraftraubender. Sie ließen sich auch durch keinerlei Rituale oder Vorsätze beeindrucken. Sie bemühte sich zu ergründen, ab wann diese sich eigentlich in ihr Leben geschlichen hatten und seitdem derart hartnäckig geblieben waren.

Liza kniff die Augen fest zusammen, als sie sich zu erinnern versuchte.
War es seit dem Zeitpunkt, als sie damals die Schule beendet und verlassen hatte oder …? Nein, viel länger davor! Das erste Mal war es ein paar Tage, nachdem ihre Mutter gestorben war, geschehen. Richtig!
In der Nacht nach deren Beerdigung, als alle Verwandten und Bekannten gegangen waren und es im Haus wieder still war, tauchten sie das erste Mal auf, sozusagen als Ouvertüre eines bis heute währenden Panikorchesters.
Sie war mit ihrem Vater zurückgeblieben, wortlos, jeder allein mit seinem Schmerz und seiner stummen Trauer. Als sie dieses Schweigen nicht mehr länger hatte ertragen können, war sie zu Bett gegangen, das goldene Kreuz fest in ihrer kleinen Hand eingeschlossen. Zehn Jahre alt war sie damals gewesen und das Wissen, nie mehr Wärme und Trost bei der Mutter finden zu können, hatte ihr kleines Herz beinahe abgedrückt.
In jener Nacht kam der Traum zum ersten Mal und seitdem war er fast unmerklich von Mal zu Mal bedrohlicher geworden.

Liza ging ins Schlafzimmer zu ihrem Nachttisch, zog die Schublade auf und nahm ihre kleine Schmuckkassette wieder heraus. Sie schob den Verschlusshaken zur Seite, öffnete sie und griff nach dem Kreuz mit diesen Namensinitialen E·T·
Zitternd drückte sie sich das Schmuckstück gegen ihre Brust und legte sich aufs Bett, ohne das Kreuz loszulassen.
Lange hatte sie nicht mehr an dieses Vermächtnis ihrer Mutter gedacht, aber als sie vorhin von der Polizei zurückgekommen war, hatte sie sich gleich auf dieses Kästchen gestürzt, um sich zu vergewissern, ob das Kreuz auch wirklich darin lag.
Vielleicht hatte ihre Mutter recht und es konnte sie heute Nacht im Schlaf beschützen.
Gedankenverloren fiel ihr Blick auf das weit geöffnete Fenster, die Gardinen bewegten sich rhythmisch im Takt des leichten Nachtwindes und fast schon panisch stürzte sie darauf zu. Hektisch drückte sie es gegen den Rahmen und verschloss es

ganz fest.
Heftig atmend schmeckte sie plötzlich Salz auf ihren Lippen. Ohne es zuvor gemerkt zu haben, waren ihr ein paar Tränen über die blassen Wangen gelaufen. Die lähmende Furcht war aus der Dunkelheit der Nacht in das Sonnenlicht des Tages gekrochen und schickte sich unaufhaltsam an, über ihr weiteres Leben zu bestimmen.

✝

Auch ein geschlossenes Fenster wird mich nicht aufhalten können, Liza. Es wird nichts ändern. Es wird nichts verhindern.

Dein Herz sucht sich seinen Bestimmungsort.
Es schlägt im Takt des Zeigers deiner Schicksalsuhr. Kannst du es hören? Tick, Tack. Tick, Tack!

Und das tickende Summen vermischte sich mit den Tropfen des einsetzenden Regens und bald war nur noch das entfernte Grollen eines herannahenden Sommergewitters zu hören.

✝

Kommissar Frenzmann war wie elektrisiert. Nachdem er mit Anderlech telefoniert hatte, hatte er sich gleich noch bei ihrem Polizeipsychologen Michael Essmann gemeldet, der damals als zuständiger Fallanalytiker bei der Untersuchung dieser Morde vor dreizehn Jahren federführend mit von der Partie gewesen war.
Dieser hatte sich, ohne lange zu zögern, sofort mit Frenzmann im Polizeikommissariat verabredet und nun saßen sie, Samstag hin, Samstag her, zusammen in ihrer Dienststelle.

Frenzmann tigerte unruhig durch das Büro, begleitet von den Blicken des Polizeipsychologen, der damals ein Täterbild zu zeichnen versucht hatte. Weit waren sie allerdings in ihren Bemühungen nicht gekommen. Es war ihnen weder gelungen, mögliche Mordmotive aus dem Umfeld der toten Frau zu recherchieren, noch jenen toten Mann zu identifizieren, der einige Wochen nach dem weiblichen Leichenfund aufgefunden wurde und von dem sie bis heute noch nicht einmal wussten, ob er überhaupt demselben Täter zum Opfer gefallen war. Aber vielleicht wurde es ja nun möglich, diese Akten wieder neu zu öffnen und den Täter endlich doch noch zu fassen.
Nachdem sie die alten Unterlagen nochmals lange aufmerksam studiert hatten, zog sich der Psychologe in sein eigenes Büro zurück, in Gedanken ganz bei dem neuesten Fall aus Bayern. Frenzmann dagegen griff zum Telefon und versuchte erneut, seinen Vorgesetzten Thomas Lingen zu erreichen.
Dieses Mal wurde so schnell abgehoben, dass er direkt ins Stottern geriet, als er ihm von Anderlech und seinem Anliegen erzählte. Der Hauptkommissar erklärte sich sofort und ohne weitere Einwände dazu bereit, am Montag seinen bayerischen

Kollegen in Zwiesel aufzusuchen, was umso bemerkenswerter war, da er immerhin Urlaub hatte.
Frenzmann studierte indes weiter die bisherigen Akten.
Der Tatort lag auch damals in einsamer und unberührter, von Wäldern umgebener Seenlandschaft, wie es nun auch in der Nähe von Buchenau, einem kleinen Ort im bayrischen Wald und im Grenzgebiet zu Tschechien gelegen, der Fall war.
Diesmal hatte sich der Täter also eine einsame Schachten-Landschaft ausgesucht in über 1000m Höhe. So konnte er sich absolut sicher sein, dass ihn in der Nacht niemand stören und es wieder keine Zeugen geben würde.
Seufzend legte er irgendwann die Akten beiseite. Eigentlich erschien ihm die ganze Sache doch ziemlich aussichtslos.

Thomas Lingen hatte nach seinem Gespräch mit Frenzmann augenblicklich seinen Freund und Kollegen Michael Essmann angerufen, der als einziger von Beginn an mit ihm zusammen in die Aufklärungsarbeit jener ominösen Mordfälle involviert gewesen war.
Er selbst war nach ihrem desaströsen Misserfolg, denn nur so konnten und mussten sie ihre fruchtlosen Anstrengungen ja wohl bezeichnen, frustriert weggegangen, um dann bei der bayerischen Polizei etwas Abstand dazu zu gewinnen und mit dem eigenen Versagen fertigzuwerden. Erst nach Jahren war er wieder in den österreichischen Polizeidienst zurückgekehrt, als ihn letztlich sein Heimweh zurückgetrieben hatte.
Beide waren in dem Augenblick, als ihre Dienststelle von Anderlech kontaktiert worden war, sofort davon überzeugt, dass es sich um denselben Täter handeln musste. Und nun war Lingen wild entschlossen, den Mörder dieses Mal unter allen Umständen zu fassen.

„Seltsam, wie man manchmal sofort von der Richtigkeit einer inneren Vermutung überzeugt sein kann, ohne auch nur einen Hauch von objektiven Indizien zu besitzen“, murmelte der Psychologe ins Telefon.
Lingen lachte leise in sich hinein.

„Tja, das ist ja wohl auch eher dein Metier. Ins Schwarze

zu treffen, ohne es auch nur ansatzweise zu sehen. Das nennt man dann wohl Psychologie. Obwohl du unrecht hast. Es gibt sehr wohl ein wichtiges Indiz, mein Lieber, das Kreuz nämlich. Oder ist dir das zu trivial, du Glaskugelleser?" Ihre häufigen, aber durchaus nett gemeinten, gegenseitigen Kabbeleien waren bei allen Kollegen des Kommissariats berühmt und berüchtigt. „Deine intuitive Ahnungslosigkeit wird mir hier echt fehlen, Michael. Wir werden uns über Skype kurzschließen müssen. Ich kann nur hoffen, dass wir jetzt endlich auf irgendetwas stoßen, was uns auf die Spur dieses Wahnsinnigen bringt. Ich schwöre es dir, dieses Mal kriege ich ihn. Und dann schmort er selbst in der Hölle."

„Ach, Thomas. Mir ist gar nicht wohl dabei, wenn du es so zu deiner persönlichen Sache machst. Und was heißt schon wahnsinnig? Der Grat zur Normalität ist durchaus sehr schmal. Wir haben wohl jeder genug eigene Verrücktheiten. Oft ist es nur die Angst vor Strafe, die uns von irrsinnigen Aktionen abhält. Unser Gehirn ist doch ein einziger Spielplatz von Abgründen."

Thomas Lingen schüttelte sofort unangenehm berührt und abwehrend den Kopf, bis ihm einfiel, dass ihn Michael gar nicht sehen konnte.

„Tz, tz, du und deine psychologischen Fallstricke. Den Gefallen tu ich dir nicht, mich darin zu verheddern. Und ja, ich nehme es dem Kerl eben persönlich richtig krumm, dass er mir einfach so davongekommen ist. Ich fahre gleich am Montag nach Zwiesel. Ich ruf dich irgendwann im Laufe des Tages an, sag dir, wo ich dort untergekommen bin, und wir halten uns gegenseitig über Skype immer am Laufenden, okay? Und ganz ehrlich? Ich freue mich direkt darauf, wieder einmal bayerische Polizeiluft schnuppern zu dürfen. War eigentlich eine richtig schöne Zeit damals."

Der Psychologe räusperte sich besorgt und murmelte:

„Pass bitte bloß auf dich auf, alter Junge. Irgendwie ist mir nicht gut bei der ganzen Sache. Ich glaube, du hast echt keine Vorstellung, wie verrückt der ist."

„Mach ich, Michael, mach dir bloß keine Sorgen, altes

Haus, okay? Servus."
Lingen beendete sein Gespräch und rieb sich erwartungsvoll die Hände, gespannt, wie dieser Paul Anderlech wohl sein mochte.

Überrascht merkte er, dass es ihn kein bisschen störte, dass sein Urlaub in diesem Moment vorbei war.
Ganz im Gegenteil.

✞

Sonja rieb sich müde, aber sehr zufrieden die Schläfen. Es war ihr tatsächlich gelungen, Prahl die Zusage zur plastischen Gesichtsrekonstruktion des österreichischen Toten abzuringen, die ihrer Meinung nach das frühere Aussehen des Toten deutlich wahrheitsgetreuer und lebendiger wiedergeben würde und damit eben auch wesentlich Erfolg versprechender wäre, als dies bei einer reinen Computer-Simulation der Fall war. Geschickt hatte sie ihm die Erkenntnis eingeflößt, dass der Fall nur zu lösen war, wenn eine eventuelle Verbindung zwischen allen drei Toten hergestellt werden konnte.
Mit der toten Frau aus Oberösterreich war es den Ermittlern dort bisher nicht einmal ansatzweise gelungen, zielführende Ermittlungsansätze zu bekommen. Es waren absolut keine Verknüpfungspunkte zu irgendwelchen Personen in ihrem sozialen Umfeld zu finden gewesen, die ein Tatmotiv hätten begründen können.
Franziska Merle war nämlich eigentlich überall beliebt gewesen. Sie hatte jede Menge Bekannte gehabt. Das Einzige, was auffiel, war die scheinbare Vielzahl ihrer Liebesaffären. Aber auch hier hatte man niemanden gefunden, der sich durch auffällige Eifersucht ausgezeichnet hätte. Jeder wusste oder glaubte nur zu wissen, dass sie es mit Männerbekanntschaften nicht so genau nahm. Zumindest war das das Bild, das andere von ihr gezeichnet hatten. Ob das alles aber wirklich zutraf, konnte letztlich niemand mit Bestimmtheit sagen.
Die meisten Männer, denen man amouröse Verbindungen zu Franziska Merle nachgesagt hatte, hatten diese Behauptungen entschieden zurückgewiesen und es hatten sich auch keinerlei Beweise dafür finden lassen.
So war das mit Zeugenaussagen. Zwischen Sein und Schein

lagen oft Welten.
Und auf die Schnelle hatte man bisher auch nicht die geringste Verbindung zu der toten Anita Bauer finden können, was Paul natürlich sofort versucht hatte. Die junge Frau hatte in ihrem ganzen Leben noch keinen Schritt aus ihrem Niederbayern herausgemacht.
Deshalb ruhte jetzt fast alle Hoffnung auf dieser männlichen Leiche. Aber dafür musste man unbedingt wissen, wer dieser unbekannte Tote denn nun eigentlich war.
Und so hatte der Chef ihr schweren Herzens zugesichert, sich umgehend mit der zuständigen Finanzbehörde in Verbindung zu setzen und dort um die Genehmigung für diese kostspielige Aktion zu ersuchen. Sollte er damit Erfolg haben, wollte er sich sofort mit den österreichischen Kollegen in Verbindung setzen, um sich ihrer Zusammenarbeit zu versichern. Alle benötigten Unterlagen wie DNA, Bildaufnahmen der Schädel-Skelettteile und andere statistische Daten der Forensik hofften sie zu erhalten.
Er hatte Sonja versprochen, sie sofort zu informieren, sobald ein offizielles Einverständnis erfolgt war. Sie würde dann so schnell wie möglich nach Linz reisen, um alle vorhandenen Puzzle-Teile in Empfang zu nehmen. Danach wollte sie den Toten in Zwiesel quasi wiederauferstehen lassen.
Verdammt viel Arbeit, die da auf sie warten würde, schwierig und zeitraubend aber eben auch aufregend und eine echte Herausforderung, die ihr eine spannende Abwechslung von der alltäglichen Routine des Öffnens und Sezierens von Leichen versprach.
Auch hoffte sie von Herzen, dass sie Anderlech in seinen Ermittlungsbemühungen durch ihren Beitrag entscheidend voranbringen konnte. Deutlich hatte sie heute spüren können, wie angefasst dieser gewirkt hatte. Die Mauer, die ihn sonst so zuverlässig vor allem abschirmte, schien ein bisschen bröckelig geworden zu sein.
Sie hatte es geschickt vermieden, ihn selbst darauf aufmerksam werden zu lassen und hatte unbemerkt und unauffällig den Bogen wieder zu kühler Sachlichkeit und dem Gegenstand

ihres gemeinsamen Anliegens gespannt.
Sie konnte die Einsamkeit, die Trauer und auch die Wut, die Anderlech wie eine zweite Haut umschloss, nicht nur spüren, sie konnte sie auch zutiefst verstehen.
Er mochte ja glauben, dass niemand von seinem persönlichen Schicksal etwas wusste. Und tatsächlich ahnte auch niemand sonst von den Kollegen irgendetwas davon. Man hatte sich eben achselzuckend seit vielen Jahren an einen schweigsamen, jedoch keineswegs unfreundlichen Chefermittler gewöhnt.
Im Gegenteil, man schätzte seine Sachlichkeit und Knappheit. Von hoher Zuverlässigkeit und ständiger Einsatzbereitschaft bildete er den Nährboden einer effizienten Kripo, war Stütze und Anlaufstelle aller Kommissariats-Mitarbeiter geworden. Sonja hingegen hatte durch Fred von Anderlechs klaffender Wunde erfahren, die dessen Leben vollständig bestimmte.
Sie hatte sich ihm seit jenem Moment daher ganz besonders verbunden gefühlt, denn auch ihr war es bis heute nicht wirklich gelungen, sich gänzlich von ihrer Trauer und der hilflosen Wut über den Tod ihres Mannes zu lösen.
Jede Leiche, die sie öffnete, jede Suche nach der Todesursache und ihren Begleitumständen war auch zu einer Suche nach dem Warum für den eigenen, erlittenen Verlust geworden.
Die Möglichkeit, jetzt einen Toten nach so langer Zeit wieder lebendig werden lassen zu können und sei es nur als Illusion in Form eines plastischen Modells, schien ihr in diesem Moment ein Akt des Verzeihens zu sein für sich selbst aber auch für diesen unbekannten Toten. Als könne sie damit dem Tod ein Schnippchen schlagen.
Der Wortkargheit und Distanziertheit Anderlechs begegnete sie mit ihrer ganz eigenen Ironie und einer Sachlichkeit, die ihr bei manchem Kollegen den Ruf von Unnahbarkeit und Kälte eingetragen hatte.
Beiden aber half es auf ihre jeweils ganz eigene Weise, ihren im Verborgenen brennenden Wundschmerz zu ertragen und die erlittene Verletzung vor sich und anderen zu verbergen.
Erst Fred hatte Zugang in ihrer beider Trutzburg gefunden und dabei seine Spuren hinterlassen. Und heute hatten sich

dessen Spuren bei Anderlech und ihr gekreuzt.
Die Gerichtsmedizinerin seufzte. Solcherlei Gedanken hatte sie schon sehr lange nicht mehr zugelassen. War das nun gut oder nicht?
Das Klingeln des Telefons riss sie ganz unvermittelt aus ihrer Versunkenheit.

„Ja? … Ach, Chef, Sie sind's. Jetzt sagen Sie bloß, dass Sie heute am Sonntag auch hier im Büro sind … Echt jetzt? Tatsächlich? Wie haben Sie das denn gestern noch so schnell hingekriegt? … Ach, der Staatsanwalt kennt den zuständigen Behördenleiter privat …, aha. Klasse. Warten Sie, ich schau mal schnell in meinen Terminplan … Kein Problem, ich könnte gleich morgen fahren. Okay! Ich kann unseren Richard von der Spurensicherung mitnehmen … Alles klar. Ich gebe ihm noch Bescheid. Falls es bei ihm nicht klappen sollte, fahre ich morgen eben alleine. Dürfte nicht das große Problem sein. Informieren Sie dann die Kollegen in Linz oder soll ich das erledigen? … Da bin ich Ihnen durchaus sehr dankbar … Ich melde mich bei denen in der Gerichtsmedizin. Wunderbar! Danke Chef und … Hut ab, wie Sie das wieder geschafft haben! Jö … Bis dann."
Die Gerichtsmedizinerin rieb sich triumphierend die Hände. Ihr Chef, Viktor Prahl, hatte es doch tatsächlich geschafft und ihr soeben grünes Licht gegeben. In Augenblicken wie diesen wurde ihr wieder einmal klar, warum sie die Arbeit genau in diesem Team so liebte. Wenn es darauf ankam, zogen eben alle an einem Strang. Und wenn es sein musste, auch an einem Sonntag wie heute.

„Zuerst in die KTU", klatschte sie in die Hände und sauste auf den Flur hinaus. „Wenn das nicht höhere Fügung ist, dann fresse ich aber einen Besen! Eigentlich habe ich nicht wirklich damit gerechnet, dass du heute am Sonntag hier bist", rief sie Richard entgegen, der gerade um die Ecke bog.

„Daheim hocke ich doch nur alleine herum. Und hier wartet schließlich jede Menge Arbeit auf mich", antwortete Richard. Dann grinste er breit übers ganze Gesicht. „Hast du denn jetzt endlich mal gecheckt, dass wir zwei füreinander bestimmt sind? Kaum sind zehn Jahre vergangen, schon funkt's bei dir. Jetzt weißt du, warum ich Spurensicherer bin. Nirgends kann ich nämlich meine sprichwörtliche Geduld gewinnbringender einsetzen als hier."

„Esel!", lachte Sonja und ihre Augen blitzten vergnügt. Der liebevolle Schlagabtausch mit Richard war seit vielen Jahren feste Gewohnheit zwischen ihnen und die Scherze waren ihr selbst in den trübsten Momenten kleine, warme Sonnenstrahlen geworden. „Hör mal, was hältst du von einer kleinen Stippvisite ins schöne Oberösterreich, lieber Richard? Eine Fahrt nach Linz, um genau zu sein."

„Was, nur du und ich? Das muss heute mein Glückstag sein! Wann, warum und für wie lange?"

„Schon morgen früh. Schaffst du das auch so kurzfristig? Wir holen uns da gewissermaßen sämtliche Basics für die Wiederauferstehung eines Menschen. Vielleicht müssen wir aber auch über Nacht dortbleiben. Hängt davon ab, wie schnell die Kollegen alles beisammen haben."

„Es handelt sich dabei nicht zufällig um das verbrannte, unbekannte Mordopfer unserer österreichischen Nachbarn?"

„Genau um den geht es! Wie kommst du nur immer so schnell darauf? Also, wie sieht's aus bei dir?"

„Logo! Was für eine Frage! Aber ich fahre, nur dass du es weißt. So interessant ich diese Modellierungen auch finde, so lege ich trotzdem keinen besonders gesteigerten Wert darauf, als völlig verunstaltetes und unkenntliches Unfallopfer von den Kollegen deiner Zunft auf diese Weise dann wiederbelebt zu werden."

Sonja knuffte ihn in die Seite und gespielt beleidigt warf sie ihm nur ein kurzes „von mir aus, du Affe!" entgegen. Lachend liefen sie Richtung KTU. Man brauchte noch entsprechendes Transportmaterial und …!

Abrupt bremste Sonja auf einmal ab und schlug sich mit ihrer flachen Hand gegen die Stirn.

„Thaddäus! Herrschaft."

Richard, der durch dieses unvermutete Bremsmanöver leicht

ins Stolpern geraten war, blickte sie verblüfft an.

„Hä? Was und wer um Himmelswillen ist Thaddäus?“ Sonja musste grinsen, als sie Thaddäus vor ihrem geistigen Auge sich räkeln sah.

Der Mutige, der Beherzte. Das war ihr sofort durch den Kopf geschossen, als sie den kleinen Kater kurz nach dem Tode ihres Mannes als winziges, verlassenes Fellbündel in der Nähe ihrer Wohnung in einer Mülltonne aufgefunden hatte.

Trotz seiner misslichen Situation hatte ihr das Kätzchen mit kecken, ja beinahe schon provozierenden und trotzigen Augen entgegengeblickt, als sie sich zu ihm hinuntergebeugt hatte. Ihr war es wie ein letztes Geschenk ihres verstorbenen Mannes an sie erschienen und spontan hatte sie den Kater behutsam hochgehoben.

„Ich nenne dich Thaddäus. Das passt zu dir“, hatte sie dem Kätzchen zugeflüstert. Und Thaddäus sah aus, als ob er zu überlegen schien, ob er sich das so ohne Weiteres gefallen lassen sollte, entschied dann aber, sich das Ganze erst einmal anzusehen. Und irgendwie hatte sie das Gefühl, dass er das bis heute immer noch tat, obwohl seit diesem Moment schon einige Jahre ins Land gegangen waren.

Der Kater zog es vor zu knurren und zu beißen wie ein Hund, wenn ihm jemand unsympathisch war, und ganz ehrlich? Sie musste schmunzelnd zugeben, dass dies auch bei den meisten Menschen zutraf. Nur bei ihrer Nachbarin machte er großzügig eine Ausnahme und ließ sich von ihr gnädig füttern, wenn sie selbst wieder einmal dienstlich verreisen musste. Nicht ohne ihr danach aber tagelang zu verstehen zu geben, dass er ihr ihr Fernbleiben übelgenommen hatte.

„Mars an Erde! Mars an Erde! Hört mich jemand?“, drang Richards Stimme an ihr Ohr.

„Oh, entschuldige. Mir ist nur gerade eingefallen, dass ich vorsichtshalber noch meine Nachbarin fragen muss, ob sie meine Katze für ein, zwei Tage zu sich nimmt. Thaddäus geht nämlich zu niemand anderem als zu ihr.“

„Aaach so, er geht sonst zu niemandem. Tja, na dann! Thaddäus heißt der Bursche? Hmm … War Thaddäus nicht

ein Jünger Jesu? Bei dem all jene, die in Not und Verlassenheit ihr Schicksal darbten, Zuflucht fanden? Und, was sagt mir das jetzt? Muss ich mir Sorgen machen um dich?“
Warmes Interesse blitzte in seinen Augen auf und Sonja lachte etwas verlegen. Sie zuckte die Achseln.

„Quatsch! Ich fand den Namen nur einfach so herrlich altmodisch und selten. Woher weißt du so etwas überhaupt?“

„Alte Benediktinerschule! Tja, neun lange Jahre in einem katholischen Internat in Metten hinterlassen tiefe Spuren.“

„Wusste ich noch gar nicht, dass du in Metten zur Schule gegangen bist. Meine Katze ist übrigens ein ganz besonders seltenes Exemplar. Deshalb muss ich jetzt auch ganz schnell heim, um noch alles zu regeln, bevor meine Nachbarin zur Arbeit geht. Sie ist Krankenschwester und hat diese Woche Nachtdienst. Könntest du vielleicht allein zur KTU und alles mitnehmen, was wir brauchen?“

„Klar, zisch ab. Ich hole dich dann am Montag um, sagen wir, sechs Uhr früh zu Hause ab, okay? Dann könnten wir es nämlich noch bis zum späten Nachmittag wieder zurück nach Zwiesel schaffen. So weit ist Linz von uns aus nicht weg. So wie ich das sehe, haben wir schließlich keine Zeit zu verlieren, so gerne ich auch mit dir in Linz bleiben würde. Und dir jetzt noch einen schönen Sonntag.“
Sonja nickte dankbar, winkte ihm zu und ging mit schnellen Schritten zum Ausgang.

Richard sah ihr mit anerkennendem Blick nach und begann, einen bekannten Gassenhauer zu pfeifen. Dann verschwand er langsam hinter der nächsten Biegung des langgestreckten Flurs, von wo er zuvor eben erst gekommen war.

Josef Seidls Gesicht schwoll tief dunkelrot an. Gefährlich leise begann er, seine Frau mit gemeinen Worten zu attackieren, die nicht wusste, wie ihr so völlig unvorbereitet geschah.

„Ich bin es ja gewohnt, dass du nicht in der Lage bist, nachzudenken. Aber wie blöd muss man eigentlich sein, um die Behörden auf sich zu hetzen? Kannst du eigentlich mit deinem dämlichen Spatzenhirn ein einziges Mal irgendetwas Vernünftiges anstellen?“

„Ich …, ich habe doch gar nichts gemacht“, stammelte seine Frau ängstlich und vergaß wieder einmal völlig, dass ihr Mann bei Gegenrede leicht auszurasten pflegte. Wie viele eher kleingewachsene Männer versuchte er, diesen als persönliche Demütigung empfundenen Mangel dadurch auszugleichen, indem er Schwächere erbarmungslos in die Knie zwang.

Die ohnmächtige Wut, die er bei dem Besuch dieser Schnepfe vom Jugendamt und ihrem Kollegen empfunden hatte und die er da gezwungen gewesen war, hinunterzuschlucken, brach sich nun seiner Frau gegenüber ungezügelt Bahn.

„Du blödes Stück. Bist du nicht einmal in der Lage, die Kinder am ständigen Plärren zu hindern?“

Und schon platzierte er ihr eine gewaltige Ohrfeige mitten ins Gesicht, sodass ihr dabei die Lippe aufplatzte. Die Frau wich laut wimmernd zurück und versuchte, durch demütiges Senken des Kopfes ihren Mann zu besänftigen. Je unterwürfiger sie sich allerdings verhielt, desto rasender wurde seine Wut.

Dennoch muss man sagen, dass es wohl auch sonst nichts gegeben hätte, was ihm jetzt noch hätte irgendwie Einhalt gebieten können. Seinen tiefen Hass, den er selbstbewussten Menschen generell, insbesondere aber selbstsicheren Frauen

entgegenbrachte, ließ er sich nun hemmungslos ihr gegenüber austoben.
Er begann, auf die jämmerliche Figur einzuprügeln, bis diese heulend und hysterisch schreiend auf dem Boden lag, die Arme schützend um den Kopf geschlungen.

Die vier Kinder hielten sich währenddessen nebenan einfach nur fest die Ohren zu.
Lena hatte die kleine Katharina beschützend und tröstend in die Arme gezogen und versuchte, sie abzulenken.
„Sollen wir ein bisschen malen? Oder was möchtest du sonst machen, Kathi?"
Das kleine Mädchen zitterte am ganzen Körper und versuchte krampfhaft, ihr Weinen zu unterdrücken.
Dann hörten sie, wie die Haustür ins Schloss fiel. Angespannt lauschten sie und hörten ihre Mutter laut und unaufhörlich heulen, was Lena dann doch wieder beruhigte. Sie war also ganz offensichtlich noch am Leben.
Er war fort und wie immer schien dadurch selbst den Vögeln augenblicklich neues Leben eingehaucht worden zu sein. Trotz der Dunkelheit des übergeworfenen Tuches begannen sie zu kreischen und zu flattern, was das Zeug hielt.
Ihre Brüder ignorierten stoisch das Geschehen und hatten ihre Beschäftigung zu keinem Zeitpunkt unterbrochen. Alle vier machten weiter, als sei nichts geschehen. Und es war ja auch tatsächlich nichts Besonderes passiert.

Draußen auf der Straße ging Herr Seidl aufgeräumt und sehr selbstzufrieden mit ausholenden Schritten, soweit ihm dies seine kurzen Beine überhaupt gestatteten, zu seinem Wagen. Er hatte Spätschicht in einem Stahlbau-Unternehmen, in dem er als zuständiger Schichtleiter angestellt war. Nur durch seine häufigen Überstunden war es ihm gelungen, sich finanziellen Spielraum zu verschaffen und sich aus geerbter Armut zu befreien.
Weit bin ich gekommen, dachte er glücklich bei sich. Sich aus eigener Kraft so weit nach oben zu arbeiten, schafft auch nicht

jeder. Ohne mich wäre meine Familie nichts. Sollten froh sein, dass sie mich haben, sonst würden sie doch nur auf der Straße landen. Stattdessen machen sie mir nichts als nur Ärger.

Wie ein Luftballon, dem plötzlich die Luft entwichen ist und er sich deshalb endlich seines Überdrucks befreit sieht, sich dann schlaff und entspannt wieder einrollt, hatten sich auch seine Gesichtszüge wohlig geglättet.
Betont freundlich nickte er noch den Nachbarn zu, stieg in seinen gebrauchten Ford und fuhr von dannen.

✞

Cornelius Brühl richtete sich schwitzend auf. Gerade hatte er sich schwer schnaufend seines letzten, großen Kartons entledigt. Prüfend ließ er seine Augen durch das große und sonnendurchflutete Zimmer wandern.
In diesen weitläufigen und durch den großen Erker eigenwillig geschnittenen Raum hatte er sich gleich bei der allerersten Besichtigung verliebt. Riesige Glasfronten ließen das Tageslicht ungehindert jede Ecke bis in den letzten Winkel ausleuchten und selbst an einem bewölkten Tag war der Raum so hell, als schiene fortgesetzt die Sonne.
Sofort war ihm klar gewesen, dass er diese Wohnung jetzt erst recht und unter allen Umständen haben musste. Und was er haben wollte, das bekam er auch. Und so wie er in dieses Zimmer vernarrt war, so schien es auch die Besitzerin in ihn zu sein.
Er wusste, welche Wirkung er auf Frauen auszuüben pflegte. Sein engelsgleiches Antlitz, dazu die blonden Locken, die sein Gesicht frech umspielten, bildeten ein höchst attraktives und geheimnisvolles Gegenspiel zu seinen kantigen Gesichtszügen. Seine fast schon schwarzen Augen verliehen ihm eine Aura von Gefährlichkeit, welche jedoch umschmeichelt durch lange dunkle Wimpern nur prickelnde Faszination übrigließ.
Hochgewachsen, schlank und dabei beeindruckend muskulös unterstrich seine sportliche Figur seine im höchsten Masse einnehmende, männliche Ausstrahlung. Es führte in aller Regel dazu, dass die Frauen in ihm gerne einen selbstbewussten, starken Charakter sah, kombiniert mit der ersehnten Prise eines Abenteurers, von dem sie sich nur zu bereitwillig führen lassen wollten.
Frauen schienen von ihm angezogen zu werden wie Motten

vom Licht. Nur zu gerne sanken sie in seine Arme, fühlten sich von seinen kräftigen Händen beschützt und getragen und von seiner Dominanz angenehm beherrscht.
Männer hingegen verhielten sich ihm gegenüber in aller Regel meist eher misstrauisch, auch wenn sie sich nicht vollends von der besonderen Anziehungskraft seiner Erscheinung befreien konnten. Je mehr sie ein merkwürdiges Unbehagen in seiner Gegenwart überfiel, desto abwartender und auch vorsichtiger reagierten sie auf ihn.
Glücklicherweise stellte sich der Wohnungsbesitzer jedoch als weibliches Wesen heraus und er bekam, wie von ihm erwartet, sofort den Zuschlag. Lästig wurde ihm indes genau dieser Umstand. Die Vermieterin hatte den gesamten Vormittag wie eine lästige Fliege an ihm geklebt. Um sie sich gewogen zu halten, hatte er sich auf diverse Neckereien und das alberne Getue einer alternden Frau einlassen müssen. Aus demselben Grund hatte er vorhin auch die Einladung für Sonntagabend auf diese unangenehme Person ausweiten müssen. Man konnte schließlich nie wissen, wozu man die Frau irgendwann noch einmal brauchen konnte.
Außerdem schien ihm die Aussicht, dadurch seine ungemein attraktive, junge Nachbarin wiederzusehen, diesen Einsatz mehr als wert zu sein. Er bezweifelte nämlich, dass diese so schnell zugesagt hätte, hätte er nur sie alleine eingeladen.
Hatte er jedoch erst einmal seinen Fuß in ihrer Tür, so würde er sich gewiss nicht so schnell wieder daraus vertreiben lassen. Schließlich und endlich überlegte er nun schon seit Tagen nicht nur, wie er ihre Bekanntschaft machen konnte, was ihn ja überhaupt erst auf diese Wohnung hatte aufmerksam werden lassen, sondern mehr noch, wie er ihr so hautnah wie nur möglich kam. Da sie auf ihn eben nicht den Eindruck machte, als sei sie schnell und leicht zu erobern, hatte er sich dazu entschlossen, in ihrer unmittelbaren Nachbarschaft zu wohnen, um sie so ständig im Blick zu haben. Diese Wohnung war ihm daher wie ein Geschenk des Himmels erschienen und es war ihm nicht schwergefallen, sein bisheriges Hotelzimmer dafür aufzugeben, so sehr er dort den Rundum-Service auch

genoss.
Instinktiv war er bei ihrer ersten, persönlichen Begegnung in die Rolle eines nonchalanten, sich respektvoll zurückhaltenden Kavaliers alter Schule geschlüpft und hatte das interessierte Glimmen in ihren Augen sofort registriert.
Jedenfalls hatte er nun bis morgen Abend noch einiges zu tun. Umzugschaos würde sie gewiss nicht stören, aber seinen Erfahrungen nach machte ein stilvolles Ambiente wie perlende Sektgläser, Konfekt, scheinbar absichtslos herumstehende, geschmackvolle Blumenarrangements und flauschige Kissen, die anstelle von Stühlen wie zufällig auf dem Boden drapiert schienen und die gewünschte Annäherung doch ungemein erleichterten, nachhaltigen Eindruck.
Ärgerlich war nur, dass seine Vermieterin dies ganz sicher auf sich und ihre eigene Person beziehen würde und sie in ihrem kindischen Geschäker mit ihm nur noch weiter bestärken würde. Aber es würde ihm zu gegebener Zeit schon noch etwas einfallen, um sie wieder loszuwerden. Damit hatte er schließlich noch nie Probleme gehabt.

Dieser Gedanke zauberte ein spöttisches Lächeln auf seine Lippen. Und ein klein wenig stahl ihm dieses Lächeln seinen engelhaften Charme.

A.D. MCCXXVII

Man schreibt nunmehr das Jahr 1227. Ich habe mich gestern mit Haut und Haar meinem Beichtvater überantwortet. Mein Leben soll fortan ein Dasein in Demut und Armut sein. Das habe ich als heiliges Gelübde vor ihm abgelegt.

Die Nächte mit meinem Gemahl peitscht er fortan aus mir heraus, so kann meine Seele nicht länger Schaden mehr nehmen. Jeder Hieb schmerzt entsetzlich und erzeugt in mir dennoch einen Rausch frommer Ekstase.

Ich gehöre ihm, nur ihm alleine! Wenn er mich hungern und frieren lässt, dann wird mein Herz rein und meine Seele reich. Er hat es mir fest versprochen.

Mein Mann ist vom Kreuzzug, nach Konrads Willen geschehen, nicht wieder zurückgekehrt und so habe ich meinem Seelsorger am Karfreitag meinen weltlichen Besitz übergeben, damit er ihn seelsorgerisch verwalte.

Von allem habe ich mich losgesagt, selbst von

meinen Kindern, weil er es so wollte und ich ihm bedingungslosen Gehorsam geschworen habe.
Er führt mich in die Gnade Gottes und befreit mich von aller Schuld. Ich habe das sündige, weltliche Leben für immer hinter mir gelassen!

Konrad lächelt.
Seine Macht, von Gott gegeben und von Papst Gregor IX. bestätigt, ist sein Reichtum. Er allein entscheidet nunmehr über Leben und Tod, über Schuld und Strafe.
Als er sich einst für ein Leben in freiwilliger Armut entschieden hatte, begann unaufhaltsam sein Aufstieg. Zweifelnden schenkt er mit seinem Glauben Sicherheit, Suchenden gibt er heiliges Ziel und Hoffnungslose richtet er durch seinen Fanatismus wieder auf.
So bezwingt er Menschen mit seligmachenden Versprechen und beherrscht sie durch eine allumfassende Angst, die seinem göttlichen Wahne innewohnt.
Mit Elizabeth hat er sein Alter Ego gefunden und nimmer wird er von ihr lassen. Heiligkeit durch Leiden hat er ihr versprochen.
Körperliches Entzücken durchströmt heiß seinen hageren, durch Verzicht ausgezehrten Körper bei jedem seiner Peitschenhiebe.

Er liebt es, wenn sie sich vor ihm auf dem Boden windet und ihr schmaler Körper nur noch Stöhnen ist.
Er bittet Gott, ihm beizustehen, damit er auch die Kraft habe, mit dem Schlagen rechtzeitig aufzuhören.
Es erfüllt ihn mit unbeschreiblicher Wollust und nur der Gedanke an die nächste Nacht vermag es, ihn nun die Peitsche sinken zu lassen.
Gott hat ihn auserwählt und der Papst hat ihn mit seiner Mission zum Richten über Schuld und Sünde betraut.

Denn das Schlechte ist nur mit dem Bösen zu bezwingen, Sünde nur mit Strafe und Schuld nur mit dem Tod.

SONNTAG, 17. 7. 2011

Fritz erwachte, als ihn ein Sonnenstrahl an der Nase kitzelte und er niesen musste. Er öffnete verschlafen die Augen und stellte mit einem Blick auf seinen Wecker fest, dass es bereits weit nach zehn Uhr morgens war. Noch ein letztes Mal streckte er sich wohlig und gähnte schlaftrunken. Dann fielen ihm jäh die Geschehnisse des Vortages wieder ein. Und mit der Erinnerung stieg auch sofort die Besorgnis um Liza in ihm hoch.

Er sprang aus dem Bett, warf sich hastig seinen Morgenmantel um und zog sein Handy aus der Jackentasche. Er wählte Lizas Nummer und wartete angespannt. Würde sie abheben? Und was sollte er dann am besten sagen?

Noch während er darüber grübelte, wurde am anderen Ende abgehoben und Lizas dünne Stimme drang an sein Ohr.

„Ricker. Hallo?“

„Liza? Ich bin es, Fritz. Ich wollte mich nur mal bei dir erkundigen, wie es dir heute so geht. Ich hoffe, ich habe dich nicht geweckt?“

„Geweckt ist ganz gut, Fritz. Ich bin gefühlt schon seit Stunden wach.“

„Oh je, du Ärmste. Was meinst du, Liza, ich könnte doch heute mal bei dir vorbeischauen? Ich mach mir nämlich echt ein bisschen Sorgen um dich. Wir könnten spazieren gehen oder zusammen einen Kaffee trinken, wenn dir das lieber ist. Das Wetter ist so schön und frische Luft tut dir bestimmt gut.“

Er merkte plötzlich, wie er die Luft anhielt, als eine kleine Pause eintrat.

Als Liza zögernd zu sprechen begann, atmete er vorsichtig aus.

„Ja … Nun, eigentlich … Also, ich weiß nicht …"

„Na komm schon, Liza. Wir wollten doch neu anfangen, erinnerst du dich? Ich würde gerne für dich da sein, einfach nur so. Wenn du keine Lust zu reden hast, dann reden wir eben nicht. Ich kann auch richtig lang die Klappe halten, weißt du? Aber ich versteh mich gut aufs Zuhören, wenn dir danach sein sollte. Willst du es nicht einfach mal versuchen?"

Lizas Stimme wurde fester, das Zögern war verschwunden, als sie ihm antwortete.

„Du hast recht, Fritz. Ich bin momentan wirklich nicht gern allein. Kommst du bei mir vorbei oder sollen wir uns irgendwo treffen?"

Fritz spürte, wie in ihm die Freude aufstieg.

„Super! Ich hol dich ab, was hältst du davon? Sagen wir, so in einer halben Stunde?"

„Okay, ich warte auf dich. Und Fritz? Ich freue mich! Bis gleich."

Liza hatte aufgelegt.

Fritz raste ins Bad, duschte in wahrer Rekordgeschwindigkeit und warf sich in frische Kleidung. Danach schaltete er noch vorsorglich sein Handy ab.

Durch nichts und niemanden wollte er jetzt noch bei seinem Treffen mit Liza gestört werden. Er würde herausfinden, was ihr auf der Seele lag, das schwor er sich. Und er würde ihr beweisen, dass sie sich auf ihn verlassen konnte.

Seltsam, noch vor zwei Tagen war ihm Liza nur Kollegin gewesen. Seitdem hatte sich irgendwie alles verändert, auch er selbst, ohne dass er wusste, warum das so war. Er konnte sich nicht erinnern, wann und ob ihm überhaupt jemals wichtig gewesen war, alles an einem anderen Menschen zu verstehen, ja, verstehen zu wollen.

Liza dagegen berührte ihn zutiefst. Irgendetwas an ihr, das er gestern zum allerersten Mal an ihr gespürt hatte, forderte auf einmal seine ganze Fürsorge heraus. Sie wirkte so schutzlos und schwach. Es drängte ihn, sie zu behüten, ihr Halt und

Nähe zu geben, sie zu lieben. Lieben? Wie bitte? Dieser Gedanke ließ ihm seine Knie butterweich werden.
Bisher hatte er jede Ernsthaftigkeit in seinen Beziehungen stets strikt vermieden. Es waren immer leichte, fröhliche, aber ganz unverbindliche Liaisons gewesen, die er, wenn er zu erkennen glaubte, dass eine Frau zu viel Verpflichtung in die gemeinsame Beziehung einbrachte, immer sofort und nachhaltig beendet hatte. Ohne dass er es gemerkt hätte, war Liza offenbar seit gestern völlig absichtslos und unbemerkt in seine Festung eingebrochen und gerade deshalb warf es ihn nun fast um. Ihre unfassbare Verletzlichkeit und angstvolle Hilflosigkeit, die er gestern bei ihr so intensiv erlebt hatte, hatten schlagartig seinen männlichen Beschützerinstinkt in ihm geweckt, wovon er gar nicht gewusst hatte, dass er ihn überhaupt besaß.
Und jetzt lebte dieses neue Gefühl, was immer es auch war, in ihm und begann, sich unaufhaltsam auszubreiten. Plötzlich sah er sich vor die alles entscheidende Frage gestellt, ob er noch in diesem Augenblick besser die Reißleine ziehen sollte oder …
„Ich denke, ich wähle lieber das Oder“, murmelte er mit allem Galgenhumor, den er nun noch aufzubringen imstande war. Nachdem er in bequeme Turnschuhe geschlüpft war, packte er geschwind noch ein paar Leckereien für eine kleine Brotzeit ein und verließ die Wohnung.
Erst langsam, dann immer schneller machte er sich auf den Weg zu Liza. Und so wie seine Schritte immer ausholender und energischer wurden, machte sich auch in ihm selbst immer stärker ein Gefühl gespannter Vorfreude und seltsam großer Zuversicht breit.

Während Fritz noch bass erstaunt mit sich und seinen neu entdeckten Gefühlen beschäftigt war, stand Liza nach dem Telefonat gedankenversunken und ein bisschen ratlos am Fenster und schaute in den fröhlichen Sommertag hinaus. Menschen nutzten ihre freie Zeit an diesem sonnigen Sonntag und bereits jetzt am frühen Vormittag herrschte draußen ein solches Gewusel von gutgelaunten Menschen und eine

unbeschwerte Geschäftigkeit, die richtig ansteckend wirkte. Straßencafés luden zum Verweilen ein, der nahegelegene Park lockte mit seinen schattigen Wegen zum Schlendern ebenso wie zum strammen Marschieren. Gepflegte Rasenflächen, idyllisch zwischen Baumgruppen und blühenden Sträuchern gelegen, machten Lust auf spontane Picknicks oder einfach nur auf entspanntes Sonnenbaden.
In diesem Moment, als ihr die Sonne so hell und warm ins Gesicht leuchtete, schienen ihre düsteren Gedanken und die gestrigen Ängste weit weg, ja geradezu absurd zu sein. War es ihr vorhin wirklich noch derart schwer ums Herz gewesen, dass sie sich am liebsten wieder die Decke über den Kopf gezogen hätte?
Dieses neue Gefühl von Leichtigkeit und Sommerlust, das sich da in ihr jetzt ausbreitete, war so unendlich befreiend, dass sie sich nicht weiter damit beschäftigen wollte, woher es ganz plötzlich gekommen war. Hauptsache, es war da!
Wie einem überaus scheuen Tier näherte sie sich vorsichtig öffnend diesem Empfinden, damit es sich nur ja nicht wieder verflüchtigte, aber zu ihrem Erstaunen wurde es stärker und stärker.

Und dann klingelte es.
Über die Sprechanlage hörte sie die Stimme ihres Kollegen und ihr Herz machte einen kleinen Sprung. Konnte es Freude sein, was sie plötzlich empfand? Wann waren ihre Gefühle, die sie bisher mit Fritz verbunden hatte, so vollends umgeschlagen von distanzierter Vorsicht hin zu spontanem Wohlbehagen, ja sogar einer hoffnungsvollen Erwartung, sicher und fröhlich sein zu können in seiner Gegenwart?
Egal, gerade jetzt gab es nichts, was sie lieber vernommen hätte als diese frische und jungenhaft unbeschwerte Stimme.

„Hi Fritz, ich komme gleich zu dir runter. Soll ich uns noch irgendetwas zu essen und zu trinken mitnehmen?“

„Servus, Liza! Nein, ich hab alles dabei, was wir brauchen. Das heißt, vielleicht hast du eine Decke für uns? Ja? Prima. Wir könnten es uns doch im Park gemütlich machen.“

„Hey, das hört sich gut an. Ich freue mich!"

Es knackte kurz in der Leitung, als Liza den Hörer wieder auflegte.

Voller Vorfreude schnappte sie sich geschwind ihre bunte Lieblingsdecke, stopfte sie in eine große Umhängetasche und ließ die Tür hinter sich ins Schloss fallen. Plötzlich verharrte sie noch einmal und drehte den Schlüssel ganz gegen ihre Gewohnheit zweimal im Schloss herum. Dann sprang sie leichtfüßig die Treppen hinunter und traf draußen auf einen ungeduldig wartenden Fritz.

Der strahlte über das ganze Gesicht und seine unverkennbar blendende Laune ließ ihre eigene Unternehmungslust noch anwachsen. Betont genießerisch strich er über seine Tasche, die sich auffällig wölbte.

„Ich dachte da an ein Picknick, was hältst du davon? Ich kenne im Park eine wunderbare Stelle. Sie wird dir gefallen. Ach, da fällt mir ein, hast du vielleicht einen Badeanzug? Wir könnten dort auch ein wenig im Fluss baden, wenn du Lust hast."

Lizas Gesicht erhellte sich bei diesen Worten noch mehr, als es bereits davor schon der Fall gewesen war.

„Klasse Idee, Mensch! Da hätte ich auch wirklich selber drauf kommen können. Warte, ich zieh mich nur geschwind um. Magst du schnell noch mit hochkommen?"

Fritz nickte. Sich an den Händen haltend, liefen sie hinauf.

Es dauerte nicht lange, da erschienen sie wieder gemeinsam auf der Straße und schlugen lustig plappernd und lachend den Weg zum nahegelegenen Parkgelände ein.

✞

Freude …? Der Fluch Gottes soll dich treffen.
Wie kannst du es nur wagen?
Freude ist die Schwester der Sünde und die Mutter aller Schuld.

Du hast mich gesucht und ich habe dich gefunden.
Das ist deine Schuld und meine wahre Freude und unser beider Bestimmung.
Und daraus gibt es für niemanden ein Entkommen, auch nicht für dich, Liza!

✠

Schließlich erreichten Liza und Fritz eine kleine, abseits von den Wegen gelegene Baumgruppe, zwischen die sich sehr dichtes, wild wucherndes Gestrüpp schmiegte und sie so vor den Blicken der Spaziergänger fast vollends verbarg.
Vor ihnen lag ein Altwasser-Flussarm des Regen, dessen sich kräuselnde Wasseroberfläche in der Sonne schimmerte, der aber praktisch nie von Badelustigen aufgesucht wurde, da wuchernde Schlingpflanzen ein ungestörtes Badevergnügen beeinträchtigten und den meisten Menschen im Wasser sehr unangenehm waren. Zudem war der Fluss hier so seicht, dass man gerade nur so eben darin schwimmen konnte.
Die Luft schien in der Mittagshitze zu vibrieren und selbst den Vögeln mochte ihr Zwitschern bei diesen Temperaturen zu anstrengend geworden zu sein, so still war es ringsherum. Auch von den Stechmücken, die abends hier zu einer echten Plage mutierten, war weit und breit nichts zu sehen. Sie wichen lieber der sengenden Sonne aus und versteckten sich tagsüber träge im feuchten Moos und unter schattigen Gräsern.

„Perfekt!", strahlte Fritz seine junge Kollegin an, während diese ihre fröhlich gepunktete Decke über das weiche Gras zu ihren Füssen ausbreitete.

„Allerdings! Und jetzt verrate mir endlich, mein Lieber, was du da bloß mit dir herumschleppst", lachte Liza über das ganze Gesicht, welches vom Schwitzen leicht gerötet war.
Fritz öffnete umständlich seine Tasche und zog zwei Pappteller heraus. Darauf legte er für jeden von ihnen zwei Brotscheiben, Käse, Wurst und dazu jeweils noch zwei saftig glänzende, dicke Melonenscheiben, bei deren Anblick es einem sofort vor Vorfreude das Wasser im Mund zusammenzog, und

stellte zusätzlich zwei Weingläser daneben.

„Zur Feier des Tages kredenze ich uns noch eine Flasche Rotwein, den ich für einen besonderen Anlass aufgehoben habe. Ich hoffe, du magst Rotwein? Falls nicht, habe ich auch noch eine Cola dabei. Was sagst du nun?"

Hoffnungsvoll betrachtete er Lizas Gesichtsausdruck.

Sie musste unwillkürlich schmunzeln, als sie ihn da wie einen großen Jungen stehen sah, so voller gespannter Erwartung, ob ihr seine Überraschung auch wirklich gefallen würde.

„Ach Fritz. Es ist einfach nur wunderbar. Wie hast du das denn bloß so schnell organisiert? Ich meine, du wusstest doch vorher nicht, dass wir zusammen hierherkommen, oder?"

„Das nicht, nein. Aber ich bin ziemlich oft, eigentlich fast jedes Wochenende hier und mach es mir dabei dann gern mit einer kleinen Brotzeit gemütlich. Wenn ich hier so daliege und dabei auf das Wasser schaue, kann ich meine Gedanken hören, verstehst du? Es gibt mir einfach den nötigen Abstand zu mir selbst und ich fühle mich dann immer besser mit mir."

Überrascht musterte Liza ihr Gegenüber.

„Ich muss schon sagen, du erstaunst mich immer wieder."

Zerknirscht gestand sie sich ein, dass sie ihm wohl mit ihrer Einschätzung mehr als nur einmal Unrecht getan zu haben schien. Sicher, er benahm sich wie ein großer Junge, der nichts im Leben ernst zu nehmen schien. Aber das, was die letzten beiden Tage so plötzlich zum Vorschein getreten war, war es mehr als wert, dem auch nachzuspüren. „Ich liebe Rotwein!" Behaglich räkelte sie sich auf der Decke, verschränkte ihre Arme unter dem Kopf und sah in den tiefblauen Himmel über sich. „Es scheint alles so weit und unendlich zu sein. Gerade jetzt in diesem Moment, meine ich. Alles ist so …, so friedlich und vollkommen. Man möchte am liebsten die Luft anhalten, damit dieser Augenblick für immer bleibt."

Fritz schaute sie aufmerksam an.

„Möchtest du mir nicht endlich mal erzählen, was dich so bedrückt, Liza? Dich belastet doch irgendetwas, das kann ich ganz deutlich spüren."

Liza schloss kurz ihre Augen.
Als sie sie dann wieder aufschlug, bemerkte sie, dass Fritz sie unverwandt und sehr ernst betrachtete.

„Ja, ich werde es dir erzählen, irgendwann mal. Aber nicht jetzt und auch nicht hier. Jetzt möchte ich einfach nur diesen Frieden und die Freude, dass wir hier zusammen daliegen, genießen. Nur ein paar Stunden Fröhlichkeit, die ich für immer mit nach Hause nehmen kann, verstehst du? Was hältst du davon, schwimmen zu gehen? Wer zuerst von uns im Wasser ist, hat gewonnen!"
Übermütig sprang sie auch schon auf, streifte sich flugs ihr Sommerkleid ab und rannte ans Ufer.
Fritz verhedderte sich in seiner Hose, so sehr beeilte er sich, ihr zu folgen. Schließlich gelang es ihm, sich endlich aus seinen Hosenbeinen zu befreien, lief ihr hinterher und stürzte sich beherzt ins kalte Nass.
Gemeinsam zogen sie ihre Bahnen, während sie dabei den Wasserpflanzen auswichen, die sich um ihre Beine zu wickeln anschickten. Wie kleine, alberne Kinder bespritzten sie sich gegenseitig, plantschten und tollten im Wasser herum, bis sie sich schließlich lachend und ganz außer Atem wieder auf das Gras am Ufer fallen ließen.

Glück ist ein scheuer Geselle.
Bei dem Versuch, es festhalten zu wollen, bleibt meistens nur ein enttäuschter Blick auf leere Hände. Wer es jedoch in sich zu empfinden vermag, dem bleibt für immer die Erinnerung daran. Aber erst, wer es auch mit einem anderen Menschen von ganzem Herzen zu teilen imstande ist, erlebt in einem seligen Augenblick der Freude wahren Reichtum.
So ein Tag war dieser Sonntag.

✠

Alles war arrangiert und wartete auf die beiden Gäste. Cornelius ließ seine Augen prüfend über das sorgsam vorbereitete und dennoch wie zufällig wirkende Ambiente wandern. Alles sollte, nein, alles musste passen.
Er ertappte sich dabei, wie ihn eine ihm sonst fremde Nervosität überkam. Zum tausendsten Mal blickte er auf seine Armbanduhr, deren Zeiger sich irgendwie einfach nicht weiter zu bewegen schienen.
Zwei vor acht! Jetzt müsste es doch bald mal klingeln.
Kaum hatte er das gedacht, schellte es auch schon an der Tür. Er zwang sich, gemessenen Schrittes zur Türe zu gehen. Als er sie öffnete, sah er jedoch zu seiner großen Enttäuschung nur seine Vermieterin vor sich stehen.
Sie hatte sich ordentlich herausgeputzt, was allerdings nicht wirklich darüber hinwegtäuschen konnte, dass sich einige ihrer grauen Haare einem ungeschickten Färben mutwillig entzogen hatten und ihre überaus üppigen Körperformen sich auch durch die sehr enge Kleidung nicht mehr länger disziplinieren ließen, sondern sich ganz im Gegenteil durch hervorquellende Fettwülste unschön rächten. Zwischen ihren dicken Fingern hielt sie eine Flasche Weißwein, den er auf den Tod nicht ausstehen konnte, und eine Stange Weißbrot.

„Brot und Wein bringen Glück herein. So heißt es doch, oder nicht?“, lächelte sie ihn kokett an.
Cornelius konzentrierte sich so ausschließlich darauf, seine Gesichtszüge zu beherrschen und ihnen mühsam die gebotene Freundlichkeit aufzuzwingen, dass er ihre Frage beinahe noch überhört hätte.

„Wie …? Ach so, ja, ja natürlich. Vielen herzlichen Dank. Kommen Sie doch bitte herein. Ich freue mich, dass Sie

meiner Einladung gefolgt sind. Schließlich wollen wir doch auf gutes Einvernehmen anstoßen, nicht wahr?"
Er wollte gerade wieder die Tür hinter ihr schließen, da hörte er fröhliches Albern auf dem Treppenflur.
Kurz darauf tauchte Liza in seinem Gesichtsfeld auf, gefolgt von Fritz, den sie ganz spontan eingeladen hatte, sie zu der abendlichen Einstandsfeier ihres neuen Nachbarn zu begleiten. Cornelius' Blick verfinsterte sich kaum wahrnehmbar, als er dessen Anwesenheit gewahr wurde. Aber schnell gewann er seine übliche, meisterhafte Selbstbeherrschung zurück und er begrüßte den jungen Mann mit einem gönnerhaften Nicken.

„Ach, Sie bringen noch jemanden mit, Frau Ricker? Wie nett. Kommen Sie doch herein. Es ist ein bisschen eng, da ich noch beim Auspacken bin, aber irgendwo muss ich auch ein Kissen für Ihren jungen Freund haben."
Fritz grinste schalkhaft, als er Liza ansah, während er ihm antwortete.

„Ich hoffe, ich mache Ihnen keine Ungelegenheiten, aber wir könnten uns auch gerne ein Kissen teilen, stimmt's Liza?"
Liza errötete leicht und Cornelius' Gesicht verfinsterte sich erneut. Er wandte sich ab, bevor es irgendjemand bemerken konnte. Drinnen reichte er jedem seiner Gäste ein Glas Sekt. Liza sah sich neugierig im Wohnzimmer um.

„Wahnsinn, wie aufgeräumt das jetzt schon aussieht bei Ihnen, Herr Brühl. Respekt! Richtig gemütlich, wirklich. Ach was, sogar Blumen haben Sie schon."

„Ja nun, wissen Sie, Liza … ich darf Sie doch Liza nennen, nicht wahr?" Und ohne ihre Antwort abzuwarten, fuhr er fort. „Blumen sind der Spiegel der Seele, sagt man doch. Ich finde, ein sehr hübscher Spiegel. Und je weniger schön ich mich selbst manchmal finde, mit desto mehr Blumen umgebe ich mich. Und schon bin ich wieder überzeugt, dass ich ja vielleicht doch ein ganz netter Kerl bin." Liza musste lachen, während Fritz die Stirn in Falten zog.
Eins zu null für mich, dachte Cornelius hochzufrieden und reichte Liza galant seine Hand. „Kommen Sie. Dieses Kissen hier habe ich extra nur für Sie reserviert. Es ist mein Schönstes

und es passt perfekt zu Ihnen, finde ich. Es unterstreicht Ihre wunderschönen Augen, wenn ich das so sagen darf. Sie waren wohl in der Sonne heute, so schön braun sind Sie schon. Es steht Ihnen ganz ausgezeichnet, wirklich bezaubernd sehen Sie aus, Liza."

Nun umwölkte sich nicht nur das Gesicht von Fritz, sondern auch dasjenige der Vermieterin wurde lang. Schmollend schob diese ihre Unterlippe vor, ohne dabei zu bedenken, dass sie damit noch unvorteilhafter gegenüber Liza abstach.

Zuvorkommend führte Cornelius Liza zu ihrem Platz, machte einen leichten Diener vor ihr, um im nächsten Augenblick auch seinen beiden anderen Gästen deren Plätze anzubieten, wobei er darauf achtete, dass Fritz wie zufällig Liza gegenüber zum Sitzen kam, wohingegen er sich selbstredend dicht neben ihr niederließ.

Danach reichte er überaus verlockendes Konfekt herum und verteilte weitere Komplimente an Liza, achtete dabei aber immer auf das richtige Maß.

Der Rest des Abends verlief, wie er begonnen hatte.

Liza wirkte, als hätte sie die Anwesenheit von Fritz und der Vermieterin fast vollständig vergessen. Sie schien gänzlich in Cornelius' Bann gezogen worden zu sein und die beiden plauderten angeregt miteinander. Die blonden Köpfe waren nahe beieinander, seine Hände lagen mehr als nur einmal und immer wie rein zufällig auf ihren Schultern, was Liza jedoch zum allergrößten Unmut von Fritz offensichtlich ganz und gar nicht unangenehm zu sein schien.

Fritz konnte sich, obwohl er vom ersten Augenblick an von spontaner Abneigung gegen diesen Menschen erfüllt war, von einem gewissen Zauber, den Cornelius verbreitete, dennoch nicht gänzlich freisprechen.

Es gibt eben Menschen, die füllen einen Raum allein mit der Kraft ihrer Persönlichkeit, sobald sie ihn nur betreten, dachte er unwillkürlich und nicht ohne einen Funken spöttischer Selbstironie.

Irgendwann zu spät vorgerückter Stunde, nachdem ihm dieser

ganze Abend vorgekommen war, als wäre er ein sich endlos in die Länge ziehender Kaugummifaden, wie völlig anders hatte sich dagegen der Nachmittag am See angefühlt, räusperte sich Fritz und merkte selbst, wie gepresst sich seine Stimme dabei anhörte.

„Tja, es tut mir leid, aber es wird echt Zeit für mich. Schließlich ist morgen Montag und das Büro wartet. Wie sieht es bei dir aus, Liza? Du musst doch auch früh aufstehen, oder?“

Sie sah ihn leicht irritiert an, als blende sie aus angenehmer Dunkelheit plötzlich grelles Licht. Verwundert registrierte sie, dass es sie tatsächlich nicht wenig Kraft kostete, in die schnöde Wirklichkeit zurückzukehren. Schuldbewusst stemmte sie sich aus dem kuscheligen Sitzkissen in die Höhe.

„Du hast recht, Fritz. Da habe ich doch glatt völlig die Zeit vergessen. Jetzt wird es aber wirklich höchste Zeit für mich, sonst holt mich morgen der Teufel.“ Lachend reichte sie Cornelius, der ebenfalls aufgestanden war, die Hand. „Vielen Dank, Herr Brühl, äh, Cornelius meine ich, für den netten Abend.“

„Nein, nein, ich habe mich bei Ihnen allen zu bedanken für Ihre angenehme Gesellschaft. Man sieht sich bestimmt. Ich wünsche Ihnen allen noch eine gute Nacht.“

Derart höflich hinauskomplimentiert, blieb leider auch ihrer Vermieterin keine andere Möglichkeit, als sich zu Fritz und Liza zu gesellen. Auch ihr war nicht verborgen geblieben, dass der Abend, obwohl sie doch zu viert gewesen waren, beinahe zu einem Rendezvous zwischen zwei Menschen geworden war. Und allein die Tatsache, dass ihr das überhaupt aufgefallen war, sprach wahre Bände.

Nachdem sie sich draußen im Flur auch von Lizas Vermieterin verabschiedet hatten, trat ein betretenes, recht unbehagliches Schweigen zwischen Liza und Fritz ein, bis er die Stille dann etwas frostig unterbrach.

„Tja, dann … Gute Nacht, Liza. Wir sehen uns morgen im Büro. Schlaf schön.“

Liza umarmte ihn verlegen.

„Danke, Fritz, für diesen wunderschönen Tag, für deine Gesellschaft, für den Spaß, den wir zusammen hatten, für deine Zeit. Such dir was davon aus! Es hat mir wirklich viel bedeutet.“

Sie löste sich von ihm, lief die Treppen hinauf und verschwand in ihrer Wohnung. Fritz sah ihr einen Moment lang nach.

Dann machte er sich ratlos und unglücklich auf den Heimweg.

In der Wohnung unter ihr rieb sich Cornelius indes zufrieden die Hände und ließ den aus seiner Sicht überaus erfolgreich verlaufenen Abend Revue passieren. Alles war ganz genauso vonstattengegangen, wie er es sich zuvor so schön ausgemalt hatte.

Bald schon, sehr bald würde sie ihm wie ein reifer Apfel in den Schoß fallen. Genau wie geplant.

✟

MONTAG, 18. 7. 2011

Es ging inzwischen auf die Mittagszeit zu und Anderlech überlegte gerade, ob er sich noch einen schnellen Imbiss um die Ecke gönnen sollte, als es an seiner Bürotür klopfte.

Nach seinem kurzen „Herein!“, öffnete sich die Tür und ein schlanker, hochgewachsener Mann mittleren Alters trat ein. Seine Haare trug er etwas länger, sodass die Haarspitzen seinen Hemdkragen leicht berührten. Sein Äußeres wirkte frisch und gepflegt, fast jugendlich, aber ohne dabei auch nur irgendwie aufgesetzt oder gar gezwungen zu wirken. Seine Erscheinung strahlte schlicht und einfach eine herzerwärmende Energie und mitreißende Dynamik aus, die diesem Mann offensichtlich zutiefst zu eigen war.

Paul riss bei seinem Anblick die Augen auf und schluckte. Der Fremde hatte eine solch frappierende Ähnlichkeit mit …

Rasch schob er die unwillkürlich aufsteigende, sentimentale Kindheitserinnerung an seinen verstorbenen Vater zur Seite. Aber er konnte nicht umhin, dass in ihm augenblicklich und völlig gegen sein Naturell eine ganz spontane Zuneigung zu diesem Mann erwachte. Das überaus sympathische und offene Lächeln, mit dem der Unbekannte auf Paul zutrat und ihm höflich, aber dennoch locker die Hand reichte, verstärkte noch diese für Paul unübliche, starke Gefühlsregung.

„Ich nehme an, ich spreche mit Herrn Anderlech? Mein Name ist Lingen, Thomas Lingen.“

Auch seine Stimme klang erstaunlich jung. Ohne zu wissen, warum eigentlich, hatte Paul angenommen, es mit einem eher jüngeren Kommissar zu tun zu bekommen. Nun sah er sich jemandem gegenüber, der eher Ende Dreißig zu sein schien. Paul sprang behände auf, drückte die ihm dargebotene Hand für seine Verhältnisse ungewöhnlich herzlich und grinste dabei freudig überrascht über das ganze Gesicht.

„Menschenskinder, das nenne ich aber fix. Sie glauben gar nicht, wie ich mich freue, Sie schon hier zu sehen."

Sein österreichischer Kollege strahlte genauso zurück, als er so unerwartet liebenswürdig begrüßt wurde. Paul zeigte auf einen Stuhl, auf dem es sich Lingen sogleich bequem machte. Der streckte genüsslich seine langen Beine aus und setzte prompt zu einer Erklärung an.

„Ehrlich gesagt, ich konnte mein Glück kaum fassen, als mich meine Dienststelle angerufen hat, um mir mitzuteilen, dass Sie mich gerne an Ihren Ermittlungen beteiligen würden. Ich hatte fast schon Heimweh nach der bayerischen Polizei und dass ich jetzt tatsächlich die Gelegenheit bekomme, wieder einmal bayerische Polizeiluft zu schnuppern, finde ich einfach klasse. Aber noch viel mehr hat mich der Ehrgeiz gepackt, diese alten Morde mit Ihrer Hilfe doch noch aufzuklären. Sie müssen mir unbedingt so schnell wie möglich erzählen, wie Sie überhaupt auf Linz gestoßen sind. Irgendwie scheint mir darin der Schlüssel zu allem zu liegen. Und, bei Gott, Sie können mir glauben, ich will dieses Arschloch hier vor mir sitzen sehen. Ich konnte mich nie damit abfinden, dass ich diese Morde nicht aufklären konnte und der oder die Täter ungestraft davonkamen. Ich nehme es dem Mörder, ganz ehrlich gesagt, persönlich richtig übel."

Lingen lachte zwar bei seinem letzten Satz, aber seine Augen ließen keinen Zweifel offen, dass er es genauso meinte, wie er es gesagt hatte.

Paul hörte ihm aufmerksam zu, während er verständnisvoll dazu nickte.

„Ja, das geht mir ganz genauso. Aber zunächst einmal, wo werden Sie wohnen und für wie lange haben Sie denn Ihren Aufenthalt hier bei uns geplant?"

„Ich gehe zunächst von zwei Wochen aus, die ich sowieso

noch im Urlaub bin. Ich habe aber die Option, danach offiziell zu verlängern, sollte sich dies als notwendig erweisen. Mein Vorgesetzter ist da ganz meiner Meinung, dass dieser Fall absolute Priorität besitzt. Um eine Unterkunft werde ich mich gleich noch nach unserem Gespräch kümmern. Zuletzt war ich in einem Hotel in Cham. Ich war da die ganzen letzten Tage im bayrischen Wald wandern. Ich wollte nur zuallererst einmal Sie kennenlernen."

Anderlech räusperte sich.

„Ich hätte da … na ja, vielleicht einen Vorschlag für Sie. Wenn Sie wollen, können Sie sehr gerne bei mir Ihre Zelte aufschlagen. Ich lebe allein und meine Wohnung hat genügend Platz, sodass Sie trotzdem absolut ungestört wären. Ich denke mir halt, dass die Spesenpolitik bei Ihnen in Österreich auch nicht so viel anders sein wird wie hier bei uns. Und wenn ich Sie vorhin recht verstanden habe, dann ist Ihre Anwesenheit hier eh mehr privat. Aber, wie gesagt, es ist nur ein Angebot."

Thomas Lingen sah seinen bayrischen Kollegen angenehm überrascht an.

„Echt jetzt? Das ist aber ausgesprochen zuvorkommend von Ihnen. Ich wäre schon dankbar, wenn ich die Reisekosten nicht abrechnen müsste. Das würde über den amtlichen Weg sonst nämlich dauern, bis ich hier offiziell anfangen könnte und das wollen wir ja beide nicht. Sind Sie sich auch sicher, dass ich Sie bestimmt nicht störe?"

„Nein, nein, ganz im Gegenteil. Es wäre mir ehrlich eine Freude. Wirklich!"

„Dann müssen Sie mir aber erlauben, mich an allen anfallenden Kosten zu beteiligen. Nein, keine Widerrede!"

Anderlech willigte schmunzelnd ein.

„Versprechen Sie sich aber von meinen Kochkünsten nicht allzu viel. Es gehört nämlich nicht unbedingt zu meinen herausragenden Talenten."

„Sehen Sie, das nenne ich jetzt aber mal Glück. Ich koche nämlich ausgesprochen gerne, da kann ich mich wenigstens ein bisschen für Ihre Großzügigkeit revanchieren."

Beide standen fast gleichzeitig auf und Anderlech streckte ihm die Hand entgegen.

„Ich heiße übrigens Paul. Wenn es für Sie in Ordnung ist, dann könnten wir uns doch duzen? In unserem Team sind wir nämlich alle per Du. Schließlich gehören Sie ab jetzt dazu."
Thomas Lingen schlug hocherfreut ein.

„Aber gerne. Also dann, ich bin der Thomas. Ich danke dir für diesen warmen Empfang, Paul."
Anderlech wies auf Freds einstigen Arbeitsplatz.

„Dort ist ab sofort dein Schreibtisch, Thomas. Ich würde dir vorschlagen, dass ich dich jetzt erst einmal zu mir nach Hause bringe. Dort kannst du dein Gepäck lassen, du hast es doch hoffentlich schon dabei, oder?"

„Ja, ich habe es mitgenommen, weil ich mir gleich hier in Zwiesel etwas suchen wollte, um näher am Geschehen sein zu können. Cham ist ja doch eine ganze Ecke entfernt von hier."

„Gut! Dann solltest du dich ein bisschen akklimatisieren und später, vielleicht so gegen sechzehn Uhr, trommle ich hier im Büro mein Team zusammen. Dann könnt ihr euch alle kennenlernen und ich fasse dabei zusammen, wie wir auf diese Verbindung mit Linz gestoßen sind und was das für unser weiteres Vorgehen bedeuten könnte. Und jetzt sollten wir bei mir daheim doch zuvor noch eine kleine Brotzeit machen. Ich hab nämlich Hunger. Was hältst du davon, Thomas?"

„Hört sich richtig gut an. Ehrlich gesagt, knurrt mir auch schon der Magen. Und ich bin wirklich so was von gespannt auf die anderen Kollegen. Könnten wir bei dieser Gelegenheit dann vielleicht gleich noch eine Skype-Verbindung zu unserem Linzer Polizeipsychologen herstellen, damit er ebenfalls immer auf dem neuesten Stand bleibt? Er könnte uns für unsere weiteren Ermittlungen nämlich ganz bestimmt sehr wertvolle Informationen zum Täterprofil liefern."

„Absolut. Ich hatte selbst schon daran gedacht, einen Fallanalytiker hinzuzuziehen. Umso besser, wenn ihr einen habt. Ich gebe unserem Techniker Bescheid, damit er sich drum kümmert."
Mit diesen Worten bewegte er sich zur Tür und ließ seinem neuen Kollegen höflich den Vortritt.

A.D. MCCXXVII

Konrad triumphiert. Der Papst hat ihn zum obersten Ketzerrichter ernannt, ihn mit der heiligen Aufgabe betraut, Sündige zu jagen und zu richten.
Hitze fließt durch seine Adern, wird eins mit seinem infernalischen Eifer. Wie unendlich reich hat ihn doch seine selbst auserkorene Armut gemacht, ihn, den auserwählten Spross einer reichen Kaufmannsfamilie.

Schaudern lässt es den unsichtbaren Beobachter bei der Betrachtung seiner Angst einflößenden Gestalt. Der Adamsapfel hängt tief ihm im faltigen, dünnen Hals und sein hohlwangiges Gesicht ist durchzogen von den ausgemergelten Spuren fanatischer Frömmigkeit.
Sühne und Busse, Demut und Gehorsam sind die ehernen Gesetze, die er allein diktiert und deren Einhaltung er auf das Strengste verfolgt. Elizabeth ist ihm und seiner Grausamkeit blind verfallen. Ihren unseligen Glaubenswahn hat er vorangetrieben, sich zu eigen gemacht und sie in

ihrer Abhängigkeit von ihm und seiner Huld entseelt.

Sie liebt und fürchtet ihn über alle Maßen. Diese Angst hat sie zur ergebenen Sklavin seines Willens gemacht, zu seinem Geschöpf von seinen Gnaden.

Aber sie alleine genügt ihm nicht, darf ihm nicht genügen.

Wer sich ihm nicht unterwirft, wird sterben. Er ist gleichzeitig Richter und Henker. Männer verlieren mit ihrem weltlichen Besitz auch ihre Macht, Frauen ihre eigene Seele und damit ihr Menschsein.

Nur dadurch kann der Sündenfall von Adam und Eva getilgt werden. So wird es an ihm sein, die Pforte zum Paradies wieder neu zu öffnen, welches einst von einer ruchlosen Sünderin verderbt wurde.

Das ist seine heilige Aufgabe, die Pflicht, wegen der ihm selbst erst das Leben geschenkt wurde und die er mit einem neuen Leben, das er zeugen wird, weitergeben muss. Diese Pflicht wird von Generation zu Generation jedem männlichen Sprössling weiter auferlegt werden. Gott selbst will es so.

Elizabeth hat das in der unendlich scheinenden Zeit ihrer körperlichen Züchtigung und völliger

Erniedrigung verstanden.
Sie bedarf dieser Reinigung durch ihn und sie ersehnt die ihr offenbarte Verschmelzung zweier Heiliger, auf dass der prophezeite Erbe gezeuget würde.
Und heute Nacht ist der Zeitpunkt nun endlich gekommen!

Konrad lässt sich die junge Elizabeth von seinen ergebenen Folterknechten bringen.
Eingehüllt in einfaches, weißes Linnen steht sie zitternd und gesenkten Hauptes vor ihm. Sie weiß, dass sie ihren Kopf nur auf sein Geheiß hin heben darf.
Und so steht sie da, bebend, furchtsam, voller Erwartung und Schrecken.
Konrad betrachtet sie und genießt seine totale Macht über dieses Stück Fleisch.

„Komm!" Gebieterisch und grausam umweht sie dieses einzige Wort. „Auf die Knie mit dir!"

Elizabeth sinkt zitternd und schreckensbleich auf ihre Knie und wartet. Die Ausdünstungen ihrer Angst lassen ihr dünnes Gewand durchsichtig werden und seine unsägliche Begierde ins Unerträgliche wachsen.
Konrad fasst mit harter Hand in ihr blondes,

wallendes Haar und mit einem Ruck reißt er sie daran zu sich empor.
Die andere Hand presst er gegen ihren Mund. Schweigen soll sie, schweigen wird sie.
Dann dringt er mit der gestauten Männlichkeit seines Zölibats in sie ein. Immer und immer wieder stößt er voller Verachtung gewaltsam in sie hinein und zerreißt dabei ihre geschundene Weiblichkeit.
Elizabeth, nur gehalten von dieser Hand in ihrem Haar, verliert in diesem Augenblick der Heiligkeit ihren geliebten Ehemann zum zweiten Mal.
Sie fällt hart auf den Boden, als Konrad sie wegwirft.

Dann geht er fort und lässt nurmehr diese Totenstille zurück.

✝

Pauls Büro füllte sich am späten Nachmittag langsam mit seinen engsten Mitarbeitern. Sonja und Richard, die schneller als erwartet aus Linz wieder zurückgekehrt waren, waren ebenso anwesend wie auch noch ein Kollege aus einer anderen Abteilung, die bei Mordermittlungen dann immer zum festen Team dazugehörte.
Nicht einmal sein Chef, Viktor Prahl, hatte es sich nehmen lassen, mit von der Partie zu sein. Hätte es noch eines weiteren Zeichens bedurft, welche Bedeutung dieser neue Fall von Anbeginn für jeden hatte, so hätte allein dessen Gegenwart nun alle Zweifel beseitigt.

Anderlech blickte beifällig in die Runde und begann.

„Schön, dass es geklappt hat, euch alle zusammen hier zu haben. Ich freue mich sehr, euch Thomas Lingen aus Linz vorstellen zu können. Er war, wie ihr bereits wisst, der damals zuständige Hauptkommissar und bleibt vorerst einmal für zwei Wochen bei uns, um uns hier in unserer Ermittlungsarbeit zu unterstützen. Ich darf ebenso Herrn Franke vom Meldeamt, unsere Gerichtsmedizinerin Sonja Bergisch, den KTU-Chef Richard Mitsch, unseren Patrick Bauer von der Abteilung *Innere Sicherheit* und auch den Linzer Polizeipsychologen Herrn Essmann begrüßen, der uns via Skype in Bild und Ton zugeschaltet ist. Vielen Dank auch, Herr Essmann, dass Sie sich die Zeit nehmen, um uns beratend und unterstützend zur Seite zu stehen. Ich fasse also noch mal kurz den bisherigen Stand zusammen: Unsere österreichischen Kollegen in Linz hatten vor dreizehn Jahren ebenfalls mit zwei Brandleichen zu tun und alle näheren Umstände weisen trotz dieser langen, vergangenen Zeit auf dasselbe Geschehen hin. Tatort und auch die Todesumstände gleichen einander nämlich frappierend. Mögliche Täter-DNA wurde durch das Feuer leider auch dort vernichtet, aber, und das ist für uns der wichtigste Fingerzeig, auch bei der weiblichen Leiche in Linz lag das exakt gleiche, goldene Kreuz mit denselben Initialen E·T· unter dem abgebrannten Holzhaufen wie bei Anita Bauer auch. Genau dieser Umstand macht aus einer eher vagen Möglichkeit jetzt eigentlich die Sicherheit, dass es sich wirklich um denselben Täter handelt. Für welchen Namen diese Buchstaben stehen, wissen wir bisher leider nicht. Auch ist uns die Bedeutung und die Herkunft dieser zwei Kreuze überhaupt nicht klar. Weshalb die beiden Kreuze nun dieselben Initialen aufweisen, wissen wir ebenfalls nicht. Wir werden also herausfinden müssen, ob die Familien der beiden toten Frauen vielleicht irgendeine, wie auch immer geartete Verbindung zueinander aufweisen, die ihren Besitz der praktisch identischen Kreuze erklären könnte. Bei der toten Frau in Österreich handelt es sich um eine gewisse Franziska Merle, vierundzwanzig Jahre alt. Damit ist sie genauso alt wie Anita Bauer. Allerdings sehen die beiden völlig unterschiedlich aus, andere Haarfarbe, andere Größe usw., also nichts, was auf ein bestimmtes Beuteschema hindeuten würde. Die Identität des ermordeten Mannes ist derzeit leider noch unbekannt, daher konnte bisher auch noch nicht ermittelt werden, ob die Toten vielleicht in irgendeiner Beziehung zueinanderstanden. Sonja hat glücklicherweise von ganz oben die Genehmigung zur Rekonstruktion erhalten, sodass wir deshalb die berechtigte Hoffnung haben, den Toten bald identifizieren zu können. Habt ihr denn in Linz alles Notwendige dafür bekommen, Sonja?“

„Ja, Paul, es hat alles reibungslos geklappt. Ich habe alles erhalten, was ich dafür brauche. Die Kollegen waren wirklich sehr hilfsbereit, muss ich schon sagen.“

„Super. Dann steht dem Unterfangen also nichts mehr im Wege. Aber wieder zurück zu den Brandleichen in Linz. Auf jeden Fall wurde damals zuerst die Frau getötet, vier Wochen später dann der Mann. Ob es sich dabei aber überhaupt um denselben Täter handelt, wissen wir allerdings nicht, sondern ziehen es nur allein wegen des Feuers in Betracht. Und auf die Linzer Ermittlungsbehörde von Thomas bin ich, ganz ehrlich gesagt, bloß rein zufällig gestoßen. Als ich nämlich die beiden Arbeitskollegen von Anita Bauer befragt habe, fiel mir ein komisches Verhalten der jungen Frau, Liza Ricker heißt sie, auf. Genauer gesagt, als sie das goldene Kreuz vom Tatort auf meinem Schreibtisch liegen sah, wurde sie leichenblass. Sie sah aus, als würde sie jeden Moment umfallen. Diese Reaktion hat mich total irritiert, sie schien mir völlig unverständlich zu sein, absolut überzogen. Jedenfalls habe ich im Anschluss an die Befragung gleich Kontakt mit der zentralen Meldebehörde aufgenommen und mich dort aus purer Neugier nach der vorherigen Meldeadresse von Liza Ricker erkundigt, da sie erst seit einem Jahr bei uns in Zwiesel lebt, wie sie mir sagte. Und diese letzte Meldeanschrift lautete: Linz! Eigentlich wollte ich von meinem Linzer Kollegen nur wissen, ob die junge Dame dort vielleicht jemals polizeiauffällig geworden ist, was übrigens nicht der Fall war. Stattdessen erzählt er mir plötzlich von diesen alten Morden, als ich ihm von unserer Toten berichtete. Ich dachte, mich trifft der Schlag. Bingo, würde ich sagen. Es gibt also, wie es aussieht, zwar keinen inhaltlichen Zusammenhang mit Liza Ricker, aber immerhin sind wir dadurch auf die österreichischen Morde gestoßen. Ich weiß zwar bisher immer noch nicht, weshalb die gute Frau bei dem Anblick des Kreuzes so dermaßen erschrocken ist, aber das finde ich schon noch heraus. So schnell lasse ich die nicht vom Haken. Alles Weitere ist bekannt. Thomas hat mich über diese alten Leichenfunde und die identischen Begleitumstände genauer informiert. Er war, wie gesagt, damals vor dreizehn Jahren der leitende Ermittler, zusammen mit Herrn Essmann.“ Er nickte dem Psychologen auf dem Bildschirm zu. „Jedenfalls werde ich das Gefühl nicht los, dass es bestimmt nicht schaden kann, sich mit der Person Liza Ricker noch genauer zu beschäftigen. Aus diesem Grunde und weil wir bisher auch gar keinen anderen Ansatzpunkt haben, habe ich Herrn Franke vom Meldeamt gebeten, eine lückenlose Recherche über Lizas

Meldehistorie anzustellen. Deshalb habe ich ihn heute auch zu unserer Runde dazu gebeten." Er nickte einem kleinen Mann, der die ganze Zeit kein Auge von ihm wandte, freundlich zu, bevor er weitersprach. „Noch ein Wort zur Rekonstruktion der Brandleiche. Damit Sonja auch wirklich ganz ungestört daran arbeiten kann, übernimmt dankenswerterweise für diese Zeit die rechtsmedizinische Abteilung der Regensburger Universität eventuell neue Fälle, sofern diese in keinem Zusammenhang mit unserem Brandmörder stehen sollten, was wir doch hoffen wollen. Hat denn soweit jetzt noch irgendjemand Fragen? Nein? Dann übergebe ich das Wort jetzt erst Herrn Lingen und danach wird uns unser Herr Franke auf den neuesten Ermittlungsstand bringen."

Paul nickte Thomas auffordernd zu.

Dieser erhob sich, schritt zur Schauwand, die voll war mit Tatortfotos und ihrer bisher einzigen Spur, dem Foto des goldenen Kreuzes. Zudem waren auf ihr Lichtbilder der toten Franziska Merle sowie von Anita Bauer angeheftet.

„Hallo erst mal. Wie Paul gesagt hat, heiße ich Thomas und bin Kriminalhauptkommissar in Linz. Paul hat mir das Du angeboten und meinte, dass ihr euch alle ebenfalls duzt. Also, falls das für euch in Ordnung ist, würde ich mich freuen, wenn ihr mich in Zukunft auch duzt. Ich freue mich nämlich sehr, für einige Zeit Mitglied in eurem tollen Team sein zu dürfen." Er blickte fragend in die Runde und erntete auch sofort zustimmendes Gemurmel. „Eigentlich hat Paul schon alles Wissenswerte, was leider wenig genug ist, zusammengefasst. Ich setze, wie ihr alle hier, meine ganze Hoffnung auf diese Gesichtsrekonstruktion unseres Unbekannten, auch wenn wir nicht wissen, ob dieser Tote wirklich auf das Konto desselben Mörders geht, denn immerhin wurde der Mann im Gegensatz zur Frau zuvor erstochen, bevor er dann verbrannt wurde. Aber einen anderen Ansatzpunkt haben wir eben leider nicht. Dieser spontane Gedanke, den Paul mit Liza Ricker hatte, hat ihn zu mir geführt, übrigens eine ziemlich bemerkenswerte Eingebung, wenn ich das einmal sagen darf, auch wenn sie offensichtlich nicht so zutrifft wie gedacht. Dennoch scheint es auch mir nicht uninteressant, sich mit dieser jungen Dame noch intensiver auseinanderzusetzen, umso mehr, als wir sonst keine einzige andere Spur zum gegenwärtigen Zeitpunkt haben. Deshalb möchte ich auch gar nicht länger eure Zeit unnötig in Anspruch nehmen, sondern Herrn Franke das Wort erteilen. Es sei denn, irgendjemand von euch hätte jetzt noch eine Frage an mich? … Nein? Dann möchte ich Sie nun bitten, Herr Franke, für uns einmal zusammenzufassen, was Sie so alles über Liza Rickers Aufenthaltsorte herausgefunden haben."

Der Angesprochene, ein ziemlich kleingewachsenes und quirlig wirkendes Männchen, sprang wie von der Tarantel gestochen auf, stellte sich ganz gerade hin, als vermöge er dadurch seiner Gestalt mehr Größe und Präsenz zu verleihen, und begann in wichtigem Ton zu dozieren.

„Eh, nun … Liza Ricker. Meine Nachforschungen haben ergeben, dass sie am 29. Juli 1987 in Darmstadt/Hessen geboren wurde. Als sie zwei Jahre alt war, zogen ihre Eltern mit ihr nach Innsbruck in Österreich, das war dann also 1989. Im Alter von zehn Jahren verlor sie ihre Mutter, als diese nach kurzer Krankheit starb. Nicht lange danach verschwand der Vater spurlos. Man munkelte, dass er wohl den Tod seiner Frau nicht verwinden konnte und möglicherweise irgendwo Suizid begangen hat. Wohin er sich abgesetzt hat und ob er wirklich tot ist, konnte allerdings bis heute nicht in Erfahrung gebracht werden. Nachdem das Kind zwischenzeitlich kurz in einem Waisenhaus untergebracht worden war, kam sie im Januar 1998 zu ihrer Tante, Therese Burger, verheiratete Thur, nach Linz. Mit zwölf Jahren, also 1999, wurde Liza Ricker von der Tante in ein katholisches Internat der englischen Fräulein nach Passau geschickt und blieb dort sechs Jahre lang. 2005 machte sie da ihr Abitur und ging im Anschluss daran nach Regensburg, studierte an der Fachhochschule Sozialpädagogik. 2009 ging sie danach für ein Jahr nach Linz zurück, wo sie so eine Art Praktikum in der Jugendhilfe absolvierte. Seit 2010, also seit knapp einem Jahr, lebt sie nun hier in Zwiesel und arbeitet für das Jugendamt Regen in deren Zweigstelle Zwiesel.

Kontakt zu ihrer Tante, der nie besonders herzlich gewesen zu sein scheint, hat sie übrigens nicht mehr. Nach Angaben der Tante jedenfalls war Liza nicht mehr bei ihr in Linz, seit sie hier in Zwiesel lebt. Ihr Aufgabenbereich im Jugendamt ist bedrohtes Kindes- und Jugendwohl sowie die Bereitstellung und Koordination von Familienhilfen. Sie lebt alleine in einem Zweiparteienhaus am Rande Zwiesels, hat einen einwandfreien Leumund und ist bisher durch nichts polizeilich aufgefallen. Ich darf noch einmal ganz kurz für Sie zusammenfassen."

Er räusperte sich noch einmal nachdrücklich und fuhr nach einer kleinen Kunstpause, sich seiner ganzen Wichtigkeit in diesem Augenblick sehr bewusst, fort. „Sie hatte also insgesamt schon folgende sieben Meldestationen: Darmstadt, Innsbruck, Linz, Passau, Regensburg, Linz und Zwiesel. Ein lebhafter Ortswechsel in Anbetracht ihrer jungen Jahre, möchte ich mal meinen, he he."

Er verstummte und blickte triumphierend in die Runde. Paul musste sich mühsam ein Lachen verbeißen, das sicherlich nicht besonders gut bei Herrn Franke angekommen wäre.

„Sehr schön, wirklich. Ich bin Ihnen für Ihre raschen und sorgfältigen Nachforschungen zu sehr, sehr großem Dank verpflichtet, Herr Franke", lobte er den kleinen Wichtigtuer so ernsthaft, wie es ihm nur möglich war. „Ich weiß natürlich, wie außerordentlich beschäftigt Sie sind und möchte deshalb auch Ihre Zeit nicht mehr länger in Anspruch nehmen. Sollte ich noch irgendeine Rückfrage haben, werde ich mir erlauben, Sie zu kontaktieren."

Derart unmissverständlich, dabei aber doch zuvorkommend und auch angemessen respektvoll verabschiedet, sah sich Herr Franke unversehens genötigt, seinen Rückzug anzutreten.

Er straffte seine Schultern noch ein bisschen mehr, hielt den Kopf noch gerader als ohnehin schon, legte seine Unterlagen auf Pauls Schreibtisch und trippelte um Haltung bemüht und einem letzten, gönnerhaften Blick auf die Anwesenden aus dem Büro hinaus.

Als sich alle sicher sein konnten, dass sich Herr Franke auch tatsächlich außer Hörweite befand, steigerte sich das bisher

krampfhaft unterdrückte Kichern zu schallendem Gelächter. Paul konnte hören, wie sich in diesem befreiten Lachen aller Anwesenden auch ein wenig die Spannung entlud, die sich während der letzten halben Stunde aufgebaut hatte.
Ganz offensichtlich hatte sich seine Witterung, die er am Tag davor aufgenommen hatte, auch auf sein Team übertragen. Wie bei einem guten Spürhund zeigte sich die aufgenommene Fährte in den konzentrierten Gesichtszügen und in der leicht überzogenen Heiterkeit, die sich gerade eben Bahn gebrochen hatte.
Als es im Büro wieder still wurde, trug Richard noch schnell eine wichtige Information nach, die er selbst erst kurz zuvor noch von seinen Kollegen aus der KTU erfahren hatte.

„Übrigens muss das goldene Kreuz definitiv erst nach dem Hauptbrand vom Täter selbst unter das Holz geschoben worden sein. Es weist nämlich überhaupt keine Brandspuren auf, was gegen die Annahme spricht, dass es das Opfer zuvor verloren haben könnte, als es vom Mörder auf den Holzhaufen hinaufgezerrt wurde. Entweder hat der Mörder den Frauen die Kreuze zuvor abgenommen und hat diese erst später unter das Holz geschoben oder sie waren von Anfang an in seinem Besitz, was auch nicht ganz auszuschließen ist, wie ich meine. Ansonsten kann ich leider mit rein gar nichts aufwarten, keine DNA-Spuren des Täters, nichts!“
Paul hatte auch nichts anderes erwartet.

„Das hat sich leider bei der Besichtigung des Tatortes schon angedeutet. Also, wie wollen wir jetzt weiter verfahren?“ Erwartungsvoll sah er die versammelte Mannschaft an.

„Wir fragen einfach mal in jedem dieser Orte nach, wo Liza Ricker schon gewohnt hat, ob es dort auch irgendwann zu ähnlichen Todesfällen kam“, ließ sich unvermittelt die Stimme des Polizeipsychologen auf dem Bildschirm vernehmen. „Das war doch Ihr Gedanke oder täusche ich mich da etwa, Herr Anderlech?“
Sein Tonfall hatte dabei eine kaum wahrnehmbar amüsierte Note, die Paul jedoch sehr wohl zur Kenntnis nahm. Guter Mann, dachte er wie nebenbei.

„Touché. Sie haben es auf den Punkt gebracht. Genau das war tatsächlich meine Absicht. Irgendwelche seltsamen Berührungspunkte gibt es da zwischen dieser jungen Dame und den Morden, das sagt mir meine Schnüfflernase. Wahrscheinlich nicht unbedingt in einem kausalen Sinne, aber hmm … Warum ist sie beim Anblick dieses Kreuzes nur so erschrocken? Und wieso wirkte sie, als hätte sie ein verdammt schlechtes Gewissen? Es sah fast so aus, als würde sie das Kreuz von irgendwoher kennen und zwar nicht deshalb, weil Anita Bauer es in der Vergangenheit getragen hätte. Deshalb erschrickt man doch nicht so, oder? Anitas Freund kannte dieses Kreuz jedenfalls nicht. Zumindest sollten wir dem Ganzen weiter nachgehen. Immerhin hat es mit Linz auch schon zu Resultaten geführt. Richard, du siehst dir noch einmal sämtliche Ergebnisse unserer österreichischen Kollegen von der Spusi bezüglich weiterer Übereinstimmungen mit unserem Fall an. Sonja macht sich dann gleich an die Rekonstruktion und Patrick, du schaust, was du sonst noch alles zu Lizas persönlichem Umfeld und ganz besonders hinsichtlich ihrer Vergangenheit herausfinden kannst. Thomas und ich telefonieren in der Zwischenzeit diese Meldeliste hier ab. Habt ihr sonst noch irgendwelche Fragen?"
Pauls Chef, der bisher stumm wie ein Fisch alles genauestens mitverfolgt hatte, erhob sich schwerfällig von seinem Stuhl, klopfte zunächst Paul anerkennend auf die Schultern und wandte sich dann schwitzend Thomas Lingen zu.

„Mein lieber Kollege. Als allererstes möchte ich mich für die schnelle und reibungslose Zusammenarbeit zwischen Ihrer Polizeibehörde und unserem niederbayrischen Landesamt bedanken. Unsere hervorragende, bayrisch-österreichische Nachbarschaft ist zwar jedem bekannt, aber diese prompte Reaktion in unserem Fall finde ich schon sehr bemerkenswert. Ebenso wie die Tatsache, dass Sie jetzt so einfach, mir nichts, dir nichts, auf Ihren restlichen Urlaub verzichten. Das ist alles andere als selbstverständlich. Ich bin mir sicher, dass wir gemeinsam Erfolg haben werden. Wenn Sie also irgendetwas brauchen sollten, Herr Lingen, ich habe immer ein Ohr für Sie

wie auch für jeden anderen der Anwesenden hier. Sie passen gut zu unserem Haufen, wenn ich das so sagen darf. Auf gute Zusammenarbeit also!"
Mit diesen Worten drückte er Thomas Lingen warm die Hand, blickte lobend reihum und winkte Abschied nehmend in die Runde.
Alle anderen standen ebenfalls auf, verabschiedeten sich von Thomas und dem Polizeipsychologen und gingen, ganz auf ihre anstehenden Aufgaben konzentriert, hinaus.

„Sobald wir erste Ergebnisse haben, würde ich Sie über Thomas kontaktieren", richtete Paul abschließend das Wort an den zugeschalteten Polizeipsychologen.

„Ich heiße übrigens Michael. Ich freue mich auf unsere Meetings, … Paul, oder?", erwiderte der Psychologe fragend.

„Gerne, Michael. Willkommen in unserem Team!"
Dann wurde der Bildschirm dunkel. Paul und Thomas standen sich alleine gegenüber.

„Darmstadt und Innsbruck, du Thomas? Und ich erledige Regensburg und Passau. Okay?"
Thomas legte zustimmend den Kopf ganz leicht schief und zwinkerte Paul aufmunternd zu.

„Dann mal nichts wie ran an den Speck. Damit fängt man bekanntlich auch Mäuse. Das funktioniert bestimmt auch bei Ratten, wie unser Freund hier eine ist."

Und so wie sich manchmal gelassenes Schweigen ausbreitet, wenn alles Wichtige gesagt wurde, so ruhig griff jeder von den beiden nach dem Telefonhörer.

✞

Zum ersten Mal seit sehr langer Zeit hatte Liza diese Nacht vollkommen ungestört von bösen Albträumen durchgeschlafen.
Entsprechend ausgeruht und gutgelaunt sprang sie an diesem Montagmorgen aus ihrem Bett, eilte ans Fenster und öffnete es weit, nachdem sie es am Tag zuvor noch voller Entsetzen fest verriegelt hatte. Sie atmete tief und befreit die frische Luft ein und sog sich voll mit diesem morgendlichen Versprechen eines sich neu ankündigenden, wundervollen Sommertages, welches so herrlich verheißungsvoll in dieser samtenen Juliluft lag. Dann marschierte sie leise vor sich hin trällernd in ihre kleine Küche, stellte die Kaffeemaschine an, um sich unter der kalten Dusche restliche Spuren der Nacht abzuwaschen, während der Kaffee unter Pfeifen und Zischen durch die alte Maschine lief.
Danach inspizierte sie ihren eher dürftigen Kleiderschrank, einkaufen gehörte nun wahrlich nicht zu ihren Leidenschaften, und entschied sich nach gründlicher Prüfung für ein in seiner eleganten Schlichtheit bezauberndes, hellblaues Sommerkleid. Das Oberteil, klassisch schlicht und eng geschnitten, gab einen verwegenen Blick auf ihr schönes Dekolleté frei. Der knielange, transparent schimmernde Rock schwang dagegen glockenförmig als bezaubernder Gegenpart um ihre langen, schlanken Beine. Das zarte Blau des dünnen Stoffes brachte ihre blonden Locken und ihren leicht gebräunten Teint auf eine anmutige und ausdrucksstarke Weise zum Leuchten. Es ließ sie einerseits erwachsen und selbstbewusst, andererseits doch auch verletzlich und empfindsam wirken.
Nachdem sie sich wie immer sehr zurückhaltend geschminkt hatte, schenkte sie sich eine Tasse wundervoll duftenden Kaffees ein.

Gedankenverloren schweifte ihre Erinnerung zum gestrigen Tag zurück und ein glückliches Lächeln umspielte ihre sanft geschwungenen Lippen. Sie hätte im morgendlichen Tageslicht nicht sagen können, was ihr gestern mehr Spaß gemacht hatte, die spielerisch leichten, fröhlichen Stunden mit Fritz im Park oder die kleine, abendliche Einstandsfeier bei ihrem neuen, geheimnisvollen und dazu unverschämt attraktiven Nachbarn.
Cornelius. Versonnen dehnte sie halblaut diesen Namen. Ein toller Mann, das musste man schon wirklich sagen.
Sie blickte auf ihre Armbanduhr und hüpfte mit einem kleinen Schrei auf. Gott sei Dank war ihre Tasse bereits leergetrunken, sonst hätte sie jetzt eine wahrhaft tolle Bescherung gehabt. So aber war ihr Kleid noch genauso makellos wie zuvor.
Sie schlüpfte in leichte, hochhackige Sandalen, griff sich ihre Handtasche und verließ in heiterer Stimmung die Wohnung, ohne sie mehrmals hinter sich abzuschließen.

Durch den Türspion ließ Cornelius seine Augen genüsslich über Lizas Erscheinung wandern.
Da sie davon nichts mitbekam, musste er sein Mienenspiel auch nicht kontrollieren. Das Verlangen nach ihr stand ihm in jede Faser seines Körpers gemeißelt. Am liebsten wäre er ihr nachgeeilt, hätte ihr die Kleider vom Leib gerissen und …
„Gemach, gemach“, beschwor er sich selbst. „Du darfst sie auf keinen Fall erschrecken. Der Sieg wird erst vollkommen sein, wenn sie selbst nach dieser Erfüllung lechzt, wenn sie dich darum anbettelt.“
Er begnügte sich mit einem letzten, sehnsüchtigen Blick durch das verborgene Guckloch, eilte dann zum Fenster und sah ihr zu, wie sie sich am Ende der Straße in einer scharfen Kurve seinen Blicken entzog.
Liza ahnte von alledem nichts und so tat auch ihrer guten Laune nichts und niemand Abbruch. Als sie das Jugendamt betrat, kam ihr auch schon Fritz, den Arm vollgepackt mit Akten und Unterlagen, entgegen und sein Gesicht verfinsterte sich bei ihrem Anblick unverkennbar.
Liza sah ihm unsicher entgegen und ihr Lächeln schwand jäh.

„Fritz? Ist was? Ist etwas passiert?“

„Nö, was soll schon passiert sein? Ich habe einen Haufen Arbeit, wie du siehst, und tja, die macht sich leider nicht von alleine. Bis dann!“

Und schon hatte er sich in sein Büro verzogen.

Liza blieb mit offenem Mund stehen und hatte keine Ahnung, was nun wieder in diesen Mann gefahren war. Eigentlich hatte sie gedacht, dass sie seine Launen hinter sich gelassen hätten. Schon wollte sie sich in einer allerersten Regung beleidigt zurückziehen, da fielen ihr die wundervollen Stunden, die sie gemeinsam am Fluss verbracht hatten, wieder ein.

Da sie sich selbst jedoch in keinster Weise irgendeiner Schuld bewusst war, kam sie nicht einmal ansatzweise auf den Gedanken, dass Fritz schlicht nur die blanke Eifersucht quälte.

„Nein, mein Lieber, so kommst du mir aber nicht davon“, murmelte sie entschlossen und kämpferisch vor sich hin.

Die Handtasche wie einen Boxsack hin und herschwingend und das Kinn angriffslustig nach vorne gereckt, marschierte sie in sein Büro, knallte ihre Tasche auf den Schreibtisch und herrschte ihn an.

„So, Fritz. Ich dachte, wir wären darüber schon hinaus! Was ist los? Raus mit der Sprache! Wenn du meinst, du kannst mich verarschen, dann, dann …“

Ihre Stimme begann ungewollt, leicht zu zittern. Ob aus Wut oder verletzten Gefühlen konnte sie selbst nicht einmal sagen.

Fritz, der nicht wusste, wie ihm geschah, starrte ihr völlig verdattert ins Gesicht. Mit diesem Frontalangriff hatte er nun wahrlich nicht gerechnet.

Eigentlich war sein Plan gewesen, mithilfe seiner üblichen, launischen Art wieder auf Distanz zu Liza zu gehen, zu sehr hatte ihn ihr Verhalten am Vorabend verletzt und enttäuscht.

Im Park hatte er noch geglaubt, dass sie sich vielleicht doch näherkommen könnten. Sogar an eine ernsthafte Beziehung hatte er gedacht und begonnen, davon zu träumen.

Er, der Beziehungsunfähige, der emotional Defizitäre hatte seinen Panzer einen Spalt geöffnet und prompt hatte sie ihm

lächelnd das Messer hineingestoßen. Es war schlicht eine Frage puren Überlebens, sich selbst wieder in sichere Gefilde zu bringen. Und nun das! Mit allem hatte er gerechnet, aber nicht damit, dass Liza scheinbar keineswegs gewillt war, ihre neue Beziehung so einfach wieder aufzugeben.
Unversehens keimte ein winziger Funken Hoffnung in ihm auf. Lag ihr vielleicht doch mehr an ihm? Hatte er gestern Abend einfach aus blinder Eifersucht überreagiert, Dinge gesehen, die so überhaupt nicht existierten? Schließlich wollte sie doch nur ihren neuen Nachbarn ein bisschen besser kennenlernen, oder? Das war doch nur zu verständlich, oder etwa nicht?
Schafskopf, beschimpfte er sich im Stillen selbst.

Liza starrte ihn immer noch schweigend und vorwurfsvoll an. Natürlich, sie wartete auf eine Antwort von ihm und ganz offensichtlich würde sie auch nicht gehen, bevor sie die nicht erhalten hatte.
Fritz schob etwas unbehaglich seine Schultern nach vorne und beschloss unvermittelt, den Stier bei den Hörnern zu packen. Mehr, als ihm gestern Abend passiert war, konnte jetzt auch nicht mehr geschehen.

„Okay, Liza. Dann halt jetzt eben die Wahrheit. Gestern Nachmittag, da …, da hatte ich das Gefühl, du könntest dich vielleicht auch ein bisschen in mich verliebt haben. Verdammt! Ich …, ja Scheiße, ich habe mich nämlich in dich verliebt. Tut mir leid, wenn es nicht das ist, was du jetzt hören wolltest. Und gestern Abend hattest du dann plötzlich nur noch Augen für diesen … Piefkearsch. Wie soll ich mich denn da fühlen? Ich meine, es ist in Ordnung, wenn du auf diesen Angeber abfährst, aber mich brauchst du dann nicht mehr. Nur ein Freund will und kann ich dir nicht sein, ein guter Kollege, okay, aber sonst … Ich wünsche dir wirklich alles Glück und wenn du glaubst, dass du das mit diesem Cornelius findest, auch gut. Aber ich kann und werde ganz bestimmt nicht Zeuge deines Liebesglücks sein, verstehst du?“
Erschöpft nach seinem Redeschwall sank Fritz ein klein wenig

in sich zusammen und vermied es standhaft, Lizas perplexem Blick zu begegnen. Ungewisse Stille breitete sich aus.
Nachdem sich Liza von ihrer ersten Überraschung erholt hatte, legte sich ihre kleine Hand auf die seine und mit weicher Stimme antwortete sie.

„Ach Fritz, du bist ein solcher Esel. Ein lieber, aber eben ein Esel. Unser Nachmittag gestern war so schön, aber … Ich weiß wirklich nicht, ob ich mich in dich verliebt habe. Ich weiß nicht, wie sich Liebe überhaupt anfühlt, wenn sie da ist. Ich bin gern mit dir zusammen und fühle mich wahnsinnig wohl bei dir. Ich würde mir ja wünschen, wir …, also, vielleicht könnten wir es gemeinsam versuchen? Ich bin nur nicht sicher, ob es …so einfach sein wird. Aber ich wäre bereit, es zumindest mal zu versuchen. Vielleicht könnten wir …, wollen wir zusammen herausfinden, ob es Liebe ist oder nicht? Ich kann's dir einfach nicht versprechen, Fritz, aber, na ja, ich mag dich auf jeden Fall schon sehr. Wenn dir das für den Anfang genügt? Was meinst du?“
Fritz traute kaum seinen Ohren, als er Lizas Worte vernahm, so liebevoll und doch ein bisschen ängstlich, so mutig und doch gleichzeitig zweifelnd.
Als er ihren warmen, dabei aber auch sehr schüchternen Gesichtsausdruck sah, hielt ihn nichts mehr auf seinem Platz. Er kam hinter seinem Schreibtisch hervorgestürmt, riss dabei versehentlich die Ordner von der Tischplatte herunter, sodass die einzelnen, zuvor noch sorgfältig sortierten Blätter in alle Himmelsrichtungen verstreut auf den Boden segelten, und schloss Liza fest in seine Arme.
Dann senkte er seinen Mund auf den ihren, schmeckte den zarten Erdbeergeschmack ihres Lippenstifts und beide verloren sich in einem tiefen, leidenschaftlichen und nicht mehr enden wollenden Kuss.
So fühlt sich Liebe an?, dachte Liza noch flüchtig, bevor sie sich diesem neuen und sehr verwirrenden Gefühl hingab.
Fritz löste sich für einen kurzen Moment von Liza, ging zur Tür, verriegelte diese und trug sie dann zur Couch, die in einer Büroecke stand, um Klienten, die hierher einbestellt worden

waren, ein etwas besseres Gefühl zu geben, gewissermaßen als Gegengewicht zu den meist eher ungemütlichen Gesprächen, die in aller Regel hier auf sie warteten.
Er öffnete langsam den Reißverschluss ihres Kleides und Liza bot ihm keinen Einhalt. Regungslos ließ sie es geschehen. Sie war schon nackt, da erst kam endlich Leben in sie. Sie fuhr mit ihren Händen unter sein Hemd und drückte sich an ihn.
In Windeseile streifte Fritz seine eigene Kleidung ab, legte sich über Liza und beide verschmolzen in einem Akt entfesselter Leidenschaft miteinander.
Heftig atmend lagen sie anschließend nebeneinander und beide hingen irgendwie verwundert ihren ganz eigenen Gedanken nach.

„Ich liebe dich, Liza", flüsterte Fritz zärtlich und sein Blick wanderte liebkosend über ihren perfekten Körper.

„Dito", scholl es leise zurück, als vermeide Liza es, das Wort Liebe auszusprechen. Dann erhob sie sich, zog sich ein wenig verlegen an und flüsterte ihm ins Ohr. „Dann geh ich jetzt mal besser wieder in mein Büro zurück, bevor noch jemand kommt und sich wundert, dass niemand da ist. Und Fritz? Wollen wir uns später in der Mittagspause einfach nur gemeinsam in die Sonne setzen?"
Glücklich strich ihr Fritz über das golden schimmernde Haar.

„Du und ich. Ja, Liza!"

Liza schmiegte sich ein letztes Mal kurz in seine Arme, bevor sie sich zu ihrer Arbeit zurückzog.

✞

Cornelius schlenderte scheinbar ziellos vor sich hin. In Wahrheit zog es ihn mit aller Macht in Lizas Nähe. Von seiner Vermieterin, die er soeben nur mit größter Mühe hatte abschütteln können, hatte er gehört, was er längst schon in Erfahrung gebracht hatte, dass seine junge Nachbarin nämlich im städtischen Jugendamt arbeitete. Und nun, nachdem er gestern den notwendigen Anfang gemacht hatte, drängte es ihn ganz unwiderstehlich und unaufhaltsam zu ihr hin, um seinen Eroberungsfeldzug zu vollenden.

Die Mittagssonne stand in ihrem glanzvollen Zenit und stach mit ihrer sommerlichen Kraft auf ihn herab, als hätte sie sich mutwillig einzig und allein ihn als Ziel ausgesucht. Der Schweiß rann ihm in kleinen Bächen die Achseln hinab. Aber selbst die Gluthitze hatte es nicht vermocht, ihn dazu zu bringen, sich nachlässig zu kleiden.

Ein langärmeliges, weißes Hemd und die korrekt gebügelten Stehfalten seiner schwarzen Hose verliehen ihm zusammen mit seiner attraktiven Präsenz ein unerhört gutaussehendes Outfit und dies sorgte gleichermaßen für offene wie auch versteckte, bewundernde Blicke weiblicher Passanten.

Die einzige Konzession an die herrschende Sommerhitze, die er sich so eben gestattete, war ein zusätzlich geöffneter Knopf am Hemdkragen und der Verzicht auf die sonst obligatorische Krawatte.

Einladende Gesten und Blicke mehr oder weniger anziehender Weiblichkeit ignorierte er völlig, wie er es meistens tat. Nichts langweilte ihn mehr wie ein bereits zu Beginn der Jagd erlegtes Tier. Das Aufspüren und Einkreisen, der Kampf und der finale Schuss erregten ihn und Liza stellte in dieser Hinsicht für ihn eine ganz besonders reizvolle und lohnende Herausforderung dar. Zwar hatte er durchaus gespürt, dass sie für seine männliche Ausstrahlung alles andere als unempfänglich war, dennoch vermeinte er, einen großen, inneren Widerstand bei ihr wahrgenommen zu haben, eine unerwartet starke und ihr selbst nicht bewusste Gegenwehr, deren Ursprung und Kraft er nicht genauer einzukreisen vermochte.

„Das macht die Jagd noch spannender", flüsterte er vor sich hin.

In der Nähe des Jugendamtes lag ein kleiner, halbschattiger Platz mit vereinzelten, weißen Bänken, über den er auf seinem Weg zum Jugendamt musste und der ihn bei dieser Affenhitze verführerisch zum Verweilen einlud, als er plötzlich stocksteif stehenblieb. Glücklicherweise befand er sich noch im Schatten einer uralten Kastanie, als er nämlich Liza und diesen Fritz erblickte, die dort eng aneinandergeschmiegt auf einer dieser Holzbänke saßen.

Augenblicklich schnürte ihm die instinktive Gewissheit, was zwischen den beiden geschehen war, die Kehle zu. Er hatte das Gefühl, an der rasenden Wut, die in ihm aufstieg und die er mit aller Macht niederzuringen versuchte, zu ersticken.

Er drückte sich gegen den rauen Baumstamm, der ihn immer noch vor den Blicken der beiden jungen Leute verbarg, schloss die Augen und zwang sich zu größtmöglicher Beherrschung. Am liebsten wäre er sofort zu diesem jungen Mann, der so trottelig in seinem Glück aussah, gerannt und hätte ihm die Faust gegen den Hals gerammt.

Nach ein paar schnellen und tiefen Atemzügen hatte er jedoch wieder die vollständige Kontrolle über sich zurückgewonnen. Nun denn! Ein Hindernis mehr auf dem Weg zum Erfolg. Er wäre nicht Cornelius Brühl, wenn ihn das zum Aufgeben bewegen würde. Ganz im Gegenteil! Aber sie würde es büßen müssen.

Es wird amüsant, mein junger Freund, dachte er zynisch und bewegte sich gemessenen Schrittes auf die beiden jungen Leute zu, während er tat, als würde er sie nicht sehen. Als ihn Liza laut beim Namen rief, gab er sich völlig überrascht, sie hier anzutreffen.

„Ja, Mensch, hallo Liza, Fritz. Na so ein Zufall aber auch. Was macht ihr denn um diese Zeit hier? War's euch im Büro zu heiß oder was?“, lachte er den beiden entgegen. Nur ein aufmerksamer Beobachter hätte wohl registriert, dass seine Augen nicht mitlachten.

Liza stand erfreut auf und hielt ihm ihre Hand entgegen, um ihn zu begrüßen. Cornelius ignorierte diese Geste und zog sie stattdessen freundschaftlich in die Arme.

Im Gegensatz zu Fritz, der sehr wohl konstatierte, dass er sie dabei ein paar Sekunden zu lang und zu fest an sich gepresst hielt, strich sich Liza aufgekratzt die Haare aus ihrem Gesicht. Ob ihre aufsteigende Gesichtsröte dabei von der Mittagshitze oder der unerwarteten, körperlichen Berührung mit Cornelius herrührte, hätte sie selbst nicht zu sagen vermocht, selbst wenn ihr dieser Gedanke überhaupt gekommen wäre.

Fritz spürte, wie sogleich nervöse Unruhe in ihm aufstieg und auch das plötzliche Bedürfnis, diesen dämlichen Kerl auf der Stelle niederzuschlagen. Selbst die Erinnerung daran, dass Liza erst vor Kurzem noch leidenschaftlich und ekstatisch mit ihm geschlafen hatte, konnte ihm diese immer größer werdende Unruhe nicht nehmen. Intuitiv spürte er eine wie auch immer geartete, extreme Verbindung zwischen den beiden Menschen, die er jedoch nicht einzuordnen in der Lage war und die er als ungemein bedrohlich erlebte. Und selbstverständlich bezog er dieses vage Bedrohungsgefühl ausschließlich auf ihre noch so junge Liebe. Allerdings stand ihm auch noch sehr frisch vor Augen, was er mit seiner eifersüchtigen Reaktion heute Morgen beinahe angerichtet hätte, und so hütete er sich davor, sich seine neu entflammte Rivalität anmerken zu lassen.

Er stand deshalb ebenfalls betont locker auf und legte seinen Arm demonstrativ ganz fest um Lizas Schultern, um seine Besitzrechte an ihr zu unterstreichen.

„Hi, Cornelius. Liza und ich haben gerade Mittagspause, die … inzwischen allerdings leider zu Ende geht.“ Und wie zufällig blickte er, während er sprach, auf die Uhr. „Schade, dass wir uns jetzt erst getroffen haben, aber wir müssen auch schon wieder zurück. Vielleicht sieht man sich irgendwann einmal. Wollen wir, mein Schatz?", betonte er mit diesem zärtlichen Kosewort ihre Liaison, zog sie an ihrer Hand zu sich heran und drückte ihr zur Bekräftigung noch einen zärtlichen Kuss auf die Lippen.

Lizas Gesicht wurde noch um eine Nuance röter, als sie sich in ihrer freudigen Überraschung, Cornelius begegnet zu sein, ertappt fühlte und nickte.

„Du hast recht. Es wird höchste Zeit für uns. Schön Sie, äh … dich getroffen zu haben, Cornelius. Mach's gut. Ich wünsche dir weiter viel Spaß und Erfolg beim Einrichten. Ich meine, also in deiner Wohnung", verhaspelte sie sich immer mehr.

Fritz befreite sie schließlich aus ihrer Verlegenheit, indem er sie entschlossen fester am Arm zog und wegführte.

Cornelius sah den beiden aus zusammengekniffenen Augen hinterher. Die Vorstellung, wie Fritz Lizas nackte Haut, ihre Brüste, jede Stelle ihres wunderbaren Körpers berühren durfte und dies auch sicherlich tun würde, tobte in ihm und brachte ihn beinahe um den Verstand. Seine Hände gehörten dorthin! Nur ihm gebührte das Recht, mit ihr all das zu erleben, was in ihm an inneren Bildern aufstieg.

Bei dieser Vorstellung stieg eine derart mächtige Wollust in ihm auf, dass er am liebsten an Ort und Stelle für Entladung gesorgt hätte, wäre er nicht an einem öffentlichen Ort. Am liebsten hätte er sich jetzt irgendeine Frau, die zufällig des Weges kam, geschnappt und sich mit ihr in die Büsche geschlagen.

Er biss die Zähne wütend zusammen und überlegte stattdessen fieberhaft, wie er bloß so schnell wie möglich ans ersehnte Ziel gelangen könnte. Seine morgendliche Gelassenheit und Geduld waren jedenfalls angesichts dieser neuen, höchst ärgerlichen Entwicklung dahin.

Gestern Abend, da war er sich sicher, waren die beiden noch kein Liebespaar gewesen. Er konnte sich definitiv keinen Reim darauf machen, was und warum in der Zwischenzeit geschehen war, sodass Liza mit Fritz geschlafen hatte.

Eigentlich war er überzeugt gewesen, dass es ihm am Abend zuvor gelungen war, einen Samen in Liza zu pflanzen, diesen gemeinsamen Keim einer zukünftigen Verbindung gelegt zu haben, den er nur noch einige wenige Tage zu pflegen und zu hegen gehabt hätte, bevor er dann in voller Pracht aufgegangen wäre. Aufgeblüht in ihrer gemeinsamen und vollkommenen Vereinigung von Körper und Seele, in einem einzigen Moment von Lizas vollständiger und bedingungsloser Selbstaufgabe, die er anvisierte, seit er die junge Frau vor einer Woche erblickt hatte. Dieser einzigartige Augenblick, wo sie ihm dann ihre ganze Persönlichkeit, ihre Seele, ja ihr gesamtes Leben auf Gedeih und Verderb ausliefern und er grenzenlose Macht über sie besitzen würde, berauschte ihn seither. Und nun dies!
Wie hatte es nur passieren können, dass sie stattdessen mit diesem Burschen ins Bett stieg? Plan B musste her und das schnell. Nun, er hatte ja den ganzen Nachmittag Zeit, um zu überlegen. Er war sich gewiss, dass es ihm gelingen würde, sie sich ihm gnadenlos zu unterwerfen, so wie es ihrem Naturell entsprach. Daran konnte es für ihn gar keinen Zweifel geben. Ein Jäger spürte immer sofort, wenn ihm die richtige Beute begegnete. Allein diese selige Vorstellung ließ seine Geduld endgültig schwinden.

In der Zwischenzeit hatten Liza und Fritz das Jugendamt erreicht. Am liebsten wäre Fritz mit ihr irgendwohin gegangen, wo sie beide allein und ungestört sein konnten. Das Bedürfnis, sich ihrer Liebe immer wieder neu zu versichern, indem er sie hemmungslos und leidenschaftlich liebte, war so stark, dass er sie verstohlen von der Seite her ansah in der Hoffnung, auch in ihrem Gesicht dieselbe Sehnsucht nach körperlicher Liebe mit ihm zu entdecken. Aber da war nichts, rein gar nichts, was er auch nur entfernt so hätte deuten können. Im Gegenteil! Geschäftig zog Liza stattdessen die schwere Eingangstüre zum Jugendamtsgebäude auf.

„Puh, Gott ist das heiß. Wenigstens ist es hier drinnen ein wenig kühler. Ein bisschen Durchzug könnte wirklich auch nicht schaden und jetzt, wo Anita …“

Peinlich berührt von ihrer vermeintlichen Taktlosigkeit stockte sie mitten im Satz.

„Du wolltest sagen, wo Anita nicht mehr da ist? Das zu denken ist nicht schlimm, weißt du? Schließlich ist sie wirklich nicht mehr da und niemand von uns kann etwas dafür, dass sie einem Wahnsinnigen zum Opfer gefallen ist. Du musst echt versuchen, es aus deinem Kopf zu kriegen. Wir müssen eben weitermachen, so gut es nur geht. Also, mach dein Fenster ruhig ohne Schuldgefühle auf. Es bringt Anita nicht zurück, auch wenn du freiwillig im Zimmer erstickst", versuchte er zu scherzen. „Wann kannst du heute denn eigentlich Feierabend machen? Ich meine, wollen wir dann zusammen heimgehen? Ich könnte dir endlich auch einmal meine Wohnung zeigen, ich hätte sogar eine unbenutzte Zahnbürste für dich bei mir zu Hause. Was meinst du?"

Gespannt wartete er auf ihre Reaktion. War da etwa ein kleines Zögern bei ihr auszumachen?

Du musst endlich aufhören, in allem immer weiß Gott was zu vermuten, wies er sich selbst energisch zurecht.

Liza schaute ihm offen und lieb ins Gesicht.

„Ich komme nachher gerne mit zu dir, allerdings nicht über Nacht. Ich mag es nicht, wenn ich nach dem Aufwachen nichts Frisches anzuziehen habe. Aber ich könnte für morgen dann gleich ein bisschen Ersatzwäsche mit ins Büro bringen, was hältst du davon?"

Sein Herz machte einen kleinen, freudigen Satz. Ganz sicher bildete er sich wegen dieses Cornelius einfach nur eine Menge Blödsinn ein! Herzhaft küsste er sie auf den Mund.

„Genauso machen wir es. Ich kann es schon kaum mehr erwarten, dass es Abend wird, mein Schatz."

Fritz sah sie gespielt lüstern an. Liza lachte erleichtert auf und versuchte dabei, das Bild von Cornelius, das sich beharrlich vor ihr geistiges Auge schob, vorübergehend auszublenden, wenn sie schon nicht imstande war, es ganz auszulöschen.

Beide verschwanden in ihren Büros, bemüht, den Kopf für die jetzt anstehende Arbeit freizubekommen.

✝

Zu Lena Seidls Verwunderung schlug ihr Herz trotz des gerade erlebten Schreckens noch immer kräftig und regelmäßig.
Als sie vorhin, nachdem sie von der Schule heimgekommen war, ihre Mutter bewusstlos in der Ecke hatte liegen sehen, war ihr nur ständig im Kopf der Gedanke herumgegangen, dass sie tot war. Ganz sicher war sie tot. Und was sie noch viel mehr entsetzte, war, dass sie es einen kurzen Moment lang sogar fast gehofft hatte.
Trotzdem war sie sofort voller Panik zu der reglosen Gestalt gerannt, hatte sie so lange gerüttelt und geschüttelt, bis diese ein erstes Wimmern von sich gab. Sie zog und zerrte, was ihre kleine Gestalt an Kraft so eben hergab.
Endlich schlug ihre Mutter die Augen auf und versuchte verwirrt, sich langsam aufzurichten.

„Was ist denn passiert?" Dann kam die Erinnerung an die Faustschläge ihres Mannes zurück und sogleich begann sie, entschuldigend zu stammeln. „Da … da ist mir wohl wieder schwindlig geworden. Du weißt ja, mein Kreislauf … Ich bin einfach so umgekippt."
Lena nickte schweigend. Den Grund für das Umfallen ihrer Mutter kannte sie nur zu gut, aber ihre Mutter war einfach nicht bereit, sich und anderen einzugestehen, was da jedes Mal passierte. Und wenn es nicht zu leugnen war, weil die Kinder Zeugen der Gewaltexzesse, sogar selbst immer wieder Opfer ihres gewalttätigen Vaters wurden, dann fand sie tausenderlei Gründe und Entschuldigungen für ihn. Dabei schreckte sie noch nicht einmal davor zurück, ihnen selbst die Schuld dafür zu geben.
Lena konnte einfach nichts dagegen tun, dass ihre Verachtung

und Abneigung gegen die eigene Mutter immer stärker wurden. Die einzige Sorge, die sie nun hatte, da ihre Mutter wieder auf ihren eigenen Beinen stand, war die um ihre kleine Schwester Katharina. Diese war mit der Mutter alleine zu Hause gewesen, als sich Lena und ihre beiden Brüder in der Schule aufgehalten hatten.

Lena stand auf, rief nach ihrer kleinen Schwester und erhielt wie immer keine Antwort. Sie rannte in ihr gemeinsames Zimmer und tatsächlich kauerte eine kleine Gestalt ganz im hintersten Eck.

Sie hatte sich die Bettdecke so übergeworfen, dass absolut nichts mehr von ihr zu sehen war, als wäre sie damit für alle anderen Menschen und auch für sich selbst unsichtbar. Dieses Verschwinden praktizierte sie regelmäßig mehrmals am Tag. Dies und die Tatsache, dass sie trotz ihrer drei Jahre noch immer kein einziges Wort sprach, erfüllte Lena mit wachsender Sorge.

Sie war, obwohl selbst erst zehn Jahre alt, erwachsener und verantwortungsvoller, als ihre Mutter es jemals gewesen war. Irgendwie schienen die Rollen vertauscht und Lena wusste nicht, wie sie das alles noch länger alleine bewältigen sollte. Sie war mittlerweile völlig überfordert. Ihre Brüder waren ihr, da diese selbst noch klein waren, keine Hilfe. Ihren Geschwistern musste sie Mutter sein, wozu die Frau nebenan definitiv nicht in der Lage war und es wohl auch nie gewollt hatte.

Im Gegenteil, sie musste auch diese noch ständig trösten, umsorgen und darauf achten, dass sie in ihrer infantilen Leichtfertigkeit nicht noch Dinge anstellte, die dann nur zur weiteren Gewalteskalation führen würden.

Zum ersten Mal verspürte Lena den unwiderstehlichen Drang, sich irgendjemandem einmal anzuvertrauen, egal wem, um nur endlich Hilfe und Unterstützung zu finden. Es sollte einfach aufhören, dieses Schlagen, das Geschrei ihrer Mutter und auch die eigenen, sich ständig wiederholenden Erniedrigungen und Demütigungen durch ihren Vater.

Seit längerem schon bettelte sie darum, in ein Internat gehen

zu dürfen. Nur raus hier und nichts mehr sehen und hören müssen.
Ihre Mutter schaute sie dann stets nur vorwurfsvoll an und pflegte ihr in jammervollen Ton vorzuwerfen, dass diese Idee ganz und gar unnatürlich, geradezu unverschämt sei. Was ihr da nur in den Sinn käme? Ob sie sich nicht schäme, dass sie sich vielleicht auch einmal überlegen könne, was sie damit ihr, der eigenen Mutter, eigentlich antue? Undankbar sei Lena, obwohl sie doch alles für sie tue.
Und so hatte Lena es aufgegeben, weiter davon zu sprechen. Aber dieser neuerliche Vorfall heute schien ihr das Herz abzudrücken. Sie hatte einfach nur schreckliche Angst, was sie irgendwann eines Tages vorfinden würde, wenn sie von der Schule nach Hause käme.
Zum ersten Mal erwog sie den Gedanken, sich an diese Frau vom Jugendamt zu wenden, die den Hausbesuch bei ihnen gemacht hatte. Die hatte doch eigentlich recht nett gewirkt. Kaum hatte sich jedoch dieser Gedanke in ihr breitgemacht, stieg auch sofort die altbekannte Panik vor dem Vater und den Folgen, die das für ihre ganze Familie haben konnte, in ihr auf. Außerdem hatte sie auch die Angst an Liza gerochen. Diesen Geruch kannte sie wie keinen zweiten. Seit sie denken konnte, bestand sie selbst nur aus Furcht. Die hatte sich über ihr noch junges Leben gebreitet wie ein dickes, schwarzes Tuch, unter dem sie langsam zu ersticken drohte.
Und so verwarf sie diesen Impuls schnell wieder und ging zur Tagesordnung über. Ihr unterdrückter Hass, ihre unendliche Verlorenheit und diese bleierne Hoffnungslosigkeit aber waren wieder einmal ein Stückchen größer geworden und nicht zum ersten Mal dachte sie darüber nach, wie schön es sein könnte, wenn er einfach nur tot wäre und sie alle endlich von ihm befreit würden.

Josef Seidl hätte sie wohl totgeprügelt, hätte er auch nur geahnt, was da so alles in Lena vorging. Selbstzufrieden hatte er das Haus verlassen, nachdem er dieser Schlampe gezeigt hatte, wer hier der Herr im Hause war.

Da hatte seine Frau es doch tatsächlich gewagt, ihm auch noch zu widersprechen, als er ihr vorwarf, anderen Männern schöne Augen zu machen. Dabei hatte er es doch sozusagen aus erster Hand. Ein Arbeitskollege hatte ihm gesteckt, was sie so alles trieb, wenn er Spätschicht hatte.
Mit versteckter Häme hatte ihm dieser geschildert, was er angeblich mit seinen eigenen Augen gesehen hätte. Ehre und Gewissen darauf! Dabei entging ihm völlig, wie sich seine Kollegen gegenseitig zuzwinkerten und dass sie ihn nur aus blankem Neid genau da manipulierten, wo sein wunder Punkt lag, wohl wissend, was sich dann bei ihm daheim abspielen würde. Beruflich hatte er sie nämlich mit seinem Fleiß und rücksichtslosem Ehrgeiz alle weit hinter sich gelassen. Da wollten sie sich eben dort rächen, wo sie Gelegenheit dazu fanden und das war sein großes Minderwertigkeitsgefühl, seine krankhafte Eifersucht und, vor allem, seine allseits bekannte, jähzornige Gewaltbereitschaft.
Sie schlossen feixend Wetten darüber ab, ob und wie sehr er seine Frau wohl wieder verprügeln würde. Wurde sie dann danach mit blauen Flecken und geschwollenen Augen auf der Straße draußen gesichtet, so verkündete dieser „Zeuge" den Vollzug und der zuvor vereinbarte Wetteinsatz wurde gemeinsam in lustiger Kneipenrunde eingelöst.

Tatsache jedenfalls blieb, dass sich Herr Seidl nach solchen Gewaltexzessen zunehmend besser und entspannter fühlte.
So wurden nicht nur die zeitlichen Abstände zwischen seinen Prügelattacken kürzer, sondern auch die Übergriffe selbst fielen zunehmend brutaler aus. Und immer häufiger wurden auch seine Kinder zur Zielscheibe von Schlägen.
Zu diesem Zweck hatte er hoch oben auf dem Schrank einen Gummiknüppel liegen und keines der Kinder wagte es, diesen heimlich verschwinden zu lassen, so gern sie es auch getan hätten. Es hätte außerdem sowieso nichts genutzt, da er auch oft mit großem Vergnügen auf seinen Hosengürtel zurückgriff, wenn es schnell gehen musste. Allerdings achtete er dabei darauf, dass keine Spuren zu sehen waren, sondern er ihnen

nur den Hintern versohlte oder auf den Rücken eindrosch. Und der Vorfall mit diesen beiden Betreuern vom Jugendamt hatte ihm gezeigt, wie gut er daran tat. Dieser arroganten Schnepfe hätte er am liebsten die überhebliche Selbstsicherheit aus jedem Winkel ihres Körpers herausgeprügelt, es ihr mal so richtig besorgt.

Er legte Wert darauf, allen und jedem zu demonstrieren, welch guter und verantwortungsvoller Vater er war. Für jedes der Kinder eine gute Schulbildung zu finanzieren, das war doch gewiss eine ganz außerordentliche Leistung und finanzielle Kraftanstrengung. Darauf war er ganz besonders stolz.

„Solange ihr eure Füße unter meinem Tisch habt, solange geschieht hier nur das, was ich will." Das war einer seiner Lieblingssprüche und er meinte es zutiefst ernst.

Gehorsam und Unterwerfung waren das oberste Gebot in seinem Haushalt. Und je weniger ihm dies außerhalb seines Domizils zuteilwurde, umso rücksichtsloser und grausamer verschaffte er es sich in seiner Familie.

Nachdem er seine Frau in unvorstellbar kurzer Zeit zu so vielen Schwangerschaften gezwungen hatte, fühlte er sich noch immer nicht gesättigt.

Wenn sie warf wie eine Hündin, hatte er sie vollständig unter seiner Kontrolle. Wenn er sie fast jede Nacht mit Gewalt nahm, dann hatte er durchtrieben dafür gesorgt, dass das Kondom, mit dem er sie in Sicherheit wiegte, löchrig war wie ein Schweizer Käse. Zu seinem Verdruss verweigerte ihm aber ihr kraftloser Körper weitere Nachkommen. Auch das schürte seine Verachtung und seine Wut ihr gegenüber und so drehte sich die Spirale von Gewalt und Zerstörung immer weiter.

Wenigstens vermochte ihn der gewaltsame, nächtliche Sex zu befriedigen. Außerdem, was hieß da schon Vergewaltigung? Schließlich war er ihr angetrauter Ehemann und er nahm sich nur, was ihm sowieso zustand.

Er wusste nicht, dass seine Kinder nachts das verzweifelte Schluchzen der Mutter hörten und trotz ihrer jungen Jahre nur zu genau verstanden, was da nebenan geschah. Und selbst

wenn er es gewusst hätte, so wäre es ihm egal gewesen. Mehr beschäftigte ihn da schon eher die Tatsache, dass seine Frau alleine ihm seit langem nicht mehr genügte.
Seine Frau hatte er zum ersten Mal geschwängert, als sie zarte fünfzehn Jahre alt gewesen war. Er selbst war da bereits Mitte Dreißig gewesen. Blutjunge Mädchen, Kinder eigentlich noch, hatten ihn schon immer scharfgemacht und jetzt, wo seine Frau Mitte Zwanzig war, war sein Blick irgendwann einmal auf seine Kleinste gefallen. Seine spontane Erregung hatte ihn zunächst unvorbereitet überrollt, aber nun …
Seither wollte er der Versuchung jedenfalls nicht mehr widerstehen, denn sie war so weich, so nachgiebig und so hilflos … Bestimmt bereitete es doch auch ihr Vergnügen, ganz sicher sogar. Er war ja kein Unmensch und schließlich wehrte sie sich auch nie gegen seine Übergriffe. Das zeigte ja wohl am deutlichsten, dass ihr gefiel, was er mit ihr machte.
Er hatte ihr jedenfalls schmeichelnd und drohend zugleich verboten, je darüber zu sprechen. Und Katharina gehorchte und blieb stumm.

✝

Nachdem Paul Anderlech und Thomas Lingen ihre Telefonate erledigt hatten, standen sie sich einigermaßen sprachlos und tief betroffen gegenüber. Beide hatten sich auf einem Zettel Notizen gemacht und allein diese Tatsache sprach wahre Bände.

„Bei dir etwa auch?“, fragte Paul vollkommen geschockt. Thomas nickte nur schweigend, als fehlten ihm angesichts der Ungeheuerlichkeit die Worte. Tonlos hakte Paul nach. „Und, wie viele?“

„In Darmstadt gab es zwei verbrannte Frauen: einmal eine Tote 1987 und eine andere 1989. In Innsbruck waren es sogar fünf Brandleichen. Was, um Himmels willen, geht da vor?“

„In Passau haben sie mir von zwei Toten erzählt, in Regensburg waren es sogar ganze vier. Männer und Frauen.“ Anderlech musste sich entkräftet hinsetzen, während er sprach, so entsetzlich schwach war ihm auf einmal zumute. Er starrte blind auf die Fotowand und murmelte nur vor sich hin. „Wer bist du? Ich muss wissen, wer du bist, Arschloch, und wo du bist!“

Thomas näherte sich ihm und legte ihm tröstend die Hand auf die Schulter.

„Wir finden dieses Schwein! Und wenn es das letzte ist, was ich tue. Ich schwöre dir, wir finden ihn!“

Dankbar sah Paul zu seinem hochgewachsenen Kollegen auf.

„Ich kann dir gar nicht sagen, wie froh ich bin, gerade dich bei den Ermittlungen als Partner zur Seite zu haben, echt jetzt, Thomas. Ich kann es kaum glauben, dass wir uns erst kennengelernt haben sollen. So wohl wie mit dir habe ich mich schon lange nicht mehr mit jemandem gefühlt. Mir ist, als

würde ich dich schon viel länger kennen."
Paul verstummte errötend, als ihm auf einmal bewusst wurde, wie peinlich offenherzig er sich gezeigt hatte. Das kannte er gar nicht an sich, dass er dermaßen rührselig wurde. Was war denn nur auf einmal mit ihm los?
Der Angesprochene schaute dagegen richtig gerührt auf Paul hinab.

„Lass uns unsere Fototafel mit unseren Erkenntnissen ergänzen. Danach, glaube ich, müssen wir uns erst mal bei einem Feierabendbier von diesem Schock erholen. Eine Kopie davon schick ich auch noch Michael. Mal sehen, ob ihm das irgendetwas zur möglichen Täterpersönlichkeit sagt. Außerdem schlage ich vor, dass wir uns gleich morgen diese Liza Ricker gemeinsam vornehmen. Ich würde auch gerne den Freund von Anita Bauer nochmals vorladen lassen. Je mehr Informationen wir über den Menschen Anita bekommen, desto besser ist es, oder? Und am Mittwoch fassen wir dann alles, was wir bis dahin wissen, im Team zusammen. Was meinst du dazu, Paul?"

„Ja, klar, kein schlechter Fahrplan", stotterte Paul, noch immer verlegen. „Ich war nur gerade total leer in meinem Hirn. Einen Moment lang habe ich doch glatt jede Orientierung verloren. Dieses ungeheure Ausmaß unseres Serienmörders hat mich jetzt echt fast umgehauen."
Ächzend stand Paul auf, seiner fünfundvierzig Lebensjahre in diesem Augenblick mehr als bewusst. Und als würde Thomas Gedankenlesen können, lachte der plötzlich und klatschte ihn freundschaftlich ab.

„Keine Sorge, ich spüre mein Alter auch immer öfter. Das geht vorbei, versprochen!"

Erneut beugten sie sich über ihre Notizen und begannen, alle Informationen auf die Tafel zu übertragen.
Nachdem Thomas ihr Werk mit seinem Handy abfotografiert hatte, begann er, es Michael als Email zu senden. Inzwischen war Paul zu seinem Chef hinübergegangen, um ihn auf den neuesten Stand der Informationen zu bringen.

Thomas konnte durch das Glasfenster in der Wand gut sehen, wie sich der Polizeichef nebenan die Haare raufte und sein Gesicht eine leicht gräuliche Farbe annahm.
Viktor Prahl hörte Paul jedoch kommentarlos zu, nickte dann und Thomas hörte, als Paul die Tür öffnete, wie er ihm zuletzt beinahe schon heftig noch jede nur erdenkliche Unterstützung zusagte.
Nachdem Paul das Büro wieder verlassen hatte, stützte Viktor den Kopf schwer auf seine Hände auf und verharrte dann regungslos.

Paul und Thomas schauten durchs Wandfenster und blickten sich gegenseitig vielsagend an.
Dann verließen sie sehr nachdenklich und schweigend das Kommissariat.

✝

Cornelius Brühl stand reglos inmitten seines lichtdurchfluteten Wohnraums und betrachtete zufrieden, was er bisher geleistet hatte.
Die überaus geschmackvolle und elegante, aber dennoch recht gemütlich wirkende Einrichtung zeugte von dem exquisiten Geschmack seines Besitzers. Das edle Design ließ schon vermuten, dass das Ganze eine beträchtliche Stange Geld gekostet haben musste. Zu keinem Zeitpunkt aber drängte sich diese Tatsache aufdringlich oder gar prahlerisch ins Auge des Betrachters.
Cremefarbige, ovale Teppiche aus flauschiger Naturwolle rundeten den dunkel gehaltenen Parkettboden in angenehmer Weise ab und verliehen der Optik interessante Abwechslung. In dem auf gesamter Wandhöhe rundherum verglasten Erker, perfekt gestylt mit mannshohen, filigranen Grünpflanzen, bildete ein runder, in weißem Hochglanz gehaltener, großer Tisch einen äußerst gelungenen Blickfang. Er war umgeben von sechs abwechselnd dunklen und hellfarbigen Lederstühlen, auf denen es sich äußerst gemütlich auf und ab schwingen ließ.

Von diesem Essplatz führten dann drei Stufen hinab in den Wohnbereich.
Auch hier dominierten zwei schneeweiße, vis-à-vis platzierte Ledersofas das stilvolle Geschehen, zwischen denen ein bodennaher Glastisch aufgestellt war. Mehrere, ebenfalls weiß glänzende Vitrinen an den Wänden, deren dunkle Türgläser jedoch für eindrucksvolle Akzente sorgten, rundeten dieses sorgsam durchgeplante Möbelarrangement ganz wunderbar ab. Geschmackvolles, farbenprächtiges Dekor überall, fröhlich wirkende, weiche Sofakissen und bunt leuchtende Gemälde

expressionistischer Künstler, die einem sofort ins Auge stachen, sorgten dafür, dass das Mobiliar seine kühle Strenge augenblicklich verlor und stattdessen eine Harmonie fürs Auge entstand, die dem Besucher sofort ein Gefühl wohltuender Behaglichkeit vermittelte. Da und dort fanden sich auch noch verschiedene, geschmackvolle Blumengebinde, denen man erst auf den zweiten und dann nur sehr genauen Blick anmerkte, dass künstliches Blumenmaterial dafür verwendet worden war.
Was dieser Raum versprach, setzte sich im Schlafzimmer als großartiges Finale fort. Duftige, aber dennoch fast vollständig blickdichte Gardinenbahnen blähten sich durch den leichten Sommerwind auf, der durch die geöffneten Flügelfenster drang, und umschmeichelten die gesamte Fensterfront. Sie tauchten den Raum in ein verheißungsvolles Dämmerlicht.
Mittendrin stand ein rundes Bett, welches das Zimmer beinahe vollständig ausfüllte und aus einer einzigen, großen Matratze bestand, die der Besucherin ein beglückendes Versprechen zu machen schien. Über dem Bett hing ein überdimensional großer Spiegel.

Cornelius strich mit der Hand über das frisch bezogene Bettlaken und ließ seiner Phantasie freien Lauf. Er legte sich, nur mit einem Slip bekleidet, aufs Bett und der Spiegel warf ihm sein unwiderstehliches Konterfei zurück.
Wie er bewegungslos so dalag und sich dabei selbstgefällig betrachtete, vermeinte er plötzlich, beängstigend deutlich zu sehen, wie sich Lizas nackter Körper über ihn schob. Sofort brach ihm der Schweiß unterdrückter Gier aus.
Mit einem Ruck setzte er sich auf.
Er wusste genau, dass es ihm nur gelingen musste, Liza in diesen Raum zu locken, alles Weitere würde dann von ganz alleine geschehen. Schließlich kannte er ihr Geheimnis, seit er sie das erste Mal gesehen hatte.
„Ich werde sie einfach abpassen, wenn sie nach Hause kommt, egal, wie lange das auch dauern wird. Nicht einen Tag länger werde ich noch warten. Ich habe ja gesehen, wohin das nun geführt hat“, knirschte er leise zwischen zusammengebissenen

Zähnen hervor.
Mit diesem klaren Vorsatz und der damit einhergehenden, aufgehellten Stimmung ging er in sein Badezimmer, um seinen schweißfeuchten Körper durch eine kalte Dusche abzukühlen.

Irgendwann am Abend machte er es sich dann auf seinem Sofa bequem und wartete.

Liza hatte den gesamten Nachmittag nur damit verbracht, sich endlich in Anitas offene Fälle einzuarbeiten. Glücklicherweise schien nichts wirklich Dringendes darunter zu sein, denn ihre Konzentration ließ an diesem Tag ziemlich zu wünschen übrig.

Aufseufzend sah sie auf ihre Uhr und stellte erleichtert fest, dass es an der Zeit war, die Ordner für heute zu schließen. Irgendwie fühlte sie sich seltsam. Einerseits freute sie sich auf das bevorstehende Schäferstündchen mit Fritz, andererseits zog sie irgendetwas mit aller Macht nach Hause.

Wenn sie ganz ehrlich mit sich selbst war, so war es nicht die fehlende Ersatzkleidung, die sie davon abhielt, bei Fritz zu übernachten. Und das bereitete ihr ehrliches Kopfzerbrechen. Auf die Idee, dass dies möglicherweise mit Cornelius Brühl zu tun haben könnte, verfiel sie seltsamerweise nicht. Stattdessen spukte in ihrem Kopf die ernsthafte Sorge herum, dass sie vielleicht doch nicht in Fritz verliebt sein könnte.

„Was soll's", murmelte sie vor sich hin. „Ich werde es heute sicher auch nicht mehr herausfinden. Wahrscheinlich waren die letzten Tage einfach nur zu viel für mich."

Entschlossen stand sie auf, nahm ihre Handtasche und strebte zur Tür. Als sie sie öffnen wollte, wurde ihr die Klinke mit Schwung aus der Hand gerissen und Fritz stand strahlend vor ihr.

Seine Haare standen frech und wirr in alle Richtungen, als sei er sich immer wieder mit den Händen ratlos hindurchgefahren. Er wirkte in diesem Moment so liebenswert und anziehend auf Liza, dass alle Zweifel, die sie gerade eben noch geplagt hatten, mit einem Mal wie weggewischt waren.

Ihr schienen die warmen Gefühle so sehr aus dem Gesicht zu leuchten, dass Fritz sie mit einem lauten Jauchzer in seine Arme zog.
Nach einem langen und innigen Kuss verzichteten sie auf alle anderen sommerlichen Aktivitäten, die sie sich mittags noch gemeinsam überlegt hatten, sondern liefen stattdessen in stiller Übereinstimmung zu seiner Wohnung.
Beide hatten sie nämlich dieses drängende Bedürfnis, diesen wunderbaren, körperlichen Akt des Vormittags sofort und auf der Stelle wieder zu erleben, um sich dadurch ihrer Gefühle, der eigenen wie auch denen des anderen, zu versichern.
Dort hatten sie kaum die Wohnungstür hinter sich zugezogen, als beide auch schon unverzüglich damit begannen, sich von ihren Kleidungsstücken zu befreien.
Fritz, der vor Lust und Ungeduld nur so brannte, konnte es nicht mehr erwarten, bis sich Liza von ihrem Büstenhalter und ihrem Slip befreit hatte, sondern riss ihr beides ungestüm vom Leib. Sofort presste er seine Lippen auf ihre Brustwarzen, bis Liza stöhnend nach Erfüllung verlangte.
Fritz drang wie ein Wilder in sie ein und erreichte schweißnass und keuchend bereits nach mehreren seiner kraftvollen Stöße seinen Höhepunkt, noch ehe Liza ihm folgen konnte.
Wohlig matt sank er über Lizas Körper zusammen, bis diese sich unter Kitzeln und Schubsen ein wenig von seiner Last befreite.

„He, mach Platz. Ich krieg keine Luft mehr“, beschwerte sie sich.

„Bist du dir sicher, dass ich weg soll, wirklich?“, konterte Fritz und bewegte sich spielerisch vor und wieder zurück, bis Liza aufseufzend nach ihm griff und ihn noch näher zu sich heranzog.
Fritz stöhnte erregt auf und wieder versanken sie vollständig in diesem ewig neuen Spiel der Lust und Leidenschaft und dieses Mal kam auch Liza auf ihre Kosten. Irgendwann schliefen sie vor Erschöpfung ein.
Es war bereits nach Mitternacht, als Liza aufwachte und sich nach einem kurzen Blick auf Fritz vorsichtig und leise aus den

zerwühlten Laken und von seinen Beinen befreite.
Sie streifte sich ihr Sommerkleid über und schlüpfte in die Sandalen. Mit einem Blick auf ihre zerfetzte Unterwäsche zuckte sie bedauernd die Achseln.
Sieht eh keiner, ist doch stockfinstere Nacht, beruhigte sie sich. Behutsam und leise zog sie die Tür hinter sich ins Schloss und machte sich auf den Nachhauseweg.
Bereits nach zehn Minuten war sie daheim angelangt. Leise fluchend registrierte sie, dass das Treppenlicht wieder einmal nicht funktionierte. Sie wollte gerade im Dunkeln die letzten Stufen zu ihrer Wohnung hinaufsteigen, als …
Wie in einem schlechten Traum stand eine dunkel gekleidete Gestalt vor ihr. Cornelius, fuhr es ihr durch den Kopf. Wer sonst konnte es hier im Treppenhaus und direkt vor seiner Wohnungstüre denn schon sein? Sie konnte sein Gesicht jedoch nicht erkennen, da es durch eine Kapuze größtenteils verdeckt wurde.
Plötzlich flackerte das Licht ein paarmal auf und sein gieriger Blick fiel auf ihr zerzaustes Haar und ihre Brustwarzen, die durch den enganliegenden Stoff ihres Kleides drückten, dann auf ihren Schoß, der durch den beinahe durchsichtigen Rock schimmerte und beredtes Zeugnis der letzten Stunden ablegte. Dann wurde es wieder finster im Treppenhaus und nur das spärliche Mondlicht, das durch das Flurfenster hereinfiel, durchbrach die gespenstische Dunkelheit ein wenig.
Schamröte ergoss sich über Lizas Gesicht, aber bevor sie noch irgendetwas sagen oder mit den Händen ihre Blöße bedecken konnte, fuhr pfeilschnell eine Hand aus dem Dunkel hervor und umklammerte hart ihren Arm.
Cornelius' Stimme klang irgendwie seltsam hoch, fast singend und ganz anders als sonst.

„Lass! Du siehst aus wie eine Göttin. Den ganzen Tag sehne ich mich schon nach dir. Und ich weiß genau, dass es dir nicht anders ergeht. Ich sehe es in deinen Augen und deshalb bist du jetzt auch noch mitten in der Nacht zu mir nach Hause gekommen, denn du weißt genau, dass du nur mir gehörst. Ich zeige dir, was wahre Leidenschaft ist. Das willst du doch auch,

nicht wahr?“
Er fasste grob in ihr Haar und bog ihren Kopf ruckartig nach hinten, während er mit der anderen Hand an ihrem Ausschnitt zerrte. Dadurch wurde eine ihrer Brüste vollständig entblößt und sofort biss er ihr schmerzhaft ins weiche Fleisch. Dann fuhr er mit seiner Zunge lüstern über ihre Warze, sog mit seinen Lippen wütend daran, bis es Liza seltsam schwindlig wurde und sie panisch nur verschwommen die schemenhaften Umrisse dieser Gestalt wahrnahm. Verzweifelt versuchte sie, sich aus dieser Umklammerung zu befreien.
Unter der Kutte zog er ein kleines Fläschchen hervor, tränkte damit ein Taschentuch und presste es Liza hart auf Mund und Nase. Liza verlor die Besinnung und sank zusammen.
Er fing sie auf, trug sie in ihre Wohnung und legte sie auf ihr Bett. Dann flößte er ihr noch ein paar Tropfen einer zweiten Flüssigkeit ein.

Die Kapuze rutschte ihm vom Kopf, als er sich über sie warf und sich nahm, was ihm schon immer versprochen war, seit er sie das erste Mal erblickt hatte.

✝

DIENSTAG, 19. 7. 2011

Als Liza am Morgen wieder erwachte, lag sie in ihrem eigenen Bett. Sie fasste sich mit der Hand an den schmerzenden Eingang ihrer Weiblichkeit und fühlte dort eine unerklärliche Nässe. Als sie ihre Hand wieder unter der Decke hervorzog, sah sie klebrige Blutreste daran haften.
Erschrocken fuhr sie hoch, sprang aus dem Bett und stellte sich vor ihren Wandspiegel. Ihre Schamhaare waren rötlich verschmiert, ihre Brüste zeigten deutliche Blutergüsse und hässliche Bisswunden.
Konnte das denn … von Fritz stammen? Nein, bei aller Leidenschaft war er doch immer zärtlich bemüht, ihr nicht wehzutun. Aber woher …?
Langsam drangen in ihren Gedankennebel vage Bilder einer nächtlichen Begegnung mit Cornelius. Konnte er …? Aber sie war doch in ihrem eigenen Schlafzimmer. Weshalb konnte sie sich denn an nichts mehr erinnern? Und warum dröhnte ihr der Kopf, als hätte sie sich am Abend davor sinnlos betrunken? Aufschluchzend sah sie sich um.
Warum nur hatte sie trotz dieser bruchstückhaften Bilder von Cornelius dieses seltsame Gefühl, dass heute Nacht jemand bei ihr gewesen war, hier in ihrem Schlafzimmer? Ihr entfuhr ein verzweifeltes Stöhnen.
Ob sie vielleicht Cornelius darauf ansprechen sollte? Irgendwie verspürte sie Angst vor einer Begegnung mit ihm, um dennoch gleichzeitig davon angezogen zu werden wie eine Motte, die zu Recht als Folge ihres Leichtsinns im Kerzenlicht verbrennt. Langsam legte sie sich wieder in ihr Bett und deckte sich zu.

Bewegungslos verharrte sie dort, das Laken schützte ihren malträtierten Körper vor ihren eigenen Blicken. Verzweifelte Versuche, sich wenigstens an irgendetwas in dieser Nacht zu erinnern, hämmerten und dröhnten in ihrem Kopf. Alles was sie wusste, war, dass diese brennenden Schmerzen an Mund, Brüsten und Unterleib jenen in ihren Träumen glichen.
Aber ein Traum konnte doch nicht diese sichtbaren Spuren hinterlassen, oder?
„Ich glaube, ich werde jetzt doch langsam verrückt“, entfuhr es ihr leise. Wieder stieg ein trockenes Schluchzen in ihr auf. Gleichzeitig wuchs in ihr die Entschlossenheit, sich endlich Gewissheit verschaffen zu wollen.
Sie vergaß völlig ihre sonst unverzichtbare Dusche, sie hätte den Anblick ihres geschundenen Körpers auch nicht einen einzigen Augenblick mehr länger ertragen, und öffnete ihren Kleiderschrank. Sie stieg in ihre Jeans, streifte sich trotz der zu erwartenden Sommerhitze eine hochgeschlossene Seidenbluse über und schlüpfte in ihre geliebten Ballerinas. Ohne ihren üblichen Morgenkaffee verließ sie die Wohnung und läutete an Cornelius' Tür.
Schneller als erwartet ging diese auf und ein gut aufgelegter Mann mit nacktem Oberkörper, nur ein großes Handtuch um seine Lenden geschlungen, stand lächelnd vor ihr.

„Ja, guten Morgen, Liza. Ich muss schon sagen, der Tag kann gar nicht besser beginnen als mit deinem Anblick.“ Verwundert stockte er, als er Lizas verhärmtes Gesicht genauer betrachtete. „Sag mal, ist was mit dir? Du siehst, ehrlich gesagt, schrecklich aus. Ist was passiert, Liza?“
Liza blickte ihn an und beinahe schon beschwörend sprudelte es aus ihr heraus.

„Sag mal, Cornelius, habe ich gestern Nacht mein Handy bei dir vergessen? Ich kann es nicht finden.“

„Dein Handy? Gestern Nacht? Bei mir? Aber ich habe dich gestern doch gar nicht mehr getroffen, also außer im Park natürlich. Warst du denn nicht bei deinem Freund letzte Nacht? So wie ihr beide euch angesehen habt, bin ich doch schwer davon ausgegangen. Ihr konntet ja kaum die Finger

voneinander lassen. Pass nur auf, dass dieser Fritz dich nicht auffrisst, ha ha … Du wirst es bei ihm liegengelassen haben."
Liza schüttelte ratlos den Kopf.

„Nein, ich bin in der Nacht noch nach Hause gegangen, weil ich nichts zum Umziehen dabei hatte. Ich hätte schwören können, dass wir uns gestern Nacht im Treppenhaus getroffen haben und, und … oder nicht?"

„Und was? Hör ich da vielleicht eine kleine, heimliche Neugier bei dir?" Er trat von der Tür zurück und deutete einladend mit der Hand in den Flur. „Nur hereinspaziert. Du hast meine Wohnung eh noch nicht gesehen, seit sie fertig eingerichtet ist. Na, komm rein. Ich beiße dich schon nicht. Und nein, wir haben uns ganz sicher nicht mehr getroffen. Zu meinem größten Bedauern übrigens, wenn ich das sagen darf."
Liza stand zaudernd vor ihm. Vielleicht, wenn ich nur erst die Wohnung sehe, dachte sie. Vielleicht kommt dann auch die Erinnerung. „Na also!" rief ihr Cornelius aufmunternd zu, als Liza zögernd eintrat. „Du kannst auch gern noch einen Kaffee haben. Du siehst aus, als hättet du dringend einen nötig." Noch bevor er den Satz zu Ende gebracht hatte, warf er bereits eine sündhaft teuer aussehende Espressomaschine an und drehte sich gleich wieder zu ihr um. Er geleitete sie in sein Wohnzimmer und Liza blieb angesichts der traumhaften Ausstattung mit offenem Mund stehen. Cornelius musste laut lachen, als er den fassungslosen Ausdruck in Lizas Gesicht bemerkte. „Ja, mir gefällt's auch sehr. Aber wenn du davon schon so angetan bist, dann muss ich dir unbedingt noch mein Schlafzimmer zeigen. Ich finde, dass mir das ganz besonders gut gelungen ist. Ich bin gespannt, was du dazu sagst."
Und noch bevor Liza überhaupt reagieren konnte, zog er sie leicht aber unnachgiebig in den angrenzenden Raum.
Liza schoss augenblicklich tiefe Röte ins Gesicht, als sie einen ersten Blick ins Zimmer warf. Es war aber nicht irgendeine Erinnerung daran schuld, ehrlich gesagt, war ihr der Raum völlig fremd und unbekannt. Nein, da war sofort wieder ein unerträgliches, schmerzhaftes Ziehen in ihrem Unterleib, das sie bei dem merkwürdig vertrauten Anblick überfiel, obwohl

sie doch noch nie hier gewesen war. Wieder fühlte sich alles an wie in ihren Träumen. Dieses unverschämt einladende Bett mit dem obszön anmutenden Spiegel darüber löste in ihr einerseits einen seltsam bekannten, fast schon inneren Zwang aus, sich ihm hier und auf der Stelle hingeben zu müssen, andererseits erfüllte sie große Panik und instinktive Abwehr.
Automatisch wich Liza zurück, drehte sich hastig um und lief zur Tür.

„Danke, Cornelius. Ich hab nur grade überhaupt keine Zeit für einen Kaffee. Ich bin sowieso schon sehr spät dran. Tut mir leid, wenn ich dich so früh gestört haben sollte."
Dann rannte sie aus dem Haus.

Cornelius sah ihr schmunzelnd nach.
Das hat dir schon gefallen, nicht wahr?, dachte er zufrieden. Er hatte ihr Begehren deutlich in den eigenen Lenden spüren können.
Jetzt hieß es einfach warten, wieder einmal. Es musste ein Rausch der Sinne werden, wenn sie sich ihm erst freiwillig, bei klarem Verstand und in vollständiger Unterwerfung hingeben würde.

A.D. MCCXXVII

Magister Konrad zieht in Hessen und Thüringen von Dorf zu Dorf. Das Wort Gottes vor sich hertragend wie eine Lanze sucht er, die Sünde der Häresie auszurotten.
Er jagt und findet die Ketzer und die lodernden Flammen, an denen er sich wärmt, fressen jene, die er zu Schuldigen erklärt hat.

Richter Gnadenlos heißt er und sein Begleiter, die allgegenwärtige Todesangst, umweht ihn wie sein bodenlanger Mantel.

Zwei lange Wochen schon ist er von Elizabeth getrennt und nun hält ihn nichts mehr. Er muss zu ihr.
Sein Gewand dampft noch immer vom Geschrei lebender Fackeln, als er das Kloster erreicht, wo Elizabeth ihrem Seelenheil entgegenstrebt.

Die Nonnen bringen ihm bei seinem Anblick unverzüglich seinen Besitz.
Elizabeth senkt demütig ihr hohlwangiges Antlitz

vor ihm und sinkt auf die Knie, bevor er es ihr befehlen muss.

Konrad lächelt. Dann drückt er sie mit dem Fuß zu Boden und umschließt mit seiner noch rußgeschwärzten Hand ihren zart pulsierenden Hals. Einen winzigen Moment lang ist er versucht, zu fest zuzudrücken, ihre bereitwillige Unterwerfung aber macht ihn duldsam.
Er öffnet seine Hose und reißt ihr wild das Leinentuch der Keuschheit vom Leib.
Schon stößt er in sie hinein, bis sich sein Samen der Gnade unaufhaltsam mit ihrem sündigen Blut mischt. Wieder und wieder durchbohrt er sie.
Als sich seine heilige, keusche Begierde in einem markerschütternden Schrei voll des grimmigen Selbstekels ergießt, bäumt sich auch Elizabeth in einem einzigen, endlos währenden Krampf auf. Ob jetzt von Lust oder Wundschmerz getrieben, bedeutet ihm nichts.

Als er sich zurückzieht, krümmt sich Elizabeth in angstvoller, seliger Erwartung zusammen.
Sie weiß, dass er sie nun wegen ihrer sündigen Schamlosigkeit bestrafen muss. Mit geweiteten Augen bittet sie ihn schweigend darum.

Konrad hängt ihr das Sinnbild des Kreuzzuges um den Hals, holt die Peitsche und der erste Hieb schneidet ihr ins nackte Fleisch.
Er holt aus wie im Rausch und die weiße Haut springt auf an ihren Brüsten und über ihrer eingefallenen Scham. Blut sickert verstohlen über ihre Schenkel und trifft dabei auf Reste der blutverschmierten Prophezeiung ihres Meisters, die auf ihr klebt.
Dann lässt er die Peitsche fallen und verlässt schweigend den Altar seines dargebrachten Opfers.

Magister Konrad horcht in sich hinein und hört die lobende Stimme seines Herrn.
Er preiset die Frömmigkeit seines Glaubens, dem einzig Wahren.

✝

Liza rannte, ohne auch nur ein einziges Mal stehenzubleiben, zu Fritz. Er war der Einzige, an den sie sich jetzt wenden konnte, nein musste. Er würde ihr zuhören und gemeinsam könnten sie versuchen herauszufinden, was da nur passiert sein mochte. Sie sehnte sich unendlich nach seiner Wärme, seinem Verständnis und seiner Liebe.

Völlig außer Atem und mit schier berstendem Kopf hastete sie die wenigen Stufen bis zu seiner Wohnung hinauf. Bevor sie klingeln konnte, riss Fritz auch schon die Wohnungstür auf.

„Menschenskinder, Liza, wo warst du denn? Ich habe mir solche Sorgen gemacht, als ich vorhin aufgewacht bin. Warum hast du mich denn nicht geweckt, als du mitten in der Nacht einfach klammheimlich verschwunden bist? Ich hätte dich doch nach Hause gebracht!"
Seine Vorwürfe prasselten nur so über sie herein.

„Darf ich rein? Oder sollen wir hier weiterreden?"
Unbehaglich wechselte sie von einem Fuß auf den anderen. Fritz ließ seine aufgebracht wedelnden Hände sinken und dämpfte seine Stimme.

„Natürlich. Klar. Komm rein. Entschuldige, dass ich dich so angefahren habe, aber … Ich habe mir wirklich einfach solche Sorgen gemacht, ob du auch sicher heimgekommen bist. Immerhin habe ich gesehen, dass du ohne Unterwäsche unterwegs warst", ergänzte er etwas schuldbewusst, als ihn die Erinnerung an seine eigene Hemmungslosigkeit überfiel. „Ich wollte mich gerade auf den Weg zu dir machen, um mich zu vergewissern, ob auch alles in Ordnung ist. Es ist doch alles in Ordnung, oder?", hakte er nach, nachdem er Liza prüfend gemustert hatte.

Bei diesen Worten sackte Liza weinend in sich zusammen. Fritz war sofort bei ihr, zog sie in seine Arme und umschloss sie fest. „Was, um Himmelswillen, ist denn los, Liza?“, drängte er angstvoll.
Wortlos zog Liza die Bluse aus und stellte sich mit gesenktem Kopf vor ihn hin. Sein Blick wanderte fassungslos über die Spuren, die ihren wundervollen Körper fast vulgär entstellten. „Was, wie … woher um alles in der Welt …? Liza!“ Er schüttelte sie leicht an den Schultern. „Jetzt sag schon. Was ist mit dir passiert? Wer war das?“
Entsetzt biss er sich auf die Lippen, bis er den leicht süßlichen, metallischen Geschmack von Blut wahrnahm.
Liza schüttelte nur weinend den Kopf. Er führte sie in sein Schlafzimmer, setzte sich mit ihr auf das zerwühlte Bett und umarmte sie behutsam. Dann wartete er, bemüht, ihr seine zornige Ungeduld nicht zu zeigen.

Nach ein paar Minuten begann Liza, ihm von der gestrigen Nacht und ihrem Gespräch mit Cornelius vorhin zu berichten. Sie erzählte ihm von ihren Albträumen, die sie seit Jahren hatte, und dass sie sich diese Blutergüsse nicht erklären konnte. Sie erzählte ihm alles, was sie schon so lange quälte.
Sie sprach von ihrer tiefen Angst, verrückt zu werden, dieser Panik, weil sie keinerlei Erinnerung an die vergangene Nacht hatte, nicht einmal daran, ob sie nicht doch vielleicht wieder nur geträumt hatte.

„Ich habe das Gefühl, Traum und Wirklichkeit nicht mehr auseinanderhalten zu können. Mir ist, als gäbe es diese Trennung nicht mehr. Ich kann mir diese Verletzungen absolut nicht erklären, Fritz!“
Sie schrie diese Worte förmlich heraus, so sehr wühlten Panik und Verzweiflung in ihr.
Fritz fühlte sich hin und hergerissen zwischen blankem Unverständnis, Mitgefühl und … ja, auch tiefem Misstrauen. Nicht dass er ihr ihre Erinnerungslücken nicht irgendwo glauben wollte, aber … Er hatte doch selbst mitansehen können, welch eigenartiges Band zwischen Liza und Cornelius

zu existieren schien.
Sollte er da wirklich glauben, dass Liza nichts mit ihm hatte? Vielleicht verdrängte sie die ganze Geschichte einfach nur unbewusst, weil sie ihm gegenüber jetzt Schuldgefühle hatte und selbst voller Scham war angesichts ihrer ungezügelten Triebhaftigkeit?
Hatte sie sich denn nicht auch ihm so blitzschnell und mit geradezu unfassbarer Leidenschaft hingegeben? Warum sollte dies dann bei Cornelius auf einmal anders sein, einem Mann, dem er nicht einmal ansatzweise das Wasser reichen konnte? Gleichzeitig schämte er sich für solche Gedanken. Er war doch mindestens genauso hemmungslos über sie hergefallen. Warum sollte Liza dann nicht genau dasselbe wollen und dürfen? Woher nahm er nur das Recht, sie dafür jetzt zu verurteilen? Aber der Stachel bösen Misstrauens saß und er konnte nichts dagegen tun.
Liza schien ihm all seine Gefühle und Zweifel an der Stirn abzulesen, denn sie stand traurig auf und sah ihn enttäuscht an.

„Ist wahrscheinlich zu viel verlangt. Dass du mir glaubst, meine ich. Ich weiß nicht, ob ich es glauben könnte, wenn es umgekehrt wäre. Nein, lass …“, wehrte sie ab, als er sich ihr nähern wollte. „Ich versteh dich schon. Ich bin dir nicht böse, wirklich. Wir sind halt schneller ins Stolpern gekommen, als wir geglaubt hätten. Ich danke dir für die beiden letzten Tage. Aber da muss ich wohl alleine durch. Ich schaff das schon. Mach's gut, Fritz.“
Noch bevor Fritz überhaupt reagieren konnte, war Liza auch schon verschwunden. Reglos und verdattert stand er da. Er konnte nicht glauben, was eben passiert war. War Liza jetzt tatsächlich gegangen? Einfach so?
Wütend schlug er sich gegen die Stirn, wütend auf sich, auf Liza und vor allem auf diesen Cornelius. Irgendwie musste er sich und Liza jetzt beweisen, dass alles bestimmt einen ganz einfachen Grund hatte. Das war er nicht nur Liza schuldig, sondern auch sich und ihrer gemeinsamen Liebe, seinem Zukunftstraum.
„Da wird es einmal schwierig und ich Idiot habe echt nichts

Besseres zu tun, als sie wegzustoßen“, schimpfte er laut mit sich selbst.
Hatte er sich nicht selbst versprochen, für Liza da zu sein, ihr zu helfen, sie zu beschützen, wenn sie ihn brauchte? Und was machte er jetzt stattdessen?

Entschlossen rannte er hinaus und begann, mit Riesenschritten hinter Liza herzulaufen. Nach nur wenigen Minuten hatte er sie schwer schnaufend eingeholt.

„Liza, bitte warte! Tut mir leid. Ich gebe zu, ich war …, sagen wir mal … gerade ein wenig überfordert?“ Mit schiefem Grinsen hielt er ihrem zweifelnden Blick tapfer stand. „Ich verspreche dir, mein Schatz, wir finden zusammen heraus, was da los war, und ich meine damit nicht nur die Sache von gestern Nacht.“

„Glaubst du mir denn? Sag bitte die Wahrheit. Du hättest doch jedes Recht, daran zu zweifeln“, flüsterte Liza vorsichtig hoffnungsvoll.
Fritz erwiderte ihren unsicheren Blick mit fester Miene.

„Ja. Ich denke …, doch, ja! Ich gebe zu, ich verstehe es nicht und es fällt mir auch nicht leicht. Aber ich glaube dir, was du mir da erzählt hast. Ich vertrau dir, Liza. Und ich meine, es wird allerhöchste Zeit, endlich eine Erklärung dafür zu finden. Wenn du das selber auch willst!“
Liza hob ihre Hand. Ihre Finger strichen zitternd über sein ernstes Gesicht und liebkosten seine Lippen. Fritz küsste ihre Fingerspitzen, dann suchte er mit seinen Lippen zärtlich die ihren. Vorsichtig und äußerst behutsam erkundete er mit seiner Zunge ihren feuchten Mund.
Beide ahnten nicht, dass zwei hasserfüllte, unsichtbare Augen auf ihnen ruhten.
Selbstvergessen hielten sie sich in den Armen, bis Fritz sie langsam in seine Wohnung zurückbrachte, um sie ihre Wunden vergessen zu machen.
Während Liza und Fritz noch verzweifelt versuchten, sich gegenseitig ihrer ehrlichen Liebe zueinander zu versichern, gab sich Cornelius seinen Träumen hin.

✝

Sonja und Richard kamen gerade aus der Gerichtsmedizin, wo sie soeben gemeinsam sämtliche Schätze, die ihnen in Linz übergeben worden waren, penibel sortiert hatten. Eine Nachricht von Anderlech auf ihren Handys hatte sie über die neuerliche Teambesprechung informiert, die schon in wenigen Minuten beginnen sollte. Kurz hatte Paul darin angekündigt, dass es wichtige Neuigkeiten gäbe, und beide platzten sie schier vor Neugier.
Als sie Pauls Büro betraten, flimmerte ihnen bereits wieder das freundlich lächelnde Gesicht des österreichischen Psychologen vom Bildschirm entgegen und selbst ihr Chef beehrte sie erneut mit seiner Anwesenheit. Auch Patrick Bauer von der Abteilung *Innere Sicherheit* saß wieder mit dabei.

Anderlech und Thomas Lingen erwarteten sie mit schlecht verhohlener Ungeduld und so war es nicht verwunderlich, dass Paul, kaum dass Sonja und Richard Platz genommen hatten, zu sprechen begann.
Seine Worte überschlugen sich förmlich, als er ihnen von all diesen schrecklichen Leichenfunden, die sie herausgefunden hatten, erzählte.

„Insgesamt haben wir also sechzehn Tote, alle grausam verbrannt. Stellt euch das mal vor. Sechzehn Morde." Kurz ließ er die Ungeheuerlichkeit des Gesagten noch auf alle Anwesenden wirken, bevor er fortfuhr. „Dabei handelt es sich in dreizehn Fällen um Frauen, dreimal waren es Männer. Alle Frauen lebten mit hoher Wahrscheinlichkeit noch, als sie verbrannten. Denn auch hier ist laut den gerichtsmedizinischen Untersuchungen davon auszugehen, dass die Frauen alle noch lebend den Flammen übergeben wurden. Die Männer dagegen

wurden zuvor erstochen. Die Brustknochen wiesen eindeutige Stichverletzungen auf. Es zieht sich somit jetzt eine Spur von Hessen über Österreich und Bayern, übrigens alles Orte, in denen Liza Ricker auch gelebt hat. Wirklich bloß reiner Zufall? Möglich. Dennoch sollten wir dieser jungen Dame weiter auf den Zahn fühlen." Er drehte sich zu seinem jungen Kollegen um, den er aus der Abteilung der Inneren dazu geholt hatte. „Patrick, dafür brauche ich dich jetzt. Ich weiß, du bist da gerade noch dran. Aber wir müssen alles, aber wirklich alles wissen, was es zu dieser jungen Frau zu sagen gibt. Damit meine ich inzwischen eine absolut lückenlose Recherche von ihrer Geburt bis heute, alles Wichtige und Unwichtige über ihre Eltern und Verwandten, ihren Freundeskreis, ehemalige Liebschaften, Schule und so weiter. Ich brauche wohl nicht besonders zu betonen, dass wir das alles so schnell wie möglich benötigen. Es steht leider zu befürchten, dass der Täter wieder zuschlagen wird. Irgendwie habe ich das Gefühl, dass es ein Einzeltäter ist und zwar ein extrem Gefährlicher noch dazu."
Die Stimme des Psychologen unterbrach ihn.

„Davon bin ich sogar überzeugt, Paul. Natürlich gibt es noch nicht viel Aussagekräftiges, was wir haben. Dennoch meine ich, dass die Art des unterschiedlichen Tötens etwas zu bedeuten hat. Er verbrennt ja nur die Frauen bei lebendigem Leib. Das lässt auf eine Art Strafakt oder rituelle Reinigung, also auf wahnhafte Motive, die wahrscheinlich sogar religiöser Natur sind, schließen. Möglicherweise handelt es sich aber auch nur um eine sadistische Persönlichkeitsstruktur, denn es ist zum jetzigen Zeitpunkt nicht auszuschließen, dass sein Motiv bloß purer, psychopathischer Hass auf Frauen ist. In letzterem Falle wäre die Tötung der Männer aber nicht zu erklären. Wir müssen die Identifizierung zumindest einer der männlichen Toten abwarten, um zu sehen, ob dann eine Verbindung zu den Frauen hergestellt werden kann oder ob es sich dabei vielleicht einfach nur um unliebsame Zufallszeugen gehandelt hat. Bei den Männern scheint das Feuer doch nur aus dem einzigen Grund gelegt worden zu sein, um alle Spuren

absolut zuverlässig zu vernichten. Möglicherweise ist es aber auch verbunden mit einer Botschaft, die wir aber leider noch nicht einmal ansatzweise erkennen können. Auf jeden Fall spricht das alles, so oder so, für einen Ritual- oder Triebtäter und damit für einen Einzeltäter. Und gerade das macht ihn für uns so völlig unberechenbar und extrem gefährlich dazu."
Thomas nickte seinem Freund zustimmend zu.

„Ich fürchte, dass du mit dieser Einschätzung leider verflucht richtigliegen könntest, Michael. Ich denke, dass uns die Recherche von Patrick hier entscheidend voranbringen kann. Das und dann natürlich die Identifizierung unseres Unbekannten. Denn inzwischen können wir wenigstens davon ausgehen, dass es wirklich immer derselbe Täter war. Von den Toten konnten bis auf zwei übrigens alle anderen Personen nicht identifiziert werden. Und da bis heute die zuständigen Stellen gegenseitig von den jeweiligen Todesfällen nichts wussten und die Morde an den entsprechenden Orten irgendwann ja auch plötzlich wieder aufhörten, wurden die Vorkommnisse nicht als so dringlich eingestuft, als dass teure Gesichtsrekonstruktionen beantragt worden wären. Sie wurden irgendwann einfach als ungelöst erst einmal abgelegt und man hat sich mit der Registrierung der DNA begnügt. Wir können daher nur hoffen, dass uns unsere männliche Leiche aus Linz endlich einen Verknüpfungspunkt liefert, wenn wir nur erst einmal wissen, um wen es sich dabei handelt. Wie sieht es damit eigentlich aus, Sonja? Hast du denn genügend Material für die Gesichtswiederherstellung erhalten?"
Sonja, die sich bisher eifrig Notizen gemacht hatte, hob den Kopf.

„Was ich bisher begutachten konnte, sieht ganz gut aus. Ich möchte euch nicht mit Einzelheiten langweilen, die euch doch nichts sagen würden. Aber ja, ich denke, dass es mir gelingen wird. Allerdings wird es schon dauern, selbst wenn ich Tag und Nacht durcharbeite. Aber Richard hilft mir, so gut er kann."
Liebevoll stieß sie Richard, der stumm neben ihr saß, in die Seite, sodass dieser aus seinen düsteren Gedanken, in die er

versunken war, hochschreckte.
Ungewohnt ernst blickte er in die Runde.

„Ich hatte Sonja angeboten, ihr zusammen mit einem Kollegen aus dem Münchner Institut für Rechtsmedizin so gut wie nur möglich unter die Arme zu greifen. Je schneller wir dieses Tier zu fassen bekommen, desto besser für alle, oder nicht?"

„Vorsicht!", erklang da Michaels Stimme wieder mahnend aus dem Hintergrund. „Leider Gottes ist unser Täter alles andere als ein Tier. Im Gegenteil, ich glaube, dass wir es mit einem hochintelligenten, möglicherweise eher recht unauffällig lebenden Menschen zu tun haben. Sicher wird er seine in ihm wohnende Grausamkeit nicht immer und vollständig verbergen können. Aber es ist ziemlich sicher anzunehmen, dass er diese in einem eher geschützten und damit von außen unbemerkten Umfeld auslebt. Unter gar keinen Umständen dürfen wir ihn unterschätzen, indem wir glauben, dass wir es mit einem Verrückten zu tun haben, der nicht Herr seiner Handlungen wäre und dem man seinen Irrsinn deshalb auch sofort ansieht. Ich schätze mal, dass wir, sollten wir ihn zu fassen bekommen und Gott ist mein Zeuge, dass ich mir das aus tiefstem Herzen wünsche, es kaum werden glauben können, dass er es sein soll. Man wird es ihm schlicht nicht zutrauen. Dieser Mensch wird wahrscheinlich ziemlich harmlos wirken. Da er, wie ich persönlich glaube, aus einem kranken, religiösen Wahn heraus mordet, hilft auch die sonst übliche Zuordnung von typischen Persönlichkeitsmerkmalen wie Minderwertigkeitsgefühle und ähnliches nicht weiter, weil sie in diesem Fall als ursächliches Motiv einfach nicht hinreichend greifen. Ich kann mich da natürlich auch täuschen, aber eigentlich glaube ich das nicht."
Während Paul den ernsten Worten des Psychologen lauschte, bemächtigte sich ihm ein Gefühl, als packe ihn eine eiskalte Hand an seinem Herzen. Er versuchte, dieses Gefühl schnell abzuschütteln, und ergriff wieder das Wort.

„Umso wichtiger, dass jetzt jeder das, was er zu tun hat, so schnell wie nur möglich macht. Ich fasse also noch einmal

zusammen, was wir bisher haben. In Darmstadt wird 1987 eine verbrannte Frauenleiche aufgefunden. Zwei Jahre darauf, 1989, wird Angelika Müller entdeckt. Später in Innsbruck haben wir fünf Tote, vier Frauen und einen Mann. Bei keinem der fünf wissen wir, um wen es sich dabei handelt. Sie wurden alle in einem Zeitraum von neun Jahren umgebracht, also zwischen 1989 und 1998. Da liegen große Zeitabstände zwischen den einzelnen Morden und auch das spricht, meiner Meinung nach, eher gegen einen gewöhnlichen Triebtäter, der sozusagen nur aus einem unbeherrschbaren Drang heraus tötet."
Paul registrierte Michaels kurzes, beifälliges Nicken und stockte kurz, ehe er in seinen Ausführungen weiterfuhr. „Franziska Merle wird Ende 1998 bei Linz gefunden, ein unbekannter Mann dann drei Wochen später. In Passau geht es um zwei verbrannte Frauen, wieder beide unbekannt und beide im Zeitraum zwischen 1999 bis 2005 getötet. In Regensburg sind es vier Tote. Die erste Leiche ist eine nicht identifizierte Frau, aufgefunden 2006, zwei Wochen später eine weitere uns unbekannte Tote. Zwei Jahre danach, Ende 2008, wird dann die Leiche von Michaela Stoiber gefunden, wenige Wochen später nochmals ein fremder toter Mann. Und nun, drei Jahre später, Anita Bauer, hier bei uns in Zwiesel. Und was mir aufgefallen ist, die Morde geschahen nur in den Gegenden und immer genau dann, als und während sich dort auch Liza Ricker aufhielt. Patrick, du ziehst bitte noch weitere Kollegen hinzu und durchleuchtest neben Liza Ricker auch noch das gesamte Umfeld von Franziska Merle und Angelika Müller auf das Genaueste. Wir müssen herausfinden, ob es eine Verbindung zu Liza Ricker gibt. Um Michaela Stoiber und Anita Bauer kümmern wir uns, Thomas und ich. Ich weiß, dass das etwas abenteuerlich klingt, aber wir haben sonst keine anderen Ansatzpunkte."
Er klatschte aufmunternd in die Hände und wie abgesprochen standen alle Anwesenden auf und begannen, sich unverzüglich an ihre Arbeit zu machen.

✝

Josef Seidl kehrte spätnachmittags gegen halb fünf von der Arbeit nach Hause zurück. Missmutig sperrte er die Tür auf, wohl wissend, dass ihn nichts zu essen erwartete. Gestern war seine Frau wieder ins Krankenhaus eingeliefert worden. War, bei Gott, nicht das erste Mal. Andauernd schien ihr immer irgendwas anderes zu fehlen. Diesmal waren es wohl Myome an der Gebärmutter, die ihr Schmerzen und auch starke Blutungen verursachten.

Nicht dass ihn das bisher beim Einfordern ihrer ehelichen Pflichten geschert hätte, aber es könnte erklären, warum ihm seine Manneskraft bisher keinen weiteren Nachwuchs beschert hatte. Vielleicht wurde dieses ärgerliche Hindernis durch die notwendige OP jetzt gleich mit beseitigt. Schließlich war es von nicht geringer Bedeutung, dass er seine gewiss nicht kleinen Vorzüge weitergab, so oft es nur ging. Außerdem war seine Frau mit einem Baby wenigstens beschäftigt und kam auf keine dummen Gedanken.

Zudem versprach ihm etwas anderes für heute noch hübsche und, vor allem, ungestörte Abwechslung. Ein breites Grinsen lag bei dieser Vorstellung auf seinem Gesicht und so fand er zu guter Letzt doch in eine einigermaßen erträgliche Stimmung.

Bei dem Geräusch des im Schloss knirschenden Schlüssels verstummten die vier Geschwister unversehens.

Angespannt, jedoch bemüht, ihn das nur ja nicht merken zu lassen, forschten sie aufmerksam in seinen Gesichtszügen, wie wohl das Stimmungsbarometer ihres Vaters aussah. Als sie aber darin Entwarnung ablesen konnten, sah man den kleinen Körpern an, wie sich alles in ihnen entspannte.

„Lena! Hopp, hopp, auf in die Küche. Eigentlich hättest

du schon längst was vorbereiten können. Du wirst doch nicht etwa so faul wie deine Mutter werden, oder? Und ihr beiden verschwindet. Los, ab. Ich will nachher eure Hausaufgaben sehen und wehe, ich finde irgendwelche Fehler." Nachdem die drei Großen wie der Blitz verschwunden waren, froh seiner Anwesenheit fürs erste entronnen zu sein, wurde seine Stimme um eine Nuance weicher, beinahe warm. „Na, Katharinchen, willst du nicht endlich mal herkommen und deinem Papa einen Begrüßungskuss geben?"

Selbst Katharina mit ihren erst drei Jahren wusste nur zu genau, dass das, was wie eine Einladung geklungen hatte, ein Befehl war, dem man besser sofort gehorchte. Also lief sie auf ihren kurzen Beinchen zu ihrem Vater.

Er trug sie ins elterliche Schlafzimmer, zog sie zu sich auf den Schoss und drückte ihr einen ekelhaft nassen Schmatz auf die weiche Backe. Sie traute sich nicht, ihn sich abzuwischen, sondern drehte ihm gezwungenermaßen ihren kleinen Mund zu, um ihn auf die Wange zu küssen.

Bevor sie auch nur auszuweichen imstande war, presste er seinen harten Mund auf den ihren und erstarrend fühlte sie schon wieder seine Zunge auf der ihren und seine Hand in ihrer Unterhose.

Katharina wusste wie immer nicht richtig, was sie jetzt zu tun hatte, denn sicherlich durfte er das machen. Schließlich war er doch ihr Papa, oder nicht? Er hatte ihr erklärt, dass man das immer so miteinander machte, wenn sich das Töchterchen und der Papa ganz besonders liebhatten. Trotzdem machten ihr diese fremden Berührungen von Mal zu Mal mehr Angst und waren ihr richtig unheimlich. Und ziemlich weh tat es ihr außerdem.

„Na, meine Süße. Das gefällt dir wieder, was der Papa da macht, nicht wahr?" Seine heisere Stimme wurde ungeduldiger und böser, als Katharina nur steif dasaß und keine Anstalten machte zu tun, was von ihr erwartet wurde. „Los, nun zeig mir schon, wie sehr es dir gefällt, bevor ich böse werden muss mit dir. Ich hab es dir doch gezeigt, was du tun sollst. Es gefällt dir doch? … Was hat meine kleine Katharina dann also gefälligst

zu tun? … Na also, geht doch. Weißt du was, später darfst du bei mir schlafen, weil Mama doch nicht da ist. Dann brauchst du dich auch nicht zu fürchten in der Nacht. Da freust du dich, oder? Ja, ja, das habe ich mir schon gedacht, du kleiner Fratz. Da zeig ich dir diesmal auch, wie es richtig geht. Bist ja schon groß genug, wie man sieht. Aber jetzt lauf, geh spielen und … du weißt, das geht die anderen nichts an, was dein Papa dich da machen lässt. Niemand braucht zu wissen, dass …"
Dabei umfasste er ihre Hand und beendete endlich den Satz.
„… dass du meine Herzensmaus bist. Die werden sonst nur noch böse auf dich, weil dein Vater dich besonders liebhat. Eigentlich müsste ich dir auf deine Patschhändchen schlagen, tz tz, was du da aber auch wieder machst, du kleines Luder. Du traust dich aber, nein, wirklich. Du bist mir aber eine, ein richtiges, kleines Früchtchen bist du schon. Aber gut, wenn du es so haben willst …, ich kann meiner Kleinen halt einfach gar nichts abschlagen. Aber du musst trotzdem noch bis heute Nacht warten."
Dann ließ er Katharina von seinem Schoss gleiten, nicht ohne ihr noch einmal in den Schritt zu fassen.
Aus einem Wandfach zog er eine Zeitung und beugte seinen Kopf darüber. Katharina beobachtete ihren Vater einen kurzen Moment, sah, wie sein Gesicht rot und röter wurde, bis er nur noch keuchte. Sie überlegte, ob es ihn vielleicht so juckte, wie der Juckreiz sie manchmal wegen ihrer Neurodermitis quälte, als er jedoch nach einem tiefen Schnaufer endlich wieder ruhig war und auch sein Gesicht ganz normal aussah.
Also lief sie ins Esszimmer zurück, setzte sich mit ihrer Puppe auf die Schlafcouch ihrer Brüder und sah Lena dabei zu, wie diese geschäftig das Abendbrot herrichtete, während ihr selbst der kleine Bauch noch immer wehtat.

Nachdem die Familie die Mahlzeit hinter sich gebracht hatte, ihr Vater schien heute ganz besonders nachsichtiger Stimmung zu sein, da er nicht einmal den angebrannten Toast ansprach, richtete der Vater gebieterisch das Wort an alle.

„Ihr geht jetzt jeder ins Bett, ist immerhin schon fast

sieben Uhr, also Zeit zum Schlafen."

Die Jungs, einfach nur tief erleichtert, dass der Vater die Überprüfung ihrer Hausaufgaben offenbar vergessen hatte, sprangen augenblicklich auf.

Lena schaute ihren Vater leicht verwundert an. Da aber auch sie froh war, von seiner Gegenwart befreit zu werden, schwieg sie lieber.

„Komm, Katharina", forderte sie ihre kleine Schwester auf, sie zu begleiten, da mischte sich ihr Vater ein.

„Geh du nur mal alleine. Ich habe Katharina versprochen, dass sie heute, da eure Mutter nicht da ist, bei mir im Bett schlafen darf. Sie fürchtet sich doch immer so schnell, wenn Mama weg ist, das weißt du doch."

Lena sah ihre kleine Schwester prüfend an. Als diese sich jedoch nicht rührte, zog sie die Schultern hoch, froh ihr Bett einmal für sich alleine zu haben. Es stimmte schon, Katharina hatte nachts ziemlich oft Angst und kuschelte sich dann immer eng an Lena, sodass diese selbst kaum mehr Platz hatte.

Also zog sie sich schnell in das kleine Mädchenschlafzimmer zurück.

Herr Seidl hob die Kleine hastig hoch und verschwand mit ihr in seinem Schlafzimmer.

Das klägliche Weinen, das viel, viel später zu hören war, blieb unbemerkt, weil alle in tiefem Schlaf lagen.

A.D. MCCXXVII

Endlich! Gepreiset sei Gott und all seine Erzengel. Elizabeth trägt mein Kind unter ihrem Herzen. Diese Zeit der frohen Erwartung muss der Peitsche und jeglichen Hungers nun entbehren.
Mein Sohn wird gebettet werden auf meiner Lanze, gereinigt durch meine göttliche Speise und gesättigt mit dem heiligen Hunger meiner gnadenvollen Hände.

Konrads Hand legt sich leicht auf den noch kaum gewölbten Bauch seiner Geliebten. Seine Finger streichen bis hin zu ihrem Schritt, dann bohren sie sich plötzlich und erbarmungslos in den Schlund der Sünde. Drinnen ballt er dann seine Finger zur Faust und Elizabeth schreit kurz und heftig auf.

„Ich will nicht hoffen, dass dir das gefällt", presst er drohend hervor.
Elizabeth schüttelt wild den Kopf. Ihre Locken streifen dabei leicht sein Gesicht. Aber stöhnend windet sie sich unter seiner Herrschaft.

Da packt er mit einer Hand sein Bajonett aus, zieht die Finger der anderen aus ihrer Scheide, sie dabei absichtlich mit seinen scharfen Nägeln wund kratzend, und rammt es in sie hinein.
Er stößt so tief in sie hinein, dass er schon meint, sie in zwei Teile zerrissen zu haben.
Wie sehr er sie doch in diesem Augenblick völliger Ekstase dafür hasst. Aber gemach, der Zeitpunkt der Säuberung wird kommen.

Ein letztes Mal noch beglückt er sie mit seinem Mannesschwert, bevor er sie achtlos auf dem Boden liegenlässt und von dannen zieht, die nächste Aufgabe, die bereits auf ihn wartet, fest im Blick und heiteren Gemüts.

✞

Cornelius lehnte sich entspannt auf seinem Wohnzimmersofa zurück. Er ließ nicht zum ersten Mal seine Augen über die perfekt gelungene Einrichtung wandern.
Bisher hatte noch niemand versucht, ihn danach zu fragen, was er denn eigentlich beruflich machte, so viel freie Zeit, wie er zu haben schien. Tatsächlich hatte er das große Glück, finanziell unabhängig zu sein.
Als einziges Kind einer reichen Unternehmerfamilie konnte er es sich leisten, immer wieder einmal für mehrere Wochen einfach zu verschwinden und sich dem Müßiggang hinzugeben. Diesmal allerdings hatte er wirklich einen besonderen Auftrag zu erledigen und war dafür extra in diese gottverdammte Einöde gekommen. Sich mit Liza vorher noch zu vergnügen, bis er seine Aufgabe erfüllt hatte, reizte ihn über alle Maßen.
Seine Eltern hatten es schon lange aufgegeben zu fragen, was er eigentlich trieb. Sie liebten ihn mit großer Hingabe und in ihren Augen konnte er sowieso nichts falsch machen. Das hatte ihn immer nur mehr in seinem Glauben bestärkt, etwas ganz Besonderes zu sein.
Und seine leichten Erfolge bei all den vielen Frauen, die er in seinen fünfundvierzig Jahren bereits besessen hatte, hatten seine überzogene Selbsteinschätzung und Verachtung für das weibliche Geschlecht nur noch weiter in ihm verfestigt. Auch deshalb konnte er kaum glauben, dass Liza ihm bisher in seinen Augen so eigensinnig widerstanden hatte.
Jeden Gedanken, dass sie vielleicht tatsächlich diesen Fritz lieben könnte, wischte er ärgerlich beiseite. Ihm war bisher nur einfach nicht das Richtige eingefallen. Basta!
Da fiel ihm wieder ein, wie verstört sie heute früh vor seiner

Türe gestanden war. So durcheinander, dass sie ihm sogar bis ins Schlafzimmer gefolgt war. Vielleicht sollte er da ansetzen? Ihr den einfühlsamen, treuergebenen und verständnisvollen Freund vorspielen?
Er hatte wahrlich schon viele Rollen gespielt in seinem Leben, diese hier war ihm aber neu. Das ging weit über die ihm sonst vertraute Charme-Offensive hinaus. Andererseits waren ihm die vergangenen Spielchen doch sowieso schon alle ziemlich langweilig geworden.
Eigentlich hätte ich Schauspieler werden sollen. Ich liebe diese Verwandlungen einfach. Manchmal weiß ich selbst schon gar nicht mehr, wer ich eigentlich bin. Eine wirklich reizvolle Herausforderung, dachte er angeregt, als er im Treppenhaus plötzlich Geräusche hörte.
Er lauschte angestrengt. Natürlich, das war doch Lizas Stimme. Und höchst ärgerlich, auch die von Fritz. Dann war es wieder still. Allerdings dauerte es nicht lange, da hörte er jemanden die Treppen hinunterspringen.
Er eilte zum Türspion und konnte gerade noch erkennen, wie Fritz alleine an seiner Tür vorbeikam, dann fiel die schwere Haustür hinter ihm zu. Sein Herz begann wild zu klopfen, als er begriff, dass Liza alleine zurückgeblieben war. Das war jetzt seine Chance.
Er straffte die Schultern, wechselte sein ordentliches Hemd gegen ein jungenhaftes Shirt und schlüpfte in sommerlich leichte Shorts, um Liza mit harmlos wirkender Jungenhaftigkeit gegenüberzutreten.
Dann betrachtete er sich im Spiegel. Seine dunkel behaarten Beine zeugten von beeindruckender Männlichkeit, ohne dabei auch nur im Entferntesten abstoßend zu wirken. Im Gegenteil, Frauen schienen davon sogar ganz besonders angezogen, so als verhieße diese Eigenschaft auch ganz besonders gute Gene. Und irgendwie schien es sich letztlich immer nur darum zu drehen. Die einen wurden von den Frauen wegen ihrer Wärme und ihres Verständnisses geliebt, mit den anderen aber wollten sie sich leidenschaftlich und bis zur Besinnungslosigkeit paaren, um den besten und schönsten Nachwuchs zu gebären.

Dies schien in der Evolution der weiblichen Natur so angelegt zu sein. Warum sollte das also ausgerechnet bei Liza anders sein?
Er schaltete noch den Deckenventilator ein, der alsbald den Eindruck angenehmer Kühle verschaffte, und machte sich auf den Weg zu Liza.

Diese hatte Fritz gebeten, sie ein paar Stunden alleine zu lassen, so sehr verlangte es sie inzwischen danach, in aller Ruhe ihre wirren Gedanken zu ordnen und ihre gereizten Nerven zu beruhigen. Er war sofort auf ihre Bitte eingegangen, denn auch ihn verlangte es direkt nach ein bisschen Abstand.
Doch kaum war sie in die Küche gegangen, um sich den dringend benötigten Kaffee zu machen, klopfte es an ihrer Tür. In der Meinung, dass Fritz etwas vergessen hatte, öffnete sie die Tür, ohne sich zuvor zu vergewissern, wer davorstand.
Ihr Herz begann, unregelmäßig zu hämmern, als sie in das braungebrannte Gesicht von Cornelius blickte. Sein blondes Haar, diese nachtschwarzen Augen und nicht zuletzt die ungemein lässige Kleidung ließen ihr sofort schlagartig die Knie weichwerden.
Sie wurde abwechselnd rot und blass, so sehr, dass Cornelius vermeintlich besorgt fragte, ob ihr etwas fehle und sie, wie um sie vorsorglich zu stützen, in seine Arme zog. Dabei streifte er wie aus Versehen ihre Brustwarzen und registrierte zufrieden, wie sie kurz die Luft anhielt.

„Ich wollte dich nur fragen, ob du nicht Lust hast, mit mir zusammen einen schönen, starken Kaffee zu trinken. Falls dir ein Eiskaffee bei dieser Hitze lieber ist, nun, den kann ich dir auch anbieten. Weißt du, ich bin heute früh direkt erschrocken, als ich gesehen habe, in welcher Verfassung du warst. Hast du dich mit Fritz gestritten? Kann ich da vielleicht irgendwas für dich tun? Ich könnte mit ihm reden, wenn es dir hilft. Auf jeden Fall brauchst du jetzt ein bisschen Abwechslung, finde ich. Was immer es ist, du solltest es dir nicht so zu Herzen nehmen, Liza. Also, was meinst du?“
Es stürzte nur so über Liza herein, sodass sie nicht mehr in der

Lage war, auch nur einen einzigen, klaren Gedanken zu fassen. Und je mehr auf diese Weise ihr Hirn ausgeschaltet wurde, desto stärker übernahm etwas anderes in ihr, etwas Dunkles und Unbeschreibliches, geradezu Zwanghaftes die Regie. Es war wie ein innerlicher Befehl, der sie sein Angebot sofort annehmen ließ.

„Eigentlich hast du recht, Cornelius. Ich sitze und grüble und grüble, ohne dass dabei irgendetwas herauskäme. Einen Eiskaffee hätte ich tatsächlich sehr gerne."

Sie war, während sie sprach, schon in ihre Schuhe geschlüpft und wartete nun mit einem undefinierbaren Gesichtsausdruck auf Cornelius. Der war angesichts seines unerwartet schnellen Erfolges etwas überrumpelt, fasste sich aber blitzschnell und bot ihr charmant seine Hand.

„Na dann. Lass uns gehen. Nach dir, bitte schön!"

Wie bereits heute Morgen war Liza von seiner Wohnung sofort wieder schwer beeindruckt. Sie konnte nicht verhindern, dass ihr das Bild seines Schlafzimmers noch allzu deutlich vor Augen stand. Als gäbe es da drüben einen Magneten, zog es sie mit aller Kraft dorthin und unwillkürlich machte sie eine kleine Bewegung, als wolle sie aus dem Wohnzimmer hinausgehen.

Cornelius, dem dies keineswegs entgangen war, drehte sie zu sich herum, nahm sie leicht bei der Hand und führte diese zu seinen Lippen. „Du willst doch nicht wirklich einen Eiskaffee, zumindest nicht jetzt gleich, oder?", murmelte er mit heiserer Stimme. „Ich könnte mir nämlich vorstellen, was dich jetzt in diesem Augenblick vielleicht viel mehr interessiert. Bei mir zumindest ist das so. Ich denke mir, dass du … mein Bett auch noch einmal gerne sehen würdest, ist es nicht so?"

Seine Stimme umschmeichelte sie, lag wie klebriger Honig auf ihrer Haut und legte sich ihr schwer auf die gereizten Sinne. Die Beine wurden ihr schwer und schwerer, so sehr raubte ihr seine fast schon hypnotische Ausstrahlung jede Kraft.

Da fühlte sie, wie Cornelius sie hochhob, ins Schlafzimmer trug und sanft auf sein Bett niederlegte. Und sie ließ es wie betäubt geschehen, einfach, weil es jetzt geschehen musste. Vom ersten Augenblick an, schon als sie sich das allererste Mal

begegnet waren, hatte sie es doch gewusst, ohne es jedoch verstanden zu haben.
Mit Fritz als ihrem Schutzschild hatte sie instinktiv versucht, sich dagegen zu wehren. Sie hatte diesen, freilich ohne es selbst zu wissen, benutzt, um genau dies hier zu verhindern.
Und jetzt konnte sie plötzlich nicht mehr begreifen, warum sie davor so entschieden davongelaufen war. Immer schon hatte sie gefühlt, dass dieser Mann ihre Bestimmung war. Es war in ihr, er lebte schon immer in ihr. Vor dem eigenen Schicksal gab es eben kein Davonlaufen.

Cornelius setzte sich dicht neben sie und betrachtete sie, wie sie dalag, bebend vor Erwartung und doch auch voller Angst vor dem, was sie nun erwartete. Er hatte jedoch nicht vor, sich ihren Vorstellungen zu unterwerfen. Er allein bestimmte die Spielregeln. Und jetzt hatte er sich vorgenommen, ihr die Erfüllung noch geraume Zeit zu versagen, bis sie ihn anbetteln würde, sie zu nehmen. Sie sollte sich vor ihm erniedrigen, winseln, ihn anflehen.
Dieses Bild vor Augen ließ seine Männlichkeit anschwellen. Konnte es ein größeres Glück geben als diese Erwartung von vollständiger Unterwerfung? Jede Frau war doch nur dafür geboren, Liza war dafür geboren! Opfer zu sein, stand ihr auf der Stirn geschrieben wie ein Kainsmal. Aber leider war sie davon offensichtlich noch ein ziemliches Stück weit entfernt.
Er saß regungslos, bis Liza anfing, nach seiner Hose zu tasten. Er umklammerte ihre Hand und stieß sie tadelnd zurück.

„Tsch, tsch … ich muss schon sagen. Erst einmal bist du dran, nicht wahr?“
Er begann, die Knöpfe ihrer Bluse aufreizend langsam zu öffnen, ließ aber ihren Busen noch bedeckt. Dann zog er den Reißverschluss ihrer Jeans herunter und betrachtete ihren schneeweißen, knappsitzenden Slip.
Er schob seine schmalen, langen Finger darunter und kraulte ihre Scham, immer nur beinahe das Zentrum berührend, nachdem sie doch so sehnsüchtig verlangte. Dann zog er seine Hand aufreizend langsam wieder zurück und sah sie an.

Liza aber hatte ihren Mund zusammengepresst und brachte keinen Ton hervor.
Du willst ja immer noch nicht, stimmt's?, dachte er ehrlich überrascht von ihrem Widerstand, aber auch unglaublich erregt dadurch.
Er strich vorsichtig, ohne dabei jedoch ihre Haut zu berühren, ihre Bluse zur Seite und sah zwei perfekt geformte Brüste, entstellt durch dunkle Blutergüsse und Bisswunden. Ihre Brustwarzen aber waren aufgerichtet und reckten sich ihm steil entgegen. Er nahm abwechselnd zuerst die eine, dann die andere zwischen seine Finger und begann, sie zu reizen, daran zu ziehen und sie zu streicheln. Er beugte seinen Kopf darüber und fuhr mit seiner erregend rauen und feuchtwarmen Zunge darüber.
Ein erstes Stöhnen brach sich bei Liza Bahn. Als er es hörte, zog er sich zurück und wieder begnügte er sich damit, sie mit seinem dunkel lodernden Blick festzunageln. Verführerisch umspielte dabei genau diese weiche Zunge seine eigenen vollen Lippen und Lizas Augen waren wie gebannt darauf gerichtet.

„Sag mir, was ich tun soll", wisperte sie.

„Was glaubst du wohl, will ich hören?"

Er neigte sein Ohr herab und wartete, wartete … Und Liza kannte die Antwort, kannte sie schon, seit sie denken konnte.

„Komm zu mir!"

„Ja?"

„Bitte. Mach mit mir, was immer du willst. Das möchtest du doch hören, oder nicht?"

„Was ich will? Alles?"

„Ja, alles", schluchzte Liza. Dicke Tränen quollen unter ihren geschlossenen Lidern hervor.

„Du tust nur noch das, was ich dir jetzt und in Zukunft sage?"

„Ja, ja, ja doch!"

„Dann schick diesen Fritz zum Teufel. Ich will ihn nie mehr in deiner Nähe sehen. Ab jetzt gehören nur wir beide zusammen, versprochen? Willst du das für mich tun?"

Ein letztes, kurzes Zögern, das Cornelius mit einer weiteren, zärtlichen Attacke auf ihre Brustwarzen sogleich beendete.

„Versprochen! Ich will nur noch dich. Ich gehöre nur dir, für immer! Ich werde tun, was immer du mir sagst."

In Lizas Stimme lag jetzt genau dieses Bitten und Betteln, auf das Cornelius gewartet hatte. Fürs erste, hieß das.

Zufrieden beschloss er daher, ihre süßen Qualen mit noch größerer Ekstase zu belohnen und stand auf. In unglaublicher Geschwindigkeit entledigte er sich seiner Kleidung. Danach sorgte er dafür, dass Liza wirklich alles um sich herum vergaß, wer sie war, wer sie jemals gewesen war und wer sie eigentlich einmal hatte sein wollen. Alles, was sie zum Leben brauchte, fand sie nun mit Cornelius. Ohne ihn war sie unvollkommen, er war ihre zweite Hälfte, ihr wahres Ich. Ihr Schloss hatte den einzigen Schlüssel gefunden, der es zu öffnen und wieder zu schließen vermochte. Wäre es nach ihr gegangen, so wäre sie für alle Ewigkeit in diesen starken, sie beschützenden Armen geblieben, seine Männlichkeit in ihr ruhend, welche sich dann unvermutet wieder zuckend ihrer Anwesenheit versicherte.

Sie hatte bisher nicht gewusst, wer sie war. Jetzt wusste sie es. Cornelius hatte sein Ziel erreicht. Und seinem Geschmack nach viel zu schnell.

✞

Fritz wanderte in seltsamer Unruhe wie ein aufgescheuchtes Tier in seinem Zimmer hin und her. Alles atmete noch Lizas Duft, ihre Anwesenheit hing in der Luft und auch in den Bettlaken.
Er hatte wohl gespürt, dass es notwendig war, sie ein klein bisschen loszulassen. Dennoch oder vielleicht gerade deshalb nagte ein immer größer werdender Zweifel in ihm, ob es auch wirklich richtig gewesen war.
Zum Teufel, er konnte nicht anders, als ihre Nummer zu wählen. Der langgezogene Freiton hallte in seinen Ohren, als nach einer gefühlten Ewigkeit die Verbindung abbrach. Sie war nicht da! Sie war doch tatsächlich nicht daheim!
Nur ruhig, Fritz, ermahnte er sich selbst. Vielleicht ist sie auch einfach nur eingeschlafen. Erschöpft genug war sie gewesen und ihre leidenschaftlich verbrachten Stunden hatten bestimmt nicht geholfen, dass sie zu Kräften hätte kommen können. Oder sie vertritt sich einfach nur die Beine. Aber natürlich! Bestimmt ist sie zu unserer Stelle am Fluss gegangen und wartet darauf, dass ich auch hinkomme. Sozusagen ein neuer Liebesbeweis und ich Esel verschwende hier unnütz die Zeit.
Kaum zu Ende gedacht, lief er auch schon die Straßen entlang. Als er erwartungsvoll bei der Baumgruppe angelangt war, ließ er seinen Blick über die Wiese schweifen, dann suchte er das Wasser ab. Nichts.

Die Enttäuschung packte ihn so plötzlich und so entschieden, dass er kraftlos auf die Knie sank.
Nach ein paar Minuten rappelte er sich auf und machte kehrt. Nur zu deutlich wurde ihm mit einem Mal sonnenklar, wo er Liza finden würde. Zähneknirschend und doch nicht gänzlich

hoffnungslos rannte er bis zu Lizas Haus und klingelte an ihrer Tür Sturm. Als sich jedoch nichts rührte, erstarb in ihm auch noch der letzte, verbliebene Hoffnungsschimmer und er ging angsterfüllt ein Stockwerk tiefer. Schweren Herzens läutete er an Cornelius' Wohnungstür.
Kurz darauf ging sie auf und ein frech grinsender Cornelius in seidenem Morgenmantel stand vor ihm.

„Nanu? Fritz, du? Tja, tut mir leid, dass ich nicht richtig angezogen bin, aber wir waren gerade … suchst du vielleicht Liza?“ Er drehte leicht den Kopf und rief maliziös. „Ach Liza, Schatz, könntest du wohl …? Fritz ist hier und will dich, glaube ich, sprechen.“
Fritz stand da wie erstarrt. Hinter Cornelius sah er tatsächlich Liza auftauchen, seine Liza, auch sie nur in einen Bademantel gekleidet.
Fritz starrte Liza an, die zumindest noch den Anstand hatte zu erröten, als sie ihn sah, ob aus Scham, Reue oder Erregung war ihm nicht klar. Ohnehin spielte es jetzt keine Rolle mehr. Tief gedemütigt wich Fritz zurück, der Sprache vollständig beraubt. Dann wandte er sich ab und verschwand so schnell, wie er gekommen war.
Liza stand immer noch da wie vom Donner gerührt. Das hatte sie ganz bestimmt nicht gewollt, dass Fritz es auf diese Art erfahren musste, das hatte er wirklich nicht verdient. Plötzlich schämte sie sich abgrundtief. „Na, na!“ Cornelius fasste sie am Kinn und drehte ihren Kopf zu sich. „Es musste doch ohnehin gesagt werden. Und nun weiß er wenigstens hundertprozentig, dass daran nichts mehr zu ändern ist. Außerdem hilft es ihm vielleicht, wenn er wütend ist auf dich. Besser als traurig, oder nicht?“
Dann küsste er sie und schaffte es innerhalb von Sekunden spielend, dass Liza nur noch ihn im Sinn hatte.

Währenddessen ging Fritz schockiert durch die Straßen.
Er war immer noch wie gelähmt und dieses Bild, dass sich ihm so unvermittelt dargeboten hatte, hatte sich ihm eingebrannt. Ganz allmählich aber erwachte in ihm immer größere Wut, bis

ihn nur noch blanker Hass auf beide erfüllte.
Da hatte er doch wirklich ernsthaft geglaubt, Liza sei ganz anders als alle anderen, die er bisher gekannt und zumindest körperlich geliebt hatte. Sie alle hatten ihn letztlich doch immer nur an der Nase herumgeführt, aber Liza? Ausgerechnet seine sanfte, hilfsbedürftige, schwache Liza?
Wie schamlos sie dagestanden war. Wie hatte sie ihn nur so hintergehen können? Und er hatte ihr auch noch vertraut. Wie blöd konnte man nur sein?

Mit einer Flut finsterer Gedanken zog er sich in den Schutz seiner Wohnung zurück wie ein verwundetes Tier, das zum Sterben die Einsamkeit sucht.

✝

„Falsch meine Liebe, meine Liebste. Du hast mich wirklich enttäuscht. Sich der Sünde, der Verführung so schnell zu ergeben …
Du weißt doch noch, was passiert, passieren muss, wenn du uns enttäuschst? Das kannst du doch nicht vergessen haben? Siehst du? Nun trägst du aber auch die Verantwortung für alles, was jetzt geschieht!
Huren brennen! Und alle, die sich mitschuldig machen, werden mit ihnen brennen."

Die Stoffbahnen bewegten sich kaum merklich im Wind, der durchs offene Fenster strich und die geflüsterten Worte mit sich ins Zimmer hereintrug.

MITTWOCH, 20. 7. 2011

Liza schreckte schweißgebadet aus dem Schlaf hoch, in den sie in seliger Erschöpfung gefallen war. Immer noch klang diese seltsam singende Stimme in ihren Ohren.
Sie tastete neben sich und bemerkte sofort, dass Cornelius nicht mehr neben ihr lag. Die Bilder ihres schrecklichen Albtraumes verfolgten sie selbst jetzt noch, da sie wach war, und lähmten sie vollständig.
Laut, beinahe schon hysterisch rief sie mehrmals Cornelius' Namen. Es dauerte erstaunlich lange, bis er endlich mit einem Glas Wasser in der Hand zu ihr zurück ins Schlafzimmer geschlendert kam.

„Na, willst du womöglich schon wieder? Mann oh Mann, man sieht dir deine Unersättlichkeit wirklich nicht an. Aber du hast Glück, ich mag das. Komm, mach mir ein bisschen Platz."
Als er jedoch Lizas schreckgeweiteten Augen sah, hielt er inne.
„Ist was? Was hast du denn, Liza?"
Misstrauisch beobachtete er sie genau.

„Ich habe gerade seine Stimme gehört, Cornelius, mir ist ganz kalt geworden dabei."

„Wessen Stimme? Wen hast du gehört? Hier ist doch niemand außer uns beiden."
Er schüttelte sie leicht, um sie zur Besinnung zu bringen.

„Dieser Traum, Cornelius. Jede Nacht kommt er, wird schlimmer und schlimmer. Und gerade habe ich wieder diese komische, hohe Stimme gehört."
Ihr Ton schwoll an, wurde immer lauter und hysterischer. Cornelius gab ihr einen leichten Schlag auf die Wange. Abrupt

brach ihr Schreien ab. Schnell legte er fest seine Arme um sie.

„Tut mir leid, aber ich wusste mir doch tatsächlich nicht anders zu helfen. Jetzt mal der Reihe nach. Was träumst du?"

„Da ist schrecklich helles Licht, es tut mir in den Augen weh und heiß ist es, furchtbar heiß. Ich habe das Gefühl, gleich zu verbrennen. Ich höre schreckliche Schreie und irgendetwas drückt mir gegen den Mund, so fest, dass es mir ganz furchtbar wehtut. Und dann brennt es in mir da drin." Sie legte ihre Hand dabei auf ihren Unterleib. „Und jetzt gerade war da diese fürchterliche Stimme. Und sie …, sie hat gesagt, dass sie mich bestrafen wird. Cornelius, ich weiß mir keinen Rat mehr. Werde ich vielleicht verrückt? Das ist meine größte Angst, weißt du, weil ich mir das alles sonst nicht erklären kann. Und siehst du, hier und hier?" Sie deutete dabei auf die blauroten Blutergüsse und Zahnabdrücke auf ihrer Brust. „Ich weiß nicht, woher ich das habe. Zuerst habe ich gedacht, dass du, dass du …", stotterte sie. „Letzte Nacht, als ich dachte, wir zwei hätten uns im Treppenhaus getroffen. Aber offenbar habe ich das auch nur geträumt. Aber woher stammen dann bloß diese Flecken?"

Cornelius schwieg, sein Gesicht wurde zu einem einzigen, beleidigten Vorwurf.

„Wie kannst du nur denken, dass ich das war? Ich gebe schon zu, ich habe alles darangesetzt, dich zu bekommen. Und bei Gott, es ist mir sehr schwergefallen, nicht einfach über dich herzufallen. Ich war eigentlich der Meinung, dass das von Fritz stammt, wollte aber nicht danach fragen. Ehrlich gesagt, finde ich nämlich diese Vorstellung, dass du noch vor Kurzem mit dem Kerl geschlafen hast, nicht sehr angenehm. Ich habe keine Ahnung, woher die Flecken kommen und es interessiert mich auch nicht besonders. Ich kann es fühlen, wenn ich in dir bin, dass du nur für mich, für die totale Selbstaufgabe geboren bist. So wie jetzt." Schon hatte er seine Hand in ihr und kitzelte sie sanft, aber nachdrücklich. „Ich beschütze dich, meine Liebste. Du musst nur immer alles tun, was ich dir sage, dann beschütze ich dich und lass dich auch nicht mehr allein", flüsterte er ihr noch heiß ins Ohr, bevor er in sie eindrang.

Und wie schon zuvor war alles und jedes wie weggewischt, als sie nur noch aus Hingabe bestand und, vor allem, aus dem tiefen Gefühl vertrauter Klarheit.
Als sie gemeinsam und ineinander verhakt einschliefen, lag ein friedliches Lächeln auf Lizas Mund. Für heute waren alle schrecklichen Nachtmahre durch seine Anwesenheit endgültig vertrieben. Cornelius würde sie beschützen, ganz bestimmt. Er hatte es ihr doch versprochen. Sie musste nur einfach immer alles tun, was er von ihr verlangte. Schließlich war er der einzige Mensch, bei dem sie sicher war, denn alles war ihr so vertraut, die Spielregeln so bekannt. Sie wusste es einfach, was sie zu tun hatte. Dieses Wissen füllte sie aus und vertrieb jede Angst.

Manchmal war ein finsteres Gefängnis, das man kannte, eben einfach unendlich viel sicherer und behüteter als eine fremde Freiheit, die mit so schrecklich großer Angst vor unbekannter Veränderung einherging.

✝

Anderlech und Thomas Lingen saßen bereits seit dem frühen Morgen zusammen im Büro. Die Pizza, die sie sich gestern Abend noch hastig hineingestopft hatten, lag Paul immer noch schwer im Magen.

„Na ja, satt geworden sind wir wenigstens“, grummelte er leicht angesäuert.

Thomas lachte, als er das derart übertrieben schmerzverzerrte Gesicht seines Kollegen betrachtete.

„Ich war gestern wenigstens um den Häuserblock joggen, drum geht es mir heute auch besser wie dir. Du hättest halt mitkommen sollen, als ich dich gefragt habe. So wie du, ohne jede sportliche Bewegung, könnte ich echt nicht sein. Ich würde ganz unausstehlich werden. Ich brauch das nach einem langen Tag im Büro einfach. Soll ich uns aus der Espressobar einen Kaffee besorgen? Mir hilft das in so einem Fall immer. Was hältst du davon?“

Paul wiegte überlegend den Kopf, als sein Chef neugierig den Kopf durch den Türspalt steckte. In seiner Hand hielt er zwei Becher, gefüllt mit leckerem Milchkaffee.

„Ich dachte, ihr könntet das hier vielleicht brauchen! Ihr seid ja schon …, ja, seit wann genau seid ihr eigentlich schon hier?“

„Das willst du nicht wirklich wissen. Der Gedanke, was dich meine Überstunden kosten könnten, treibt nur deinen Blutdruck gefährlich in die Höhe.“

Sein Chef lachte und überraschte Paul damit wieder einmal mehr mit Anflügen unvermuteten Humors.

„Und? Neuigkeiten?“

„Durchaus“, antwortete Thomas schnell. „Paul und ich haben gestern bis spätabends wegen dieser anderen zwei, uns namentlich bekannten Toten mit den Kollegen in Darmstadt und Regensburg telefoniert. Bei der toten Angelika Müller aus Darmstadt haben wir keinerlei Berührungspunkte mit Liza Ricker gefunden."

„Dafür haben wir mit Michaela Stoiber einen Volltreffer gelandet", unterbrach Paul ihn aufgeregt. „Die beiden haben zusammen Sozialpädagogik studiert und sich sogar mit zwei anderen Kommilitonen eine Studentenbude geteilt. Liza Ricker hat dann diese Wohngemeinschaft verlassen, nachdem ihre Beziehung zu einem der jungen Männer, Tom Krenz heißt er, in die Brüche gegangen ist. Sie ist daraufhin zunächst in ein Studentenwohnheim gezogen und war nicht lange danach mit ihrem Studium fertig. Sie ist anschließend wieder nach Linz zurück. Und wegen Franziska Merle warten wir noch auf den Bericht von Patrick."

Gespannt wartete Paul auf eine Reaktion seines Chefs.

„Dann mal her mit dieser jungen Dame", brummte dieser. „Ich glaube, es wird Zeit, da ein bisschen tiefer zu graben." Anerkennend klopfte er beiden auf die Schultern, nachdem er ihnen den vielversprechend duftenden Kaffee auf den Tisch gestellt hatte. „Extra aus der Espressobar gegenüber geholt! Unseren Kaffee kann man ja leider nur im Zustand völligen Deliriums trinken. Also lasst ihn euch schmecken."

Wieder alleine machten sich beide sofort glücklich darüber her.

„Mensch, tut das gut! Dein Chef ist wirklich eine Wucht, Paul. Ich glaube, ich stelle einen Antrag auf Versetzung."

„Ich hätte wahrlich nichts dagegen, das kannst du mir glauben. Ich mag gar nicht daran denken, dass du bald wieder fort bist", entfuhr es Paul gegen seinen Willen.

Thomas sah ihn voller Zuneigung an und leerte dann hastig mit mehreren großen Schlucken seine Tasse.

„Dann wollen wir doch mal die junge Frau anrufen und sie herbestellen", überspielte er geschickt Pauls Verlegenheit und hangelte nach dem Telefonhörer.

Er ließ es einige Zeit läuten und wollte schon aufgeben, als er Lizas Stimme hörte.

„Ricker?"

„Hallo, Frau Ricker. Hier spricht Thomas Lingen vom Zwieseler Kommissariat. Wir hätten da noch einige Fragen an Sie. Wäre es Ihnen wohl möglich, noch heute bei uns im Revier vorbeizuschauen?“ Er schwieg und wiederholte dann wegen Paul laut ihre getroffene Vereinbarung. „In Ihrer Mittagspause? Also gegen zwölf Uhr? Schön. Wir erwarten Sie dann. Auf Wiederhören, Frau Ricker.“ Er drehte sich zu Paul herum. „Du hast es gehört. Bis dahin könnten wir doch mal bei Sonja nachfragen, wie es bei ihr vorangeht, was meinst du?“

„Gut! Fragen wir. Weit kann sie zwar sicher noch nicht sein, aber besser ist es allemal, als hier herumzusitzen. Dieses Warten, bis man wieder etwas in Händen hat, ist zermürbend“, seufzte Paul.

Wieder lachte Thomas und Paul musste widerwillig mitlachen. Er tut mir gut, viel zu gut, dachte er noch, während sie zur Tür gingen.

✝

Liza hielt den Hörer bewegungslos in ihrer Hand, bis das Besetztzeichen irgendwann in ihr Bewusstsein drang. Langsam legte sie auf und zerbrach sich den Kopf, was wohl die Polizei von ihr noch wollen könnte.

Das Gespräch mit dem Kommissar hatte ihre angstvolle Sorge vor der doch unvermeidbaren Begegnung mit Fritz verdrängt. So ganz allmählich jedoch kehrte auch dieses ungute Gefühl wieder zurück.

Cornelius hatte ihr angeboten, sie ins Amt zu begleiten, als sie sich auf den Weg in ihre Wohnung gemacht hatte, um sich fürs Büro fertigzumachen. Liza befürchtete jedoch, dass Fritz dann erst recht ausrasten könnte, obwohl sie sich das andererseits eigentlich überhaupt nicht vorstellen mochte. Sie hatte Fritz noch nie unbeherrscht oder gar gewalttätig erlebt, früher nicht und schon gleich gar nicht, nachdem sie ein Paar geworden waren. Verletzt ja, enttäuscht und gedemütigt, sicher, wütend, nur zu verständlich. Aber dass er ihr deshalb etwas antun würde? Niemals!

Sie hoffte, nachher ganz in Ruhe mit ihm reden zu können. Sie wollte sich dafür entschuldigen, wo und wie er sie angetroffen hatte. Wollte ihm unbedingt versichern, dass die Liebe zu Cornelius sie gegen ihren Willen überrollt und überrascht hatte, dass sie wirklich aufrichtig geglaubt hatte, ihn, Fritz, zu lieben, einmal lieben zu können. Sie wollte ihm beteuern, dass sie ihn nicht belogen hatte und es auch niemals vorhatte. Er war ihr nur einfach unglücklich zuvorgekommen, bevor sie noch die Möglichkeit gehabt hatte, ihm alles zu erklären.

Bemüht, später auch die richtigen Worte zu finden, formte sie diese ständig in ihrem Kopf, während sie zum Jugendamt ging. Dort angekommen, ging sie zaghaft den Flur entlang und blieb

schließlich vor seinem Büro stehen.
Drinnen war es vollkommen still, sodass sie schon fast die Hoffnung gewann, dass er vielleicht gar nicht da war. Das Geräusch eines Stuhls, der über den Boden kratzte, nahm ihr allerdings diese Hoffnung so schnell, wie sie zuvor in ihr aufgestiegen war.
„Feigling“, flüsterte sie sich zu. Sie hob langsam ihre Hand und klopfte ganz vorsichtig mit den Fingerknöcheln gegen die Tür. Fritz rief ein unwirsches „Herein“ und Liza öffnete mit dem Mut der Verzweiflung die Tür. Er saß hinterm Schreibtisch, die langen Beine weit ausgestreckt.
Als er sie erblickte, schien er richtiggehend zu versteinern.

„Du? Was willst du denn hier? Ich denke, es gibt nichts mehr zu sagen, oder?“
Liza senkte schuldbewusst den Kopf.

„Fritz! Hör mir bitte zu. Es tut mir unendlich leid. Ich wollte gewiss nicht, was passiert ist, und schon gar nicht wollte ich, dass du es so erfahren musstest. Bitte, glaub mir. Ich war wirklich fest davon überzeugt, dass ich dich liebe. Aber dann, dann …“

„Dann hat dir Cornelius gezeigt, was Liebe wirklich ist, nicht?“, höhnte Fritz. „Hat er es dir besser besorgt als ich? Sag schon. Ich kann mich sehr gut erinnern, wie es dir gefallen hat, wenn wir es miteinander getrieben haben. Du konntest doch nie genug bekommen, stimmt's? Also, was hat dir gefehlt? Wie macht er es denn? Du kannst es mir gleich zeigen, wenn du möchtest. Ich lerne gern dazu.“ Liza wich bestürzt zurück und Fritz lachte hämisch auf. „Ach, jetzt doch nicht? Hab's mir fast gedacht. Spare dir deine Worte, Liza, und lass mich gefälligst allein, bevor ich mich noch vergesse. Wir beide sind fertig miteinander. Wenn du wegen der Arbeit was brauchst, dann ruf mich an. Ich will dich ansonsten nämlich nicht mehr sehen. Wenn du dir erhofft hast, dass du jetzt die Absolution von mir bekommst, nur damit du dich danach besser fühlen kannst, dann muss ich dich leider enttäuschen. Also, hau bloß ab!“
Demonstrativ drehte er ihr seinen Rücken zu. Liza, die bei den harten Worten wie unter Peitschenhieben zusammengezuckt

war, verließ schweigend den Raum.
Sie zog sich in ihr Büro zurück und stützte ihren Kopf auf dem Schreibtisch auf. Irgendwann erhob sie sich. Sie fröstelte, denn ihr war trotz der Hitze draußen eiskalt.
Ist das der Preis, den man zahlen muss für sein Glück? Dass man andere damit unglücklich macht, sie verletzt und Schuld auf sich lädt? Und ist Cornelius wirklich mein Glück? So vieles an ihm ist mir unheimlich. Er macht mir Angst oder habe ich nur vor mir selbst Angst? Irgendetwas in mir zwingt mich ständig dazu, von ihm beherrscht zu werden, und wenn er mich dann unterwirft, dann steigt sofort diese Angst in mir hoch. Aber der Gedanke, ihn nicht mehr bei mir zu haben, ist mir unerträglich. Das ist doch total krank, führte Liza voller Selbstzweifel und Kummer dieses stumme Selbstgespräch.
Da sah sie, wie ein zusammengefalteter Zettel unter der Tür durchgeschoben wurde. Sie ging hin, bückte sich, strich ihn glatt und las, was da mit ungelenker Schrift geschrieben stand.

„Haben Sie die Seidls denn vergessen? Sie haben doch die Verantwortung, denken Sie daran."

Hastig riss Liza die Tür auf, aber auf dem Flur war bereits niemand mehr zu sehen. Sie eilte ans Fenster, aber auch von hier aus konnte sie niemanden ausmachen, der den Eindruck erweckte, gerade eben noch vor ihrer Türe gestanden zu sein.
Ein dicker Kloß steckte ihr im Hals, als sie an den Mann, diesen Seidl, denken musste, bei dem sie sich derart unwohl gefühlt hatte. Und leider stand ihr diesmal kein Fritz mehr zur Seite. Sie konnte noch nicht einmal wagen, auch nur daran zu denken, ihn um Hilfe zu bitten.

Seltsamerweise überfiel sie in diesem Moment zum ersten Mal das ganze Ausmaß ihres Verlustes. Tränen standen ihr in den Augen, als sie an jenen unbeschwerten Sonntag zurückdachte, an diese Stunden voll sommerlicher Leichtigkeit und strahlendem Licht.
Dieses unbeschwerte Gefühl, inmitten von Sonnenschein und Helligkeit zu stehen, hatte sie in die Arme von Fritz getrieben. Niemals hätte sie gedacht, in seiner Nähe jemals wieder zu

frieren, aber vorhin?
Diese Eiseskälte in seinen Augen, diese Verachtung, die er ihr entgegengeschleudert hatte, war das wirklich nur allein ihrem Verhalten geschuldet? Gewiss hatte er jeden Grund, wütend und verletzt zu sein. Aber sie hatte vorhin keine Wut und auch keine Verletzung bei ihm gespürt, sondern nur diese Kälte und gnadenlose Häme.
Sie schüttelte das zunehmende Unbehagen ab.
Vielleicht war es auch nur seine letzte Möglichkeit, durchaus verständlich, die erlittene Demütigung für sich ungeschehen zu machen. Wahrscheinlich brauchte er einfach nur ein bisschen Abstand von ihr und allem, was geschehen war.
Sie nahm sich ganz fest vor, in ein paar Tagen nochmals mit ihm zu reden. Bis dahin musste sie sich jetzt wohl oder übel alleine um diese vermaledeite Seidl-Angelegenheit kümmern. Nicht auszudenken, wenn dort wirklich etwas passierte. Dann könnte sie sich nämlich schneller, als ihr lieb war, eine neue Stelle suchen, von den Schuldgefühlen, die sie nicht so einfach hinter sich würde lassen können, ganz zu schweigen.
Aber vorher musste sie nun noch zu diesen Kommissaren. Inzwischen brummte ihr der Kopf ganz gewaltig. Sie schluckte schnell zwei Schmerztabletten und versuchte, sich die nächsten Stunden auf ihre Akten zu konzentrieren.

In ihrer Mittagspause machte sie sich zögernd auf den Weg zur Polizeidienststelle.
Am Empfang wurde sie angemeldet und es dauerte nicht lange, bis sie Paul Anderlech auftauchen sah. Sie erkannte ihn sofort wieder, obwohl sie damals wie in einem schlechten Traum gefangen war und alles nur sehr schemenhaft und durch einen undurchdringlichen Wattenebel wahrgenommen hatte.
Er kam die Treppen herab auf sie zu und schüttelte ihr freundlich die Hand. Trotzdem fühlte sie sich unter seinem prüfenden, scharfen Blick zunehmend unwohl.
Er betrachtete ihr blasses Gesicht und begrüßte sie betont jovial.

„Grüß Gott, Frau Ricker. Geht es Ihnen wieder besser?

Keine Sorge, wir haben nur noch ein paar Fragen, die im Zuge unserer Ermittlungen aufgetaucht sind." Beiläufig und wie unabsichtlich, sie dabei aber verstohlen und weiterhin scharf beobachtend, warf er ihr die Frage hin. „Sagen Sie mal, kam Ihnen das kleine Kreuz, das wir bei Ihrer toten Kollegin gefunden haben, eigentlich bekannt vor? Ich hatte neulich nämlich ganz den Eindruck, dass Sie es früher schon mal irgendwo gesehen haben!"

Liza zuckte zusammen und ihr Gesicht schien nochmals um einige Nuancen blasser zu werden, was eigentlich schon kaum mehr möglich war.

„W… w… wieso? Warum denken Sie das?"

„Ach, ich dachte nur. Es hätte ja sein können, dass Sie es bereits früher an Anita bemerkt haben. Und? Hat sie es denn jemals getragen?"

„Nein, nie. Anita hat so gut wie nie Schmuck getragen. Aber …"

Sie verstummte abrupt.

„Aber?", hakte Anderlech unerbittlich nach.

„Ich weiß nicht, wie ich Ihnen das jetzt, nun … sagen soll."

„Kommen Sie, wir sind da. Erzählen Sie das gleich einmal meinem Kollegen und mir. Ich sehe doch genau, dass Sie etwas umtreibt."

Er schob Liza zwar behutsam aber doch unmissverständlich ins Dienstzimmer hinein, in dem Thomas Lingen bereits ganz gespannt auf die junge Frau wartete, der er seine Anwesenheit hier verdankte. Angesichts deren fahler Gesichtsfarbe schob er ihr ganz automatisch sofort einen bequemen Sessel hin, in den sie sich auch gleich dankbar niedersinken ließ.

Paul und Thomas sahen sich gegenseitig kurz an, dann stellte sich Thomas bei Liza vor.

„Grüß Sie Gott, Frau Ricker. Ich bin Thomas Lingen. Wir beide haben heute früh schon miteinander telefoniert. Schön, dass es bei Ihnen doch so schnell geklappt hat. Möchten Sie vielleicht eine Tasse Kaffee oder lieber ein Glas Wasser? Es hat wieder mal eine Hitze draußen. Kein Wunder,

dass Sie etwas arg blass und angegriffen aussehen. Ich muss Sie aber warnen, unser Kaffee schmeckt scheußlich, aber stark ist er immerhin“, schmunzelte Thomas.
Seine beiläufigen, aber doch herzlichen Worte halfen Liza dabei, sich etwas zu entspannen. Ihre nicht zu übersehende Körperspannung ließ merklich nach, ihre Schultern sackten leicht nach unten und sie lehnte sich langsam im Sessel zurück. Ein leises „ein Glas Wasser wäre schön“, wehte zu den beiden Kommissaren herüber.
Thomas nickte, ging zu ihrem kleinen Kühlschrank, welcher mittlerweile zur Grundausstattung aller Büros zählte, entnahm ihm eine Flasche Sprudel und reichte Liza sodann ein Glas mit herrlich kühlem, perlenden Wasser. Liza nahm es in ihre leicht zitternde Hand und trank hastig einen großen Schluck. Den Kommissaren war dieses nervöse Zittern nicht entgangen und Paul zog fragend eine Augenbraue hoch, als er erneut den Blick seines Kollegen suchte. Thomas zuckte nur mit den Schultern und ließ sich dann Liza gegenüber nieder. „Wollen Sie uns nicht erzählen, was Sie quält, Liza? Ich darf Sie doch Liza nennen?“
Seine leise und mitfühlende Stimme, der Umstand, dass er sie mit ihrem Vornamen angesprochen hatte, all das trug dazu bei, dass Liza begann, allmählich Vertrauen zu ihm zu fassen und sie nickte auf seine letzte Frage hin heftig.

„Ich weiß gar nicht, wie und womit ich als erstes anfangen soll.“

„Vielleicht beginnen Sie einfach damit, uns zu erklären, warum Sie letztens beim Anblick dieses goldenen Kreuzes so dermaßen erschrocken sind, denn das sind Sie doch, nicht wahr?“, übernahm Paul wieder das Gespräch.

„Hat dieses Kreuz wirklich bei … bei Anita gelegen, ich meine, hat es ihr gehört oder …?“

„Das wissen wir nicht, Liza. Wir haben eigentlich gehofft, dass Sie uns dazu etwas mehr sagen könnten“, warf Thomas ruhig ein.

„Nein, dazu kann ich Ihnen wirklich nichts sagen, ich habe dieses Kreuz nie zuvor bei Anita bemerkt, aber das sagte ich Ihnen ja schon", wandte sie sich an Paul. Der nickte zwar, sah aber irgendwie ungläubig drein. Deshalb beeilte sie sich, fortzufahren. „Aber ich habe ein Kreuz, das genauso aussieht wie dieses hier."

Dabei deutete sie mit dem Kopf in Richtung des Fotos an der Wand. Als wäre eine Bombe eingeschlagen, riss es den beiden den Kopf nach oben und sie starrten Liza mit offenem Mund an.

„Wie jetzt? Genau dasselbe?"

„Ich weiß nicht. Ich müsste mir das Kreuz erst genauer anschauen. Ich habe Ihnen sicherheitshalber mal mein Eigenes zum Vergleich mitgebracht. Es ist nur, als ich bei Ihnen das Kreuz gesehen habe, habe ich mich so dermaßen erschrocken, weil ich geglaubt …, ich habe gedacht …, ich hatte einen Moment das Gefühl … nein, ich war mir so seltsam sicher, dass es meines wäre. Zuhause habe ich dann sofort danach gesucht. Es lag aber in meiner Nachttischschublade. Es kann also nicht das Meinige sein. Und wie sollte das auch überhaupt möglich sein? Ich meine, Sie glauben doch nicht etwa, dass ich mit Anitas Tod irgendetwas zu tun habe?"

Lizas Stimme wurde immer höher, je mehr die Angst wieder in ihr hochkroch. Dabei hätte sie noch nicht einmal sagen können, ob es nun Angst vor der Polizei war, davor, von ihnen verdächtigt zu werden, oder vor irgendetwas anderem.

Thomas legte sofort beruhigend seine Hand auf ihre Schulter.

„Immer mit der Ruhe, Liza. Kein Mensch hier glaubt, dass Sie in irgendeiner Weise schuld oder sonst irgendwie verantwortlich für dieses grausame Verbrechen sind. Aber wir haben den Eindruck, dass Sie uns bei der Aufklärung sehr helfen könnten, auch wenn Sie selbst sich momentan vielleicht nicht vorstellen können, wie Ihnen das möglich sein sollte. Manchmal weiß man Dinge, ohne es selbst zu ahnen, verstehen Sie?"

Paul ergänzte mit leicht drängendem Unterton.

„Bleiben wir erst einmal bei diesem Kreuz. Könnten Sie uns das Ihrige einmal zeigen? Haben Sie es dabei?"

Liza nickte nur, kramte in ihrer Handtasche, bis ihre Finger das

kühle Metall des Kreuzes berührten. Sie zog es heraus und reichte es Paul mit bebenden Fingern.
Anderlech ging mit dem Kreuz ans geöffnete Fenster, hielt es ins Sonnenlicht und drehte es in seinen Fingern.

„Gott!“, entfuhr es ihm bestürzt.

Thomas, alarmiert durch seinen Tonfall, ging zu ihm hinüber und beugte sich über das Kreuz, welches ihm Paul mühsam beherrscht reichte.

Nach ein paar Sekunden, die Liza wie Stunden anmuteten, schaute Thomas auf und Liza konnte mühelos auch dessen bestürzte Fassungslosigkeit erkennen. War vorher nur Liza bleich gewesen, so war aus den Gesichtern der beiden jetzt ebenso alle Farbe gewichen.

„Was ist denn? Was haben Sie denn?“, flüsterte Liza angstvoll.

Thomas ging wortlos zum Wandschrank, in dem gegenwärtig alle aktuellen Asservate dieses Falles aufbewahrt wurden.
Bedächtig schloss er die Tür auf, entnahm ihm das Kreuz vom Tatort und legte es vor Liza auf den Tisch, wobei er mit dem Zeigefinger auf eine feingeschliffene Gravur deutete.

„Hier. Sehen Sie? E·T·! Genau wie bei Ihrem Kreuz.“

Wie zum Beweis legte er Lizas Kreuz direkt daneben.
Liza musste gar nicht hinsehen. Ihre Ahnung hatte sie also von Anfang an nicht getrogen. Jetzt, da sie endlich Gewissheit hatte, hatte sie das Gefühl, eigenartigerweise plötzlich stärker geworden zu sein. Ihr Gesicht war zwar beängstigend blass, aber ihre Stimme klang fest und fast schon gespenstisch ruhig, als sie Anitas Kreuz, oder was sie dafür hielten, hochnahm und mit dem Finger vorsichtig über die zarten Initialen strich.

„E·T· Meine Mutter hat mir nie verraten, für welchen Namen diese Buchstaben stehen. Sie meinte nur, es wäre für mich besser, wenn ich es nicht wüsste.“

Es ist geradezu unglaublich, wie dröhnend laut Stille manchmal sein kann, ging es Thomas irrwitziger Weise durch den Kopf.
Paul räusperte sich endlich krampfhaft und durchbrach das

bleierne Schweigen.

„Wissen Sie vielleicht, ob Ihre Mutter mehrere solcher Kreuze hatte? Ob sie eventuell welche verschenkt hat?“
Paul schaute sie dabei geradezu bittend an, als hoffe er, von ihr eine sehr einfache Erklärung dafür geliefert zu bekommen. Liza schüttelte jedoch bedauernd den Kopf.

„Nein, tut mir wirklich leid, aber … nein. Dieses Kreuz war meiner Mutter immer heilig. Ich weiß nur, dass es immer den weiblichen Nachkommen in ihrer Familie weitergegeben wurde, und sie es von ihrer Mutter vererbt bekam. Solange ich mich erinnern kann, hatte sie es immer um ihren Hals hängen. Bis zuletzt hat sie es nicht aus der Hand gegeben. Kurz bevor sie starb, hat sie es mir dann in die Hände gedrückt. Sie sagte, es würde mich beschützen können. Ich habe damals gar nicht verstanden, was sie damit meinte. Ich weiß zwar immer noch nicht, wovor genau es mich beschützen soll, aber inzwischen habe ich begriffen, dass ich Schutz dringend brauche.“

„Was meinen Sie damit? Liza, was ist da los bei Ihnen?“
Thomas hatte sie an den Schultern gefasst und schüttelte sie leicht. Er wusste nicht, warum er plötzlich Sorge um diese junge Frau verspürte. Aber sie war da und verschwand auch nicht mehr.
Liza straffte sich und entschlossen erzählte sie den beiden von ihren Träumen, den blauen Flecken und Verletzungen, dem ständigen Gefühl, beobachtet zu werden, ohne dass sie jemals irgendetwas oder irgendwen hätte beobachten können. Sie schilderte ihre Angst, verrückt zu werden, weil es für all das sonst keine andere Erklärung zu geben schien.

„Und was ich noch nie jemandem erzählt habe … Nicht weil ich etwas zu verheimlichen hätte, nein, eher weil ich Angst habe, es auszusprechen, als würde es in diesem Augenblick erst wahr werden. Und es darf einfach nicht wahr sein, verstehen Sie?“

„Was, Liza, was belastet Sie so? Raus damit. Sie werden sehen, dann wird es bestimmt leichter. Wenn Sie Ihre Ängste aussprechen, werden sie auch angreifbar, verstehen Sie mich? Denn nur, was man erkennt und versteht, kann man auch verändern. Also, was ist es denn? Vielleicht können wir Ihnen helfen."

Liza atmete tief durch.

Es kostete sie alle Kraft, sich gegen diesen inneren Widerstand, der ihr das Sprechen verbot, aufzubäumen und ihn in die Schranken zu weisen.

Sie begegnete den aufmunternden Blicken dieser beiden Polizisten, in denen sie deutlich eine versteckte Besorgnis lesen konnte. Es war diese sorgenvolle Anteilnahme, die sie bei den Männern spürte, die sie ihren still ausgefochtenen Kampf in ihrem Innersten gewinnen ließ. Ihre Stimme war jedoch nur noch ein kaum hörbares Flüstern.

„Das, was mit Anita passiert ist, habe ich schon einmal erlebt …" Kurz stockte sie, dann gewannen ihre Worte aber deutlich an Kraft. „Sie hieß Michaela. Ich habe während meines Studiums in Regensburg mit ihr und noch zwei anderen Studenten zusammengewohnt."

Paul nickte ungeduldig.

„Ja, das wissen wir bereits."

Lizas Kopf zuckte hoch. Fragend schaute sie nur Thomas an. Dieser lachte leise und beantwortete ihre unausgesprochene Frage.

„Wir machen auch unsere Hausaufgaben, wissen Sie? Aber fahren Sie fort. Da gibt es doch noch was, nicht wahr?"

Liza senkte ihren Kopf wieder. Es fiel ihr leichter zu sprechen, wenn sie den Blick starr auf ihre Füße gerichtet hielt.

„Michaela hatte heimlich was mit meinem Freund, der auch in unserer Wohngemeinschaft lebte, angefangen. Deshalb ging auch unsere Beziehung auseinander, weil ich die beiden dabei überrascht hatte, als sie miteinander im Bett lagen. Ich bin damals wütend und voller Hass auf die beiden ausgezogen und … Nun ja, es dauerte keine Woche, als Michaela plötzlich verschwand. Man hat sie dann kurz darauf tot aufgefunden, verbrannt, genau wie jetzt Anita. Mein Exfreund hatte gleich nach ihrem Verschwinden eine Vermisstenanzeige aufgegeben und ein DNA-Abgleich ergab dann, dass es sich bei der Toten um Michaela handelte. Und auch mein Exfreund war plötzlich, nicht lange danach, einfach weg, so als hätte er sich spurlos in Luft aufgelöst. Das ist aber noch nicht alles. Im Laufe meines Lebens verschwanden immer wieder Menschen, die mir sehr wichtig waren oder auf die ich irgendwann mal böse gewesen bin. Ich hatte zum Beispiel in Regensburg zwei Freundinnen, die einfach mir nichts, dir nichts von ein auf den anderen Tag verschwanden. Kurz davor hatten wir uns noch sehr ernsthaft gestritten, sie hatten mich belogen und ich … Bis heute weiß ich nicht, was aus ihnen geworden ist, warum sie einfach verschwunden sind. Immer wenn ich wütend, traurig oder auch einfach nur glücklich war, ist dasselbe passiert. Als wäre ich schuld, weil ich einfach nicht nett genug zu ihnen war oder mein Glück nicht verdient habe. Einfach weg."

Aus Lizas Augen tropften Tränen und kullerten über ihre Backen, bis sie durch ihren salzigen Geschmack realisierte, dass sie zu weinen begonnen hatte. Paul reichte ihr schnell sein Taschentuch, mit dem sie sich die Tränen wegwischte. „Selbst meinen Vater habe ich nie mehr wiedergesehen. Kein Mensch weiß, was mit ihm eigentlich passiert ist. Er hat mich einfach alleingelassen. Ich habe mich immer gefragt, was ich bloß falsch gemacht habe. Ob ich schuld daran bin, ob es an mir liegt, ob ich anderen Menschen einfach nur Unglück und Tod bringe."

Jetzt, wo es endlich ausgesprochen war, konnte Liza weinen, ohne dass ihr die Angst und Panik wie Blei in allen Gliedern hing und jeden Schritt so unendlich schwermachte, sodass sie am liebsten oftmals nur liegengeblieben und nie mehr wieder aufgestanden wäre. Je mehr die Tränen aus ihr herausströmten, desto leichter wurde es ihr im Herzen.

Paul und Thomas ließen ihr schweigend Zeit, sich zu fassen. Als Lizas Tränen versiegt waren, tröstete Thomas sie mit überzeugender Stimme.

„Was Sie uns jetzt erzählt haben, ist wirklich wahnsinnig wichtig, Liza. Sie haben ganz sicher überhaupt keine Schuld an irgendetwas. Glauben Sie mir, den Grund für all das werden wir herausfinden. Und dann werden Sie erkennen, wie alles zusammenhängt, warum das alles geschehen ist und dass Sie nichts, aber wirklich auch rein gar nichts daran hätten ändern können. Wollen Sie versuchen, mir das zu glauben und mir und meinem Kollegen vertrauen? Ja? Na, sehen Sie. Sicher werden Sie uns bei dem ein oder anderen noch helfen können. Wollen Sie das tun, Liza? Sie müssen uns immer, wenn Ihnen irgendetwas seltsam vorkommt, ganz egal, was es ist, sofort informieren, okay?“ Heftig schniefend nickte Liza bei jeder seiner Fragen. „Überlegen Sie doch nochmal, ist Ihnen speziell bei Anita vielleicht irgendetwas aufgefallen? Jede Kleinigkeit könnte wichtig sein.“

Liza überlegte angestrengt und schüttelte dann den Kopf.

„Nein. Eigentlich nicht, allerdings …“

„Ja?“, bohrte Paul sofort nach.

„In letzter Zeit hat sie sich wohl öfter mit ihrem Freund gestritten. Ich habe es ein paarmal am Telefon im Büro mitgekriegt. Sie hat sich immer über seine Eifersucht lustig gemacht. Und manchmal ist sie einfach verschwunden, hat sich mit Überstunden herausgeredet, die sie aber nie gemacht hat. Mehr weiß ich wirklich nicht.“

„Gut. Das war schon eine ganze Menge für heute. Wir werden uns sicher morgen nochmal unterhalten müssen. Aber jetzt ruhen Sie sich erst einmal ein bisschen aus. Es tut uns leid, dass wir Sie so aufregen mussten. Versprechen Sie uns, dass Sie sich an uns wenden, wenn irgendetwas sein sollte? Ich gebe Ihnen vorsichtshalber noch unsere Handynummer mit, falls Sie uns im Büro nicht erreichen. Und wie ist Ihre Telefonnummer, Liza? Am besten dürfte sein, wenn Sie mir beide geben, Ihre Festnetz- und die Mobilnummer.“

Thomas reichte ihr seine und Pauls Karte und speicherte sich Lizas Nummern sofort in sein eigenes Handy ein. Liza nahm die Karten dankbar entgegen und ging dann deutlich leichteren Herzens, als sie gekommen war.

„Alle Wetter“, entfuhr es Paul wider Willen. Thomas rieb sich seine müden Augen.

„Allerdings. Wow! Was sagt man dazu?“

„Ich würde sagen, es bedeutet auf jeden Fall einen

Haufen Arbeit. Ich wollte sie genau wie du nicht sofort mit weiteren Fragen bedrängen. Aber wie du schon gesagt hast, wir werden morgen nochmal mit ihr sprechen müssen. Aber dafür genügt es, wenn ich sie zu Hause aufsuche. Wir brauchen unbedingt die Namen aller Personen aus ihrem Leben, die verschwunden sind. Und das Ganze fällt ihr möglicherweise in den eigenen vier Wänden leichter."
Gerührt sah Thomas seinen Kollegen an, der ihm trotz dieser sehr kurzen Zeit eigentlich schon fast ein Freund geworden war. Diese weiche Seite, die er von Anfang an in ihm erkannt hatte und welche nun so deutlich zum Vorschein kam, ließ ihn sich Paul noch näher und verbundener fühlen, als es in den letzten Tagen ohnehin schon der Fall war.
Paul räusperte sich, bevor er dann grimmig weitersprach. „Fürs Erste skizziere ich uns zunächst mal die sich abzeichnenden Verbindungen. Außerdem müsste jeden Moment eigentlich Anitas Freund hier auftauchen. Ich habe ihn gestern für heute einbestellt. Dank Lizas Informationen habe ich noch die eine oder andere Frage mehr an den jungen Mann."
Paul massierte sich geistesabwesend die Schläfen. Er hatte das Gefühl, als bohrten sich zig scharfe Messer in seinen Kopf. Während der Befragung von Liza hatten seine Kopfschmerzen immer mehr zugenommen und waren mittlerweile unerträglich geworden, was Thomas nicht verborgen blieb.

„Soll ich seine Befragung übernehmen? Du könntest dann daheim einmal in aller Ruhe über deinem, hmm, sagen wir, Beziehungsgeflecht brüten. Außerdem habe ich das Gefühl, dass dir … etwas Ruhe ganz guttun würde. Was meinst du?"
Paul hörte die Sorge, die sein Kollege zwar nicht direkt aussprach, die er sich aber um Paul zu machen schien, nur zu gut heraus.
Hätte ihn dies noch vor wenigen Tagen bestimmt nur grantig und sehr abweisend reagieren lassen, so merkte er zu seiner Verwunderung, wie gut ihm Thomas' Anteilnahme und dessen sehr persönliches Interesse mit einem Mal tat.
Gewöhne dich bloß nicht dran, ermahnte er sich, bald wird er

wieder weg sein. Du weißt doch, was man nicht besitzt, kann man auch nicht verlieren. Und doch ertappte er sich dabei, dass er so nicht mehr länger denken wollte.
Leicht verunsichert unterbrach Thomas Pauls Schweigen. „Entschuldige, ich wollte dir nicht …“

„Nein, nein. Im Gegenteil. Du tätest mir tatsächlich einen Riesengefallen. Ich habe ohnehin so ein Gefühl, als könnten diese ganzen Verbindungen zwischen Lizas verschwundenen Freunden und Bekannten ungeheuer wichtig sein. Wenn wir nur erst die Hintergründe durchschaut haben, dann haben wir auch das Motiv, könnte ich mir gut vorstellen. Sagt mir mein Bauchgefühl. Ha, ich habe nicht einmal gewusst, dass ich so was habe.“

„Dafür ist es aber ganz schön aktiv, aber hallo!“
Paul grinste trotz seines fürchterlichen Kopfwehs breit über das ganze Gesicht.

„Weißt du was? Ich fahr jetzt wirklich heim, greif mir dort Papier und Stift und schau mal, was ich zustande bringe. Wenn du mit dem jungen Mann hier fertig bist, hihi, kommst du nach. Dann gehen wir noch zu meinem Lieblings-Italiener. Ich denke, das haben wir uns heute verdient. Und ein klein wenig Entspannung kann unseren grauen Zellen bestimmt auch nicht schaden.“

„Klasse Idee, Paul. Dann werde ich nachher mal unserem jungen Freund ein bisschen auf den Zahn fühlen.“
Paul stand auf, griff sich seinen Notizblock, auf dem er sich während des Gesprächs mit Liza alle Namen und Orte notiert hatte, und war auch schon verschwunden.

Thomas sah ihm nachdenklich nach, streckte die Beine aus und harrte der Dinge, die da noch kommen sollten.

✝

Als Liza am späten Nachmittag im Jugendamt ankam, nachdem sie zuvor noch ewig lang im Park gesessen war, um sich notdürftig zu sammeln, konnte sie schon von weitem eine ärgerliche, weibliche Stimme hören, die gedämpft aus Fritz' Büro zu ihr in den Flur herausdrang.

Sie blieb stehen und lauschte angestrengt.

„Ganz ehrlich. Ich bin wirklich von Ihnen allen hier mehr als nur enttäuscht. Da überträgt man Ihnen einmal ein bisschen Verantwortung und schon geht alles drunter und drüber. Sie kriegen den Mund nicht auf, als wären Sie von einem Tag auf den anderen stumm geworden, die andere ist gleich überhaupt nicht da. Und das Schlimmste von allem ist, dass Sie und Frau Ricker offensichtlich Ihrer Arbeit nicht nachkommen."

Das hatte ihr nun gerade noch gefehlt. Ausgerechnet jetzt, wo sie einfach während der Bürozeiten weggeblieben war. Das war eindeutig die Stimme ihrer obersten Vorgesetzten. Die war für einige Monate in die Zentrale nach Regen abberufen worden und hatte für diese Zeit Fritz Brenner die Verantwortung für den laufenden Betrieb in Zwiesel übertragen. Weshalb auch immer sie so unvermutet plötzlich hier wieder aufgetaucht war, jetzt stand sie zweifellos leibhaftig in seinem Büro.

Na super, ging es Liza durch den Kopf. Nicht nur, dass ich jetzt schon wieder in die Höhle des Löwen muss, jetzt kann ich mich gleich auch noch vor der Michaelsen rechtfertigen. Das kann ja heiter werden.

Als hätte ihr der Tag bis jetzt nicht ohnehin schon gereicht. Aber es half nicht. Je früher sie sich dieser Frau und … tja, auch Fritz stellte, desto schneller hatte sie es hinter sich.

„Auf in den Kampf also", sprach sie sich leise und nicht ohne

eine gehörige Portion Galgenhumor Mut zu.
Sie klopfte betont selbstbewusst gegen die Tür und das Geschimpfe dahinter verstummte schlagartig.

„Herein“, ertönte eine tiefe Stimme und Liza öffnete schwungvoll die Tür.
Fritz blickte ihr kalt entgegen, sodass ihre frisch gewonnene Zuversicht gleich einen ersten, gehörigen Dämpfer erhielt. Der zweite folgte prompt.

„Ach, Frau Ricker. Sie beehren uns doch noch mit Ihrer Anwesenheit? Wie schön“, flötete ihre Chefin in gefährlich süßem Ton.

„Äh, tut mir leid, Frau Michaelsen. Es hat bei der Polizei viel länger als erwartet gedauert. Ich bin zwar extra in meiner Mittagspause hingegangen, aber, wie gesagt …“
Bei dem Wort Polizei weiteten sich Fritz' Augen, dann schlug er sie nieder, offensichtlich sehr bemüht, seine Reaktion vor ihr zu verbergen.

„Polizei!“ Die Frau spuckte dieses Wort aus, als hätte sie versehentlich einen Löffel Salz statt Zucker erwischt. „Das ist das Nächste! Die Dritte im Bunde hat nichts Besseres zu tun, als sich umbringen zu lassen. Ein tolles Bild, das wir hier abgeben, ich muss schon sagen.“
Liza war es zwar gewohnt, dass ihre Chefin mit dem Begriff Empathie eher auf dem Kriegsfuß stand, aber das schlug nun doch dem Fass den Boden aus. Noch ehe sie jedoch darauf irgendetwas erwidern konnte, holte Frau Michaelsen weiter aus. „Und was hat es überhaupt mit dieser Familie Seidl auf sich? Mir wurde nämlich zur Kenntnis gebracht, dass sich das Jugendamt geradezu fahrlässig in dieser Angelegenheit verhält. Es heißt, dass Sie sich nicht darum kümmern, obwohl Sie eindeutige Informationen bekommen hätten, dass es in dieser Familie zu Misshandlungen von Kindern und weiß Gott was sonst noch kommt. Wer von Ihnen beiden ist dafür denn zuständig?“
Fritz und Liza schauten sich bei dieser Frage zwangsläufig gegenseitig an. Fritz schwieg.
Das ist echt die Höhe, dachte Liza erbost. Er weiß genau, dass

nach dem Alphabet dieser Fall eigentlich der seinige ist. Und jetzt lässt er es an mir hängen, obwohl er weiß, dass ich nur Anita einen Gefallen getan habe.
Gerade als sie die Angelegenheit richtigstellen wollte, kam ihr Fritz aber leider zuvor und antwortete auf die Frage seiner Vorgesetzten.

„Es ist jetzt Frau Rickers Fall. Sie hat sich bisher darum gekümmert. Eigentlich wäre es der Ordnung halber in meinen Verantwortungsbereich gefallen, aber Frau Ricker hat sich gleich zu Beginn der Sache angenommen. Deshalb finde ich, dass wir es aus diesem Grunde auch besser dabei belassen sollten. Schließlich kennt die Familie sie schon. Ich selbst habe zurzeit einige andere, dringende Angelegenheiten. Soviel ich weiß, ist es bei Frau Ricker zurzeit deutlich ruhiger."
Dabei lächelte er ihr spöttisch zu.
Liza war sprachlos. Sie war über seine neue Gemeinheit derart entsetzt, dass es ihr schlichtweg nicht möglich war zu kontern. Ihre Chefin drehte sich ihr zu und zischte mehr, als dass sie sprach.

„In Ihr Büro, sofort!" und ging Liza zielstrebig voraus. Liza warf Fritz einen letzten traurigen und verständnislosen Blick zu und folgte ihr dann widerwillig.
Frau Michaelsen marschierte in Lizas Reich und nahm als Erstes ihren Stuhl in Beschlag, sodass Liza nichts anderes übrigblieb, als vor ihr stehenzubleiben. Sie stand da wie ein kleines Schulmädchen, dem die Leviten gelesen werden, ohne dass es Gelegenheit bekommen hätte, sich zu erklären. „Nun, was ist da los? Aber in aller Ausführlichkeit, wenn ich bitten darf."
Nicht zum ersten Mal wünschte Liza sich diese Frau auf den Mond.

„Bisher habe ich ausschließlich einen anonymen Hinweis darauf, dass in dieser Familie etwas nicht in Ordnung sein soll. Sie wissen, was in der Regel von anonymen Anzeigen zu halten ist? Trotzdem bin ich gleich am nächsten Tag hingefahren, um mir einen persönlichen Eindruck zu verschaffen. Einen Tag später hat mich Kollege Brenner zu einem zweiten Besuch bei der Familie begleitet. Übereinstimmend kamen wir zu dem Schluss, dass nichts Auffälliges zu erkennen war. Trotzdem wollten wir weiter ein Auge darauf haben. Aber durch den …“, sie stockte kurz, „den Tod von Anita ging es etwas drunter und drüber. Deshalb bin ich bisher nicht dazu gekommen, noch einmal bei der Familie vorbeizuschauen.“

Liza schwieg.

Frau Michaelsen beobachtete sie scharf. Als sie aber weiter nichts Verdächtiges an Lizas Benehmen erkennen konnte, ganz offensichtlich schien diese doch kein schlechtes Gewissen zu haben, als wäre Frau Michaelsen jemals in der Lage, derlei subtile Gefühle bei anderen überhaupt wahrzunehmen, winkte sie nur genervt ab.

„Schon gut. Aber gleich morgen kümmern Sie sich wieder darum, verstanden? Jedenfalls bin ich ab sofort wieder hier und werde die nächste Zeit ein wachsames Auge auf Sie haben. Was ist überhaupt zwischen Herrn Brenner und Ihnen los?“

Überrascht, dass ihre Chefin etwas gemerkt zu haben schien, starrte Liza sie verdutzt an.

„Wie meinen Sie das? Nichts! Nichts, was mir aufgefallen wäre.“

„Na, da hat sich aber Ihr Kollege vorhin anders über Sie geäußert. Er hat mich gebeten, dass ich entweder ihn oder Sie versetzen soll. Er meinte, dass er Sie für zu jung für solch einen verantwortungsvollen Posten hält, jetzt wo Sie doch Anita nicht mehr als Unterstützung zur Seite haben, und dass deshalb auch entsprechend Mehrarbeit bei ihm lande. Dadurch könnte auch die Qualität seiner eigenen Arbeit leiden und er sei nicht länger gewillt, Ihre Fehler, so nannte er es wohl, auszubügeln mit dem Risiko, durch diese Mehrbelastung womöglich selbst noch etwas zu übersehen. Ich kann dazu jedenfalls nur sagen, dass ich ihn hier ganz sicher nicht entbehren kann und will. Also, entweder regeln Sie das untereinander oder Sie müssen sich was anderes suchen. Haben wir uns da verstanden?“

Wie vom Donner gerührt stand Liza da und wusste nicht, wie ihr geschah. Und zum ersten Mal seit diesem furchtbaren

Moment in Cornelius' Wohnung stieg in ihr kalte Wut hoch. Sie nickte ihrer Chefin nur zu, da es nichts mehr dazu zu sagen gab. Diese erhob sich. „Nun, ich habe jetzt jedenfalls noch etwas anderes zu tun. Schließlich bin ich schnurstracks hierher ins Amt gefahren. Jetzt muss ich mich endlich um meine Wohnung kümmern und einkaufen gehen. Wir sehen uns dann morgen. Dann besprechen wir die weitere Vorgehensweise."
Sie zog sich ihren knielangen Rock gerade, richtete den Kragen ihrer Bluse und stolzierte aus Lizas Büro hinaus in die Sonne, die ganz langsam begann, mit ihrer frühabendlichen Milde die beinahe unerträgliche Hitze des Tages vergessen zu machen und einen dieser lauen Abende einzuläuten, von denen man sich bis weit in die Nacht hinein nicht zu trennen vermochte.
Liza dagegen war meilenweit von irgendeiner Milde oder der gewöhnlichen Sanftheit ihres Wesens entfernt. Am liebsten hätte sie Fritz eins mit ihrer Handtasche übergezogen, die sie noch immer ganz verkrampft in Händen hielt. Und bevor sie es sich noch einmal anders überlegen konnte, rannte sie auch schon wutschnaubend zu Fritz ins Zimmer nebenan.
Ohne anzuklopfen, riss sie die Tür auf und stürmte in sein Zimmer hinein.

„Ka…"

„Halt bloß deine Klappe, du blödes Arschloch!", schrie Liza und knallte wie schon einmal ihre Tasche auf den Tisch. „Sei froh, dass ich sie dir nicht auf der Stelle über deinen dämlichen Schädel haue, du Idiot."

„Aber, aber, wer wird sich denn so echauffieren?", grinste Fritz und lehnte sich stillvergnügt zurück. „Ich durfte deine wilde Leidenschaft durchaus schon kennenlernen, aber anders war sie mir, na sagen wir mal, angenehmer. Hat es dir dein Cornelius nicht genügend besorgt, dass du jetzt so aus der Fassung gerätst? Na, wenn das so ist, du kennst die Couch doch noch. Wenn du mich ganz lieb bittest, wäre ich vielleicht nicht abgeneigt." Liza wurde tiefrot, als sie sich dermaßen beleidigt sah. Fritz lachte schallend, als er ihre aufsteigende Röte sah. „Also wirklich, sag bloß, du schämst dich? Das allerdings ist mir neu. Wie jetzt das? Schämst du dich jetzt, weil du nicht genug von mir bekommen konntest oder dass du hinter meinem Rücken zu Cornelius ins Bettchen gehüpft bist? Sei froh, dass ich Frau Michaelsen nicht erzählt habe, wie du dich an mich herangemacht hast und dass dir einer allein ganz offensichtlich nicht reicht. Ach übrigens, Herr Seidl hat auch schon ein Auge auf dich geworfen, wie ich bemerkt habe. Wäre das nicht auch noch was für dich? Du wirst ihn ja bald schon wiedersehen. Der wird sich sicher freuen, wenn du mit ihm ins Bett springst. Vielleicht erzählt er dir dann sogar, was in seiner Familie los ist, wenn du ihm den Kopf nur genügend verdreht hast. Das dürfte einer Schlampe wie dir nicht schwerfallen, oder?“

Liza konnte ihn im ersten Moment nur noch wortlos anstarren.

„Du hast recht, Fritz. Einer von uns beiden muss gehen und glaub mir, derjenige werde nicht ich sein. Du hast keine Ahnung, wie leidenschaftlich ich sein kann. Du wirst es noch erfahren. Zieh dich warm an, Fritz.“

Mit diesen Worten ließ sie einen einigermaßen sprachlosen und fürs Erste schachmatt gesetzten Fritz zurück.

✞

Anderlech hatte sich zwei Schmerztabletten eingeworfen, ein kurzes Nickerchen gemacht und sich später dann mit einer großen Tasse Tee in sein Arbeitszimmer zurückgezogen.
Normalerweise gehörte Tee nicht gerade zu seinen Favoriten an Getränken. Und auch nicht unbedingt ausgerechnet dann, wenn es draußen tagsüber über dreißig Grad im Schatten hatte. Aber heute war alles anders.
Schwitzen und Frieren hatten sich schon den ganzen Tag über ganz munter bei ihm abgewechselt und momentan war ihm dringend danach, dass ihn die heiße Flüssigkeit von innen heraus wärmte. Und da gab es für ihn nichts Besseres als seine bevorzugte Teemischung, die die süße Frucht von Orange mit der herben Frische der Minze geradezu perfekt miteinander kombinierte.
Dank seiner bewährten Tabletten und einem ausgiebigen Nickerchen waren inzwischen auch seine Kopfschmerzen völlig verschwunden und so beugte er sich mit neuem Elan über seine Notizen und legte ein leeres Blatt Papier daneben.

Nachdem er zunächst andauernd nur leere Kugelschreiber erwischt hatte, weiß der Teufel, warum ihm dies ständig passierte, griff er schließlich leise fluchend nach einem Bleistift, spitzte ihn umständlich und begann endlich, stichpunktartig zusammenzufassen, was sie bisher alles in Erfahrung gebracht hatten.

Darmstadt:	1987	1 tote Frau ??	Liza geb. 29.7.87
	1989	1 tote Frau = Angelika Müller	Liza ist 2 Jahre
Innsbruck	1989 -1998	4 tote Frauen ??	L.=2–11 Jahre alt
		1 toter Mann ??	
Linz	1998	1 tote Frau = Franziska Merle	Liza ist 11 Jahre
	1998	1 toter Mann ??	
Passau	1999-2005	2 tote Frauen ??	L.=12–18 Jahre alt
Regensburg	2006	1 tote Frau ??	L.= 19– 22 Jahre alt
	2008	Tote ist Michaela Stoiber	ist Lizas Freundin
	2008	1 toter Mann ??	
Zwiesel:	2011	1 tote Frau = Anita Bauer	ist Kollegin von Liza Liza ist 23 Jahre alt

Wie passen da die verschwundenen Personen hinein?
Anderlech betrachtete das Stück Papier, auf welches er die bisherigen Erkenntnisse fein säuberlich zusammengetragen hatte.

„Nicht wirklich viel“, brummte er. „Wir treten auf der Stelle, Himmel Kruzitürken!“

„Nicht fluchen!“, ermahnte es ihn da von hinten. „Wie geht’s eigentlich deinem Kopf?“
Da war er doch tatsächlich so konzentriert gewesen, dass er es glatt völlig überhört hatte, wie Thomas heimgekommen war.

„Woher weißt du denn, dass ich Kop…? Egal … Na, ist doch wahr, es ist einfach nur zum Verzweifeln. Am Freitag wurde die Frau gefunden. Heute ist Mittwoch und wir haben nichts, überhaupt gar nichts!“

„So würde ich das aber nicht sagen, alter Freund. Wenn ich mir da deinen Zettel so ansehe, dann fehlen nur noch die wenigen Informationen zu den verschwundenen Personen, die uns Liza morgen geben wird. Ich bin mir absolut sicher, dass in unserem Kopf danach ein rotes Licht aufgehen wird, ein sehr, sehr rotes! Und ein bisschen was habe ich auch noch, was wir gleich dazu schreiben können.“

Paul hätte den Nachsatz beinahe überhört, so sehr war er an Thomas' *alter Freund* klebengeblieben.

Bei diesen einfach nur leicht dahingeworfenen Wörtern hatte er plötzlich und ohne jede Vorwarnung tief in sich einen Verlustschmerz, nicht nur jenen wegen seines toten Freundes Fred, mit einer derart erschütternden Wucht gespürt, dass er seine Tränen nur mit Mühe hatte zurückhalten können.

Gleichzeitig, und er konnte nicht einmal sagen, was dabei stärker in ihm wühlte, verspürte er auf einmal eine solche Sehnsucht nach zwischenmenschlicher Zuneigung, Nähe und Vertrauen, wie er es in seinen ganzen fünfundvierzig Jahren nicht gekannt hatte. Er hatte bis zu diesem Moment nicht gewusst, wie sehr ihm das tatsächlich fehlte.

Die meiste Zeit seines Lebens hatte er damit verbracht, jedes auch nur annähernde Gefühl gar nicht erst hochkommen zu lassen, geschweige denn, es zuzulassen.

Hinter seiner Mauer von Professionalität, Distanziertheit und Schweigsamkeit hatte er ein sicheres, aber sehr einsames Leben geführt.

Der viel zu frühe Tod seines vergötterten Vaters, als er noch ein kleiner Junge war, der Verrat seiner Frau, der Verlust seines Kindes und dann auch noch die tödliche Krankheit seines einzigen Freundes Fred hatten ihn am Leben verzweifeln lassen. Ein Leben, das ihm mit dem plötzlichen Tod seines heißgeliebten Vaters schon als Kind völlig aus den Fugen geraten war.

Voller Misstrauen witterte er hinter jeder Freundlichkeit nur Absicht, hinter jeder Teilnahme gnädiges Mitleid.

Die letzten Tage, vor allem aber diese sehr intensiv erlebte Zeit mit Thomas, dessen beängstigendes Einfühlungsvermögen und besonders dessen ehrliche, vorbehaltlose Zuneigung, die er ihm, Paul, jeden Tag wieder aufs Neue zeigte, hatten seine Schutzmauer zum Einstürzen gebracht und er fühlte sich wie einst als Kind, als er nichts anderes gewollt hatte, als mit seinem geliebten, aber häufig abwesenden Vater zusammen zu sein. Als ihm sein Vater damals dann für immer genommen worden war, war mit ihm auch jedes Gefühl gestorben.
Mit Thomas war es jetzt auf einmal zurückgekehrt und damit auch die Hoffnung und der Wunsch nach Freundschaft und menschlicher Nähe aber gleichzeitig eben auch diese Angst vor Enttäuschung.
Bemüht, sich vor seinem Kollegen nichts anmerken zu lassen, hatte er tapfer vorgeschützt, auf sein Notizblatt zu schauen. Nachdem er endlich mühsam seine Fassung wiedergefunden hatte, vergewisserte er sich, ob er richtig gehört hatte.

„Du hast also was gefunden? Worüber hat er denn so alles geplaudert, unser junger Freund? Hat scheinbar doch noch sehr lange gedauert.“
Paul schaute auf die Uhr. Inzwischen war es bereits Abend geworden.
Thomas, in Gedanken noch ganz bei der eben erst vorhin zu Ende gegangenen Vernehmung, hatte anscheinend nichts von alledem, was hinter Pauls Stirn vorgegangen war, bemerkt.

„Alex Schwarz, siebenundzwanzig Jahre, Automechaniker bei der Werkstatt Meyer hier in Zwiesel, war mit Anita seit einem Jahr zusammen. Übrigens ein ganz attraktiver Bursche, ein bisschen einfach gestrickt aber nicht unsympathisch. Nach ein paar Minuten hatte ich ihn so weit, dass er frei von der Leber weg ins Reden gekommen ist. Er gab zu, die letzte Zeit des Öfteren sehr eifersüchtig gewesen zu sein und, was er mir erzählt hat, wohl auch nicht ganz ohne Grund. Er hatte die starke Vermutung, dass seine Freundin heimlich was mit einem anderen Mann am Laufen hatte. Ständig Überstunden hier, nicht eingehaltene Vereinbarungen dort, dazu ihr aufgekratztes Wesen. Plötzlich hätte sie sich herausgeputzt, keine Ahnung, woher sie auf einmal so viel Geld für all die Neuanschaffungen herhatte, und das alles bestimmt nicht wegen ihm, so wenig, wie er sie noch zu Gesicht bekommen hätte. Gestritten hätten sie sich deshalb immer häufiger. Allerdings hatte ich nicht den Eindruck, dass er irgendeiner Fliege was zuleide tun könnte. Ein Motiv könnte man schon finden, wenn man unbedingt wollte, aber … Niemals hätte er sie doch auf diese Weise umgebracht, oder? Dann wohl doch schon eher im Affekt erstochen, erwürgt oder erschlagen, was weiß ich. Ich bin überzeugt, dass er mir auf die Frage, ob sich sein Verdacht jemals als richtig herausgestellt hätte, die Wahrheit gesagt hat. Er meinte, nein, bis zum Schluss nicht. Am Ende wurde er ein wenig weinerlich und bezichtigte sich tatsächlich selbst, viel zu misstrauisch gewesen zu sein und seine Anita nicht mehr um Verzeihung bitten zu können."

Paul musterte Thomas unauffällig.

Er konnte sich den Verlauf dieses Gesprächs nur allzu gut vorstellen, war ihm doch schon bei seinem eigenen Team und auch bei Liza aufgefallen, wie schnell es Thomas mit seinem überaus gewinnenden und empfindsamen Wesen gelang, dass ihm wildfremde Menschen fast sofort ein höchst erstaunliches Vertrauen und Sympathie entgegenbrachten. Ihm war es doch schließlich auch keinen Deut anders ergangen.

Aber es war nicht nur dessen warmherziges und charmantes Auftreten sondern auch seine Ehrlichkeit und seine wirklich außergewöhnliche Empathie, der man sich nicht entziehen konnte und wollte und die einem unweigerlich dazu brachte, in seiner Anwesenheit das Herz auf der Zunge zu tragen.

„Wir sollten also im erweiterten Umfeld von Anita Bauer unbedingt noch weiter nachforschen, Nachbarn und andere Freunde befragen, auch ihre Eltern, vielleicht hat sie ihnen gegenüber irgendetwas erwähnt. Leider hat sie kein Tagebuch geführt, es war weder im Jugendamt noch bei ihr zuhause was zu finden. Die Spurensicherung hat definitiv nichts entdeckt."

So selbstvergessen, wie Paul vor sich hinmurmelte, während er diese neue Information, *womöglich reicher, älterer Liebhaber von Anita?*, in seine Tabellenübersicht einbaute, war nicht auszumachen, ob er mit Thomas oder sich selbst redete. „Wir schicken gleich morgen noch ein paar Kollegen raus, um noch einmal mit Verwandten und Bekannten unseres Opfers zu reden, ob die über eine mögliche Liebschaft Kenntnis haben, ob ihnen irgendetwas diesbezüglich aufgefallen ist."

„Und wie sieht es jetzt mit unserem Italiener aus? Ehrlich gesagt, knurrt mir gewaltig der Magen."
Thomas sah Paul auffordernd an.

„Nachdem die blöde Pizza von gestern endlich verdaut scheint, spricht nichts dagegen", witzelte Paul und legte seine Notizen sorgsam in seine Aktentasche.

„Na, Gott sei Dank! Ich dachte schon, du bleibst heute den ganzen Abend über bei deinem Tee."
Thomas schüttelte es richtig, als er den leicht bräunlichen Schmierfilm, der sich über das längst kalt gewordene Getränk gelegt hatte, näher in Augenschein nahm. „Ich lade dich mal besser auf ein Glas Rotwein ein, macht angeblich rosigen Teint."

„Was soll das denn heißen?", empörte sich Paul gespielt.

„Das heißt, dass du etwas sehr blass um die Nase bist und dass es allerhöchste Zeit wird, dagegen etwas zu unternehmen. Also auf mit dir!"

„Alter Spinner!"
Feixend verließen sie Pauls Wohnung, um wenigstens einmal für einige Stunden ihre Zelte in einer anderen Umgebung aufzuschlagen, weit weg von Grausamkeit, Tod und diesem Schrecken menschlicher Abgründe.

A.D. MCCXXVII

Magister Konrad ist auf großer Mission. Dem Landgrafen muss und wird er jetzt seine ketzerischen Umtriebe nachweisen. Bedeutenden Personen hat er unter lautem Wehgeschrei endlich notwendiges Zeugnis darüber entlockt. Befriedigung huscht über sein Gesicht, da sie nur zu gerne und in kürzester Zeit vor ihm den heiligen Eid ablegten, dass der Graf mit dunklen Kräften, ja wohl gar mit dem Teufel selbst in einem Pakt stünde. Ja, ja, ganz gewiss, höchst verwerfliche Dinge gingen da vor sich, beeilten sie sich, ihm mit schmerzverzerrter Stimme zu versichern.

Mit diesen Aussagen und seinen Folterknechten im Gefolge lässt sich Konrad, getragen von göttlicher Huld, unverzüglich hinbringen, dort, wo der Machtbereich des Grafen alsbald schon enden wird.
Da erreicht ihn auf halbem Wege eine Botschaft, die ihn seinen Zug augenblicklich unterbrechen lässt:

Elizabeth hat sein Kind geboren!
Die Brust birst scheinbar ihm vor Erwartung.
Und doch ist es nur ein Mädchen.
Sein Gesicht verfinstert sich, als wäre die Nacht hereingebrochen. Er knirscht vor Enttäuschung laut mit den Zähnen und seine Augen werden schmal.
Seinen Knechten beginnt beinahe, das Herz zu sinken und sie schauen sich ängstlich an, ob einer von ihnen der nächste sei.
Aber Konrad sieht nichts und hört nichts, nur Elizabeths Unvollkommenheit beherrscht seine Gedanken.
Kein Hunger, keine Peitsche und auch nicht seine verzehrende Opferspende haben es bisher vermocht, ihr die lang und schmerzlich ersehnte Vollkommenheit zu schenken.
Er weiß in diesem Moment, dass die Zeit noch immer nicht gekommen ist, die er doch so ungeduldig erwartet.

So gebietet er, die Zeugen gegen den Grafen gut zu verwahren, damit jener nicht vor der Zeit gewarnt werde, und befiehlt die Umkehr. Auch daran ist sie schuld, sie wird es sühnen müssen.
Dass Elizabeth gerade erst vor wenigen Stunden niedergekommen ist, findet in ihm keinen milden

Aufschub.
Konrad eilt zurück ins Kloster, dem Obdach ihrer Schande, und befiehlt, ihm Elizabeth zu bringen.

„Sie ist schwach und liegt in ihrem Bette, gar unfähig sich zu erheben. Herr, es war eine schwere Geburt. Sie währte drei Tage, Tage unbeschreiblicher Schmerzen", wagt es eine junge Nonne, ihm zu erwidern.
Konrad schaut düster auf sie hinab.

„Nun denn, so bringt mich zu ihr!"

Er tritt ganz nahe an Elizabeth heran, so nahe, dass sie seine Verachtung schmecken kann.
Dann spuckt er ihr ins Gesicht und sie wagt es nicht, seinen klebrigen Speichel zu entfernen.
Das Kind ihrer Sünde sieht er nicht an.
Elizabeth schließt ihre zitternden Lider und als sie sie ängstlich wieder öffnet, ist Magister Konrad verschwunden.
Aber sie fühlt mit dunkler Gewissheit, dass er auf sie wartet.

✠

Lena war so schnell gelaufen, dass ihr kleines Herz pochte und hämmerte und ihr in den Ohren dröhnte. Nachdem sie den Zettel unter der Tür in Lizas Büro geschoben hatte, war sie davongerannt, als wäre der Teufel selbst hinter ihr her.

Es war ein diffuses, aber höchst alarmierendes Gefühl, mit dem sie am Morgen das Haus verlassen hatte.
Als sie frühmorgens gesehen hatte, dass die Unterhose ihrer kleinen Schwester blutig war und die Kleine offensichtlich ziemliche Schmerzen hatte, war sie zu Tode erschrocken. Ihr Vater hatte abgewiegelt. Mit den Worten, es sei sicher nichts Schlimmes, hatte er ihr strikt verboten, den Arzt zu rufen. Sie hatte keine Ahnung, was Katharina fehlte und was sie tun sollte, aber ihre Angst war so stark und so drängend, dass sie nach der Schule, ohne weiter zu überlegen, zum Jugendamt gerannt war und Liza spontan diesen Hilferuf, denn nichts anderes war es, hatte zukommen lassen.
Es war gewiss nicht nur das schnelle Laufen, das ihr Herz jetzt so jagen ließ. Kaum hatte sie es nämlich getan, hätte sie es am liebsten auch schon wieder rückgängig gemacht. Aber die Angst, von Liza entdeckt zu werden, machte ein Abwarten, ob die Frau überhaupt da war und sie vielleicht den Zettel unbemerkt einfach wieder an sich nehmen könnte, unmöglich. Und nun war da in ihr wieder diese Panik vor der nahenden Katastrophe. Sie mochte sich lieber nicht ausmalen, wie ihr Vater reagieren würde, wenn das Jugendamt erneut vor der Türe stand. Diese Furcht überlagerte plötzlich alles, selbst das Angstgefühl vom Morgen.
„So eine Scheiße. Das war nicht schlau, wirklich nicht schlau.

Aber nun ist es halt so. Weiß ja keiner, dass ich es war. Dann kann Papa mir auch nichts tun. Jetzt hilft es eh nicht mehr."
Diese Worte leise und monoton vor sich hinmurmelnd, schlug sie deutlich langsamer als zuvor den Heimweg ein. Mittlerweile war es schon vier Uhr und ihr Vater würde noch nicht zu Hause sein, Gott sei Dank, denn ihre späte Rückkehr hätte ihr heiße Ohren eingebracht, mindestens.
Daheim schaute sie als allererstes gleich nach Katharina. Aber das kleine Mädchen lag eingerollt auf ihrer Spieldecke und kämmte ihrer Puppe die Haare. Sie hob noch nicht einmal den Kopf, als sie ihre große Schwester kommen hörte. Seit Lena ihre Schwester nach der Schule von der Nachbarin abgeholt hatte und danach gleich wieder verschwunden war, lag die Kleine schon so da.
Lena schaute ihr eine Weile zu, als Katharina unvermittelt ihre Puppe zu schlagen begann. Dabei drohte sie ihr mit dem Zeigefinger und wackelte mit dem Kopf. So unvermittelt, wie sie damit begonnen hatte, so abrupt begann sie, sie wieder zu streicheln.
Lena wandte sich seufzend ab, ging in die Küche und fing an, mit den Töpfen und Schüsseln herumzuwerkeln. In einer halben Stunde musste das Essen fertig sein, da hatte sie keine Zeit, sich weiter um Katharina zu kümmern.
Als sie eben fertig war, drehte sich der Schlüssel im Schloss und Herr Seidl trat ein. Er schnupperte in die Luft und lobte Lena, was er so unter loben verstand.

„Na, geht doch, Mädchen. Was gibt's denn heute Gutes?"
Er schaute in die Töpfe, fuhr mit einem Finger hinein und schleckte ihn schmatzend ab. „Nicht schlecht, wirklich nicht übel. Da scheint dir deine Mutter doch mal was beigebracht zu haben." Gut aufgelegt drehte er sich zu Katharina um und schnippte ihr mit den Fingern zu. Katharina krabbelte auf ihre Beinchen und lief zu ihm. „Brav, meine Kleine. Ich glaube, du hast gestern was im Bett vergessen. Wollen wir zwei gleich mal zusammen nachschauen gehen?"
Verschwörerisch blinzelte er ihr zu.
Katharina blickte hilfesuchend zu ihrer Schwester, was diese

aber nicht bemerken konnte, da sie gerade emsig im Topf rührte. Der Vater nahm die Kleine bei der Hand und zog sie hinter sich her.
Die Schlafzimmertür schloss sich hinter ihnen und Lena begann wenig später, den Tisch zu decken und das Essen aufzutragen. Sie rief ihre Brüder, die sie am heutigen Tag zum ersten Mal zu Gesicht bekam.

„Wo bleiben denn die anderen zwei? Martin, holst du sie mal?"
Der ältere der beiden Jungen verzog das Gesicht.

„Muss das sein? Und was, wenn es ihm dann wieder nicht passt?"
Lena zuckte mit den Schultern.
Da hatten sie den Salat. Klopften sie und es war ihm nicht recht, gab es Ärger. Holten sie ihn nicht und sein Essen wurde kalt, gab es ihn erst recht. Sie entschied sich, ihm einfach nur Bescheid zu geben, dann konnte er es halten, wie er wollte, und so rief sie laut.

„Papa! Das Essen ist fertig!"
Ein paar Minuten blieb es still, dann öffnete sich die Tür.
Herr Seidl, hochrot im Gesicht und mit kleinen, glänzenden Schweißperlen auf der Stirn, trug Katharina auf dem Arm, die ihr Gesicht gegen seine Schulter presste.

„Ja, ja, wir sind ja schon da. Haben nur noch ein bisschen miteinander gespielt, nicht wahr, Katharina?" Aber die Kleine hielt den Kopf weiter versteckt. „Nun los, jetzt stell dich nicht so an. Ich weiß, dass du gerne weitergemacht hättest, aber gegessen werden muss auch."
Mit diesen Worten zerrte er das kleine Mädchen von seiner Schulter, gab ihm einen kleinen Klaps auf den Po und zwickte ihr vermeintlich spielerisch ins weiche Fleisch. Dann setzte er sie auf ihren Stuhl, schob ihn an den Tisch heran und wischte ihr mit der Serviette den Mund ab. „Und es wird aufgegessen, verstanden? Es steht keiner auf, bevor der Teller nicht leer ist."

„Aber …, es gibt Spinat und den mag ich doch nicht."
Anklagend schaute Andreas seine große Schwester an.

„Mensch, stimmt ja, tut mir leid, Andreas, das habe ich

total vergessen. Ich kann ihn doch essen und du nur die Kartoffeln?“

„Nichts da!“, erhob ihr Vater sofort die Stimme. „Jeder isst, was auf den Tisch kommt, du auch Andreas. Hast du mich verstanden?“

Der kleine Junge senkte den Kopf ein wenig und Lena konnte seine Augen feucht glänzen sehen. Ihr tat es unendlich leid, dass sie so gedankenlos gewesen war. Sie wusste doch genau, dass ihr kleiner Bruder Spinat auf den Teufel nicht ausstehen konnte. Aber durch die Achterbahn der Gefühle am heutigen Tag hatte sie einfach nicht mehr daran gedacht.

Sie war nur darauf fixiert gewesen, schnellstens etwas zum Essen zu zaubern, damit ihr Vater nur ja nicht merkte, dass sie zu spät nach Hause gekommen war. Und daher hatte sie nach dem Erstbesten, was ihr zwischen die Finger gekommen war, gegriffen. Und Spinat mit Kartoffeln ging einfach sehr schnell.

Als alle fertig waren, saß nur noch Andreas vor seinem Haufen Spinat, den ihm sein Vater zuvor auf den Teller geklatscht hatte. Flehentlich schaute er ihn an.

„Nichts da. Das wird aufgegessen. Bevor dein Teller nicht leer ist, stehst du auch nicht auf. Und wenn du die ganze Nacht dahockst.“

Andreas nahm seinen Löffel, fuhr damit in den Spinat und öffnete widerwillig seinen Mund. Mit zusammengekniffenen Augen schob er sich den Löffel hinein und würgte, schluckte und würgte noch mehr. Der Schweiß, oder waren es Tränen, lief ihm über das Gesicht. Da stand sein Vater auf, stellte sich neben ihn und packte den Löffel. „Los, Mund auf! Das werden wir ja sehen.“

Und so stopfte er Löffel für Löffel in Andreas' Mund, sodass der kaum mit dem Schlucken hinterherkam.

Nachdem der Teller geleert war, verzog sich Herr Seidl auf die Couch und fing an, die Nachrichten in seiner Zeitung zu studieren. Andreas, schneeweiß im Gesicht, rannte ins Bad und Lena hörte ihn kurz darauf würgen und spucken, als gäbe es kein Morgen mehr.

Sie klapperte absichtlich laut mit dem Geschirr, damit nur ja ihr Vater nichts davon bemerkte. Es wäre ihm sonst zuzutrauen gewesen, die Prozedur zu wiederholen. Abhärten nannte er das.
Blass, mit kaltem Schweiß auf der Stirn kam Andreas wieder herein. Da sah Herr Seidl von seiner Zeitung auf.

„Übrigens kommt eure Mutter in wenigen Tagen wieder zurück. Ich glaube, ich kann sie am Samstag abholen. Und jetzt will ich eure Hausaufgaben sehen."
Langsam blätterte er jedes der ihm gereichten Hefte durch.
Als er Martins Hausaufgaben durchsah, wurden seine Lippen schmal. Er stand auf, schickte die anderen hinaus und knöpfte sich seinen Zweitältesten vor. „Was soll das da sein?", fragte er scharf und, wie Martin wusste, rein rhetorisch gemeint.
Da dem nichts Vernünftiges einfiel, blieb er lieber stumm. Seine Erfahrung hatte ihn gelehrt, dass die Strafe weniger hart ausfiel, wenn er vorsichtshalber schwieg, als wenn er seinen Vater versehentlich durch falsch gewählte Worte zusätzlich reizte. Wenn er allerdings Pech hatte, dann brachte diesen ein Schweigen erst recht zum Explodieren. Reaktionen seines Vaters waren meist unberechenbar und unvorhersehbar.

Sein Vater zog den Gürtel aus den Hosenschlaufen.
Martin, der genau wusste, was jetzt folgen würde, drehte ihm bereits ergeben sein Hinterteil zu. Herr Seidl drückte ihn bäuchlings auf den Boden, zog ihm die Hose bis auf die Knie herab, schob sein T-Shirt nach oben und begann mit dem Gürtel derart auf Martins Po und Rücken einzudreschen, dass es eine wahre Freude war.
Martin schrie und schrie. Aber niemand erlöste ihn von den Schlägen seines Vaters. Seine Geschwister waren einfach nur heilfroh, dass es nicht sie getroffen hatte sondern Martin, wie das leider meistens der Fall war.
Endlich ließ sein Vater von ihm ab, warf den Gürtel auf den Tisch und grummelte.

„Und nun verschwindet ins Bett. Für heute will ich keinen mehr von euch sehen. Warum ihr mich aber auch immer dazu zwingen müsst. Und du hörst jetzt augenblicklich mit dem Plärren auf. Und diese Seite da schreibst du nochmal neu, verstanden? Komm mir bloß nicht mehr mit solch einem Geschmiere."

Martin stand mühsam auf. Rote, blutunterlaufene Striemen und offene Wunden bereiteten ihm beim Überziehen der Hose und seines Shirts weitere Qual und er versuchte krampfhaft, sein Weinen zu unterdrücken. Er schlich voller Schmerz und Hass zum Zähneputzen ins Bad.

Als seine Geschwister und er die allabendliche Waschprozedur hinter sich gebracht hatten und in ihren Betten lagen, verschwand auch der Vater mit Katharina auf dem Arm im elterlichen Schlafzimmer.

Schade, dachte er, nur noch drei Tage, dann habe ich die alte Heulsuse wieder neben mir liegen, obwohl … Eine richtige Frau kann zur Abwechslung auch nicht schaden.

Dann langte er zu dem kleinen Mädchen hinüber und zog es hart zu sich heran, während er ihr eisern den Mund zuhielt.

✞

Fritz saß immer noch genauso da, wie ihn Liza verlassen hatte. Nachdem die erste Verblüffung gewichen war, richtete er sich auf.
„Schau, schau. Da hat das Kätzchen doch glatt seine Krallen ausgefahren. Kaum zu glauben, das hätte ich ihr tatsächlich gar nicht zugetraut", murmelte er nachdenklich vor sich hin. Eigentlich hatte er schon vor langer Zeit gelernt, dass man niemanden unterschätzen sollte, aber bei Liza war es ihm jetzt schon wieder passiert.
Ihr sanftes Wesen, ihre fast scheue Zurückhaltung, die sie nur bei ihren Liebesspielen auf so überwältigende Weise abgestreift hatte, hatten ihn richtiggehend eingelullt. Er zweifelte nicht einen Augenblick daran, dass sie ihre Kampfansage ernst meinte.
Nun, sie würde schon sehen, was sie davon hatte. Hätte er sich bis jetzt noch damit begnügt, sie nur mit Geringschätzung und verbalen Beleidigungen dafür abzustrafen, dass sie mit ihm gespielt hatte, so war ihm das mittlerweile definitiv nicht mehr genug. Sie sollte ihn, wenn er mit ihr fertig war, anbetteln, dass er sie verschonen möge.
Und vielleicht, nur ganz vielleicht, würde er es sich dann noch einmal anders überlegen.

Ein Lächeln ging über sein Gesicht, das gar nichts mehr von dem jungenhaften Charme auswies, den es noch vor Kurzem besessen hatte.
In Gedanken bei seinem Schlachtplan irritierte ihn dennoch das leise Bedauern, das ihn dabei plötzlich überkam.

✝

Liza war wutschnaubend aus dem Jugendamt gestürmt. Eigentlich hätte sie noch einen Besuchstermin mit der Familie Seidl abstimmen sollen, aber ihre Empörung ließ ihr für ihre Arbeit keinen Raum mehr. Jetzt wollte sie nur noch zu Cornelius, sich in seine starken Arme flüchten und sich von ihm für die erlittene Schmach trösten lassen.

So lief sie trotz der immer noch sehr warmen Temperaturen so schnell, wie es ihr nur möglich war, die Straßen entlang.
Je mehr sie dabei wieder das Gefühl überkam, beobachtet zu werden, desto schneller wurden ihre Schritte. Sie konnte dieses unbehagliche Gefühl, beschattet zu werden, nicht abschütteln und blickte vorbeieilenden Passanten forschend ins Gesicht. Aber da war niemand, nichts und dennoch war sie sich mittlerweile absolut sicher, dass irgendjemand seinen Blick auf sie gerichtet hielt.
Mittlerweile war sie bei ihrem Wohnhaus angelangt, rannte die wenigen Treppen ins Hochparterre hinauf und klingelte an Cornelius' Tür. Zu ihrer maßlosen Enttäuschung jedoch rührte sich drinnen nichts. Nachdem sie einige Minuten gewartet hatte, stieg sie mühsam die Stufen zu ihrer eigenen Wohnung hoch.
Sie sperrte auf und ließ die Tür hinter sich ins Schloss fallen. Inzwischen hatte sie nur noch das dringende Bedürfnis, sich durch eine eiskalte Dusche nicht nur abzukühlen, sondern damit auch ihre Scham und den Schmutz, der durch Fritz' Worte förmlich an ihr klebte, abzuwaschen.
Sie ging in ihr Schlafzimmer hinüber, um sich die verschwitzte Kleidung auszuziehen, als sie beim Hineingehen erstarrte.
Auf der von ihr zuvor noch glattgezogenen Bettdecke war

direkt in der Mitte eine tiefe Mulde zu sehen, so als hätte sich da jemand hineingelegt.
Ihre Augen richteten sich aufs sperrangelweit offenstehende Fenster. Warum zum Teufel stand das denn so weit offen? Sie hatte es am Morgen doch noch gekippt.
Automatisch zog sie ihr Handy aus der Tasche heraus und drückte auf die eingespeicherte Telefonnummer von Thomas Lingen, während sie wieder verständnislos auf das Bett starrte.
Aus dem Augenwinkel heraus konnte sie erkennen, dass die Schublade ihres Nachttisches zur Hälfte herausgezogen war.
Sie schaute genauer hin, dann flog ihr Blick wieder zurück zum Bett. Jetzt erst sah sie in dieser Mulde ihr goldenes Kreuz liegen. Da fiel sie auch schon in Ohnmacht, bevor am anderen Ende des Telefons abgehoben wurde.

Gerade, als sie es sich in ihrer kleinen Trattoria gemütlich gemacht hatten, begann Thomas' Handy zu summen.
Er suchte in seiner Jackentasche danach, hob ab und begann, als kein Laut zu hören war, zu rufen.

„Hallo, … hallooo? Wer ist, bitte schön, dran? Hallo? … So melden Sie sich doch …“ Er schaute Paul an. „Seltsam, die Verbindung ist da, aber es lässt sich kein Mensch hören.“
Nachdem er noch mehrmals versucht hatte, den Teilnehmer am anderen Ende zum Sprechen zu bewegen, gab er auf. Er brach die Verbindung ab und drückte die Nummernanzeige, um zu sehen, wer der Anrufer gewesen war. Auf dem Display erschien Liza Rickers eingespeicherter Name.
Beide sahen sie sich alarmiert an und sprangen fast gleichzeitig von ihren Sitzen auf.

„Da ist bestimmt was passiert!“, prophezeite Paul düster. „Los, nichts wie hin. Was, um alles in der Welt, kann denn da bloß geschehen sein?“
Im Laufschritt verließen sie das Lokal, sprangen in Thomas' Auto und brausten zu Lizas Wohnung.

„Gott sei Dank ist mir ihre Adresse wieder eingefallen. Und Gottlob hatte ich mir nach unserem Gespräch gleich ihre Telefonnummer eingespeichert. Hoffentlich kommen wir nicht

zu spät!“
Thomas schloss die Augen. Seine Lippen bewegten sich dabei, als würde er stumm beten.

Als an ihrer Tür wie verrückt geläutet wurde, kam Liza wieder zu sich. Sie begann zu schreien, schrie und schrie und konnte nicht mehr damit aufhören.
Das Klingeln wurde vom Schlagen gegen die Tür abgelöst und schließlich hörte sie, wie die Tür aus den Angeln brach. Wie durch dichten Nebel sah sie die beiden Kommissare auf sich zustürmen, dann brach sie auch schon wimmernd in sich zusammen.
Thomas und Paul sahen sich ratlos an, dann schweifte ihr Blick zum Bett. Sie konnten nicht glauben, was sie da sahen. Eine völlig hysterische und aufgelöste, junge Frau, die auf dem Boden kauerte, und auf dem Bett lag ihr goldenes Kreuz.
Sie sahen sich gegenseitig an, unfähig, sich einen Reim darauf zu machen. Und noch immer weinte und schluchzte die junge Frau zum Gotterbarmen und begann plötzlich, mit ihrem Kopf gegen den Nachttisch zu hämmern.
Thomas war mit einem Satz bei ihr, zog sie in seine Arme und hielt sie eisern fest, als Liza daraufhin versuchte, wild um sich zu schlagen.

„Pscht. Nur ruhig. Sie kennen mich doch, ich bin es, Thomas Lingen, der Kommissar. Wissen Sie noch? Sie haben vorhin bei mir angerufen, deshalb sind wir so schnell wie nur möglich hergekommen. Wollen Sie mir nicht sagen, was Sie so furchtbar erschreckt hat? Alles ist gut, Liza. Wir passen jetzt auf Sie auf. Schsch … Ist ja gut. Jetzt kann Ihnen nichts mehr passieren.“
Und wieder einmal musste Paul seinen Kollegen für seine Art bewundern, als er sah, wie Lizas schmaler Körper begann, sich nach und nach zu entspannen. Ihr Weinen wurde leiser und Thomas wiegte sie wie ein kleines Kind hin und her. Als ihr Schluchzen endlich aufgehört hatte, begann er, erneut auf sie einzureden. „So ist es gut, Liza. Herr Anderlech wird Ihnen ein Glas Wasser bringen und in der Zwischenzeit erzählen Sie mir,

was passiert ist. Gut?“
Als Paul ihr zaghaftes Nicken sah, ging er Richtung Küche und kehrte sehr schnell mit einem Glas Wasser zurück.
Als er es ihr reichte, begann Liza mit kaum vernehmbarer Stimme zu sprechen. Thomas musste sich vorbeugen, um sie besser verstehen zu können.

„Da … da … da war jemand in meinem Schlafzimmer. Irgend… irgendwer hat sich ins Bett gelegt und und … und mein Kreuz! Er hat mir mein Kreuz … hingelegt. Es war … war in der Schublade dort. Sehen Sie? Die ist offen. Mein Gott! Was passiert denn da, was passiert bloß mit mir?“
Sie wischte sich mit den Fäusten über ihre tränennassen Augen und sah Thomas hilfesuchend und verzweifelt an.

Paul und Thomas hatten ihr betroffen und mit steigendem Entsetzen zugehört. Ihr Blick schweifte wieder zu dem Kreuz. Paul ging zum Bett und hielt unvermittelt inne.

„Haben Sie vielleicht einen unbenutzten Plastikbeutel oder irgendetwas Ähnliches für mich?“
Liza nickte und versuchte tapfer, sich zusammenzureißen.

„Im Küchenschrank in der obersten Schublade, gleich neben der Tür.“
Paul ging und kam alsbald mit einem kleinen, durchsichtigen Gefrierbeutel in der Hand zurück. Er hatte auch unbenutzte Plastikhandschuhe angezogen, die er ebenfalls dort gefunden hatte. Er fasste nach dem goldenen Kreuz und ließ es ganz vorsichtig in den Beutel hineingleiten. Dann verschloss er ihn sorgfältig.

„Ich weiß, dass es Ihnen jetzt kein Trost sein wird, aber vielleicht haben wir damit seine Fingerabdrücke. Haben Sie denn irgendwen, zu dem Sie gehen könnten? Ich rufe jetzt die Spurensicherung. Möglicherweise finden wir auch noch andere Spuren von dem unbekannten Eindringling. Und …, Frau Ricker? Es ist jemand aus Fleisch und Blut, kein Traum. Da wollte Ihnen wahrscheinlich jemand einfach nur einen fiesen Streich spielen, wer immer das auch war. Haben Sie einen Freund oder eine Freundin, wo Sie hinkönnten? Es wäre

besser, Sie blieben die nächste Zeit nicht alleine hier."
Liza nickte und Paul entspannte sich etwas.

„Mein Freund wohnt unter mir. Da wollte ich vorhin eigentlich auch hin, aber er war nicht daheim."

„Gut, dann schauen wir jetzt mal zusammen nach, ob er inzwischen zurück ist. Ich lasse Sie auf keinen Fall alleine, bevor Sie nicht sicher untergebracht sind." Während er mit Liza sprach, hatte er gleichzeitig auch schon die Nummer der Spurensicherung eingetippt. „Richard? Tut mir leid, aber ich brauche euch jetzt sofort. Kommt doch bitte gleich in die Müllerstrasse 9 im 2. Stock, Liza Ricker … Ja klar, die ganze Mannschaft. Nein, nein es handelt sich diesmal nur um einen Einbruch. Wie? … Nein, es geht mir auch darum, ob ihr irgendwelche DNA-Spuren sichern könnt, vor allem in ihrem Schlafzimmer, am Bett und am Nachttisch usw. … Okay, wir warten hier auf euch. Und bringt bitte jemanden mit, der die Haustür gleich reparieren kann. Bis gleich."

Thomas und Liza standen bereits an der offenen Haustür. Gemeinsam gingen sie einen Stock tiefer und schellten an Cornelius Brühls Türe. Sie mussten nicht lange warten, da wurde die Tür geöffnet. Cornelius stand, wie immer korrekt gekleidet, vor ihnen.
Paul musterte den Mann und registrierte verwundert, dass er deutlich älter als Liza war. Cornelius hingegen ließ seine Augen über die beiden Polizisten wandern, dann schweifte sein Blick zu einer völlig derangiert aussehenden Liza und wieder zurück zu den Kommissaren.

„Ja, bitte? Was …? Ist etwas mit Liza? Und wer sind Sie überhaupt? Liza, ist etwas geschehen?"

„Entschuldigen Sie, Herr …?"

„Brühl. Ich heiße Cornelius Brühl."

„Herr Brühl. Mein Name ist Paul Anderlech. Das hier ist mein Kollege, Herr Lingen. Wir sind von der Polizei. Frau Ricker sagte uns, dass Sie mit ihr befreundet sind. Bei ihr wurde vor Kurzem eingebrochen und die junge Dame ist verständlicherweise sehr durcheinander. Wäre es möglich, dass

Frau Ricker für ein paar Tage bei Ihnen bleibt? Ihre Wohnung ist ein Tatort, der erst spurentechnisch untersucht werden muss. Außerdem fände ich es besser, wenn sie die nächste Zeit nicht allein bleibt. Sie selbst haben nicht zufällig was bemerkt, vielleicht Lärm in der Wohnung über Ihnen oder einen Fremden, der sich im Treppenhaus aufgehalten hat?"

Cornelius, der im ersten Moment überrascht, dann aber sehr besorgt dreinschaute, schüttelte bedauernd den Kopf.

„Nein, leider nicht. Ich bin selbst erst vor fünf Minuten heimgekommen. Menschenskind, Liza. Du liebe Güte, komm her, Schatz. Ich weiß echt gar nicht, was ich dazu sagen soll. Selbstverständlich bleibst du hier bei mir." Liza warf sich wild aufschluchzend in seine Arme. Seine Hände fuhren liebkosend über ihre Haare. „Ich werde schon gut auf sie aufpassen", versicherte er den beiden Kommissaren.

Diese nickten nur und da er, wie er gesagt hatte, gar nicht daheim gewesen war, blieb ihnen im Moment auch nichts weiter übrig, als oben auf die Spurensicherung zu warten.

Sie verabschiedeten sich deshalb widerstrebend und stiegen die Treppen zu Lizas Wohnung hinauf. Cornelius schloss hinter Liza die Türe, schob sie ein Stückchen von sich weg und sah aufmerksam in ihr verweintes Gesicht.

„Was ist denn los, Liza? Der Einbruch alleine kann es doch nicht sein, was dich derart aus der Fassung gebracht hat, oder?"

Liza erzählte erst stockend und dann immer schneller, was passiert war. Alles, was an diesem fürchterlichen Tag passiert war, war in dem Moment, als sie das goldene Kreuz in ihrem Bett gesehen hatte, über ihr zusammengebrochen.

Cornelius hörte ihr aufmerksam zu. Als sie ihm von Fritz berichtete, verdüsterte sich erst sein Blick, um dann bei der Geschichte um das goldene Kreuz ungläubig zu werden.

„Ich weiß nicht, was ich dazu jetzt sagen soll, Liza. Aber vielleicht erst mal der Reihe nach. Soll ich mir diesen Fritz einmal vorknöpfen? Eine tüchtige Abreibung könnte dem Kerl nicht schaden, wenn du mich fragst. Mir scheint, da hast du ziemlich daneben gelangt, meine Liebe." Liza schüttelte so vehement den Kopf, dass ihre blonden Locken nur so flogen. „Na gut, wie du meinst. Und diese Geschichte mit deiner toten Kollegin, deinem Kreuz und den verschwundenen Menschen, meinst du nicht, dass du da etwas dramatisierst? Könnte nicht vielleicht Fritz dir diesen üblen Schabernack gespielt haben? Ich meine, er ist doch der Einzige, der um dieses Kreuz weiß, oder? Ich zumindest höre heute das erste Mal davon."

„Aber er war doch noch im Büro, als ich gegangen bin."

„Vielleicht ist er heute zur Abwechslung mit seinem Auto ins Amt gefahren. Weißt du das, ob oder ob nicht? Siehst du? Dann hätte er nämlich locker vor dir hier sein können."

„Und wie hätte er hineinkommen sollen? Die Polizisten haben auf den ersten Blick am Schloss keine Einbruchsspuren feststellen können."

„Mensch, Liza. Sei doch nicht so naiv! Wer sagt dir denn, dass er sich nicht schon lange vorher einen Zweitschlüssel hat machen lassen? Oder er ist über die Feuerleiter durchs Fenster eingestiegen. Ehrlich gesagt, ich trau dem Burschen nicht. Mir scheint, dass er vor dir seine Maske ganz schön hat fallen lassen, findest du nicht? Oder hättest du dir vorher gedacht, dass er so gemein sein könnte? Nein? Na also. Am besten ist, du erzählst den Polizisten gleich von unserem Verdacht. Dann können die sich drum kümmern, ob was dran ist. Und wenn er nichts damit zu tun hat, dann geschieht es ihm ganz recht, wenn er ein bisschen Ärger bekommt. Verdient hat er es in jedem Fall." Liza dachte nach und gab ihm nach einigem Zögern recht. „Dann spring schnell rauf, sie sind ja noch da, und ich mach uns in der Zwischenzeit einen schönen heißen Tee. Du bist trotz der Hitze ganz kalt. Zum Essen finde ich bestimmt auch noch was, okay? Und nimm dir gleich was zum Anziehen mit, schließlich ziehst du jetzt bei mir ein."

Lizas Gesicht hellte sich merklich auf und tiefe Erleichterung malte sich in ihren Gesichtszügen ab. Sie ging hinaus und Cornelius hörte, wie sie die Treppen hinauflief.

Er deckte den Tisch, setzte Teewasser auf und begann, ein bisschen Wurst und Käse auf teure Porzellanteller zu legen. Mit der Teekanne kehrte er aus der Küche zurück und stellte

sie auf den Tisch.
Es dauerte nicht lange, da war Liza auch schon zurück und hielt eine große Reisetasche in der Hand. Sie stellte sie ab und schaute sich um. Sie wirkte noch immer unglaublich erleichtert und machte große Augen, als sie den schön gedeckten Tisch sah.

„Wunderschön. Ach, Cornelius, ich bin so froh, dass du wieder da bist. Wo warst du vorhin eigentlich die ganze Zeit?"
Cornelius' Augen wurden bei Lizas Frage ganz schmal. In einem gefährlich leisen und stählernen Ton zischte er sie an.

„Hast du wirklich noch nicht kapiert, dass du mich nach nichts zu fragen hast, was ich dir nicht von selbst erzählen will? Um es ein für alle Mal deutlich zu sagen. Es geht dich nichts an, wohin ich gehe und wann ich wiederkomme. Geht das jetzt in dein kleines Köpfchen?"
Liza bekam ganz erschrockene Augen und hielt sich die Hand vor ihren zitternden Mund. Als sie zutiefst getroffen ihren Kopf senkte, legte Cornelius seine Arme um sie, als würde ihn ihre demütige Haltung sofort wieder mit ihr versöhnen.
Er zog ihr ihre Hand vom Mund, bog ihren Kopf zurück und küsste sie fordernd, beinahe schon brutal auf den Mund. Er tat ihr weh und Liza versuchte, ihn von sich wegzustoßen. Aber je größeren Widerstand sie zeigte, desto näher kam er ihr und desto grober wurden auch seine Übergriffe. Er schob seine Zunge in ihr Ohr und umfasste ihre Brüste.

„Nun", umwarb er sie, „immer noch so neugierig? Nein? Soll ich aufhören? Du brauchst es doch so hart, nicht wahr? Oder willst du lieber wieder nach oben gehen? Nein? Entweder oder, meine Liebe. Also? Ich will es hören, wie du mich darum bittest, Liza. Jetzt sofort, wenn du hierbleiben willst."
Aufreizend langsam zog er seine Hände wieder zurück.
Liza, angesichts seiner Drohung panisch, stöhnte gequält auf, packte seine Hände und hielt sie fest.

„Bleib, Cornelius, um Himmelswillen, bleib bei mir. Ich brauche dich, ich will dich, jetzt! Lass mich nicht alleine! Ich gehöre dir für jetzt und für immer. Nur bitte bleib! Du kannst

mit mir machen, was du willst. Was willst du denn noch hören? Es tut mir leid, dass ich gefragt habe. Ich werde es nicht wieder tun. Ich verspreche es. Nur bitte, bitte lass mich nicht allein! Schick mich nicht weg!"
Letzteres schrie sie beinahe heraus. Der Gedanke, er könne sie schutzlos fortschicken und sie einfach verlassen, machte sie fast hysterisch vor Angst. Triumphierend hob er sie wie eine Trophäe rasch hoch und trug sie ins Schlafzimmer.

„Warum dann nicht gleich so, Liza? Du weißt doch, wie ich dich haben will!"
Dann warf er sich über sie und sie nahm ihn geduldig in sich auf.
Über ihnen war derweilen die Spurensicherung angekommen und nahm ihre Arbeit auf. Bald darauf saß die Tür wieder fest in ihren Angeln und auch die beiden Kommissare waren verschwunden.

Und Liza dachte an nichts mehr. Er ließ ihr keinen Platz mehr für sich selbst. Sie war nur noch leere Hülle. Und sie bedauerte es nicht, sie vermisste nichts. Er gab ihr Liebe, er gab ihr Schutz und dafür gab sie sich und ihren Körper. Das war der Preis, den sie zu bezahlen hatte, genau so lauteten die alten Spielregeln, die ihr seltsam vertraut und ganz selbstverständlich waren.
Und er wusste, wer sie war. Von Anfang an hatte er es sofort erkannt. Sie dagegen fühlte nur, dass sie am Ende ihrer Reise angekommen war, dass er ihr etwas gab, was sie seit ihrer frühen Kindheit kannte. Es waren die klaren Bedingungen der Liebe, wie sie sie als Kind kennengelernt und verinnerlicht hatte, ohne dass sie sich daran aber bewusst hätte erinnern können.
Derweilen wurde im Wohnzimmer der Tee kalt.
Es fiel ihnen auch den Rest der Nacht nicht mehr auf, so sehr waren sie nur mit sich und dieser … Liebe beschäftigt.

✝

Paul und Thomas hatten es trotz der späten Stunde vorgezogen, wieder zurück ins Büro zu fahren. Sie wollten dort so schnell wie möglich die ersten Ergebnisse der Spurensicherung erfahren.
Thomas saß scheinbar tief in Gedanken versunken da, sodass Paul es nicht wagte, ihn zu stören. Nach endlos scheinenden Minuten begann Thomas plötzlich, mit extrem angespannter Stimme zu sprechen, wobei nicht ersichtlich war, ob er mit Paul oder mit sich selbst redete.

„Haben wir denn eigentlich …? Und wenn, dann …? Menschenskinder, dass wir das noch nicht gemacht haben!"

„Was gemacht? Wovon redest du eigentlich, Thomas?"

„Den Kreuzen! Haben wir eigentlich jemals nachgefragt, ob bei all den anderen getöteten Frauen diese Kreuze auch gefunden wurden?"
Paul schlug sich völlig konsterniert gegen die Stirn.

„Ach du Schande! Mist, wie konnte mir das nur passieren? Daran habe ich, ehrlich gesagt, gar nicht mehr gedacht. Meinst du …, Mensch, willst du damit etwa sagen, dass der Eindringling unser Mörder gewesen sein könnte?"
Thomas hob jedoch nur ratlos die Schultern, während Paul bereits laut weiterdachte. „Aber dann …, dann hätte Richard ja vielleicht recht und das Kreuz könnte doch dem Mörder gehören und nicht den beiden toten Frauen, wie ich bisher immer gedacht habe. Und wieso …? Was will er denn, um Gotteswillen, von Liza? Woher weiß er überhaupt von ihrem Kreuz, warum nimmt er dann nicht sein Eigenes und was will er ihr damit sagen? Warum sollte er denn bei ihr einsteigen wollen? Nein, Thomas, das glaube ich jetzt einfach nicht. Wahrscheinlich wollte ihr nur irgendjemand einen Schrecken

einjagen. Ist doch viel naheliegender, oder? Auf jeden Fall müssen wir, so oder so, schnellstens wissen, ob bei den anderen Frauen auch Kreuze lagen." Er schaute auf die Uhr, wie oft er es das heute schon getan hatte, und ergänzte dann stinksauer. „Allerdings nicht mehr heute. Das müssen wir morgen unbedingt gleich als Allererstes erledigen. Wenn wir nachher mit Richard geredet haben, bleibt uns für heute sowieso nichts weiter zu tun. Bekannte und Freunde von Anita konnten übrigens nicht sagen, ob Anita irgendetwas am Laufen gehabt hat. Sehr ungewöhnlich, da sie sonst anscheinend das Herz immer auf der Zunge getragen hat. Wie fandest du denn eigentlich diesen Cornelius Brühl?"
Thomas schaute ihn ruhig und aufmerksam an, während Paul unaufhörlich redete, richtig hektisch wirkte er dabei in seinen Gedankensprüngen.

„Wahrscheinlich ähnlich wie du. Ganz koscher kam mir der nicht vor. Ich meine, er ist um einiges älter als Liza. Nach einem flüchtigen Blick in seine Wohnung scheint er auch recht vermögend zu sein. Ich finde, wir sollten dringend sein Alibi überprüfen lassen. Und ... hmm, ganz ehrlich? Ich mag ihn nicht. Ein richtig eitler Fatzke ist das, wenn du mich fragst."
Paul sah ihn verwundert an, als er ihn mit solchem Nachdruck sprechen hörte. Er zog es jedoch vor, diese harsch geäußerte Abneigung geflissentlich zu überhören.

„Daran habe ich auch schon gedacht. Für die Mordnacht wird es allerdings schwierig mit einem Alibi. Aber vielleicht hat ihn jemand in der Nacht das Haus verlassen sehen oder später, als er wieder zurückkam? Und der Einbruch bei Liza? Wo war er da? Vielleicht wollte er sie durch den Schrecken, den er ihr eingejagt hat, zwingen, dass sie bei ihm einzieht. Hmm! Liza schien mir schon arg unterwürfig ihm gegenüber zu sein. Hast du gesehen, wie ängstlich sie ihn angesehen hat? Vielleicht lag das aber auch nur daran, dass sie zuvor diesen Schock erlebt hat. Ich setze einen Kollegen auf ihn an. Oder es war halt eben doch dieser Fritz Brenner, von dem uns Liza erzählt hat. Was meinst du?"

„Ganz deiner Meinung, Paul. Das klingt schon wesentlich

naheliegender. Diesen Brühl würde ich mir übrigens gerne höchstpersönlich vornehmen, wenn du einverstanden bist."

„Selbstverständlich. Und Thomas? Ich bin froh, dass du daran gedacht hast, das mit den Kreuzen, meine ich. Beinahe wäre mir da ein fatales Versäumnis unterlaufen."

„Du, das war bei mir doch auch nicht anders. Wir sind schließlich ein Team und ein Team arbeitet zusammen, oder? Wir gewinnen zusammen und wir verlieren zusammen, okay?"
Und wieder wurde es Paul warm ums Herz bei diesen Worten. Er legte dem Freund, längst war ihm Thomas zwischenzeitlich ein solcher geworden, die Hand auf die Schulter und drückte sie wortlos. Dennoch begriff Thomas, was ihm Paul damit sagen wollte und lächelte ihm herzlich zu.
Gerade als er etwas sagen wollte, ging die Tür auf und Richard streckte seinen Kopf herein.

„Na endlich, Richard. Und? Wie sieht's aus? Habt ihr dort etwas gefunden?", drängte Paul. Richard zuckte nur mit den Schultern.

„Hmm, Haare und Fingerabdrücke im Schlafzimmer. Die einen sind von Liza Ricker und die anderen? Vielleicht von einem Freund? Ich befürchte nämlich, dass sie nicht vom Einbrecher sind, denn sonst wären sie auch auf dem Kreuz oder am Nachttisch zu finden, oder? Da war aber rein gar nichts. Der Kerl muss einen Ganzkörperanzug oder irgend so etwas getragen haben, denn sonst gibt es das einfach nicht. Man verliert andauernd Haare und Hautschuppen, das lässt sich doch gar nicht vermeiden, also normalerweise. Die DNA-Spuren, die wir gefunden haben, müssen wir jedenfalls erst noch untersuchen, also Sonja halt. Vor morgen schaffen wir das aber nicht mehr. Ich bring dir die Ergebnisse, so schnell es geht. Bring du uns Vergleichs-DNA, dann kann Sonja einen Abgleich machen. Der Kerl könnte übrigens auch durch das Schlafzimmerfenster eingestiegen sein. Es war offen und gleich direkt daneben führt eine Feuerleiter vorbei. Also wirklich kein Kunststück, da hineinzugelangen. Aber auch dort finden sich neben Lizas Spuren keine weitere DNA oder Fingerabdrücke."
Desillusioniert schlug Anderlech mit seiner Faust auf seinen

Schreibtisch.

„Verdammt noch mal. Es ist, als wäre dieses Arschloch unsichtbar. Kaum glaubst du, etwas in der Hand zu haben, ist sie schon wieder leer, wenn du sie aufmachst. Er ist uns immer mindestens einen Schritt voraus."

„Ach komm schon, Paul. Du weißt doch gar nicht, ob es sich hier überhaupt um unseren Mörder handelt. Hast du doch selbst gerade gesagt, dass das mehr als unwahrscheinlich ist. Es macht auch gar keinen Sinn. Wenn er Liza wirklich etwas antun wollte, dann hätten wir sie schon längst verbrannt aufgefunden. Warum sollte er denn bei ihr im Schlafzimmer herumturnen? Nein, das war bestimmt bloß irgendein Idiot, der ihr einfach nur einen fürchterlichen Schrecken einjagen wollte. Vielleicht sollten wir lieber an diesen verflixten Kreuzen dranbleiben und endlich herausfinden, woher sie stammen und, vor allem, warum Liza auch ein solches Kreuz hat. Unser Täter scheint ein cleveres Bürschchen zu sein, aber jeder macht irgendwann einen Fehler und diese Beziehung, die er zu diesen Kreuzen zu haben scheint, könnte seine Achillesferse werden. Wenn wir erst wissen, wo all diese Kreuze herkommen, dann finden wir darüber auch den Mörder."

„Ja, aber ich habe einfach keine Lust, vor der nächsten Brandleiche zu stehen. Und irgendetwas sagt mir, dass genau das passieren könnte."

„Lass uns endlich heimgehen, Paul. Wir müssen morgen wach und ausgeruht sein. Wenn wir uns jetzt hier unser Hirn zermartern, bringt das doch niemanden etwas. Los komm! Es ist schon verdammt spät."
Er drehte sich um und ging schnurstracks zur Tür. Dort sah er sich ungeduldig um, ob Paul seiner Aufforderung folgte.

Nach kurzem Zögern setzte sich auch dieser in Bewegung und so verließen sie schweigsam und sehr niedergeschlagen das Kommissariat.

A.D. MCCXXVII

Das Ansehen der Herrlichkeit des HERRN ist wie ein verzehrendes Feuer. So offenbart Gott sich selbst.

„Gott ließ Feuer vom Himmel herabfallen und es verschlingt den Ungehorsamen."

Magister Konrad wird erfüllt von heiligem Schauder, als er zusieht, wie die Flammen an dem Frevler lecken und alsbald über diesem zusammenschlagen.

In ihm selbst lodert das Feuer des Entzückens, während er die lauten Schreie des Ketzers und der Unzüchtigen hört.

Sein Kreuzzug führt ihn nicht in die Fremde, denn die Sünde ist ganz nahe und er ist auserwählt von Gottes Ruf, sie auszumerzen im hellen Schein der Flammen.

„Die Feigen aber und Ungläubigen und Frevler und Mörder und alle Unzüchtigen und Zauberer und Götzendiener und alle Lügner, deren Teil wird in dem Pfuhl sein, der mit Feuer und Schwefel brennt! "

In Linz saß Michael derweilen über den Notizen, die Thomas ihm geschickt hatte. Unablässig drehte er seinen Stift zwischen den Fingern, während er sämtliche Leichenfundorte mit den Aufenthaltsorten Lizas verglich.
Ihm war aufgefallen, dass die Anzahl der Todesfälle mit ihrer an diesen Orten zugebrachten Verweildauer stieg. Dort, wo sie also am längsten gelebt hatte, waren auch die meisten Toten zu verzeichnen. Er wusste zwar, dass ein kausaler Zusammenhang zwischen Liza und den Morden als nicht wirklich existent verworfen worden war, aber dennoch ließ ihn das Gefühl nicht los, dass es anders war. Auch hatte er noch keine Erklärung dafür, warum dem Täter deutlich mehr Frauen als Männer zum Opfer gefallen waren. Und irgendetwas sagte ihm, dass dieser Umstand ebenfalls von großer Bedeutung war.
Als er zum gefühlt tausendsten Mal die Stichpunkte las, blieb er an den goldenen Kreuzen hängen, die bei beiden weiblichen Leichen gefunden worden waren, sowohl damals bei der Frau in Linz als auch jetzt in Zwiesel. Bei dem unbekannten toten Mann war jedenfalls kein Kreuz dagewesen und bei den anderen Frauenleichen war nirgends vermerkt, ob dort auch so ein Kreuz gelegen hatte. Natürlich, ganz bestimmt war das auch bei allen anderen Fällen so!
Er musste morgen unbedingt Thomas darauf aufmerksam machen, damit die Kollegen sich explizit danach erkundigten, nichtsahnend, dass beide gerade von selbst darauf gestoßen waren. Er war sich aber bereits jetzt seltsam sicher, dass sie feststellen würden, dass nur bei diesen Frauenmorden stets ein goldenes Kreuz zurückgelassen worden war und dass es ganz sicher nicht den Mordopfern gehört hatte.
Das Kreuz musste demnach also irgendeine Botschaft des

Mörders sein, gewissermaßen eine allerletzte Nachricht an die verbrannten Frauen. Nur, warum besaß diese Liza dann so ein Kreuz, wenn die anderen dagegen alle dem Mörder gehörten?
Eine andere Tatsache war außerdem, dass es neben diesen ihnen bekanntgewordenen Morden tatsächlich keine weiteren mehr gab. Er hatte, zugegebenermaßen ohne jede Absprache mit Paul und Thomas, eine rein informelle Anfrage an das länderübergreifende, europäische Zentralregister für schwere Gewaltstraftaten gestellt und dort bestätigt bekommen, dass es neben den ihnen bereits bekannten Brandopfern keine anderen Vorfälle dieser Art mehr gab.
„Also doch irgendein Zusammenhang mit dieser Liza und dazu anscheinend religiös motiviert, besser gesagt, religiöser Wahn. Na Mahlzeit, schlimmer kann es fast gar nicht mehr kommen“, flüsterte er vor sich hin.
Er erschrak, als seine eigene Stimme die Stille so plötzlich durchbrach.
Damit machten die zelebrierten Verbrennungsrituale plötzlich Sinn. Es erinnerte ihn an … an frühere Hexenverbrennungen, wo den Frauen auch Kreuze umgehängt wurden, bevor man sie dann dem Feuertod übergeben hatte.
Er grübelte darüber nach, was das Ganze mit dieser jungen Dame Liza Ricker zu tun haben könnte. Dass es hier eine Verbindung gab, wofür nicht zuletzt auch ihr Besitz eines solchen Kreuzes sprach, stand für ihn inzwischen völlig außer Frage.
Der allererste Mord war in Darmstadt geschehen, genau zu dem Zeitpunkt, als Liza geboren wurde. Vom Moment ihrer Existenz an hatte diese Mordserie also erst eingesetzt.
„Angenommen, das stimmt gedanklich bisher, dann müsste der Täter aber älter als Liza sein. Wir müssten davon ausgehen, dass er inzwischen mindestens vierzig Jahre alt sein muss, eher älter. Beim ersten Mord wäre der Mörder in diesem Fall dann sechzehn Jahre alt gewesen. Ich kann mir kaum vorstellen, dass er noch jünger war, als er das erste Mal tötete“, überlegte er laut.
Diese Gedanken elektrisierten ihn solchermaßen, dass er ganz

spontan die Nummer von Thomas Lingen wählte.
Der Rufton hallte ihm in den Ohren, aber es schaltete sich nur die Mailbox an. Da er jedoch keine Lust verspürte, diese für ihn derart aufregenden und vielleicht sogar bahnbrechenden Schlussfolgerungen einfach aufs Band zu sprechen, unterbrach er die Verbindung und versuchte es stattdessen lieber bei Paul Anderlech.
Kaum hatte es angeläutet, hob dieser auch schon ab.

„Anderlech? Ja bitte?"

„Paul? Michael hier."

„Ah, unser psychologischer Spezialist! Schön, dich zu hören. Darf ich vielleicht annehmen, dass du bezüglich deiner Profilanalyse auf etwas Relevantes gestoßen bist? Bitte, sei so gut und enttäusche mich jetzt nicht", witzelte Paul, aber eine gewisse Hoffnung schwang mit und war nicht zu überhören.
Michael lachte ein klein bisschen gequält. Er war es gewohnt, dass man nur zu gerne über Kriminalpsychologen kleine oder größere Späße machte und nahm das im Allgemeinen auch nicht weiter übel. Momentan stand ihm jedoch der Sinn nicht recht danach. So platzte er auch sofort ohne weitere Vorreden mit seinen Überlegungen und den Ergebnissen seiner Analyse heraus.
Am anderen Ende herrschte Schweigen. Michael konnte die sich endlos dahinziehenden Minuten, wahrscheinlich waren es in Wirklichkeit nur Sekunden, kaum mehr noch ertragen, so gespannt war er auf Pauls Reaktion. Endlich vernahm er Anderlechs total verblüffte Stimme.

„Sapperlot! Also mindestens vierzig Jahre alt, eher älter, sagst du? Mensch, auf diesen Gedanken hätte ich eigentlich auch selbst kommen können. Es hört sich wirklich verdammt schlüssig an. Obwohl, bisher ging ich schwer davon aus, dass das mit Liza nur ein Zufall ist. Allerdings hat mich der Vorfall heute extrem irritiert."

„Was für ein Vorfall?", hakte Michael auch sofort nach. Anderlech erzählte ihm von den jüngsten Geschehnissen in Lizas Wohnung. „Verdammt!", entfuhr es Michael spontan.
In der eintretenden Stille hörte er Paul hart schlucken, bevor

dieser endlich mit unsicherer Stimme antwortete.

„Meinst du, Michael, dass Liza womöglich doch in Gefahr ist? Dass der Täter sie jetzt in den Fokus genommen hat, oder sie … oh Gott, von Anfang an schon im Fokus hatte? Seit ihrer Geburt schon? Willst du das etwa damit sagen?“

Michael bestätigte ihm in düsterem Ton seine eigene, bange Vermutung.

„Genau das meine ich. Weshalb sonst sollte er denn jetzt dort einbrechen und ihr Kreuz so in Szene setzen? Und dass die Kreuze alle genau so aussehen wie Lizas Kreuz, ist doch kein Zufall. Das alles muss mit Lizas Leben zusammenhängen. Es soll eine Botschaft, irgendeine Mitteilung bzw. Warnung an sie sein, so eine Art Ankündigung. Hat Liza irgendeine Idee, was das sein könnte?“

„Nein, nichts. Sie ist völlig fertig mit den Nerven, hat einfach nur totale Panik. Sie versteht überhaupt nicht, was da vorgeht, was da mit ihr passiert. Bist du dir denn auch wirklich sicher, dass es unser Mörder war, der bei ihr eingebrochen ist?“

„Bin ich, leider. Also, so sicher, wie ich mir zum jetzigen Zeitpunkt halt sein kann. Kennt sie denn irgendjemanden, der so um die vierzig ist, besser noch älter, vielleicht sehr religiös ist oder seltsame Rituale, krude Vorstellungen oder was auch immer hat?“

Paul zögerte.

„Sie hat einen Freund, der wesentlich älter ist als sie, der könnte vom Alter also schon hinkommen. Ich habe aber keine Ahnung, wie der ansonsten so ist. In dem kurzen Moment, als ich ihm gegenüberstand, wäre mir jedenfalls nichts Besonderes aufgefallen. Sehr korrekt vielleicht, aber sonst? Hmm. Nur Lizas Unterwürfigkeit ihm gegenüber ist mir aufgefallen. Mehr weiß ich bisher sonst auch nicht über ihren Freundes-oder Bekanntenkreis. Aber ich werde mich schlau machen. Und, Michael? Danke! Prima Arbeit. Das hilft uns auf jeden Fall echt weiter.“

„Dafür bin ich da, Paul. Ich habe ein verdammt ungutes Gefühl bei dieser ganzen Sache. Es gibt, was die Grausamkeit und Unberechenbarkeit eines Menschen anbetrifft, fast nichts Schlimmeres als religiösen Wahn. Wir müssen noch einmal ganz penibel Lizas Biografie, ihre gesamten Lebensumstände von ihrer Geburt bis jetzt durchleuchten. Die Erklärung muss irgendwo in ihrer Vergangenheit liegen. Die Tatsache, dass er sich bei Liza so viel äh … Mühe gibt, und nicht zu vergessen, er sich damit auch der Gefahr einer Entdeckung aussetzt, zeigt uns, dass sie für ihn etwas ganz Besonderes zu sein scheint. Warum bringt er sie nicht gleich um? Warum veranstaltet er einen solchen Zauber? Vielleicht bekommen wir über die Recherche zu ihrem Leben irgendwelche Anhaltspunkte! Und noch was, Paul … Könntet ihr Liza denn unter Polizeischutz stellen?"

„Da sehe ich zum jetzigen Zeitpunkt keine Möglichkeit, dass uns das genehmigt wird. Dazu sind unsere Überlegungen leider viel zu schwammig und nicht stichhaltig genug. Aber wir werden auf jeden Fall versuchen, ein Auge auf sie zu haben. Momentan wohnt sie bei ihrem Freund, ist also nicht alleine. Was alles andere betrifft, was du gesagt hast, gebe ich dir recht. Das ist ein völlig neuer Blickwinkel, den du uns da eröffnet hast. Es ist mehr als einen Versuch wert. Nochmals, vielen Dank. Ich bin dir wirklich sehr dankbar, manchmal bin ich einfach am Verzweifeln. Da wir zum jetzigen Zeitpunkt nicht die geringste Idee bezüglich unseres Täters haben, müssen wir dort ansetzen, wo wir halbwegs Konkretes in der Hand haben. Ich werde mir also auch diesen Cornelius Brühl ein bisschen genauer anschauen. Thomas kann den Mann scheinbar nicht ausstehen, gelinde gesagt. Ich kann mir aber irgendwie nicht vorstellen, dass der Liza zum jetzigen Zeitpunkt etwas antun wird. Ich meine, er weiß ja jetzt auch, dass wir Liza bei ihm wissen. Sollte er wirklich unser Mörder sein, dann wird er sich doch hüten, sie ausgerechnet jetzt umzubringen, oder nicht? Also, sobald ich irgendwelche Informationen habe, schick ich sie dir sofort. Morgen wollen wir dann mit Liza über einige verschwundene Personen in ihrem Leben reden. Mit nur ein bisschen Glück wird es uns dadurch sogar möglich, ein paar der früheren Mordopfer nachträglich zu identifizieren. Gott sei

Dank wird bei Mord die DNA des Opfers immer archiviert. Und falls es uns gelingt, die DNA dieser verschwundenen Personen auch noch zu sichern, na ja, dann wissen wir wenigstens vielleicht, um wen es sich handelt. Vielleicht stellt sich dann doch heraus, dass es keinerlei Verbindung mit Liza gibt und wir uns ganz umsonst Sorgen gemacht haben. Okay soweit. Ich lass es dich sofort wissen, sobald es was Neues gibt. Mach's gut, Michael."

„Du auch, Paul. Servus!"

Paul lehnte sich auf seiner Couch zurück.

Es drängte ihn, Thomas die neuen Ermittlungsansätze so schnell wie möglich wissen zu lassen. Aber Thomas hatte vor einer halben Stunde gemeint, dass er ein bisschen Zeit zum Nachdenken brauche und hatte sich auf einen, wie er meinte, kleinen Spaziergang gemacht.

Und ganz offensichtlich war aus dem kleinen doch ein großer geworden, denn auch nach zwei Stunden war er immer noch nicht zurück. Paul begann, sich langsam Sorgen um ihn zu machen, obwohl ihm inzwischen schon aufgefallen war, dass für Thomas viel körperliche Bewegung unverzichtbar war, um sich vom Stress zu befreien und nach einem langen Tag wie diesem wieder mit sich ins Reine zu kommen.

Da drehte sich unüberhörbar der Zweitschlüssel, den er ihm für die Zeit seines Aufenthalts überlassen hatte, im Schloss und Thomas' Kopf schaute zur Wohnzimmertüre herein.

„Na endlich, wo bleibst du denn?", rief Paul ungeduldig.

„Wieso?", klang es fröhlich zurück. „Hast du mich denn schon vermisst?"

„Quatsch! Nein, Michael hat mich angerufen. Und er hatte mir wirklich Spannendes zu erzählen."

„Michael? Warum ruft er denn nicht mich an?"

„Keine Ahnung. Ist das irgendwie wichtig?"

„Nein, natürlich nicht. Ich habe mich halt nur darüber gewundert." Während er mit Paul sprach, hatte er sein Handy hervorgezogen. „Stell dir vor, ich bin bis Lindberg gelatscht und wieder zurück. Der Hammer, sag ich dir. Ach, Mist. Ich

habe ganz vergessen, dass ich das Handy auf meinem Marsch ausgestellt hatte. Da konnte er mich ja gar nicht erreichen.“ Und als wäre dadurch die Welt wieder für ihn in Ordnung, wandte er sich neugierig Paul zu. „Und? Sag schon. Was gab es denn so Wichtiges?“
Anderlech berichtete ihm so ausführlich wie möglich, was Michael ihm mitgeteilt hatte, dessen Schlussfolgerungen und weiteren Gedankenverbindungen.
Thomas' Gesicht nahm einen unglaublich konzentrierten, aber auch zweifelnden Ausdruck an und in seiner Stimme schwang leichte Skepsis mit.

„Hmm. Klingt irgendwie logisch, aber … Ich weiß nicht. Ich bin mir echt nicht sicher, ob wir uns mit Liza da nicht auf etwas versteifen. Der Grund für das Kreuz kann doch auch ein ganz anderer sein. Nicht immer ist das Offensichtliche dann auch die Wahrheit. Auf jeden Fall kann ich aber gerne weitere Nachforschungen zu diesem Brühl übernehmen, wenn du einverstanden bist.“

„Wunderbar! Und ich befrage Liza gleich morgen zu den verschwundenen Personen, die sie erwähnt hat, als sie bei uns war. Das ist jetzt noch wichtiger geworden. Und danach fange ich an, möglichst viel über diese Leute herauszubekommen.“
Paul sah Lingen fragend an. „Wie war's denn auf deinem Spaziergang? Ich meine, hat es dir auch weitergeholfen?“

„Wie meinst du das? Wobei weitergeholfen?“

„Na ja, ich hatte das Gefühl … Ich meine, wird dir meine Gesellschaft vielleicht inzwischen doch ein bisschen zu viel? Immerhin hängen wir jetzt schon seit einigen Tagen fast ununterbrochen zusammen. Da könnte ich es verstehen, wenn du quasi auf der Flucht vor mir bist. Bist du deshalb so weit marschiert?“
Thomas lachte schallend.

„Ach, Paul. Ein bisschen spinnst du schon manchmal. Ist nicht jeder einmal auf der Flucht? Bist du das nie?“
Paul sah ihn irritiert an.

„Flucht? Vor was denn? Wie meinst du das?“

„Na ja, hat nicht jeder manchmal etwas, das er nicht so

gerne an sich selber sieht oder von sich selber wissen will und dem er lieber ausweicht? Du, zum Beispiel! Manchmal denke ich, dass du irgendwie immer auf dem Sprung bist. Ich weiß nur nicht recht, warum oder vor was oder wem. Unser Gespräch hier beispielsweise … Wir haben bisher noch nie so miteinander gesprochen, ich meine, kein einziges privates Wort. Wenn es dir zu viel wird, bin ich auch schon wieder ruhig. Ich will dir auf keinen Fall zu nahetreten, wenn du weißt, was ich meine. Aber ich habe irgendwie das Gefühl, dass dir irgendetwas schwer zu schaffen macht."

Fest sah Thomas sein Gegenüber an.

Paul zögerte. So sehr es ihn auch auf der einen Seite danach verlangte, sich endlich einem anderen Menschen mitzuteilen, so sehr hielten ihn seine jahrelange Zurückhaltung, die er sich in menschlicher Gesellschaft ganz automatisch überstreifte wie ein Hemd, und ein tiefes, generelles Misstrauen Menschen gegenüber zurück.

Wieder war es, als könne Thomas seine Gedanken lesen und mit einer einzigen Geste alle widerstreitenden Stimmen in ihm beschwichtigen. Er drückte Paul in den Wohnzimmersessel, schenkte ein Glas Rotwein ein und reichte es ihm.

„Hier, trink einen Schluck. Du siehst aus, als könntest du ein ganzes Fass davon vertragen. Immerhin, wenn es dir dann schlecht werden sollte, bin ich da und kann dir die Hand halten."

Er lachte und schaute drein wie eine besorgte Mutter, die ihrem kranken Kind die vertrauensvolle Zuversicht gibt, dass alles gut wird. Bei Paul bewirkte dieser verständnisvolle Blick, dass in ihm sein ganzer Kummer hochstieg und er, ohne noch weiter nachzudenken, herausplatzte.

„Meine Tochter, weißt du, sie ist heute achtzehn Jahre alt geworden."

Thomas wartete schweigend. Als erst einmal nichts mehr von Paul kam, fragte er behutsam nach.

„Du hast eine Tochter? Und? Wo ist sie? Ich habe sie in den vergangenen Tagen hier bei dir noch nie gesehen. Konntet ihr nicht miteinander feiern, weil wir mit unserem Fall so beschäftigt waren? Du hättest es mir sagen sollen, dann hätte ich dir gerne ein bisschen freie Zeit verschafft!"

Paul schüttelte nur kummervoll den Kopf und seine Stimme hatte einen kaum wahrnehmbar erstickten Klang.

„Ich habe mein Kind seit zwölf Jahren schon nicht mehr gesehen."

Thomas glaubte, seinen Ohren nicht zu trauen.

„Zwölf Jahre lang? Ja, aber … Warum denn bloß, um Himmelswillen?"

„Sie lebt bei ihrer Mutter, zuletzt irgendwo in Schweden, glaube ich. Meine Frau hat mich vor zwölf Jahren ohne ein Wort der Erklärung verlassen. Als ich abends von der Arbeit heimkam, war sie einfach weg. Und mit ihr meine Tochter. Sechs Jahre alt war sie da. Als ich endlich herausgefunden hatte, wohin sie verschwunden waren, habe ich meiner Frau geschrieben, sogar hingefahren bin ich. Sie hat sich geweigert, mit mir zu sprechen. Bis heute hat sie dafür gesorgt, dass ich mein Kind nicht mehr sehen oder sprechen konnte. Ich habe meiner Kleinen nie sagen können, dass ich sie liebe und sie immer mein Mädchen bleiben wird. Irgendwann habe ich dann aufgegeben, es zu versuchen. Und heute hat sie Geburtstag, einer von zwölf, an denen ich sie nicht hören oder sehen konnte, ihr nicht gratulieren und sie dabei in den Arm nehmen durfte."

Paul, überwältigt von der Flut der eigenen Worte, verstummte und verhaltene Tränen glänzten in seinen Augen. Er wusste selbst nicht, wie ihm geschah. Selbst Fred gegenüber hatte er seinen Schmerz nie so offen und hemmungslos gezeigt. Was immer es auch war, was Thomas besaß, es hatte Dämme bei ihm gebrochen.

Lingen selbst saß Paul fassungslos gegenüber und seine Augen hatten sich gefährlich verengt.

„Wahnsinn. Nun verstehe ich, glaube ich, so einiges. Menschenskind, Paul. Und du nimmst das einfach so hin? Weißt du was? Hast du noch die letzte Kontaktadresse deiner Frau? Was hältst du davon, wenn ich mal dort anrufe und mir deine Tochter geben lasse? Wie heißt sie denn?"

„Viktoria."

„Ich gebe mich als einen alten Bekannten von ihr aus, der ihr zum Geburtstag gratulieren will. Was meinst du? Wollen wir das nicht einfach mal versuchen? Du hast doch sowieso nichts mehr zu verlieren. Deine Tochter kann doch schließlich nichts für solch eine Mutter! Möglicherweise hat sie sich in all diesen Jahren nach einem Wort von dir gesehnt. Stell dir mal vor, wenn sie gar nicht weiß, dass du immer versucht hast, sie zu erreichen. Wenn sie glauben muss, dass du nichts mehr von ihr wissen willst. Vielleicht hat ihr das ihre Mutter eingeredet. Los komm!"

Paul schob völlig überfordert seine Schultern vor, als wolle er sagen, ach das bringt doch eh nichts. Und dennoch hatte sich ein Fünkchen Hoffnung in seine Stimme geschlichen.

„Meinst du? Ich weiß nicht. Soll ich wirklich? Und wenn sie nicht mit mir sprechen will?"

„Ich versteh schon, dass du davor Angst hast. Aber wie war das vorhin mit der Flucht? Willst du wirklich auf jede Chance verzichten, nur weil du Schiss hast, enttäuscht zu werden? Weil du vor der bloßen Möglichkeit, dass es so sein könnte, den Kopf einziehst? Wer läuft also vor der Wahrheit davon? Du bist doch kein Feigling, Paul. In den wenigen Tagen habe ich dich, glaube ich, ganz gut kennengelernt. Du bist ehrlich, treu und mutig. Auf dich kann man sich verlassen. Das bist doch nicht du, der da sein Kind im Stich lassen will. Und selbst wenn sie sich weigern sollte, mit dir zu sprechen, was ist denn dann anders, als es jetzt schon ist? Glaube mir, Paul, das Schlimmste ist immer nur die Angst vor dem, was geschehen könnte. Selbst wenn es wirklich eintreten sollte, fühlt es sich bestimmt schon nicht mehr so entsetzlich an wie jetzt, denn dann kannst du endlich auch etwas tun. Noch vor Kurzem haben wir beide genau das zu Liza gesagt, erinnerst du dich? Genauso gut ist es aber auch denkbar, dass deine Befürchtungen ganz und gar unbegründet sind. Das wirst du aber eben erst wissen, wenn du es darauf ankommen lässt."

Pauls Körper straffte sich, während er Thomas zuhörte. Er gab sich einen Ruck und stand auf.

„Du hast recht. Es fällt mir bei Gott nicht leicht, aber … Du hast recht. Es wird Zeit, dass ich aus meinem Selbstmitleid auftauche und endlich etwas unternehme. Danke Thomas. Du bist ein echter Freund. Ich weiß nicht, ob ich mich getraut hätte, so mit einem anderen zu reden.“

Er bewegte sich mit festem Schritt in sein Schlafzimmer und kam mit einem zerknitterten und abgenutzten Zettel zurück, dem man deutlich ansah, wie oft er auseinander und wieder zusammengefaltet worden war. Er gab ihn mit leicht zitternder Hand seinem Kollegen.

„Ich weiß allerdings nicht, ob die Telefonnummer noch stimmt.“

„Das werden wir jetzt gleich wissen“, gab Thomas wild entschlossen zurück und wählte die Nummer.

Das Freizeichen ertönte und nach schier endlosen Sekunden, in denen Paul wie unter Strom zu stehen schien, wurde endlich abgehoben.

„Anderlech?“

„Lingen, Thomas Lingen hier. Entschuldigen Sie, Sie werden mich nicht kennen, aber ich bin ein Bekannter Ihrer Tochter Viktoria und würde ihr gern zu ihrem Geburtstag gratulieren. Ist sie da?“

„Lingen? Sagt mir nichts. Aber warten Sie einen Moment, ich hole sie Ihnen.“

Es dauerte wieder einige Zeit, bis eine frische und sehr jung klingende Stimme aus dem Hörer drang.

„Viktoria Anderlech? Meine Mutter sagte mir, dass Sie mich sprechen wollen. Ehrlich gesagt, kenne ich Sie gar nicht. Müsste ich das denn?“

„Nein, Sie können mich nicht kennen, Viktoria. Sagen Sie, sind Sie alleine?“

„Ja, warum? Hören Sie, ich weiß gerade nicht, ob ich mit Ihnen noch weiter telefonieren möchte.“

„Halt, warten Sie. Ich rufe im Auftrag Ihres Vaters an. Er hatte wohl berechtigte Sorge, dass Ihre Mutter das Gespräch sofort beenden würde, wenn er selbst am Apparat gewesen wäre. Er möchte Ihnen zu Ihrem Geburtstag gratulieren. Darf

ich Ihnen Ihren Vater geben? Er steht neben mir und kippt mir noch, glaube ich, vor lauter Aufregung gleich um. Also seien Sie so nett und erlösen ihn und mich auch, ja?"
Thomas lachte leise in den Hörer und Paul konnte an sich selbst beinahe körperlich spüren, wie sehr es ihm damit gelang, jede Dramatik aus dem Geschehen zu nehmen und dem Ansinnen des Vaters damit eine Leichtigkeit zu verleihen, die ansteckend war. Er ballte seine Hände, die er vor lauter innerer Anspannung in seine Hosentaschen gesteckt hatte, zu Fäusten und konnte fühlen, dass sie mittlerweile schweißnass waren.
Gegen jede Erwartung und doch so heiß ersehnt reichte ihm Thomas plötzlich den Hörer.

„Viktoria?" Fast brach ihm seine Stimme. Sich räuspernd wurde er lauter. „Ich wollte dir nur alles Glück dieser Welt zu deinem Geburtstag wünschen. Seit zwölf Jahren will ich das und habe dich nie sprechen dürfen. Seit zwölf Jahren habe ich dir Geburtstagskarten geschrieben. Ich weiß nicht, ob du sie jemals bekommen hast. Ich wollte dir nur sagen, dass ich sie dir immer und immer wieder geschickt habe. Ich hab dir auch immer viele, viele Briefe geschrieben. Ich liebe dich, das wollte ich dir nur endlich sagen können und ich vermisse dich seit zwölf Jahren, jeden Tag, jede Stunde."
Er schwieg erschöpft und ängstlich.
Erst einmal blieb es still, dann erklang Viktorias Stimme so laut, dass selbst Thomas die Worte noch hören konnte.

„Und das soll ich dir jetzt glauben? Die ganze, lange Zeit, in der ich glauben musste, dass ich dir am Arsch vorbeigehe? Mama hat mir gesagt, dass du von mir auch nichts mehr wissen willst, weil sie dich verlassen hat. Dass du darüber so wütend bist, dass du mit niemanden von uns mehr etwas zu tun haben willst. Und jetzt kommst du daher und behauptest, dass meine Mutter mir einfach ins Gesicht gelogen haben soll? Erwartest du tatsächlich, dass ich dir das glaube?"
Wütend schwieg sie. Paul sank der Mut, sodass er nur noch kraftlos stammeln konnte:

„Tut mir leid, Viktoria. Ich wollte doch nicht …, ich will wirklich nicht …, ich meine, ich verstehe dich, aber …"

Da nahm ihm Thomas den Hörer entschlossen aus der Hand und in einem bestimmten, sehr nachdrücklichen Ton sprach er auf Viktoria ein.

„Viktoria? Ich bin es nochmal, Thomas. Ihrem Vater geht es gerade nicht so gut. Überlegen Sie sich einfach nochmal, ob an dem, was er gesagt hat, nicht vielleicht doch etwas dran ist. Könnte doch gut sein, oder nicht? Was macht Sie denn so sicher, dass Ihnen nur Ihre Mutter die Wahrheit gesagt hat? Schließlich sind Sie inzwischen kein kleines Kind mehr. Wäre es da nicht an der Zeit, dass Sie sich auch wie eine erwachsene, junge Frau verhalten? Bitte seien Sie mir nicht böse, wenn ich jetzt so offen mit Ihnen spreche. Sie kennen mich ja nicht einmal. Aber dafür kenne ich Ihren Vater und ich habe selten einen so verantwortungsvollen und grundehrlichen Menschen kennengelernt wie ihn. Geben Sie doch ihm und sich selbst die Chance, sich ein eigenes Bild von der Wahrheit zu machen. Ich bitte Sie, sich nicht hinter Ihrer Mutter zu verstecken. Sie wissen, wo und wie Sie Ihren Vater erreichen können? … Gut. Ich verlasse mich darauf, dass Sie jetzt die Wahrheit erfahren wollen. Alles Gute, Viktoria."

Er legte den Hörer geräuschlos zurück und blickte sich nach Paul um.

Der lehnte blass und krank wirkend an der Wand, unfähig, auch nur einen einzigen Mucks über die Lippen zu bringen. Thomas ging zu ihm hinüber, hakte ihn unter und brachte ihn zum Sofa. Dort drückte er ihn in die Kissen und setzte sich neben ihn.

„Ich glaube, sie ist nachdenklich geworden. Jetzt wirst du warten müssen, Paul. Aber irgendwie bin ich mir sicher, dass es ihr keine Ruhe lassen wird. Sie wird beginnen zu zweifeln und ich könnte mir vorstellen, dass es gar nicht so lange dauern wird, bis du wieder von ihr hörst."

„Meinst du wirklich? Du sagst das nicht nur, um mich aufzubauen, weil ich dir vielleicht leidtue?"

Thomas lachte.

„Leidtun? Also wirklich, Paul. Warum solltest du mir denn leidtun? Deine Frau ist ein Miststück und du bist, ehrlich gesagt, ein ziemlicher Esel. Statt deiner holden Angetrauten mal richtig einzuheizen, hast du dich zurückgezogen wie eine Schnecke, der man auf die Fühler getreten ist. Leidtun? Bestimmt nicht. Aber dir mal sagen, welchen Anteil du selbst an dieser ganzen verfahrenen Geschichte hast, das sehr wohl. Deine Tochter hätte wirklich jedes Recht, sauer auf dich zu sein. Du hast nicht gerade sehr um sie gekämpft, oder? Also hör gefälligst auf, dich hier selbst zu bemitleiden, und entdecke endlich deinen Kampfgeist wieder. Du zeigst ihn doch sonst in deiner Arbeit auch immer. Gib ihr Zeit und, vor allem, gib nicht gleich wieder auf, wenn es nicht sofort so laufen sollte, wie du es dir erhoffst. Ein klein bisschen mehr Hartnäckigkeit hat deine Tochter schon verdient, meinst du nicht auch?“

Betroffen schaute Paul erst auf seine Hände und dann auf Thomas. Einerseits zog er sich innerlich gerade selbst zur Rechenschaft, weil er sich so spontan und unüberlegt einem eigentlich fremden Menschen geöffnet hatte, was ihm nun höchst unangenehm war. Außerdem fühlte er sich angegriffen und verletzt. Andererseits aber konnte er spüren, wie sich der eiserne Ring um sein Herz löste, den er seit Ewigkeiten mit sich herumschleppte.

Er gab sich einen Ruck und schluckte seinen verletzten Stolz und den aufsteigenden Trotz in einer einzigen, gewaltigen Kraftanstrengung hinunter.

„Nun, was soll ich sagen. Ich glaube … na ja, es wurde wahrscheinlich höchste Zeit, dass mal jemand Klartext mit mir gesprochen hat. Du hast … recht, ich habe mich hinter meinem verletzten Stolz versteckt und ich war zu feige, mich mit der Wahrheit auseinanderzusetzen. Und dabei habe ich meine Tochter einfach aufgegeben. Ich habe sie verraten, das ist mir eben erst klargeworden. Und genau vor diesem Gefühl bin ich wohl die ganze Zeit davongerannt. Irgendwie hatte ich scheinbar immer Angst, damit konfrontiert zu werden, so wie du es jetzt mit mir getan hast. Nein, nein“, wehrte er Thomas' Versuch ab, etwas zu sagen. „Ich bin dir von Herzen dankbar dafür, dass du mir die Augen geöffnet hast. Wirklich! Okay, ich gebe zu, es ist nicht ganz einfach für mich. Aber was immer dabei nun auch herauskommen mag, ich habe endlich die Chance, meine Feigheit zu korrigieren. Selbst wenn mir meine Tochter jetzt keine Möglichkeit geben sollte, so kann ich ihr und mir doch wenigstens beweisen, was sie mir bedeutet und dass ich nicht gewillt bin, sie noch mal so schnell aufzugeben. Du bist ein echter Freund, Thomas. Und dafür danke ich dir von ganzem Herzen. Ich schätze, ich muss mich wirklich bedanken, dass der liebe Gott dich mir geschickt hat."

Thomas' Mund verzog sich bei diesen Worten überrascht zu einem verlegenen Lächeln. Er beugte sich vor und klopfte Paul verständnisvoll und herzlich auf die Schulter.

„Wenn du morgen vielleicht mal einen freien Tag willst, ich kann alles, was gerade ansteht, auch alleine übernehmen. Vielleicht solltest du besser daheim bleiben, falls sich deine Tochter meldet. Auf einen Tag kommt es sicher nicht an."

Aufmunternd sah Thomas Paul an. Doch Anderlech reagierte eher widerstrebend auf diesen Vorschlag.

„Meinst du? Ich weiß nicht. Eigentlich wollte ich doch dringend mit Liza reden."

„Das kann ich doch tun. Morgen Nachmittag komme ich ganz bestimmt dazu. Hat deine Tochter denn überhaupt deine Handynummer? Nein? Siehst du, wie soll sie dich denn dann erreichen können, wenn du nicht daheim bist? Sie kennt doch nur deine Festnetznummer, oder? Na bitte! Meinst du nicht, dass dein Kind jetzt Vorrang hat?"

Nach einigem Überlegen nickte Paul schließlich widerwillig.

„Wahrscheinlich hast du recht, Thomas. Aber wenn da irgendetwas Wichtiges sein sollte, dann rufst du mich sofort, ja? Kann ich mich darauf verlassen?"

„Auf keinen Fall! Wie käme ich denn dazu?", frotzelte Thomas. „Na klar, Mensch. Was meinst denn du, was ich dann mache? Den Mörder entwischen lassen, weil mein Kollege und Freund gerade etwas Besseres zu tun hat?"

Paul musste lachen und Thomas stimmte fröhlich mit ein.

Er boxte Paul freundschaftlich gegen die Brust und jeder zog sich in sein eigenes Zimmer zurück, um den dringend nötigen Schlaf nach diesem durchaus aufregenden Tag zu bekommen.

✞

DONNERSTAG, 21. 7. 2011

Liza erwachte mit bleischwerem Kopf. Sie drehte sich um und sah Cornelius neben sich ruhig atmend und mit leicht zuckenden Lidern schlafen. Seine Gesichtszüge waren entspannt und ließen sein Antlitz noch engelhafter und gleichzeitig geheimnisvoll erscheinen.

Liza betrachtete ihn und konnte nicht umhin, dass ihr das Herz schwer wurde. Sie fühlte sich hin und hergerissen zwischen Freude und Angst. Wenn sie in seinen Armen lag, wurde jedes Gestern und Morgen in ihr ausgelöscht, nur dann fühlte sie sich geborgen und sicher, so als wäre alles in ihrem Leben völlig klar und vorbestimmt, als wäre jede ihrer Handlungen, jeder Gedanke ihr vorgegeben. Keine Zweifel plagten sie dann mehr, keine ihr so große Angst einflößenden Alternativen, keinen Albtraum hatte sie seither gehabt. Jetzt jedoch stieg trotzdem eine andere, unerklärliche Furcht in ihr auf, kroch in jeden Winkel ihres Körpers und ließ sie steif und verkrampft im Bett liegen, unfähig, sich zu erheben.

Als hätte Cornelius ihre Anspannung gespürt, schlug er die Augen auf und sah sie mit einem spöttischen Lächeln an.

„Was ist denn los, meine Liebe? Du siehst ein wenig unentschlossen aus. Komm, gib mir einen Kuss." Abwartend und regungslos blieb er neben ihr liegen. Als sie sich nicht rührte, fest entschlossen, nicht sofort zu springen, wenn er pfiff, blitzte etwas in seinen Augen auf, was ihre Angst noch verstärkte. Er richtete sich langsam auf. „So ist das also? Tja, dann wirst du wohl wieder in deine Wohnung zurückgehen müssen, meine Liebe."

Lizas Herz machte einen Sprung. Nein, nur nicht alleine sein müssen, alles, nur das nicht, dachte sie.
Als Cornelius aus dem Bett steigen wollte, fiel sie ihm um den Hals und hielt ihn mit aller Kraft, die ihr noch geblieben war, zurück. Sie presste ihren Mund verzweifelt auf den seinen. Da sie sein Widerstreben spürte, begann sie, mit der Hand unter die Bettdecke zu tasten. Sie streichelte ihn und flehte ihn gleichzeitig unter vielen Küssen an.

„Bitte, Cornelius. Ich habe das doch nicht so gemeint. Du weißt genau, dass ich dich liebe und dich brauche. Bitte verzeih mir. Bitte geh nicht weg."
Forschend sah er sie an, schob ihre Hände beiseite und fasste sie am Kinn.

„Liza, Liza! Warum machst du es dir und mir nur so schwer? Immer noch dieser Stolz, der so gar nicht zu dir passt. Weißt du nicht, dass die wahre Liebe einer Frau keinen Stolz verträgt? Wie kann ich dir glauben, dass du mich liebst, wenn du immer noch so trotzig bist? Du musst endlich begreifen, dass ich das auf den Tod nicht ausstehen kann."
Dabei wurde sein Mund zu einem ärgerlichen Strich. Seine Augen verengten sich und wieder hatte Liza das Empfinden, als greife eine eiskalte Hand nach ihrem Herzen, als sie in sein Gesicht sah. Einen winzigen Augenblick stieg eine Erinnerung in ihr auf, aber noch bevor sie das verschwommene Bild festhalten konnte, war es wieder weg.
Ihr schoss durch den Kopf, ob nicht alles besser war als diese bedingungslose Auslieferung an diesen Mann. Als würde er ihr diesen Gedanken auf ihrer Stirn ablesen können, griff er nach ihr und liebkoste mit dem Mund ihre Brustwarzen, dass ihr die Sinne schwanden. Sie presste sich an seinen Körper, spürte seine Härte und ergab sich ihm in einem kurzen Augenblick der Besinnungslosigkeit. Er eroberte ihren Körper, ihren Geist und ihre Seele und machte sie, wie schon so oft zuvor, zu seiner willenlosen Sklavin.
Und Liza schrie und schluchzte ihren Gehorsam heraus.
Als sie wieder ruhiger atmend nebeneinanderlagen, seine Hand lag besitzergreifend auf ihrem Schenkel, bat ihn ihr dunkler

Blick um sein Versprechen, sie nie alleine zu lassen. Sie wagte jedoch nicht, es auszusprechen. Sie hatte ja beim letzten Mal erleben müssen, wie sehr ihn das verstimmen und zornig werden lassen konnte.
Großzügig und gnädig erfüllte er ihr aber dieses Mal ihren Wunsch. Während er ihr sanft über den ganzen Körper strich, murmelte er mit dem Mund an ihrem Ohr.

„Nun, du machst mir wirklich viel Spaß, meine Liebe. Ich glaube, ich habe mich schon mehr an dich gewöhnt, als mir lieb sein kann. Trotzdem, ich will dich bei mir haben."
Liza atmete durch.
Wie befreit, ihn erst einmal wieder für sich eingenommen zu haben, flüsterte sie widerstrebend.

„Ich glaube, ich muss jetzt aufstehen, Cornelius. Ich muss zur Arbeit. Wenn ich nicht rechtzeitig dort aufkreuze, dann macht mir meine Chefin das Leben zur Hölle."
Cornelius sah sie aus schmalen Augen an und verschränkte seine Arme hinter dem Kopf.

„Mir gefällt das nicht, meine Liebe. Eigentlich, wenn ich es mir überlege, hätte ich gerne, dass du deine Arbeit aufgibst. Mir passt nicht, dass es etwas gibt, das dir wichtiger ist als ich. Außerdem möchte ich nicht, dass du diesem Fritz weiterhin begegnest. Ja, wenn ich es mir recht überlege …, dann will ich, dass du noch heute kündigst. Hast du mich verstanden?"
Liza sah Cornelius entsetzt und mit großen Augen an.

„Kündigen? Das meinst du jetzt aber nicht wirklich ernst, oder? Du kannst doch nicht ernsthaft wollen, dass ich einfach alles aufgebe, was mir wichtig ist?"

„Dir wichtig? Hast du denn immer noch nicht kapiert, dass nur ich dir sage, was dir wichtig ist? Und ich will jetzt mit dir schlafen. Also komm gefälligst her."
Um seine Worte zu unterstreichen, richtete er sich auf und legte sich über sie, ohne darauf zu achten, ob sie es wollte oder nicht. Lizas Gesicht begann, rot anzulaufen, ihr Atem wurde schneller und schwerer. In ihr tobte der erbitterte Kampf zwischen diesem dunklen Zwang, sich ihm bedingungslos hingeben zu müssen, und dem Wunsch nach einem eigenen

Leben.
Cornelius fing an, an ihrer Brust zu saugen, mit der feuchten Zunge darüber zu streichen und sie mit den Fingern der anderen Hand zu reiben.

„Sag es! Sag, dass du hier bei mir bleibst, sag, dass du deine Arbeit aufgibst! Dann lasse ich dich auch nicht allein. Ansonsten verschwinde auf der Stelle."
Bei seinen letzten Worten verlor Liza ihren inneren Kampf.

„Ja doch, ja!", schrie sie. „Ich bleibe hier bei dir, nur hier. Ich gehe nicht zur Arbeit, ich schwöre es."
Und Cornelius belohnte sie.

✞

Fritz hörte, wie sich die schwere Eingangstür des Jugendamts öffnete und wieder schloss. Kurz darauf streckte seine Chefin ihren Kopf zu ihm herein.

„Wissen Sie, Herr Brenner, wo Frau Ricker bleibt? Sie ist nicht in ihrem Büro."

„Keine Ahnung, Frau Michaelsen. Ich habe sie heute auch noch nicht gesehen. Wollte sie nicht eigentlich zur Familie Seidl?"

„Eben. Aber davor wollten wir uns zusammensetzen, um zu besprechen, wie am besten vorzugehen ist. Und sie sollte schon seit einer Viertelstunde hier sein." Unwillig runzelte sie die Stirn und überlegte. „Haben Sie ihre Telefonnummer?"

„Ja, habe ich. Moment, ich gebe sie Ihnen."

Fritz kritzelte ein paar Zahlen auf einen Zettel und reichte ihn Frau Michaelsen. Diese verschwand damit in ihr Büro, ohne die Tür hinter sich zu schließen. Fritz lauschte interessiert ihrer erbosten Stimme und grinste schadenfroh in sich hinein.

„Was heißt da krank? Seit wann denn das? Gestern waren Sie doch noch quietschfidel? … Also ganz ehrlich, Frau Ricker, allmählich werde ich echt richtig sauer … Wie? … Wir kürzen das an dieser Stelle jetzt ab. Morgen habe ich Ihr ärztliches Attest vorliegen, haben wir uns verstanden? Falls das nicht passieren sollte, bekommen Sie die fristlose Kündigung. Guten Tag!"

Sie knallte den Hörer auf den Schreibtisch. Ihr spitzes Kinn bebte vor verhaltener Wut. Ganz genau spürte sie, dass da etwas oberfaul war. Dass sie trotzdem gezwungen war, diese in ihren Augen mehr als dummdreiste Ausrede erst einmal so hinzunehmen, versetzte sie zunehmend in Rage.

Mit der flachen Hand schlug sie erbost so auf den Tisch, dass

die Stifte ins Rutschen kamen und zu Boden fielen. Ihre hagere Gestalt kam noch viel stärker zur Geltung, als sie sich in ihrem strengen Hosenanzug aufrichtete.
Sie eilte entschlossen wieder zu Fritz zurück und angesichts ihres drohenden Gesichtsverlustes verfiel sie wider Willen und entgegen ihrer sonstigen Gewohnheit in ihre angestammte, sächsische Stimmlage, die sie normalerweise eher zu verbergen suchte, als schäme sie sich ihrer ostdeutschen Herkunft.
Fritz verkniff sich tunlichst jede weitere Reaktion darauf, was ihm zugegebenermaßen durchaus schwerfiel. Harmlos schaute er ihr entgegen.

„Herr Brenner! Ihre Kollegin hat sich krankgemeldet.“ Das Wort krank spuckte sie vor innerer Empörung geradezu aus. „Das bedeutet, ab sofort übernehmen Sie den Fall Seidl.“ Sie warf den dünnen Ordner, den sie aus Lizas Büro mitgenommen hatte, auf seinen Schreibtisch. „Ich möchte nicht, dass man das weiterhin so schleifen lässt. Ja, ja, ich weiß, was Sie sagen wollen. Aber offensichtlich können wir nicht auf Frau Ricker bauen. Also kümmern Sie sich darum! Ich verlasse mich auf Sie.“
Damit drehte sie sich auf ihren hohen Absätzen um und rauschte hoheitsvoll hinaus. Fritz blieb zähneknirschend sitzen. Dieses Biest, dachte er wütend. Da hat sie sich sauber aus der ganzen Sache herausgewunden. Miststück!
Er kam nicht einen Augenblick auf die Idee, dass Liza vielleicht wirklich krank sein könnte, so überzeugt war er, dass sie sich das nur ausgedacht hatte, um ihn hereinzulegen.
Na warte, du Luder. Mir wird schon was einfallen, dir das heimzuzahlen.
Und noch während er grimmig überlegte, kam ihm etwas in den Sinn, was sofort ein zufriedenes Grinsen in sein Gesicht zauberte.
„Du wirst dich noch wundern, meine hübsche Liza. Mich linkt man nicht ungestraft“, knirschte er vor sich hin.
Selbstgefällig beugte er sich über den schmalen Hefter, der die bisherigen, sehr kargen Notizen zur Familie Seidl enthielt und kündigte umgehend Herrn Seidl seinen abendlichen Besuch an,

noch bevor dieser wie gewohnt das Haus verlassen hatte, um zur Arbeit zu fahren.
Die Wut, die während ihres knappen Gesprächs in Josef Seidls Stimme gelegen hatte, versetzte ihn zusätzlich in eine fast euphorische Stimmung.

Er konnte noch hören, wie Frau Michaelsen mit kurzen, stakkatoartigen Schritten das Haus verließ und es blieb nur zu vermuten, wohin ihr Weg sie hoffentlich führen würde.

✝

Anderlech wurde von einem Sonnenstrahl geweckt, der ihm mutwillig und warm ins Gesicht leuchtete. Er fuhr hoch, schaute auf seinen Wecker und stand mit einem Satz neben seinem Bett. Donnerwetter, da hatte er doch glatt bis neun Uhr durchgeschlafen.

In der Nacht davor hatte er seinen Wecker ausgeschaltet, wild entschlossen, sich einen freien Tag zu gönnen und auf einen Anruf seiner Tochter zu warten. Jetzt aber merkte er, wie ihn innerlich zunehmend nervöse Unruhe überkam. Ihm war nicht wohl dabei, einfach zu Hause herumzusitzen und nichts zu tun, wo doch so viel Arbeit auf ihn wartete.
Zweifelnd schaute er vor sich hin. Dann ging er ins Bad hinüber, wusch sich und zog seine Bürokleidung an. Er stellte die Kaffeemaschine an und sah die Reste von Thomas Lingens Frühstück stehen, besser gesagt, was dieser so gemeinhin als Frühstück zu bezeichnen pflegte. Eine benutzte Kaffeetasse befand sich auf der Anrichte in der Küche und daneben lag ein halb verzehrter Buttertoast. Von Thomas selbst war natürlich nichts mehr zu sehen, da dieser schon vor zwei Stunden die Wohnung verlassen hatte.
Genüsslich schlürfte Paul den heißen Kaffee. Mittlerweile war er fest entschlossen, ins Büro zu fahren. Seine Tochter wusste schließlich, dass er tagsüber nicht zuhause war, sondern im Kommissariat saß. Was sollte er also hier nur herumsitzen und stumpfsinnig Däumchen drehen? Ihn verlangte es viel mehr, sich endlich mit Liza Ricker zu unterhalten, um die noch fehlenden Puzzlesteinchen im Beziehungsgewebe der Toten zu finden.
Gerade wollte er die Wohnung verlassen, da klingelte das

Telefon.

„Anderlech?“

„Papa? Ich bin's, Viktoria.“

Anderlech blieb vor freudigem Schreck beinah das Herz stehen und seine Beine begannen zu zittern, sodass er sich hinsetzen musste.

„Viktoria? Bist du es wirklich?“

Er musste sich mehrmals räuspern, weil ihm die Stimme zu versagen drohte.

„Ja! Es wundert mich direkt, dass du noch daheim bist und nicht im Büro. Ich dachte mir, ich probier's einfach mal. Ich … ich habe über das, was dein Freund gestern gesagt hat, nachgedacht und ich würde gerne … ich meine, könnten wir uns vielleicht treffen, um zu reden?“

„Ja, ja natürlich, Viktoria, ich freue mich so! Wann … was meinst du, wann wir uns treffen könnten? Kannst du vielleicht herkommen? Ich kann … also, momentan nicht …“

„Du meinst, du kannst momentan nicht von deiner Arbeit weg? Versteh schon … Nein, nein, ich bin nicht beleidigt. Ich habe nichts anderes erwartet. Wenn es bei dir also passt, könnte ich morgen von Stockholm nach München fliegen. Kannst du mich dann von dort abholen oder …?“

„Ja klar, natürlich hole ich dich ab! Weißt du schon, wann du da ankommst? … Um elf Uhr vormittags? Ich werde da sein! Und Viktoria, danke, dass du mir eine Chance gibst, dir alles zu erklären.“

„Versprich dir nur nicht zu viel davon! Ich bin mir nicht sicher, ob ich dir überhaupt glauben werde“, warnte ihn seine Tochter verhalten.

„Ich verstehe. Ich möchte ja auch nur die Möglichkeit bekommen, dich endlich wiederzusehen, Vikki.“

Ihm schnürte es beinahe das Herz ab, als er seine Tochter bei dem so lange vermissten Kosenamen nannte.

Auch auf der anderen Seite blieb es still, als hätte es der jungen Frau vor Betroffenheit oder auch nur Verblüffung die Sprache verschlagen. Dann tönte es leise aus dem Hörer.

„Gut. Bis morgen um elf dann. Tschüss … Papa.“

Er hörte, wie die Verbindung abbrach. Langsam stand er auf und fuhr sich mit seiner freien Hand durch die dichten Haare, ungeachtet dessen, wie sorgfältig er sich diese eben erst noch in Form gekämmt hatte. Sein Herz schlug wie verrückt vor lauter Freude aber auch in ängstlicher Erwartung.
Sie hatte es vermieden, ihn wie früher mit Paps anzureden und er konnte sich nur zu gut vorstellen, weshalb sie es unterlassen hatte.
Als er merkte, dass er immer noch den Telefonhörer in seiner verkrampften Hand hielt, legte er ihn so behutsam weg, als hielte er etwas höchst Zerbrechliches.
Langsam drehte er sich zur Haustüre und ein frohes Leuchten erhellte seine Miene.

Dann spurtete er los, als wäre er seine fünfundvierzig Jahre in einem einzigen Augenblick losgeworden und befände sich im Zenit seiner Jugend.

✝

Thomas Lingen hatte sich in der Hoffnung, in der zentralen Polizeidatei irgendetwas Nachteiliges über diesen Cornelius Brühl zu finden, gerade in seinen Dienst-Laptop eingeloggt.
Zu seiner großen Enttäuschung gab es da jedoch nichts zu sehen, absolut nichts. Der Typ war nie polizeilich aufgefallen.

„Eigentlich schade“, flüsterte er vor sich hin.

„Was ist schade?“
Pauls Stimme ließ ihn aufschrecken.

„Paul? Was machst du denn hier? Wolltest du heute nicht zu Hause bleiben?“ Fast ein wenig unwillig klang seine Stimme dabei und Paul sah ihn aufmerksam an. Er musste sich aber ganz offensichtlich getäuscht haben, denn Thomas schaute wie immer drein. „Dass ich nichts zu diesem Cornelius Brühl finde. Ich hätte gehofft, dass er ein schwerer Junge ist“, flachste Thomas.

„Na ja, dass da nichts über ihn steht, heißt ja nun nicht, dass er nichts auf dem Kerbholz hätte, oder? Wir müssen halt einfach noch ein bisschen tiefer graben. Übrigens, stell dir vor, Viktoria hat mich tatsächlich vorhin angerufen. Sie kommt schon morgen Mittag aus Schweden hierher.“ Seine Stimme überschlug sich dabei fast. „Ich hole sie morgen Vormittag um elf Uhr am Flughafen in München ab.“

„Echt jetzt? Mensch, das freut mich aber, Paul. Toll! Und Paul … versau's bloß nicht. Nimm dir morgen unbedingt Zeit für sie. Ich halte dir hier schon den Rücken frei, okay?“
Paul grinste ihn breit an.

„Logo! Das kannst du glauben. Morgen ist für mich ganz sicher nichts wichtiger als sie. Und abends lernst du sie dann kennen. Wir könnten doch zusammen essen gehen, was hältst du davon?"

„Bist du dir sicher, dass ihr nicht lieber ungestört sein wollt? Ich meine, ich würde mich schon freuen, aber wenn ihr alleine bleiben wollt? Ich könnte das schon verstehen, Paul."

„Quatsch, wir haben doch den ganzen Nachmittag, um uns auszusprechen. Ich bin mir sicher, dass sie den Menschen kennenlernen will, der uns das überhaupt erst möglich gemacht hat. Mal im Ernst, Thomas, du weißt gar nicht, wie unendlich dankbar ich dir bin."

Thomas nickte und knuffte ihn leicht in die Seite.

„Abgemacht!"

Paul lächelte ihn erfreut an. Dann wurde er schnell wieder sehr sachlich.

„Und nun wieder zurück zu unserem Fall. Ich finde, du solltest weiter den persönlichen Hintergrund von diesem Brühl recherchieren, wo kommt er her, was macht er beruflich, seine Frauengeschichten, war er zu jener Zeit überhaupt in der Nähe dieser Leichenfundorte usw. und ich fahre jetzt endlich zu Liza Ricker."

Thomas presste den Mund fest zusammen, bevor er kurz und knapp antwortete.

„In Ordnung, wenn du meinst."

Paul schaute ihn verwundert von der Seite an.

„Täusche ich mich oder passt dir daran etwas nicht?"

„Nein, nein. Alles okay. Ich dachte nur kurz, ob es nicht vielleicht besser wäre, wenn ich mit Liza spreche, aber … wahrscheinlich ist es wirklich klüger, wenn du das machst."

Nachdenklich antwortete ihm Paul, wobei er auf jedes Wort sehr genau achtete.

„Ehrlich? Tja, ich denke auch, dass es gescheiter ist. Sie ist dir sehr … hmm, sympathisch, nicht wahr?"

„Ich weiß, ich weiß. Irgendwelche Gefühle haben hier nichts zu suchen. Ich kenne unseren Regelkatalog. Keinerlei persönliche Beziehungen zu einem Zeugen oder sonst wie gearteten Tatbeteiligten, bla bla bla."

„Eben. Wir wollen schließlich nicht riskieren, dass einer von uns blind in etwas hineinstolpert und dabei dann unter

Umständen Wesentliches übersieht, oder?"
Thomas nickte nur widerwillig.

„Dann mach schon, dass du hier endlich wegkommst. Ich kümmere mich inzwischen um diesen Herrn Brühl. Ach und übrigens, Richard hat nichts finden können. Er war vorhin kurz hier, um mir diese brandneue Erkenntnis mitzuteilen. Die DNA, die sie in Lizas Wohnung sichergestellt haben, stammt von Fritz Brenner und Cornelius Brühl, was nun leider nicht weiter verwunderlich ist. Liza hat uns ja gesagt, dass beide Männer schon einmal bei ihr in der Wohnung waren. Ich frage dich übrigens mal lieber nicht, wo du die Vergleichsproben herhast. Egal, es fand sich jedenfalls sonst keine Fremd-DNA in Lizas Schlafzimmer. Ach, und Paul? Es waren tatsächlich bei jeder weiblichen Brandleiche dieselben Kreuze abgelegt."
Pauls Gesicht wurde blass.

„Also doch. Verflucht noch mal."

Thomas hob nur eine Augenbraue und drehte sich dann wieder dem Computer zu.
Paul zog es vor, sich ohne ein weiteres Wort zu entfernen.

✝

„Und Feuer wurde unter ihrer Rotte angezündet, die Flamme verbrannte die Gottlosen. Siehe, sie sind wie Stoppeln, die das Feuer verbrennt, sie können ihr Leben nicht erretten vor der Flamme Gewalt. Denn es wird nicht eine Glut sein, an der man sich wärmen, oder ein Feuer, um das man sitzen könnte. Vor ihm her geht ein verzehrendes Feuer und hinter ihm eine brennende Flamme."

Du siehst sie nicht, du spürst sie noch nicht, aber ich bin da, Liza, jede Minute deines Lebens bin ich dir nahe und mit mir die reinigende Flamme.
Meine Augen sehen dich, mein heißer Atem bläst dir ins Gesicht. Bald! Bald wirst du mich erblicken, Liza, und mit mir wird das Feuer kommen und in seinem Schein wirst du mich auch endlich wiedererkennen.

✝

Liza hielt noch ihr Handy in den Händen, als sie Cornelius aus dem Bad zurückkommen hörte. Hastig legte sie es zur Seite, um nicht von ihm dabei überrascht zu werden, dass sie gerade eben telefoniert hatte. Sie hatte es einfach nicht über sich gebracht, ihrer Chefin zu sagen, dass sie gar nicht mehr wiederkommen würde, als gäbe ihr das einen allerletzten, kleinen Aufschub, das Unvermeidliche hinauszuschieben.

Fieberhaft hatte sie hin und her überlegt, was sie tun könnte, und in ihrer Not war ihr nichts anderes eingefallen, als sich einfach krankzumelden. Alles in ihr wehrte sich dagegen, ihr ganzes bisheriges Leben aufzugeben und mit dem Verlust ihres Arbeitsplatzes völlig abhängig von Cornelius zu werden, aber genauso unmöglich schien es ihr, auf ihn zu verzichten.

Dieser innere Zwiespalt verursachte ihr inzwischen heftigste Kopfschmerzen und so war es nicht weiter verwunderlich, dass Cornelius stehenblieb und, nachdem er sie scharf gemustert hatte, fragte:

„Ist was? Du siehst ziemlich blass aus. Hat dich unser, hmm … Gespräch zu sehr mitgenommen? Allerdings wäre mir das neu. Ich dachte bisher eigentlich, dass du davon gar nicht genug bekommen kannst, ha ha."

Liza senkte verlegen den Kopf.

„Ich habe ziemliche Kopfschmerzen. Vielleicht werde ich krank."

„Ich bringe dir einen Kaffee. Der wird dir dann deine Lebensgeister schon wieder zurückbringen. Übrigens muss ich kurz noch mal weg."

Lauernd beobachtete er ihr Gesicht. Liza hütete sich aber indes tunlichst davor zu fragen, was er denn vorhatte. Sie nickte nur

schweigend und ließ sich kraftlos in die Kissen zurücksinken. Er betrachtete sie weiterhin aufmerksam, fast wirkte er ein wenig enttäuscht, dass er ihr keine weitere Lektion erteilen durfte. Dann bot er ihr an: „Soll ich dir noch was vom Bäcker mitbringen? Wir frühstücken zusammen, wenn ich nachher zurückkomme, okay?"
Auch hierzu gab sie nur mit einem schwachen Kopfnicken ihre Zustimmung und zum ersten Mal, seit sie ihn kannte, war sie erleichtert, als die Tür hinter ihm zufiel. Sie beschloss, noch einmal ein bisschen zu schlafen, als sie hörte, wie draußen jemand die Treppen hochstieg und es dann über ihr an ihrer Wohnungstür schellte.
Sie stand schnell auf, warf sich den Morgenrock über und ging zur Tür. Dann trat sie in das Treppenhaus hinaus und rief laut nach oben.

„Hallo? Wer ist denn da?"
Schritte wurden hörbar, als auch schon Frau Michaelsen die Stufen heruntergestiegen kam. Überrascht musterte sie Liza in ihrem Schlafmantel. Ihr Blick schweifte nach oben und wieder zurück. Noch bevor sie aber etwas fragen konnte, begann Liza, umständlich zu erklären, warum sie hier stand und nicht bei sich zuhause im Bett lag. Ihre Chefin sah ihr währenddessen prüfend ins Gesicht und musste zu ihrem ehrlichen Bedauern feststellen, dass Liza tatsächlich krank aussah.

„Nun, äh … es scheint, Sie fühlen sich wirklich nicht wohl. Tut mir leid, wenn ich etwas anderes angenommen hatte. Sie müssen zugeben, dass diese Vermutung nach unserem gestrigen Gespräch durchaus sehr nahelag. Was fehlt Ihnen denn nun, außer dass bei Ihnen eingebrochen wurde?"
Liza zuckte die Achseln.

„Ich weiß es selber nicht so genau. Ich habe nur rasende Kopfschmerzen und es fällt mir schwer, auf den Beinen zu sein."

„Na, dann machen Sie mal, dass Sie gleich wieder ins Bett zurückkommen. Und die Krankmeldung durch Ihren Arzt hat noch … ähm … Zeit. Werden Sie erst gesund. Ich brauche Sie im Amt."

Mit diesen Worten, die einen schon fast an ein mitfühlendes und bislang noch nie erfahrenes Verständnis glauben ließen, stieg sie auf ihren Stöckelschuhen vorsichtig die Treppen zur Eingangstür hinab.
Liza fühlte sich, als wäre sie gerade noch einmal haarscharf an einer Katastrophe vorbeigeschrammt. Schlagartig ließen ihre Kopfschmerzen nach und ein Hauch Röte frischte ihr Gesicht auf. Noch hatte sie die Türe nicht geschlossen, als sie hinter sich Paul Anderlechs Stimme vernahm.

„Guten Morgen, Frau Ricker. Hätten Sie wohl kurz Zeit für mich? Wir müssten noch ein paar dringende, restliche Fragen klären."
Seufzend drehte Liza sich um und schaute suchend hinter den Kommissar, als vermisse sie irgendjemanden. Der Kommissar bewegte verständnisvoll seinen Kopf und erklärte ungefragt, dass sein Kollege, Herr Lingen, anderweitig beschäftigt sei und sie daher leider mit ihm alleine vorliebnehmen müsse. Liza bat ihn notgedrungen in die Wohnung.

„Herr Brühl ist nicht da. Aber kommen Sie doch herein. Wollen Sie etwas trinken, Herr Anderlech?"

„Nein, nein, machen Sie sich nur keine Mühe. Es wird gewiss nicht lange dauern."
Beide setzten sich auf die schneeweißen Designersofas und Paul ertappte sich dabei, wie ihm ganz heiß wurde bei dem Gedanken, er könne einen Schmutzfleck darauf hinterlassen. Unbehaglich rutschte er hin und her. „Nun, Frau Ricker, Sie haben uns erzählt, dass in Ihrem Leben mehrere Personen einfach verschwunden sind. Erzählen Sie mir doch bitte mal, um wen es sich dabei genau handelte und was da wann und warum passiert ist. Schaffen Sie das, Liza?"
Und wie Thomas es auch immer machte, versuchte Paul, ihn nachzuahmen, um Lizas Vertrauen zu gewinnen. Aber im Gegensatz zu seinem Kollegen reagierte Liza jetzt bei ihrem Vornamen nicht mit einer sichtbaren Entspannung, sondern wirkte sogar eher noch vorsichtiger und abwartender.
Teufel, wie macht der Kerl das nur?, schoss es Paul durch den Kopf. Ihm blieb keine Zeit, weiter darüber nachzudenken,

denn Liza begann, mit geschlossenen Augen und monotoner Stimme zu sprechen. Sie wirkte dabei, als wäre sie gar nicht mehr richtig anwesend und hätte seine Gegenwart ganz vergessen, als sie in ihre Erinnerungen eintauchte.

„Das erste Mal, an das ich mich erinnere, war, als eine Lehrerin von mir plötzlich nicht mehr da war. Wir hatten gleich im ersten Jahr übergangsweise eine junge Aushilfskraft bekommen, weil mehrere Schwestern des Klosterinternats in Passau, in dem ich war, gleichzeitig krank geworden waren. Normalerweise war es völlig ausgeschlossen, dass eine weltliche Lehrkraft uns unterrichten durfte. Aber es handelte sich um einen Notfall, sodass der Mutter Oberin gar nichts anderes übrigblieb, als es zuzulassen. Ich habe mich gleich sehr gut mit ihr verstanden und ich mochte sie sehr, sehr gern. Sie hat sich mit mir nach dem Unterricht oft noch unterhalten und ab und zu hat sie mich sogar auf ein Eis eingeladen, wenn ich Ausgang hatte. Mit ihr konnte ich auch über meine Mutter reden, wie sehr ich sie vermisste und …" Tränen erstickten Lizas Stimme, als sie von ihrer Erinnerung überwältigt wurde. „Sie hat mich in den Arm genommen und mich getröstet. Niemand hat das seit dem Tod meiner Mutter getan. Und eines Tages war sie dann auf einmal weg. Das war …, ja genau, im Mai 1999, daran kann ich mich noch ganz genau erinnern. Sie ist einfach nicht mehr wiedergekommen und hat sich noch nicht einmal von mir verabschiedet. Ich habe immer gedacht, dass ich vielleicht etwas falsch gemacht habe, ihr vielleicht einfach nicht genug bewiesen habe, wie lieb ich sie hatte. Die Nonnen haben uns nur gesagt, dass sie nicht mehr gebraucht würde, dass sie sich nicht nach den Regeln des Klosters verhalten habe und dass sie deshalb wieder nach Hause geschickt worden sei. Wo sie da wohnte, haben sie uns nicht gesagt und ich habe mich nie getraut, danach zu fragen."

„Wie hieß Ihre Lehrerin denn?", hakte Anderlech nach.

„Millner. Antonia Millner."

Paul schrieb sich diesen Namen und auch den Zeitraum ihres Verschwindens auf: Antonia Millner, verschwunden im Mai 1999. Der Zeitraum würde auf jeden Fall schon einmal passen.

„Und Sie haben damals nie etwas gehört, dass in Ihrer Gegend irgendwas passiert wäre?"

„Nein, wir durften weder die Zeitung lesen noch sonst irgendwelche Nachrichten hören. Fernsehen und Radio waren uns strengstens untersagt. Die Nonnen meinten, unsere kleinen Seelen vor der Verderbtheit der Welt beschützen zu müssen. Meinen Sie denn, oh Gott, dass ihr etwas passiert sein könnte? Das wäre ja furchtbar! Ich war ihr doch so lange böse, weil sie mich einfach im Stich gelassen hatte."

Paul wiegelte schnell ab.

„Ach woher, das ist eher unwahrscheinlich. Ich muss nur einfach Möglichkeiten in Betracht ziehen, verstehen Sie? Sie haben nicht zufällig irgendein Erinnerungsstück von ihr, etwas, das Frau Millner gehört und sie Ihnen vielleicht geschenkt hat?"

Liza überlegte angestrengt und plötzlich leuchtete ihr Gesicht auf.

„Doch, natürlich. Sie hat mir einmal eine kleine Spieldose gegeben. Sie meinte, dass diese Melodie sie immer getröstet hätte, als sie klein war."

Bemüht, sich seine Aufgeregtheit nicht anmerken zu lassen, fragte Paul betont gelassen.

„Und? Haben Sie die vielleicht sogar noch?"

Liza sprang sofort auf.

„Ja, ja! Ich habe sie in einem alten Koffer, in dem meine Internatssachen aufbewahrt sind. Ich habe alles so gelassen, wie es war, als ich damals das Internat verlassen habe. Warten Sie, ich hole es Ihnen."

Bevor Paul sie hätte daran hindern können, selbst wenn er es gewollt hätte, lief sie wie der Blitz hinaus, die Treppen hoch und kam wenig später mit einer entzückend aussehenden, bunten Spieluhr zurück. Sie hielt sie wie einen kostbaren Schatz und reichte sie ihm dann zögerlich. „Sie nehmen sie mir doch nicht weg, oder?"

„Natürlich nicht, Liza. Ich müsste sie mir nur mal für einige Tage ausleihen. Ich gebe Sie Ihnen dann sofort wieder unbeschadet zurück. Ehrenwort."

Liza setzte sich wieder hin.
Paul nahm die Dose mit spitzen Fingern und ließ sie in einen kleinen Beutel gleiten. Liza sah ihm verwundert dabei zu, verlor aber kein Wort über dieses Gebaren. „Geht's noch Liza? Können Sie weitererzählen?“
Liza sammelte sich und fuhr mit ihrer Aufzählung fort.

„Nach unserer Abiturfeier im Internat war eine Freundin von mir plötzlich weg. Sie hieß Patrizia Keller. Jeder dachte, dass sie mit ihrem Freund durchgebrannt wäre. Sie hatte von nichts anderem mehr gesprochen, aber … Ich hatte eigentlich gedacht, wenigstens von mir würde sie sich verabschieden. Wir waren wie Schwestern. Aber kurz vor der Feier hatten wir uns heftig gestritten. Ich weiß inzwischen nicht einmal mehr den Grund. Ich dachte, sie wollte mit mir einfach nichts mehr zu tun haben.”

„Haben Sie noch irgendetwas, was dieser Patrizia gehört hat?”

„Nein, nichts. Tut mir leid.”

„Macht nichts, Liza. Der Name hilft mir schon sehr viel. Und weiter?”

„Nun, von Michaela habe ich Ihnen schon erzählt. Mein damaliger Freund hatte mich mit ihr betrogen. Tom Krenz hieß er. Eines Tages wurde Michaela dann tot aufgefunden, verbrannt wie jetzt Anita. Ich habe mich schrecklich gefühlt, weil ich mir doch gewünscht hatte, sie möge tot sein. Und Tom war irgendwann auch auf einmal weg, niemand wusste, wo er abgeblieben war.“
Sie machte eine Pause.

„Weiter“, drängte er vorsichtig.

„Gleich im ersten Jahr meines Studiums verschwanden zwei Kommilitoninnen von mir. Wir waren gemeinsam in einer Arbeitsgruppe und haben uns richtig gut verstanden. Mir tat das damals wahnsinnig gut, ich war auf einmal nicht mehr so alleine. Die eine hieß Stefanie Jonas und die andere Michi Kranz. Sonst fällt mir nichts mehr ein. Dass mein Vater nach dem Tod meiner Mutter verschwunden ist, habe ich Ihnen schon erzählt, oder?“

„Wie war das denn damals eigentlich genau, Liza?“

„Na ja, ein paar Wochen nach dem Tod meiner Mutter war er plötzlich nicht mehr da. Ich bin morgens aufgewacht und er war fort, einfach weg. Ich habe ihn damals den ganzen Tag gesucht und gesucht. Aber ich habe ihn nicht finden können. Die Polizei hat sich überall umgehört und die wenigen Freunde oder, besser gesagt, Bekannten, die er noch hatte, haben ausgesagt, dass er wohl öfters davon gesprochen hätte, sich umbringen zu wollen. Wissen Sie, er hatte seit der Nacht, in der meine Mutter starb, kein einziges Wort mehr mit mir gesprochen. Und dann hat er mich einfach alleingelassen. Ich musste danach ins Waisenhaus und später zu meiner Tante. Ich konnte deshalb dazu auch überhaupt nichts sagen. Und nach ein paar Wochen wurde die Suche nach ihm eingestellt. Er hat mir immer das Gefühl gegeben, am Tod meiner Mutter schuld zu sein. Ich habe ihn nie vermisst, glaube ich.“

„Haben Sie noch ein Erinnerungsstück von ihm, Liza?“
Liza schüttelte heftig den Kopf und ihre Stimme klang trotzig.

„Nein, ich hätte es nicht ertragen, irgendetwas von ihm zu behalten. Er wollte mich nicht und ich ihn auch nicht mehr.“
Schweigen breitete sich aus und Paul stand umständlich auf.

„Ach, bevor ich es noch vergesse! Gab es irgendetwas Besonderes in Ihrer Kindheit, während Sie in Innsbruck lebten, an das Sie erinnern?“
Liza versuchte, ihre aufgewühlten Gefühle zu kontrollieren. Wieder stieg ein nebulöser Erinnerungsfetzen auf, der in ihr sofort ein dumpfes Angstgefühl erzeugte, ohne dass sie ihn festhalten konnte. Dann war er wieder fort und mit ihm die Beklemmung.

„Innsbruck? Hmm … Warten Sie … Es ist seltsam, aber ich kann mich praktisch an fast nichts mehr in meiner Kindheit erinnern. So richtig habe ich nur ein paar Erinnerungen an die Internatszeit. Aber … doch. Da ist, glaube ich wenigstens, mal eine Freundin meiner Mutter völlig unerwartet, praktisch über Nacht weggezogen. Meine Mutter muss damals wohl ziemlich traurig darüber gewesen sein. Das weiß ich noch, weil sie nämlich ständig von ihr gesprochen hat. Die Frau war … keine Ahnung. Genaueres weiß ich darüber echt nicht mehr. Ich kann Ihnen deshalb also auch nicht sagen, ob die damals verschwunden oder einfach nur weggezogen ist. Ich glaube, sie hieß … Warten Sie, ja doch, sie hieß Carola Wissmann, Wossmann oder so ähnlich."

Paul lächelte sie an.

„Prima, Frau Ricker. Sie haben mir damit wirklich sehr geholfen. Danke für Ihre Zeit. Vielleicht legen Sie sich besser nochmal etwas hin, Sie sehen ein wenig angegriffen aus. Tut mir leid, dass ich diese traurigen Erinnerungen in Ihnen wecken musste."

„Schon gut, Herr Anderlech. Vielleicht ist es manchmal sogar ganz gut, dass man über manches neu ins Nachdenken kommt. Ich glaube, damit habe ich heute erst einmal genug zu tun."

Sie bemühte sich, ihm dabei ein zuversichtliches Gesicht zu zeigen. Und zu ihrem eigenen, großen Erstaunen wuchs in ihr tatsächlich ein Bedürfnis, sich nach langer Zeit endlich einmal mit ihrer Vergangenheit auseinanderzusetzen. Bisher war es zu schmerzhaft für sie gewesen, als dass sie es hätte wirklich zulassen können.

Der Kommissar verabschiedete sich rasch und ließ Liza allein zurück.

Sinnend starrte sie auf die weiße Couch, auf der sie eben noch gesessen hatte. Dann wandte sie sich zur Wohnungstür, nahm ihre in der Diele liegende Handtasche und verließ Cornelius' Wohnung. Sie stieg die Treppen hinauf und betrat ihre eigenen vier Wände. Nachdem sie die Türe hinter sich geschlossen hatte, lehnte sie sich laut aufseufzend und seltsamerweise ausgesprochen erleichtert dagegen.

Noch vor wenigen Stunden hatte allein nur die Vorstellung, in ihre Wohnung zurückzumüssen, tiefste Panik in ihr ausgelöst. Nun aber fühlte sie sich zum ersten Mal an diesem Morgen innerlich ruhig und gefasst, als gäbe es nichts Wichtigeres, als jetzt genau hier zu stehen. Nicht einmal der Anblick ihres

Schlafzimmers konnte ihr in diesem Moment Angst einjagen. Sie ging auf ihr Bett zu, legte sich unter die Bettdecke und rollte sich ein wie ein kleines Kind. Und im Nu war sie tief und fest eingeschlafen.

So hörte sie auch nicht mehr, wie Cornelius zurückkam und fassungslos feststellen musste, dass sie nicht mehr da war.

✝

Herr Seidl tobte. Das war zu dieser frühen Stunde sogar für seine Kinder so ungewöhnlich, dass sie ihren Vater mit offenen Mündern erschreckt anstarrten.

„Dieses blöde Arschloch!“, schrie er, krebsrot im Gesicht vor lauter Zorn. „Was bildet der sich eigentlich ein? Der kann was erleben. Und? Was glotzt ihr jetzt so selten dämlich? Wir kriegen wieder Besuch vom Jugendamt. Weiß der Teufel, warum.“

Lena zuckte schuldbewusst zusammen und vergewisserte sich sofort ängstlich, ob ihr Vater ihre unwillkürliche Reaktion auch hoffentlich nicht bemerkt hatte. Der war jedoch so mit sich und seiner Wut auf das Jugendamt beschäftigt, dass er für nichts anderes mehr Augen hatte.

„Also, damit das klar ist. Ihr redet nur, wenn ich euch das erlaube. Und wehe, ich höre dann ein einziges, falsches Wort von euch, dann kriegt ihr heiße Ohren, kapiert? Ab mit euch in die Schule. Katharina, du gehst wieder zu deiner kleinen Freundin nebenan und bleibst dort, bis dich Lena später abholt. Macht mir bloß keinen Ärger, verstanden?“

Wieder nickten die Kinder, schnappten sich ihre Schulranzen und setzten sich in Bewegung. Lena nahm Katharina fest an die Hand und alle verließen gemeinsam mit ihrem Vater die Wohnung.

Herr Seidl ging stinksauer zu seinem Wagen und fuhr los. Lena lieferte ihre Schwester währenddessen bei ihrer Spielgefährtin ab, deren Mutter sich bereiterklärt hatte, die Kleine während der Schulzeit zu betreuen, solange ihre Mutter im Krankenhaus war, und machte sich dann mit ihren Brüdern auf zur Schule.

Innerlich zitternd und bebend angesichts des bevorstehenden Donnerwetters sprachen sie auf dem gesamten Weg kein

einziges Wort miteinander.
Lena wagte nicht, sich auszumalen, was ihr Vater mit der Frau vom Jugendamt anstellen würde, da sie fest davon ausging, dass Liza Ricker kommen würde. Wie so oft breiteten sich auch jetzt schon wieder quälende Schuldgefühle in ihr aus.
Manchmal nachts, da malte sie sich aus, wie es später einmal sein würde in ihrem Leben. Niemand würde ihr jemals wieder sagen dürfen, was sie zu tun oder zu lassen habe. Kein Mensch sollte sie auch nur anrühren oder gar schlagen dürfen. Schön würde dieses andere Leben werden!

Und nur diese einsamen, nächtlichen Bilder gaben ihr für den nächsten Tag die erforderliche Kraft, um dann doch wieder aufzustehen und weiterzumachen, immer weiter, ohne zu denken und zu fühlen.

✠

Paul Anderlech stürmte in sein Büro, das er verwaist vorfand. Sofort entfernte er seinen Notizzettel von der Wandtafel und begann, ihn um die von Liza erhaltenen Informationen zu ergänzen.

<u>Innsbruck</u>	eine der toten Frauen vielleicht Carola Wissmann ?? (Lizas Babysitterin)
<u>Linz</u>	der tote Mann vielleicht sogar Lizas Vater??
<u>Passau</u>	1999 vielleicht Antonia Millner (Lizas Lehrerin)?? 2005 möglicherweise Patrizia Keller (Lizas Freundin)??
<u>Regensburg</u>	der Tote 2008 vielleicht Tom Krenz (Lizas Exfreund)?? sind die anderen zwei toten Frauen vielleicht 1. Stefanie Jonas? 2. Michi Kranz?
<u>Zwiesel:</u>	hatte Anita Bauer eine heimliche Liebschaft? Wenn ja, war der Liebhaber eher älter und vermögend? Handelt es sich dabei um den Mörder?

Er starrte auf das Blatt Papier. Dann griff er nach dem Telefon und rief Richard an.

„Richard? Ich bin's, Paul. Weißt du zufällig, ob Sonja gerade Zeit hat? Ich wollte sie nicht stören … Ja? Ach, ihr macht gerade Kaffeepause zusammen. Dann sag ihr doch bitte, dass ich ihr gleich etwas für die Bestimmung einer DNA bringe. Bis gleich.“

Paul holte den Beutel mit der Spieldose und verließ sein Büro. Kurz darauf tauchte er in der Gerichtsmedizin auf.

„Sonja, Richard?"
Sonja blickte ihm neugierig entgegen.

„Richard hat es mir schon gesagt. Was hast du denn da?" Paul reichte ihr den Beutel und teilte ihnen seine neuen Vermutungen mit, die er durch das Gespräch mit Liza Ricker bekommen hatte. Beide hörten außerordentlich gespannt zu. „Klar, gib her. Ich versuche gleich, ob sich noch etwas finden lässt, alte Hautschuppen, Haarreste, irgend so etwas. Das Zeug hält sich länger an solchen Sachen, als man glauben sollte. Und in diesem Falle wurde es noch nicht einmal groß bewegt. Du hast doch gesagt, dass es die ganzen Jahre über immer im selben Koffer lag? Da sind unsere Chancen durchaus nicht klein." Erleichtert hörte Anderlech ihre Worte und setzte gerade an, etwas zu fragen, als ihn Sonja unterbrach. „Ja, ja, ich weiß schon! Ich telefoniere nachher gleich auch noch mit der Dienststelle in Passau. Ich bin sicher, dass sie mir weiterhelfen können. Die Frau muss damals in Passau doch gemeldet gewesen sein und in diesem Fall müssten sie auch noch ihre vorherige Meldeadresse haben. Sobald ich etwas weiß, rühre ich mich bei dir. Wollen wir einfach nur mal hoffen, dass wir dann von irgendwoher noch entsprechendes DNA-Material von ihr bekommen, um es abgleichen zu können."

„Allerdings, du bist ein Schatz, Sonja! Dann kümmere ich mich jetzt mal um Tom Krenz und diese Freundin von Lizas Mutter. Weiß eigentlich von euch jemand, wo Kollege Lingen abgeblieben ist?"
Beide schüttelten nur geistesabwesend den Kopf und schienen in Gedanken schon ganz bei ihrer anstehenden Arbeit zu sein. Richard holte sich aus der KTU, was er zur Sicherung von Fingerabdrücken wie auch des genetischen Materials benötigte, und Sonja bereitete labortechnisch alles für die bevorstehende DNA-Analyse vor. Paul ließ sie deshalb auch, ohne sie noch weiter zu stören, alleine.

Diesmal jedoch traf er oben seinen Freund an. Thomas wirkte verschwitzt, als hätte er sich draußen in der Sommerhitze körperlich angestrengt.

„Nanu? Was ist denn mit dir passiert? Hattest du eine wilde Verfolgungsjagd, oder wer war hinter dir her?“
Thomas fand das jedoch augenscheinlich nicht so besonders witzig.

„Entschuldige, dass ich mir nicht gleich auf die Schenkel klatsche vor lauter Lachen“, murrte er schlecht gelaunt.
Das war so neu und ungewohnt für Paul, dass er ihn völlig baff anschaute.

„Ach herrje, was ist denn jetzt kaputt? So grantig kenne ich dich gar nicht!“

„Ist doch wahr! Du hast doch gesagt, dass ich mich über diesen Brühl schlau machen soll. Da hetze ich also den halben Vormittag hinter unserem Freund Cornelius her, um zu sehen, was er so treibt, und was macht dieser Blödmann? Schäkert gefühlt stundenlang mit dieser jungen Bäckerei-Verkäuferin herum, tatscht sie an, fummelt an ihr herum, dass es verboten gehört, und die strahlt und himmelt ihn an, dass es einem übel werden könnte, während mich fast der Hitzschlag trifft. Und in der Zwischenzeit sitzt die arme Liza zu Hause und hat keine Ahnung, was ihr Freund da so alles anstellt. Das Mädel kann einem echt leidtun. Die hat wirklich was Besseres verdient. Am liebsten hätte ich ihn mir vorgeknöpft, aber ich bin ja ein Meister der Beherrschung, wie du weißt!“
Er hatte unvermittelt so schnell und unerwartet wieder zu seiner üblichen, guten Laune zurückgefunden, dass es Paul schwindlig wurde bei dem Versuch, sich auf seine neuerdings rapide wechselnde Stimmung einzustellen.
Neugierig lugte Thomas an Paul vorbei auf den Papierbogen, der vor diesem auf dem Schreibtisch lag. „Und was hast du so herausgefunden? War Liza denn gesprächig?“
Leicht ungehalten hob Anderlech die Augenbrauen bei dieser Frage.

„Ja, stell dir bloß vor. Sie hat mich sogar hereingelassen und hat mir alles erzählt, was ihr eingefallen ist.“
Thomas' Blick streifte ihn, aber er zog es vor, darauf nicht zu antworten. Stattdessen studierte er die Notizen und pfiff durch die Zähne.

„Ich nehme doch an, du hast alles Notwendige bereits veranlasst? Ja klar, entschuldige, was frag ich auch so blöd", korrigierte er sich hastig, als Paul nur ungehalten schnaufte. „Vielleicht kommen wir darüber dann endlich weiter."

„Lass uns doch noch mal überlegen, ob uns außer diesem Cornelius Brühl noch irgendein anderer, älterer Herr einfällt, der sich im Dunstkreis von Liza bewegt."

„Du meinst, außer uns zwei beiden?", lachte Thomas augenzwinkernd.

„Sag mal, hast du heute früh einen Clown gefrühstückt, als ich noch im Bett lag?", gab Paul breit grinsend zurück.
Thomas schmunzelte.

„Nein, aber jetzt im Ernst, ich wüsste sonst niemanden. Obwohl ich mich nicht alleine auf dieses Alter versteifen würde. Bisher ist es doch nur eine bloße Annahme. Es könnten jedoch theoretisch auch zwei oder mehrere Täter sein. Liza hat da doch einen Kollegen im Jugendamt. Wie hieß der noch? Brenner, Fritz Brenner, genau, so war's. Den sollten wir besser auch mal überprüfen. Immerhin hat Liza auch den Verdacht geäußert, dass er hinter diesem Einbruch stecken könnte."
Paul bewegte zustimmend den Kopf.

„Wir sollten tatsächlich nichts zu früh ausschließen, da hast du schon recht. Übrigens wäre es gut, wenn du versuchen würdest, mehr über den Verbleib eines gewissen Tom Krenz vor einem Jahr herauszufinden. Du weißt schon, der damalige Exfreund von Liza Ricker. Wer sind seine Eltern? Freunde von damals, DNA-Material, wenn irgend möglich, usw., usw. Ich nehme mir den verschwundenen Vater von Liza und die ehemalige Freundin ihrer Mutter vor, diese Carola Wissmann. Ich habe mich schon erkundigt. Es war tatsächlich eine Frau mit diesem Namen zu jener Zeit in Innsbruck gemeldet. Der Name scheint also zu stimmen. Patrick und seine Leute sollen versuchen, ob sie noch herausfinden können, ob die zwei anderen toten Frauen aus Regensburg wirklich Stefanie Jonas und Michi Kranz sind, die damaligen Freundinnen von Liza."
Thomas war dieses Mal sofort einverstanden.

„Das macht mir schon deutlich mehr Spaß, als diesem dämlichen Brühl etwas anzuhängen. Dann lass uns mal auf Detektivjagd gehen, alter Freund!“
Paul war im ersten Moment versucht, Thomas wegen seiner unpassenden Wortwahl, *dem Mann etwas anzuhängen*, zu kritisieren, ließ es dann aber doch einfachheitshalber lieber bleiben. Schließlich glaubte er, mit Thomas' Zuneigung zu Liza auch den Grund zu kennen, warum sein Kollege auf diesen Brühl so dermaßen schlecht zu sprechen war.
Und so konzentrierten sich beide weiter auf das, was nun zu tun war.

Nach einer Weile stand Thomas auf.
„Ich gehe mal ins Archiv hinunter und lasse mir dort die Zusammenstellung der Kommilitonen von Lizas Studenten-Jahrgang geben. Mein Laptop hat sich gerade aufgehängt, mal wieder. Wahrscheinlich liegt es an mir. Ich mag die Dinger nicht und sie mich anscheinend auch nicht. Bin gleich wieder da.“
Paul nickte nur und blickte von seinem Bildschirm nicht auf.

A.D. MCCXXVII

„Gott ist ein verzehrendes Feuer, weil ER ein reiner, heiliger, vollkommener Gott ist. Er richtet einen jeden nach seinem Werk und ohne Ansehen der Person."

Magister Konrad wirft Elizabeth diese Worte hin, wie die Paradiesschlange durch ihre gespaltene Zunge zischt.
Er fasst sie an den Haaren, reißt und zerrt daran, dass ihr Kopf nur so fliegt.

„Du hast es gewagt, mir meinen Sohn zu verwehren, du ruchlose Schlampe. Zu sehr hattest du sinnliche Freude an meinem Opfer, wenn ich dir und deinem sündigen Körper meine Heiligkeit schenken musste, nur im frommen Glauben, dass mir ein Sohn daraus geboren werde. Ich werde dir jede frevlerische Lust nehmen, noch bevor sie sich in dir auszubreiten vermag. Dann und nur dann sei der Weg frei für das mir prophezeite Leben meines einzig Berufenen, dem Abkömmling meiner Lenden und dem Erben meiner Frömmigkeit."

Und er wirft sie mit einem einzigen, furchtbaren Peitschenhieb darnieder, sodass ihr das Blut augenblicklich aus dem aufgeplatzten Rücken schießt.
Und noch im Moment ihres gellenden Schreis stößt er in sie hinein, wieder und immer wieder, bis auch das Blut aus ihrem Schoße spritzt.
Sie weiß nicht wohin mit ihrem Leib. Er ist nur noch Schmerz und nichts mehr sonst. Dann endlich umfängt sie gnadenvolle Dunkelheit.

„Wenn wir aber von dem Herrn gerichtet werden, so werden wir gezüchtigt, damit wir nicht samt der Welt verdammt werden."

Und in Konrad steigt seine Heiligkeit auf und er preiset stöhnend den Herrn, den Allwissenden, während er lustvoll und inbrünstig betend seinen göttlichen Samen in Elizabeth ergießt wie ein nie endender Lavastrom, der alles Bestehende heiß und schwarz verschlingt und den Boden bereitet für die Geburt einzig wahrer Schönheit und echter Vollkommenheit.

✠

Liza begann noch im Schlaf, laut zu schreien. Sie hörte wieder diese merkwürdige Stimme, die ihr leise und ganz nahe zuflüsterte.

„Warum, kleine Liza? Warum nur? Der Herr richtet ohne Erbarmen die Schamlosen und Unzüchtigen. Du musst doch innen und außen von vollkommener Schönheit sein, bevor du dich mit mir vereinigen darfst. Wir wollen doch nicht das Feuer, das dich für mich reinigen muss? Liza, Liza. Das wollen wir doch nicht! Du sehnst dich nach mir, wie ich mich nach dir verzehre. Du hast noch eine heilige Aufgabe zu erfüllen. Weißt du das nicht mehr?"

Liza, immer noch in ihrem festen Schlaf gefangen, zuckte und wand sich unter ihrem Bettlaken so sehr, bis sie unsanft auf dem harten Boden ihres Schlafzimmers aufschlug. Sie riss die Augen auf und schaute wild um sich. Aber niemand, nichts war da, was ihr hätte erklären können, was sie gehört hatte. Nur der Vorhang blähte sich vor dem offenen Fenster, als würde er von unsichtbarer Hand bewegt.

Dieser Traum, immer wieder dieser furchtbare Traum, dachte sie verzweifelt. Sie presste die Hände so fest auf beide Ohren, dass sie das Klingeln an der Tür beinahe überhört hätte.

Noch vor Kurzem war sie so weit gewesen, sich von Cornelius für immer zu lösen, zu hoch schien ihr der Preis, den er von ihr forderte. Aber angesichts des erlebten Schreckens dieses gnadenlosen Albtraumes wurde sie wieder schwankend. Sie wusste nicht ein noch aus. Sollte sie oder sollte sie nicht …?

Erneut läutete es, fordernd und unnachgiebig. Wie in Trance setzte sie sich in Bewegung und öffnete.

Da stand ganz entgegen ihrer Erwartung und zu ihrem blanken Entsetzen Fritz vor ihr.

„Krank bist du also, wie man hört? Aber zu krank, um ein kleines Schäferstündchen mit mir haben zu können, scheinst du mir nun nicht zu sein. Und danach wirst du wirklich einen Grund haben, dich krankzumelden, du kleines Miststück."
Schon packte er sie und drängte sie mit seinem heißen Körper in den Flur zurück. Er presste seine harten Lippen auf ihren Mund, bis sie Blut schmeckte, und erstickte ihren Schrei mit seiner Zunge, ihren Kiefer hielt er dabei mit eiserner Hand, sodass es ihr auch nicht möglich war, sich mit Beißen zur Wehr zu setzen. Sie versuchte vergebens, mit dem Fuß nach ihm zu treten, um sich aus seiner Umklammerung zu befreien. Schon zerfetzte er ihr Nachthemd und riss ihre Unterhose herunter. Panisch versuchte Liza, sich unter heftigem Winden und Drehen aus seinem Griff zu lösen, aber Fritz war einfach viel zu stark für sie. Plötzlich war sie ganz unerwartet wieder frei.
Cornelius war durch die offene Haustür hinzugekommen und riss Fritz von Liza zurück. Er versetzte ihm einen wütenden Faustschlag, sodass Fritz jämmerlich zu Boden fiel.

„Wenn du es noch einmal wagen solltest, Liza auch nur zu nahezukommen, dann Gnade dir Gott!", fuhr ihn Cornelius erbost an und versetzte ihm einen letzten Tritt in die Nieren.
Fritz stöhnte auf und versuchte mit aller Kraft, auf die Beine zu kommen. Cornelius beobachtete ihn dabei, packte ihn dann kurzerhand am Kragen und warf ihn einfach zur Tür hinaus. Liza konnte hören, wie er polternd die Treppen hinunterrollte. Cornelius nahm sie fest in die Arme und küsste ihr ihre Tränen von Augen und Wangen.

„Sollten wir nicht lieber nachsehen, ob er sich was getan hat", wisperte sie, aber Cornelius schüttelte nur nachdrücklich den Kopf.

„Solche Menschen sind wie lästiges Unkraut. Die gehen einfach nicht kaputt." Und wie zur Bestätigung hörten sie, wie Fritz sich laut fluchend hochkämpfte und humpelnd das Haus verließ. „Lass ihn und sage mir lieber, was das zu bedeuten hatte. Und tu nicht so, als wüsstest du nicht, was ich damit meine."

Schuldbewusst verbarg Liza ihr Gesicht an seiner Brust.

„Ich musste einfach nur ein bisschen alleine sein. Der Kommissar war da, als du fort warst, und das Gespräch mit ihm hat mir zu schaffen gemacht. Ich dachte, ich leg mich besser in mein eigenes Bett und schlafe noch etwas. Und dann hat mich Fritz überrascht."

Cornelius sah sie strafend an.

„Stell dich bloß nicht dumm. Komm mir nicht mit dem Besuch des Polizisten. Du weißt ganz genau, was ich meine. Du wolltest dich vor mir verstecken, nicht wahr? Weil ich nicht will, dass du arbeiten gehst. Hat dir das mit Fritz jetzt immer noch nicht genügt? Vielleicht hätte ich noch ein bisschen warten sollen, bevor ich aufgetaucht bin, damit du endlich mal kapierst, was er imstande ist, dir anzutun? Hast du denn jetzt wenigstens verstanden, dass du ohne mich verloren bist? Ohne mich bist du nichts. Also, soll ich ihn dir wieder zurückholen? Wahrscheinlich brauchst du das sogar."

Seine spöttischen Worte waren wie klatschende Ohrfeigen ins Gesicht, sodass sie einfach nur betäubt dastehen konnte und unfähig war, sich zu rühren. Plötzlich aber wurde sein Ton zärtlicher, werbender. „Nun komm schon, Liza, Schatz. Du weißt, ich kann es nicht ausstehen, wenn du beginnst, so störrisch zu werden. Du willst mich doch immer noch, oder nicht?"

Mit den Fingern fuhr er über ihre spröden Lippen. Mit seiner Zunge folgte er dieser Spur und öffnete damit sanft aber unmissverständlich ihren Mund. Er drang ein und vereinigte sich mit ihrer Zunge und beide trafen sich, zuckten zurück, um dann so eng es nur ging, miteinander zu verschmelzen. Ein leise klagender Laut und Cornelius, sich seines totalen Sieges sicher, öffnete seine Hose. „Ja, hier, gleich hier will ich dich", gurrte er verführerisch und dieses Mal nahm er sie ohne ihr sichtbares Einverständnis. Er nagelte sie gegen die Wand wie ein Kreuz, welches seelenlos da hängt und von niemandem mehr bemerkt wird. Danach warf er sie sich über die Schulter und trug sie in seine Wohnung zurück wie ein billiges Souvenir, an dem man sich in regelmäßigen Abständen erfreut.

✝

Thomas war über die Zwangspause, die ihm sein Rechner verschafft hatte, nicht böse. Er hätte sich das benötigte Material zwar auch über Pauls Computer besorgen können, aber er brauchte ein wenig räumlichen Abstand und zog es daher vor, hinüber ins Archiv zu spazieren.

Allmählich machte ihm die Nähe zu seinem Kollegen doch zunehmend zu schaffen. Nicht weil Paul ihm unangenehm oder gar sonst irgendwie lästig geworden wäre. Im Gegenteil. Sein Partner begann, ihm allmählich einfach zu viel zu bedeuten.

Bisher hatte Thomas es stets zu verhindern gewusst, dass ihm Kollegen zu nahekamen. Enge Freunde hatte er ganz bewusst keine, da er es, übrigens sehr ähnlich wie Paul, strikt vermied, in irgendwelche Gefühle oder gar Bindungen hineingezogen zu werden. Menschen, die ihn aus der Arbeit kannten, waren bezaubert von seiner warmherzigen und großzügigen Art und ganz sicher hätten sie niemals geglaubt, dass er in Wirklichkeit zumeist lieber für sich blieb.

Seine Kollegen waren absolut überzeugt davon, dass er einen riesigen Freundeskreis haben musste, zu dem sie einfach nur deshalb keinen Zutritt hatten, da Thomas den Beruf und sein Privatleben stets sauber trennen wollte. Sie verstanden und akzeptierten das und so hatte Thomas bisher auch keine große Mühe, sich unwillkommener Besucher in seinem Privatleben zu erwehren. Wie Paul fühlte er sich alleine einfach viel wohler und dachte nicht daran, auf irgendjemanden Rücksicht nehmen zu müssen.

Und nun dieser Anderlech. Der ging ihm doch tatsächlich unter die Haut, vielleicht auch nur deshalb, weil ihm der in seiner Einsamkeit ähnlicher war, als er bisher hatte wahrhaben

wollen.
Dieser unbeholfene, rührende Bär mit seiner aufrichtigen, erstaunlich herzlichen und arglosen Art hatte sich unversehens in sein Herz und sein Leben geschlichen, ohne dass er es rechtzeitig gemerkt hätte. Und so langsam wurde ihm das nun alles entschieden zu eng. Er ertappte sich sogar schon dabei, wie er ernsthaft überlegte, sich hier in Zwiesel um die vakante Stelle bei Paul zu bewerben.
Er schüttelte unwillig den Kopf. Sonst noch was!
Seine spontane Idee, Paul zu verärgern, damit sich dieser vielleicht von selbst zurückziehen würde, hatte auch nicht wirklich geklappt, letztendlich auch deshalb nicht, weil er es selbst nicht durchgehalten hatte. Wenn ihn Paul mit seinen seelenvollen Augen nur verwundert ansah, dann war es ihm einfach nicht mehr möglich, ihn weiter zu provozieren.
Verdammt, er wollte Pauls Freundschaft nicht verlieren. So sah es aus und nicht anders. Das machte ihn auf sich selbst zornig. Andererseits … er musste einfach nur noch zurückhaltender werden, redete er sich selber beruhigend zu. Schließlich waren es doch nur noch ein paar Tage. Dann konnte er wieder nach Hause fahren, sie würden sich nicht mehr groß begegnen und er würde wieder wie zuvor in seiner bisherigen Einförmigkeit weiterleben. Und eigentlich war es doch ganz nett, wenigstens bis dahin auch einmal einen Freund zu haben.
Freund, hing er diesem Wort noch eine Zeitlang nach. Bisher war ihm allein dieses Wort schon unheimlich gewesen.
Irgendwann gab er sich einen Ruck und ging auf kürzestem Weg zum Archivverwalter, um die gewünschte Kommilitonen-Liste in Auftrag zu geben. Da sich das zuständige Gebäude eine gewisse Wegstrecke entfernt vom Kommissariat befand, dauerte es bei seinem Schneckentempo geraume Zeit, bis er eintrudelte.

Mit der Liste, die ihm der dortige Kollege aus dem zentralen Datenspeicher ausgedruckt hatte, kehrte er dann zu Anderlech zurück.
Stirnrunzelnd starrten beide darauf, bis Paul sich zu Wort

meldete.

„Ich glaube, dass uns gar nichts anderes übrigbleiben wird, als vor Ort zu recherchieren. Hier steht, dass Tom Krenz seinen ersten Wohnsitz damals bei seinen Eltern in Bad Abbach hatte."

„Einer von uns muss mit ihnen persönlich sprechen, nur übers Telefon finde ich in diesem Falle nicht so gut," gab ihm Thomas recht. „Schließlich wissen die bis heute nicht, was mit ihrem Sohn passiert ist, wo er abgeblieben ist. Kein leichtes Schicksal, meine ich. Außerdem brauchen wir entsprechendes DNA-Vergleichsmaterial. Bestimmt haben die Eltern etwas, was ihrem Sohn gehörte. Wir sollten ihnen aber lieber nichts von unserer Vermutung erzählen, bevor wir nicht endgültige Sicherheit haben."
Paul pflichtete ihm sofort bei.

„Weißt du, das mag ich an dir so ganz besonders, dein Mitgefühl, deine Gabe, dich in andere Leute hineinzudenken. Deshalb fände ich es auch am besten, wenn du das selbst übernimmst." Thomas nickte wohl oder übel dazu und Paul ließ ihm keine Zeit, es sich wieder anders zu überlegen. „Wann, meinst du, kannst du dann wieder hier sein?"

„Ich denke, dass ich es bis zum späten Abend schaffen werde. Kann aber gut sein, dass du da schon im Bett liegst. Auf der Liste stehen auch die Heimatadressen der beiden Frauen, von denen Liza gesprochen hat. Eine davon liegt gar nicht weit weg von Regensburg, nämlich in Kelheim. Wenn es mir noch ausgeht, dann schau ich auch dort noch bei den Eltern vorbei. Mal sehen. Ansonsten bitte ich die Kollegen vor Ort darum, ihre DNA, falls möglich, sicherzustellen und uns zu schicken. Allerspätestens morgen früh kann ich dir also Bescheid geben, was ich herausgefunden habe."
Paul nickte bereitwillig dazu.

„Übrigens möchte ich heute Abend noch eine Team-Sitzung abhalten, damit wir auch alle bisherigen Ergebnisse zusammenbringen. Also, viel Erfolg, Thomas. Wir können uns glücklich schätzen über jede noch so kleine Winzigkeit. Wir haben fast nichts in der Hand."

Sorgenvoll schob der Kommissar seine Stirn in Falten und ähnelte so noch viel mehr einem großen Teddybären, sodass Thomas unwillkürlich lachen musste.

„Du solltest dich jetzt mal sehen!“, rief er lustig und Paul grinste humorvoll zurück.

Thomas Lingen verschwand, um nach Regensburg zu fahren, und Paul hatte noch viele Telefonate mit Innsbruck vor sich.

Wie hieß die Freundin von Lizas Mutter schnell noch mal? Er schaute auf seinen Schmierzettel.

Carola Wissmann, da stand es groß und fett geschrieben. Seufzend nahm er den Hörer zur Hand.

✝

Fritz verzog sich indes humpelnd und mit schmerzverzerrtem Gesicht in Richtung Innenstadt. Er fluchte innerlich und wünschte den beiden die Pest an den Hals. Nichts hatte er erreicht, stattdessen tat ihm jetzt jeder einzelne Knochen weh und zu dieser blöden Familie musste er heute Abend auch noch. Seine Laune war derart abgrundtief im Keller, dass ihm jeder Passant, der ihm ins Gesicht schaute, eiligst auswich.
Endlich hatte er das Jugendamt erreicht.
Auf dem Weg in sein Büro lief ihm ausgerechnet auch noch Frau Michaelsen über den Weg, die bei seinem Anblick wie angewurzelt stehenblieb.

„Herrgott, wie sehen Sie denn aus?“, rief sie bestürzt, beinahe schon vorwurfsvoll, denn sie konnte es partout nicht ausstehen, wenn unvorhergesehene Dinge passierten.
Wenn es nach ihr ging, dann plante man frühmorgens seinen Tag und zog dann auch alles gemäß dieser Tagesordnung konsequent und ohne Wenn und Aber durch. Nur das verlieh Ordnung und machte Sinn. Alles andere empfand sie einfach als chaotisch und im höchsten Maße unprofessionell. Und so gesehen, gehörten Krankheit und Unfall und eben auch der Mord an Anita Bauer zur Kategorie von vermeidbarem Lapsus, an dem man irgendwie auch immer selbst Mitschuld trug.
Lizas unerwartetes, krankheitsbedingtes Fernbleiben von der Arbeit hatte sie schon recht verärgert und aus der Contenance gebracht und nun auch noch dieser zerschunden aussehende Fritz!

„Nicht der Rede wert“, winkte Fritz ab, so lässig es ihm möglich war. „Hab nur ein paar blöde Stufen übersehen. Kein

Problem, ist ja, Gott sei Dank, alles gut abgegangen. Ich habe bloß ein paar Prellungen und Schürfwunden. Ich mach jetzt die nächsten Stunden einfach ein bisschen langsamer, dann wird das schon wieder. Und für heute Abend habe ich das Gespräch mit Herrn Seidl schon vereinbart."

„Gut, Herr Brenner. Es wird allerhöchste Zeit, da noch mal nach dem Rechten zu schauen. Wäre es Ihnen lieber, wenn ich mitkomme?"

„Nein, nein!", versicherte er ihr erschrocken. Das fehlte ihm jetzt gerade noch. „Alles gut! Wirklich. Kein Problem, Frau Michaelsen."

„Na gut, wenn Sie meinen. Ich dachte mir eigentlich, bevor ich mir Frau Rickers Fälle schnappe, weiß doch kein Mensch, wann sie wieder gesund ist, gönne ich mir noch einen letzten Urlaubstag. Ich wollte eine kleine Wanderung in der Umgebung machen. Aber wenn Sie mich jetzt hier brauchen, dann …"

„Nein, nein, bestimmt nicht! Das finde ich eine super Idee, Frau Michaelsen. Ich bin überzeugt, dass Ihnen ein schöner Ausflug guttun wird. Schließlich brauche ich Sie die nächste Zeit mit vollem Einsatz. Gehen Sie nur, ich komme heute schon ganz gut alleine klar, sicher!"

Seine Chefin wirkte sehr erleichtert, dass ihre weiteren Pläne nun doch nicht gefährdet schienen, und machte sich zufrieden auf den Nachhauseweg, um Wanderkleidung anzuziehen, noch etwas Proviant für unterwegs einzukaufen und vorsichtshalber eine Wanderkarte mit lohnenden Ausflugszielen zu studieren.

Fritz hingegen atmete auf.

Da war er diesen Drachen doch tatsächlich für den Rest des Tages los und einem klein wenig Ausrasten stand nichts mehr im Wege. Wie um sich selbst zu beweisen, dass ihm Liza und ihre gemeinsam verbrachte, wunderbare Zeit nicht mehr länger unter die Haut ging, beschloss er spontan, seinen Platz am Fluss aufzusuchen und seinen wunden Gliedern dort ein wenig Ruhe zu gönnen, bevor er später dann noch zu diesem Seidl musste. Gesagt, getan.

Ein wenig mühsam vor sich her pfeifend, denn das Kinn und

der Mund taten ihm von Cornelius' Faustschlag doch noch ziemlich weh, verließ er also das Jugendamt und schlenderte langsam und vorsichtig in den nahen Park.
An Ort und Stelle angekommen, ließ er sich umständlich und unter höllischen Schmerzen auf das weiche Gras nieder. Bei jedem Autsch entfuhr ihm auch ein deftiges Schimpfwort, abwechselnd gegen Liza und Cornelius gerichtet.

Endlich lag er lang ausgestreckt im kühlen Halbschatten dieses strahlenden Julitages und schloss, von der durch die Bäume lugenden Sonne geblendet, genervt seine Augen.
Dann schlief er ein.

A.D. MCCXXVII

Elizabeth hat Fieber. Ihr heißer Körper wird geschüttelt von Kälteschauern. Sie weiß nicht, was um sie herum geschieht. Sie sieht nicht ihre kleine Tochter, die schmatzend an ihrer Brust saugt, gehalten von den Nonnen, noch erkennt sie Konrad, der unwillig auf sie herabsieht.
Er hat keine Zeit zu verschwenden.
Magister Konrad bezwingt sich und fällt in murmelndes Zwiegespräch mit IHM, seinem Herrn und Gott.
Wohlan! Er wird sich gedulden müssen.

„Vor ihm her geht ein verzehrendes Feuer und hinter ihm eine brennende Flamme."

Das Land vor ihm ist wie eine wüste Einöde, aber nach ihm wie der geweissagte Garten Eden und niemand wird ihm entgehen.

✝

Anderlech rieb sich müde die Augen. Nach gefühlt Hunderten von Telefonaten sah er inzwischen ein wenig klarer.
In Innsbruck hatten die österreichischen Kollegen einräumen müssen, dass ihnen damals vor fünfzehn Jahren ein geradezu unverzeihliches Versäumnis unterlaufen war.
Carola Wissmann war zu jener Zeit von ihren inzwischen verstorbenen Eltern als vermisst gemeldet worden. Aus heute nicht mehr nachvollziehbaren Gründen hatte man es damals jedoch versäumt, ihre archivierte DNA mit jener der später aufgefundenen Brandtoten abzugleichen.
Eigentlich war dies ein übliches Vorgehen und standardmäßig wurden Vermisste immer mit aufgefundenen Mordopfern in Verbindung gebracht, um abzuklären, ob da möglicherweise eine Übereinstimmung vorlag. Genau das war vor fünfzehn Jahren aber nicht geschehen.
In Innsbruck hatte man ihm eiligst versichert, dies jetzt sofort und ohne Verzug nachzuholen und glücklicherweise hatten sie sowohl von der Vermissten als auch dem Mordopfer die DNA gesichert und aufbewahrt. Damit war es, Gott sei Dank, auch heute immer noch möglich, diese unglaubliche Panne wieder auszumerzen.
Allerdings würde es noch ein paar Tage dauern, bis Ergebnisse vorlagen. Und da waren sie schon verdammt schnell. Solche DNA-Untersuchungen konnten nämlich durchaus auch sehr lange dauern, aber ihr eigenes, schlechtes Gewissen und das Bemühen, diesen höchst unangenehmen Fauxpas so schnell wie nur irgend möglich aus der Welt zu schaffen, schien den Verantwortlichen Flügel zu verleihen.
„Wenigstens etwas“, brummte Anderlech ziemlich ungehalten.

Diese unverantwortlichen Verzögerungen konnten noch wie ein Bumerang auf sie alle zurückfallen. Seit Stunden merkte er, wie seine innere Unruhe zunahm. Selbst der bevorstehende Besuch seiner Tochter war immer stärker in den Hintergrund getreten und das, obwohl doch ihr Verlust sein weiteres Leben und auch all seine menschlichen Beziehungen geprägt hatte wie nichts sonst.

Auch was Lizas Vater anbetraf, war er nicht weitergekommen. Er hatte nur herausgefunden, dass dieser von glaubwürdigen Zeugen Monate nach seinem Verschwinden noch mehrmals in Darmstadt gesehen worden war. Dann verlor sich seine Spur endgültig.

Zumindest aber konnte er damit ausschließen, dass es sich bei dem Toten in Linz um Lizas Vater gehandelt haben könnte.

„Immerhin! Damit wissen wir zwar immer noch nicht, um wen es sich bei dem toten Mann in Linz handelt, aber ihr Vater kann es auf jeden Fall schon mal nicht sein. Und wenn er so lange nach seinem Verschwinden noch einmal gesehen wurde, deutet das wohl auch daraufhin, dass er sich nicht im Affekt umgebracht hat. Eigentlich könnte man fast davon ausgehen, dass er noch lebt“, sinnierte er vor sich hin.

Und so beschloss er in einem spontanen Einfall, sich über alle geltenden Vorschriften hinwegzusetzen und einen neuerlichen Suchaufruf nach ihm zu starten, um seiner habhaft zu werden. Noch wusste er zwar nicht, was er sich davon eigentlich versprach, aber irgendwie schien es ihm doch geraten.

Seinen Chef wusste er bei allem, was er unternahm, hinter sich und mehr brauchte es vorerst nicht. Sollte sich der dann doch mit möglichen Beschwerden und Problemen herumschlagen. Er, Anderlech, hatte für diese Art der Korinthenkackerei nicht die Zeit und, vor allem, auch nicht die Lust.

So setzte er alles dafür Notwendige in Bewegung und bereits eine halbe Stunde später sprang ihm das versteinerte Gesicht von Lizas Vater auf dem Bildschirm des zentralen Europol-Polizeicomputers entgegen.

Es handelte sich um eine im Polizei-Archiv noch aufbewahrte Fotografie, die vor der Beerdigung seiner Frau aufgenommen

worden war und somit die letzte und aktuellste Bildwiedergabe darstellte.
Paul wollte ansetzen, Thomas von seinen Nachforschungen zu berichten, da fiel ihm wieder ein, dass der gar nicht da war. Er hatte sich in den wenigen Tagen so daran gewöhnt, alles mit einem Partner besprechen zu können und sich vertrauensvoll miteinander auszutauschen, dass es ihm schon jetzt vor dem Tag graute, an dem Thomas wieder nach Linz zurückkehren würde. Ihm war, als müsse er nun mit Thomas die lange Zeit nachholen, in der er ohne jede Unterstützung ständig auf sich allein gestellt war und sich mit niemandem wirklich hatte besprechen können oder wollen.

Er stand auf und sah auf die Uhr. Eigentlich müsste sein Team jetzt jeden Moment hier auftauchen. Er hatte das kaum fertig gedacht, da trudelte bereits einer nach dem anderen ein.
Er sah auf den Monitor, der immer noch schwarz war. Aber da! Es begann zu grießeln und Blitze wie bei einem Gewitter zuckten über die Mattscheibe. Entnervt konstatierte er wieder einmal, wie oft diese Skype-Verbindungen Probleme machten. Doch dann konnte man Michaels Gesicht endlich klar und deutlich sehen.
Als sich alle irgendwo niedergelassen hatten, ergriff Paul das Wort.

„Schön, dass es bei euch allen geklappt hat. Mir geht es darum, dass jeder von euch die neuesten Ergebnisse hört und da dürfte vor allem interessant sein, was Patrick und seine Kollegen bisher herausgefunden haben. Bitte Patrick, leg los."
Herr Bauer von der Inneren Abteilung nahm seine Unterlagen und stellte sich vor die wartenden Kollegen, die, teilweise auch auf den Schreibtischen sitzend, überall im Raum verstreut herumhockten. Aller Augen waren auf ihn gerichtet.

„Okay, ich hatte folgende Recherchen zu erledigen: Liza Ricker, Franziska Merle und Angelika Müller. Zu Michi Kranz und Stefanie Jonas habe ich natürlich noch nichts, da es mir erst vor Kurzem aufgetragen wurde. Zunächst also einmal zu Liza Ricker. Das meiste wissen wir schon. Neu hingegen dürfte sein, dass die junge Dame als Neugeborenes adoptiert wurde. Ihre Eltern, Anna Ricker, geborene Burger, und Heinz Ricker, scheinen demnach nicht ihre leiblichen Eltern zu sein. Wer jedoch ihre biologischen Eltern sind, konnte ich bisher noch nicht herausfinden. Sie wurde direkt nach der Geburt heimlich vor einem Kloster abgelegt. Liza selbst scheint davon jedoch bis heute nichts zu wissen. Sie geht selbstverständlich davon aus, dass Anna und Heinz Ricker ihre richtigen Eltern sind, da sie nie etwas Gegenteiliges erfahren hat. Ich werde natürlich auf jeden Fall dranbleiben, denn ich könnte mir gut vorstellen, dass es nicht ganz unwichtig wäre, ihre wirklichen Eltern zu kennen, oder?“ Er blickte sich fragend um und erhielt prompt eindeutig zustimmendes Gemurmel als Antwort. „Wie wir alle wissen, verließ die Familie 1994 Darmstadt, aber wirklich interessant ist der eigentliche Grund für diesen Umzug. Lizas Adoptivvater Heinz wurde damals nämlich wegen sexuellen Missbrauchs seiner Tochter Liza zu einem Jahr auf Bewährung verurteilt. Direkt danach entzog sich die Familie einer weiteren Beobachtung durchs Jugendamt und siedelte nach Innsbruck um. Die österreichischen Behörden erhielten, offensichtlich infolge höchst unverantwortlicher Schlamperei, wenn ich das einmal nebenbei erwähnen darf, keinerlei Kenntnis über den Vorgang und deshalb blieben die Eltern in Folge dort auch unbehelligt. Ein tragisches Versäumnis, zweifellos! Als Liza zehn Jahre alt war, verstarb ihre Adoptivmutter Anna. Im selben Jahr noch verschwindet der Vater spurlos bis heute. Ob es davor zu weiteren sexuellen Übergriffen kam, ist leider nicht bekannt. Mit elf Jahren kam die Kleine dann zu ihrer Tante. Dieses Verhältnis war von wenig Herzlichkeit geprägt, um es einmal sehr vorsichtig auszudrücken. Nachdem es vermehrt zu Gerüchten kam, dass Liza von ihrer Tante misshandelt würde, gab diese sie schließlich in ein klösterliches Internat in Passau. Dort wurde es für das Kind nicht so viel besser. Zucht und Ordnung und viel Beten haben ihr Leben dort bestimmt, aber sie machte ihr Abitur und das noch dazu sehr gut. Alles andere ist bekannt. Noch irgendwelche Fragen dazu?“

Paul konnte man ansehen, dass ihn die knappe Schilderung

erschüttert hatte. Ihm tat die junge Frau gleich noch viel mehr leid, als es bis dato ohnehin schon der Fall gewesen war. Die Tatsache der Adoption wusste er zum jetzigen Zeitpunkt in ihrer Relevanz für die Morde nicht einzuordnen. War das nun wichtig oder nicht? Jene des sexuellen Missbrauchs hingegen schon.

„Ein Grund mehr, nach diesem Vater zu fahnden", ließ er sich vernehmen.

Die Anwesenden nickten. Nur Michael Essmann ließ sich in seiner Konzentration zu keiner Regung hinreißen. Paul nickte Patrick zu, dass dieser fortfahren möge, und der ließ auch nicht darauf warten.

„Angelika Müller, die tote Frau in Darmstadt! Ich weiß, dass diese Dame auf die kleine Liza des Öfteren, hmm ... aufgepasst hat. Eine der früheren Nachbarinnen der Familie Ricker, eine entzückende alte Dame, konnte sich gut daran erinnern. Übrigens ist sie die einzige Zeitzeugin, die ich nach so langer Zeit auftreiben konnte, denn alle anderen Nachbarn sind schon längst unbekannt verzogen und die alte Dame konnte sich an deren Namen leider nicht mehr erinnern. Ihr war aber im Gedächtnis geblieben, dass Angelika Müller eine sehr hübsche Frau Mitte zwanzig war, die bei ihren Babysitter-Diensten oft wechselnde, männliche Gesellschaft mitbrachte. Das war auch der Grund, weshalb sie sich noch so gut daran erinnern konnte, weil ihr das nämlich komisch vorgekommen war. Meist war auch Lizas Vater dabei, nur die Mutter war nie bei diesen Gesellschaftsrunden anwesend. Genau darüber hat sich die Nachbarin immer sehr gewundert. Es steht daher zu befürchten, dass sich der sexuelle Missbrauch wohl in einem deutlich größeren Rahmen abspielte, als er in Darmstadt zur Anklage kam. Die Anwesenheit des Vaters und der anderen Männer im Rahmen eines angeblichen Babysittings muss uns das bei dieser Vorgeschichte wohl leider befürchten lassen. In diesem Falle wäre Angelika Müller eine Mittäterin. Aber wie gesagt, das lässt sich bisher nur vermuten, aber nicht beweisen. Und nun zu Franziska Merle, der Toten von Linz. Sie war Lizas ehemalige Religionslehrerin in der Grundschule, eher

unscheinbar, auch keine besonderen Verbindungen ansonsten zu Liza Ricker zu erkennen. Das einzig Interessante an ihr war, aber auch das sind eben nur Gerüchte, dass sie ein Verhältnis mit dem katholischen Pfarrer der Gemeinde gehabt haben soll. Beweise gab es dafür aber nie. Ihr wurden ja alle möglichen Liebschaften unterstellt, die ich allerdings nicht wirklich nachweisen konnte. Zu Michaela Stoiber, der Toten aus Regensburg, gibt es nichts zu berichten, was ihr alle nicht sowieso schon vorliegen habt, und was Tom Krenz betrifft, an dieser Sache ist, glaube ich, Kollege Lingen dran. Darum habe ich mich um den nicht weiter gekümmert, dasselbe gilt für Fritz Brenner. Soviel ich weiß, wolltet ihr euch selbst mit ihm beschäftigen, ist das richtig?"
Paul nickte beifällig.

„Stimmt."
Patrick Bauer fuhr fort.

„Wer allerdings in unserem Zusammenhang interessant sein könnte, ist unser Herr Brühl. Ich dachte mir, es könnte nicht schaden, wenn ich zu diesem Herrn auch noch ein wenig recherchiere. Cornelius Brühl, fünfundvierzig Jahre, Sohn einer sehr reichen Unternehmerfamilie. Er selbst tut nicht wirklich viel, soll heißen, er nimmt sich häufig lange Auszeiten aus dem Familienunternehmen. Seine Familie besitzt Hotels im In-und Ausland, vorwiegend im europäischen Raum. Er selbst ist, man könnte altmodisch sagen, ein klassischer Playboy. Er reist viel und könnte demnach theoretisch auch in all jenen Gebieten gewesen sein, wo die Morde passiert sind. Er steht in dem Ruf, Frauen sehr, nun sagen wir mal, geringschätzig zu behandeln. Dass er sich zurzeit in Zwiesel aufhält, ist eher ungewöhnlich, weil er sich sonst meistens in gesellschaftlich spannenderen Gegenden bewegt. Jedenfalls, sowohl vom Alter als auch den Vermögensverhältnissen her passt er ausgezeichnet in unser Täterprofil. Auch scheint er, wie gesagt, ein gespanntes, wenn nicht sogar krankhaftes Verhältnis zu Frauen zu besitzen. Menschen aus seinem näheren Umfeld haben mir berichtet, dass er alle Frauen ausnahmslos und in sehr demütigender Weise abserviert, sobald er sie herumgekriegt hat, so haben sie sich jedenfalls ausgedrückt. Ich konnte allerdings nicht mehr feststellen, ob er sich tatsächlich in genau jenen Gegenden aufgehalten hat, wo auch die Brandleichen gefunden wurden. Polizeilich ist er nämlich völlig unauffällig. Ich befürchte, wir haben bisher nichts, was einen Durchsuchungsbeschluss für seine Wohnung rechtfertigen könnte. Wenn wir aber erst wissen, um wen es sich bei den toten Frauen handelt, könnte ich schon noch recherchieren, ob er zu diesen Frauen Verbindungen hatte. Das war es erst einmal von meiner Seite. Mehr war in der extrem kurzen Zeit nicht herauszufinden. Und an die beiden anderen Frauen mache ich mich, wenn ich herausgefunden habe, wer Lizas leibliche Eltern waren. Ist das so in Ordnung?"

Provokant hob er das Kinn, um gegebenenfalls gleich Kontra geben zu können, falls das von irgendeinem der Anwesenden kritisiert werden würde.

Paul jedoch war ihm aufrichtig dankbar für seine präzise und knappe Zusammenfassung all der neuen und teils brisanten Erkenntnisse, die er in dieser tatsächlich sehr kurzen Zeit gesammelt hatte, und nickte auf Patricks Frage nur kurz.

Erschöpft von dieser Informationsflut und auch angesichts der späten Stunde bat er sein Team, dass sich jeder Einzelne mit diesen Neuigkeiten noch weiter beschäftigen solle und dazu denkbare Interpretationen ausarbeiten möge, um sich dann bei der nächsten Besprechung miteinander darüber austauschen zu können.

Aus dem Augenwinkel sah er, dass Michael heftig nickte, und er war wirklich gespannt, was ein Psychologe aus diesen Details zu machen verstand. Aber für heute hatte er erst einmal definitiv genug und so verabschiedete er sich höflich von jedem der Anwesenden mit Handschlag.

Wieder allein in seinem Büro blickte er auf seine Uhr, um dann total überrascht feststellen zu müssen, dass es bereits nach sieben Uhr abends war. So langsam merkte er, wie sich sein Magen meldete. Gerade noch Zeit, schnell etwas einzukaufen. Selbst in Zwiesel war man immerhin mittlerweile so weit, dass Supermärkte bis zwanzig Uhr geöffnet hatten.

Und so beeilte sich Anderlech, so rasch wie möglich in den nächstgelegenen Einkaufsmarkt zu sprinten, um sich nicht vom Anblick eines leeren Kühlschranks deprimieren lassen zu müssen. Außerdem brauchte er auch noch so einiges für den anstehenden Besuch seiner Tochter, fiel es ihm siedend heiß ein.

Mit vollen Tüten schwer bepackt, schleppte er seine Einkäufe schnaufend in den ersten Stock seiner Wohnung und ließ sie in der Küche vorsichtig auf den Boden gleiten.

Da hatte er sich doch in der letzten halben Stunde tatsächlich dabei ertappt, wie ihm das Einkaufen ganz ungewohnten Spaß gemacht und seine Vorfreude auf Viktoria noch gesteigert hatte.

Nachdem er alles in Kühlfach und Schränken verstaut hatte, strich er sich zwei Butterbrote, belegte sie dick mit Käse, holte sich ein Bier und mümmelte sich mit angezogenen Beinen in die Ecke seiner breiten Wohnzimmercouch.

Er schaltete den Fernsehapparat ein, kaute und schluckte und riet ein bisschen in der eben laufenden Quiz-Sendung mit. Irgendwann fielen ihm die Augen zu und er zollte der Anspannung der letzten Tage Tribut.

Er schlief so tief und fest, dass er trotz seiner unbequemen Stellung vor dem Morgen nicht mehr aufwachte. Nicht einmal Thomas hörte er zurückkehren, der vor ihm stehenblieb und Paul lange und voll freundschaftlicher Zuneigung betrachtete. Dann machte er den Fernseher aus, breitete eine Decke über den schlafenden Paul und ging in sein Zimmer weiter.

Die Sonne war kaum aufgegangen, als das lange Läuten seines Handys Paul jäh aus dem Schlaf riss.

✝

Fritz gähnte, streckte und dehnte sich, bis ihn die sich sofort und heftig meldenden, bösen Rippenprellungen wieder schmerzhaft an Liza erinnerten.
„Schlampe", entfuhr es ihm automatisch. Dieses Wort war immer das Allererste, das ihm mittlerweile zu Liza einfiel. Seine Armbanduhr zeigte ihm, dass es inzwischen höchste Zeit war, sich auf den Weg zur Familie Seidl zu machen, wenn er dort noch pünktlich ankommen wollte.
So stemmte er sich unter Ächzen und Fluchen in die Höhe und versuchte, die verhärtete Muskulatur seiner Beine und Arme durch Ausschütteln derselben etwas zu lockern.
Dann marschierte er los.

Nach kurzer Zeit war er schwer atmend in der Wohnstraße von Familie Seidl angelangt. Einen Vorteil hatte das kleine Zwiesel, es war überschaubar und es brauchte daher nur relativ kurzer Wegstrecke, um von A nach B zu kommen. Dafür war es aber auch so hügelig, dass man schnell aus der Puste geriet.
Wie schon vor wenigen Tagen schellte er erneut am bekannten Klingelknopf und der Türsummer ertönte prompt.
Mühsam stieß er das Hausportal auf und begann, die Stiegen in den dritten Stock hinaufzusteigen. Oben angelangt, richtete er sich leise ächzend auf und sah sich dem kleinen, grimmigen Mann gegenüber, den er bereits bestens kannte.

„Guten Tag, Herr Seidl. Jetzt muss ich Sie doch noch ein weiteres Mal stören. Mittlerweile haben wir nämlich weitere, ernstzunehmende Hinweise auf Kindesmisshandlung in Ihrer Familie bekommen. Ich habe deshalb gar keine andere Wahl, als dem Ganzen nun mit aller Entschiedenheit nachzugehen."

„Was soll das denn, bitte schön, heißen?", schnaubte Herr

Seidl verächtlich. „Was wollen Sie denn machen, wenn Sie mir und meinen Kindern schon nicht glauben? He, was sagt ihr denn dazu? Werdet ihr von irgendjemandem misshandelt?"

Die Kinder, wieder wie kleine Orgelpfeifen nebeneinander aufgereiht, beeilten sich, hastig und ganz energisch den Kopf zu schütteln.

Fritz zeigte sich davon leider gar nicht beeindruckt.

„Ich muss Ihre Kinder als allererstes einmal körperlich in Augenschein nehmen und sie nach Spuren äußerer Gewalt absuchen."

„Was? Auf keinen Fall! Das erlaube ich Ihnen nicht. Das dürfen Sie doch gar nicht."

Herr Seidl schien mit einem Schlag um mehrere Zentimeter größer geworden zu sein, so sehr erfüllte ihn nur noch blanke Empörung, ja grimmiger Zorn über eine zutiefst beleidigende Ungerechtigkeit und Willkür durch die Behörden. Er wirkte plötzlich richtig gefährlich und war von gewiss nicht zu unterschätzender Körperkraft.

Fritz hob deshalb betont selbstbewusst den Kopf. Ihm war klar, dass er sich mit seinem Vorhaben auf gefährliches Terrain begab. Schließlich verbot es sich selbstredend von ganz alleine, dass er als Mann und ohne Zeugen zwei Mädchen körperlich in Augenschein nahm. Er machte sich dadurch in höchstem Masse angreifbar und trotzdem wollte er unbedingt noch am heutigen Abend und ohne weitere Verzögerung endlich zu einem Ende kommen.

Lizas Unterstützung fiel selbstverständlich weg und seine Chefin raubte ihm sowieso nur die letzten Nerven. Und so entschied er sich, dieses Risiko auf sich zu nehmen und darauf zu vertrauen, dass er diesem Seidl so viel Respekt einjagen konnte, dass dieser gar nicht erst auf die Idee kam, ihn deshalb möglicherweise anzuzeigen.

„Nun, wenn Sie es mir hier jetzt nicht gestatten, bin ich gezwungen, den Amtsarzt einzuschalten. Danach wird sich die gesamte Behördenmaschinerie einmischen und dann … nun ja, ganz wie Sie wollen."

Herr Seidl legte den Kopf schief und Fritz konnte ihm an

seinem hochroten Gesicht ablesen, wie überaus angestrengt er nachdachte.

„Nein, ich will nicht, dass Sie meine Kinder hier und jetzt anfassen. Ich finde es eine Unverschämtheit, dass Sie aufgrund anonymer Beschuldigungen einen unbescholtenen Bürger wie mich mit solch einem unmöglichen Ansinnen beleidigen. Ich verlange, dass das alles rechtlich einwandfrei behandelt wird. Ich will ein formelles Ersuchen der Ihnen übergeordneten Stelle sehen. Wenn mich nicht alles täuscht, muss dafür doch ein Richter eine Verfügung erlassen, stimmt's?"

Fritz schüttelte den Kopf.

„Da irren Sie sich aber, Herr Seidl. Sie zwingen mich nur dazu, die Polizei zu informieren. Die reicht dann übrigens völlig aus. Sie kann bei Verdacht auf körperliche Gewalt kraft ihrer Befugnisse Ihre Kinder zwangsweise einer sofortigen, ärztlichen Untersuchung zuführen, damit dort gegebenenfalls vorhandene Verletzungen schnellstens dokumentiert werden können. Sollten dann solche Spuren körperlicher Gewalt auch wirklich gefunden werden, übernimmt die Staatsanwaltschaft automatisch das weitere Verfahren. Sollten Sie jedoch zu einer Zusammenarbeit mit mir als dem Vertreter des Jugendamts bereit sein, so gäbe es im Rahmen der Familienhilfe immerhin die Möglichkeit, zunächst andere Wege zu beschreiten. Dies setzt allerdings die Bereitschaft auf Ihrer Seite voraus, im Fall der Fälle auch wirklich etwas verändern zu wollen. Mit anderen Worten, sollte ich nicht den absolut glaubwürdigen Eindruck gewinnen, dass Sie selbst unter allen Umständen auf jede weitere Gewalt gegenüber Ihren Kindern verzichten wollen und werden und bereit sind, sich von uns dabei unterstützen zu lassen, dann bleibt als letztes Mittel der Wahl nur noch die Inobhutnahme der Kinder durch die staatliche Kinderhilfe, also uns. Wie sieht es nun aus? Soll ich jetzt die Polizei rufen oder nicht?"

Abwartend hielt er den Blick des anderen fest.

„Das heißt, wenn ich Ihnen erlaube, dass Sie sich meine Kinder hier und jetzt anschauen, dann regeln wir das unter uns?"

„Das ist etwas arg verharmlosend ausgedrückt. Ich würde, sollte sich der Verdacht bestätigen, etwaige Verletzungen mit meinem Fotoapparat gleich hier noch dokumentieren. Danach würden wir dann gemeinsam die nächsten Schritte besprechen. Davon hängt ganz entscheidend ab, ob ich es zur polizeilichen Anzeige bringe oder nicht. Allerdings bedeutet das nun nicht, dass Sie alleine entscheiden könnten, was in Folge weiter unternommen wird oder nicht. Sie müssten sich schon meinen Anweisungen beugen. Was ich aber tun kann und tun werde, ist, mit Ihnen gemeinsam abzuklären, was in Ihrem konkreten Fall das Beste sein könnte. Nun, was halten Sie davon?"

Herr Seidl hatte inzwischen beinahe vollständig seine wütende Überheblichkeit abgelegt. Allein das Wort Polizei trieb ihm eine derart heftige Blässe ins Gesicht, dass seine tiefliegenden Augen plötzlich wie dunkle Abgründe aussahen. Er überlegte krampfhaft, wie er aus der verflixten Situation herauskommen könnte und doch fiel ihm absolut nichts Gescheites ein. Das Einzige, was ihm tonnenschwer aufs Gemüt drückte, war die Tatsache, dass er diesen dämlichen Kerl so oder so nicht mehr loswerden würde. Dem war zuzutrauen, augenblicklich mit der Polizei zurückzukommen, sollte er ihn jetzt und auf der Stelle hinauswerfen, was er am allerliebsten getan hätte. Gar nicht auszudenken, was die Nachbarn bloß dazu sagen würden.

Zähneknirschend gestand er sich seine Niederlage zumindest für heute ein. Warum musste aber auch, verdammt nochmal, gerade dieser Brenner erscheinen? Mit der Frau wäre er sicher ganz anders fertig geworden als mit diesem sehr selbstsicher wirkenden, starken Mann. So fügte er sich, seine Wut tapfer verbergend, ins Unvermeidliche.

„Dann geht schon mit dem Herrn hier mit und lasst ihn nachschauen, ob ich euch irgendwas getan habe."

Und warnend schaute er sie dabei an.

Fritz nahm ein Kind nach dem anderen an die Hand und ging damit ins Badezimmer, wo sie alleine und unbeobachtet vom Vater die Betrachtung durch den Jugendamtsmitarbeiter über sich ergehen ließen. Als Martin an der Reihe war, verfinsterte sich Brenners Gesicht, als er die blutunterlaufenen Striemen und kaum verkrusteten Wunden auf Hintern und Rücken des Buben sah.

„Was ist das? Hör mal, war das dein Vater oder deine Mutter? Haben sie dich etwa geschlagen?“ Martin schüttelte ängstlich den Kopf und sah scheu zur Seite. „Hör zu, Martin, so heißt du doch? Wenn das dein Vater war, dann musst du mir das sagen, damit ich dir helfen kann, damit es nicht wieder passiert. Also?“ Aber Martin verneinte wieder und wieder, dass ihn sein Vater geschlagen haben solle. Ratlos stand Fritz auf und machte rasch noch Fotos von den Verletzungen. Dann wandte er sich wieder an den kleinen Jungen. „Schon gut, mein Kleiner. Dann gehen wir zu deinen Geschwistern zurück.“

Da ihm an den anderen drei Kindern nichts weiter aufgefallen war außer der Tatsache, dass die Kleinste kein einziges Wort sprach und jedem Blickkontakt konsequent auswich, und dass der Zweitjüngste, Andreas hieß er, ziemlich stark stotterte und Fingernägel kaute, war er unschlüssig, wie er weiter verfahren sollte. Da Martin leider vehement bestritt, von seinem Vater jemals geschlagen worden zu sein und stattdessen felsenfest behauptete, dass ihn ein älterer, ihm unbekannter Junge auf dem Nachhauseweg verprügelt hätte, hatte er keine Trümpfe in der Hand. Das war ihm genauso klar, wie er gleichzeitig der sicheren Überzeugung war, dass ihn sein Vater verdroschen hatte und zwar offensichtlich mit irgendeinem Gegenstand wie einem Gürtel, Stock oder einer Peitsche.

Trotzdem war es ihm scheinbar gelungen, dem Mann einen gewissen Respekt einzuflößen und ihn zu verunsichern und das musste er nun unbedingt ausnutzen. Auf keinen Fall durfte er sich von ihm in seine zugegebenermaßen dürftigen Karten schauen lassen.

„Nun, Herr Seidl, ich habe an Ihrem Jungen gesehen, wozu Sie offenbar in der Lage sind“, pokerte er. „Sie brauchen ihn gar nicht so böse anzuschauen. Er hat nichts gesagt. Aber ich bin doch nicht blind. War es ein Stock oder ein Gürtel? Sie können mir glauben, dass ich das erkenne, wenn ich solche Spuren sehe.“

„Das war ich aber nicht“, tönte es uneinsichtig zu Fritz

herüber. „Sie können mir gar nichts, verstehen Sie, gar nichts! Aber damit Sie sehen, dass ich nichts zu verbergen habe und sehr kooperativ bin, lassen Sie doch mal hören, was Sie sich so weiter vorgestellt haben."

Und genau das war das Problem, welches Fritz hatte. Er hatte einfach nicht genügend in der Hand, um den Behördenapparat einschalten zu können. Dazu müssten sich ähnliche Vorfälle erst gehäufter feststellen lassen. Und das brachte ihn nun auch auf die Idee, wie er am besten aus dieser verfahrenen Situation herauskommen könnte. Aber zunächst schickte er die Kinder aus dem Raum. Sie durften nicht noch mehr belastet werden. Dann wandte er sich wieder an den Mann.

„Das stimmt", gab er unumwunden zu. Herr Seidl schien von dieser unerwartet freimütigen Antwort völlig überrumpelt. „Aber ich habe zumindest ausreichende Anhaltspunkte, um eine engmaschige Kontrolle zu erzwingen. Und das heißt im Klartext, es wird zunächst zweimal in der Woche hier bei Ihnen jemand von uns unangemeldet auftauchen und sich Ihre Kinder gründlich ansehen. Sollten wir da dann irgendwelche Auffälligkeiten, unerklärliche Verletzungen, gehäufte blaue Flecken oder was auch immer finden, dann sind Sie so richtig dran. Mein Wort darauf!"

Fritz schaute Herrn Seidl unerbittlich an. Auf die Weise konnte er erst einmal das Allerschlimmste verhindern. Wenn der Mann wusste, dass alle paar Tage nachgeschaut würde, dann würde er seine Kinder aus Angst vor Entdeckung gewiss in Ruhe lassen.

Unangenehm berührt, reichte es bei diesem nur noch in einem deutlich schwächeren aggressiven Ton zu einer sehr halbherzig hervorgewürgten Frage.

„Dürfen Sie das denn überhaupt?"

„Da können Sie sich sicher sein, dass wir das dürfen", konterte Fritz sogleich.

„Tja, dann wird uns wohl nichts anderes übrigbleiben. Ich verlange aber trotzdem, dass wir davor rechtzeitig informiert werden und dass Ihre Besuche nur abends, wenn ich zu Hause bin, stattfinden."

„Ehrlich? Sie haben da überhaupt nichts zu verlangen. Die Besuche werden erst ein paar Stunden, bevor sie erfolgen, angekündigt und sie werden zu einer Uhrzeit angesetzt, die den Mitarbeitern des Jugendamts genehm sind und nicht Ihnen. Und von Ihnen hat dann jemand zuhause zu sein, genauso wie die Kinder. Haben Sie jetzt noch irgendwelche Fragen oder war's das für heute?"
Herr Seidl biss die Zähne zusammen, so sehr verlangte es ihn danach, diesem jungen Spund eins zu verpassen. Aber er schaffte es, nicht zu explodieren, aber dass sein angestauter Hass heute noch irgendein Ventil finden musste, war klar.
Mit einem frostigen „na dann …", verabschiedete er Fritz und komplementierte ihn bemüht höflich hinaus.
Draußen atmete Fritz ebenso erleichtert durch, wie es davor Liza immer schon gemacht hatte.
„Junge, Junge!", flüsterte er vor sich hin. „Irgendwie macht einem der Kerl schon echt Bauchgrimmen. Bin ich froh, dass ich das erst mal hinter mir habe. Morgen früh schreibe ich den Bericht und gebe ihn dann gleich der Chefin. Soll sie sagen, wie wir weiter verfahren. Jetzt bin ich erst mal froh, dass ich Feierabend habe. Ich verlange mir heute außer meinem Sofa bestimmt nichts mehr."
Und mit diesem Vorsatz machte er sich auf den Weg zu seiner Wohnung.

Herrn Seidls Gesicht hatte sich zu einer einzigen, schwarzen Gewitterwolke verzogen und seine Kinder machten, dass sie von ihm wegkamen.
In ihm brodelte und kochte es dermaßen, dass er schweigend seinen Schlüssel nahm und die Haustür hinter sich zuwarf.
Die Vier sahen sich einen Moment ratlos an, als sie durchs Fenster ihren Vater die Straße hinab verschwinden sahen, aber zu erleichtert darüber vergaßen sie es augenblicklich und genossen es, ihre Ruhe zu haben.

✞

Die Tatsache, dass Liza in seiner Abwesenheit die Wohnung einfach verlassen hatte, hatte Cornelius deutlich gemacht, dass er sich Lizas Person noch nicht uneingeschränkt sicher sein konnte. Einerseits ließ diese Erkenntnis seine Lust und Begierde blitzartig nach oben schießen, nichts ist doch begehrenswerter als das, was einem nicht gehört, andererseits schürte es seinen grausamen und krank anmutenden Zwang, sie sich unter allen Umständen endgültig zu unterwerfen und gefügig zu machen.

Ihre sexuelle Abhängigkeit von ihm oder was er in seiner Einbildung als eine solche annahm, schien dabei sein größter Trumpf zu sein und er war mehr als gewillt, ihn skrupellos auszuspielen. Nicht dass der Liebesakt ihm nicht auch das größte Vergnügen bereitet hätte, aber dieser eine Augenblick, wenn sie flehte und bettelte, sich unter ihm wand und selbst erniedrigte, jagte ihm größere Schauer des Entzückens durch seinen Körper, als es die reine Ekstase einer Kopulation jemals vermocht hätte.

Ihr bedingungsloser Gehorsam, ihre absolute Demut, die sich selbstzerstörende Aufgabe ihrer Persönlichkeit und damit seine völlige Macht über sie lösten in ihm rauschhafte Gefühle aus, nach denen er schon seit frühester Jugend süchtig war. Sein narzisstisches Wesen verlangte danach wie nach einer Droge. Und nirgends hatte er dies bisher so vollkommen und so erfüllend erlebt wie bei Liza. Schon als er sie das allererste Mal erblickt hatte, hatte er um ihre Opfernatur gewusst und deshalb alles darangesetzt, ihr nahezukommen, lange bevor Liza selbst überhaupt etwas von seiner Existenz geahnt hatte.

In seiner Wohnung angekommen, stellte er Liza wie eine seelenlose Puppe auf den Boden, trat einen Schritt zurück und

betrachtete sie genüsslich.
Liza spürte, wie es ihr unter seinem abschätzigen, begehrenden Blick höchst ungemütlich zumute wurde. Immer noch kämpfte in ihr der Drang, sich von ihm zu befreien, mit einem inneren Befehl zur körperlichen Nähe. Ihr war, als könne sie sich nur dann für immer seiner Liebe versichern, wenn sie zu allem bereit war, was er nur von ihr verlangte. Sie musste ihm doch beweisen, dass es nichts Wichtigeres für sie gab als ihn. Und irgendetwas in ihr sagte ihr, dass dies nur durch Sex möglich war.
Ihre Angst, den Menschen wieder zu verlieren, in den sie sich scheinbar verliebt hatte, oder besser gesagt, bei dem sie sich zum ersten Mal in ihrem Leben beschützt und sicher fühlte, war so groß, dass sie sich seit Anbeginn ständig einredete, dass er ihr doch mit seinem Wunsch, sie ganz und gar besitzen zu wollen, nur seine große Liebe zeigte.
Ihr Leben war bisher eine stete Kette von Enttäuschungen und Verlusten geliebter Menschen gewesen und sie hätte es einfach nicht ertragen, erneut einen wichtigen Menschen zu verlieren und wiederum daran selbst schuld zu sein, nur weil sie zu egoistisch an sich selbst dachte. Für sie war es zudem seltsam natürlich, dass sie ihre Liebe nur mit dem Geschlechtsakt zeigen und auch beweisen konnte und musste. Sie wusste zwar nicht, warum das so war, aber sie zog diese Gewissheit nicht für eine Sekunde in Zweifel. Dennoch rührte sich in ihr auf einmal immer häufiger eine warnende Stimme, die sie zuletzt nur mit größtmöglicher Kraftanstrengung zum Schweigen brachte.
Cornelius' Blick bohrte sich in sie, wie er es gerade vorhin noch mit seinem Körper getan hatte.
Er schien einen wahren Röntgenblick zu besitzen, als er mit einer Mischung aus Verführung und Vorwurf in seiner Stimme zu sprechen begann.

„Schau mal, Liza. Ich verlange doch nicht zu viel von dir, wenn ich nicht bereit bin, auch nur eine Stunde des Tages auf dich zu verzichten. Ich liebe dich eben und ist es nicht so, dass man, wenn man liebt, immer mit dem anderen zusammen sein will? Sich berühren, miteinander schlafen, wann immer man es möchte und nicht warten müssen, bis der andere erschöpft und müde von der Arbeit nach Hause kommt? Ich will dich doch beschützen, will alles von dir wissen, jeden deiner geheimsten Gedanken kennen. Du sollst ein Teil von mir selbst sein. Ich will mit dir schlafen, wann immer ich darauf Lust habe. Aber scheinbar habe ich mich in dir getäuscht. Du liebst mich eben nicht so, wie ich es tue. Wenn das so ist, dann geh. Du bist frei zu tun, was immer du tun musst, aber dann bist auch allein du schuld, wenn du wieder ganz alleine bist. Aber du solltest nie vergessen, was wir miteinander hätten haben können."

Mit diesen Worten öffnete er ihre Bluse, betrachtete ihre Brüste mit begehrlichem Blick und legte sich ihre Hand auf die harte Wölbung unter seiner Hose. Er drückte sie dagegen und noch immer ließ sein Blick Liza nicht los.

Lizas Lippen öffneten sich leicht, kleine Schweißperlen traten auf ihre Stirn und nicht zum ersten Mal verlor sie diesen ungleichen Kampf. Ein fiebriger, seltsam klagender Laut drang aus ihrem Mund, den er wie selbstverständlich als sexuelle Lust und Begierde interpretierte.

Cornelius hob sie hoch und trug sie ins Schlafzimmer. Zärtlich wie schon lange nicht mehr und sehr, sehr behutsam liebkoste und küsste er Liza an jeder Stelle ihres Körpers. Langsam senkte er sich auf sie hinab und nahm sie erst ganz vorsichtig und dann mit brutaler Wildheit, die ungezügelt in ihm lauerte und nun endlich von allen Ketten befreit zu sein schien.

Und dieses Mal benutzte er auch keinen Schutz mehr. Der Zeitpunkt war gekommen, sie ihrer weiblichen Bestimmung zuzuführen und sie damit für immer an sich zu binden, und selbst jetzt protestierte Liza nicht gegen die Gefahr, schwanger zu werden, so als hätte sie sich ihrem Schicksal endgültig ergeben. Diese Nacht war wie keine andere. Sie explodierten in ihren gegenseitigen Berührungen und sie liebten sich wie nie zuvor. Liza hatte sich ihm in dieser Nacht bedingungslos unterworfen. Sie war kaum eingeschlafen, als Cornelius leise aufstand und wieder verschwand.

✝

Die Flammen begannen erst ganz klein und dann quälend langsam, größer und wilder zu werden und sich an der schmalen Gestalt empor zu züngeln, die auf einem Holzhaufen stand und dort vollkommen reglos und in sich zusammengesunken verharrte.

Als das Feuer sich an den Beinen festzufressen begann, kam plötzlich Bewegung in die Person. Schreiend begann sie, sich zu winden und zu drehen, sodass man ihre gefesselten Hände und Beine deutlich erkennen konnte. Das Schreien wurde zu einem beinahe tierischen Gebrüll, das einem durch Mark und Bein fuhr.

Nur ihn schien es innerlich vor Entzücken und ekstatischer Genugtuung förmlich zu elektrisieren. Nicht genug konnte er sich sattsehen und hören an den Verrenkungen und den unmenschlichen, nicht zu ertragenden Schmerzensschreien dieser zarten Gestalt. Er sprang und hüpfte am brennenden Holzhaufen hin und her und bewegte dabei lautlos murmelnd die Lippen.

Als die Flammen nach einer Ewigkeit endlich vollständig über der Frau zusammenschlugen, brachen auch ihre infernalischen Schreie und ihr Zappeln so unvermittelt ab, wie es begonnen hatte. Sie schien in der Feuersbrunst geradezu auf nur noch halbe Größe zusammenzuschmelzen. Das einzige Geräusch, das jetzt in dieser unheimlichen Stille noch zu vernehmen war, war das laute Knistern des Holzes, das sich in den Flammen schwarz und glühend zusammenkrümmte und helle Funken sprühte. Und mit der Stille brach auch der merkwürdige und skurril anmutende Tanz des Fremden ab.

Enttäuscht starrte er auf den Rest dessen, was einmal eine Frau gewesen war. So schnell, zu kurz! Viel zu kurz, um völlig

Sühne zu leisten.
„Das Holz war zu trocken“, murmelte er unzufrieden vor sich hin.
Er stand einfach nur so da. Dann ging er endlich ganz nahe an die Feuerstätte heran, bückte sich und schien etwas abzulegen.
Da hörte er schweres, unterdrücktes Atmen und drehte sich um. Zu seinem Erstaunen sah er um diese späte Stunde eine ältere Frau, die ihn gelähmt vor panischem Schrecken und unfähig zu irgendeiner Bewegung nur unentwegt anstarren konnte.
Pfeilschnell sprang er nach vorne auf sie zu und noch im Sprung blitzte sein langes Messer auf, das er ihr bis zum Schaft in die Brust rammte. Die Frau fiel, ohne noch einen weiteren Laut ausstoßen zu können, rücklings auf den Boden.

Er betrachtete sie mit unbewegtem Gesichtsausdruck, packte sie an ihren Armen und riss einen Stofffetzen aus ihrem Shirt. Dann zog er sie an den Beinen voran halb ins brennende Holz und ließ sie dort liegen. Sollten doch die restlichen Flammen mit ihr machen, was sie zu tun noch in der Lage waren.
Er wischte mit dem Stofffetzen das Blut von der Klinge, warf diesen dann ebenfalls ins Feuer und verstaute das Messer wieder in seinem mitgebrachten Rucksack.
Lautlos, still und heimlich machte er sich in der Dunkelheit von dannen.

✝

FREITAG, 22. 7. 2011

Anderlech fuhr beim Klingeln seines Handys schlaftrunken hoch. Blinzelnd spähte er auf das Ziffernblatt seines Weckers und registrierte, dass es noch nicht einmal sechs Uhr früh war.

Blind tastete er nach seinem Telefon. Laut scheppernd fiel es auf den Parkettboden seines Wohnzimmers, was ihm erst bewusstmachte, dass er tatsächlich die ganze Nacht auf der verdammten Couch verbracht hatte.

Stöhnend rieb er sich seinen verrenkten Rücken, hob das Handy auf und drückte die Sprechtaste.

„Hallo? Ja? … Moment. Was ist los? …" Und plötzlich war er hellwach. „Sagen Sie das nochmal! Und wo? … Nicht schon wieder! Ja doch, ich bin gleich da!" Paul warf das Handy auf die Couch zurück und raste zum Gästezimmer hinüber. „Thomas! He, Thomas!"

Laut rufend trommelte er hektisch gegen die Tür, während er gleichzeitig nur auf einem Bein hüpfend in seine für ganz bestimmte Situationen gedachten Stiefel schlüpfte.

Die Tür schwang auf und ein verschlafener Kollege schaute ihm mit wirr ins Gesicht fallenden Haaren verdutzt entgegen.

„Mensch, was ist denn los? Kannst du nicht schlafen, Paul?"

„Los, komm! Sie haben in den Schachten zwei Leichen gefunden, kaum hundert Meter vom letzten Fundort entfernt."

Wie zuvor schon bei Paul fuhr Thomas der Schrecken derart in die Glieder, dass jeder Schlaf augenblicklich aus ihnen wich.

Er eilte zu den am Boden verstreut herumliegenden Kleidern,

zog sich in wahrer Rekordzeit an und rannte hinter Anderlech her. Sie sprangen in Thomas' SUV und rasten dann Richtung Buchenau. Paul konnte ihn sicher lotsen, da ihm der Fundort von Anita Bauer nur noch allzu genau in Erinnerung war.
Vor lauter Bestürzung hatte er am Telefon ganz vergessen zu fragen, wer die Toten denn eigentlich gefunden hatte, aber das würde er ohnehin noch früh genug erfahren.

Am Tatort waren mehrere, in weiße Schutzanzüge gekleidete Männer, unter denen er zuvorderst auch Richard erkannte, dabei, mögliche Spuren zu sichern. Auch Sonja kniete bereits neben einer der Leichen und uniformierte Beamten riegelten den Fundort gegen mögliche Neugierige ab, die es zu dieser Tageszeit und an diesem Ort nun wirklich weit und breit nicht gab.
Paul eilte schnurstracks auf Sonja zu.

„Was hast du, Sonja? Kannst du mir schon was sagen?“
Sonja blickte mit großen Augen zu ihm auf und ihre Stimme zitterte leicht.

„Alles genau wie beim letzten Mal. Eine Person ist bis zur Unkenntlichkeit verbrannt. Keine Ahnung, ob es sich dabei um eine Frau oder einen Mann handelt. Aber dieses Mal gibt es noch diese weitere Tote hier und das ist, wie du siehst, definitiv eine Frau. Gesicht und oberer Brustkorb sind nur verrußt, aber Gott sei Dank nicht zerstört. Sie wurde, wie es aussieht, mit einem einzigen Messerstich ins Herz getötet und erst danach ins Feuer geworfen und zwar mit den Beinen voran. Wir müssen also annehmen, dass sie getötet wurde, nachdem unsere erste Leiche ihrem Mörder schon zum Opfer gefallen ist. Angaben zum Messer und zum genauen Zeitpunkt kann ich dir erst nach der Obduktion sagen. Was jetzt die vollständig verbrannte Person betrifft, wird es wohl wieder ein mühsames Rätselraten wegen ihrer Identität werden. Wahrscheinlich werde ich dir frühestens morgen sagen können, ob es ein Mann oder eine Frau ist. Du weißt, wie langwierig so eine Knochenanalyse ist.“
Paul nickte.

Das furchtbare Gefühl, versagt zu haben und dadurch zwei weitere Menschenleben mitverantworten zu müssen, lastete schwer auf seinen Schultern. Sonja schien seine Gedanken lesen zu können, wie es bereits schon einmal der Fall gewesen war.

„Nicht, Paul! Es ist einfach nicht wahr. Wir, du hast alles Menschenmögliche getan, um genau das zu verhindern. Aber wir alle können eben nicht zaubern. Der Kerl, wer immer es ist, scheint nachgerade unsichtbar zu sein. Mach dich bitte nicht verrückt mit etwas, wofür du nichts kannst. Du selbst predigst uns doch immer, dass wir niemals unsere Sachlichkeit und Objektivität verlieren dürfen, nur dann bleibt man auch systematisch. Und nur durch systematisches Vorgehen kreist man den Täter dann ein, bis man ihn schließlich zu fassen bekommt. Sagst du doch immer."

Paul nickte.

„Ich weiß, du hast ja recht. Es ist nur …"

„Klar, mir geht das hier auch an die Nieren, das kannst du mir echt glauben. Das ist ein Tier, ein Ungeheuer, wer immer so etwas macht. Es wird mir ein wahres Vergnügen sein, ihm die Eier auszureißen, wenn wir ihn haben. Und wir werden ihn kriegen, so wahr ich hier stehe!"

Kaum getröstet drehte sich Paul zu Thomas um, der sich atemlos zu ihnen gesellte.

„Richard hat das Kreuz gefunden, wieder mit denselben Initialen. Es ist identisch mit den anderen Kreuzen. Also war es tatsächlich unser unheimlicher Freund."

„Wer denn sonst? Alles ist genauso wie bei allen anderen Fällen auch. Wieder eine inszenierte Verbrennung und wieder in ungestörter, rituell anmutender Umgebung."

Thomas schaute auf seine Uhr.

„Mensch, Paul. Es ist schon fast halb acht Uhr. Du musst Viktoria abholen. Sie wartet doch auf dich!"

Paul zuckte zusammen.

Er hatte seine Tochter angesichts dieses neuen Dramas völlig vergessen. Unentschlossen und hilflos sah er seinen Freund an.

„Aber …, ich kann doch hier jetzt nicht weg! Unmöglich!

Was mache ich denn? Anrufen geht auch nicht mehr, sie ist wahrscheinlich schon längst in der Luft. Verdammt noch mal!"
Sonja sah die beiden verständnislos an und Thomas erklärte ihr hastig, um was es ging.

„Da kommt nach all diesen vielen Jahren endlich seine Tochter wieder zu ihm, alles ist immer noch völlig ungeklärt zwischen den beiden und dann ist er nicht da. Die dreht sich doch auf dem Absatz um und das war's dann."
Allgemeine Ratlosigkeit breitete sich aus, denn selbstredend war es ganz und gar unmöglich, dass Paul zu diesem Zeitpunkt einfach einen ganzen Tag wegblieb. „Liza!", rief Thomas auf einmal unerwartet.
Paul riss es zu Thomas herum.

„Wie? Was ist denn mit ihr?"

„Na, sie könnte doch Viktoria in München abholen! Das nennt man zwei Fliegen mit einer Klappe schlagen. Sie holt deine Tochter und bringt sich so ganz nebenbei selbst aus der Schusslinie des Mörders, falls sie wirklich in seinem Fokus sein sollte. Und wenn es so ist, dann rechnet der doch nun wirklich nicht damit, dass sein Opfer mal eben ganz gemütlich nach München fährt. Außerdem, wen sonst könnten wir darum bitten? Oder kennst du irgendjemanden, der das tun würde? Ich könnte mir sehr gut vorstellen, dass Liza dazu bereit wäre. Sicher wird sie zunächst sehr überrascht sein, aber …"

„Wenn du wirklich meinst", knickte Paul langsam und nur zögernd ein. Eigentlich hatte er sowieso keine Alternative. Von seiner Mannschaft hier konnte er niemanden entbehren und Freunde hatte er nicht. „Aber dann ruf du Liza an und frag sie. Zu dir hat sie einen besseren Draht, glaube ich."

„Okay, mache ich." Lingen entfernte sich ein bisschen von den beiden und sie konnten sehen, wie er sein Handy aus der Hosentasche hervorholte und eine Zeitlang mit jemandem sprach. Dann kam er zurück und strahlte dabei über das ganze Gesicht. „Gebongt! Sie macht es. Sie hat versprochen, sich sofort auf den Weg zum Flughafen zu machen." Er schaute auf die Uhr. „Sie müsste es gerade noch pünktlich schaffen. Liza bringt Viktoria dann auf direktem Weg ins Kommissariat.

Na, wie habe ich das gemacht?"
Er wirkte dabei wie ein kleiner Junge, der erwartungsvoll hoffte, gelobt zu werden, und sowohl Sonja als auch Paul taten ihm nur allzu gerne diesen Gefallen.
Sonja lächelte ihn herzlich an. Paul fuhr sich über die Stirn und legte seinem Freund dann die Hand auf dessen Schulter.

„Mir scheint, ich habe dir schon wieder einmal was zu verdanken, Thomas. Ich weiß gar nicht mehr, wie ich das je wiedergutmachen kann, was du schon alles für mich getan hast."
Thomas schnitt ein Gesicht und antwortete verlegen.

„Ach was. Gern geschehen! Lass gut sein!"
Da trat einer der Streifenpolizisten auf sie zu und unterbrach sie.

„Entschuldigung! Herr Anderlech? Dort drüben wartet immer noch das Pärchen, das die Toten gefunden hat. Wollen Sie jetzt gleich hier noch mit ihnen sprechen oder sollen sie aufs Kommissariat gebracht werden?"
Anderlech überlegte.

„Haben Sie schon ihre Personalien aufgenommen? Gut. Ich spreche gleich einmal mit den beiden, aber bei uns werden sie sich trotzdem noch einfinden müssen. Kommst du mit, Thomas?"

„Geh du mal vor, ich möchte mich erst noch mit Richard unterhalten. Vielleicht gibt es doch etwas, was unser Phantom übersehen hat. Die Hoffnung stirbt bekanntlich immer zuletzt. Ich bin dann im Büro dabei, wenn wir sie genauer befragen."
Paul winkte zustimmend mit der Hand und schritt auf ein junges Paar zu, das verstört und dicht aneinandergeschmiegt auf einem großen Findling hockte, als suchte der eine bei dem anderen Trost.
Rührend, musste Paul noch denken, als er auch schon bei ihnen stand.

„Herr und Frau …?"

„Ich bin Tim Kolbe und das hier ist meine Freundin Anja Milkosch."

„Gut. Sie haben also die beiden Toten hier gefunden?

Wie kommt das denn, dass Sie beide um diese Uhrzeit ausgerechnet hier mitten in der Pampas sind?"

„Wir wollten heute ganz früh die Schachten-Wanderung machen. Die wird im Reiseführer nämlich empfohlen. Wir sind seit gestern auf Urlaub hier im bayrischen Wald", ergänzte er, eifrig bemüht, nur ja nicht in Verdacht zu geraten. „Also sind wir um vier Uhr los, damit wir unterwegs den Sonnenaufgang erleben können. Wir wohnen in Buchenau in einem kleinen Privatzimmer, das an Feriengäste vermietet wird und nicht weit weg von den Schachten ist. Wir können uns nämlich kein Hotel leisten, wissen Sie. Es ist unser allererster gemeinsamer Urlaub überhaupt. Und dann sind wir hier durchgekommen, weil wir im Halbdunkel vom Wanderweg abgekommen sind und uns irgendwie total verirrt haben. Wir haben schon von weitem den niedergebrannten Holzhaufen gesehen, der hat an manchen Stellen sogar noch geglüht. Ich habe zu Anja gesagt, Mensch, wer ist denn da so leichtsinnig und das im Sommer, wo doch so eine Waldbrandgefahr hier herrscht? Wir wollten deshalb hinübergehen und die Glut mit dem Wasser aus dem See hier löschen. Und da … da …"

Die Stimme versagte ihm, als ihn die Erinnerung daran, wie die Toten ausgesehen hatten, erneut mit Wucht überfiel. Seine Freundin, ein zierliches und schönes Mädchen weinte leise vor sich hin, unfähig, überhaupt etwas zu sagen.

„Ich kann mir vorstellen, wie das für Sie beide gewesen sein muss. Man gewöhnt sich nie daran, glauben Sie mir. Haben Sie vielleicht irgendjemanden auf Ihrem Weg gesehen, vorher oder auch danach? … Nein? Okay, das soll es fürs Erste gewesen sein. Ich muss Sie aber trotzdem bitten, heute noch nach Zwiesel zu uns aufs Kommissariat zu kommen. Vielleicht haben wir noch Fragen an Sie. Auf jeden Fall aber müssen Sie das Protokoll unterschreiben. Zwiesel ist wirklich einen Besuch wert. Verbinden Sie das Ganze doch einfach mit einem Ausflug in unsere hübsche Glasbläserstadt, das bringt Sie vielleicht auch auf andere Gedanken."

Aufmunternd drückte Anderlech den beiden die Hand und marschierte zügig auf Thomas zu.

„Und? Hat Richard was gefunden?"

„Nöö", dehnte Thomas langsam seine Antwort, fast schon beleidigt darüber, dass ihnen der Täter diesen Gefallen nicht getan hatte.

„Na, dann komm. Lass uns zurückfahren. Versuchen wir lieber, die tote Frau so schnell wie möglich zu identifizieren. Sonja meinte, das dürfte nicht allzu schwierig werden."

Sie stiegen in den Geländewagen und fuhren zurück in die Stadt und weiter ins Kommissariat.

Auf dem Weg ins Büro rief ihnen Viktor schon von weitem zu, dass er über alles informiert sei und bis heute Abend einen detaillierten Bericht über den aktuellen Stand der Dinge haben wolle.

„Mir sitzt jetzt schon die Presse im Nacken! Hysterie in der Bevölkerung wäre das Letzte, was wir zu diesem Zeitpunkt gebrauchen könnten. Wenn uns die erst auf all die anderen Toten in der Vergangenheit kommen, na dann Prost Mahlzeit. Dann traut sich hier schon bald kein Mensch mehr auf die Straße."

Wutschnaubend verschwand er in seinem Büro. Paul und Thomas sahen sich nur an und zuckten mit den Schultern.

„Recht hat er", meinte Paul noch trocken, bevor sie im Büro verschwanden.

Thomas schnappte sich die Übersicht von der Schauwand und trug Datum, Ort und Anzahl der zwei neu hinzugekommenen Toten ein.

<u>Zwiesel:</u>

jetzt 3 Tote

Freitag, 22.7.16 früher Morgen = Auffinden der beiden Leichen

2.Toter: Mann oder Frau? Völlig verbrannt

3. Tote:r: eine Frau, noch nicht identifiziert

Todeszeit:? Wahrscheinlich Donnerstagabend/ Nacht?

Paul überflog inzwischen schnell die ihm bereits vorliegenden Vermisstenanzeigen.

„Nichts! Keine Frauen. Himmeldonnerwetter."
Er raufte sich die Haare.

„Na, komm", beschwichtigte Thomas. „Wenn der Mord erst heute Nacht geschehen ist, dann wird es so schnell doch noch gar keine Vermisstenmeldung geben können, oder nicht? Bestimmt kommt die nächsten Stunden was hereingeflattert. Die von der Vermisstenstelle wissen auf jeden Fall Bescheid, dass sie uns bei jeder Meldung, und damit meine ich auch wirklich jeder, sofort informieren müssen. Lass uns bitte erst mal einen Kaffee trinken gehen. Wir hatten schließlich heute noch keinen. Und ohne meine tägliche Dosis Koffein bin ich zu gar nichts zu gebrauchen. Danach sieht es bestimmt gleich besser aus."

„Dein Wort in Gottes Ohr!"

Sie gingen zur kleinen Espressobar gleich um die Ecke, um sich dort einen Kaffee togo mitzunehmen.
Ihre Schritte hatten aber den federnden Elan der letzten beiden Tage verloren.

✞

Liza war von dem Anruf des Kommissars total überrascht worden. Gerade eben noch war sie mit Cornelius unter der Dusche gestanden.
Der hatte sich irgendwann gegen frühen Morgen wieder leise ins Bett zurückgeschlichen, ohne dass sie seine vorherige Abwesenheit bemerkt hätte. Die Zeit war durch gegenseitige Neckereien und zärtliche Liebesspiele gerade nur so verflogen und sie war in die Illusion traumhafter Schwerelosigkeit gehüllt worden.

Und nun stand sie in entzückendem Outfit bereit, um Paul Anderlechs Tochter Viktoria vom Flughafen abzuholen.
Das Herz wurde ihr schwer, als sie Cornelius ansah. Seit gestern schien es ihr, als sei ihre Verbindung schöner und wertvoller geworden. Und so fiel es ihr zum ersten Mal richtig schwer, ihn zurückzulassen. Aber trotz dieser Veränderung, die sie bei Cornelius zu verspüren meinte, wagte sie es immer noch nicht, ihn mit Fragen zu belästigen. Zu sehr saß ihr seine letzte Reaktion noch in den Knochen.
Cornelius schien zu merken, was ihr durch den Kopf ging. Er zog sie ganz nahe zu sich heran, küsste sie zärtlich auf den geschminkten Mund und flüsterte ihr ins Ohr.

„Was meinst du, Liza, soll ich mitkommen? Wünschst du dir das?“ Liza traute kaum ihren Ohren. War das nun wieder nur einer seiner Fallstricke oder …? Ungläubig sah sie ihn an. „Im Ernst. Nun mal nicht so misstrauisch, meine Liebe! Wäre eigentlich eine hübsche Idee, wenn ich es mir recht überlege. Vielleicht gefällt mir die kleine Viktoria sogar.“ Argwöhnisch sah ihn Liza von der Seite her an. Da musste er schallend lachen. „Du kleines Äffchen. Das solltest du dir aber echt

noch abgewöhnen, deine Empfindlichkeit meine ich. Na, nun komm schon. Wir fahren mit meinem Wagen, das macht auf jeden Fall mehr Spaß als in deiner Seifenkiste."
Eng umschlungen traten sie hinaus in die Sommersonne, die heute zum ersten Mal seit Tagen von sich bedrohlich zusammenballenden Wolken ernsthaft angegriffen wurde.
Nach einer guten Dreiviertelstunde erreichten sie Deggendorf und fuhren dort auf die Autobahn nach München. Knapp eineinhalb Stunden nach ihrem Aufbruch waren sie endlich am Münchner Flughafen und schauten im Terminal 2 auf die Landeanzeige: Stockholm – Baggage, stand da.
Viktoria musste also jeden Moment am Ausgang auftauchen. Sie hatten ein Schild dabei, auf dem groß der Name Viktoria Anderlech stand, und hielten es in der Hoffnung hoch, dass Anderlechs Tochter auf diese Weise auf sie aufmerksam würde.
Und tatsächlich dauerte es keine fünf Minuten, da wurden sie von einem großen, schlanken Mädchen mit langem, dunklem Haar, welches in sanften Locken ein wunderschönes Gesicht umrahmte, angesprochen.

„Entschuldigen Sie bitte, Sie haben hier ein Schild mit meinem Namen. Ist mein Vater denn nicht hier?"
Suchend schaute sie umher. Als sie jedoch niemanden sah, der auch nur entfernt an ihren Vater erinnerte, drehte sie ihren Kopf wieder in Lizas Richtung und schaute sie fragend an.
Diese beeilte sich, Viktoria die näheren Umstände zu erklären, woraufhin sich über das Engelsgesicht ein leichter Schatten legte. „Ach so, na ja, das kenne ich schon noch von früher. Obwohl … Heute hätte ich eigentlich gedacht … Egal!"
Achselzuckend hob sie ihren Koffer hoch.
Cornelius, überrascht und fasziniert von dieser jugendlichen Schönheit, nahm ihr galant den Koffer aus der Hand.

„Warten Sie! Geben Sie den mal besser mir. Und seien Sie nicht zu enttäuscht. Ihr Vater hatte wohl keine andere Wahl. Er ist halt ein Polizist mit Leib und Seele, glaube ich jedenfalls. Ich bin mir sicher, hätte er auch nur irgendeine Möglichkeit gehabt, ihn hätte nichts davon abhalten können, Sie selbst

abzuholen."
Viktoria sah ihn überrascht an und verlor sich fast in diesen dunklen Augen und seiner männlichen Ausstrahlung.
Liza bemerkte augenblicklich ein leichtes Knistern zwischen diesen beiden schönen Menschen. Besitzergreifend schlang sie ihren Arm um Cornelius, um Viktoria damit zu sagen, dass sie ihre Finger von diesem Mann lassen solle.
Viktoria sah erst nur Liza an, dann Cornelius, um schließlich wieder Liza zu betrachten und ganz langsam stahl sich ein verstehendes, aber eben auch leicht maliziöses Lächeln auf ihre Lippen.

„Vielen Dank, Herr ...?"

„Brühl. Für Sie einfach nur Cornelius."

„Und ich heiße Viktoria Anderlech, für Sie einfach nur Viktoria. Na, dann vielen Dank fürs Abholen ... Cornelius."
Und wie unabsichtlich berührte sie dabei seine Hand.
Er ergriff sofort die ihrige und drückte sie warm. Danach betrachtete er versonnen ihre schmale, zarte Hand mit den gepflegten Nägeln und führte sie zu einem galanten Handkuss an seine Lippen.
Liza wurde Zeuge einer in ihren Augen ganz unverschämten Anmache. Der eigene Liebhaber flirtete ungeniert vor ihren Augen mit der Tochter eines Kriminalbeamten, die locker seine Tochter hätte sein können. Dabei kam ihr gar nicht in den Sinn, dass dies bei ihr nun auch nicht so viel anders war.
Fast hatte sie den Eindruck, dass die Tatsache, dass Viktoria die Tochter eines Polizisten war, sie in Cornelius' Augen noch viel interessanter machte, als es ohnehin so schon der Fall war.
Sie bereute bitter, dass Cornelius sie zum Flughafen begleitet hatte.

Die gesamte Fahrt zurück nach Zwiesel hüllte sich Liza in beharrliches, demonstratives Schweigen. Vorm Kommissariat ließen sie Viktoria aussteigen und Cornelius verabschiedete sich demonstrativ warmherzig.

„Alles Gute, Viktoria! Einen schönen Gruß auch an Ihren Vater, ja? Ich wünsche Ihnen einen schönen Aufenthalt hier

bei uns in Zwiesel. Vielleicht sieht man sich irgendwann sogar einmal? … Ja? Würde mich sehr freuen! Tschüss!“
Dann stieg er wieder in seinen roten Sportwagen, schaute Liza kurz von der Seite her an und begann, spöttisch zu lachen. „Eifersüchtig?“
Liza zog es vor, weiterhin zu schweigen.
Zuhause ging sie, ohne stehenzubleiben, sofort ins Bad, um sich umzuziehen. Cornelius folgte ihr auf dem Fuß, blieb im Türrahmen stehen und sah ihr zu, wie sie sich entkleidete. „Ist das hier nun eine Einladung an mich oder wie soll ich das verstehen?“

„Warum? Ich dachte, du kannst es gar nicht abwarten, dir diese Viktoria zu greifen? Was willst du also noch von mir?“

„Aber, aber, meine Liebe. Wer wird denn so garstig sein? Das gibt nur Falten! Erst mal bist ja du da, nicht wahr? Ich denke, das genügt mir für den Moment. Und mal sehen, wenn du gaaanz lieb bist zu mir, vielleicht überlege ich mir das nochmal, das mit Viktoria, meine ich!“

Er näherte sich ihr, zog sie an sich und drückte sie gegen die Wand. Dann stellte er unmissverständlich klar, wo und was sie zu tun hatte.

✝

Paul und Thomas waren nach einem kurzen Imbiss im Büro zurück, als kurz darauf eine sehr anmutige, junge Frau mit langen, schlanken Beinen, die in verwaschenen Jeans steckten, und einem kessen, kurzen Oberteil, dass ihre ansehnliche Oberweite unterstrich, in der Tür stand.
Anderlech blickte auf.

„Viktoria? Bist du es wirklich?"
Unsicher ging er ein paar Schritte auf das junge Mädchen zu. Viktoria sah ihm abwartend, ja richtig kühl entgegen.

„Papa? Ja, ich bin Viktoria. Ich war mir nicht sicher, ob du mich überhaupt noch erkennst. Eigentlich dachte ich, dass ich dich bereits am Flughafen begrüßen könnte, aber …"

„Tut mir leid, wirklich, aber … na ja, weißt du …"

„Geschenkt. Ich hab's schon gehört. Dieser umwerfend aussehende Cornelius und diese … wie hieß sie schnell wieder? Liza? Sie haben mir schon erklärt, dass dir wieder einmal etwas dazwischengekommen ist. Nicht zum ersten Mal, oder? Aber macht nichts. Dafür habe ich heute mit Cornelius einen echten Traummann kennenlernen dürfen!"
Beide, Paul und Thomas, sahen sich daraufhin gegenseitig an und runzelten bei diesen Worten die Stirn, der eine besorgt, der andere eher unmutig.
Thomas ging auf Viktoria zu.

„Hi, ich bin Thomas. Wir hatten schon das Vergnügen, miteinander zu telefonieren. Sie erinnern sich?"

„Klar. Sie haben ja dafür gesorgt, dass ich jetzt hier stehe. Ich bin mir nur noch nicht so sicher, ob das wirklich eine so gute Idee war. Wie es aussieht, wirst du nicht viel Zeit für mich haben, wieder einmal", warf sie ihrem Vater sarkastisch vor.
Anderlech zuckte bei diesen spöttischen Worten unwillkürlich

schuldbewusst zusammen. Es stimmte, er hatte nie viel Zeit für seine Familie gehabt, vielleicht einer der Gründe, warum seine Frau damals einfach weggegangen war.
Er musste zugeben, dass sie sehr oft versucht hatte, mit ihm darüber zu sprechen. Aber er hatte es immer sehr ungeduldig beiseite gewischt und sich dabei auch noch im Recht gefühlt. Was waren denn schon all die kleinen Probleme, die seine Frau hatte, gegen all diese Schicksale und den Tod Unschuldiger, mit denen er in seiner Arbeit ständig konfrontiert war und die aufzuklären er sich eben berufen fühlte. Darüber hatte er alles verloren, was ihm je wichtig gewesen war. Das allerdings hatte er erst wirklich begriffen, als es zu spät gewesen war.
Und nun befand er sich wieder in genau dieser Situation und sein innerer Konflikt war wirklich nicht zu übersehen. Er wusste tatsächlich einfach nicht, was er nun tun sollte.

Und wieder einmal sprang Thomas für ihn ein.

„Wisst ihr was, ihr zwei? Momentan müssen wir doch sowieso warten, bis weitere Ergebnisse hereinkommen. Alles Notwendige haben wir inzwischen schon in die Wege geleitet. Frühestens heute Nachmittag tut sich da was. Also, fahrt doch inzwischen in Ruhe nach Hause und nehmt euch endlich ein bisschen Zeit füreinander. Nachmittags findet sich Viktoria dann sicher eine Beschäftigung und später könnt ihr in Ruhe den Abend miteinander verbringen. Und ich halte hier in der Zwischenzeit die Stellung. Was sagt ihr?“
Anderlech sah ihn erst zweifelnd, dann immer entschlossener an.

„Du hast absolut recht, Thomas. Momentan kann ich hier wirklich nichts tun. Und ich freue mich so wahnsinnig, dass du da bist, Viktoria. Was meinst du also, sollen wir zusammen jetzt einfach verschwinden?“
Verschwörerisch blinzelte er ihr zu.
Viktoria wirkte ein klein wenig überrascht, so als wäre es ihr als völlig ausgeschlossen erschienen, dass ihr Vater tatsächlich alles liegen und stehenlassen würde, nur um mit ihr zusammen sein zu können. Ein verhaltenes Lächeln huschte über ihr

Gesicht.

„Wenn du meinst, dass das geht?"

„Aber sicher. Los komm, lass uns schnell abhauen, bevor wieder was dazwischenkommt." Dankbar wandte er sich an seinen Freund. „Wenn was ist …"

„Na klar, dann melde ich mich sofort bei dir. Aber bis dahin … viel Spaß, ihr beiden."

Anderlech fasste seine Tochter leicht am Arm und ging mit ihr hinaus. Auf seinem Gesicht lag ein so glückliches Lächeln, wie Thomas es bisher noch nie an ihm gesehen hatte. Ungewollt wurde es ihm wieder einmal warm ums Herz.

In seiner Wohnung angekommen, schloss Paul die Tür auf und führte Viktoria sofort in ihr Zimmer, welches neben dem von Thomas lag und das ihm bisher als Erinnerungsort an seine Tochter gedient hatte. Hier befanden sich nämlich sämtliche Gegenstände, die seine Frau damals einfach zurückgelassen hatte, alles in Reihe und Glied aufgestellt.

Ausgemusterte Puppen und Viktorias einstmals heißgeliebter, zerschlissener Teddy saßen nebeneinander auf dem Bett, zurückgelassene Kinderkleidung und angefangene Malbücher legten ein allzu schmerzliches Zeugnis darüber ab, wie sehr er seine Tochter in all den Jahren vermisst hatte.

Viktoria machte spontan einen Schritt darauf zu, blieb dann wie angewurzelt stehen, ließ ihren Blick über all diese Sachen gleiten und drehte sich langsam zu ihrem Vater um.

„Was …? Warum …? Woher hast du das alles? Ich meine, wieso hast du das alles immer noch? Warum hast du es denn nie weggeworfen?"

Anderlech sah sie wehmütig an.

„Weggeworfen? Aber Viktoria! Das war doch alles, was ich von dir noch hatte! Es hat keinen Tag gegeben, an dem ich nicht hier drinnen war und mit dir gesprochen habe. Hier habe ich auch all die Briefe an dich geschrieben, von denen du mir gesagt hast, dass du sie nicht bekommen hast."

Zum allerersten Mal schlich sich in Viktorias Herz ein leiser Zweifel darüber, ob ihr ihre Mutter tatsächlich die Wahrheit gesagt hatte. Diese war sehr erregt, ja sogar wütend geworden, dass Viktoria zu ihrem Vater fahren wollte, hatte es aber nicht mehr verhindern können.

„Lass uns einen Kaffee trinken“, schlug Viktoria leise vor. Mit einem Schlag war ihre kühle, schnippische Art von vorhin wie weggewischt und zum Vorschein kam wieder etwas von dem kleinen Mädchen, das Paul noch in Erinnerung hatte. Glücklich deckte er den Tisch und plötzlich war jeder Gedanke an all das morgendliche Entsetzen ausgelöscht.

In seinem Kopf hatte nur seine Tochter und ihr gemeinsames Wiedersehen Platz. Nur das war ihm noch wichtig in diesem einen seligen Augenblick.

A.D. MCCXXVII

Wochen hat er Elizabeth gemieden. Wochen, in denen er unterwegs ist, aufzuspüren jene, die den HERRN schänden mit Sünde und frevlerischer Ketzerei. Konrad spürt tief in sich die Genugtuung, die ihm die Erfüllung seiner heiligen Aufgabe gewährt. Nun aber sagt ihm die innere Stimme, SEINE Stimme, dass es Zeit ist, sich ihr erneut zu widmen.

„Ein jeglicher Baum, der nicht gute Früchte bringt, wird abgehauen und ins Feuer geworfen", schleudert er ihr entgegen, bevor er sich über sie wirft ganz ohne Peitsche, so sehr ist er der totalen Lust verfallen nach endlosen Wochen des Wartens.

Und Elizabeth reckt sich ihm entgegen. Sie wölbt ihren Körper, ihren Schoss und löst sich unter Tränen aus ihrem sündigen Leib.

„Man zerwühlt unten die Erde wie mit Feuer, darauf doch oben die Speise wächst!"

Und so pflügt er die Gräben seiner Saat mit nackten Händen und der harten Lanze seines Geschlechts.

✝

Liza stand nackt am Fenster und ließ sich eine leichte, kühle Brise eines sich mehr und mehr verfinsternden Sommertages übers erhitzte Gesicht streichen. Dunkle Wolken ballten sich am Firmament zusammen und alles sah danach aus, als würde es heute noch ein schweres Sommergewitter geben.

Das Auf und Ab von Cornelius' Stimmungen und Launen begann, sie immer mehr zu erschöpfen und auszulaugen. Noch heute früh hatte sie, naiv wie sie war, geglaubt, dass ihre Beziehung endlich einen Wendepunkt zum Besseren erreicht haben könnte, und jetzt das mit dieser Viktoria.

Er hatte ihr zwar gerade noch versichert, dass das alles bloß ein großer Spaß sei, aber genauso gut war es möglich, dass er das nur in der Hitze der Leidenschaft gesagt hatte. Ehrlich gesagt, wusste sie längst nicht mehr, was sie denken sollte.

Bleiben oder gehen?, fuhr es ihr durch den Kopf und sie musste beinahe selbst lachen, als ihr die eigene, tragikomische Dramatik ihrer Gedanken ins Bewusstsein drang.

Vielleicht nimmst du das Ganze auch nur viel zu ernst. Warum amüsierst du dich nicht einfach wie er? Nimm, was dir der Augenblick bietet, genieße es und lass es einfach hinter dir, wenn es vorbei ist.

In ihr stummes Selbstgespräch versunken, fuhr sie urplötzlich zusammen, als ein untrügliches Gefühl von ihr Besitz ergriff, dass irgendwer sie beobachtete. Im Glauben, dass Cornelius sich angeschlichen hätte, schnellte sie herum, aber niemand stand hinter ihr.

Sie drehte sich wieder zum Fenster hin und starrte hinaus. Geradezu besessen irrte ihr Blick wild über die vorbeieilenden Passanten, bis er plötzlich an einer Gestalt hängenblieb, die

halb hinter einer Litfaßsäule stand und den Kopf gesenkt hielt, sodass sie kein Gesicht erkennen konnte.
Wer immer das war, er fiel ihr auf durch seine weite, dunkle Kapuze, welche er sich tief ins Gesicht hineingezogen hatte. Angesichts dieses schwülen Sommertages war dies eine sehr ungewöhnliche Erscheinung, die ihr noch dazu merkwürdig bekannt vorkam, ohne dass sie sich darauf irgendeinen Reim machen konnte. Trotz seiner seltsamen Aufmachung schien er dort unten auf der Straße niemandem sonst weiter aufzufallen.

Sie kniff die Augen zusammen, um genauer hinzusehen, da war er auch schon wieder verschwunden wie ein Geist, den es nie gegeben hatte. Aber sie wusste nun, dass es ihn gab und dass er dagewesen war, und zum allerersten Mal hatte sie ihn jetzt auch gesehen.
Sie verließ das Schlafzimmer, um Cornelius sofort von dieser Erscheinung zu berichten, aber er war nicht da. War einfach ohne ein Wort gegangen und in Liza drehte sich der bohrende Pfeil der Eifersucht.

✞

Wirst du jetzt mir gehören und deine heilige Pflicht eines Erben erfüllen oder muss ich dich den Flammen der Verzeihung übergeben?
Wie du dastehst, unverhüllt und mit so viel Verderbtheit! Liza, Liza! Was tust du uns an?

Gott, steh mir bei, ich begehre dich in deiner Sündhaftigkeit und dennoch besitzt du diese Reinheit und Unschuld in deinem Gesicht!
Wir sind eins, du bist ich und ich bin in dir. Du wirst kommen, wenn ich dich rufe. Du musst! Zwing mich nicht dazu, dich den Flammen zu übergeben!
Bald, Liza, schon sehr bald ist es hoffentlich vollbracht!

✝

Im Kommissariat klingelte das Telefon, aber niemand war da, der hätte abheben können, und so hörte es nach wenigen Minuten wieder auf. Es dauerte jedoch nicht lange, da begann es erneut, geradezu enervierend zu läuten.
Pauls Chef, dem es nebenan nicht mehr länger gelang, das lästige Gebimmel einfach weiter zu ignorieren, ging schließlich entnervt hinüber, um abzuheben.

„Prahl!“, bellte er in den Hörer. Nachdem er aufmerksam einige Zeit zugehört hatte, bedankte er sich schließlich knapp. Er schaute sich im leeren Büro um. „Wo, zum Teufel …“ Gerade als er sich auf die Suche nach den Kommissaren machen wollte, kam Thomas Lingen schwitzend und heftig atmend hereingestürzt. „Sagen Sie mal, wo sind denn alle? Was ist denn mit Ihnen los? Wo kommen Sie eigentlich jetzt her und wieso ist kein …?“

„Tschuldigung, tut mir leid. Ich war gerade draußen und habe mich noch einmal mit unseren beiden Zeugen von heute Morgen unterhalten. Ich dachte mir, in der Espressobar wäre es ein bisschen leichter für die jungen Leute. War schließlich ein ganz schöner Schock für die beiden. Die junge Dame war noch immer ganz aufgeregt. Und Paul …“
Umständlich begann er, Prahl zu erklären, was es mit Pauls Abwesenheit auf sich hatte. Ungeduldig winkte der Polizeichef mittendrin ab.

„Schon gut. Gerade hat die Vermisstenstelle angerufen. Bei denen ist eine Meldung eingegangen. Irgendeine Frau Zeck ist verschwunden oder so. Sie meinten, dass Sie ganz dringend sofort erfahren möchten, wenn etwas hereinkommt. Also gehen Sie am besten gleich mal rüber und schauen sich die Sache an. Und Anderlech soll sich gefälligst bei mir melden,

sobald er wieder da ist."
Damit stapfte er ungehalten aus dem Zimmer.
Thomas sah ihm verwundert nach. So grantig hatte er Pauls Chef bisher noch nicht erlebt.
Achselzuckend verschwand er ein Stockwerk höher zu den Kollegen der Vermisstenstelle. Als er wieder herauskam, hatte er die Unterlagen zu den Personalien und dem Wohnort der offensichtlich erst seit Kurzem verschwundenen Frau unterm Arm.
Er überlegte, ob er sich jetzt gleich auf den Weg zu den Eltern dieser jungen Frau machen sollte, die sie als vermisst gemeldet hatten, oder ob er noch auf Paul warten sollte, der sicher auch schon bald kommen würde, wie ihm der Blick auf seine Uhr versprach.
„Ich glaub, ich hol mir vorher noch einen kleinen Imbiss. Mir kracht schon der Magen und wie es aussieht, wird es heute spät, bevor ich was zum Essen kriege", überlegte er laut.
Thomas holte sich seine Geldbörse und verschwand in einem kleinen Eiscafé ganz in der Nähe des Polizeireviers, in dem es auch appetitliche Crêpes mit verdammt leckerem Eiskaffee gab.

Er schleckte sich im Büro gerade noch genüsslich die Sahne von den Lippen, als er Paul auch schon hereinstürmen hörte.

„Und? Gibt's denn was Neues? Hast du schon was von der Vermisstenstelle gehört?", rief dieser schwungvoll.

„Ja, gerade eben! Hier. Der Name der Frau, Irene Zeck, zwanzig Jahre alt, wohnhaft in der Burggasse 2 in Zwiesel. Von ihren Eltern Walter und Tanja Zeck erst vorhin als vermisst gemeldet. Sie ist über Nacht nicht nach Hause gekommen, obwohl sie sonst immer zuverlässig Bescheid gibt, wenn sie nicht heimkommt. Sie ist … Herr im Himmel, es handelt sich um ihr einziges Kind und sie wohnen alle noch zusammen, es ist dieselbe Adresse. Ach, übrigens, bevor ich es vergesse, du sollst dich bei deinem Chef melden."
Pauls Augenbrauen hoben sich unwillig.

„Der kann warten! Und Sonja? Hat die sich schon bei dir

gerührt?“

„Nein, von der Gerichtsmedizin habe ich bislang noch kein Sterbenswörtchen vernommen. Wundert mich auch nicht wirklich. Ich meine, selbst bei der kaum verbrannten Frau wird es doch etwas dauern, bis sie identifiziert werden kann. Oder geht das bei euch neuerdings schneller als früher? Also, bei uns in Österreich! Da kannst du froh sein, wenn du den Toten nicht erst im Himmel triffst und ihn dort dann persönlich kennenlernst!“

Thomas verdrehte dabei gespielt komisch die Augen.

Paul, dem nicht besonders zu Späßen zumute war, obwohl ihn die sehr vorsichtige, aber doch durchaus erfolgversprechende Annäherung mit seiner Tochter in Euphorie versetzt hatte, gab ihm einen kleinen Rempler.

„Witzbold! Na los, dann auf in die Burggasse. Ist das nicht das hübsche Einfamilienhausviertel mit den großen, alt eingewachsenen Gärten am Rande von Zwiesel?“

Hoffnungsfroh, aber gleichzeitig auch bedrückt machten sie sich auf den Weg.

Hoffnungsvoll, weil sie vielleicht endlich erfuhren, um wen es sich bei der verbrannten Leiche handelte und bedrückt, weil es mit diesen Eltern Menschen gab, denen dann vielleicht so für immer jede Hoffnung genommen wurde.

✝

Viktoria schlenderte die Straßen entlang. Die Sonne hatte sich mittlerweile vollständig hinter den schwarzen Wolken versteckt und es war geradezu unerträglich schwül. Sie hatte ihre Jeans gegen leichte Shorts getauscht und sich das Haar zu einem lockeren Knoten hochgesteckt. Einige Locken stahlen sich vorwitzig hervor und verliehen ihrer schlanken Erscheinung einen rührenden und dennoch, oder gerade auch deshalb, verführerischen Look. Ihre schönen, durch die seltene schwedische Sonne eher zurückhaltend gebräunten, hellen Beine schienen nicht enden zu wollen und führten dazu, dass der ein oder andere Mann, der ihr begegnete, sich nach ihr umdrehte und sie anerkennend musterte.
Auch Cornelius, zwar angenehm gesättigt durch den eben noch leidenschaftlich vollzogenen Akt mit Liza, konnte nicht umhin, dass sein Herz zu klopfen begann.
Viktoria erkannte ihn augenblicklich, als er vor ihr stand. Eine leichte Röte stieg ihr ins Gesicht. Cornelius, der solcherlei Zeichen sehr wohl zu deuten verstand, lächelte leicht und spürte, wie in ihm sofort sein Jagdfieber erwachte, von dem er gerade noch angenommen hatte, dass es mit Liza erloschen sei. Gerade Viktorias Jugend aber erregte ihn in besonderer Weise. Ob sie schon mal einen hatte, der ihr das Spiel mit der Liebe gezeigt hat, dachte er lasziv und spürte, wie sich in ihm alles anspannte. Sein eben noch wohlig müder Körper erwachte mit Vehemenz zu altem Leben und außer Viktoria gab es plötzlich nichts mehr für ihn. War er vorhin selbst noch der Meinung gewesen, dass er Liza nur ein bisschen eifersüchtig hatte machen wollen, sah er sich nun unvermittelt eines Besseren belehrt.

„Ja hallo, Viktoria!“

Genüsslich betonte Cornelius jede Silbe ihres Namens.

„Ja hallo, Cornelius", echote Viktoria süffisant zurück. „Dass wir uns gleich so schnell wiedersehen würden, hätte ich auch nicht geglaubt. Wo haben Sie denn Liza gelassen?"

„Liza? Wer, bitte, ist Liza?"

Dabei lachte er sie unverschämt an und Viktoria musste sich eingestehen, dass es genau diese Unverschämtheit war, die ihn ihr so außerordentlich attraktiv erscheinen ließ.

Trotz ihrer jungen Jahre war sie selbst eine Jägerin, wie er auch einer war. Nur begnügte sie sich bisher damit, Männer erst heiß zu machen, um sie dann in ihrer entflammten Hitze schroff zurückzuweisen und sich dabei fast kaputt zu lachen, wenn sie in ihrer jämmerlich anmutenden Gier vor ihr standen. Es war, als wolle sie sich an ihnen für etwas rächen, um das sie selbst nicht einmal wusste.

Zum ersten Mal jedoch fühlte sie bei Cornelius' Anblick ein neugieriges Prickeln und auch ein trotziges Gefühl, das sie nicht losließ. Sie hatte sehr wohl die Reaktion ihres Vaters und auch die seines Kollegen wahrgenommen, als vorhin Cornelius' Name gefallen war. Und es war genau diese Erinnerung, die sie nun entschlossen und bockig einen Schritt auf ihn zumachen ließ.

„Und was genau soll das jetzt heißen, Cornelius?"

Auch sie dehnte seinen Namen in die Länge, wie er es zuvor bei dem ihrigen getan hatte. Viktoria sah ihn provozierend an und wartete auf seine Antwort.

„Nun, das kommt ganz darauf an."

„Worauf? Was meinen Sie?"

Viktorias gespielte Unschuld blieb nicht lange ohne Antwort. Cornelius trat nahe an sie heran, so nahe, dass sie die Hitze, die sein Körper verströmte, zu verbrennen schien.

„Was meinst du wohl, du kleines Biest?", flüsterte er ihr heiser und erregt zu. „Vorsicht, kleine Viktoria. Ich bin keiner, mit dem man spielt! Das solltest du wissen. Tu nichts, was du nicht auch zu Ende bringen willst. Denn ich werde es mir auf jeden Fall nehmen, ob du das dann willst oder nicht. Vergiss das nie!"

Mit dieser eindeutigen Warnung trat er wieder einen Schritt zurück und betrachtete sie aus halb geöffneten Augen.
Viktoria spürte, wie es ihr heiß und kalt den ganzen Rücken hinunterlief.
Er war gefährlich, wirkte in seiner wilden Entschlossenheit, sie zu bekommen, absolut bedrohlich, aber vor allem schmeichelte es ihr ungemein. Und genau diese Einschätzung war es, die sie nun entschlossen weiter auf ihn zugehen ließ.

„Gut! Ich sehe das ganz genauso wie du. Und nun?"
Cornelius fuhr sich mit der Zunge über die Lippen.

„Komm!", sagte er nur, fasste sie an der Schulter und zog sie mit sich fort.

✝

Anderlech und Lingen kamen verschwitzt und aufgeregt mit einer Haarbürste, die Irene Zeck gehört hatte, ins Kommissariat zurück.
Paul verschwand damit sofort in der Gerichtsmedizin, während Thomas murmelte, er hätte in der Eile heute früh sein Handy zuhause vergessen und wolle es nur rasch holen. Paul hatte geistesabwesend dazu genickt und Thomas verschwand rasch.

Unten im Sezierraum überreichte Paul Sonja die Bürste.
Sonja seufzte laut auf und verdrehte gespielt vorwurfsvoll die Augen.

„Ich weiß, ich weiß, du brauchst einen DNA-Abgleich mit unserer Brandleiche. Aber Paul, das dauert. Das ist dir hoffentlich klar. Wir kommen kaum mehr hinterher. Aber dafür habe ich was anderes für dich. Ich weiß jetzt zumindest, dass die Brandleiche eine Frau ist, vermutlich noch sehr jung. Die Knochen lassen aufgrund der Größe und Knochendichte diesen Schluss zu. Gestorben ist sie gestern gegen späten Abend. Die Tatsache, dass die Zeugen bei dieser Größe und Menge des Holzhaufens am frühen Morgen noch glühendes Holz vorfanden, und die Analyse der verbrannten Kleidung der zweiten Toten und ihrer verbrannten Haut legen das nahe, vor allem aber der Zeitpunkt der Stichwunde bei der zweiten Leiche. Die wurde ihr zwischen zwanzig und zweiundzwanzig Uhr abends zugefügt. Bei der erstochenen Frau handelt es sich um Renate Michaelsen, neunundvierzig Jahre alt, Leiterin des hiesigen Jugendamtes. Das Melde-und Passamt Zwiesel hat dies bei unserer routinemäßigen Anfrage aufgrund ihres Fotos bestätigt."

Bei dem Wort Jugendamt fuhr Anderlech zusammen, als hätte ihn der Schlag getroffen.
Abwehrend winkte er Sonja zu, als diese fragen wollte, was los sei.

„Weiter!“

Zögernd fuhr Sonja fort.

„Diese Michaelsen wurde, nach ihren Verbrennungen zu schließen, sehr zeitnah nach dem ersten Mord ins Feuer hineingezogen. Übrigens nicht mitten in die Flammen hinein, weshalb sie auch nur angekokelt wurde. Am meisten hat es ihre Beine und den verlängerten Rücken erwischt, weil sie mit den Beinen voran ins Feuer geworfen wurde. Getötet wurde sie aber zuvor mit einem langen Messer. Die Einstichwunde, die daher glücklicherweise durch das Feuer nicht zerstört wurde, erinnert an ein Jagdmesser, wie es vor allem früher benutzt wurde.“

„Was genau heißt früher in unserem Zusammenhang?

„Nun, ich habe ein bisschen gegoogelt. Die Messer, die der Stichwunde hier am nächsten kommen, scheinen kostbare Stücke aus dem 13. bis 16. Jahrhundert zu sein. Es gibt sie in Museen und sicherlich auch im Besitz von Sammlern. Genauer kann ich es dir aber auch nicht sagen. Auf keinen Fall ist diese merkwürdig geriffelte Eintrittswunde mit einem stinknormalen Haushaltsmesser erzeugt worden. Außerdem habe ich in der Wunde hornartige Reste gefunden, so wie damals die Griffe dieser Messer aus Horn oder Knochen bestanden. Diese Reste habe ich bereits auf ihr Alter hin untersuchen lassen und ein vorläufiges Analyseergebnis hat meine anfängliche Vermutung tatsächlich auch bestätigt. Der Zeitraum konnte grob auf das frühe 13. bis 16. Jahrhundert eingegrenzt werden. Das Messer wurde ihr mit großer Wucht bis zum Schaft in die Brust gestoßen. Dabei kam es zu den feinen Absplitterungen, die ich gefunden habe. Die Klinge selbst war circa zwanzig Zentimeter lang und konvex geschwungen.“

Sonja schwieg.

Anderlech schüttelte den Kopf, als könne er nicht begreifen, was er da hörte.

„Wer, um Himmelswillen, benutzt denn ein Messer aus dem Mittelalter?“

„Das kann ich dir nun leider auch nicht sagen. Das musst schon du herausfinden.“

Paul bedankte sich und war in Gedanken längst wieder ganz woanders, als er die Gerichtsmedizin verließ.

✝

Thomas war, getrieben von einer sehr großen, inneren Unruhe, zu Pauls Wohnung gefahren. Als er im Flur stand, hörte er ein Stöhnen und Lachen, das ihm wie spitze Messer durch und durch ging.
Er folgte den Geräuschen und sah doch tatsächlich in Pauls Schlafzimmer zwei Menschen, deren schweißnasse Leiber in geradezu obszöner Haltung ineinander verkeilt waren und sich ständig auf und ab bewegten. Er traute kaum seinen Augen, als er in der Frau die junge Viktoria erkannte und zu seinem noch größeren Schrecken in dem Mann diesen gottverfluchten Cornelius Brühl.
Während er völlig fassungslos überlegte, ob er sich bemerkbar machen sollte, richteten sich Viktorias Augen auf ihn, ihr Körper versteifte sich und tiefe Röte stieg ihr ins Gesicht.
Alarmiert hob Cornelius den Kopf, mit dem er gerade noch Viktorias Busen bearbeitet hatte, und folgte ihrem starren Blick. Ein anderer wäre wohl sofort verlegen aufgesprungen, nicht so Cornelius.
Gelangweilt und spöttisch redete er Thomas an.

„Na, so was! Haben Sie nichts Besseres zu tun, als uns zuzusehen? Fehlt Ihnen wohl selbst an Gelegenheit?“ Als Viktoria sich unter ihm herauswinden wollte, hielt er sie mit eisernem Griff zurück. „Aber, aber! Wir sind doch noch gar nicht fertig, Kleines, oder?“
Thomas spürte, wie in ihm eiskalte Verachtung hochstieg.

„Viktoria? Was denken Sie sich eigentlich? Und noch dazu im Bett Ihres Vaters! Ich hätte nicht gedacht, dass Sie eine solch kleine, verdorbene Schlampe sind. Wenn Ihr Vater Sie so sehen könnte! Und Sie, Brühl, machen Sie bloß, dass Sie wegkommen, bevor ich mich noch vergesse.“ Er warf ihm seine Hose an den Kopf. „Zwei Minuten, dann sind Sie hier weg. Haben Sie mich verstanden. Und kommen Sie mir bloß nicht mehr unter die Augen!“

Er drehte den beiden seinen Rücken zu und verschwand in seinem Zimmer. Sein Herz klopfte wie verrückt und der Zorn, welcher in ihm tobte, ließ ihn bunte Punkte vor seinen Augen tanzen sehen. Er konnte hören, wie irgendwann die Haustür ins Schloss fiel, und kurz darauf klopfte es zaghaft an seiner Tür. Er riss sie auf und sah Viktoria mit gesenktem Kopf vor sich stehen. Kalt sah er sie an.

„Und? Was wollen Sie? Falls Sie es schon vergessen haben sollten, ich bin der Freund Ihres Vaters. Bei mir werden Sie also keinen Erfolg haben, falls Sie daran denken sollten.“

Mit jedem seiner Worte zuckte Viktoria zusammen, als würde sie geschlagen.

„Werden Sie … werden Sie es denn meinem Vater sagen?“

„Ich denke gar nicht daran, ihm das Herz zu brechen. Das werden Sie schon hübsch alleine tun. Und nun verschwinden Sie oder noch besser, ich gehe. Ich kann Ihren Anblick nämlich nicht mehr ertragen.“

Verächtlich, geradezu beleidigend ließ er seine Augen über ihre schmale Gestalt wandern. Viktoria wandte sich schnell ab und verschwand in ihrem Zimmer.

Beim Anblick der von ihrem Vater so liebevoll gesammelten und gehüteten Kindheitsandenken brach sie in Tränen aus. Sie stellte sich vor den Spiegel, sah die Spuren der letzten Stunden auf ihrem Dekolleté und die Scham brach über sie herein.

Was war nur in sie gefahren? Da ließ sie sich von einem alten Mann entjungfern, angesichts ihrer zarten achtzehn Jahre war Cornelius tatsächlich ein alter Mann, verhöhnte mit ihm zusammen eine andere Frau, die ihr nichts getan hatte, und nun diese Verachtung in Thomas' Augen. Wenn das alles nur ihr Vater nicht erfuhr. Zum ersten Mal war sie erfüllt von lange unterdrückter Wärme und Sehnsucht nach ihm.

Thomas hatte sich indessen sein Handy vom Nachttisch geschnappt und war bereits wieder auf dem Weg zurück ins

Kommissariat. Er war wütend, weil ihn seine böse Vorahnung nicht getäuscht hatte. Es war nicht nur das vergessene Handy gewesen, weswegen er so plötzlich nach Hause gewollt hatte, sondern, vor allem, diese jäh aufgetauchte Besorgnis, die ihn mit einem Mal gepackt hatte. Und nun das!

Er versuchte, sich zu sammeln, damit ihm Paul nicht gleich den Sturm, der in ihm tobte, ansehen konnte. Er hätte es wahrhaft nicht über sich gebracht, ihn über seine Tochter aufzuklären. Achtzehn Jahre und schon so … schamlos! Er konnte es noch immer nicht fassen. Vorhin hätte er ihr am liebsten den Hals umgedreht.

Er parkte seinen Wagen, blieb noch einen Moment sitzen und stieg dann äußerlich ruhig und beherrscht aus. Paul, der gerade am Fenster stand, erblickte ihn und winkte ihm zu. Thomas wurde das Herz unendlich schwer, als er seinen Freund so ahnungslos dort oben stehen sah.

Betont gelassen winkte er gezwungen fröhlich zurück und ging schweren Schrittes in ihr gemeinsames Büro hinauf.

„Stell dir mal vor, was Sonja herausgefunden hat“, rief ihm Paul eifrig zu.

Er war so sehr mit diesen Enthüllungen beschäftigt, dass er wahrscheinlich nicht einmal etwas bemerkt hätte, wenn er selbst direkt vor dem Bett gestanden wäre.

Thomas hörte nur mit halbem Ohr zu, wurde aber plötzlich hellhörig, als Paul ihm von dem Messer erzählte.

„Und Sonja ist sich da wirklich ganz sicher? Ich meine, das kann doch gar nicht sein, oder?“

„Doch, doch! Die chemische Analyse hat das Alter der Waffe bestätigt.“

Thomas schüttelte schwer beeindruckt den Kopf.

„Respekt! Alle Achtung. Hätte ich nicht gedacht … Wie ist das möglich?“

„Du meinst, weil wir hier in Zwiesel sind? Solche Bauern wie wir sind nicht zu so einer Arbeit in der Lage? Wolltest du das damit sagen, Thomas?“

Paul sah seinen Freund leicht düpiert an.

„Quatsch, natürlich nicht. Ich meinte den Täter! Woher

hat er denn solch ein Messer? Warum bist du denn heute so empfindlich, Paul?“

Paul sah seinen Freund entschuldigend an.

„Tut mir leid. Ich weiß auch nicht, was mit mir los ist. Ich habe halt das Gefühl, einfach nicht weiterzukommen. Und irgendetwas sagt mir, dass der Mörder sein nächstes Opfer längst schon ins Auge gefasst hat.“

„Kann schon sein“, murmelte Thomas düster. „Wie lange meint Sonja, dass sie für den DNA-Abgleich braucht?“

„Vor übermorgen schafft sie es auf gar keinen Fall, sagt sie.“

„Übermorgen, dann haben wir Samstag.“

„Ja, dann ist es schon über eine Woche her, dass wir Anita Bauer gefunden haben und nur noch eine Woche, bis du wieder wegfährst.“

Als Paul das sagte, wurde es ihm zentnerschwer ums Herz. Auch Thomas wirkte bei dem Gedanken daran alles andere als glücklich.

„Wir werden sehen, Paul. Jetzt lass uns lieber auf das konzentrieren, was zu tun ist. Hast du eigentlich schon die Angehörigen dieser …, wie hast du gesagt, hieß die Frau? … Michaelsen, genau. Sind sie schon informiert? Hat sie denn überhaupt welche?“

„Sie hat eine alte Mutter, die ist aber wohl dement und lebt in einem Pflegeheim. Ansonsten scheint die Frau ein eher zurückgezogenes und recht trauriges, einsames Leben geführt zu haben.“

„So wie du bisher?“, stichelte Thomas.

„So wie ich!“, bestätigte Paul ruhig. Er schien Thomas dessen Worte gar nicht übelzunehmen. Verdammt noch mal, ging es Thomas durch den Kopf. Dieser Mensch scheint mir aber auch gar nichts krumm zu nehmen. „Das heißt, dass wir nur den Leuten an ihrer Arbeitsstelle in Regen und in Zwiesel Bescheid geben müssen.“

Anderlech zog, noch während er sprach, das Telefon heran und begann, Fritz Brenners Nummer zu wählen, während Thomas dabei war, dasselbe mit dem Jugendamt Regen zu tun.

✝

Fritz hatte seine schmerzenden Glieder gerade eben auf seinem Sofa ausgestreckt, ein Feierabendbier hielt er in der einen Hand, eine seiner seltenen Zigaretten in der anderen, als sein Handy bimmelte.
Seufzend stellte er die Bierflasche auf den Couchtisch und hob leise vor sich hin fluchend ab.

„Brenner? … Wer? … Ach Sie, Herr Anderlech … Was ist los? … Frau Michaelsen? Ist nicht wahr! Wahnsinn! Sicher? … Ach du lieber Gott! … Ja natürlich, klar mach ich das! … Nein, sie ist erst gestern angekommen … Was? … Nein, sie war die letzten Monate in der Zentrale in Regen. Sie wollte noch auf eine Wanderung … Ja, hat sie mir so gesagt. … Wo? … In den Schachten war sie? Aber da war doch …? Ja, ich weiß, Anita … Nein, mehr weiß ich auch nicht. Sie ist vormittags aus dem Jugendamt weg. Keine Ahnung, ob sie dann gleich losgegangen ist. Moment, warten Sie. Sie wollte, glaube ich, noch Proviant kaufen und sich um ein paar andere Dinge kümmern. Also vor Nachmittag ist sie wahrscheinlich nicht los, schätze ich mal … Was, so spät war sie noch dort? Wahrscheinlich hat sie sich verlaufen, so wie ich sie kenne, äh … gekannt habe … Ja gut. Ich gebe ihr Bescheid. Frau Ricker ist momentan eh krankgemeldet … Nein, nichts Schlimmes, glaube ich … Okay! Dann geben Sie Liza Bescheid? … Ist mir auch recht. Auf Wiederhören."

Donnerwetter! Da hatte es jetzt doch tatsächlich seine Chefin erwischt. Was musste sie aber auch in alles ihre Nase stecken. Es tat ihm gewiss nicht besonders leid um sie. Dazu hatte sie ihn viel zu sehr genervt und außerdem … Die in Regen brauchten doch nun bestimmt einen neuen Leiter hier.

Fritz schmunzelte.
Da taten sich ja wundervolle Möglichkeiten für ihn auf.
Er zog an seiner Zigarette und stellte fest, dass ihm die heute ganz besonders gut schmeckte. Er ging zu seiner Stereoanlage und legte eine seiner Lieblings-CDs ein. Schon ertönte Jimmy Hendrix und laute, satte Gitarrenklänge füllten den Raum. Auf einen Schlag tat ihm auch kaum mehr etwas weh.
Da klingelte das Telefon erneut.

„Brenner? … Wie? … Und warum? … Aber, das bringt doch nichts mehr … Okay, ich kann's mir ja mal anhören, wenn es unbedingt sein muss. Und wo? … Na gut, ich bin in einer halben Stunde dort. Ja, bis gleich."

Fritz starrte missmutig den Hörer an, dann zog er sich die Schuhe an, die er gerade vorhin erst in die Ecke gepfeffert hatte, und verließ genervt die Wohnung.

✝

Liza war in Bluse und Jeans geschlüpft und stand vor dem riesigen Bett mit den zerwühlten Laken, als Cornelius hereinkam. Sie starrte ihn mit einem Blick an, der ihn sofort zu ihr eilen ließ.
Als er dicht vor ihr stand, rümpfte sie nur die Nase und wich zurück.

„Du stinkst. Du riechst nach ihr!"
Cornelius zog sie an sich, schob seine Hand unter ihre Bluse und begann, ihre nackte Brust zu kneten und zu massieren. Doch Liza reagierte nicht wie gewohnt. Zum ersten Mal ließen sie Cornelius' Versuche, sie zu erregen, kalt. Heftig entwand sie sich seinem Griff und sah ihn nur eisig an. „Was denkst du eigentlich, wie lange ich mich von dir noch demütigen und erniedrigen lasse? War sie noch Jungfrau? Aha, war sie. Nun, das scheint ja jetzt erledigt zu sein. Und? War es das wert?"
Cornelius war zum ersten Mal von Lizas Reaktion irritiert.

„Ach, nun komm schon, Liza. Jetzt hab dich nicht so. Die Kleine wollte es sich mal von einem richtigen Mann besorgen lassen. Was ist schon dabei? Das hat doch mit uns nichts zu tun. Ehrlich, sie kann dir wirklich nicht das Wasser reichen. Eigentlich war sie sogar eher eine Enttäuschung. So wie sie aussieht, hatte ich mir doch entschieden mehr erwartet."
Liza sah ihn bloß angewidert an.

„So ist das also? Ich weiß nicht, wo ich bisher nur meine Augen hatte. Ich dachte wirklich, du wärst es wert, sodass ich tatsächlich vergessen habe, wer ich eigentlich bin. Wer ich sein möchte. Aber du, du bist nur ein vom Sex getriebenes Stück Scheiße."

„Und du? Bist du denn etwas anderes, meine Liebe? Du bist doch selbst bloß eine billige Schlampe, die nur darauf

wartet, die Beine breit machen zu dürfen."
Liza traten die Tränen in die Augen.

„Ich habe dir alles gegeben. Ich dachte, ich kann und muss dir mit Sex meine Liebe zeigen. Ich habe mich getäuscht. Ich muss wahnsinnig gewesen sein."
Sie drehte sich weg, um seine Wohnung zu verlassen, als er sie blitzschnell packte und aufs Bett warf.

„Und du meinst, du kannst so einfach gehen? Weil dir das gerade in den Sinn kommt? Denkst du wirklich, ich schaue zu, wie du dich wieder diesem Fritz an den Hals wirfst? Das geht dir doch durch dein hübsches Köpfchen, oder? Mich tauscht man aber nicht so einfach gegen eine Kanaille wie Fritz aus. Hast wahrscheinlich sogar schon mit ihm telefoniert, weil du jetzt gar so mutig bist. Nein, wir sind noch längst nicht fertig miteinander. Du gehst erst, wenn ich dir das sage." Dann riss er ihr die Hose herunter und drückte sie mit seinem ganzen Gewicht in die Kissen. „Das hat dir doch sonst auch immer gefallen, wenn ich grob zu dir war. Los, sag schon, dass du mich willst, sag es gefälligst!", befahl er ihr.
Liza schrie auf und wehrte sich erbittert. Sie biss und kratzte, was das Zeug hielt. Cornelius wusste nicht, wie ihm geschah.
Als es plötzlich an der Tür schellte, ließ er widerwillig von ihr ab. Schwer atmend und mit finsterem Gesicht erhob er sich, richtete sich seine Kleider und ging, ohne sie eines weiteren Blickes zu würdigen, zur Tür.
Draußen stand Paul Anderlech und einen kurzen Moment lang dachte er schon, dass dieser gekommen wäre, um mit ihm abzurechnen. Aber ein kurzer Blick genügte, um zu wissen, dass der Kommissar völlig ahnungslos war.

„Ist Frau Ricker bei Ihnen?", erkundigte sich Anderlech, als Liza auch schon um die Ecke bog. In der Hand hielt sie ihren Koffer. „Hallo Frau Ricker. Wollen Sie etwa ausziehen?" Verwundert schaute Paul auf Lizas Gepäck.

„Ja, meine Zeit hier ist um. Ich möchte wieder in meine Wohnung. Das geht doch inzwischen, oder?"

„Natürlich, wenn Sie meinen. Die Haustür ist längst wieder repariert. Aber das wissen Sie ja. Warten Sie, ich helfe

Ihnen mit Ihrer Tasche."
Er nahm ihr den Koffer aus der Hand und ging vor ihr her zur Tür, nachdem er Cornelius noch einen letzten, prüfenden Blick zugeworfen hatte. Liza folgte ihm, ohne auch nur einmal zu Cornelius zurückzuschauen.
Sie stiegen gemeinsam die Treppen hinauf, während Cornelius mit einem sehr seltsamen, jedoch nicht näher zu deutenden Gesichtsausdruck seine Wohnungstüre schloss.

„Ist auch wirklich alles in Ordnung bei Ihnen, Liza?", fragte Paul besorgt, als er ihr leeres Gesicht betrachtete.
Liza nickte und so sehr sie auch krampfhaft versuchte, ihre Tränen zurückzuhalten, es gelang ihr nicht. Schluchzend sank sie auf einen Stuhl. Paul eilte zu ihr und drückte ihr etwas unbeholfen die Hände. „Was ist los, Liza? Was ist denn mit Ihnen?"
Liza schnäuzte sich die Nase.

„Ich habe mich von Cornelius getrennt. Er hat mich belogen und gedemütigt. Ich fühle mich so schmutzig. Er hat alles mit Füssen getreten, was ich ihm gegeben habe."
Paul hörte verlegen zu.
Nicht dass es ihn verwundert hätte, er hatte von diesem Cornelius von der ersten Sekunde an nichts gehalten, aber Lizas Gefühlsausbruch überforderte ihn gerade ein wenig. Er konnte mit Menschen und deren Gefühlen nicht wirklich gut umgehen und wusste deshalb auch nie so richtig, was von ihm in solchen Situationen eigentlich erwartet wurde. Auf den Gedanken, dass es Liza völlig genügte, einfach nur jemanden zum Zuhören zu haben, kam er nicht.
Liza bemerkte sein Unbehagen jedoch nicht, so beschäftigt war sie mit ihrem Kummer. Und daher vergaß sie darüber auch völlig, dass Viktoria doch Anderlechs Tochter war, als sie damit herausplatzte, was geschehen war.
Pauls Gesicht versteinerte. Erst als Liza seine Miene sah, fiel es ihr siedend heiß wieder ein. Erschüttert schaute Paul sie wie ein waidwundes Reh an. Liza schlug die Augen nieder, als sie seine starre Reaktion bemerkte.
Er stand langsam auf und ging wortlos zur Tür. Ohne noch

daran zu denken, weshalb er sie ursprünglich aufgesucht hatte, ging er hinaus und Liza blieb die Nachricht über den Tod ihrer Chefin fürs Erste erspart.
Vor Cornelius' Tür angekommen, streckte er die Hand aus und drückte anhaltend auf den Klingelknopf.

Kaum hatte dieser geöffnet, fuhr ihm auch schon Pauls Faust mit einer solchen Wucht gegen das Kinn, dass er rückwärts zurückflog und auf den Boden stürzte.

„Wenn du meiner Tochter nur noch ein einziges Mal zu nahekommst, ich schwör's dir, dann mache ich dich fertig, du mieses Arschloch."
Damit drehte er sich um und verließ das Haus.

✞

Thomas war dabei, die Zusammenstellung der bisherigen Erkenntnisse zu komplettieren, als er Anderlech hereinkommen hörte.
Er drehte sich um und erschrak, als er dessen Gesicht sah. Pauls Augen lagen tief in den Höhlen, seine Wangen wirkten eingefallen und er schien plötzlich um Jahre gealtert zu sein.

„Um Himmelswillen, Paul, was ist denn nur passiert?", entfuhr es Thomas ahnungsvoll.

„Viktoria! Mein Gott, mein armes Kind."
Thomas räusperte sich. Wie und woher, um alles in der Welt, wusste Paul davon?

„Warst du bei Viktoria? Hat sie dir irgendetwas erzählt?"

„Viktoria? Nein. Liza Ricker hat mir gesagt, was dieser Brühl, dieses Dreckschwein, mit meiner Viktoria angestellt hat."
Thomas schwieg. Was hätte er auch schon dazu sagen sollen? Er brachte es einfach nicht übers Herz, Paul über Viktorias Anteil an der ganzen Geschichte aufzuklären, als Paul ihn plötzlich zweifelnd ansah. „Wieso …? Warum denkst du, dass Viktoria mir …? Was weißt du denn davon, Thomas?"
Paul betrachtete Thomas' Gesicht. Der beeilte sich, Pauls jäh aufgeflammtes Misstrauen zu beschwichtigen.

„Nichts, wie kommst du denn darauf? Woher sollte ich denn …? Ich habe ja nur gemeint." Thomas sah angelegentlich auf die Uhr. „Meinst du nicht, du solltest für heute lieber Schluss machen? Es ist schon nach sechs und wir können so richtig eigentlich nur weitermachen, wenn wir mit der DNA Sicherheit haben. Ich meine, vorher können wir doch sowieso keine richtige Befragung machen. Stell dir nur mal vor, wir beunruhigen diese Eltern mit solch schlimmen Fragen und

dann ist möglicherweise gar nichts dran. Und die Museen oder das Amt für Kulturgüter wegen dem Messer sind heute auch nicht mehr erreichbar, andere Spuren gibt es keine und diese Michaelsen gibt momentan auch nicht mehr her, umso mehr, als sie ein reines Zufallsopfer gewesen zu sein scheint. Fahr heim, Paul, und rede mit deiner Tochter. Ich bleibe noch eine Stunde oder so, nur falls uns irgendjemand hier zu erreichen versucht, und gehe danach joggen. Es wird also etwas später werden, bis ich heimkomme. Ihr seid völlig ungestört, okay?"
Paul sah ihn aus traurigen Augen dankbar an.
Sein Blick traf Thomas mitten ins Herz und ärgerlich versuchte er, sich aus den unwillkommenen Banden freundschaftlicher Gefühle für Paul zu befreien. Das fehlte ihm jetzt gerade noch, dass er Pauls Probleme zu den seinigen machte, Herrgott noch mal.

Er beugte sich wieder über seinen Zettel und hörte noch, wie Paul schweigend das Kommissariat verließ.

Zwiesel: 1. Tote = Anita Bauer, Jugendamt Zwiesel
2.Tote = Renate Michaelsen, Jugendamt-Leiterin in Zwiesel
3.Tote = Irene Zeck? Bäckereiverkäuferin aus Zwiesel

Er saß da und die Zeit verging, während er blicklos auf den Zettel starrte und es hinter seiner Stirn tobte.
Irgendwann stand auch er auf und zog die Bürotür leise hinter sich zu.

✞

Paul fuhr gerade in seinem Wagen nach Hause, als sein Handy klingelte.

„Ja?“

„Hallo Paul, Michael hier.“

„Grüß dich, Michael, was gibt’s?“

„Ich hätte da ein paar Punkte, die ich mit dir durchgehen wollte. Geht's gerade bei dir?“

„Warte mal, ich fahr nur eben zur Seite. Ich sitze im Auto, Moment! … So jetzt. Schieß los!“

„Ich habe mir vorhin noch mal alles angesehen, was wir bisher haben. Thomas hat mir heute von den beiden Toten berichtet und was er bisher dazu zu sagen wusste. Mir ist da etwas aufgefallen, Paul. Sowohl Michaela Stoiber als auch Anita Bauer scheinen beide einen eher etwas, sagen wir, lockeren Lebenswandel gehabt zu haben. Ich weiß nicht, wie das bei den anderen, bisher identifizierten Frauen ist, aber ich finde, es würde sich lohnen, da im Umfeld noch genauer nachzuhaken. Wenn wir nämlich davon ausgehen, dass unser Täter einen religiösen Schlag hat, dann wäre es doch denkbar, dass er glaubt, sie für ihr unzüchtiges Leben bestrafen zu müssen, meinst du nicht auch? Außerdem könnte damit die Tatsache des sexuellen Missbrauchs von Liza, von dem wir erfahren haben, ebenfalls große Bedeutung bekommen, wie ich meine. Wir sollten deshalb Lizas Vater als möglichen Täter unbedingt mit ins Auge fassen. Andererseits … Wenn wir wüssten, wer die Männer damals in Begleitung von Carola Wissmann waren und ob nicht auch sie vielleicht unter den männlichen Toten sind, dann … Es könnte nämlich sein, dass sich irgendjemand auf einem Feldzug befindet, entweder um Liza zu rächen oder auch, um sie zu bestrafen. Das bringt dann weitere mögliche Täter ins Spiel. Die Frage ist nur, wer kann das sein? Wer steht Liza so nahe und aus welchem Grund? Was will er von ihr? Genügt es ihm, wenn er ihre Ehre wiederherstellt, indem er sie rächt und Unzucht ganz generell dort bestraft, wo er auf sie trifft, oder will er Liza für sich selbst haben? Wofür könnte er sie überhaupt bestrafen wollen? Für den sexuellen Missbrauch, weil er ihr als Frau die Schuld daran gibt?“

Paul schwieg verdutzt.

Auf all diese Fragen war er doch tatsächlich noch überhaupt nicht gekommen.

„Mensch, Michael. Das wäre ein interessanter Ansatz. Das heißt, wir sollten diesbezüglich auch im Leben von Carola Wissmann und Antonia Millner recherchieren?“

„Ja. Und fragt diese Liza doch noch einmal, ob sie sich in Innsbruck an irgendwelche Männerbesuche erinnern kann. Aber geht behutsam dabei vor. Es wäre nicht ungewöhnlich, wenn sie solche schlimmen Missbrauchs-Erinnerungen ganz und gar verdrängt hätte und sich nicht mehr daran erinnert.“

„Danke, Michael, du bist echt gut, richtig gut.“

Michael lachte erfreut.

„Wie geht es euch denn sonst so, Thomas und dir, meine ich?“

„Na ja, mir liegt es schon sehr im Magen, dass Thomas so bald wieder fort sein wird.“

„Das kann ich dir nicht verdenken. Thomas ist einer der Besten. Er hat es bisher tatsächlich noch immer geschafft, jeden Gewaltverbrecher hinter Schloss und Riegel zu bringen. Außer diesem Monster natürlich. Und gerade was euren Fall betrifft, scheint er mir fast besessen von dem Wunsch, den Feuermörder zu erwischen.“

„Feuermörder, eine gute Bezeichnung für diesen Irren. Aber was meinst du mit besessen? Auf mich hat er bisher eigentlich nicht so gewirkt, im Gegenteil er scheint mir immer sehr gelassen und ausgeglichen zu sein.“

„Da lass dich mal nicht täuschen. Er kam zu uns nach Linz, nachdem er seine Polizeiausbildung in Deutschland beendet hatte. Als es ihm damals einfach nicht gelingen wollte, unseren Psychopathen hier zu fassen, ging er total frustriert nach Deutschland zurück. Zu uns zurück nach Linz kam er erst wieder vor ungefähr zwei Jahren. Davor war er, soviel ich weiß, in Süddeutschland. Er erzählt so gut wie nichts von sich. Irgendwie ist er bei all seiner Gelassenheit doch ein ziemlich ruheloser Geist, den es nie wirklich lange an einem Ort hält. Und jetzt hat er es sich in den Kopf gesetzt, diesen Täter unter allen Umständen zu fassen. Ich könnte mir also durchaus vorstellen, dass es ihm gar nicht unrecht wäre, wenn er seinen Aufenthalt bei euch verlängern könnte, so lange, bis ihr diesen Kerl habt."

„Meinst du wirklich?", fragte Paul mit hoffnungsfroher Stimme. „Ich habe mich bisher, ehrlich gesagt, nicht getraut, ihn das zu fragen. Eigentlich dachte ich, dass er ganz froh ist, wenn er wieder nach Hause kommt."

Wieder lachte Michael leise.

„Ich bin mir wirklich nicht sicher, ob unser lieber Thomas überhaupt ein richtiges Zuhause hat. Wie gesagt, er ist besessen davon, Mörder festzunageln, damit sie ihre gerechte Strafe auch bekommen. Ich weiß nicht, ob da so viel Platz für ein Zuhause oder Freunde bleibt. Thomas ist mit Leib und Seele Polizist. Entsprechend traut er auch niemandem so wirklich und bleibt lieber für sich. Sein Herz trägt er nicht gerade auf der Zunge."

Paul fiel in diesem Moment zum ersten Mal auf, dass Thomas ihm tatsächlich noch nie wirklich Privates von sich erzählt hatte. Und er selbst war so sehr mit sich selbst beschäftigt gewesen, dass er das gar nicht bemerkt hatte. Reumütig nahm er sich vor, das zu ändern, sobald er die Angelegenheit mit seiner Tochter geklärt hatte.

Viktoria!

Durch das Gespräch mit Michael war er so abgelenkt gewesen, dass er darüber ganz seine Tochter vergessen hatte. Schnell beendete er sein Gespräch mit Michael, bedankte sich noch einmal überschwänglich und legte auf. Dann fuhr er vom Parkplatz und fünf Minuten später war er bereits bei sich zu

Hause angekommen.
Mit großen Schritten, immer zwei Stufen auf einmal nehmend, stürmte er die Treppen hinauf und betrat laut rufend seine Wohnung.

„Viktoria? Viktoria?"

Er sah sich besorgt um. War sie überhaupt da? Oder war sie gar bei diesem Brühl? Aber da kam sie auch schon aus ihrem Zimmer. Er konnte sofort sehen, dass sie geweint hatte. Mit einem Satz war er bei ihr und drückte sie ganz fest an sich. Schweigend strich er ihr über das Haar. Als sie zu sprechen beginnen wollte, unterbrach er sie liebevoll. „Ich weiß, mein armes Kind, ich weiß schon alles."

„Was weißt du, Papa?"

Ängstlich schaute sie ihn an.

„Ich weiß das von dir und Cornelius Brühl."

„Hat … hat … hat er … dir davon erzählt?"

„Nicht Brühl. Es war Liza, Liza Ricker. Ich war heute wegen meiner Ermittlungen bei ihr. Herrje, und habe ganz vergessen, ihr was zu sagen! Egal. Und da hat sie mir berichtet, was geschehen ist. Sie hat sich daraufhin von ihrem Freund getrennt. Zu ihrem Glück möchte ich sagen."

„Wie meinst du das?"

„Viktoria! Er ist doch längst einer unserer wichtigsten Tatverdächtigen. Ihm ist absolut nicht über den Weg zu trauen. Herrschaft, Kind, er behandelt Frauen wie Dreck. Du hast dich doch hoffentlich nicht in dieses Schw… in ihn verliebt, oder?"

Viktoria dachte kurz nach und schüttelte dann energisch den Kopf.

„Nein. Er hat schon etwas ungemein Anziehendes, aber nein, ich habe mich gewiss nicht in ihn verliebt."

„Aber warum hast du denn dann …? Oder hat er dich etwa dazu gezwungen? Ich bring ihn um."

„Um Gotteswillen, nein. Willst du eine ehrliche Antwort, Papa? Wirklich? Mir ist das erst vorhin zum ersten Mal richtig klargeworden. Ich war so schrecklich wütend auf dich, so enttäuscht von dir all die Jahre. Ich wollte dir einmal richtig,

richtig wehtun, genauso wie du mir wehgetan hast. Und als ich dann gemerkt habe, dass ihr beide, du und Thomas, Cornelius nicht ausstehen könnt, da dachte ich mir, ich könnte dir damit endlich eins auswischen. Und Cornelius … er war halt so beeindruckend, so stark und verflucht männlich. Und er hat mich einfach nur gewollt und hat sich davon auch durch nichts abbringen lassen."

Viktoria musste gar nicht mehr sagen. Paul verstand auch so nur allzu gut, was sie damit eigentlich meinte.

Er fühlte sich mit einem Mal unglaublich schuldig, so schwach und so ungenügend als Mann und als Vater. Er war vor seiner Frau eingeknickt, hatte sie einfach gewähren lassen, und er hatte seine Tochter schlicht und einfach im Stich gelassen. Basta! Er war zu schwach gewesen, um ehrlich um sie zu kämpfen und sich dafür auch mit seiner Frau anzulegen. Was für ein Bild von Männern musste da, noch dazu unter dem Einfluss seiner Exfrau, in ihr entstanden sein. Da war es doch nur zu verständlich und nachvollziehbar, dass dieser derart selbstbewusste und dominant auftretende Cornelius leichtes Spiel bei ihr gehabt hatte. Sie musste das Gefühl bekommen haben, endlich von jemandem richtig begehrt und geliebt zu werden.

„Ach Viktoria, Spatz", flüsterte er, schloss sie fest in die Arme und drückte sie an sich. „Es tut mir so unendlich leid, dass ich als dein Vater derart versagt habe. Ich hätte kämpfen müssen, einfach darauf bestehen müssen, dich zu sehen. Ich habe es nicht getan. Meinst du, ob du mir das irgendwann jemals verzeihen kannst?"

Viktoria schaute ihn mit großen Augen an. Eine dicke Träne tropfte auf Pauls Hand.

„Ach, Paps. Es tut mir so leid, das mit Cornelius und auch, dass ich Mama einfach alles geglaubt habe. Wir fangen noch mal von vorne an, ja?"

„Wir beide, ja!"

Paul strahlte seine Tochter glücklich an, als er hörte, wie ihn Viktoria wie früher zum ersten Mal wieder mit Paps ansprach, und die lächelte zurück.

„Ich rufe Mama an und sage ihr, dass ich erst mal hier bei dir wohnen bleibe, wenn das für dich in Ordnung ist?“

„Was ist das denn für eine Frage, meine Kleine? Das hier wird immer dein Zuhause sein, Spatz.“

„So hast du mich früher immer genannt, das weiß ich noch. Und Vikki.“

Die beiden sahen sich nur an und Anderlech spürte irgendwo tief in sich drin, dass Cornelius wohl keine Gefahr mehr für seine kleine Vikki war. Sollte der jemals wieder in ihrer Nähe auftauchen, dann würde er glatt vergessen, dass er Polizist war, und ihm alle Knochen brechen.

Sie kuschelten sich zusammen auf das Sofa. Vikki erzählte ihm von den langen Jahren, von denen er nichts wusste und er begann irgendwann, auch von seinem Fall zu berichten, der ihn so sehr beschäftigte.

Viktoria hörte ihm schweigend zu und als er zu Ende war, hatte sie endlich auch verstanden, warum seine Anwesenheit im Kommissariat so dringend notwendig war.

„Mach dir nur keine Sorgen, Paps. Ich versteh das total. Ehrlich! Je schneller dieser Verrückte hinter Gittern ist, desto besser ist es. Ich werde mich schon zu beschäftigen wissen. Es wird sowieso Zeit, mir langsam Gedanken darüber zu machen, was ich mit meinem Leben anstellen will. Jetzt wo ich das Abitur endlich in der Tasche habe.“

Dankbar und erleichtert drückte Paul den Arm seiner Tochter.

„Was hältst du davon, wenn wir uns zusammen etwas kochen? Thomas hat mir nämlich gezeigt, wie Spaghetti mit Hackfleischsauce geht.“

Viktoria lachte und nickte heftig.

Auf einmal sah sie aus, wie man mit achtzehn Jahren eigentlich aussieht, jung und unschuldig.

✝

Josef Seidl war die ganze Nacht ziellos im Park umhergeirrt. Er sah ziemlich schmutzig aus, so als hätte er sich irgendwo im Dreck herumgewälzt. In seinem Gesicht klebten vereinzelt schwarze Erdkrümel und seine Kleidung triefte vor Nässe.
Zusammengekauert hockte er auf einer Bank und die wenigen Menschen, die vorbeiliefen, blickten ihn unterm Regenschirm verwundert an, falls sie sich dafür überhaupt die Zeit nahmen. Es hatte zwischenzeitlich zum wiederholten Male begonnen, aus beinahe violett anmutenden Gewitterwolken wie aus allen Kübeln zu schütten. Grelle, langgezogene Blitze zuckten dabei unaufhörlich über den frühmorgendlichen Himmel und der grollende Donner ließ nicht lange auf sich warten.
Ganz allmählich wusch der strömende Regen den Staub und Schmutz aus seinem Gesicht. Es schien, als hätten sich die Wolken, die tagelang von der Sonne entschieden in Schach gehalten worden waren, mit der grimmigen Wucht einer einzigen, gewaltigen Kraftanstrengung zusammengefunden, um sich mit einem Schlag von ihrer ganzen Wasserlast zu befreien. Es blitzte und donnerte unaufhörlich und dicke Wassertropfen verwandelten sich schlagartig von nur einer Sekunde auf die Nächste in knallharte Hagelkörner, die wild und erbarmungslos auf die gedrungene Gestalt einzutrommeln begannen.

Derart abrupt wieder in die Gegenwart zurückgebracht, fuhr Herr Seidl hoch und blickte sich abwesend um.
„Herrgott, wo …? Wie? …“, lallte er.
Er versuchte vergeblich, sein Gesicht mit den Händen vor den schmerzhaften Eiskörnern abzuschirmen und begann, erst zu

laufen, bis er schließlich rannte, als ginge es um sein Leben.
Daheim saßen seine Kinder und konnten sich nicht erklären, wo ihr Vater seit gestern Abend, als er wutentbrannt aus dem Haus gestürmt war, die ganze Nacht über abgeblieben war. In der Frühe war er jedenfalls nicht dagewesen. Sie hatten im elterlichen Schlafzimmer nachgeschaut und festgestellt, dass sein Bett völlig unberührt war.
Verständnislos hatten sie sich gegenseitig angesehen und in allen Gesichtern war ausschließlich verblüffte Erleichterung zu lesen gewesen.

Pünktlich verließen sie das Haus, um zur Schule zu gehen, nachdem sie vorher die kleine Katharina noch zur Nachbarin gebracht hatten.
Und alles war fast wie immer.

✠

Anderlech saß zusammen mit seiner Tochter am Küchentisch und beide verzehrten unter Schwatzen und Lachen ihre phantastisch gelungenen Spaghetti, als sie hörten, wie Thomas hereinkam.
Viktoria verschluckte sich an einem der Hackfleischbrösel und bekam einen heftigen Hustenanfall, der ihr die Tränen in die Augen trieb. Paul, nichtsahnend, was sich zwischen diesen beiden Personen noch am Nachmittag zugetragen hatte, sprang auf und klopfte seiner Tochter hektisch auf den Rücken.

Thomas blieb im Türrahmen stehen und betrachtete die traute Szene, die sich ihm bot. Seine Augen wanderten langsam über die Töpfe und Schüsseln und blieben schließlich an einem einzelnen, leeren Gedeck auf dem Tisch hängen.

„Habt ihr womöglich auf mich gewartet?", unterbrach er die Stille, als Viktorias Husten endlich aufgehört hatte.
Er klang gelassen und ruhig wie immer, als wäre nicht das Geringste geschehen. Viktoria blickte ihn nur vorsichtig und angespannt von der Seite her an. Paul strahlte ihm entgegen.

„Klar. Viktoria und ich haben zusammen dein Spaghetti-Rezept gekocht. Du musst es unbedingt probieren. Ich finde, dass es uns supergut gelungen ist, nicht wahr Vikki? Setz dich doch her, Thomas. Ihr beiden hattet noch gar keine Zeit, euch endlich richtig kennenzulernen."

„Ach, ich glaube, dass wir uns schon ganz gut kennen, nicht wahr, Viktoria?"
Viktoria errötete ob dieser subtilen Anspielung, aber Thomas tat völlig harmlos und als wäre nie etwas vorgefallen, setzte er sich Viktoria gegenüber und lächelte sie freundlich an.

Paul war freudig aufgeregt und einfach nur selig, diese zwei, die ihm momentan die wichtigsten Menschen auf der Welt waren, um sich zu haben, dass er sowieso nichts gemerkt hätte, selbst wenn Thomas' Anspielungen deutlicher ausgefallen wären.
Aber Thomas hatte nicht das geringste Interesse daran, dass Paul von dem Zwischenfall erfuhr, ebenso wenig, wie dies bei Viktoria der Fall war. Und so einigten sich die beiden auch stillschweigend über gegenseitige Blicke, es dabei zu belassen und so zu tun, als könnten sie die besten Freunde werden.
Paul schaufelte glücklich seinem Freund Berge von Nudeln und Hackfleischsoße auf den Teller, bis Thomas ihm lachend in den Arm fiel.

„Nun hör schon auf, Mensch. Ich kann mich ja sonst nur noch rollend fortbewegen, wenn du so weitermachst! Aber ich muss schon sagen, es riecht echt gut.“ Nachdem er den ersten Löffel in den Mund geschoben hatte, setzte er noch eines drauf. „Und schmeckt noch besser, als es schon duftet. Alle Achtung, Paul, klasse.“ Dann hob er feierlich das Weinglas. „Willkommen also, Viktoria! Ich wünsche Ihnen einen langen, schönen Aufenthalt hier und Ihnen und Ihrem Vater, dass in Erfüllung geht, was immer ihr zwei euch auch vornehmt!“

„Wollt ihr euch denn nicht endlich einmal duzen?“, bat Paul und richtete seinen Blick auf Viktoria. „Schließlich haben wir beide es doch nur Thomas hier zu verdanken, dass wir heute so zusammensitzen können. Er ist ein richtig toller Freund, Vikki, und ich wünsche mir so sehr, dass ihr zwei auch gute Freunde werdet.“
Thomas und Viktoria sahen sich betreten an.
Dann erhob sich Thomas ganz langsam, nahm sein Glas und ging damit zu Viktoria hinüber.

„Also wenn das für dich auch in Ordnung ist? Ich bin der Thomas. Was meinst du, Vikki?“
Viktoria errötete erneut und verlegen erhob auch sie sich von ihrem Platz. Sie stieß mit ihrem Glas schüchtern gegen das von Thomas.

„Sehr gerne … Thomas. Ich würde mich freuen, wenn du

mich … Viktoria nennen würdest.“

„Na also!“, rief Paul, ohne das leichte Zögern in Viktorias Stimme wahrgenommen zu haben.

Es war ihm anzusehen, wie glücklich er darüber war. Sein Gesicht leuchtete und wie schon so oft wurde es Thomas gegen seinen Willen einfach nur unendlich warm und friedlich ums Herz.

Thomas verhielt sich den restlichen Abend, als hätte er Viktoria nie anders erlebt, als wäre er von ihrem natürlichen Wesen bezaubert und über alle Maßen eingenommen.

Und auch Viktoria versuchte krampfhaft zu vergessen, in welch peinlicher und beschämender Situation sie von Thomas überrascht worden war und wie er reagiert hatte. Und nach ein paar Stunden hatte sie es tatsächlich verdrängt, als wäre es nie geschehen. Nur ausstehen konnte sie ihn deswegen noch lange nicht.

Als sie gegen Mitternacht ihr Zimmer aufsuchte, um zu Bett zu gehen, war Paul restlos davon überzeugt, dass die beiden die besten Freunde geworden waren und Thomas ließ ihn nur zu gerne in diesem Glauben.

Als sie alleine im Wohnzimmer saßen, fragte Anderlech ihn nach den Ergebnissen seiner Krenz-Recherche. Bis eben jetzt war er dazu noch gar nicht gekommen und nun drängte es ihn, endlich zu erfahren, was dabei herausgekommen war.

Thomas zuckte nur mit den Achseln.

„Tja, der gute Tom ist damals in Regensburg sozusagen von ein auf den anderen Tag verschwunden, hat sich quasi in Luft aufgelöst. Seine Eltern hatten sich die ersten Tage nichts dabei gedacht, weil es scheinbar normal war, dass sie oft zwei, drei Wochen lang nichts von ihrem Sohn gehört haben. Als er sich aber auch nach vier Wochen noch immer nicht gemeldet hatte, versuchten sie, ihn erst telefonisch zu erreichen und dann machten sie einen Besuch in seiner alten WG. Dort mussten sie feststellen, dass sich nur noch ein junger Mann in der Wohnung aufhielt, der allerdings auch keine Ahnung hatte, wohin Tom verschwunden war. Aber Tom war und blieb weg.

Niemand aus der Uni konnte ihnen sagen, wo er hingegangen war. Er hatte sich dort nie abgemeldet. Noch bevor sie ihn allerdings als vermisst melden konnten, bekamen sie kurz darauf eine Postkarte von ihm aus Südamerika. Er schrieb, dass es ihm gutgehe, dass er wegen des Todes seiner Freundin Abstand von allem brauche und dass er sich wieder melden würde, was er jedoch bis heute nicht getan hat. Ein halbes Jahr nach seinem Verschwinden haben sie es dann schließlich doch noch der Polizei gemeldet. Natürlich hat dort wegen der Karte niemand eine Verbindung zu dem damaligen, unbekannten Brandopfer hergestellt. Ich habe manches von ihm aus seinem Elternhaus sichern können, um seine DNA für einen Abgleich mit der des Toten bestimmen zu lassen. Habe ich übrigens inzwischen schon Sonja übergeben und bin mit der Polizei in Regensburg so verblieben, dass sie die gespeicherte DNA der damaligen Brandleiche sofort an Sonja weiterschicken. Wir werden also schon bald wissen, ob der Tote auch wirklich Tom Krenz ist. Ganz ehrlich? Ich würde mir diese Klarheit auch für seine Eltern wünschen. Sie sind verzweifelt und fragen sich jeden Tag, was mit ihrem Sohn passiert ist, wo er ist und warum er nicht mehr zu ihnen nach Hause kommt. Es ist schrecklich. Mir ist das brutal an die Nieren gegangen. Sie wollten mich gar nicht mehr gehen lassen und haben mir ständig von ihrem Buben erzählt. Ich habe ihnen versprochen, herauszufinden, was mit ihm passiert ist. Ich weiß, dass man das nicht machen soll, aber … Leider bin ich dann nicht mehr dazu gekommen, die Eltern von Stefanie Jonas aufzusuchen. Wir müssen das also noch nachholen."
Thomas verstummte wieder und schaute vor sich hin. Auch Paul schwieg. Was sollte man auch dazu noch sagen? Endlich stand Thomas auf. „Ich gehe jetzt auf jeden Fall ins Bett. Es war wirklich ein verdammt langer Tag. Gute Nacht, Paul."

„Ach, Thomas?"

„Ja?"

„Ich weiß, du bist müde, aber … hast du dir eigentlich schon mal überlegt, deinen Aufenthalt hier bei uns doch noch zu verlängern? Ich meine, ich weiß nicht, ob ich den Kerl ohne

dich erwische!“
Thomas schaute ihn lange an.
In seinem Blick lagen in diesem Moment seine ganzen tiefen, freundschaftlichen Gefühle, die er für Paul hegte.

„Weißt du, ich glaube, das brauche ich gar nicht. Ich habe irgendwie diese absolute Sicherheit in mir, dass bis dahin alles vorbei sein wird.“
Paul nickte bloß.

„Gute Nacht, Thomas.“
Thomas ging. Paul blieb noch für einen Moment sitzen und schaute bedrückt in die Nacht hinaus.

Wenn ich nur wüsste, wer und wo dieser Kerl ist.
Wenn ich nur Thomas' Gewissheit hätte! Wenn er doch nur hierbleiben würde.

A.D. MCCXXVII

„Sei ihnen wie ein Feuer, das den Wald verzehrt, wie eine Flamme, die Berge anzündet!"

Und Konrad folgt seiner inneren Stimme, die die Stimme des HERRN ist.

„Und ein Feuer flammte auf in ihrer Mitte und verzehrte die ganze rebellische Horde."

Er hält die Hände über die reinigende Glut und das Herz wird ihm weit, als er die Gewissheit hat.
Elizabeth trägt seinen Sohn unter dem Herzen.
Es ist vollbracht!
Mit ihm wird die Menschheit den langen Weg zurück ins Paradies gehen können.

SAMSTAG, 23. 7. 2011

Sonja richtete sich auf und strich sich ihre vom Schweiß verklebten Haare aus der Stirn. Obwohl es noch sehr früh am Morgen war, war es draußen schon so warm, dass man eine Ahnung bekam, wie heiß der Tag wieder werden würde. In ihrem kleinen Labor war es drückend schwül und Sonja war froh, mit der DNA-Analyse endlich fertig geworden zu sein. Und nun hatten sie in zweierlei Hinsicht Gewissheit.

Die Tote von Donnerstagabend war zweifellos Irene Zeck und die männlichen Überreste, die 2013 bei Regensburg gefunden worden waren, gehörten doch tatsächlich Lizas Exfreund Tom Krenz.

Sonja war in ihrem Beruf als Gerichtsmedizinerin wahrhaftig einiges gewöhnt und es gab wirklich nicht viel, das sie noch erschüttern konnte. Sie hatte schon vor vielen Jahren lernen müssen, sich einen Schutzpanzer zuzulegen, um an dieser Arbeit nicht irgendwann zugrunde zu gehen. Aber dies alles hier ging ihr unter die Haut und bewegte sie tief. Die Art und Weise, wie alle diese Menschen hatten sterben müssen! Diese Qualen, während sie verbrannten!

Und nun Irene Zeck, so verdammt jung, zwanzig Jahre erst alt. Das ganze Leben hatte sie doch noch vor sich gehabt, so viele Hoffnungen, so viele nicht gelebte Träume. Und nun würde Irene nie mehr erfahren, ob sie jemals Wirklichkeit geworden wären. Wahrscheinlich wohl eher nicht, wie das leider oft im Leben der Fall ist. Aber selbst das wäre es doch wert gewesen zu erfahren, oder nicht?

Dieses Ungeheuer hatte ihr das alles genommen in den für sie

sicher endlos währenden, grausamen Minuten unerträglicher Schmerzen, die für Irene eine Ewigkeit in der Hölle gewesen sein mussten.
Sonja ging mit schweren Schritten langsam zum Telefon.
Anderlech sagte kein einziges Wort, als sie ihm ihr Ergebnis mitteilte. Vielleicht dachte er auch an seine eigene Tochter und Sonja konnte ihm nur hilflos nachfühlen, wie es ihm jetzt wahrscheinlich bei dieser Nachricht ergehen mochte.
Sie beneidete ihn wahrlich nicht um seinen Job. Er war es nun, der den Eltern von Irene und Tom diese furchtbare Tatsache mitteilen musste. Er musste deren entsetzliches, kummervolles Nicht-Begreifen-Können ertragen.
Wie geht man um mit dem Wissen, nicht nur dass, sondern auch wie das eigene Kind gestorben ist? Dass man ihm nicht geholfen hat, nicht hat helfen können, weil man in diesem einen winzigen Moment, wo man als Eltern einfach hätte da sein müssen, nicht bei seinem Kind war? Wie lebte man mit diesem Grauen nur weiter?
Sonja schüttelte sich, als versuche sie, die Gedanken mit dieser Bewegung aus sich herauszukatapultieren.
Immer wieder gab es diese Augenblicke, in denen sie an ihre eigene Hilflosigkeit und lähmende Ohnmacht erinnert wurde und trotzdem … Die tödliche Krankheit ihres Mannes war damals zwar ein fürchterlicher Schlag gewesen, für sie fast noch mehr als für ihren geliebten Mann, aber dieser grausame Tod hier, er war so vermeidbar!
War er das wirklich? War es letztendlich denn nicht völlig egal, wie und warum ein Mensch starb? Zählte nicht immer nur die schlichte Tatsache, dass er einfach nicht mehr da war? Machte es das wirklich besser, dass ihr Mann todkrank gewesen war, statt umgebracht oder totgefahren zu werden?
Das, meine liebe Sonja, bringt dich jetzt auch nicht weiter. Konzentriere dich lieber auf deine Arbeit. Wenn wir diesen Verrückten endlich haben, dann wird zumindest dieses Töten und Sterben aufhören, rief sie sich innerlich zur Ordnung.
Entschlossen ging sie zu dem Schädelmodell hinüber, das sie in den letzten Tagen zusammen mit einem Institutskollegen

und Richard neben all der anderen Arbeit angefertigt hatte. Nun fehlte nur noch etwas an Kinn und Wangenknochen, nicht unerheblich für das gesamte Aussehen.
„Gerade diese Kleinigkeiten sind es halt eben, die die großen Unterschiede ausmachen können“, murmelte sie vor sich hin, während sie verkniffen weiter knetete und modellierte.

„Wie immer hast du natürlich völlig recht“, unterbrach Richard sie in ihrer Gedankenschleife.

„Richard! Ich dachte, du machst heute mal frei? Seit einer Woche arbeitest du jetzt schon durch.“

„Und du? Täusche ich mich oder ist das bei dir auch nicht anders?“
Sonja lächelte verlegen.
Sie war erstaunt, wie sehr sie das unerwartete Auftauchen von Richard freute. Ihr ging durch den Kopf, dass es tatsächlich leichter war, wenn man zu zweit an etwas Schwerem trug. Mit einem Schlag hatte sie nicht mehr das Gefühl, Tonnen an Steinen im Magen liegen zu haben, die sie beinahe zu Boden drückten. Sie deutete auf den Schädel.

„Was sagst du? In den letzten beiden Stunden hat er doch schon ein ganz hübsches Aussehen bekommen!“
Richard trat ganz nahe an das Modell heran und begutachtete es aufmerksam.
Vor sich sah er den Schädel eines Mannes, ungefähr vierzig bis fünfzig Jahre alt mit einem schmalen, langgezogenen Kopf. Die Stirn dagegen war mehr breit als hoch, der Hinterkopf flach, als wäre ihm bei seiner Geburt versehentlich etwas davon abhandengekommen. Seine Froschaugen dominierten durch ihr leichtes Hervorquellen das gesamte Gesicht und ließen beim Betrachter einen unbehaglichen Eindruck zurück. Die Wangenknochen stachen hervor und auch die breite Nase konnte dieser Erscheinung leider nichts Gewinnendes mehr zurückgeben.

„Also hübsch ist was anderes. Ich weiß nicht, ob ich dem vor seinem Tod hätte begegnen wollen“, stieß Richard hervor. „Ich weiß ja, dass man über Tote nichts Schlechtes sagen soll, aber der Typ hier schaut nicht gerade aus, als wäre er ein

Charmebolzen gewesen. Nun, für sein Aussehen kann man bekanntlich nichts."

„Das würde ich so nicht sagen. Wie heißt es immer so schön? Die menschliche Seele wohnt in den Augen und spiegelt sich in den Gesichtszügen wider. Sie teilt sich, ob man will oder nicht, in ihrer Schönheit oder eben auch Hässlichkeit anderen Menschen mit, egal wie gleichmäßig und perfekt die Gesichtsformen selbst auch immer gelungen sein mögen oder nicht." Sonja betrachtete den Fremden nachdenklich, während sie sprach. „Und ja, doch, irgendwie unangenehm wird es einem in seiner Gesellschaft schon. Ich denke, wir haben ihn endlich soweit, dass wir sein Bild veröffentlichen könnten. Nun können wir nur noch hoffen, dass ihn auch irgendjemand erkennt."

„Rufst du den Chef an oder willst du noch bis Montag warten?", fragte Richard vorsichtig.

Sonja überlegte, dann straffte sie entschlossen die Schultern.

„Irgendwann muss man mit seinem Werk doch auch mal zufrieden sein können. Ich meine, ich feile und bastle und immer habe ich das Gefühl, es ginge noch ein bisschen besser. Es hängt doch so viel davon ab, dass er wirklich gut getroffen ist, nicht wahr?"

Richard nahm sie liebevoll in den Arm.

„Du hast es ganz toll gemacht. Ich meine das wirklich so, Sonja. Ich glaube nicht, dass es noch bessergeht. Und wir haben einfach keine Zeit mehr zu verlieren. Also?"

„Ja, ja … du hast natürlich recht. Es wird wirklich Zeit. Mal schauen, ob Viktor heute überhaupt im Büro ist."

Mit entschlossenen Schritten ging sie zum Telefon und wählte Prahls Nummer. Es schien fast, als hätte der direkt daneben gewartet, so schnell war er am anderen Ende der Strippe. Sonja teilte ihm den Stand der Rekonstruktion mit. „Okay, dann machen Richard und ich jetzt die Fotos und schicken sie an das Fernsehen und an alle regionalen und auch überregionalen Zeitungen? Die sind doch schon darüber informiert worden, oder? … Was? … Ja, auch gut. Das ist mir nur recht, wenn Sie sich darum kümmern. Ich bring sie Ihnen dann hoch ins Büro

und gebe auch gleich noch Paul Bescheid. Alles klar, dann gilt es jetzt … Ja, danke. Ihnen auch, Chef … Ja, bis gleich.“
Sonja sah Richard leicht zweifelnd an, als sie aufgelegt hatte.

„Na, nun komm schon! Es wird funktionieren, glaub mir. Deine Mumie hier macht auf jeden Fall Eindruck. Bestimmt kennen den genügend Leute, so wie der aussieht. Den vergisst man sicher nicht so leicht“, beruhigte Richard sie und zog die Sofortbild-Kamera aus der Tasche. „Willst du nicht mit aufs Bild, damit es ein wenig hübscher wird?“, frotzelte er.

„Untersteh dich. Ich hole uns in der Zwischenzeit lieber einen Kaffee.“
Richard nickte nur abwesend und begann damit, den Schädel in Nahaufnahme zu fotografieren. Dann inspizierte er die zehn Fotos, die er vor sich ausgebreitet hatte, und wählte davon drei aus, die seiner Meinung nach am besten gelungen waren.

„Schau mal her, Sonja. Was meinst du?“
Sonja trat mit zwei Bechern des dunklen Gebräus hinzu. Sie legte die Stirn in Falten und deutete dann mit dem Kopf auf dieselben Aufnahmen, die auch Richard in die engere Wahl gezogen hatte.

„Ja, ich glaube, das sind die besten. Ich bringe sie dem Chef rauf, der kümmert sich danach um alles Weitere.“
Kaum hatten sie mit leicht angewiderter Miene das, und man musste es leider genau als solches bezeichnen, bräunliche Gesöff in sich hineingeschüttet, nahm Sonja die Bilder in die Hand und trug sie in den ersten Stock des Kommissariats. Dort ging sie in das Büro des Revierleiters und legte ihm die Aufnahmen auf den Schreibtisch. Dann blieb sie abwartend stehen, innerlich angespannt und auch sehr aufgeregt, wie er wohl über ihre Arbeit urteilen würde.

Prahl machte große Augen, als er das Bild des unbekannten Toten so plötzlich vor sich liegen sah. Er räusperte sich kurz.

„Wahnsinn! So hat der also ausgesehen? Sonja, Sie sind eine Meisterin. Respekt!“ Innerlich schien es ihn leicht zu schütteln. „So richtig sympathisch schaut er nicht aus, unser Kamerad. Aber vielleicht ist gerade das auch unser Glück. Ich

meine, gerade solche Menschen bleiben einem vielleicht doch länger in Erinnerung, was meinen Sie, Sonja?“
Sonja gab ihm recht.

„Dasselbe haben Richard und ich auch gerade festgestellt. Also dann, hoffen wir halt das Beste!“
Sie reichte ihm die Hand und verließ sein Büro.

Prahl nahm die Fotos, um sie gleich ihrem Bestimmungsort weiterzuleiten.

✠

Anderlech saß mit seiner Tochter und Thomas am Frühstückstisch und genoss das gemeinsame, harmonische Zusammensitzen, als sein Handy klingelte.

„Das war unsere Sonja. Wir haben jetzt Gewissheit. Es ist tatsächlich Irene Zeck und es ist leider auch Tom Krenz. Und die Fotos unseres unbekannten Toten aus Linz werden vom Chef an die Presse rausgegeben. Sie hat ihm die Bilder schon übergeben. Mit nur etwas Glück …“ Paul verzog das Gesicht, „mit etwas Glück melden sich hoffentlich Menschen, die ihn im Fernsehen wiedererkennen. Wir müssen also nachher gleich zu den Eltern von Frau Zeck und du, Thomas, würdest du den Eltern von Tom Bescheid geben?“ Er biss ins Käsebrötchen, als sich das Telefon erneut meldete. „Anderlech?“, meldete er sich kauend, als er sich auch schon prompt verschluckte.
Er reichte hustend und würgend den Hörer an Thomas weiter, während Viktoria ihm den Rücken klopfte, wie er es gestern noch bei ihr getan hatte.
Thomas legte wenig später den Hörer mit ernstem Gesicht so vorsichtig weg, als fürchte er jedes Geräusch in der nun eintretenden Stille, nachdem Paul seine Hustenattacke endlich überwunden hatte. Schockiert sah dieser Thomas an. „Ich habe also doch richtig gehört?“
Thomas nickte, seine Stimme zitterte leicht.

„Leider. Ja. Vor einer halben Stunde wurde er gefunden.“
Pauls Gesicht wurde blass.

„Wo?“

„Im Park, mitten in der Stadt im dichten Gebüsch versteckt, sodass er nicht gleich auf den allerersten Blick zu sehen war. Erstochen und angekokelt. Nicht so, dass man ihn nicht mehr erkennen könnte, aber doch so, dass vielleicht alle möglichen DNA Spuren vernichtet sind."

„Also wieder unser Täter?"

„Möglich", antwortete Thomas in leicht zweifelndem Tonfall.

Viktoria hatte den beiden mit großen Augen zugehört.

„Um was, um alles in der Welt, geht es denn hier?"

Anderlech sah sie nur mit traurigen und resignierten Augen an.

„Ein Toter. Fritz Brenner. Man hat ihn im Stadtpark aufgefunden. Tut mir leid, mein Kind. Thomas und ich müssen jetzt dahin."

„Natürlich, klar! Kein Problem, wirklich nicht. Geh nur, Paps. Bis später."

Lingen und Anderlech verließen seltsam ruhig die Wohnung. Nichts erinnerte an die Hektik, wie sie sie noch bei dem Auffinden von Irene Zeck gezeigt hatten. Es war, als hätten sie sich mittlerweile schon ein bisschen an das entsetzliche Morden dieses Menschen gewöhnt, gewöhnen müssen.

Aber in Paul war eine finstere, wütende Entschlossenheit emporgestiegen, diesen Mörder sehr, sehr bald zu fassen, koste es, was es wolle. Thomas konnte ihm das überdeutlich ansehen und sein Gesicht wurde überschattet von tiefer Sorge um ihn.

Als sie am Tatort ankamen, trafen sie wie immer die gesamte Mannschaft an. Sonja untersuchte gerade den Toten, in dem Paul sofort Fritz Brenner erkannte.

„Mehrere Stiche, einer davon genau ins Herz, so wie es aussieht. Noch bevor er begriffen hat, was ihm gerade passiert, muss er auch schon tot gewesen sein. Ich muss mir zwar die Stichwunden noch genauer ansehen, aber auf den ersten Blick würde ich fast davon ausgehen, dass es sich nicht um dasselbe Messer wie bei Renate Michaelsen handelt."

„Kannst du schon was dazu sagen, wann genau er getötet wurde, Sonja?"

„Hmm, ungefähr zwischen zehn Uhr abends und zwei Uhr früh, aber …"

„Ich weiß, ich weiß, Genaueres nach der Obduktion", vervollständigte Paul, was Sonja gerade noch hatte hinzufügen

wollen.
Thomas sah indes erwartungsvoll zu Richard, der daraufhin nur müde mit den Schultern zuckte.

„Bisher haben wir die Tatwaffe noch nicht gefunden. Das einzige, was hier zu sehen ist, sind trotz des Regens in der Nacht haufenweise Fußabdrücke. Und genau das ist auch das Problem, es sind bei diesem weichen Boden hier einfach zu viele, als dass man damit schnell etwas anfangen könnte. Es wird also etwas dauern."
Wieder zuckte er die Achseln und begann, aus den deutlichsten Fußspuren Gipsabdrücke zu gießen. Die beiden Kommissare gingen bedrückt zurück zu ihrem Wagen.

„Warum Fritz Brenner? Was haben wir bloß übersehen, verdammt nochmal!", stieß Paul hervor.
Thomas hob ratlos seine Schultern.

„Wir müssen Liza Bescheid geben. Vielleicht kann sie uns was dazu sagen. Komm!"
So schnell es ihnen möglich war, liefen sie zu Thomas' Wagen.

„Und wo, meinst du, finden wir sie?"

„Na ja, an einem Samstagvormittag? Wahrscheinlich doch zu Hause, oder?"
Sie trafen Liza in ihrer Wohnung an. Als diese die beiden Kommissare mit ernster Miene vor ihrer Türe hatte stehen sehen, war sie sofort alarmiert gewesen. Nun hatte sie sich auf den Küchenstuhl gesetzt und ihre zusammengesunkene Gestalt wirkte besorgniserregend mutlos.

„Was …? Ist etwas passiert? Oh Gott."

„Wir müssen Ihnen leider mitteilen, dass wir vorhin Ihren Kollegen, Fritz Brenner, tot aufgefunden haben, erstochen im Park."
Liza sprang auf und wurde augenblicklich totenblass.

„Fritz? Nein, bitte sagen Sie, dass das jetzt nicht wahr ist!"
Leise wimmernd sank sie zurück auf ihren Stuhl.

„Tut mir leid, Liza. Wissen Sie, was Ihr Kollege gestern noch vorhatte?", drängte Paul. Er hatte einfach nicht die Zeit und auch keine Geduld mehr, um in diesem Moment auf Lizas Befindlichkeiten Rücksicht nehmen zu können. „Nun?"

Liza riss sich zusammen.

„Das war Cornelius, ganz sicher war das Herr Brühl.“
Thomas hob elektrisiert den Kopf.

„Warum glauben Sie das? Hat er etwas angedeutet oder gemacht, was Sie das vermuten lässt?“
Liza begann zu weinen.

„Er hatte so eine Stinkwut auf Fritz, weil er … weil ich … weil wir …“

„Weil was? Verdammt noch mal, Liza, jetzt rücken Sie doch endlich heraus mit der Sprache! Was wissen Sie?“
Paul schrie diese Worte beinahe heraus, so sehr war er am Ende seiner Beherrschung. Thomas legte ihm beschwichtigend die Hand auf die Schulter.

„Jetzt erzählen Sie doch einmal, was da zwischen Ihnen, Herrn Brenner und Cornelius genau vorgefallen ist.“
Und Liza beichtete alles, was zwischen ihr und Fritz passiert war, wie er sich in Folge dann ihr gegenüber verhalten hatte bis hin zu seinem Versuch, ihr Gewalt anzutun.

„Und als ich mich von Cornelius getrennt habe, da hat er getobt. Dann ist ihm Fritz eingefallen. Er hat ganz komisch geschaut und hat mir gedroht. Ich glaube, er hatte die Vermutung, dass ich wieder zu Fritz zurückgehen würde. Das hätte er niemals einfach so hingenommen.“
Paul nickte bestätigend, denn auch er hatte jenen seltsamen Gesichtsausdruck an Cornelius bemerkt, als er Liza mit ihrem Koffer aus Brühls Wohnung hinausbegleitet hatte. Da fiel ihm wieder ein, dass er an diesem Tag vergessen hatte, Liza vom Tod ihrer Chefin zu unterrichten. Liza stand jedoch bereits so sehr unter Schock, dass sie diese neuerliche Hiobsbotschaft gar nicht mehr so richtig zu erreichen schien.

„Wissen Sie, ob Herr Brenner abends noch irgendwelche Termine hatte?“
Liza überlegte krampfhaft und Anderlech konnte sehen, wie sie plötzlich zusammenzuckte.

„Ja, doch. Bei der Familie Seidl irgendwann, soviel ich weiß. Das hätte ursprünglich ich machen sollen, aber … Da ich krank geworden bin, hat das sicher Fritz übernehmen müssen. Bestimmt auch ein Grund, warum er so wütend auf mich war. Dieser Seidl ist seltsam, irgendwie flößt er mir ziemlich viel Angst ein. Vielleicht hat der …?"

„Wie alt ist denn dieser Seidl?", hakte Thomas sofort nach.

„Ich schätze mal, so um die vierzig ungefähr … Auf jeden Fall ist er wesentlich älter als seine Frau."

Thomas und Paul schickten sich auf diese Aussage hin an, sofort zu gehen. Thomas musterte Liza besorgt.

„Können wir Sie denn jetzt alleinlassen oder brauchen Sie jemanden? Wir könnten Ihnen sonst auch eine Streifenbeamtin vorbeischicken?"

„Nein, es geht schon. Ich weiß nur gerade eben nicht, wie es im Amt weitergehen soll. Ich bin ja jetzt ganz alleine."

„Auf jeden Fall bleiben Sie erst einmal bitte hier in der Wohnung, Liza. Sicher ist sicher."

Thomas schaute sie so lange ernst und beschwörend an, bis Liza langsam nickte.

Paul und Thomas liefen die Treppen hinab und läuteten bei Cornelius Brühl, aber keiner öffnete auf ihr Klingeln. Paul entschied sich ganz spontan.

„Wir geben eine Fahndung nach ihm raus und lassen die Wohnung überwachen."

Thomas telefonierte noch im Hinausgehen, gab die genaue Personenbeschreibung durch und wandte sich dann an Paul.

„Und wir schauen uns jetzt mal diesen Herrn Seidl an. Theoretisch denkbar wäre es auch, dass es in Wirklichkeit nur eine Jugendamtsgeschichte ist und der Täter die anderen Mordfälle bloß nachgeahmt hat, um seine Spur zu verwischen. Die Zeitungen haben ja ausführlich genug darüber berichtet. Und ich denke, diese Tat im Park ist doch eher untypisch, eigentlich sogar richtig dilettantisch, was meinst du, Paul?"

Paul erschrak direkt, als er Thomas' Gesicht sah. Dieser hatte eine derart finstere und verbissene Miene aufgesetzt, als nähme er diesen neuerlichen Todesfall als eine einzige und sehr unverschämte Provokation. So hatte Paul seinen Freund bisher noch nicht erlebt. So richtig konnte er sich darauf keinen Reim

machen, andererseits … war es denn in dieser Situation ein Wunder?
Noch ganz in düstere Gedanken versunken, erreichten sie den Steinweg und stiegen die Treppen in den dritten Stock hinauf. Nachdem sie energisch geläutet hatten, ging die Tür auf und ein erstaunlich kleingewachsener Mann, völlig durchnässt und schmutzig, stand vor ihnen.

„Ja? Wer sind Sie denn?"

„Polizei!"

Bei diesem Wort wurde der Mann schlagartig totenblass und schien beinahe umzukippen. Er lehnte sich haltsuchend gegen den Türrahmen.

„Wie … wieso denn Po… Polizei?", stotterte er.

„Wo waren Sie gestern Nacht von ungefähr zwanzig Uhr abends bis heute sechs Uhr früh, Herr Seidl?", platzte Thomas heraus, ohne sich lange vorzustellen.

„Hier, ich meine, also … zuerst war ich spazieren und danach … natürlich hier in meinem Bett. Warum wollen Sie das denn wissen?"

„Kann das denn auch jemand bezeugen?"

„Meine Kinder halt … das heißt, die haben da natürlich auch schon geschlafen und meine Frau …, die ist leider im Krankenhaus."

„Tja dann. Dann müssen wir Sie bitten, jetzt mit uns aufs Kommissariat zu kommen."

Paul sah Thomas ziemlich verwundert an.
Irgendwie schien sich sein Kollege sehr sicher zu sein, dass er mit diesem Mann den Täter hatte. Er konnte nur hoffen, dass er damit auch recht behalten würde, sonst wäre der Mann schneller wieder aus der polizeilichen Obhut, als es ihnen lieb sein konnte.
Mit dem sehr kleinlauten Seidl im Schlepptau erreichten sie das Polizeirevier. Dort beauftragten sie eine Polizistin, sich gleich um die Kinder zu kümmern, und übergaben Herrn Seidl einem der anderen Streifenbeamten. Die Spurensicherung war zur Durchsuchung der Wohnung geschickt worden, nachdem sie mit dem Staatsanwalt telefoniert und dessen Zustimmung auch

erhalten hatten.

„Wir brauchen Ergebnisse aus der Spurensicherung. Jetzt! Sofort! Ich fahr zu Richard in die Wohnung“, zischte Thomas. Schon stand er auf und war verschwunden.

Paul selbst wusste nicht, was er glauben oder hoffen sollte. Ein Trittbrettfahrer, das hatte ihm jetzt gerade auch noch gefehlt. Thomas machte auf ihn den Eindruck, als wäre er von dieser Tatsache überzeugt. Als wäre er sogar richtiggehend empört darüber, wie plump und dilettantisch dieser neuerliche Mord durchgeführt worden war. Jede Menge Fußspuren, zwar sehr unübersichtlich, aber dennoch ... Und dazu ein anderes Messer, die Wahl des Ortes ... viel zu gefährlich, entdeckt zu werden. Ein Feuer, das im Park mitten in der Stadt doch sofort entdeckt werden musste und dann auch noch bei strömenden Regen ... Irgendwie passte diese sehr dümmlich anmutende Durchführung überhaupt gar nicht zu ihrem Feuermörder, da musste er seinem Freund wirklich absolut recht geben.

Irgendwann stürmte Thomas wieder herein.

„Sie haben das Messer bei ihm daheim gefunden! Mit Fingerabdrücken und Blut darauf! So ein Depp. Jetzt ist er dran.“

Es dauerte keine zwei Stunden mehr, dann hatten sie eine erdrückende Beweislast gegen den Familienvater Josef Seidl zusammengetragen.

Es waren seine Fingerabdrücke auf dem gefundenen Messer, das sich auch eindeutig als Tatwerkzeug herausgestellt hatte. Einer der Gipsabdrücke hatte sich als zu einem seiner Schuhe passend erwiesen und auf seiner Kleidung sowie dem Messer war Fritz Brenners Blut.

Josef Seidl brach während des sich anschließenden Verhörs weinend zusammen. Er hatte sich mit Fritz verabredet, weil er noch einmal mit ihm hatte reden wollen. Er war dabei so sehr in Rage geraten, dass er völlig die Beherrschung verloren hatte und auf Brenner losgegangen war. Als sich dieser zur Wehr setzte, stach ihn Josef Seidl in einem Moment rasender Wut nieder.

Danach hatte er sich an all die Zeitungsberichte erinnert und hatte versucht, die Spuren so zu legen, um von sich selbst abzulenken.
Es wurde Haftbefehl erlassen und sie mussten seltsam berührt feststellen, dass die Kinder bewegungslos, scheinbar völlig ungerührt die Nachricht vernahmen, als ihrer Mutter, die selbst erst vor wenigen Stunden aus dem Krankenhaus entlassen worden war, die Mordanklage gegen ihren Ehemann mitgeteilt wurde.
Die brach hysterisch schreiend zusammen. Ihr Geschrei ebbte jedoch in einem einzigen Augenblick ab, als nämlich die kleine Katharina ihre ersten Worte sprach.

„Kommt nie wieder?"

Dann wurde Frau Seidl zusammen mit ihren Kindern in die Obhut eines Psychologen übergeben.
Paul und Thomas hatten sich verwundert angesehen, als sie in den kleinen Gesichtern der Kinder einen winzigen Strahl Hoffnung hatten aufblitzen sehen.
Als sie endlich wieder im Büro ankamen, sahen sie sich ihrem strahlenden Chef gegenüber.

„Donnerwetter, das nenne ich aber mal fix. Keine vier Stunden nach dem Auffinden der Leiche ist der Fall schon gelöst. Wenigstens etwas, wenn wir schon den anderen nicht haben. Hut ab, Kollegen, blitzsaubere Arbeit!"

Händereibend zog er sich zurück. Breit übers ganze Gesicht grinsend, machte er sich auf den Weg zur eilig anberaumten Pressekonferenz.
Thomas meinte mit trockener Stimme:

„Na ja, unser Feuermörder kann er jedenfalls nicht sein. Eigentlich schade, möchte ich meinen."

Immerhin konnte er inzwischen schon wieder witzeln. Paul dagegen seufzte.

„Da hast du aber wirklich ein tolles Näschen bewiesen, Thomas! Wir wissen bisher, dass es offenbar eine Tat im Affekt war. Sie haben sich gestritten, weil Brenner ihm wohl mit Anzeige gedroht hatte. Sein Geständnis vorhin hat das ziemlich deutlich gemacht. Wo er sich allerdings kaum wird

herauswinden können, ist die Tatsache, dass er ein Messer bei sich trug. Das kann und wird ihm wahrscheinlich auch als Tötungsabsicht und damit als Mord ausgelegt werden. Was soll's, ist, Gott sei Dank, nicht unsere Angelegenheit. Aber in der Hauptsache sind wir nicht einen Schritt weiter. Ich muss unbedingt noch einmal mit Liza sprechen. Ich weiß zwar noch immer nicht, was sie mit alldem zu tun hat, aber … Verdammt noch mal, sie ist der Schlüssel zu allem!"
Da sprang Thomas wild entschlossen auf.

„Du hast recht, Paul. Inzwischen glaube ich das auch. Liza schwebt bestimmt in großer Gefahr. Deshalb wollte ich ja auch, dass sie in ihren vier Wänden bleibt, damit sie erst einmal in Sicherheit ist. Hör mal, wir sind uns doch einig, dass wir Cornelius Brühl ganz oben auf unserem Zettel stehen haben, oder? Weißt du was, den schnappe ich mir jetzt, bevor er Liza noch etwas antun kann. Irgendwo muss der Kerl sein und ich werde ihn finden. Es wird allerhöchste Zeit, dass wir ihn aus dem Verkehr ziehen. Ich werde ja meines Lebens nicht mehr froh, wenn Liza etwas geschieht, nur weil wir nicht in die Gänge gekommen sind und einfach immer nur abgewartet haben. Sie kann sich doch gegen diesen Menschen gar nicht wehren."
Noch bevor Paul auch nur einen Ton sagen konnte, war er auch schon aus dem Zimmer hinausgestürmt.
Erstaunt schaute er seinem Freund nach. Irgendetwas gab es da, irgendwo ganz hinten in seinem Hirn versteckt bohrte ein Gedanke, den er im Zusammenhang mit Liza einfach nicht zu fassen bekam. Er grübelte so angestrengt, dass ihn das Läuten seines Handys zusammenschrecken ließ. Michael meldete sich mit frischer Stimme.

„Hallo, Paul. Du, ich habe mir da etwas überlegt. Wir hatten doch über die möglichen Motive des Täters und Liza Rickers sexuellem Missbrauch in ihrer Kindheit gesprochen. Du erinnerst dich?"
Da war es, was er so verzweifelt gerade eben noch gesucht hatte, dieser Missbrauch. Das musste doch ganz einfach die gesuchte Verbindung mit Liza sein.

„Ja, klar. Natürlich! Ist dir dazu denn etwas eingefallen?"

„Hmm, ich dachte mir, es sei vielleicht besser, wenn ich selbst mit Liza spreche. Ich könnte mir vorstellen, dass die üblen Erinnerungen, die wir gezwungen sind, bei der jungen Dame zu wecken, sie über Gebühr belasten könnten. Da wäre es doch ratsam, wenn das ein Psychologe machen würde, was meinst du? Ich bin mir irgendwie so sicher, dass darin der Schlüssel für alles liegt."

„Das glaube ich inzwischen auch. Sag mal, kannst du dir vorstellen, Michael, dass Cornelius Brühl unser Mann ist?"

Der Psychologe schwieg einen Moment.

„Nun, möglich wäre es durchaus. Er hat das Alter, er ist viel auf Reisen, er hat geradezu besessen ihre Nähe gesucht und ein Verhältnis mit ihr begonnen und er benimmt sich Frauen gegenüber ziemlich meschugge, wie ihr mir erzählt habt … Doch, ihr solltet ihn auf jeden Fall beschatten lassen."

„Wenn wir wüssten, wo er ist, liebend gern. Thomas hat sich genau deshalb auf seine Suche gemacht. Ich hoffe, er findet ihn, ohne dass Brühl es bemerkt. Aber Thomas ist erfahren genug, der wird schon alles richtigmachen. Und was das andere betrifft, das ist echt eine gute Idee, eine sehr gute sogar. Du machst das mit Liza ganz sicher besser als ich. Wann könntest du denn hier sein?"

„In vier Stunden?"

„Was, so schnell schon?" Paul schaute auf seine Uhr. Es würde bereits Abend sein, wenn Michael in Zwiesel ankam. „Weißt du was, Michael? Komm dann doch gleich zu mir nach Hause. Du kannst bei mir übernachten. Du hast ja meine Adresse, oder? … Super, Michael. Ich freue mich, dich dann hier vor Ort zu haben. Bis später, Servus!"

Paul lehnte sich zurück.

Er dachte über dieses seltsame Verhältnis zwischen Liza und Cornelius nach, das in ihm immer ein höchst unbehagliches Gefühl zurückgelassen hatte. Er grübelte über Lizas Ängste, ihre Träume nach und, man musste es einfach beim Namen nennen, ihrer sehr wahrscheinlichen Vergewaltigung, der sie in

jener Nacht in ihrem eigenen Schlafzimmer ganz offensichtlich zum Opfer gefallen war.
Es hatte aber definitiv keinerlei Einbruchsspuren gegeben, also musste der Täter auch da schon entweder mit einem Nachschlüssel durch die Tür oder durch das offene Fenster über die Feuerleiter hereingekommen sein.
Es wäre Cornelius bestimmt ein Leichtes gewesen, sich einen zweiten Schlüssel zu besorgen. Und hatte Liza nicht sogar erzählt, dass sie geglaubt hatte, Cornelius in jener Nacht im Treppenhaus begegnet zu sein?
Wäre sie doch nur nach dem Aufwachen gleich zur Polizei gegangen, so hätte man über eine Blutuntersuchung wenigstens noch herausfinden können, ob und womit sie betäubt worden war.
Überhaupt, ihre zwanghaft anmutende, sexuelle Aktivität, eigentlich musste man es körperliche Abhängigkeit nennen, nicht nur in der Beziehung zu Cornelius sondern vielleicht sogar schon vorher bei Fritz, standen in krassem Gegensatz zu ihrer eigentlich zurückhaltenden und sanften Persönlichkeit. Hing das vielleicht mit jenem sexuellen Missbrauch zusammen, dem sie als Kind ausgesetzt gewesen war? Das alles machte ihn inzwischen völlig konfus.
Michaels Hinweis auf den Zusammenhang zwischen Lizas Vergangenheit von Gewalt und sexuellem Missbrauch und dem Mörder brachte womöglich ein erstes, erhellendes Licht in dieses Dunkel. Es wurde wirklich höchste Zeit, mit Liza die Reise in ihre Kindheit zu unternehmen, auch auf die Gefahr hin, dass Liza ihr vielleicht psychisch nicht gewachsen war.
Er musste den Täter finden, unter allen Umständen. Und Paul war bereit, dafür jeden Preis zu bezahlen.

Telefonisch bestellte er Liza gleich für den nächsten Tag ins Kommissariat und merkte, wie wahnsinnig erleichtert er war, als sie ans Telefon ging. Ihr war, Gott sei Dank, nichts passiert, bis jetzt.
Thomas' Worte hatten ihm doch tatsächlich tierische Angst eingejagt.

A.D. MCCXXVII

Konrad streckt seine knochige Hand nach Elizabeth aus. Er fasst sie um den Hals und zieht sie dicht an sich heran. Er riecht ihren Atem, noch übel dünstend vom Erbrochenen. Die andere Hand sucht ihren Bauch.
Der schmiegt sich winzig in seine hohle Hand und schon vermeint er, seinen Sohn zu fühlen. Zum ersten Mal seit langer, langer Zeit vergisst er darob die Frau. Sie ist ihm nur notwendige Hülle, die sein Kind vor der Kälte schützt.

Er schiebt seine Zunge in ihren stinkenden Mund und tief angewidert belohnt er sie mit grausamer Ekstase.
Die Peitsche lässt er diesmal liegen, als er geht.

✝

Thomas sah ihn urplötzlich.
Cornelius stand versteckt zwischen parkenden Autos ganz frech in der Nähe von Anderlechs Wohnung herum, als warte er dort auf jemanden.
In Thomas Lingen stieg ungezähmte Wut auf. Der verdammte Kerl wartete doch tatsächlich auf Viktoria, wie es den Anschein hatte.
Bitte, lass sie nicht kommen, betete er stumm, als die Tür aufging und Viktoria auf die Straße hinaustrat. Unvermittelt bremste sie ihren Schritt, als sie Cornelius gewahr wurde, der sich sofort zu ihr auf den Gehweg gesellte, als er sie bemerkte. Ganz offensichtlich hatte sie sich nicht mit ihm verabredet und schien von seinem unerwarteten Anblick überrascht worden zu sein.

Cornelius ging auf Pauls Tochter zu, die ihm beide Hände abwehrend entgegenstreckte.
Thomas sah, wie sie mit einem entschlossenen und ärgerlichen Gesichtsausdruck etwas zu Cornelius sagte. Cornelius schien zwar fassungslos, war aber nicht gewillt, so schnell aufzugeben. Dicht trat er auf Viktoria zu und flüsterte ihr etwas ins Ohr, als Thomas zu seiner freudigen Genugtuung erleben durfte, wie Viktoria Cornelius unversehens eine klatschende Ohrfeige verpasste.
Das hat gesessen, du blödes Arschloch, dachte Thomas tief befriedigt und machte sich bereit, Viktoria notfalls zur Hilfe zu eilen. Aber da hatte er Cornelius falsch eingeschätzt.
Dieser wich zurück, maß Viktoria von oben bis unten mit einem eiskalten Blick, der an Verachtung und demütigender Botschaft nun wirklich nichts mehr zu wünschen übrigließ,

und hob beinahe drohend den Zeigefinger.
Dann drehte er sich langsam um und schlenderte weiter, als wäre nicht das Geringste gewesen.

Im Schatten anderer Fußgänger folgte ihm Thomas sofort, eisern entschlossen, ihm nicht mehr von der Seite zu weichen. Das war das Mindeste, was er für Liza tun konnte, um sie zu beschützen. Denn für eine Festnahme hatte er nicht genügend belastendes Material gegen den Kerl.
Egal, wie lange es dauern mochte, er würde ihn wohl oder übel auf frischer Tat erwischen müssen.

✝

SONNTAG, 24. 7. 2011

Liza, die inzwischen von Anderlech erfahren hatte, dass tatsächlich Josef Seidl der Mörder von Fritz war und er nun hinter Schloss und Riegel saß, kehrte nach einem kurzen Spaziergang in ihre Wohnung zurück. Leicht fiel ihr das nicht, aber sie hatte es dem netten Kommissar versprochen, daheimzubleiben.

Während sie leise die Treppen hinaufstieg, war sie ständig auf der Hut, immer in Angst, Cornelius dabei über den Weg zu laufen. Aber er schien nicht daheim zu sein.

Erleichtert atmete sie auf, als sie oben war, schloss die Türe hinter sich und ging gleich in ihr Schlafzimmer hinüber. Augenblicklich drohte ihr das Herz stehenzubleiben, als sie die Türe öffnete.

Auf ihrem Bett saß der Kapuzenmann, das Gesicht halb von ihr abgewandt. Mit hoher, säuselnder Stimme befahl ihr die dunkle Gestalt, stehenzubleiben und sich umzudrehen.

Wie hypnotisiert und völlig starr vor Schreck gehorchte sie und drehte ihm den Rücken zu. Auf den Gedanken, wegzulaufen und zu schreien, kam sie in ihrem Schockzustand nicht.

Sie hörte, wie der Mann, was oder wer sonst sollte es sein, sich ihr von hinten näherte und ihr dann ein Tuch, getränkt mit irgendeiner stechend riechenden Substanz, unter die Nase hielt. Wie damals, konnte sie nur noch denken, dann fiel sie in Ohnmacht.

Als sie wieder zu sich kam, fand sie sich alleine in einer dunklen Bretterbude wieder. Sie lag auf einer harten Matratze, gefesselt an Armen und Beinen und an einem der Bettpfosten

festgebunden. Sie lauschte angestrengt, aber es war überhaupt nichts zu hören.
Panisch zerrte sie an ihren Stricken, aber die saßen fest und schnitten ihr nur ins Fleisch. Da begann sie zu schreien.

„Schrei nur, hier hört dich doch niemand", erklang wieder diese unheimliche, hohe Stimme. „Nur noch kurze Zeit, Liebste. Keine Angst, du musst nicht mehr lange warten, dann bin ich für immer bei dir."

Vor lauter Schreck hatte Liza schlagartig aufgehört zu schreien. Resigniert sackte sie in sich zusammen und wartete. Wartete, wie sie früher schon immer auf die Kapuzenmänner gewartet hatte.
Die Trauer und ein alt bekannter Schmerz traten an die Stelle der Angst.

✝

Anderlech war nun bereits seit zwei Stunden zu Hause, aber Thomas war noch immer nicht aufgetaucht. Er begann, sich immer mehr Sorgen um seinen Freund zu machen und selbst die Freude über das, was Viktoria ihm über ihre Begegnung mit Cornelius erzählt hatte, konnte ihn nicht lange von seiner Unruhe wegen Thomas ablenken.

Er hatte Vikki nur gefragt, ob sie bei dieser Gelegenheit auch Thomas gesehen hätte, aber diese hatte ihn nur verwundert und ein wenig verschnupft angeschaut.

Wenn Brühl wirklich der Feuermörder war, dann war Thomas jetzt ganz allein auf sich gestellt, weit und breit war niemand, der ihm notfalls hätte zur Hilfe eilen können. Er überlegte, ob er nicht irgendetwas unternehmen sollte, da piepste es auf seinem Handy und kündigte ihm den Erhalt einer SMS an.

„Bin ihm auf den Fersen und beschatte ihn. Denk dir also nichts, wenn du die nächste Zeit nichts von mir hörst. Alles in Ordnung bei mir, passe schon auf mich auf. Thomas. PS: den kauf ich mir noch, den Burschen."

Paul war sich nicht sicher, ob er das jetzt für eine gute oder eine schlechte Nachricht halten sollte. Also entschloss er sich, den außergewöhnlichen Fähigkeiten seines Freundes einfach mal zu vertrauen. Vielleicht war das gar nicht so schlecht, dass Thomas diese Spur verfolgte und er die andere mit Liza. Wenigstens war sie durch Thomas' Beschattung in Sicherheit vor diesem Cornelius und das schien seinem Freund am allerwichtigsten zu sein. Da fiel ihm ein, dass Michael jeden Moment auftauchen musste, als es auch schon an der Türe klingelte. Als Viktoria öffnete, stand ein schlanker und sehr attraktiver Mann mit gewinnendem Lächeln vor ihr.

„Grüß Gott, ist Paul da? Ich bin Michael Essmann. Ich

bin mit Herrn Anderlech verabredet."

„Ich bin seine Tochter, Viktoria Anderlech. Kommen Sie doch herein. Ich glaube, mein Vater wartet schon auf Sie."
Auf dem Weg ins Wohnzimmer kam ihm Paul entgegen.

„Gott sei Dank, Michael. Endlich bist du da!"
Michael sah ihn forschend an.

„Wie siehst du denn aus, Paul? Ist was passiert? Und wo ist Thomas eigentlich? Sag schon."
Paul erzählte ihm ausführlich, warum und seit wann Thomas verschwunden war und weshalb er sich mittlerweile um Liza und auch um den Freund Sorgen machte.
Michaels Gesichtszüge begannen, sich allmählich wieder zu entspannen.

„Ach so, Paul, reg dich bloß nicht auf. Das ist bei Thomas wirklich nichts Neues. Das passiert immer wieder einmal, wenn er sich erst so richtig an etwas festgebissen hat. Keine Sorge, wen auch immer Thomas beschattet, derjenige kriegt sicher nichts mit. Aber irgendwie, ich weiß nicht, ob Thomas dieses Mal wirklich recht hat mit seinem Verdacht. Wie auch immer, momentan können wir sowieso nichts machen. Es wird schon nichts passieren. Wann kann ich denn mit Liza sprechen?"

„Morgen. Sie kommt ins Kommissariat. Dann kannst du dir immer noch überlegen, wo und in welchem Rahmen du das Gespräch mit ihr führen willst. Bis dahin kannst du, wie gesagt, gerne hier bei mir bleiben und auf der Couch übernachten, wenn du möchtest."

„Wunderbar! Danke dir, Paul. Aber jetzt erzähl doch mal, wie war das nun mit dem Mord an diesem Fritz Brenner genau, so hieß er doch, oder? Thomas hatte mir eine SMS geschrieben und mich über euren Erfolg informiert. Es war doch Mord, oder?"

Der Abend verging mit lebhaftem Gedankenaustausch, wie man dem Täter nur endlich auf die Spur kommen könnte, und schon bald war Paul so abgelenkt, dass seine innere Unruhe verschwand.

✝

MONTAG, 25. 7. 2011

Paul rannte völlig außer sich im Büro umher, während ihn Michael nur schweigend und sehr verständnisvoll beobachtete und ihn einfach gewähren ließ.

Vor zwei Stunden hatte die Nachricht wie eine Bombe bei ihnen eingeschlagen. Der unbekannte Tote von Linz hatte erstaunlich schnell identifiziert werden können. Mehrere Leute hatten ihn doch tatsächlich sofort erkannt, als sein Bild gestern Abend noch in den Fernsehnachrichten ausgestrahlt worden war. Es handelte sich um einen gewissen, zum Zeitpunkt seines Todes fünfzigjährigen Franz Hilbert.
Kollege Bauer und sein Team hatten daraufhin sofort im Leben dieses Mannes recherchiert und herausgefunden, dass er mit Carola Wissmann eng befreundet gewesen war und sich damals zusammen mit ihr in Innsbruck aufgehalten hatte.
Sie hatten sich auch mit ehemaligen Nachbarn der Familie Ricker in Innsbruck unterhalten, ihnen das Bild gezeigt und die hatten bestätigt, dass der Tote einer der Männer gewesen sei, der mit Carola Wissmann des Öfteren zum Babysitten zu der kleinen Liza gekommen war. Alles war genau wie damals auch schon in Darmstadt mit jener Angelika Müller. Immer kam eine Frau in Begleitung einer oder mehrerer Männer zum Babysitten, während Lizas Mutter abwesend und anscheinend auch völlig ahnungslos war.
Paul hatte versucht, Thomas über das Handy zu erreichen, hörte jedoch immer nur die Ansage seiner Mailbox. Entnervt warf er das Telefon auf seinen Schreibtisch.

„Verdammt nochmal. Wo steckt denn der Kerl bloß? Die ganze Nacht ist er nicht heimgekommen. Ich brauche ihn jetzt hier. Was treibt er denn nur?"
Michael schüttelte betrübt den Kopf.

„Ehrlich gesagt, kann ich mir langsam auch keinen Reim mehr darauf machen, dass er so gar nichts von sich hören lässt. Wo bleibt denn überhaupt Liza?"
Paul hielt inne.

„Stimmt, die ist ja auch noch nicht da. Herrgott nochmal, spinne ich jetzt oder was?"
Er rief einen jungen Beamten zu sich und fragte:

„Hat eine Liza Ricker schon nach mir gefragt? Nein? Menschenskinder, dann fahren Sie zu ihr und holen Sie sie her, aber dalli."
Michael hatte den Eindruck, dass Pauls Wut umso größer wurde, je mehr seine Sorge um den Freund zunahm. Selbst ihm wurde langsam immer ungemütlicher in seiner Haut. Die lange Abwesenheit sah Thomas irgendwie gar nicht ähnlich. Hoffentlich war ihm nichts passiert. Wenn Cornelius nämlich doch der Feuermörder war, wenn er, Michael, sich getäuscht hatte, dann … Er mochte lieber gar nicht erst weiterdenken. Thomas konnte diesem Wahnsinnigen allein doch gar nicht gewachsen sein. Dazu kam sein Ehrgeiz, den Irren unbedingt alleine stellen zu wollen. Wie schnell konnte es da geschehen, dass Thomas leichtsinnig wurde? Dessen ungute Neigung, sich immer wieder ohne jede Rückendeckung in gefährlichste Situationen zu stürzen, war ihm einfach nicht auszutreiben.
Bisher hatte er sich nicht wirklich große Sorgen gemacht, weil er die ganze Zeit stark davon ausgegangen war, dass Cornelius nicht der Mörder war. Was aber, wenn er sich schlicht und einfach irrte? Was, wenn tatsächlich Cornelius derjenige war, der Liza für all die erlittenen Schändungen in ihrer Kindheit rächen oder auch bestrafen wollte?
Andererseits passte die Tatsache, dass Brühl noch bis vor Kurzem ein Verhältnis mit Liza gehabt hatte, nicht zu dem Profil, das er bisher vom Täter erstellt hatte. Er hatte sich bisher nicht vorstellen können, dass dieser auf so profane

Weise in den Besitz von Liza hätte kommen wollen, es sei denn … Vielleicht spielten außer dem religiösen Wahn doch noch andere, sehr persönliche Motive bezüglich Liza eine Rolle? Schließlich musste Thomas doch irgendetwas gefunden haben, was ihn diesem Cornelius derart hartnäckig auf den Fersen bleiben ließ. Sein Freund hatte da etwas von einem Bluthund an sich. Das war schon immer so gewesen. Sein Riecher war fast schon legendär bei den Kollegen.

„Hat Thomas eigentlich auch über den Aufenthalt von Cornelius in den letzten vierundzwanzig Jahren recherchiert?", fragte er Paul.

Alarmiert sah dieser bei Michaels scharfem Tonfall auf.

„Ja, hat er. Er hat aber immer gesagt, dass er nichts finden könne. Meinst du, dass er sich den Kerl alleine schnappen wollte und mir deswegen nichts gesagt hat? Du hast da doch mal was angedeutet."

Michael wiegte überlegend den Kopf.

„Man könnte schon fast den Eindruck haben, dass er mit dem Mörder eine sehr persönliche Rechnung zu begleichen hat und sich auch deshalb auf diesen Cornelius richtiggehend eingeschossen hat. Diese Abneigung, die er von Anfang an gegen ihn hatte, so als wäre er ihm früher schon mal in höchst unangenehmer Weise begegnet."

„Du meinst, er hat ihn wirklich schon vorher gekannt?", vergewisserte sich Paul konsterniert.

„Schon möglich. Wenn wir uns unterhalten haben, klang es manchmal fast so, wenn ich es mir recht überlege. Und Thomas ist … nun ja, er macht gerne solche Alleingänge. Ich hoffe nur, er will nicht selbst mit ihm abrechnen."

„Selbstjustiz? Unser Thomas? Niemals!", keuchte Paul erschrocken.

In ihr Gespräch platzte der Streifenbeamte, den Paul vorhin losgeschickt hatte, um Liza Ricker zu holen.

„Ich habe sie nicht finden können. Ihre Wohnungstür steht offen, aber sie ist nicht zu Hause. Und sonst hat sie auch niemand gesehen."

Abwartend blieb er stehen. Paul sank entsetzt auf seinen Stuhl.

„Oh Gott! Er hat sie. Ich weiß, dass er sie hat!“
Auch Michael hatte es siedend heiß durchfahren. Er teilte Pauls Einschätzung, ganz zweifellos. Liza war in tödlicher Gefahr, wenn es nicht sogar schon zu spät war. „Thomas wird sie beschützen, er ist ja in Cornelius' Nähe. Gott sei Dank ist er in seiner Nähe. Wenigstens hat er die richtige Nase gehabt. Er wird nicht zulassen, dass ihr etwas passiert. Er hat sie nämlich sehr, sehr gerne. Das hat er mir selbst gesagt.“
Beschwörend flüsterte Paul es vor sich her. Michael rutschte auf seinem Stuhl unruhig hin und her.

„Wir müssen nachdenken, Paul. Haben deine Kollegen eigentlich schon irgendetwas zu den leiblichen Eltern von Liza herausgefunden?“
Paul sah ihn an und zog das Telefon zu sich heran.

„Patrick, wie sieht es mit deinen Ergebnissen zu Liza Rickers leiblichen Eltern aus? Wir brauchen sie … Du bist dran, sagst du? … Wann? Heute Abend? Und es geht nicht schneller? … Tja dann, da kann man nichts machen. Bis später.“ Sein Blick flackerte, als er den Psychologen ansah. „Du hast es gehört! Es dauert noch. Ich mache mich mal auf zu Lizas Wohnung. Vielleicht hat doch irgendeiner der Anwohner etwas bemerkt. Dieses Herumsitzen macht mich wahnsinnig.“
Michael sah ihm nachdenklich nach. Dann stand er schwer auf, als wäre er plötzlich ein uralter Mann. Er überprüfte noch einmal sämtliche Stationen der Morde und versuchte zugleich, irgendeinen Zusammenhang mit diesem Cornelius Brühl herzustellen.
Sein Blick fiel auf die Stadt, mit der scheinbar alles begonnen hatte. Darmstadt. Da gab es doch etwas … etwas, was ihm mit dieser Stadt irgendwo tief im Hinterkopf saß. Er grübelte und versuchte, sich zu erinnern, in welchem Zusammenhang ihm dieses Darmstadt bloß schon einmal untergekommen war und ob ihm der Name Brühl dabei etwas sagte.
Und dann kam ihm ein Gedanke!
Er setzte sich an Thomas' Laptop und loggte sich ein, um in dessen Unterlagen zu den Linzer Morden zu recherchieren.

✞

Paul war indes in Lizas Nachbarschaft wie ein Wahnsinniger von Haus zu Haus gelaufen, aber niemand hatte etwas gesehen oder bemerkt. Nun war er wieder zurück und sah sich in ihrer Wohnung genauestens um.
Er ging ins Schlafzimmer und zog zögernd die Schublade ihres Nachtkästchens auf. Ihm blieb fast das Herz stehen, als er das Schmuckkästchen aufgeklappt und leer vorfand. Das goldene Kreuz war fort, einfach verschwunden wie Liza.
Er setzte sich wie vom Donner gerührt auf ihr Bett und versank in schwersten Selbstvorwürfen. Da hatten sie immer befürchtet, nein, doch eigentlich gewusst, dass Liza in Gefahr schwebte und was hatte er unternommen? Thomas hatte so was von recht gehabt, als er vor Sorge dermaßen außer sich geraten und diesem Cornelius hinterher war.
Und er selbst? Abgelenkt war er gewesen von seinem eigenen Kummer und dann diesem Glück, als er endlich seine Viktoria wieder bei sich hatte. Versagt hatte er auf ganzer Linie. Was sollte, was konnte er jetzt noch tun?
Sein Blick irrte hin und her und blieb dann am offenen Fenster hängen. Geistesabwesend registrierte er, dass sich im Holz des Fensterrahmens ein Wollfaden oder irgendetwas in der Art verfangen hatte. Mit letzter Kraft stand er auf und schob den Faden in die Hosentasche. Dann verließ er niedergeschlagen und sehr bedrückt die Wohnung.
Vorsichtshalber klingelte er noch bei Cornelius Brühl, aber wie erwartet blieb alles still. Ihm blieb nur noch, den Staatsanwalt um einen Durchsuchungsbeschluss zu bitten, was sie bisher vermieden hatten, um diesen Cornelius nur nicht zu früh zu warnen. Er sollte bisher nicht wissen, dass er im Fokus ihrer Ermittlungen stand. Aber jetzt … jetzt war keine Zeit mehr zu

verlieren.
Es dauerte nicht lange, bis die gesamte Mannschaft anrückte. Bitte, lieber Gott, lass uns etwas finden, betete er im Stillen und beobachtete mit Argusaugen die Durchsuchung von Lizas Räumen.

Michael dagegen klappte irgendwann den Laptop zu und vergrub den Kopf in seinen Armen. So saß er tief in Gedanken versunken.
Plötzlich fuhr er hoch, als er eine Hand auf seiner Schulter spürte. Ungläubig riss er die Augen auf, als er Thomas mit ernster Miene vor sich stehen sah.

„Du?", brachte er gerade noch heraus.

„Allerdings. Und was machst du hier in Zwiesel? Hat sich Paul Verstärkung geholt, weil er Angst um mich hatte oder was?", lachte Thomas. Aber seine Augen lachten nicht mit.

„Was ist mit Cornelius? Hast du Liza gesehen?", redete Michael auf ihn ein.

„Liza? Nein, wieso? Und dieser Cornelius ist mir doch tatsächlich entwischt. Zweimal sogar und das mir. Aber beim zweiten Mal konnte ich ihn dann partout nicht mehr finden. Aber nun sag schon, was machst du hier?"
Michael sah seinem Freund in die Augen. Es verging einige Zeit in völliger Stille, dann zuckte Thomas mit den Schultern. Während er dem Blick des anderen standhielt, unterbrach er das Schweigen. „So ist das also? Du glaubst … Weil ich Paul ein einziges Mal alleingelassen habe, springst du jetzt gleich für mich ein? Weil man sich auf mich nicht verlassen kann, oder was?"

„Ja, Thomas. Paul braucht jetzt meine Hilfe und ich kann und werde sie ihm geben, egal was passiert."
Thomas nickte, seine Augen hatten sich jedoch kaum merklich verengt.

„Siehst du, so geht es mir mit Paul auch immer. Man kann einfach nichts dagegen tun. Er geht einem irgendwie unter die Haut, ob man will oder nicht … Apropos, wo ist er denn eigentlich?"

„Sie machen gerade bei diesem Cornelius Brühl eine Hausdurchsuchung. Du solltest besser sofort hinfahren. Er ist fast verrückt vor Sorge um dich."

Thomas sah seinen alten Freund durchdringend an.

„Ja, das sollte ich wohl besser. Fährst du denn heute noch zurück oder bleibst du länger?"

„Ich fahre noch heute nach Linz zurück. Ich wollte doch eigentlich mit Liza sprechen, aber … das hat sich nun erledigt. Außerdem, ich habe da … vielleicht eine Idee, die ich aber erst noch überprüfen möchte und das kann ich nur zu Hause. Bis später also?"

„Ja, Michael, bis spätestens in einer Woche."

Thomas hob Abschied nehmend die Hand und verschwand nach draußen.

Michael lehnte sich zurück und fuhr sich über die Augen. Selten war ihm etwas so schwergefallen wie diese Rückfahrt nach Linz. Aber die Idee, die ihm gekommen war, erforderte es. Nur in Linz hatte er die Möglichkeit, Einblick in bestimmte Unterlagen zu bekommen, die seiner Meinung nach mit den Morden in Zusammenhang stehen könnten.

Er holte einen Bogen Schreibpapier und Zeile um Zeile füllte er das leere Blatt, immer wieder unterbrochen von langen Pausen, in denen er zum Fenster hinausstarrte.

Nach einer Stunde steckte er das Geschriebene endlich in einen Briefumschlag, klebte ihn zu und setzte schwungvoll Pauls Namen darauf. Dann schob er den Brief sorgsam unter die Schreibtisch-Unterlage von Pauls Arbeitsplatz und bewegte sich langsam und schwerfällig zum Büro hinaus.

Er war froh, dass ihm auf seinem Weg zum Auto niemand begegnete, und fuhr von dannen.

✞

Anderlech saß wie auf Kohlen. Bisher hatten sie nichts gefunden, weder einen Hinweis auf Cornelius als Täter noch irgendetwas, was auf Lizas möglichen Verbleib hindeuten könnte.
Dieser Mann schien in seinem Hirnkästchen arg verschroben zu sein. Allein sein Schlafzimmer sprach schon wahre Bände. Dazu hatten sie Filme gefunden, das mochte er sich ehrlich nicht mehr in Erinnerung rufen. Offensichtlich hatte er sich und seine Gespielinnen heimlich aufgenommen, während er sie beglückte.

Paul ließ seinen Blick über die Wände und Schlafzimmerdecke entlangwandern, als er eine auffällige, dunkle Stelle im Spiegel über sich zu sehen glaubte. Er rief sofort Richard und dieser machte sich auch mit ein paar seiner Kollegen augenblicklich daran zu schaffen. Sie hoben den erstaunlich leichten Spiegel aus seiner Verankerung.

„Na so was! Jetzt schaut euch das mal an, Leute. Da ist höchst raffiniert hinter dem Spiegel eine niedliche, kleine Kameraausstattung verborgen."
Er sprang vom Stuhl, auf den er gestiegen war, und hielt eine winzige Filmkamera in der Hand. Triumphierend streckte er sie Paul entgegen. Aber dieser konnte sich nicht so recht darüber freuen. Es bewies schlechterdings gar nichts, außer vielleicht, dass Cornelius einfach was ganz gehörig an der Waffel hatte. Missmutig kramte er in den Schubladen, als er hinter sich die Stimme seines Freundes hörte.

„Und? Was gefunden?"
Blitzartig drehte sich Paul herum und schwankte zwischen Wut, Freude und maßloser Erleichterung.

„Menschenskinder, Thomas! Ich bin halb umgekommen vor Sorge. Wo warst du denn um alles in der Welt?“
Thomas lachte, dass seine weißen Zähne aufblitzten.

„Jetzt bin ich ja wieder da! Leider ist mir unser Freund entwischt. Ich gebe es verdammt ungern zu, aber …“
Paul wurde kalkweiß im Gesicht.

„Das ist jetzt nicht wahr! Soll das heißen, du weißt nicht, wo er abgeblieben ist? Sag, dass das nicht wahr ist. Das gibt's doch nicht. Mensch, Thomas! Er hat sehr wahrscheinlich Liza in seiner Gewalt. Verflucht noch mal, ich habe so gehofft, dass du sie über ihn findest. Und jetzt das!“

„Liza?“, rief Thomas erschrocken. „Aber, weshalb? Ist sie denn verschwunden? Ich dachte, du wolltest mir ihr heute reden? Mensch, ich dachte, sie wäre bei dir in Sicherheit?“
Paul sah betreten zu Boden. Thomas berührte ihn am Arm „Tut mir leid, Paul. Ich habe das nicht so gemeint, wie es sich vielleicht angehört hat. Ich hätte mich ganz genauso darum kümmern müssen, statt wie ein blinder Idiot diesem Cornelius hinterherzuhecheln. Er ist echt verdammt schlau, das muss ich ehrlich sagen. Normalerweise entdeckt mich niemand, aber er, er hat scheinbar was gemerkt. Und bevor ich mich, eins, zwei, drei, umgeschaut hatte, ist er in dem Getümmel im Kaufhaus verschwunden. Das war so vor ungefähr zwei, drei Stunden. Seit wann wird Liza denn vermisst?“

„Ungefähr seit dieser Zeit“, würgte Paul hervor.

„Verdammt und was machen wir jetzt? Hast du denn irgendeine Idee, wo er Liza bloß hingebracht haben könnte? Wohin er sie verschleppt hat?“
Paul senkte wortlos den Kopf. Er fühlte sich total am Boden zerstört und dieser Gedanke, Liza womöglich erst als völlig verbrannte Leiche wiederzufinden, machte ihn restlos fertig. Thomas konnte ihm am Gesicht ablesen, dass Paul inzwischen kurz vor dem Zusammenbruch stand. Er legte ihm sachte seinen Arm um die Schultern.

„Mensch, Paul. Es tut mir so leid, dass ich dich die ganze Zeit alleingelassen habe. Ich war wie vernagelt mit diesem Kerl. Ich bin ihm einfach ohne jeden Sinn und Verstand hinterher. Aber jetzt bin ich ja da und bleibe auch da, versprochen. Komm, fahren wir zurück. Lass uns einfach kühl und mit klarem Kopf darüber nachdenken, wo Cornelius sie hingebracht haben könnte. Vielleicht fällt uns doch was ein."

„Michael, vielleicht hat Michael noch eine Idee!", rief Paul hoffnungsvoll und hob aufgeregt den Kopf. Thomas schüttelte bedauernd den Kopf.

„Michael ist vorhin nach Linz zurückgefahren. Er hat nur angedeutet, dass er vielleicht eine Spur hat. Er meinte, er könne daheim besser nachdenken. Und ich denke, er hat recht. Weißt du, Michael ist ein …, wie soll ich sagen, ein Gewohnheitstier. Er braucht seine vertraute Umgebung, um intuitiv arbeiten zu können. Mich würde es nicht wundern, wenn es gar nicht lange dauern würde, bis er sich bei dir wieder meldet. Mir hat er ziemliche Vorhaltungen gemacht, also nicht direkt mit Worten, dass ich dich im Stich gelassen hätte mit meinem Alleingang. Und recht hat er."

Paul schritt entschlossen zur Tür.

„Patrick wollte mir nachher noch Bericht erstatten über Lizas leibliche Eltern. Ich kann mir zwar nicht vorstellen, wie uns das im Moment noch weiterhelfen sollte, aber … wer weiß, vielleicht ja doch? Michael schien es für wichtig zu halten."

„Ach ja, stimmt. Habe ich ganz vergessen. Na, da bin ich aber gespannt, wie seine Ergebnisse aussehen und ob sie uns weiterbringen. Eigentlich bin ich mir inzwischen trotzdem fast sicher, dass Cornelius unser Mann ist, auch wenn Michael das immer noch anzweifelt. Warum sonst sollte der sich aus dem Staub gemacht haben?"

„Sicher, die Fahndung ist auch schon längst raus. Mehr können wir hier nicht ausrichten. Wir können nur hoffen, dass er unseren Kollegen so schnell wie möglich ins Netz geht. An allen Ausfallstraßen stehen bereits Straßensperren, die ganze Kavallerie ist unterwegs."

Paul hatte das Gefühl, als laste die gesamte Welt auf seinen Schultern und er mochte sich nicht ausmalen, was mit der zarten Liza gerade in diesem Moment passierte.

So schnell es den beiden möglich war, eilten sie aufs Revier zurück. In Pauls Büro wartete bereits ein aufgeregter Patrick Bauer auf sie.

„Leg los, mein Lieber“, rief ihm Paul bereits von der Türe aus zu.

Thomas folgte ihm zwar bedächtiger, war aber nicht weniger gespannt.

Jetzt half wohl nur noch beten, wenn er Liza, seine Liza, heil und gesund wiedersehen wollte.

A.D. MCCXXVII

Elizabeth bringt seinen Sohn zur Welt, den heißersehnten, den ihm prophezeiten Erben.
Dieser und auch dessen Nachkommen, sie alle werden sein Werk vollenden, wenn ihn, Konrad, eines Tages die Kraft dafür verlässt.
Er weiß es, als er in das noch faltige Gesicht seines Sprosses sieht.

Elizabeth sieht ihn an und weiß, dass der Moment da ist.
Sehr bald schon wird ihre Stunde gekommen sein und in ihr tobt der Schrecken einer furchtbaren Gewissheit.

✞

Liza war ganz ruhig geworden. Die Angst war mit der Erinnerung verschwunden. Alles was war, alle Bilder aus ihren Träumen ergaben plötzlich Sinn und das verlorene Wissen, das sie so lange verzweifelt in sich gesucht hatte, ohne es jedoch zu begreifen, war in diesen letzten, dunklen Stunden zurückgekommen.
Und mit dieser gewonnenen Klarheit hatte sie auch plötzlich keine Angst mehr vor dem Tod. Denn dass sie schon sehr bald sterben würde, war so sicher wie die Dunkelheit einer Nacht und die immer wiederkehrende Helligkeit beim Anbruch eines neuen Tages.
Die Frage war einzig, wann und wie es dann passieren würde.

Sie schloss erschöpft die Augen, zu müde, um zu kämpfen und zu verzweifelt, um sich zu wehren.

✝

Patrick hatte seine Notizen auf den kleinen Konferenztisch gelegt und blätterte sie rastlos immer wieder durch. Als er die beiden Kommissare endlich kommen hörte, sah er ihnen ungeduldig entgegen. Es war eine Ungeduld, die sich aus größter, fiebriger Anspannung und dem Gefühl, es keine Sekunde länger mehr für sich behalten zu können, nährt.
Paul und Thomas hatten sich zu ihm gesetzt. Pauls Hände zitterten kaum wahrnehmbar, während Thomas unruhig mit den Fersen auf und ab wippte.
Mit dunkler, beinahe schon monotoner Stimme begann der Kollege aus der Abteilung *Innere Sicherheit* zu sprechen.

„Ich habe wirklich Wichtiges zur Herkunft von Liza Ricker gefunden. Es eröffnet uns die Möglichkeit eines neuen, denkbaren Motivs des Täters für seine Morde. Ich gehe davon aus, dass ihr meine Ansicht teilen werdet, wenn ihr erst alles gehört habt. Liza wurde, wie ihr bereits wisst, gleich nach ihrer Geburt an der Schwelle eines Klosters abgelegt. Über Quellen, die hier nichts weiter zur Sache tun, konnte ich herausfinden, wer Lizas leibliche Eltern sind bzw. waren. Ihre biologische Mutter hieß Eleonore Thoms."
Paul zuckte bei diesem Namen zusammen und musste sofort an die Initialen des goldenen Kreuzes denken. Patrick sah ihn nur an, unterbrach sich kurz, als wolle er etwas sagen, und fuhr dann jedoch schnell mit seinem Bericht fort. „... und sie unterhielt über lange Jahre eine heimliche Liaison mit Heinz Konrad Ricker. Dieser Heinz Ricker war verheiratet mit Anna Burger, der Adoptivmutter von Liza. Eleonore Thoms brachte ihr Kind heimlich zur Welt. Ob ihr Geliebter davon wusste, kann ich nicht mit Sicherheit sagen, allerdings vermute ich das sehr stark, da er sich in der Folge sehr darum bemühte, den

Säugling Liza zu adoptieren. Er hatte sehr enge Beziehungen zu dem Kloster und so gab es auch keine größeren Probleme bei der Adoption. Im Gegenteil, sowohl das Kloster als auch die staatliche Adoptionsstelle waren sehr dankbar, für das Kind schnell gute Eltern zu bekommen und damit jeder weiteren Sorge für das Kind enthoben zu sein. Eleonore Thoms selbst verschwand kurz nach der Geburt spurlos. Was ich dazu alles recherchiert habe, lässt mich befürchten, dass sie die zweite tote Frau von Darmstadt ist. Ich habe glücklicherweise die DNA von Eleonore Thoms sicherstellen können. Wir werden also darüber noch Klarheit erhalten. Die Nonnen des Klosters haben nämlich diese Decke, in welche das Kind eingewickelt war, vorsichtshalber aufbewahrt, da sie mit so wunderbaren Stickereien verziert und mit einem goldenen Kreuz versehen ist, welches als Motiv mit den Buchstaben E·T· leuchtend hervorsticht." Bei diesen Worten suchten seine Augen wieder den Blick Pauls und er nickte nur verhalten, ehe er dann entschlossen weitersprach. „Es könnte also durchaus möglich sein, dass die Initialen für Eleonore Thoms stehen. Wenn du willst, Paul, dann kann ich diesbezüglich noch weiterforschen, ob das wirklich so ist oder ob die Initialen auf eine andere Person zurückzuführen sind. Die Klosterfrauen jedenfalls meinten, dass das Kind vielleicht irgendwann einmal die Decke wiederbekommen wolle. Deshalb haben sie sie für diesen Moment sicher in einer Kiste verwahrt. Es bedurfte übrigens gehörigen Druck meinerseits, um sie zu dieser Aussage zu bewegen. Nun, an dieser Decke konnte verwertbare DNA der Mutter und auch des Kindes gesichert werden. Wir haben also die Möglichkeit eines Abgleichs mit der Toten in Darmstadt und auch mit Lizas DNA. Aber damit nicht genug, ich habe auch noch herausfinden können, dass Heinz Ricker neben Liza noch ein weiteres, uneheliches Kind mit dieser Eleonore hatte, nämlich einen Sohn, der im Männerkloster der Kapuziner in Köln aufgewachsen ist. Von seiner Existenz hat mir eine ehemalige Freundin von Eleonore Thoms berichtet. Eleonore hatte kurz nach der Geburt ihres Sohnes den Kontakt zu

dieser Freundin abgebrochen, daher konnte die mir sonst nichts weiter darüber berichten. Auch den Vornamen, den Eleonore ihrem Sohn gegeben hat, kannte die Freundin nicht. Nur das Geburtsdatum habe ich von ihr erfahren, daher weiß ich auch, dass der junge Mann bei Lizas Geburt einundzwanzig Jahre alt war. Damit ist er also Lizas Bruder und ist heute fünfundvierzig Jahre alt!"
Wieder riss Paul ungläubig die Augen auf, als er das hörte, und starrte dann Thomas an, der genauso verdattert zurückschaute. Bevor die beiden jedoch etwas sagen konnten, ertönte Patricks Stimme, der weitersprach, als hätte es keine Reaktion gegeben.
„Heinz Ricker selbst scheint ansonsten ein merkwürdiger Einzelgänger gewesen zu sein. Mehrere Leute, mit denen ich gesprochen habe, haben ihn als finsteren Charakter bezeichnet, mit dem man lieber nichts zu tun hatte. Als damals diese Vorwürfe wegen sexuellen Missbrauchs an der kleinen Liza bekannt wurden und sich dann sogar noch bestätigten, scheint das niemanden so wirklich überrascht zu haben. Ich meine, es hat ihm beinahe jeder zugetraut, dass er auch zu so etwas fähig war. Zudem wird gemunkelt, dass er später dann in Innsbruck eigenartige Verbindungen zu einer seltsamen Männergruppe pflegte, zu der niemand sonst Zugang hatte. Auf jeden Fall hat sich diese konspirative Gruppe immer an einem bestimmten Tag in der Woche in den Nachtstunden getroffen. Sie trugen Kutten wie Mönche und versammelten sich bei Heinz Ricker über Stunden. Aber, wie gesagt, es konnte mir niemand sagen, was da in diesen Stunden vor sich ging. Das mit den Kutten wusste auch nur deshalb einer der Nachbarn, weil er durch puren Zufall einmal einige der Männer nachts auf dem Weg zu Heinz Ricker beobachten konnte. Sein Hund hatte … na ja, jedenfalls musste er dringend noch mal nach raus und bei dieser Gelegenheit konnte der Nachbar die Männer unbemerkt beobachten. Ich befürchte, dass wir davon ausgehen müssen, da es sich dabei um eine Art klerikaler Bruderschaft handelte, deren Mitglieder sich bei ihren heimlichen Zusammenkünften wohl regelmäßig an der kleinen Liza vergangen haben. Ob dies auch schon in Darmstadt der Fall war, kann ich nicht sagen.

Was Lizas Bruder nun betrifft, muss ich zu meinem Bedauern gestehen, dass ich seinen Namen partout nicht ermitteln konnte. Es scheint nirgendwo irgendwelche Papiere zu geben, die ihn ausweisen könnten. Zumindest sind sie einfach nicht mehr auffindbar, weshalb auch immer. Das Kloster selbst bewahrt eisernes Stillschweigen und es war mir auf keinerlei Weise möglich, die Mönche zum Sprechen zu bewegen. Diese Heimlichtuerei ist eine seltsame Geschichte, die ich mir nur damit erklären kann, dass das Kloster mit dieser geheimen Bruderschaft irgendetwas zu tun hat. Wie auch immer, Tatsache bleibt, dass ich seine Identität nicht kenne. Heute müsste er, wie gesagt, fünfundvierzig Jahre alt sein, wenn er denn noch lebt. Aber wenn er noch am Leben ist, dann hätte er, sowohl was das Alter als auch die emotionale Verbindung zu Liza betrifft, genau das Profil, das wir bisher für möglich oder wahrscheinlich gehalten haben."

Patrick verstummte. Thomas und auch Paul hatten ihm so konzentriert und voller Spannung zugehört, dass es einen Moment dauerte, bevor sie realisierten, dass der Kollege zu reden aufgehört hatte. Thomas' Stimme unterbrach als erstes die Stille.

„Könnte es sein, dass Cornelius dieser Bruder ist? Was meint ihr? Vom Alter her käme es hin."

Paul rieb sich die Stirn.

„Könnte sein, könnte nicht sein. Tatsache ist, dass wir nicht eine Person kennen, auf die die Hinweise sonst passen. Ehrlich gesagt, habe ich auch Lizas Vater immer noch nicht von der Liste gestrichen. Weiß jemand, wie alt der eigentlich heute sein muss?"

Patrick schaute auf seine Notizen, blätterte ein wenig hektisch hin und her, bis er die gewünschte Stelle endlich gefunden hatte.

„Hier! Er müsste fünfundsechzig oder sechsundsechzig Jahre alt sein. Er war einundzwanzig, als sein unehelicher Sohn geboren wurde und zweiundvierzig, als Liza zur Welt kam. Seine Frau Anna und er hatten übrigens keine gemeinsamen Kinder. Er hatte sie geheiratet, obwohl er davor schon lange

mit dieser Eleonore zusammen war. Wie schon gesagt, ich habe keine Ahnung, ob seine Frau davon je erfahren hat. Über seinen Aufenthalt habe ich nichts herausfinden können, aber wie ich weiß, läuft die Fahndung nach Lizas Vater ja immer noch, oder?"
Paul nickte.

„Leider bisher erfolglos. Dieser Mann ist ein Phantom. Ich habe mir allerdings gedacht, dass wir mit Lizas DNA einen Abgleich mit den bisher unbekannten, toten Männern machen könnten. Der Verwandtschaftsgrad müsste doch darüber zu erkennen sein, oder? Wenn also die DNA eines der Toten mit der von Liza in entsprechendem Maße übereinstimmt, dann hätten wir zumindest eine hohe Wahrscheinlichkeit, dass er tot ist, falls nicht, nun … Und genauso könnten wir Cornelius' DNA mit der von Liza abgleichen. Auch dann müsste doch ein geschwisterliches Verhältnis zu erkennen sein, oder?"

„So oder so. Das würde doch bedeuten, dass der Bruder sowohl seinen Vater als auch seine Mutter getötet hat und nun seine Schwester umbringen will. Warum?", warf Thomas ein, der bis hierhin geschwiegen hatte.
Paul und Patrick zuckten nur die Achseln.

„Auf jeden Fall danke ich dir wirklich sehr, Patrick. Deine Ausführungen sind tatsächlich von allergrößter Bedeutung für uns. Ich schätze deinen Aufwand, den du in diese Recherche gesteckt hast, unglaublich. Du hast uns damit echt wahnsinnig weitergeholfen."
Über Patricks sonst immer ernstes Gesicht flog ein erfreutes Lächeln.

„Ich drücke dir wirklich die Daumen, dass du den Kerl bald erwischst und, vor allem, dass ihr die junge Dame schnell und hoffentlich wohlbehalten wiederfindet."
Dann raffte er seine Zettel zusammen, reichte sie Paul und ging. Paul und Thomas sahen sich etwas ratlos an.

„Und nun? Was machen wir jetzt damit?", fragte Thomas verwirrt. „Ich meine, wir haben einen Haufen Informationen, aber keine davon scheint ein wirklicher Ansatzpunkt zu sein, um Liza zu finden. Klar, wir können versuchen, über die

DNAs weitere Tote zu identifizieren, aber bringt uns das denn wirklich weiter?“

„Das stimmt schon. Herrgott nochmal, wie finden wir ihren Bruder? Haben wir ihn, finden wir auch Liza. Ich kann mir nicht helfen, irgendetwas sagt mir, dass er es ist. Er oder sein Vater. Wahrscheinlich hat er eine riesige Klatsche, kein Wunder bei dem Vater und dann auch noch die ganze Zeit in einem Männerkloster …“

Plötzlich zuckte Thomas zusammen.

Als er Pauls verwunderten Blick auf sich ruhen sah, beeilte er sich, ihm zu erklären, was ihm bei Pauls Worten gerade eben durch den Kopf geschossen war.

„Vielleicht hat er Liza gar nicht gekidnappt, um sie zu töten, sondern um seine Schwester wieder bei sich zu haben und sie vor ihrem Vater in Sicherheit zu bringen. Vielleicht ist der nämlich wirklich nicht tot und schleicht hier in der Gegend herum. Wenn ihr eigener Vater tatsächlich der Feuermörder ist, dann, dann …“

„Schon, aber warum bringt der die ganzen Leute um, warum verbrennt er die Frauen und ersticht die Männer und warum wartet er so viele Jahre, bis er sich jetzt plötzlich seine Tochter schnappen will? Weshalb denn nur und warum nicht früher? Kannst du mir das mal erklären?“

Thomas überlegte. Dann räumte er mit düsterem Gesicht ein:

„Vielleicht hast du recht und es ist doch der Bruder, weil er einen an der Waffel hat. Vielleicht hasst der Frauen einfach nur, wie Michael es zuvor auch schon gemutmaßt hat und die Männer waren bloß unerwünschte Zeugen, so wie es bei dieser Michaelsen wahrscheinlich auch der Fall war.“ Und als brächte ihn das auf einmal auf einen tröstlichen Gedanken, erhellte sich seine Miene wieder. „Aber dann hätte das Ganze vielleicht gar nichts mit Liza zu tun und die örtlichen Überschneidungen wären doch nur purer Zufall. Liza ist irgendwohin gegangen, ohne uns vorher Bescheid zu geben. Genau, sie ist einfach nur weggefahren. Ich meine, das ist doch nicht auszuschließen, oder?“

Seine Stimme klang irgendwie richtiggehend drängend, so als

wäre es ihm ungeheuer wichtig, dass Paul seine Meinung teilte. Dieser schaute ihn erst fragend, dann aber sehr mitfühlend an.

„Du hast sie wirklich sehr gerne, nicht wahr, Thomas? Könnte es sogar sein, dass du sie liebst?"

Thomas schlug die Augen betroffen nieder und schwieg lieber. Endlich nickte er nur. Dann drehte er sich um und ging mit hängenden Schultern hinaus.

Paul wollte ihm im ersten Impuls hinterher, überlegte es sich dann aber auf halbem Wege wieder anders. Er verschränkte seine Arme hinter dem Rücken und wanderte in seinem Büro auf und ab, während er krampfhaft überlegte, wohin der Mörder Liza gebracht haben könnte. In seine Gedanken hinein klingelte das Handy.

„Paul? Ich bin es, Sonja. Könntest du bitte sofort zu mir runter kommen?"

„Klar. Um was geht es denn, Sonja?"

„Ich möchte dir das lieber persönlich sagen!"

„Okay, bin gleich unten."

Paul trank einen Schluck Leitungswasser. Die Zunge klebte ihm am Gaumen und sein Hals fühlte sich kratzig an. Dann eilte er hinunter zu Sonja. Die Gerichtsmedizinerin wartete mit ernstem Gesicht auf ihn.

„Also, schieß los! Hast du schon alle DNA-Ergebnisse?"

„Das auch, ja, aber …"

„Und, was ist dabei herausgekommen? Nun sag schon!"

„Paul, bitte setz dich doch erst."

„Warum? Du machst es aber vielleicht spannend, Sonja."

Sonja drückte ihn auf einen Stuhl und setzte sich dicht neben ihn.

„Paul, ich … ich habe eine schlechte Nachricht, eine sehr schlechte. Michael …"

„Michael? Was ist denn mit ihm? Er ist nach Linz zurückgefahren." Er sah rasch auf seine Uhr. „Er müsste inzwischen schon daheim sein. Ich telefoniere nachher gleich noch mit ihm."

Sonja sah ihn mit traurigen Augen an und senkte den Kopf.

„Paul, Michael ist tot!"

Anderlech schien förmlich zu erstarren.

„Tot? Wieso denn tot? Aber das kann doch gar nicht …“

„Er hatte auf der Autobahn einen Unfall. Anscheinend war er zu schnell dran. Er ist von der Fahrbahn abgekommen, als vor ihm plötzlich ein anderer ausgeschert ist, und hat sich überschlagen. Er war sofort tot.“

Paul hatte das Gefühl, als hätte ihm jemand mit dem Hammer auf den Kopf geschlagen. Sonjas Stimme drang nur noch wie durch einen Wattenebel zu ihm durch.

„Sofort tot?” Seine Stimme klang geradezu gespenstisch ruhig, als er Sonjas Worte mechanisch wiederholte. „Aber … wieso? Wie konnte das denn …?“

Pauls Stimme versagte.

„Die Augenzeugen haben alle ausgesagt, dass ihn niemand behindert hätte. Eigentlich hätte er überhaupt kein Problem haben dürfen, rechtzeitig abzubremsen. Die Polizei vermutet daher, dass er wohl zu schnell unterwegs und wahrscheinlich abgelenkt war, sodass er den vor ihm Fahrenden viel zu spät bemerkt hat. Er hat scheinbar nicht einmal mehr versucht zu bremsen, sondern hat nur das Steuer herumgerissen. Es gab überhaupt keine Bremsspuren.“

Paul konnte keinen einzigen, klaren Gedanken mehr fassen. Ihm war einfach nur noch ganz entsetzlich zumute. Er hatte Michael gemocht, sehr sogar. Irgendwie plagte ihn auch schon wieder ein schlechtes Gewissen. Hätte er nur nicht zugestimmt, dass Michael nach Zwiesel kam, hätte er ihn heute einfach nur von der Rückfahrt abgehalten, hätte …

Sonja merkte, was in Paul vorging. Sie legte ihm tröstend die eine Hand auf den Arm, mit der anderen streichelte sie ihm wie einem kleinen Kind über die Haare. Paul barg seinen Kopf an ihrer Schulter und kämpfte ganz unverkennbar mit den Tränen. Sonja sprang die Erschütterung an wie ein wildes Tier. Sie legte die Arme um ihn und ließ ihren eigenen Tränen freien Lauf. Nach endlos scheinenden Minuten löste sich Paul aus ihrer Umarmung. Seine Stimme klang rau.

„Danke, Sonja.“

Er ging und ließ eine mit ihrem Leben versöhnte Sonja zurück.

DIENSTAG, 26. 7. 2011

Liza konnte nicht mehr sagen, ob es Tag oder bereits Nacht war. Die Wände der Hütte schienen so dicht gezimmert zu sein, dass nicht einmal der geringste Lichtschein hereindrang und Fenster gab es nicht.
So hatte sie inzwischen jedes Zeitgefühl vollkommen verloren. Die Dunkelheit, die ihr sonst Angst und Entsetzen geschickt hatte, war jetzt zu ihrer Verbündeten geworden. Es gab keine Zeit mehr, die sie drängte, mit der sie permanent versuchen wollte, Schritt zu halten und die irgendwie geordnet werden musste, um sie überhaupt ertragen zu können.
Sie hatte auch keine Träume mehr, denn ihr Unbewusstes brauchte keine Verschlüsselung mehr, um den grausamen Schmerz ausblenden zu können und um ihr trotzdem zu sagen, was sie unbedingt wissen musste.
Mit jeder Stunde, die sie in ihrem Gefängnis verbracht hatte, waren neue Erinnerungsfetzen aufgetaucht und sie hatten sich allmählich zu einem vollständigen und wahrhaft verstörenden Bild zusammengesetzt.

Sie hatte vor ihrem geistigen Auge Männer in dunklen Kutten gesehen, so wie der, der in ihrem Schlafzimmer auf sie gewartet hatte. Deshalb war er ihr auch von Anfang an seltsam vertraut gewesen.
Sie sah wieder die Männer, die sie, das kleine Kind, hochhoben und ihr sehr wehtaten. Manchmal war es nur einer, häufiger aber waren es mehrere. Sie hatten mit ihren großen Händen nach ihr gegriffen.

Ihr Vater saß die ganze Zeit dabei und neben ihm saß meist eine Frau. Sie war wunderschön, diese Frau, und ihr Vater und sie hielten sich an den Händen, lachten und küssten sich und sahen dabei zu, was die Männer mit ihr machten.
Ihr tat es sehr weh und der Mund schmerzte auch, weil sie ihn ihr währenddessen mit aller Kraft zuhielten, um sie am Schreien zu hindern. Und wenn sie mit ihr dann endlich fertig waren, dann beteten sie laut und legten dabei die großen Hände über ihr tränenüberströmtes Gesicht. Und immer stank es furchtbar nach verbranntem Fleisch.
Aber so sehr Liza auch grübelte, ihr fiel nicht mehr ein, was da so gerochen hatte, was die Männer da verbrannten. Sie wusste nur, dass es immer ganz nahe bei ihr unerträglich heiß wurde, sodass sie jedes Mal die fürchterliche Angst überkam, selbst gleich mit verbrennen zu müssen.
Zuletzt wurde dann eiskaltes Wasser über sie geschüttet, ihr das Blut weggewaschen, weil sie doch so schmutzig, böse und verdorben war. Wenn die Kuttenmänner dann endlich, endlich gegangen waren, trug die schöne Frau sie in ihr Bett und blieb, bis sie trotz ihrer Schmerzen und unter Tränen eingeschlafen war.
Ihr Vater hatte ihr verboten, jemals darüber zu reden. Er erklärte ihr nur, dass man das immer so machen musste, wenn man sich liebhatte. Und er hätte sie, Liza, sehr, sehr lieb. Und wenn sie das nicht wollte, dann müsste sie für immer ganz alleine bleiben, ohne Mama und Papa, und käme zur Strafe in die Hölle, wo sie im Feuer verbrennen würde.
Ihr Vater hatte ihr erklärt, dass das alles sehr wichtig sei, damit sie auch die echte Frömmigkeit bekomme und der liebe Gott sich über sie und ihren Gehorsam freuen würde.

Und so hatte die Kleine geschwiegen und alles gemacht, was von ihr verlangt und erwartet wurde.
Aber diese Sätze ihres Vaters waren ihr ehernes Lebensdiktat geworden, die sie beherrschten und ihr ganzes Leben steuerten. Diese kindliche Panik, alleingelassen zu werden und verdammt zu sein, war schlimmer gewesen, als das, was diese

Männer mit ihr anstellten. Und diese alles beherrschende Angst war ihr bis heute geblieben, sie hatte es bis jetzt nur nicht gewusst, hatte einfach alles vergessen.
Auf einmal verstand sie, was und warum ihr das mit Cornelius geschehen war, wieso er diese Macht über sie hatte ausüben können. Es trieb ihr die Tränen in die Augen, als sie an die lichten, fröhlichen Stunden mit Fritz zurückdachte und sein Verlust traf sie auf einmal mit voller Wucht, schmerzte sie plötzlich mit unendlicher Bitterkeit und Wehmut.
An diesem einen Sonntag war die Türe in ein Leben voller Freude, Licht und Wärme für sie ganz weit offen gestanden. Sie jedoch war von ihrer Vergangenheit mit aller Macht in die Dunkelheit ihrer Kindheit zurückgezogen worden, ohne dass es für sie ein Entrinnen gegeben hätte.
Hätte ich mich doch nur früher an alles erinnern können, dachte sie sehnsüchtig, dann wäre alles vielleicht ganz anders gekommen. Dann hätte ihre zarte Liebe zu Fritz vielleicht eine Zukunft haben können. Denn dass sie ihn doch irgendwie geliebt hatte, war ihr auf einmal sonnenklar. Und dieses Wissen um die vertane Chance tat so unendlich weh.
Sie hatte nicht die geringste Vorstellung, was der fürchterliche Kuttenmann aus ihrer Kindheit mit ihr jetzt genau vorhatte. Sie wusste nur, dass der Tod auf sie wartete.
Aber alles war besser, selbst der Tod, als noch einmal diesem Schrecken jener qualvollen Verlorenheit und schmerzhaften Unterwerfung und Selbsterniedrigung aus ihrer Vergangenheit und auch der letzten Tage ausgeliefert zu sein.

In diesen dunklen Stunden legte Liza vor sich selbst den Schwur ab, sich nie mehr wieder zu ergeben. Und genau das war der Grund für ihre Furchtlosigkeit, denn gestorben war sie schon vor langer, langer Zeit.

✝

Paul saß auf seinem Sofa im Wohnzimmer. Viktoria hatte sich eng an ihn geschmiegt und beide sprachen kein Wort.

Als er vorhin völlig durcheinander und tieftraurig nach Hause gekommen war, hatte Viktoria schon auf ihn gewartet. Sie sah ihn nur an, dann lief sie auf ihn zu und schlang ihre Arme um ihn.

Sie hatte ihren Vater noch nie weinen sehen, zumindest konnte sie sich nicht daran erinnern, und umso mehr erschütterte es sie, als sie jetzt erleben musste, wie es ihren Vater am ganzen Körper schüttelte, während er ihr unter Tränen erzählte, was geschehen war. Sie hörte jedoch so viel mehr als nur das, was er mit Worten aussprach. Und endlich verstand sie auch alles und, vor allem, erkannte sie in diesem Augenblick, wer ihr Vater wirklich war. Und das, was sie spürte und sah, vermochte endlich, was keine Aussprache dieser Welt geschafft hätte.

Sie fühlte sich ihrem Vater plötzlich wieder unendlich nahe, so eng verbunden, wie es ihr in der ganzen vergangenen Zeit im Verhältnis zu ihrer Mutter so niemals möglich gewesen war. Sie hatte ihren Vater schon als kleines Mädchen verehrt und heiß geliebt. Umso schlimmer hatte sein vermeintlicher Verrat, sein plötzlicher Verlust sie tief in ihrem Herzen verwundet. Und nun war er wichtiger denn je für sie geworden.

Als Paul sich von seiner Tochter löste, schämte er sich einen Moment lang für seine Schwäche. Aber er konnte in ihren Augen nur die Liebe sehen, die zuvor nicht so offen darin gestanden hatte.

Viktoria reichte ihm ein Taschentuch und er schnäuzte sich

lautstark.

„So sieht es aus, Vikki. Ich habe keine Ahnung, wo Liza jetzt sein könnte. Sie ist in den Händen dieses Wahnsinnigen und ich mag mir nicht ausmalen, was da gerade geschieht. Und Michael, du hast ihn ja kennengelernt … Er hätte bestimmt gewusst, wo ich suchen sollte. Ich habe ganz einfach versagt, Vikki. Ich habe Liza nicht schützen können. Und es ist meine Schuld, dass Michael überhaupt gekommen ist und …"

„Jetzt mach aber mal halblang, alter Freund", ertönte da unvermittelt Thomas' Stimme.

Paul fuhr hoch.

„Thomas! Weißt du scho…?"

„Ja, ich habe es gerade vorhin erfahren. Es ist entsetzlich, aber ich habe Michael oft genug gesagt, dass er nicht so rasen soll. Du hast definitiv keine Schuld, Paul. Das hätte immer und überall passieren können."

Wie schon so oft bewirkten Thomas' Worte in ihm irgendwie ein tröstliches Gefühl. Er schaute seinen Freund an und ihm war nicht mehr ganz so eiskalt wie gerade eben noch.

Thomas schien zu spüren, was in seinem Freund vorging. Liebevoll drückte er ihm die Schulter und sah Viktoria an. Diese blickte kühl zurück und Thomas merkte überrascht, dass Pauls Tochter ihn schlicht nicht ausstehen konnte.

Seltsam, war alles, was Thomas dabei durch den Kopf ging. Trotz ihrer nicht zu übersehenden Abneigung lächelte er ihr dagegen betont freundlich zu. Viktoria jedoch erkannte nur zu genau, dass er sie offensichtlich genauso wenig mochte wie sie ihn. Diese unselige Geschichte mit Cornelius würde immer zwischen ihnen stehen.

Blödmann, schoss es ihr ärgerlich durch den Kopf und sie nahm sich vor, auf ihren Vater einzuwirken, damit er sich von dem Einfluss löste, unter dem er zu stehen schien. Oder war sie in Wahrheit nur einfach eifersüchtig auf Thomas, weil er im Herzen ihres Vaters einen so großen Platz einnahm?

Thomas hielt ihren Blick einen kleinen Moment fest, bevor er sich wieder Paul zuwandte.

„Hast du denn schon etwas gegessen?"

„Nein, ich habe jetzt wirklich keinen Hunger, ich …"

„Blödsinn, ich mache uns schnell eine Kleinigkeit. Was haltet ihr von ein paar Sandwiches?"

Beide nickten nur abwesend und Thomas verschwand in der Küche.

„Wenn ich Thomas nicht hätte …", seufzte Paul.

Viktoria sah ihn an.

„Meinst du nicht, dass du ihn irgendwie … na ja, … ein wenig überhöhst?"

Paul sah sie verwundert an.

„Wie meinst du das? Seit er zu uns gekommen ist, ist er von der ersten Minute an immer für mich dagewesen. Ich kann mich blind auf ihn verlassen."

„Weißt du, Paps, meinst du wirklich, dass man sich auf irgendjemanden blind verlassen sollte? Außerdem, du kennst ihn doch gerade erst mal ein paar Tage. Da kennt man doch niemanden so wirklich, oder? Ich meine, du bist sonst schon von Berufs wegen eher misstrauisch und zurückhaltend. Ja, ja, ich weiß, dass ich noch sehr jung bin, trotzdem, meiner Erfahrung nach sollte man nie zu arglos sein. Du vertraust doch sonst auch niemandem so richtig und schon gleich gar nicht blind. Was ist denn an Thomas so anders?"

Als Paul sofort Anstalten machte, ihr ungewohnt heftig zu widersprechen, unterbrach sie ihn hastig. „Schon gut, Paps, ich weiß, dass ihr inzwischen richtig gute Freunde seid, obwohl ihr euch noch nicht lange kennt. Ich wollte dir auch nur sagen, dass ich immer für dich da bin, egal was passiert. Ich bleibe hier bei dir." Sie lachte. „Meinen Vater lass ich mir nämlich von niemandem mehr so einfach wegnehmen!"

Paul sah seine Tochter gerührt an.

Er wusste nicht, was er sagen sollte. Er hoffte nur, dass Viktoria ihn nie zwingen würde, sich von Thomas loszusagen.

A.D. MCCXXVII

Konrad sieht Elizabeth schweigend und bedeutungsvoll an. Er hält seinen Sohn wie eine Trophäe in die Höhe.

Elizabeth fängt an, unter seinem kalten Blick zu zittern und zu weinen. Sie will nicht sterben. Noch nie ist ihr das so klar gewesen wie jetzt im Banne dieser starren Augen.

Ihr feuchter Blick schweift angstvoll zu ihrer kleinen Namensvetterin. Vier Jahre alt ist die kleine Eliza nun. Was wird nur aus ihr werden?

Konrads Augen verdunkeln sich vor lauter Grausamkeit, als er zum ersten Mal seine kleine Tochter ansieht und ihre ererbte Sündhaftigkeit erkennt. Er wird sie davon befreien müssen.

„Zwei Tage", wirft er Elizabeth vor die Füße. „Ich bin gekommen, ein Feuer anzuzünden auf Erden; was wollte ich lieber, als dass es schon brennte! "

Elizabeth durchfährt sein grausamer Hohn, als sie ihr jetzt bevorstehendes Ende in schrecklicher Deutlichkeit plötzlich lodernd vor sich sieht.

✝

MITTWOCH, 27. 7. 2011

Anderlech zog es mit Macht zu Sonja in den Keller. Er war sich nur selbst nicht ganz klar darüber, ob es nun aus Neugierde auf die neuesten Ergebnisse heraus geschah oder eher einer plötzlichen Anziehungskraft Sonjas geschuldet war.

Seit dem Moment, als Sonja ihm so unendlich behutsam und mitfühlend die Todesnachricht beigebracht hatte, seit diesen Augenblicken in ihren Armen war in Paul ein nie gekanntes Sehnen aufgebrochen, das er gar nicht genauer beschreiben konnte und mochte. Diese verdammten Morde hatten sein Leben durchgeschüttelt, als hätte ein schweres Erdbeben den Boden durchpflügt. Zurückgeblieben waren große und kleine Bruchstücke, die er nicht mehr in der Lage war, wieder aneinanderzufügen. Die alte Ordnung ließ sich einfach nicht mehr wiederfinden und für eine Neue fehlte es ihm an Phantasie. Oder sollte man eher sagen, dass ihn die Angst vor dem, was sich neu und unerwartet zusammensetzen würde, zögern ließ, sich an den notwendigen Aufbau zu wagen?

Und wie passte in dieses ganze Chaos dieses neue Gefühl, das er für Sonja verspürte? Er musste sich eingestehen, dass dies nicht erst seit gestern so war. Vielmehr hatte es begonnen, unbemerkt in ihm zu keimen und zu wachsen, seit sie vor einigen Tagen dieses Gespräch über Fred in seinem Büro geführt hatten. Da hatte er zum ersten Mal Sonja als Menschen und … als ungemein anziehende Frau wahrgenommen.

Diese letzten zwölf Tage hatten fertiggebracht, was ihm die ganzen fünfundvierzig Jahre davor nicht möglich gewesen war.

Er musste über sich selbst den Kopf schütteln.
Da führte er sich auf wie ein verliebter und unreifer Teenager, als gäbe es zu diesem Zeitpunkt nicht wahrhaft Dringenderes zu tun.
Während all diese Gedanken durch seinen Kopf jagten wie sorglose Kinder, die unbedacht und wild herumtollen und dabei an nichts anderes denken als an sich selbst, war er in den Räumen der Gerichtsmedizin angelangt.
Er schaute sich um, aber der Sezierraum war menschenleer.

„Hallo? Ist da jemand? Sonja?"

Auf sein Rufen hin kam Sonjas Assistent aus dem Nebenraum herbeigeeilt.

„Ah, Herr Anderlech. Sie wollen sicher gleich die DNA-Ergebnisse haben? Moment … ich habe sie hier."

„Ist Sonja denn nicht da?", hörte er sich zu seinem eigenen Erstaunen sagen. Früher hätte er sich die Auskünfte einfach geben lassen, egal wer sie ihm übermittelte. Nun aber verlangte es ihn, sie aus Sonjas Mund zu hören.

„Doch, schon, aber ich habe sie bereits hier liegen und dah…"

„Ach bitte, holen Sie mir doch trotzdem Sonja. Ich habe auch noch etwas anderes mit ihr zu besprechen."

„Wie Sie wollen, kein Problem. Ich hole sie."

Er verschwand nach nebenan und da tauchte Sonja auch schon auf. Sie zog sich lachend den Mundschutz ab und streifte sich die langen, bis zum Ellbogen hochgezogenen, durchsichtigen Plastikhandschuhe von den Händen.

„Tut mir leid, Paul, kein sehr schöner Anblick, ich weiß."

Als sie Pauls bewundernden Blick auf sich ruhen sah, wurde sie vor Verlegenheit rot. Verdammt, wann war ihr das denn zum letzten Mal passiert?

„Im Gegenteil, du siehst … du siehst wunderschön aus", stotterte Paul ungelenk.

Sonjas Röte vertiefte sich gleich noch ein bisschen mehr und sie hatte keine Ahnung, wie bezaubernd sie dabei aussah. Verlegen beugte sie sich über den Hefter, den ihr der Assistent schon auf dem Tisch zurechtgelegt hatte.

„Ich habe hier …, ah da sind sie ja schon alle … die Ergebnisse. Die tote Frau aus Darmstadt ist doch tatsächlich Eleonore Thoms. Außerdem haben wir Liza Rickers DNA bereits mit der von sämtlichen unbekannten, toten Männern abgeglichen, aber nichts … Wir haben keinerlei signifikante Übereinstimmungen gefunden. Unter den Toten ist definitiv nicht ihr Vater. Hilft dir das jetzt weiter?“

„Nicht wirklich. Leider. Damit bleibt weiterhin auch die Möglichkeit bestehen, dass Lizas Vater der Feuermörder ist. Somit haben wir drei Verdächtige, einmal Cornelius Brühl, dessen DNA du mit Lizas DNA auf den Verwandtschaftsgrad hin abgleichen musst, dann noch Heinz Ricker und schließlich dieser Bruder, falls der eben nicht mit Brühl identisch sein sollte. Alle kommen als Täter in Frage. Zwei davon scheinen sich förmlich in Luft aufgelöst zu haben und vom dritten wissen wir noch nicht einmal, ob es ihn überhaupt noch gibt, wie er heißt und wo er sich herumtreibt. Wir haben nicht den geringsten Ansatzpunkt, wo wir die zwei oder vielleicht auch drei suchen sollen. Und bei einem von ihnen befindet sich Liza Ricker und schwebt in allerhöchster Lebensgefahr. Mir läuft einfach die Zeit davon.“

Er hob hilflos die Schultern und schwieg, als gäbe es sonst nichts weiter zu sagen.

Sonja unterbrach unvermittelt das eintretende Schweigen.

„Sag mal, die Morde wurden doch alle in einsamer und möglichst unberührter Natur verübt, immer weit weg von allen Wanderwegen. Ich meine, so ein Scheiterhaufen, der erzeugt doch ein unheimlich großes Feuer. Der Lichtschein wäre in der Nacht wahrscheinlich meilenweit zu sehen. Der Mörder muss also weitab vom Schuss sein.“

„Schon, aber das Gebiet ist riesengroß. Wir haben keine Ahnung, wo er sich da befindet. Solange es nicht brennt, haben wir nicht die geringste Chance, ihn zu entdecken. Die Gegend in den Schachten, denn darauf willst du doch hinaus, ist dicht bewaldet. Da helfen uns auch keine Hubschrauber. Er wird ja wohl kaum so dumm sein und wieder genau dort morden, wo wir die anderen Toten gefunden haben. Nein, ich brauche eine konkrete Information, die mir hilft, die Gegend vernünftig einzugrenzen. Hast du übrigens diesen Wollfaden, den ich dir gegeben habe, schon untersuchen können?“

„Ja, klar“, schlug sich Sonja reuig gegen die Stirn. „Das Ergebnis habe ich seit gestern Abend schon, aber …“

„Schon gut, ich verstehe. Und?“

„Ja, das ist eine richtig komische Sache. Es ist Gewebe, das heutzutage gar nicht mehr hergestellt wird. Wie das Messer stammt die Zusammensetzung des Stoffmaterials hier ebenfalls aus dem Mittelalter. Die chemische Analyse war da eindeutig. Irgendwoher hat der Kerl diese alten Sachen, aber woher?“

„Das heißt, wir können uns demnach endgültig sicher sein, dass sich Liza auch wirklich in der Gewalt des Mörders befindet. Der arme Thomas, da ist seine letzte Hoffnung nun auch dahin, dass Liza einfach nur irgendwo hingefahren sein könnte. Unser Unbekannter ist offensichtlich durchs Fenster eingestiegen, hat sie in seine Gewalt gebracht und irgendwohin verschleppt. Alles andere scheidet definitiv aus. Mittelalter! Da fällt mir ein, was Patrick gestern erwähnt hat. Er sprach von Männern in seltsamen Kutten, die sich mit Lizas Vater immer zu geheimen Zusammenkünften trafen.“

„Kutten? Wie diese alten Mönchskutten von früher? Dazu würde der Faden nämlich durchaus passen.“

„Allmählich schwirrt mir der Kopf. Was, um alles in der Welt, hat das Mittelalter damit zu tun? Was ist das bloß für ein Verrückter?“

Wieder schwiegen beide.

Die Minuten verrannen in völliger Stille. Schließlich fasste sich Paul mutig ein Herz.

„Äh, Sonja, du … Was … also, was meinst du …? Wenn das alles hier vorbei ist … also, wenn wir wieder mehr Zeit haben, würdest du … könntest du dir vorstellen, dann … also vielleicht mal mit mir essen zu gehen? Aber wenn du nicht willst, kein Problem. Ich bin dir da echt nicht böse, nicht … also nicht, dass du denkst …“

Sonja unterbrach ihn in seinem unbeholfenen Gestammel.

„Gerne, Paul, sehr gern sogar.“

Ihr Blick war warm, fast könnte man schon meinen direkt liebevoll.

Pauls Herz machte einen kleinen Sprung. Er legte seine Hand auf ihre Wange und strich leicht darüber.

„Ich freue mich, Sonja. Du glaubst gar nicht, wie sehr.“

Mit diesen Worten verließ er den Raum um ein kleines Stückchen Hoffnung reicher.

✝

Cornelius war weg, untergetaucht. Nach seiner äußerst unerquicklich verlaufenen Begegnung mit Viktoria war er zunächst sehr aufgebracht weitergegangen. Er hatte sich zwar alle erdenkliche Mühe gegeben, es wie gelangweiltes Schlendern aussehen zu lassen, in Wirklichkeit aber brannte die erlittene Abfuhr in ihm wie ein glühendes Messer. Er konnte sich nicht erinnern, wann ihm das in dieser Form das letzte Mal passiert war, wenn es denn überhaupt jemals geschehen war.

Da hatte er die Absicht gehabt, sich über die erzwungene Trennung von Liza vorerst einmal mit der kleinen Viktoria hinwegzutrösten und nun das! Dann musste jetzt eben Liza dran glauben.

Als er eine ganze Weile so vor sich hin marschiert war, überfiel ihn mit dem geschärften Instinkt eines Jägers urplötzlich ein warnendes Gefühl. Und dieses Gefühl, als wolle ihm jemand an den Kragen, war ihm nur zu vertraut.

Er kannte zwar den Grund hierfür nicht, aber es hatte ihn schon zwei, drei Mal in der Vergangenheit überfallen. Und jedes Mal hatte er rein intuitiv begriffen, dass es besser war, sich aus dem Staub zu machen. Es war ein vages Empfinden, welches ein gehetztes Tier haben mochte, wenn ihm ein sich heimlich angeschlichener Jäger gefährlich nahegekommen war.

Er sah sich vorsichtig um, konnte jedoch nichts Auffälliges entdecken, was ihm als Erklärung für dieses ungute Gefühl hätte dienen können. Da sah er nur wenige Meter vor sich die breiten Eingangstüren des Einkaufscenters.

Das ist die Gelegenheit, fuhr es ihm durch den Kopf und geschickt benutzte er alle Taschenspielertricks, die er in seinem

wechselvollen Leben gelernt hatte und die ihm immer, nicht nur heute, in der Vergangenheit große Dienste geleistet hatten.
Als er über allerlei Umwege und Haken, die er geschlagen hatte, dabei die vielen Menschen stets geschickt als Deckung nutzend, das Einkaufszentrum durch einen der Nebeneingänge wieder verlassen hatte, verbarg er sich erst einmal hinter einer Litfaßsäule. War dieses seltsame Gefühl noch da?
Er hob den Kopf wie ein Tier, das durch die Nase Witterung aufnimmt, aber der Eindruck von Entwarnung blieb.
Jetzt beschäftigte ihn nur noch die Frage, wohin er gehen sollte. Nach Hause kam ganz sicher nicht in Frage. Wenigstens sein Auto aber musste er versuchen, von dort zu holen, sonst saß er hier mitten in Zwiesel fest. Da konnte er sich gleich zum Abschuss freigeben.
Es wurde höchste Zeit, dieses Kaff erst einmal hinter sich zu lassen, bis er die offene Rechnung, die er mit Liza noch hatte, dann endlich begleichen konnte.

Vorsichtig und geschmeidig wie eine Katze, die nachts auf Futtersuche unterwegs ist, hatte er sich nach vielen, längeren Umwegen endlich der Straße genähert, in der sein Sportwagen auf einem der Seitenstreifen geparkt war. Zum ersten Mal verwünschte er das auffällige Aussehen seines Autos. Aber wer immer ihm auch an den Kragen wollte, hier befand er sich jedenfalls nicht.
Er hatte sich kaum in seinen Wagen gesetzt und war aus der Straße soeben herausgefahren, da sah er im Rückspiegel noch die Einsatzfahrzeuge der Polizei, welche von der anderen Seite in Richtung seiner Wohnung fuhren.
Rasch bog er in eine Seitenstraße ab, um sich ihren Blicken zu entziehen.
„Oh leck, das war knapp“, entfuhr es ihm. Er gab zügig Gas und schickte sich gerade an, aus der Stadt hinauszufahren, als er am Ende der langen Ausfallstraße die ersten Straßensperren bemerkte. „Verflucht“, presste er leise zwischen den Zähnen hervor. Und was nun?
Er bog rasch in einen kleinen Waldweg ein und blieb im

Schutz mehrerer mannshoher Büsche stehen. Er zermarterte sich das Hirn, was er jetzt am besten tun sollte.
Seit dem ganzen Theater mit Liza war alles, aber auch wirklich alles schiefgegangen, was nur schiefgehen konnte.
Aber so scharf er auch nachdachte, ihm fiel beim besten Willen einfach nichts Vernünftiges ein.
Das Beste ist wahrscheinlich, ich übernachte erst mal hier im Auto. Irgendwann müssen die ja wieder abziehen. Zumindest findet mich hier keiner so schnell, versuchte er, sich selbst zu beruhigen.

Mit dieser Sicherheit begann er, es sich in seinem engen Gefährt so gemütlich wie nur irgend möglich zu machen.

Liza horchte angestrengt. Waren das Schritte? Füße, unter deren Gewicht dürre Zweige brachen und dabei noch kurz ächzten und knackten?
Während der letzten Stunden war allmählich wieder etwas von ihrem längst vergessenen Kampfgeist zurückgekehrt. Nachdem sie allerdings schon langsam geglaubt hatte, dass niemals mehr irgendjemand hierherkommen würde und sie augenscheinlich qualvoll verdursten musste, war sie beinahe schon erleichtert, dass sich da draußen überhaupt etwas rührte.
Selbst der furchteinflößende Kuttenmann war besser als das langsame Dahinsiechen hier. Sie hatte zwar nicht die geringste Vorstellung, was sie dann tun sollte, aber sich so einfach ihrem Schicksal ergeben? Das wollte sie auf keinen Fall. Und dieser aufmüpfige Widerstand, den sie mit einem Mal in sich erlebte, war für sie so völlig ungewohnt, dass sie diesem neuen Gefühl noch einen kurzen Moment verwundert nachhing.

In der Stille hörte sich das knarzende Geräusch, mit dem die Tür des windschiefen Bretterverschlags plötzlich aufgerissen wurde, wie ein Donnerschlag an, und ganz ungewollt zuckte Liza erschrocken zusammen.

„Liza, Liza!“

Diese hohe, singende Stimme kannte sie, kannte sie nur zu gut! Es war die Stimme, von der sie geglaubt hatte, sie wäre nur Teil ihrer schrecklichen Träume.
Schlimmer noch, die Erinnerung, die sie schlagartig überfiel, lähmte sie am ganzen Körper. Es war die Stimme aus jener Nacht, in der ihr die Wunden an Brust und Genitalien zugefügt worden waren.
Er also hatte sie in dieser Nacht vergewaltigt, nachdem er sie

zuvor betäubt und willenlos gemacht hatte. Und nun wollte er sie anscheinend bei wachem Verstand und klarem Bewusstsein. Er wollte, dass sie sich ihm freiwillig hingab. Das wusste sie plötzlich so sicher, wie die Sonne zuverlässig auf und wieder untergeht. „Bist du bereit, Liza? Du wurdest doch nur geboren für diesen Moment, nur für mich! Es liegt jetzt an dir, welchen Weg du gehst, mit mir oder …"

„Das denkst du, Arschloch!", fauchte Liza. „Fass mich ja nicht an. Du wirst es dir nur mit Gewalt holen können, aber das willst du wahrscheinlich nicht. War wohl das letzte Mal nicht sehr befriedigend für dich, oder? Du Schwein! Freiwillig kriegst du mich nicht, niemals. Also verschwinde! Hau ab. Lieber verrecke ich hier."

Der vermummte Mann stand immer noch bewegungslos im Türrahmen. Fast schien es, als zögere er, unentschlossen, was er angesichts ihrer unerwarteten Gegenwehr nun tun sollte.

„Ich glaube, du brauchst einfach noch ein bisschen Zeit, Liza. Zwei Tage, Liza! Ich hoffe, du hältst es solange ohne Wasser aus? Denk dran, unser Vater schickt mich! Er wartet auf uns! Wenn du dich weigerst, dann wirst du brennen! Rufe mich, wenn du soweit bist."

„Ganz sicher nicht!", rief ihm Liza voller Wut hinterher, als er die Tür hinter sich verriegelte.

Liza war wieder allein.

Ihr trockener Mund und der Durst quälten sie und sie fuhr sich mit der Zunge über ihre aufgesprungenen Lippen. Aber all das war nichts im Vergleich zu dem Schock, den seine letzten Worte bei Liza ausgelöst hatten.

Wieso Vater? War denn ihr Vater auch hier? Und warum half er ihr denn dann nicht? Sie konnte mittlerweile keinen klaren Gedanken mehr fassen. Was meinte er mit Brennen? Und als hätte der Blitz eingeschlagen, riss sie entsetzt die Augen auf. Der Feuermörder! Natürlich! Warum war ihr nur dieser Gedanke bis eben jetzt nicht gekommen?

Liza fing an zu schreien, bis ihr die Stimme versagte. Dann rührte sie sich, gelähmt vor Angst, nicht mehr.

✝

Anderlech hatte sich so schnell wie möglich auf den Weg gemacht, als Kollegen der Streifenpolizei ihn eben darüber unterrichtet hatten, dass sie möglicherweise das gesuchte Fahrzeug beobachtet hätten, welches verdächtig schnell abgebogen sei, als der Fahrer die Straßensperre erblickt habe. Und Brühls Auto wäre doch so ein roter Sportwagen, oder nicht?

Alarmiert hatte Paul angeordnet, dass die Polizisten bloß nichts unternehmen sollten, bevor er nicht bei ihnen wäre.

Er hätte zu gerne Thomas an seiner Seite gehabt, aber der hatte es sich nicht nehmen lassen, noch einmal ganz genau Lizas und Brühls Wohnung zu filzen. Er war nämlich schlicht der festen Überzeugung, dass die Spurensicherung ganz einfach etwas übersehen haben musste.

Richard lief deshalb schon geraume Zeit mit finsterem Gesicht und einer Stinklaune herum.

„Übersehen? Ich glaube, es hakt! Meint der, wir sind auf der Brennsuppe dahergeschwommen? Was glaubt der denn, wer er ist?“

Paul hatte versucht, die Wogen zu glätten, aber Richard war einfach nur wütend aus dem Büro gerauscht. Und nun dieser Anruf.

Als er bei der Polizeistreife eintraf, ließ er sich möglichst unauffällig zeigen, in welchen Waldweg das Auto abgebogen war.

„Und er ist auch ganz bestimmt noch nicht wieder herausgekommen?“

Die Polizisten verneinten es kategorisch.

„Wenn uns nicht alles täuscht, endet der Weg in einer Art Haltebucht, wo Forstarbeiter das Holz ablagern. Er kann also

dort drin nicht weit gekommen sein."
Paul überlegte und gab schließlich die Anweisung, das Gebiet großräumig von allen Seiten zu umstellen. Es dauerte ein wenig, bis dafür genügend Kräfte hinzugezogen waren. Dann begannen die Beamten, sich in einem großen, sich immer mehr zusammenziehenden Kreis auf jene Stelle zuzubewegen, wo Cornelius Brühl vermutet wurde.

Paul wartete in tiefster Anspannung, bis das vereinbarte Signal gegeben würde, dass sie Cornelius erwischt hatten. Als es dann endlich so weit war, konnte Paul es kaum glauben, als er den hochgewachsenen Mann endlich in Handschellen vor sich stehen sah. Schweigend maß er ihn von oben bis unten mit frostigem Blick und ließ ihn ins Kommissariat bringen.

Und nun saßen sich die beiden in Anderlechs Büro gegenüber. Paul brach endlich das gespannte Schweigen.

„Wo ist Liza? Was haben Sie mit ihr gemacht?"

„Liza? Was soll denn mit der sein? Ich habe sie nicht mehr gesehen, seit Sie sie in ihre Wohnung gebracht haben. Ich lege auch keinen Wert mehr darauf, wenn Sie es ganz genau wissen wollen."

Pauls Stirnader schwoll an vor unterdrückter Wut. Er musste sich fast unmenschlich beherrschen, um den Kerl nicht am Kragen zu packen und kräftig durchzuschütteln.

„Wollen Sie damit etwa sagen, dass Sie nichts mit den Brandmorden zu tun haben?"

Cornelius lachte belustigt auf, als Thomas atemlos durch die Tür hereingestürzt kam.

„Ich habe gerade gehört, dass wir ihn erwischt haben? Na Freundchen, das werden wir gleich haben. Los, raus mit der Sprache!"

Gerade noch war es Cornelius beinahe zum Scherzen zumute gewesen, so absurd kamen ihm die Verdächtigungen dieses Kommissars vor. Sein amüsiertes Gefühl schwand jedoch sehr schnell, als er in Thomas' Gesicht schaute. Ihm wurde ganz trocken im Mund, als er in dessen Augen blickte, die kalt und stechend auf ihn gerichtet waren.

„Mit Ihnen spreche ich gleich gar nicht!", stieß er trotzig

hervor und wie um das zu untermauern, presste er die Lippen fest zusammen.
Thomas stürzte sich wütend auf ihn, packte ihn an seinem Hemdkragen und zog ihn hoch.

„Das werden wir ja sehen, du Lump!“, zischte er ihm zu.
Das alles passierte so schnell, dass Paul von Thomas' Verhalten völlig überrumpelt wurde. Mit einem Satz sprang er vom Stuhl auf und riss Thomas unsanft von dem Mann zurück.

„Mensch, Thomas! Was ist denn in dich gefahren? Immer mit der Ruhe. Ich denke, es ist besser, du lässt mich mit Herrn Brühl jetzt alleine.“
Eindringlich suchte er Thomas' Blick.
Und wie schon so oft in der Vergangenheit wechselte Thomas' Verhalten schlagartig die Tonlage. Beschwichtigend hob er die Hände.

„Schon gut. Alles gut. Ich habe mich nur wegen Liza so aufgeregt. Es ist alles wieder gut.“
Mit diesen Worten setzte er sich außerhalb von Cornelius' Blickfeld wieder hin und schlug in aller Gemütsruhe die Beine übereinander.
Paul sah ihn noch einen kurzen Moment lang zweifelnd an, dann wandte er sich wieder an Cornelius.

„Nun?“, richtete er schroff das Wort an diesen.
Cornelius drehte sich immer noch leicht beunruhigt zu Thomas um. Vorsichtig fragte er nach.

„Was, und nun? Ich habe nichts gemacht. Ich weiß gar nicht, wie Sie überhaupt auf die verrückte Idee kommen, ich könnte irgendetwas mit den Morden oder Lizas Verschwinden zu tun haben. Solange sie bei mir war, war alles in Ordnung. Ich meine, da ging es ihr noch gut. Vielleicht hätten Sie besser auf sie aufpassen sollen.“
Aus dem Augenwinkel bemerkte Paul ein kurzes Zucken bei Thomas, als wolle der gleich wieder ausrasten. Er saß aber bewegungslos auf seinem Stuhl, sodass Paul schon glaubte, er müsse sich getäuscht haben. Und selbst wenn, er wusste doch, dass Thomas sich in Liza verliebt hatte. Wie würde es ihm

denn ergehen, wenn Sonja in Gefahr wäre?
Schnell verdrängte er diesen Gedanken wieder, der in ihm so wirre Gefühle auszulösen imstande war.
Stattdessen konzentrierte er sich auf den Mann vor ihm, den er absolut nicht einschätzen konnte. Das war ihm von Anfang an so ergangen, schon als er ihn zum allerersten Mal gesehen hatte. Sicher, er konnte ihn nicht ausstehen, vor allem seit dem Vorfall mit seiner Tochter, aber dass er wirklich der Mörder war …? Irgendetwas in ihm verneinte diese Frage entschieden und eigentlich hatte er sich auf seinen Instinkt bisher immer verlassen können. Wenn ihm ein Verdächtiger gegenübersaß, hatte er in der Vergangenheit immer gespürt, ob er es war oder nicht. Es war dann, als erklänge in ihm irgendwann eine bestimmte Melodie, die ihm die Schuld des Verdächtigen zuflüsterte. Aber jetzt, in diesem Augenblick? Nichts!
Cornelius suchte seinen Blick. Als spürte er, dass Paul von seiner Schuld nicht überzeugt war, legte er nach.

„Hören Sie, Liza hat mir erzählt, dass der Mord an Anita in der Nacht von Donnerstag auf Freitag passierte. Da war ich bei jemandem …“

„Bei wem?“

Wie ein Peitschenhieb erklang da Thomas' Stimme aus dem Hintergrund.

„Bei … hören Sie, das macht mich ja jetzt vielleicht gleich wieder verdächtig, aber ich war die ganze Nacht mit Frau Zeck zusammen.“

„Der Bäckereiverkäuferin?“ Pauls Stimme zeigte eine Ungläubigkeit, die beinahe schon wieder komisch war. „Die Frau, die als Nächstes umgebracht wurde?“

„Ja, aber … ich kann es doch gar nicht gewesen sein. Ich meine, warum denn Irene? Ich hatte doch überhaupt keinen Grund.“

„Kann das irgendwer bezeugen? Irene Zeck ja nun leider nicht mehr“, antwortete Paul trocken und mit einem Anflug von Zynismus, der Cornelius nicht verborgen blieb.

„Ich weiß nicht … ach doch! Als ich aus dem Haus kam, so gegen fünf Uhr früh, da bin ich jemandem begegnet, der mit seinem Hund Gassi ging. Ich weiß aber nicht, wie der Mann heißt. Ich nehme an, dass es irgendein Nachbar war."

Paul war in diesem Moment mehr denn je davon überzeugt, dass der Kerl die Wahrheit sagte.

„Gut. Sie bleiben trotzdem erst mal hier. Wir überprüfen das. Bis dahin haben wir ein hübsches Einzelzimmer für Sie. Aufnahmen haben Sie wohl von dieser Nacht nicht gemacht, oder?"

Auf diese ziemlich sarkastische Frage hin wurde Cornelius doch tatsächlich zum ersten Mal in seinem Leben rot. Er zog es jedoch vor, nichts darauf zu erwidern. Schweigend ging er mit dem uniformierten Polizisten, den Paul herbeigewunken hatte, mit.

Thomas stand mit einem Ruck auf.

„Paul, du glaubst ihm das doch jetzt nicht etwa, oder? Ich meine, der …"

„Mensch, Thomas. Ich glaube, dass du dich da in etwas verrannt hast. Nur weil du aus Eifersucht den Typ nicht riechen kannst, heißt das doch nicht, dass er deshalb auch der Mörder sein muss. Du bist einfach nur gefühlsmäßig zu sehr involviert. Und ehrlich? Nein, ich glaube nicht, dass er unser Mann ist. Ich bin sicher, dass der Hundebesitzer die Angaben bestätigen wird. Und wenn Brühl Anita nicht umgebracht hat, dann kann er eben auch nicht unser Feuermörder sein." Pauls Tonfall hatte deutlich an Schärfe zugenommen. Die Botschaft war bei Thomas wohl angekommen, denn der verzichtete auf weitere Einwände. Paul legte ihm beschwichtigend die Hand auf die Schulter. „Glaub mir, ich kann mir vorstellen, wie du dich fühlen musst. Aber auf diese Weise finden wir Liza auch nicht. Komm, wir überprüfen jetzt sein Alibi. Je eher wir ihn endgültig ausschließen können, desto schneller finden wir auch Liza."

Thomas nickte widerwillig.

Als sie in der Straße von Irene Zecks elterlicher Wohnung angekommen waren, klingelten sie sich hartnäckig durch alle benachbarten Wohnungen, bis sie tatsächlich endlich jenen Hundebesitzer fanden, der ihnen nach längerem Nachdenken

Brühls Aussage bestätigte.

„Mist, damit ist er doch tatsächlich raus", seufzte Thomas widerwillig. Ganz offensichtlich fiel es ihm extrem schwer, auf seinen Lieblingsverdächtigen zu verzichten. Aber als wäre auf einmal eine andere Festplatte in ihm eingelegt worden, straffte er die Schultern und fragte eifrig: „Also, dann doch der Vater oder Bruder oder was weiß ich …?"

Paul, von diesem erneuten Stimmungswechsel beinahe schon überfordert, nickte.

„Und wir haben immer noch keine Ahnung, wer das ist und, vor allem, wo sie sind. Ich ruf mal Sonja an, ob sie schon Brühls DNA mit der von Liza abgeglichen hat, damit wir auch auf Nummer Sicher gehen können, obwohl ich mir jetzt schon sehr sicher bin, dass er nicht Lizas Bruder ist. Eigentlich müsste das Ergebnis bereits vorliegen."

Thomas sah ihm zu, wie er telefonierte. Er brauchte ihn gar nicht mehr nach dem Ergebnis zu fragen, so beredt war Pauls Miene, als er das Handy einsteckte. „Keine Verwandtschaft. Damit ist Brühl also endgültig raus. Er ist definitiv nicht Lizas Bruder." Man konnte den beiden ansehen, wie sie grübelten. „Na gut, dann lassen wir jetzt erst mal diesen Cornelius wieder laufen und Thomas …?"

„Ja ja, keine Sorge, ich tu ihm schon nichts. Der Arsch ist jetzt mein geringstes Problem. Aber, ganz ehrlich, Paul? Ich muss in Ruhe nachdenken. Vielleicht haben wir bei all diesen Informationen irgendetwas übersehen. Was hältst du davon, wenn jeder von uns nochmal alles alleine für sich durchgeht und falls er was findet …"

Paul musste ihm recht geben. Sie waren inzwischen an einem Punkt angelangt, wo oft nur eine Winzigkeit den Ausschlag geben konnte. Aber dazu durfte man auch von nichts und niemandem abgelenkt werden.

Thomas nahm Pauls Kopf zwischen seine Hände, schüttelte ihn leicht und beschwor ihn, vor allem aber sich selbst eindringlich. „Wir finden sie, Paul. Wir müssen sie ganz einfach finden. Ich fahre jetzt in Lizas Wohnung, vielleicht inspiriert mich ihre Umgebung, und du fahr heim. Viktoria wartet bestimmt schon auf dich. Sie macht sich sicher Sorgen, okay?“

Und so versuchten sie wieder einmal, in sich die Hoffnung zu finden, ohne die diese Arbeit nicht zu ertragen war.

A.D. MCCXXVII

Konrad lässt sich Elizabeth bringen. Sie hat ihren Sohn nicht mehr gesehen, seit sie mit ihm niedergekommen ist.
Konrad sieht sie mitleidslos an. Höchstens ein flüchtiges Bedauern verspürt er nur bei dem Gedanken, dieses willige Fleisch nicht mehr unter sich liegen zu haben.
Bei diesem grausamen Blick lässt Elizabeth flehend ihren groben Mantel fallen, als ersehne sie seine Begierde, nur um dadurch noch länger verschont zu bleiben.
Lieber stirbt sie durch die Grausamkeit seiner Manneskraft als durch die höllischen Flammen.

Denn sie weiß, dass das Feuer sie verschlingen wird. Morgen schon!
Und Konrad sieht keinen Grund, ihr diesen letzten Wunsch nicht zu erfüllen.

Nur sterben wird sie nicht, nicht heute.

✝

DONNERSTAG, 28. 7. 2011

Der Feuermörder stand vor seiner Hütte. Seit gestern hatte er fieberhaft darüber nachgedacht, wie er Liza zur ersehnten, freiwilligen Verbindung mit ihm bewegen könnte. Denn nur die völlige Hingabe ihrer geläuterten Seele konnte ihm den befohlenen Erben seiner Mission schenken.

Es hatte ihn irritiert, dass es nicht so gelaufen war, wie er es so selbstverständlich erwartet hatte und wovon er eigentlich all die Jahre zutiefst überzeugt gewesen war. Schließlich hatte Liza doch immer getan, was ihr befohlen wurde. Er selbst war oft genug Zeuge gewesen, wie sie zum willenlosen Opfer jener Kuttenmänner geworden war, die ihre Seele gereinigt hatten. Vierundzwanzig endlos lange Jahre hatte er gewartet und sich unmenschlich bezwungen. Bis auf diese eine Nacht, als er sich nicht mehr länger hatte beherrschen können.

Als er sie damals so schamlos entblößt nach Hause hatte gehen sehen, waren der Grimm und die Wollust wie Lava in ihm hochgestiegen und er hatte sie sich einfach mit brutaler Gewalt genommen. Hass und gierige Ekstase hatten sich in ihm verbrüdert, aber sie war dadurch leider nicht guter Hoffnung geworden.

Nichts hatte sie gemerkt, betäubt wie sie gewesen war. Er hatte sich in ihr Fleisch gegraben, hatte blind in ihr gewühlt, aber das alles war nicht dasselbe, wie es ihm seine Visionen doch versprochen hatten.

In den vergangenen, einsamen Jahren hatte er sie immer wieder neu aufspüren müssen, so häufig hatte sie ihren Aufenthaltsort gewechselt. Aber jedes Mal hatte er sie

wiedergefunden und mit jedem Mal war die Vorfreude und auch die Ungeduld auf den prophezeiten Tag in ihm weitergewachsen.
Und nun war es fast soweit. Morgen hatte Liza Geburtstag. Morgen wurde sie endlich vierundzwanzig Jahre alt. Seit ihrer Geburt wartete alles nur auf diesen einen Tag.
Ihr Geburtstag war auch der Todestag ihrer Ahnin, Elizabeth von Thüringen E·T·, welcher gleichzeitig auch deren vierundzwanzigster Geburtstag gewesen war.
Deshalb sollte an Lizas vierundzwanzigstem Geburtstag durch ihn, dem Nachkommen Konrads, wieder neues, heiliges Leben gezeugt werden. So lautete die überlieferte Prophezeiung.
Niemand durfte ihn deshalb davon abhalten, diesen Tag mit ihr genau so zu begehen, wie es ihnen beiden doch mit Beginn ihres Lebens vorherbestimmt war. Und nun ihre so völlig unvorhergesehene Weigerung!

Kurz überlegte er, ob er zu ihr hineingehen, sie zwingen sollte, sich ihm hinzugeben. Obwohl er dieser Versuchung kaum mehr standhalten konnte, überlegte er es sich trotzdem anders und verschwand lautlos zwischen den Bäumen, von wo er auch gekommen war.
Aber die Erkenntnis brannte in ihm: Das Feuer musste Liza von ihrer sündigen Schuld, die zwischen ihnen stand, befreien und ihre vollkommene, fleischliche Verbindung konnte erst im Moment ihres Todes wahr werden, ohne dass er dabei jedoch die alte Prophezeiung der von Gott befohlenen Zeugung eines Sohnes hätte erfüllen können.
Stumm leistete er seinem HERRN für sein Versagen Abbitte.

✝

Paul saß zu Hause und hatte die Unterlagen, die er von Patrick erhalten hatte, vor sich auf dem Küchentisch liegen. Viktoria hatte ihn nach einem sorgenvollen Blick auf sein bekümmertes Gesicht alleingelassen und sich mit einem Glas Wein in ihr Zimmer zurückgezogen.

Er ging jedes einzelne Blatt immer wieder durch, las jedes Detail mehrmals. Aber so oft er es auch drehte und wendete, da war nichts, rein gar nichts. Keine Idee, keine Eingebung, keine Assoziation, einfach nichts!

Verzweifelt legte er den Kopf in den Nacken und starrte an die Decke. Was hatte Michael doch noch beim letzten Mal gesagt? Als wenn Thomas diesen Cornelius kennen würde, als wäre er ihm irgendwann schon einmal begegnet. Genau das waren seine Worte gewesen.

Falls das wirklich der Fall war, dann war das doch sicher nicht in Linz geschehen, sonst hätte Michael das doch gewusst, oder nicht? Dennoch hatte er auf einmal das komische Gefühl, als wäre Thomas dem Kerl bei seinen damaligen Ermittlungen zu dem Feuermörder schon einmal begegnet und hatte deshalb auch diesen Verdacht gegen ihn gehegt, ohne irgendjemandem etwas davon zu sagen.

Da fiel ihm ein, dass er diesen Brühl nie gefragt hatte, warum er eigentlich ausgerechnet hier in Zwiesel war, warum er genau hierher gekommen war. Konnte es denn sein, dass der Kerl hier jemanden hatte treffen wollen, der mit den Morden in Verbindung stand? Dann hätte Thomas mit seinem Verdacht vielleicht doch noch recht. Er musste unbedingt noch mal mit diesem Cornelius sprechen.

So schnell er diesen Entschluss gefasst hatte, so schnell war er auch schon in seine Schuhe geschlüpft.

„Vikki, ich bin noch mal kurz weg. Dauert bestimmt nicht lange!"
Und schon war er weg, ohne die Antwort seiner Tochter noch abzuwarten. Die schaute ihm erst verdutzt und dann sehr beunruhigt hinterher.

Vor Brühls Wohnungstüre angekommen, lief er zunächst noch ein Stockwerk höher in der sicheren Annahme, Thomas dort anzutreffen, und tatsächlich öffnete ihm sein Freund die Tür. Sein Gesicht trug einen gequälten Ausdruck, die Haare standen ihm sprichwörtlich zu Berge. Bei Pauls unerwartetem Anblick zeigte sich ein leiser Hoffnungsschimmer in seiner Miene.

„Paul? Hast du endlich was gefunden?"
Paul schüttelte den Kopf und wollte ihm schon berichten, dass und warum er auf dem Weg zu Cornelius wäre, als Thomas ihn mit zittriger Stimme bat, ihn doch noch ein wenig in Lizas Wohnung alleinzulassen.
Der arme Thomas. Die Sache mit Liza ging ihm ganz schön an die Nieren. Und er, Paul, konnte ihm nicht helfen, so gern er es auch getan hätte. Verständnisvoll nickte Paul daher nur und drehte sich um, während Thomas die Tür wieder zumachte.
Kopfschüttelnd stieg Paul die Stufen hinunter und klingelte bei Cornelius, der auch schnell die Tür aufriss. Unwillig ließ er Paul eintreten und schloss die Tür hinter ihm.

„Ich habe da noch ein paar letzte Fragen an Sie, Herr Brühl."

„Stehe ich jetzt doch wieder unter Verdacht, oder was?", wollte der spöttisch wissen, sodass ihm Paul am liebsten erneut eine Ohrfeige verpasst hätte. Er zog es vor, dessen Frage zu ignorieren und ihm besser nicht zu antworten.

„Sagen Sie mal, sind Sie und Herr Lingen sich eigentlich schon jemals begegnet? In Linz vielleicht?"

„Nicht, dass ich wüsste. Ich war zwar schon öfter in Linz, aber dem bin ich nie über den Weg gelaufen. Der wäre mir ganz sicher in schlechter Erinnerung geblieben."

„Hmm … Sagen Sie mal, Herr Brühl, warum sind Sie denn eigentlich ausgerechnet hierher nach Zwiesel gekommen?

Hat das einen bestimmten Grund?"

„Allerdings! Meine Familie besitzt hier in der Umgebung ein unbebautes Grundstück, das heißt, eine kleine Hütte steht drauf. Ich sollte mir das im Auftrag meiner Eltern einmal anschauen, ob es vielleicht als mögliches Hotelgelände geeignet wäre. Aber die Gemeinde hat das leider nicht genehmigt, weil die Schachten unter Naturschutz stehen."

Wie elektrisiert horchte Paul augenblicklich auf.

„Schachten? Haben Sie gerade eben Schachten gesagt? Mann, warum sagen Sie das nicht gleich?" Cornelius glotzte ihn nur verständnislos an. „Gut. Das war es auch schon. Ach, sagen Sie mir doch noch, wo ich diese Hütte finde."

Nachdem ihm Cornelius genauestens beschrieben hatte, wo diese Hütte lag, verabschiedete sich Paul. Mit großen Schritten sprang er die Treppen hoch und klingelte an Lizas Tür Sturm. Aber nichts tat sich. Thomas war nicht mehr da.

Paul lief hinunter auf die Straße, schaute sich suchend um, aber kein Thomas war mehr zu sehen. Wahrscheinlich war es ihm unangenehm gewesen, dass man ihm seinen Kummer vorhin so deutlich angesehen hatte und er hatte es vorgezogen, Paul erst einmal aus dem Weg zu gehen, was Paul nur allzu gut verstehen konnte.

Unterm Gehen klingelte Pauls Handy und Thomas meldete sich. Bevor dieser auch nur sagen konnte, warum er ihn anrief, erzählte ihm Paul bereits ganz aufgeregt, was er gerade eben erfahren hatte.

„Thomas? Du, stell dir vor, Brühl hat mir da gerade was von einer Hütte erzählt. Mensch, wir haben absolut nichts in der Hand, da könnten wir doch dort nachschauen gehen! … Ja, ich weiß auch, dass es schon stockfinster ist … Ja, ja! Klar geht die Wahrscheinlichkeit gegen Null. Das weiß ich auch alles. Ich bin trotzdem der Meinung, wir sollten morgen früh die Hütte unbedingt überprüfen. Wir haben doch sonst nichts anderes … Was machst du? Wo bist du? … Nach Linz unterwegs? Aber, warum denn? … Was? … Was wollte Michael machen? … Du meinst, er hätte da irgendwelche

Unterlagen sichten wollen wegen Darmstadt, von denen er sicher glaubte, dass sie uns entscheidend weiterhelfen könnten? Und woher weißt du das auf einmal? … Was? Er hat was in deinen Laptop eingetragen? Echt jetzt? … Okay, wenn du meinst? Wann kommst du morgen zurück? … Also, höchstens bis Mittag warte ich auf dich hier, länger nicht. Irgendwas sagt mir, dass die Hütte weiterhelfen könnte … Ja, gut. Dann lass uns bloß hoffen, dass Michael sich nicht getäuscht hat. Also bis morgen früh dann! Beeil dich bitte, Thomas."

Paul schüttelte beinahe ungläubig den Kopf, als er in seinen Wagen stieg.

Hoffentlich hatte Thomas recht. Die Entdeckung, die er eben erst in seinem Laptop gemacht hatte, musste etwas verdammt Wichtiges sein, sonst wäre er nicht ausgerechnet jetzt Hals über Kopf nach Linz zurückgefahren, um dort in ihrem Zentralcomputer nachzuforschen, ohne sich zuvor mit Paul abzusprechen.

Er konnte nur hoffen, dass sich aus dieser Spur auch wirklich schnell etwas Handfestes ergab. Ihm war nämlich schon auch aufgefallen, dass Michael sehr nachdenklich ausgesehen hatte, als sie sich noch voneinander verabschiedet hatten.

Wieder machte er sich Vorwürfe, dass er nicht nachgefragt hatte, als es noch möglich gewesen wäre.

A.D. MCCXXVII

Konrads heißersehnter Tag ist heute angebrochen. Elizabeth wird nun vierundzwanzig Jahre alt und er wird ihr sein versprochenes Geschenk machen, ihr ihren tiefsten Wunsch nach Heiligkeit erfüllen, jetzt wo sie ihm den vorbestimmten Erben geschenkt hat, der die heilige Mission wieder weitertragen und weiterreichen wird an seinen eigenen Sohn, und immer weiter, solange, bis das Paradies endlich auf Erden zurückgekehrt ist.

Er ruft nach ihr und sie steht in wallendem, schneeweißen Gewande vor ihm, barfuß wie die Jungfrau Maria.

Konrad hängt ihr das goldene Kreuz um, in welches ihre Namensinitialen eingraviert sind, Elizabeth von Thüringen, E·T·

Dann geleitet er sie nach draußen.

Elizabeth erschrickt fast zu Tode, als sie den hohen Scheiterhaufen sieht. Davor steht auch ihre kleine Tochter Eliza und weint.

Konrad befiehlt, Elizabeth nach oben zu heben und sie an den Pfahl des Kreuzes zu binden.

Dann heißt er Eliza mit donnernder Stimme, die heilige Fackel unter das Holz zu schieben.
Mit eiserner Hand umschließt er ihren Mund und zwingt sie, ganz nahe an das langsam auflodernde Feuer zu gehen.
Eliza hört die entsetzlichen Schreie ihrer Mutter, als die Flammen an ihr emporzüngeln wie die Zungen giftiger Schlangen. Sie lecken an ihr mit ihren feurigen Mündern, reinigen sie von aller Sünde mit furchtbarer Inbrunst.
Die Kleine spürt die sengende Hitze, die sie selbst mit zu verbrennen droht. Sie kann sich nicht abwenden, so fest hält sie der Vater. Sie kann nicht schreien, so schmerzhaft presst er seine Hand auf ihren Mund. Sie spürt die Hitze und den harten Druck auf ihren Lippen. Die Erinnerung daran wird wie die Prophezeiung selbst die Generationen überdauern.
Nach einer Ewigkeit endlich sind die gellenden Schreie verstummt.
Konrad nimmt die Tochter auf den Arm und verschwindet mit ihr in seinem für sie längst gerichteten Gemach. Sein Kampf gegen die Verderbtheit ist noch nicht zu Ende geführt, als dem kleinen Mädchen der brennende Schmerz in seinen Schoß schießt.

✞

FREITAG, 29. 7. 2011

Liza wachte aus einem unruhigen Halbschlaf auf. Ihre Hände fühlten sich an, als seien sie abgestorben. Die Fesseln behinderten die Blutzufuhr immer mehr und ihre Finger waren mittlerweile schon ganz taub und kalt.
Aber schlimmer noch war der Durst. Sie konnte kaum mehr die Zunge vom Gaumen lösen und ihr war so schwindlig, dass sie sicher umgefallen wäre, läge sie nicht schon auf der harten Matratze. Ob es noch Tag war? Sie hatte jedes Zeitgefühl verloren. War heute etwa schon ihr Geburtstag?
„Ich habe ihn nie gerne gefeiert, aber mit der angekündigten Botschaft des Kuttenmannes ist es mir ganz vergangen. Oder sollte ich besser Feuermörder sagen?“, murmelte sie undeutlich vor sich hin.
Sofort stieg in ihr das Entsetzen auf, als ihr die Bedeutung durch den Nebel ins Hirn drang.
Sie versuchte, sich ein bisschen zu drehen und zu strecken, um ihre verkrampften Muskeln zu lockern, da schwang die Tür auf. Das strahlende Licht eines morgendlichen Sommertages blendete sie. Sie musste die Augen schließen, weil diese, durch die ständige Dunkelheit an die Sonne nicht mehr gewohnt, zu tränen begonnen hatten.
Der Mann trat ein, vollständig in seine Mönchskutte gehüllt. Die Kapuze hing ihm weit ins Gesicht hinein, sodass Liza beim besten Willen nicht erkennen konnte, wer da vor ihr stand.
Die hohe Stimme begann, Liza in einem seltsamen Singsang zu begrüßen.

„Nun, Liza, geliebte Schwester. Dein Geburtstag ist da. Ich muss ihn mit dir begehen, indem ich neues Leben in dir zeuge."
Liza hatte das Gefühl, als bliebe ihr das Herz stehen.

„Wieso Schwester? Ich habe keinen Bruder. Was soll das? Sie müssen mich mit jemandem verwechseln!"
Der Mann lachte unterdrückt.

„Nein, nein. Du bist ganz genau da, wo du schon längst hingehörst."

„Aber meine Eltern hatten doch nur mich!"

„Dumme Liza, kleine Liza. Deine Mutter war nicht deine Mutter. Deine richtige Mutter war eine Schlampe. Sie hätte dich nie bekommen dürfen. Ich musste sie deshalb bestrafen. Leider war unser Vater der Meinung, dass du nichts dafür kannst. Außerdem hatte er so seinen Spaß mit dir. Ich durfte ihm dabei zuschauen, hi hi … Er hat immer gesagt, jetzt noch nicht, später kommt deine Zeit, so wie es dir von Gott vorherbestimmt ist. Und jetzt ist später, meine liebe, kleine Schwester. Also, wirst du nun endlich zu mir kommen? Dein Gott befiehlt es dir. Du hast meinen Sohn zu empfangen."

„Scher dich zum Teufel, du Monster, samt deinem Gott. Du spinnst doch."

„Schade, wirklich sehr schade. Es hätte zusammen so viel mehr Freude gemacht, nun muss es eben auch so gehen. Wir werden nur leider keine Zeit mehr haben, wenn ich erst in dir bin, wie ich gehofft habe. Daran bist auch wieder allein nur du schuld, dass ich meine Aufgabe nicht so erfüllen kann, wie sie mir aufgetragen wurde. Dafür wirst du brennen."
Er kam drohend auf sie zu, packte sie und warf sie sich über die Schulter. So trug er sie ins Freie.
Als Liza den für sie vorbereiteten Scheiterhaufen sah, begann sie, wie eine Irrsinnige zu schreien. Sie wehrte sich, so gut es ihr trotz der Fesseln möglich war, aber der Fremde hielt sie eisern fest. Er kletterte ungeachtet ihrer erbitterten Gegenwehr behände auf den Holzhaufen hinauf und band sie oben an dem aufgerichteten Pfahl fest.
Dann riss er ihr die Bluse auf, ließ seinen Blick über ihren

nackten Oberkörper wandern und legte seine Hände auf ihre Brüste, seine Finger zitterten leicht dabei. Ungeduldig zerrte er ihr das Kleidungsstück und die Hose vollends vom Körper.

„Schade! Aber es wäre doch traurig, wenn du zu schnell in Flammen stündest, nicht wahr? Die Haut alleine brennt nicht ganz so schnell. Wenn das Feuer dir dann nahe ist, noch bevor es dich ganz frisst, komme ich zu dir, in dich hinein, und die Flammen werden uns für immer miteinander verschmelzen lassen. Niemand wird uns jemals wieder voneinander trennen können. Warte auf mich."

Dann sprang er mit einem Satz wieder hinab, nahm eine am Boden liegende Fackel und steckte sie an.

Liza schrie und schrie. Ungerührt legte er das brennende Holz unter das trockene Reisig, das sich sofort knisternd entzündete. Er trat einen Schritt zurück, holte aus seiner Kuttentasche Lizas goldenes Kreuz und ließ es hin und herpendeln.

Auf einmal hörte er, wie jemand unter lautem Brüllen auf ihn zugerannt kam.

Er schnellte herum, die Hand fuhr in seine Tasche und blitzartig hob er das Messer. Gerade als er damit zustechen wollte, erkannte er in dem Angreifer Paul Anderlech.

Paul wurde totenblass, unfähig zu irgendeiner Abwehrreaktion.

„Du?"

Und Thomas zögerte.

Er zögerte einen Augenblick zu lange, da fuhr ihm Pauls Faust mit einer derartigen Wucht ans Kinn, dass er auf den Rücken stürzte und bewegungslos liegenblieb.

„Schnell, legt ihm Handschellen an!"

Wieselflink kletterte er auf den bereits brennenden Holzstapel, schnitt die bewusstlose Liza von ihren Fesseln ab und sprang mit ihr auf den Boden zurück. Er fiel mit ihr ins weiche Moos und blieb einen Moment lang hustend neben ihr liegen.

Dann strich er ihr die Haare aus der Stirn und suchte sie nach Brandwunden ab. Die wenigen, die er fand, konnten aber beim besten Willen nicht die Ursache für ihre Ohnmacht sein, also schlug er ihr immer wieder leicht ins Gesicht.

„Liza! Hallo, Liza! Komm schon. Wach auf. Ist ja alles gut, Mädchen. Es ist vorbei."

Endlich hoben sich ihre zitternden Lider.

„Herr Anderlech? Paul, sind Sie es wirklich? Der, der … Oh Gott!"

„Nur ruhig, Liza. Wir haben ihn. Er kann Ihnen nichts mehr tun. Können Sie sich schon aufsetzen? Ich bringe Sie gleich ins Krankenhaus. Dort wird man sich um Sie kümmern. Kann ich Sie nur für einen Augenblick alleine lassen? Ja? Gut!"

Paul stand mit zitternden Knien auf.

Er rief nach einem Polizisten, damit dieser Liza eine Decke bringen und ihr vor allem etwas zu trinken geben sollte. Er war so sehr darauf konzentriert gewesen, Liza zu retten, sie vor den Flammen in Sicherheit zu bringen, dass ihm das Unfassbare, das ganz und gar Ungeheuerliche erst jetzt ins Bewusstsein drang.

Er ging auf Thomas zu, der mit gefesselten Händen im Gras saß. Er schaute ihn an, eine Ewigkeit, so schien es. Dann liefen ihm die Tränen übers Gesicht und er schämte sich nicht dafür. Es war, als sei ein Teil von ihm in diesem Moment für immer und ewig gestorben. Sein Freund, sein wunderbarer, lieber Freund, dem er so sehr vertraut hatte.

Der Schmerz durchdrang ihn, als würde er gevierteilt werden, und er wusste, dass ihn dieser Schmerz nie mehr ganz verlassen würde. Und wieder einmal konnte ihm Thomas seine Gefühle im Gesicht ablesen und dieses Mal war es wahrlich nicht schwer.

Paul drehte sich gerade weg, als Thomas plötzlich aufsprang. Die Kollegen hatten es versäumt, auch seine Beine zu fesseln, und mit wilder Entschlossenheit sprang er in den inzwischen lichterloh brennenden Scheiterhaufen.

Ein markerschütternder Schrei, drei, vier, dann war es still. Paul und alle anderen Anwesenden standen derartig unter Schock, dass sie zu keiner Reaktion in der Lage waren. Alles geschah so schnell und unvermutet, dass es niemand hätte verhindern können.

Jeder rannte sofort hektisch los, um Löschwasser aus dem nahegelegenen See zu holen, aber als sie das Feuer endlich so weit unter Kontrolle hatten, dass sie Thomas verbrannten Körper herausziehen konnten, war es natürlich schon längst zu spät. Seine Leiche lag verkrümmt vor ihnen, nur der Anflug seines so unendlich freundlichen, warmherzigen Lächelns war noch andeutungsweise in seinem verbrannten Gesicht zu erkennen. Vielleicht schien es aber auch nur so, weil Paul sich dieses Lächeln im Herzen bewahren wollte.
Fahle Blässe im versteinerten Gesicht, Gesichtszüge voll des unermesslichen Kummers und mit gramgebeugtem Rücken, als wäre er ein uralter Mann, trug er Liza zu seinem Wagen, hob sie behutsam hinein und polsterte ihre Wunden ab, sodass sie auf dem Weg in die Stadt nicht zu große Schmerzen erdulden musste. Als er sie im Krankenhaus abgeliefert hatte, nicht ohne ihr zu versprechen, sie bald wieder zu besuchen, kehrte er in sein Büro zurück.
Die ungeheuerliche Nachricht hatte sich im Kommissariat bereits wie ein Lauffeuer verbreitet, aber Sonja schirmte Pauls Büro vor allem und jedem ab. Wie ein Wachhund saß sie draußen auf einer Bank im Flur und scheuchte jeden wieder weg, der zu Paul wollte.
Paul vergrub indes sein Gesicht in den Armen, wie dies vor wenigen Tagen noch Michael an selber Stelle getan hatte, bevor Thomas dazugekommen war. Blankes Entsetzen wühlte ihn derart auf, dass er mit den Ellbogen die Matte auf seinem Schreibtisch verschob.
Als er sich die Tränen aus den Augen wischte, sah er die Ecke eines weißen Briefumschlages darunter hervorspitzen. Er zog ihn vollständig heraus und erkannte zu seiner Überraschung seinen Namen darauf. Er riss ihn auf und begann zu lesen.
Als er damit fertig war, stand er auf und starrte zum Fenster hinaus. Vor seinen Augen verschwamm es mehr und mehr und immer wieder brauchte er ein Taschentuch, um klar sehen zu können. Sein Blick wanderte noch einmal über die Zeilen, die ihm Michael hinterlassen hatte, als hätte er beim ersten Mal nicht wirklich begriffen, was da geschrieben stand.

Mein lieber Paul,

ich sitze hier und weiß nicht, wie ich dir sagen soll, was ich inzwischen weiß.
Ich zermartere mir den Kopf, ob es irgendwelche Worte gibt, die dein Entsetzen und deinen Schmerz lindern könnten. Denn ich weiß, wie sehr du Thomas in dein Herz geschlossen hast, wie ich selbst ja auch.
Ja, Thomas ist unser Feuermörder.
Du wirst dich fragen, weshalb ich mir da so sicher sein kann.
Ich bin durch puren Zufall über die Stationen von Thomas' ehemaligen Polizeidienststellen in seinem Laptop gestolpert. Er hatte wohl vergessen, sie zu löschen. Wahrscheinlich war er sich sicher, dass niemand an seinen Computer gehen würde. Und ich wäre es ja auch nicht, wenn ich nicht etwas ganz Bestimmtes wegen Darmstadt hätte recherchieren wollen.
Er war in Darmstadt, Innsbruck, Linz, Passau, Regensburg, dann wieder in Linz und jetzt in Zwiesel, in all jenen Orten, wo die Toten gefunden wurden und immer genau zu der Zeit, als diese Menschen dort verbrannt wurden.
Er hätte also um all diese Toten wissen müssen!!
Aber er hat uns kein Wort davon gesagt. Warum?
Wärst du nicht durch deine Kombinationsgabe darauf gestoßen, wir würden um alle diese Toten heute immer noch nicht wissen.

Für dieses Verschweigen kann es nur einen Grund geben, gibt es nur einen einzigen Grund. Er selbst ist unser Feuermörder.
Ich habe Thomas noch getroffen, kurz bevor ich gefahren bin. Er hat in dem Moment, als er mich angesehen hat, verstanden, dass ich Bescheid weiß und ich wusste, dass er es weiß.
Lieber Paul, ich weiß nicht, ob ich heil in Linz ankommen werde. Ich denke, Thomas wird bestimmt versuchen, mich irgendwie für immer zum Schweigen zu bringen. Ich weiß nicht, wie er es machen wird, aber ... Ich habe es in seinen Augen gesehen.
Ich habe dir dennoch nichts gesagt, weil ich erst noch sicher gehen wollte. Ich könnte nicht ertragen, wenn ich Thomas zu Unrecht vor dir beschuldigen würde.
Ich hoffe, dass du meinen Brief finden wirst, falls meine Ahnungen wahr werden sollten und ich es dir nicht mehr persönlich sagen kann.
Du bist ein phantastischer Polizist und wunderbarer Mensch, Paul. Lass dir das durch Thomas bitte nicht zerstören.

Dein Michael.

Paul ließ den Brief sinken.
Dann schlug er mit der Faust so gegen die Wand, dass ihm das Blut heruntertropfte. Er stieß einen einzigen Schrei aus, in dem seine ganze Trauer, Wut und ein entsetzlicher Schmerz lag.

Sonja stürzte erschrocken herein.
Da gab er ihr nur wortlos den Brief und sank gebrochen auf seinem Stuhl zusammen. Als Sonja den Brief gelesen hatte, war

sie so blass wie Paul.
Sie kniete sich vor ihn hin und umschlang ihn fest, ohne ein einziges Wort zu sagen. Und in dieser stummen Umarmung lag ein Versprechen.
Es dauerte viele Tage, bis Paul überhaupt wieder einigermaßen klar denken konnte. Da Sonja sofort alles Notwendige in die Wege geleitet hatte, wussten sie nun auch sicher, dass Michaels Bremsleitungen tatsächlich manipuliert worden waren und sein Unfalltod darauf zurückzuführen war.

Paul hatte versucht, mit sich und Thomas irgendwie Frieden zu schließen. Viktoria und Sonja hatten ihm, jede auf ihre Weise, dabei geholfen.
Vor allem Sonja hatte ihn mit ihren Worten ein klein wenig trösten können.

„Weißt du, Paul, wir können nicht verstehen, was da in Thomas war. Ganz sicher war er sehr krank, von irgendwas und irgendwem besessen. Wir kennen die Gründe nicht. Aber ganz sicher hat er dich als seinen Freund ehrlich geliebt. In den Momenten, wenn ihr beide zusammen wart, da war der gesunde Thomas da, der wunderbare, verständnisvolle und hilfsbereite Freund. Das war ganz sicher nicht gelogen und auch nicht gespielt. Aber das Kranke in ihm war nun einmal einfach stärker als eure Freundschaft. Schlimmer kann man nicht büßen, als er es getan hat. Und Paul? Er hätte dich töten können, wenn er gewollt hätte. Er hat es nicht getan. Vergiss das nie!"
Es waren diese Worte, die ihm geholfen hatten, dass die tiefe Wunde nicht mehr ganz so unerträglich wehtat, auch wenn sie sich immer noch nicht zu schließen begonnen hatte, und dass er in einem Winkel seines Herzens die gute Erinnerung an den Freund bewahren konnte.

Zu diesem Zeitpunkt konnte er nicht wissen, dass Thomas ihm etwas hinterlassen hatte, als wolle er ihn noch einmal ein letztes Mal trösten und ihm auch einen versteckten Hinweis geben, um die schrecklichen Morde restlos aufklären zu können.

Dieser hatte sich selbst gerichtet, ohne zu wissen, dass er seinen göttlichen Auftrag längst erfüllt hatte, weil inzwischen irgendwo als illegitime Frucht einer früheren, sehr flüchtigen Verbindung ein kleiner Knabe mit Namen Konrad aufwuchs, dessen tiefe Gläubigkeit seine Mutter vor ernste, sorgenvolle Rätsel stellte.

A.D. MCCXXVII

„Und als er seinen Dienst in der Stiftshütte begann, ging Feuer von dem HERRN aus und verzehrte auf dem heiligen Altar das Brandopfer.
Gott verzehrt all jene, die ihm im Ungehorsam nahten."

Die Aufgabe wird weitergegeben werden und die Pflicht ihrer Erfüllung wird niemals enden, weil Gott, der HERR, ewig ist.

✝

Brief von Thomas an seinen Freund Paul, der ihn drei Wochen nach jenen Geschehnissen in den Schachten erreicht:

Mein lieber, lieber Freund!
Ich weiß, dass du es mir nicht glauben wirst, wenn ich dich als meinen Freund anrede. Aber du warst es, der Einzige, den ich je getroffen habe.

Ich habe mich mit aller Kraft gegen diese freundschaftlichen Gefühle zu dir gewehrt, denn ich habe immer gewusst, dass du mich aufhalten wirst. Und dennoch konnte ich es einfach nicht verhindern, dass du dich so arglos, so freundlich in mein Herz geschlichen hast.
Du warst eine Ahnung des Lichts in meiner Dunkelheit und es hat mir ständig Schmerzen bereitet, denn ich

konnte, nein, ich durfte mich deiner unendlichen Großzügigkeit nicht würdig erweisen.
Meine Lebensaufgabe, die mir von Gott selbst aufgetragen wurde, ist unserer schönen Freundschaft von Anbeginn im Wege gestanden und doch durfte ich mich dem göttlichen Befehl nicht widersetzen, den mir vorgezeichneten Weg nicht verlassen.
Ich schreibe dir diese Zeilen in einem Augenblick des inneren Zweifels, in einem Moment schmerzlichen Sehnens, mit dir im Lichte unseres gemeinsamen Sommers, welcher nur vierzehn Tage dauern durfte, zu lachen und zu leben.
Aber die Schatten meiner Vergangenheit verdunkeln unseren Sommer, sie legen sich über meine Freundschaft zu dir.

Ich muss jetzt aufbrechen, um meine heilige Mission zu vollenden.
Ich will dir nur noch sagen, dass all diese Frauen es in ihrer Schamlosigkeit

und Schlechtigkeit nicht wert waren zu leben.
Ich musste meinem HERRN gehorchen, da er es mir befohlen hat.
Die Männer musste ich töten, denn sie hätten mich aufgehalten und das durfte ich nicht zulassen. Nur dieser sündige Cornelius ist mir leider immer wieder, auch jetzt, entwischt.

Vielleicht wird es dir auch gelingen, die Initialen des Kreuzes doch noch richtig zu entschlüsseln, nein, ich bin sogar ganz sicher, dass es dir irgendwann gelingt. Das wollte ich dir unbedingt noch sagen. Wenn du es herausgefunden hast, dann wirst du mich auch sicher verstehen, warum ich so handeln musste und wirst mir auch bestimmt verzeihen können.

Sag Liza, dass ich sie geliebt habe in jenen kurzen Momenten, in denen ich mit dir im Sommerlicht gestanden bin.

Und noch etwas, Paul!
Du wirst meinen Vater nicht finden. Ich habe ihn schon vor sehr langer Zeit zur Rechenschaft gezogen.
Kehre in dein Leben zurück!
Vielleicht wird es dir irgendwann einmal möglich sein, auch mit warmen Gefühlen an mich zurückzudenken. Es wäre mein größter, mein letzter Wunsch.

Ich musste dir diesen Brief schreiben, weil ich mir sicher bin, dass du noch rechtzeitig kommen wirst!

dein Freund Thomas

Nachwort

Die Geschichte ist zu Ende und irgendwie doch auch wieder nicht. Wird Paul Anderlech irgendwann dieses Rätsel um E.T. lösen? Aber, vor allem, wie wird es mit ihm und seinem Team weitergehen?

Während ich diesen Kriminalroman geschrieben habe, wusste ich noch nicht, dass daraus eine ganze Krimiserie entstehen würde. Paul Anderlech hat wohl für mich diese Entscheidung getroffen, als ich mit der Geschichte praktisch fertig war und gegen Ende des Schreibens hin schon langsam die Idee für einen zweiten Roman entstand. Ganz offensichtlich war er mit dem Ende für sich nicht einverstanden und hat noch viel von sich zu erzählen, wie übrigens alle anderen Protagonisten auch.

Ich kann Ihnen versichern, dass ich mindestens genauso gespannt bin wie Sie, wie sich das Leben meiner Romanfiguren weiterentwickeln wird, welche Rätsel im Laufe der Zeit noch aufgelöst werden und welche neuen Abenteuer hinzukommen werden.

Für die tolle Zusammenarbeit mit meiner wundervollen Cover-Designerin Marina Rauch, die meinen Geschichten ihren ganz besonderen und doch eher ungewöhnlichen, künstlerischen Ausdruck gibt, bedanke ich mich von Herzen.

Ebenso gilt mein Dank meinem Mann, der meine Geschichten erbarmungslos und unbestechlich Probe liest, in unzähligen Diskussionen und gedanklichem Austausch mir notwendige Anregungen und Korrekturanstöße gibt wie auch technisch dafür sorgt, dass sie überhaupt jemals zu einem Buch werden.

Auch meinen anderen Testlesern, insbesondere Rosa und Anna danke ich für ihre schonungslosen Rückmeldungen. Auf ihrer aller Urteil lege ich ganz besonderen Wert.

Und nicht zuletzt gilt mein Dank den vielen Lesern, die sich meine Bücher zu Gemüte führen und mir hoffentlich auch wunderbare Rezensionen zukommen lassen.
Sie sind ständige Motivation und meine große Freude, die meine Schreibleidenschaft erst zu dem machen, was sie für mich ist, die Liebe meines Lebens.

Und ich danke meinen Protagonisten, Paul, Sonja, Richard und wie sie alle heißen, dass sie in mir so unglaublich lebendig sind und es mir erlaubt haben, sie mit so viel Leidenschaft und Liebe zu erschaffen.

Und tausend Dank an den, mich immer wieder aufs Neue nervenden Hermann, der alle meine Werbekampagnen plant, initiiert und mich immer wieder unbarmherzig vorwärts peitscht, über meine tausend Schatten zu springen und meine Elfenbeinturm-Nase in den Wind zu halten.

Ich freue mich übrigens immer über jeden Besuch auf meiner Webseite:
www.christinaschwarz71.de

oder gern auf Facebook:
https://www.facebook.com/autorin.christina.schwarz/

Oder schreiben Sie mich doch direkt an auf folgender Email-Adresse. Über diesen Weg besteht auch immer die Möglichkeit, signierte Exemplare bei mir persönlich zu bestellen.
christina.schwarz71@online.de.
Ach ja, und allen, die auch mal reinhören wollen oder meinen Youtube-Kanal „Isle of View: Schreibstube Christina

Schwarz" besuchen wollen, möchte ich die folgenden Links ans Herz legen:
Lesungen:
http://www.christinaschwarz71.de/meine-podcasts-radiosendungen-lesungen/

Youtube-Kanal *„Isle of View:Schreibstube Christina Schwarz":*

https://www.youtube.com/channel/UCZ5Yhvwk0f0G6jaz12YHZg/featured

Meine bisher erschienenen Anderlech-Kriminalromane

CHRISTINA SCHWARZ
WENN DER TOD IN DUR ERKLINGT
Kriminalroman

Wenn Musik dich zum Mörder macht
oder
Wenn Der Tod dir sein Schlaflied singt

Pietro alias Felix Kunz, der, infolge seiner ganz besonderen autistischen Störung, ein hochbegabter Pianist ist, wird durch genau diese Veranlagung zum Mörder.
Statt zu fühlen und zu empfinden, hört er in der Gegenwart von Menschen nur schöne, manchmal leider auch grausame Töne und Klänge und schafft daraus durch seine Genialität neue und grandios klingende, musikalische Kompositionen. Immer dann, wenn es ihm jedoch einfach nicht gelingen will, diese hässlichen und ihn so unerträglich quälenden Laute in wunderbare, neue Musikschöpfungen zu integrieren, ist er letztlich gezwungen, diese mit dem Verursacher zu eliminieren.

Mit Viktoria, der Tochter des Zwieseler Kommissars Paul Anderlech trifft er endlich die Verkörperung vollkommener Klänge. Als sich die junge Frau in Pietro verliebt und dadurch in große Gefahr gerät, sieht sich der ahnungslose Paul sehr bald an die Grenzen seiner kriminalistischen Fähigkeiten gebracht und befindet sich selbst plötzlich und unerwartet in größter Lebensgefahr, während er noch verzweifelt versucht, diesen unsichtbaren Mörder zu fassen.

„...Einblick in eine andere Wahrnehmung der Wirklichkeit, fein und gut beschrieben. Und dazu die Ermittler, komplexe Charaktere... ohne Klischees. Wow!"(Lesermeinung)

CHRISTINA SCHWARZ
WENN KLEINE ENGEL SCHLAFEN
Kriminalroman

Wenn Gott seine Kinder verlässt

So muss Paul Anderlech, der liebenswerte Kommissar aus Zwiesel, wohl fühlen, als er im Zuge seiner polizeilichen Ermittlungen wegen eines ermordeten Kindes plötzlich ganz unvermutet in ein dunkles Netzwerk organisierter Kriminalität schliddert. Der Sumpf an Korruption und menschlicher Schlechtigkeit, der sich vor ihm auftut, fordert seinen ganzen, auch sehr persönlichen Einsatz und kann ihn doch nicht einen Moment davon abhalten, sein stilles Versprechen, das er dem toten Mädchen gegeben hat, auch zu erfüllen.

Unter Einsatz seines eigenen Lebens setzt er alles daran, nicht nur den Mörder und seine Hintermänner, sondern auch ihre Helfershelfer in Staat und Gesellschaft dingfest zu machen.

Anderlech muss zu seinem großen Entsetzen erkennen, dass das tote Mädchen aus dem Wald nur die Spitze eines Eisberges ist und schon bald hängt sein eigenes Leben nur noch an einem seidenen Faden, der plötzlich und schnell zu zerreißen droht.

„... die Autorin schafft es auch hier, schwierige Themen in erzählerisch wundervoller Weise anzuschneiden... Das Buch ist wie immer megaspannend, temporeich und einfühlsam..." (Leserkritik)

CHRISTINA SCHWARZ
WENN DER TOD DEIN LEBEN IST
Kriminalroman

Wenn der Mensch sich zum Gott erhebt ... oder wann wird Wissen zur verbotenen Frucht im Paradies?

Paul Anderlech wird zu einer grausig verstümmelten Leiche im Wald gerufen, ganz in der Nähe einer einsam gelegenen, psychiatrischen Klinik.
Seine Ermittlungen lassen ihn mehr und mehr schreckliche Vorgänge in diesem Sanatorium vermuten, aber selbst diese Befürchtungen treten plötzlich in den Hintergrund, als er entsetzt erkennen muss, dass sein junger Partner Hannes Gruber sich durch seinen bodenlosen Leichtsinn in allergrößter Lebensgefahr befindet und, wie zu befürchten steht, wahrscheinlich jede Hilfe zu spät kommen wird.
Da wird er bereits zu dem nächsten Toten gerufen, wieder in direkter Nähe dieses Sanatoriums.

„... lässt sich immer wieder tolle Themen einfallen, die in ihre Bücher einfließen... Ich kann es jedem weiterempfehlen und bedanke mich für die wunderschönen Lesestunden, die sie mir mit diesem Buch beschert hat." (Lesermeinung)

CHRISTINA SCHWARZ
WENN DIE SPINNE IHR NETZ VERLÄSST
Kriminalroman

Die Würde des Menschen ist unantastbar;
oder frei nach Nietzsche:
Wenn du lange in einen Abgrund schaust, kommt er auf dich zu und verschluckt dich

Ein unheimlicher Mörder sucht sich seine Opfer in Facebook und lässt alles nach einem Selbstmord aussehen.
Während Paul Anderlech aus Zwiesel und sein Team mit den Untiefen des sozialen Netzwerkes kämpfen, wird der bayerische Bundesnachrichtendienst in Pullach auf eine brandgefährliche Nazikampftruppe aufmerksam, die sich in München formiert und vom faschistischen Netzwerk aus dem politischen EU-Umfeld in Brüssel unterstützt wird.
Mit der Hilfe von Patrick Bauer, dem Freund von Anderlechs Tochter Viktoria, versucht der BND dieses verborgene Netzwerk von Politikern und Geldgebern aufzudecken und zu zerschlagen. Als die Kriminalpsychologin Viktoria Anderlech diesem Terror zum Opfer fällt, sind Pauls Kollegen, Hannes und Richard, bei der Jagd auf den Facebook-Mörder plötzlich auf sich alleingestellt. Im Wissen, den Mörder auf normalem Wege nicht fassen zu können, verfallen sie auf eine tollkühne Idee, die dem Mörder sein nächstes Opfer direkt in die Arme führt.
„...Vielschichtig aufgebaut, greifen die einzelnen Handlungsstränge ineinander, bauen unaufhörlich eine Spannung auf, die bis zuletzt anhält. Die Autorin greift mit Facebook nicht nur das Thema soziales Netzwerk auf, sondern läßt Kommissar Paul Anderlech und sein Team auch in die politischen Fahrwasser von Neonazis und den Praktiken des BND geraten....“

CHRISTINA SCHWARZ
WENN DER PUPPENSPIELER DIR BEGEGNET
Kriminalroman

EGO DOMINUS – Ich bin dein Herr

Kommissar Paul Anderlech und sein Team werden in eine Villa zu zwei toten Männern gerufen, von denen der eine den anderen erstochen und sich dann selbst getötet zu haben scheint. Doch dann häufen sich mysteriöse Vorfälle und streuen erste Zweifel an diesem vermeintlich klaren Mordfall. Zunächst verschwindet eine junge Frau spurlos, ihre Eltern werden kurz danach grausam ermordet und ein junger Mann wird im Drogenrausch von einem Auto überfahren. Als schließlich auch noch ein fünfzehnjähriges Mädchen von seinen verzweifelten Eltern als vermisst gemeldet wird, spielt plötzlich die Zeit gegen die Ermittler, die noch immer im Dunkeln tappen.
Nur eines glauben sie, inzwischen sicher zu wissen: es muss einen großen Unbekannten geben, der alle Fäden in der Hand hält und irgendeinem schrecklichen Plan folgt.

„ ...Die Charaktere sind gefeilt, geprägt, lebensnah in Ihrer Art , mit Ecken und Kanten . Daher überzeugend und mit einer tiefgründigen Handlung wird diese Geschichte zu einem Werk das das " Mehr " ist als ein Roman in dem Genre. Hannes ist mein Lieblings Charakter. Auf Grund seiner Empathie und seine Selbstzweifel wird er für mich zum Sympathie Träger in der Handlung. Diese trägt Züge von Manipulation, Sekten Zugehörigkeit, Abhängigkeit und Kriminalität. 6 Sterne für ein Werk mit tragendem Inhalt! ...."